포크너 자선 단편집 1

윌리엄 포크너 지음 | 조호근 옮김

이 책의 저작권은 서커스출판상회에 있습니다.
복사나 스캔 등의 방법으로 출판사의 허락 없이 복제하거나
무단으로 전재하는 행위 등은 저작권법에 위반되므로 주의하시기 바랍니다.

차례

	윌리엄 포크너 노벨상 수상 연설	07
	작품 해제	10

I 시골

불타오른 헛간	27
주님의 지붕널	60
키 큰 남자들	83
어느 곰 사냥	105
두 병사	129
스러지지 않으리	155

II 마을

에밀리를 위한 장미 한 송이	177
머리카락	194
황동 켄타우로스	218
메마른 9월	245
죽음의 매달리기	266
엘리	297
윌리 삼촌	322
마당의 노새	353
그 또한 괜찮으리라	376
그 저녁의 태양	407

III 야생

붉은 잎사귀	441
정의 하나	483
어떤 구애	508
론!	536

일러두기

1 이 책은 William Faulkner, *Collceted Stories of William Faulkner*(1950)를 완역하여 두 권으로 분권한 것이다.
2 본문의 [ ] 안에 담긴 내용은 해당 용어에 대한 독자들의 이해를 돕기 위한 것이고, 설명이 길거나 책을 전반적으로 이해하는 데 도움이 된다고 여겨진 내용은 해당 페이지의 아래에 각주로 정리했다. 이것들은 전부 옮긴이가 작업했다.
3 사이시옷은 발음과 표기법이 관용적으로 굳어져 있는 경우를 제외하고는 가급적 사용하지 않았다.

포크너 자선 단편집 1

윌리엄 포크너 노벨상 수상 연설

1950년 12월 10일, 스톡홀름시 청사

신사 숙녀 여러분,

이 상은 한 인간으로서의 저에게 주어진 것이 아니라, 인간 정신의 비탄과 노력으로 이루어진 제 작업에, 명예나 이득을 목표로 삼지 않고 인간의 정신이라는 질료를 사용하여 이전에 존재하지 않았던 무언가를 창조하려 시도한 평생의 작업에 주어진 것이라 생각합니다. 따라서 저는 이 상을 잠시 맡아둘 뿐입니다. 따라오는 상금을 그 기원과 의미에 부합하게 사용할 방법을 찾는 일은 그리 어렵지 않으리라 생각합니다. 하지만 저는 이 찬사 또한 그리하고 싶습니다. 이렇게 정점에 서게 된 순간을 빌려, 저와 같은 비탄과 고난을 겪고 있는 젊은 남녀들에게, 언젠가 지금 이 자리에 서게 될 그 누군가에게 제 목소리를 전해 주고자 합니다.

오늘날의 비극이란 너무 오래 계속되어 심지어 견딜 수 있을 정도가 된, 일반적이고 보편적인 물리적 공포에 지나지 않습니다. 정신의 문제는 존재하지 않습니다. 단 하나의 질문, 나는 언제 폭사할 것인가?만이 남아 있을 뿐입니다. 그 때문에 오늘날의 젊은 작가들은 좋은 글을 쓰기 위해서는 인간 내면의 갈등을 다루어야 한다는 사실을 잊었습니다. 글을 쓸 가치가 있는, 그리고 비탄과 노력을 들일 가치가 있는 주제는 오직 그것뿐인데 말입니다.

작가들은 이러한 것들을 다시 배워야 합니다. 두려움이야말로 가장 저열한 것임을 스스로 깨달아야 합니다. 두려움을 영원히 잊고서, 작업실에는 인간 내면의 오래된 진리이자 진실만을 남겨야 합니다. 사랑과 명예와 동정과 자부심과 연민과 희생 같은 보편적인 진리가 깃들지 않은 이야기란 그저 짧게 스러질 운명일 뿐입니다. 이런 작업을 완수하지 못한 작가는 저주에 사로잡힌 채 노역하게 됩니다. 사랑이 아니라 정욕에 대해서, 그 어떤 가치도 손실하지 않는 패배에 대해서, 희망은 물론이고 동정이나 연민도 없는 승리에 대해서 쓰게 됩니다. 그의 비탄에는 그 어떤 보편적인 토대도 없을 것이며 흉터도 남지 않을 것입니다. 마음이 아닌 분비샘의 이야기를 쓰게 될 것입니다.

이러한 것들을 다시 배우지 못한 작가는 군중 속에서 인류의 종말을 지켜보는 것처럼 글을 쓰게 됩니다. 저는 인류의 종말을 인정하기를 거부합니다. 그저 인간이 견뎌낼 수 있기에 불멸이라 말하는 것은 참으로 간단한 일입니다. 마지막 남은 하찮은 바위가 마지막 종말의 붉은 저녁놀을 받으며 물결조차 없이 잠겨 있는 위로, 마지막 종말의 종소리가 부딪쳤다 사라질 때조차도, 여전히 하나의 소리가 더 남아 있으리라고 말입니다. 보잘것없지만 멈추지 않는 인간의 목소리가 여전히 울리고 있으리라고 말입니다.

저는 그런 해석을 받아들이기를 거부합니다. 저는 인간이 단지 견디는 것에 그치지 않고 종국에는 승리하리라 믿습니다. 인간은 불멸의 존재입니다. 모든 생물 중에서 유일하게 멈추지 않는 목소리를 지녔기 때문이 아니라, 연민과 희생과 인내를 품은 영혼을, 정신을 지녔기 때문입니다. 시인이란, 작가란, 이런 것들을 글로 옮길 책무를 지는 사람입니다. 인간의 마음을 고양하고, 이제는 옛 영광이 된 용기와 명예와 희망과 자부심과 연민과 동정과 희생을 상기시킴으로써 인간이 견디도록 돕는 것이야말로 작가에게 주어진 특권입니다. 시인의 목소리는 그저 인간의 기록에 지나지 않는 것이 아니라, 인간이 견디고 승리하게 돕는 버팀대나 기둥의 하나가 될 수 있을 것입니다.

작품 해제

 예나 지금이나 포크너의 단편은 그 작품 세계의 입문서 역할을 충실히 해냈다. 『소리와 분노』나 『압살롬, 압살롬!』에 앞서 「불타오른 헛간」이나 「곰」을 통해 포크너의 세계에 빠져들게 된 독자들이 한둘이 아닐 텐데, 그의 장편이 난해하고 접근성이 떨어지는 것으로 이름난 만큼 어찌 보면 당연한 일일지도 모르겠다.
 물론 포크너의 단편 작가로서의 역량 또한 주요하게 작용할 것이다. 모든 소설가는 '실패한 시인'이며 단편소설이 '시 다음으로 가장 힘겨운 형식'이라고 말한 포크너지만, 정작 본인은 미국에서 가장 뛰어난 단편소설 작가 중 하나로 평가된다. 평생 백 편이 넘는 단편을 집필했으며, 거의 대부분을 생전에 발표했고(단편 작가로서는 상당한 업적이다), 본인 또는 다른 편집자들에 의해 여러 단편선이 출간되고 수십 년에 걸쳐 사랑받았으니 객관적인 지표도 충분하다고 할 수 있을 것이다.
 당대의 여러 전업작가와 마찬가지로, 포크너에게 단편소설이란 생계를 유지하는 주요 수단이기도 했다. 대공황의 여파가 미치고 부친으로부터 상당한 빚까지 물려받은 1930년대에 특히 그러했는데, 서둘러 단편을 창작한 다음 대리인을 붙들고 팔아 달라고 애걸하는 모습을 그의 서신 속에서 종종 찾아볼 수 있다. "제발 누군가에게 바가지를 씌워 「황금의 땅」을 1천에 팔아줬으면 하네. 그러면 다시 머릿속 냄비를 휘젓지 않고 장편에 매진할 수 있는 두 달의 시간을 벌 수 있을 거야."(『Selected Letters』, 88) 1935년에는 어느 단편의 재판을 찍으며 자신에게 돌아오는 25달러를 종용하면서 이렇게 쓰기도 한다. "지금은 일주일에 두 편씩 단편을 쓰고 있다네. 얼마나 이렇게 계속할 수 있을지 모르겠어."(『Selected Letters』, 91) 이런 단편 창작의 광풍은 1940년대 후반에 이르기까지 계속되며, 그런 창작 활동을 통해 공들여 다듬은 결실이 직접 손댄 네 번째이자 마지막 단편선인 이 책, 『자선 단편집Collected Stories』이라 할 수 있을 것이다.

포크너의 자선 단편집은 총 네 차례에 걸쳐 출간되었는데, 개빈 스티븐스 판사가 주인공으로 활약하는 작품을 모은 『나이츠 갬빗Knight's Gambit』(1949)을 제외한 다른 세 선집은 그 수록 작품이나 구성 측면에서 느슨한 연장선상에 있다고 볼 수 있다.

첫 자선 단편집 『13편These 13』은 포크너의 단편 창작 활동이 절정에 이른 1931년에 출간되었다. 계약이 5월이고 출간이 9월이었는데, 같은 해 2월에는 장편 『성역』이, 8월에는 『8월의 빛』이 출간되었으니 상당히 바쁜 한 해였으리라 짐작된다. 단편집의 1부에는 1차 대전을 다룬 「승리」 「아드 아스트라」 「세상을 떠난 모든 파일럿들에게」 「균열」이 수록되었고, 2부는 「붉은 잎사귀」「에밀리를 위한 장미 한 송이」「어떤 정의」「머리카락」「그 저녁의 태양」「메마른 9월」, 3부는 「미스트랄」「나폴리에서의 이혼」「카르카손」을 수록하여, 작가가 처음부터 훗날 완성할 단편집의 구성을 어느 정도 염두에 두고 있었음을 짐작케 한다. 또한 호크쇼나 퀜틴 콤슨과 같은 인물들을 반복적으로 등장시켜서 장편소설 주변부의 이야기를 풀어놓는다는 점도 주목할 만한데, 요크나파토파의 풍경과 뒷이야기를 소개하는 새로운 방법론으로 기능한 것은 물론이고, 훗날 『굴하지 않은 자들*The Unvanquished*』이나 『내려가라 모세여*Go Down, Moses*』 등 연작소설의 가능성 또한 여기서 발아되었다고 할 수 있을 것이다.

1934년 출간된 두 번째 단편집인 『마티노 박사*Dr. Martino and Other Stories*』는 첫 단편집에 수록되지 않은 14편을 담았는데, 그중에는 「불타오른 헛간」, 「마티노 박사」, 「와시」 등의 널리 사랑받는 단편이 포함되었으며, 첫 단편집과는 달리 장을 나누지 않고 작품을 나열했다. 해당 단편집 또한 첫 단편집과 마찬가지로 『성역』 이후 '폭력과 범죄'를 다루는 작가로 알려진 포크너의 악명을 강화하는 데 일조하게 된다. 그리고 1950년에는 포크너의 마지막 자선 단편집이자 단편 창작의 집대성이라 할 수 있는 『자선 단편집』이 출간된다. 최초 발안자는 랜덤하우스 출판사의 앨버트 어스킨이었던 것으로 보이나, 수록 작품을 최종 결정하고 수록 순서와 각 장의 소제목을 정한 것은 포크너 본인이었다.

단편집 『휴대용 포크너*The Portable Faulkner*』(1949)의 편집자인 맬컴 카울리에게 보낸 서신에서 포크너는 이렇게 말한 바 있다. "단편선이라 할지라도 형식과 통합은 장편소설만큼 중요하네. 하나의 목적을 노리는 단일한 작품으로서, 통합되어 대위법을 선보여야 하며, 하나의 결말, 하나의 대단원을 향해 가야 하는 걸세."(『Selected Letters』, 278)

실제로 포크너는 출판사 측의 초기 구상에 작품을 더하거나 빼면서 하나하나 이유를 들었고, 3장과 4장의 소제목에 대해서는 자못 극적인 기록을 남기기도 했다. "그러다 문득, (3장의 소제목이) '인디언'이 아니라 '야생'이어야 하지 않을까 하는 생각이 들었다네. 그러니까 갑자기 내용 전체가 바로 선 것처럼 보이는 거야. 모든 낱말과 인물과 문체와 음색이 저마다 맞아들어갔다네. 자네도 짐작하겠지만, 그러고 나니 전쟁을 다루는 다음 장의 제목은 마치 계시처럼 내려왔다네. '황무지'라고."(『Selected Letters』, 277) 처음에는 작가 경력의 절정에서 이런 단편선을 기획한다는 점을 마땅찮게 여기기도 했지만, 최종 결과물에는 포크너 본인도 만족했던 듯하다. "괜찮은 편이네. 몇 년이 지나고 보니 내용이 놀랍도록 탄탄한 느낌이야…… 노새와 지붕널 덕분에 저녁 내내 웃으며 보냈다네."(『Seleted Letters』, 304)

작중 연대순 나열을 시도했던 『휴대용 포크너』나 작중 장 구분을 배제했던 『마티노 박사』와는 달리, 포크너는 '시골' '마을' '야생' '황무지' '중간지대' '그 너머'라는 6개의 장을 구성하여 작품을 분배하는, 첫 단편선의 확장이라 할 수 있는 방식을 택한다. 그 결과 앞선 두 권의 자선 단편집에 수록되었던 27편 전체에, 스놉스 일가와 2차 대전을 다룬 신구 단편과 1931년작 「자택의 예술가」까지 총 42편에 이르는 상당한 분량으로 완성되었다. 포크너 연구자인 제임스 캐러더스의 언급대로 『자선 단편집』은 포크너 단편소설의 집대성이라 할 법한데, 이후 그가 집필한 단편이 채 10편에도 미치지 못하며, 작가 본인이 직접 선별한 다양한 작품을 대조와 주제 구조에 따라 엮어낸 이 책 자체가 완결성을 지니는 하나의 작품으로서 기능하기 때문이다.

19세기와 20세기 초의 미시시피란 현대 한국의 독자들에게는 익숙한 듯하면서도 생경한 곳이기 마련이다. 그의 작품이 도시의 영역을 벗어나 마을과 대농장에서 야생의 자연에 이르는 미시시피의 모든 곳을 아우르기 때문에 그 생경함은 한층 강해진다. 「곰」의 번역본에 종종 등장하는 '갈대' 또는 '대숲'을 보면서, 인간의 키를 훌쩍 넘기며 양쪽 강둑을 빼곡하게 뒤덮는, '올드 벤'의 거대한 덩치마저 손쉽게 숨겨주고 이미 멸종한 대형 딱따구리 소리가 가득 울려퍼지는 옛 미시시피의 울창한 대숲을 쉬이 떠올릴 수 있는 독자는 그리 많지 않을 것이다.

이 책에서는 여러 해설서와 연구 자료, 그리고 포크너 본인의 말을 빌려, 당대의 배경과 생활상을 짐작하는 데 도움이 되는 주석을 최대한 본문에 덧붙이는 쪽을 택했다. 특히 테레사 M. 타우너와 제임스 B. 캐러더스의 해설서에서 많은 도움을 받았음을 밝힌다.

모쪼록 독자 여러분들게 즐거운 독서가 되기를 바라며, 그의 단편 세계를 이해할 때 필요하리라 생각되는 몇 가지 정보를 두서없이 적어보도록 하겠다.

포크너의 요크나파토파

포크너의 주요 작품의 무대이자 가상의 지명인 요크나파토파 Yoknapatawpha 카운티에 대해서는 독자의 이해를 도울 수 있는 여러 연구가 존재하며, 특히 포크너의 고향 옥스퍼드가 위치한 라파예트 카운티를 요크나파토파 카운티에 대입하는 설명은 상당한 설득력을 지닌다. 포크너 본인의 설명에 따르면, '엠파이어스테이트 빌딩만큼도 복잡하지 않은' 요크나파토파는 치카소어로 '평야를 가로질러 느릿하게 흐르는 물'이라는 뜻의 단어라고 한다. 실제로 요크나파토파는 라파예트 카운티 남부를 흐르는 탤러해치강의 지류인 요코나강의 옛 이름이기도 한데, 『사토리스Sartoris』의 원 판본에서 처음 언급되었을 때는 '요코나 카운티'라는 이름으로 불리기도 했다.

따라서 요크나파토파 카운티의 행정 중심지인 제퍼슨은 자연스럽게 옥스퍼드와 비교된다. 포크너의 제퍼슨에 종종 등장하는 미시시피 북부지구 연방법원이 100년 이상 옥스퍼드에 위치했다는 점도 이유 중 하나일 것이다. 물론 그 외에도 직접 대입할 수 있는 인물이나 장소가 여럿 등장하기도 한다. 그중 한 예로 「스러지지 않으리」에서 화자와 어머니가 방문한 작은 박물관이 있는데, 1939년 옥스퍼드에 설립된 메리 뷰이 미술관과 여러 유사점을 지니는 곳이다. 다만 옥스퍼드와 제퍼슨을 완전히 같은 장소로 치부할 수는 없는 이유 또한 존재하는데, 다른 무엇보다 포크너의 모교이기도 한 미시시피 대학이 제퍼슨으로 넘어오지 않았기 때문이다. 따라서 미시시피 대학이 등장할 때마다 옥스퍼드라는 지명 또한 작중에 등장할 수밖에 없으며, 『성역』이래로 수많은 등장인물이 미시시피 대학을 방문하기 위해 옥스퍼드를 찾아가곤 한다. 옥스퍼드와 제퍼슨의 위치 관계는 (어쩌면 의도적으로) 모호한 편인데, 『굴하지 않은 자들The Unvanquished』에서 밀라드 할머니는 제퍼슨 남쪽 인근의 모츠타운에서 몇 마일밖에 떨어져 있지 않다고 언급하지만, 『성역』에서 호레이스 벤보는 기차를 두 번 갈아탄 끝에야 옥스퍼드에 도착한다.

포크너는 지도와 작중 서술을 통해 요크나파토파의 유력 가문들의 위치를 지정하며 — 제퍼슨을 기준으로 매캐슬린 농장은 북동쪽, 서트펜 농장은 북서쪽, 콤슨과 사토리스 농장은 제퍼슨 인근에 위치한다 — 그 위치는 여러 작품에서 비교적 일관성을 유지한다. 하나 예외가 있다면 드 스페인 부자가 기거하며 훗날 플렘 스놉스의 손에 넘어가는 드 스페인 저택일 텐데, 「불타오른 헛간」이나 『촌락Hamlet』에서는 대농장 한가운데 자리하는 반면, 「스러지지 않으리」나 『저택The Mansion』에서는 명백하게 제퍼슨 시내에 있는 것으로 그려지기 때문이다.

마지막으로 그리어 일가가 거주하는 프렌치맨즈 벤드가 있다. 이 작은 마을은 스놉스 3부작의 첫 작품 『촌락』의 주 무대이기도 한데, 작중에서도 언급되다시피 제퍼슨 남동쪽으로 20마일 정도 떨어져 있는 시골 마을이다. 지명 속 '프랑스인'이란 위그노 건축가 출신으로 요크나파토파 최초의 노예 농장을 세웠으나 남북전쟁 이후 사라져 버린 루이 그르니에를 가리킨다. 『촌락』에 등장하는 벤드의 주민들은 그 '프랑스인'이 누구를 일컫는지조차 모르며, 대부분은 지주인 윌 바너의 소작농으로 살아간다. 이 책에 수록된 1940년대 초를 배경으로 하는 세 작품 – 「두 병사」, 「주님의 지붕널」, 「스러지지 않으리」는 이름 없는 그리어 소년의 눈을 통해 이런 소작농 일가의 삶을 서술한다는 점에서 포크너의 요크나파토파 단편 중에서도 독특한 위치를 차지한다고 할 수 있다.

포크너의 '인디언'

포크너의 작품 속에서 묘사되는 아메리카 원주민의 모습은 오랫동안 논란의 대상이었다. 여러 연구자가 지적하듯이, 포크너의 '인디언'은 현실 속 원주민의 모습과는 상당히 다르다. 소위 '문명화된 5부족Five Civilized Tribe'에 속하는 촉토족과 치카소족은 백인의 문화를 적극적으로 받아들인 이들이지만, 작중에서는 작가가 특히 강조하는 노예제와 대농장 운영 외에는 그런 점이 명확하게 드러나지 않는다. 포크너의 치카소족은 식인 풍습을 가지며(당연하지만 촉토족도 치카소족도 식인을 했다는 기록은 없다. 알려진 가장 가까운 식인 부족은 루이지애나 일대에 살았던 아타카파족일 것인데, 그 부족명 자체가 촉토어로 '인간 고기를 먹는 자들'이란 뜻이다), 화폐를 사용하는 대신 물물교환을 하고, 총기 또한 「어떤 구애」에서 산탄총과 권총이 잠깐 모습을 비추는 정도가 고작이다. 「붉은 잎사귀」에서처럼 흑인 노예를 함께 매장한 기록 또한 존재하지 않는다. 심지어 그들의 전통도 촉토족과 치카소족이 혼재된 모습을 보이는데, 「곰」에서 인상 깊게 소개되는 샘 파더스의 매장 방식부터가 그가 소속된 치카소족이 아닌 촉토족의 것이다. 포크너 본인은 자신이 촉토족과 치카소족의 경계 지역에 살았기에 필요에 따라 양쪽의 풍습을 가져다

썼다고 말하지만, 맬컴 카울리를 비롯한 여러 편집자에게는 그 정도의 해명으로는 부족했던 듯하다. 카울리가 '촉토족으로 시작했으나 치카소족으로 끝난 인디언들'에 대해 질문하자, 포크너는 "사실 그 인디언은 치카소족이었다네. 아니면 적어도 지금부터는 그렇겠지"(『*Selected Letters*』, 197)라고 답하고 일부 내용을 수정한다. 그러나 카울리가 손대지 않은 부분에는 여전히 촉토족의 언급이 남아 있으며, 작중 촉토족의 풍습 또한 없어지지 않은 채 그대로 『자선 단편집』까지 이어지게 된다.

'둠'이라는 이름을 얻은 이케모투베의 이야기는 여러 작품에서 언급됨으로 인해 민담과도 같은 모호성을 획득한 경우일지도 모른다. 이세티베하와 모케투베는 작품에 따라 둠의 숙부와 사촌으로 등장하기도, 둠의 아들과 손자로 등장하기도 한다. 시계열은 한층 혼란스럽다. 쉐르 블론드 드 비트리와 뉴올리언스에 대한 설명에서 역산하면 둠이 부족으로 귀환한 시기는 1790년대 후반에서 1800년대 초반 사이일 것이며, 따라서 「어떤 구애」의 시계열은 그보다 앞선 시대여야 옳을 것이다. 그러나 작품 서두에는 (여기에서는 이케모투베의 숙부로 등장하는) 이세티베하와 앤드루 잭슨의 조약이 등장하는데, 실제 역사상에서 잭슨의 조약은 촉토족의 경우에는 1814년, 치카소족의 경우에는 1816년에 체결되었다.

「로!」의 경우 또한 특기할 만한데, 치카소족과 촉토족 추장 양쪽 모두 워싱턴을 방문한 기록이 남아 있기 때문에 문제가 한층 복잡해진다. 진 M. 무어는 여기서 한 가지 흥미로운 사실을 지적한다. 전통적으로 촉토족은 프랑스, 치카소족은 영국의 동맹이었던 만큼, 프랑스 혼혈로서 추장이 된 비달(또는 웨델)이라면 수정한 내용과는 달리 촉토족인 쪽이 더 어울리리라는 것이다. 이런 여러 예를 종합해 보면, 포크너의 주된 관심사가 두 원주민 부족과 그 구성원의 엄밀한 묘사가 아니었음을 짐작할 수 있을 것이다.

따라서 포크너의 '인디언'은 현실 속 아메리카 원주민의 충실한 모사라기보다는, 백인과 흑인 사이에서 중간자적 역할로서 양측에 동시에 타자성을 제공하며, 동시에 미시시피의 사라진 옛이야기를 현재와 연결해 주는 민담 속 존재로 간주해야 할 것이다. 그 한 예로, 「붉은 잎사귀」에서 포크너의 '인디언'들이 제공하는 효과에 대해, 포크너 연구자인 찰스 A. 픽은 다음과 같이 설명한다. "노예제를 행하는 주체를 다른 문화로 이동시킴으로써, 포크너는 노예제가 노예 소유주에게 끼치는 영향을 해명하고자 한다. 그리고 제의가 주된 역할을 차지하는 문화에 그 역할을 배당함으로써 인생의 흐름이 가지는 보편성을 탐구할 수 있게 된다."

정작 포크너가 공을 들인 존재들은 따로 있는데, 바로 추방당한 원주민 부족의 잔여물이라 할 수 있는 흑인 또는 백인과의 혼혈들이다. 「정의 하나」의 민담 전달자이며 「곰」의 주요 등장인물인 샘 파더스나, 「산골의 승리」에서 남북전쟁을 바라보는 주변인의 시각을 제공해 주는 웨델 소령은, 민담 속 주인공이 아닌 당대를 살아가는 포크너적 인물로서 뚜렷한 존재감을 드러낸다. 이미 원주민이 쫓겨나고 과거의 흔적이 사라져 버린 미시시피에서, 이런 원주민 혼혈 등장인물들은 포크너에게 있어 더없이 유용하고 효과적인 도구로서 기능했으리라 짐작할 수 있다.

포크너의 전쟁

포크너는 자신의 1차 대전 단편들에 각별한 애정을 품었던 것으로 보인다. 『13편』에서 「아드 아스트라」 외에는 투고에 실패한 전쟁 단편들을 묶어 굳이 단편집의 첫 장에 수록한 것이나, 『자선 단편집』에서 출판사가 선정하지 않은 전쟁 단편들을 선별하여 '야생'과 '중간지대' 사이에 위치시킴으로써 단편집 전체의 방향타로 사용하는 모습에서 그런 애정의 일각이 드러나 보인다.

어쩌면 포크너의 전쟁 경험에 대한 애착에서 그 이유를 찾을 수 있을지도 모른다. 영국 왕립공군에서 제대하여 옥스퍼드로 돌아온 포크너는 별도로 구매한 왕립공군 재킷을 걸치고, 훈련 중 입은 부상으로 지팡이를 짚고 다녔으며, 심지어 자비로 비행기를 사들이기까지 했다. 당시 여러 잡지나 매체에서는 그의 약력을 소개하며 심히 부풀린 참전 경력을 수록하곤 했는데, 포크너는 이에 대해 별다른 수정 요구 없이 침묵을 지켰다. 그중에는 그가 영국 또는 캐나다의 육군항공대에 소속되어 1918년에 잉글랜드와 프랑스에 다녀왔으며, 그가 탑승한 전투기가 두 번이나 적기에 피격당했고, 프랑스에서 부상을 당했으며, 적기를 두 차례 격추했다는 내용 등이 포함되어 있었다.

문제는 그의 참전 경력이라는 것이 캐나다에서의 조종 훈련이 전부였다는 것이다. 1차 대전 발발 이후 파일럿의 꿈을 키워가던 젊은 포크너는 20세가 된 1918년에 미합중국 통신대 항공

병과에 지원하지만 선발되지 못한다. 같은 해 6월, 포크너는 뉴욕에서 영국 왕립공군 사관생도로 지원하여 선발되는데, 그 과정에서 가짜 영국 시민권과 가상의 성직자가 적은 가짜 추천서까지 동원했다고 한다. 그는 7월에 토론토에 도착하고 9월에는 항공학교에 입소하지만, 소속된 비행 중대가 마지막 훈련을 끝마치기도 전인 11월 11일에 전쟁이 끝나 버린다. 제대 일자가 1919년 1월 4일이니 실제로는 180일가량 군인 신분이었던 셈이며, 1920년 11월에는 명예 소위 계급장을 받게 된다. 따라서 그가 혹독한 훈련 과정을 거의 이수한 것은 사실이나, 실제 전투비행 또는 참전 경험은 없다고 봐도 무방할 것이다.

포크너가 단호하게 자신의 참전 경력을 수정한 것은 맬컴 카울리의 『휴대용 포크너』 작업 때가 처음이었는데, 작가 약력에서 '1918년에 왕립공군의 일원이었음'이라고만 적어 달라고 요청한 것이다. 이후 포크너의 참전 경력은 크게 회자되지 않으나, 강연과 인터뷰 등의 몇몇 언행을 보면 그가 1차 대전에 대해 품은 굴곡진 애정은 그대로 남아 있었던 듯하다.

포크너의 전쟁 소설은 연구자들 사이에서 상당히 견해가 갈리는 편이다. 비판하는 이들은 그가 1차 대전 이후 유행한 '잃어버린 세대Lost Generation' 담론에서 크게 벗어나지 못했다고 평하며, 파일럿을 서술하는 판에 박힌 낭만주의가 포크너의 기존 작품들과는 동떨어져 있다고 말한다. 비교적 두루 좋은 평가를 받는 작품은 정체성을 상실한 남부 상류층 출신의 세 파일럿(동생의 사망으로 망가진 베이어드 사토리스, 『소리와 분노』에 잠시 모습을 보였던 블랜드, 『사토리스』에서 베이어드와 재회하는 모나한)의 모습을 이방인이자 지식인인 서버다와 독일군 포로의 통찰과 대비시키는 「아드 아스트라」와 강렬한 포크너식 서술로 전쟁과 죽음의 인과를 드러내는 「균열」이다. 흥미로운 사실은 이 중 가장 성공하여 교과서에도 종종 수록되었으며 포크너 입문자들에게 익숙한 작품인 「반전」이 연구자들에게는 그리 좋은 평가를 받지 못한다는 것인데, 포크너답지 않은 단순한 구조와 진부한 결말, 전쟁을 낭만시하는 서술 등이 주된 이유로 꼽힌다. 심한 경우에는 팔릴 요소만 골라서 만든 뻔한 작품이라거나, 아예 대놓고 헐리우드식 결말이라고 폄훼하는 연구자들이 있을 정도다. 이 작품이 헤밍웨이의 야심찬 기획물 『전쟁 속 인간 Men at War』에 수록되어, 마키스 제임스의 열차 강도들과 베르길리우스의 트로이 목마 이야기 사이에 자리하게 되었다는 사실도 그리 도움이 되지는 않았을 듯하다.

전후 유럽에 관한 묘사에서는 그보다 생생한 다른 경험도 한 가지 짚고 넘어갈 필요가 있는데, 바로 1925년에 윌리엄 스프래틀링과 함께한 유럽 도보 여행이다. 이때 포크너는 1918년 독일군 대공세가 있었던 콩피에뉴와 몽디디에를 여행하며 「승리」에서 알렉 그레이가 방문한 지역을 직접 둘러보기도 하고, "1페니 성냥을 파는 젊고 튼튼한 몸을 가진 무직자 걸인들"로 가득한 런던을 경험하기도 한다. 6장에 수록된 「미스트랄」은 이 유럽 여행의 또 다른 부산물인데, 포크너는 돈과 화자가 등장하는 단편을 그 외에도 두 편 더 집필했다.

한편 그가 종종 소재로 사용한 공중곡예에 관한 단편 또한 그의 공군과 항공기에 대한 애정과 무관하지 않을 듯하다. 1920년대는 종종 항공사에서 '지방 순회 곡예비행Barnstorming'의 시대로 일컬어지는데, 종전으로 실직자가 된 비행사들이 군에서 싸게 불하받은 항공기를 몰고 미국 전역을 돌아다니며 곡예비행으로 돈을 벌어들였기 때문이다. 주로 사용된 비행기는 커티스 JN-4 '제니' 복엽기였으며, 포크너의 작품에서 묘사된 공중회전이나 날개 위 이동, 「죽음의 매달리기」 외에도, 저고도 배럴롤이나 비행기 사이를 건너뛰거나 날개 위에서 테니스를 치는 등의 아찔한 곡예가 인기를 끌었다. 1920년대 중반에는 공중곡예단 사이의 경쟁이 과열되며 무수한 안전사고가 일어났고, 1926년 항공통상법 개정안을 위시한 일련의 규제가 가해지며 공중곡예의 시대도 막을 내리게 된다.

이 책에서 포크너가 공중곡예를 다룬 단편이 모두 제퍼슨을 무대로 하지 않는다는 점도 흥미로운데, 「죽음의 매달리기」의 경우에는 약간의 논란이 존재한다. 작중에서는 배경 도시의 위치를 특정하지 않고 있지만, 『휴대용 포크너』에 수록된 지도에는 「죽음의 매달리기」가 벌어진 장소가 제퍼슨 남쪽으로 기록되어 있기 때문이다.

마지막으로 포크너 본인이 편집하지 않은 주요 단편집을 언급하고 넘어갈 필요가 있을 듯하다. 이미 여러 번 언급한 맬컴 카울리의 『휴대용 포크너』는 요크나파토파 지도와 콤슨 가문의 일대기를 첨부하고, 다양한 단편을 연대순으로 배치한다는 야심찬 시도까지 선보인, 포크너라는 작가에 보내는 경애가 가득한 단편집이다. 카울리의 작업이 아니었더라면 요크나파토파는 지금보다 한층 덜 일관적인 장소가 되었을 것이다. 『사후 단편집

Uncollected Stories』(1979)은 포크너 연구자이자 전기 작가였던 조지프 블로트너가 편집했으며, 1장은 후일 개작하여 장편에 포함시킨 단편, 2장은 단편집에 수록된 적이 없는 단편, 3장은 미발표 단편으로 구성하여 포크너의 모든 단편소설을 출간한다는 목표를 달성한다. 양쪽 모두 지금까지 번역된 다른 작품들과 겹치는 부분이 많아 출간되기는 힘들 듯하지만, 포크너의 단편 세계에 관심이 생긴 독자들이라면 한 번쯤 찾아봐도 좋을 듯하다.

조호근

I. 시골 THE COUNTRY

불타오른 헛간

주님의 지붕널

키 큰 남자들

어느 곰 사냥

두 병사

스러지지 않으리

불타오른 헛간
Barn Burning

　치안판사 법정을 주재하는 잡화점 내부는 치즈 냄새로 가득했다. 북적이는 방 뒤편의 못을 담은 나무통에 쭈그려 앉은 소년은, 그 냄새가 단순히 치즈만이 아니라는 사실을 알고 있었다. 소년이 앉은 곳에서도 견고하고 납작하고 부풀어오른 형태의 양철 깡통들이 선반마다 빼곡히 들어찬 모습이 보였으며, 소년의 뱃속은 그의 정신 속에서 아무 의미도 없는 글자가 아니라, 선홍색 악마와 휜 은빛 물고기들의 모습을 읽었으니까.* 그러나 소년이 명확하게 알고 있는 치즈 냄새와, 소년의 뱃속이 알고 있다고 믿는 수수께끼의 고기 냄새는, 꾸준히 풍겨오는 다른 냄새 사이로 종종 간헐적으로 밀려들 뿐이었으니, 바로 절망과 비탄, 그리고

---

* 언더우드 사의 '데빌드 햄'은 칠면조, 닭고기, 육류 부속 등의 다진 고기에 매운 양념을 한 통조림으로, 1895년부터 붉은 악마 로고를 사용하기 시작했다. 정어리 통조림은 당대의 미국 시골에서 값싸게 즐길 수 있는 식도락 취급을 받았다.

혈연이라는 강렬한 힘이 만들어낸 아주 조금의 두려움의 냄새였다. 소년이 있는 곳에서는 판사도, 자신의 아버지나 아버지의 적이 (우리의 적이라고, 소년은 바로 그런 절망 속에서 생각했다. 우리의 적이라고! 아버지의 적이자 내 적인 거야! 우리 아버지니까!) 서 있는 곳도 보이지 않았지만, 적어도 목소리는 들렸다. 두 명의 목소리뿐이었다. 소년의 아버지는 아직 입을 열지 않았으니까.

"그렇다고 해도 증거는 있는 거요, 해리스 씨?"

"말씀드렸잖습니까. 그 돼지가 우리 곡물창고로 들어왔다고요. 놈을 붙들어서 저 작자한테 돌려보냈고요. 저 작자는 울타리도 없어서 돼지를 간수할 수가 없었죠. 그래서 그렇게 이르면서 경고도 했습니다. 다음에는 그 돼지를 아예 이쪽 우리에 가둬놨죠. 저 작자가 돼지를 되찾으러 오길래, 그쪽 우리를 만들 만큼의 철사까지 줘서 돌려보냈고요. 다음번에는 돼지를 가둬놓고 저 작자네 집까지 말을 타고 갔는데, 저번에 준 철사가 그대로 둘둘 말린 채로 마당에 굴러다니고 있더란 겁니다. 그래서 돼지 보관 비용으로 1달러를 내면 돼지를 돌려주겠다고 했죠. 그날 저녁에 깜둥이 하나가 1달러를 내고 돼지를 받아갔어요. 뜨내기 깜둥이 같았는데, '목재와 건초는 불이 잘 붙는다고 전해 달라는뎁쇼'라는 겁니다. 제가 '뭐야?'랬더니, '그렇게 전해 달랍니다. 목재와 건초는 불이 잘 붙는다고요'라더군요. 그날 밤에 우리 헛간이 불타버렸어요. 가축은 전부 빼냈지만 헛간은 완전히 주저앉았다고요."

"그 깜둥이는 어디 있소? 잡기는 했소?"

"뜨내기 깜둥이였다니까요. 어디로 갔는지 제가 어떻게 압니까."

"그래도 그건 증거가 안 되잖소. 증거가 안 된다는 소리가 이해가 안 가시오?"

"그 소년을 데려와 주세요. 그 아이는 알 겁니다." 잠시지만 소년 또한 해리스가 말하는 소년이 자기 형이라고 생각했으나, 곧 그는 이렇게 덧붙였다. "그 아이 말고. 작은애 말입니다. 어린 쪽이요." 나이에 비해 작은 키에, 제 아버지처럼 왜소하고 깡마른 체구이며, 그 작은 몸에조차 너무 작은 색 바래고 덧댄 청바지를 입은 채 쪼그려 앉아 있던, 갈색 머리에 휘몰아치는 폭풍처럼 거친 회색 눈을 지닌 소년은, 자신과 탁자 사이에 몰려 있던 험악한 얼굴의 사람들이 양쪽으로 갈라지며 길을 틔워 주는 모습을 바라보았다. 그 반대쪽 끝에서 치안판사가, 추레한 행색에 옷깃도 달지 않은 안경 낀 중늙은이가 소년을 향해 손짓하고 있었다. 맨발 아래 바닥널조차 느껴지지 않았다. 험악한 얼굴들의 무게에 짓눌리며 걸음을 옮기는 느낌이었다. 재판이 아니라 이사 때문에 주일 외투를 걸치고 뻣뻣하게 서 있는 소년의 아버지는, 소년 쪽을 바라보지조차 않았다. *내가 거짓말을 하기를 원하시는 거야.* 소년은 이번에도 아까의 지독한 비통과 절망에 사로잡힌 채 생각했다. *나는 그렇게 하게 될 테고.*

"이름이 뭐냐, 얘야?" 치안판사가 말했다.

"커널 사토리스 스놉스*예요." 소년은 속삭이다시피 말했다.

---

* 화자의 부친인 애브너(앱) 스놉스는 남북전쟁 당시 사토리스 대령의 휘하에 있었으나, 그가 떠난 사토리스 저택에서 여러 음모를 꾸미고 그의 장모인 밀라드 부인의 살해를 사주하기도 했다.

불타오른 헛간

"허?" 치안판사가 말했다. "더 크게 말해라. 커널 사토리스라고? 이 카운티에서 사토리스 대령의 이름을 따온 사람이라면 당연히 진실만을 말할 수밖에 없겠지. 안 그러냐?" 소년은 아무 대꾸도 하지 않았다. 적이야! 적이라고! 소년은 생각했다. 순간이지만 제대로 확인할 수조차 없었다. 치안판사의 얼굴이 친절한지조차 보이지 않고, 치안판사가 해리스라는 남자에게 말을 거는 목소리가 거북한지조차 알 수가 없었다. "내가 이 아이를 심문해야겠소?" 그러나 뒤이은 상당히 긴 한순간 동안 비좁은 방 안에 단 하나의 소리밖에 울리지 않았다는 것은, 소년도 알 수 있었다. 그 소리란 절벽 위에서 포도덩굴 끄트머리를 붙들고 흔들리고 있는 듯한, 그리고 그 흔들림의 꼭대기에서 순간 중력이 멈추어 시간 속에 무게 없이 떠올라 있는 듯한, 소년 자신의 나직하고 격렬한 숨소리였다.

"됐습니다!" 해리스는 폭발하듯 격렬하게 소리쳤다. "빌어먹을! 내보내십쇼!" 이제 시간이 다시 액체처럼 소년의 발밑으로 밀려들었고, 사람들의 목소리 또한 치즈와 밀봉된 고기 냄새를, 그리고 해묵은 혈연의 비탄을 뚫고 흘러들었다.

"사건은 이것으로 종료하겠소. 스놉스, 자네에게 불리한 증거는 찾을 수 없었지만, 내 충고 하나만 하지. 이 고장을 떠나서 돌아오지 않는 편이 좋을 걸세."

소년의 아버지는 처음으로 입을 열었다. 차갑고 거칠고 평탄하며 억양 없는 목소리가 흘러나왔다. "그럴 생각입니다. 이런 작자들의 고장에서 부대끼며 살고 싶지는 않으니까. 이런……" 뒤이어 지면에 옮길 수 없는 끔찍한 말이, 딱히 누구에게라고 할 것도 없이 덧붙였다.

"그럼 됐네." 치안판사가 말했다. "자네 짐마차를 끌고 날이 어두워지기 전에 이 고장을 벗어나게. 이만 폐정하겠소."

소년의 아버지는 몸을 돌렸고, 소년은 뻣뻣한 검은 외투를 따라 걸음을 옮겼다. 30년 전에 훔친 말을 타고 도망치다 남부연합 민병대원의 머스킷총 탄환에 맞아서 절뚝이는 걸음이었다. 이내 소년의 앞에 선 뒷모습은 두 개가 되었으니, 군중 속 어딘가에 있던 형이 등장해서 합류했기 때문이었다. 아버지보다 키가 크지는 않아도 덩치는 더 컸고, 계속 담배를 질겅이고 있었다.* 두 줄로 늘어선 험악한 표정의 사람들 사이에서 상점을 나와서 허름한 베란다를 지나 움푹 들어간 계단을 내려가서 안온한 5월 날씨의 먼지 구덩이 속에서 개들과 청소년들 사이를 걸어가고 있는데, 어디선가 나지막하게 힐난하는 소리가 들려왔다.

"헛간 방화범!"

소년은 몸을 돌렸지만 이번에도 아무것도 눈에 들어오지 않았다. 붉은 아지랑이 속에서 달처럼 떠오른, 보름달보다도 더 커다란 얼굴 하나가 보일 뿐이었다. 소년보다 덩치가 한 배 반은 되는 아이였고, 소년은 얼굴을 향해 붉은 아지랑이 속으로 덤벼들었고, 얻어맞은 것도, 그대로 땅에 쓰러질 때의 충격도 느끼지 못

---

* 화자의 배다른 형인 플렘 스놉스는 포크너의 가장 중요한 요크나파토파 거주민 중 하나로, 총 11편의 작품에 등장한다. 그의 신분 상승과 파멸은 『마을The Hamlet』, 『도시The Town』, 『저택The Mansion』의 '스놉스 3부작'에서 한층 자세하게 다루어진다. 반면 화자인 커널 사토리스는 다른 작품에 다시 모습을 비추지 않으며, 어디론가 떠났다고 지나가듯 언급되기만 한다.

하고 비척이며 일어나서 다시 덤벼들었고, 이번에도 맞은 느낌도 입 안의 피맛도 느끼지 못한 채 다시 일어나보니 상대방 소년은 이미 줄행랑을 치고 있었고 소년은 이미 그 뒤를 쫓아 달려나가고 있는데 아버지의 손이 그를 붙들고 뒤로 끌어당기며 귀에 익은 거칠고 차가운 목소리가 소년 위쪽에서 들려왔다. "가서 짐마차에 올라타라."

짐마차는 길 건너편의 개아카시아와 뽕나무 수풀 속에 서 있었다. 주일 드레스를 입은 우람한 덩치의 누나 두 명과, 캘리코천 옷을 입고 보닛을 두른 소년의 어머니와 이모는 이미 짐마차에 올라타서, 지금의 소년마저 기억할 수 있는 십수 가지의 너절한 이삿짐 사이에 끼어앉아 있었다. 우그러진 스토브, 부서진 침상과 걸상들. 어느 잊힌 날짜의 잊힌 시각인 2시 14분쯤에 멈춘 채로 더는 움직이지 않는 자개 장식 괘종시계는 어머니가 지참금으로 가져온 물건이었다. 어머니는 울고 있었지만, 소년을 보자마자 소맷자락으로 얼굴을 훔치고는 짐마차에서 내려오기 시작했다. "다시 타라." 아버지가 말했다.

"애가 다쳤잖아요. 물이라도 좀 가져와서 얼굴을 닦아줘야……"

"짐마차에 다시 타라고 했어." 소년의 아버지가 말했다. 소년도 뒤쪽으로 돌아가서 짐마차에 올라탔다. 아버지는 이미 형이 자리 잡은 마부석으로 올라가서 껍질 벗긴 버드나무 가지로 홀쭉한 노새들을 거칠게, 그러나 열정은 없이 두 번 내리쳤다. 심지어 가학적이지조차 않았다. 훗날 그의 후손들에게 전해져서 자동차를 출발시키기 전에 과열시키게 만들게 되는, 동작 하나로 때리면서 동시에 고삐를 죄는 움직임일 뿐이었다. 상점 앞에 모여 서서 아무 말 없이 험악하게 지켜보는 군중을 뒤로 한 채로, 짐마차는 계속 움직였다. 길이 굽어지며 그 모습도 가려졌다. 영원히, 하고 소년은 생각했다. *이 정도면 아버지도 만족하실지도 몰라, 이제는 아버지도……* 소년은 혼잣말이라도 생각이 입 밖으로 나오기 전에 스스로를 단속했다. 어머니의 손이 소년의 어깨를 건드렸다.

"아프지는 않니?" 그녀가 말했다.

"전혀요." 소년은 말했다. "하나도 안 아파요. 놔두세요."

"말라붙기 전에 피를 좀 닦아낼 수는 없을까?"

"밤에 씻을게요." 소년은 말했다. "말했잖아요, 놔두라고."

짐마차는 계속 움직였다. 소년은 목적지를 모르는 채였다. 가족들 중에서 목적지를 알거나 질문하는 사람은 아무도 없었으니, 언제나 어디든 갈 곳이, 하루 이틀이나 때론 사흘 정도 이동하면 집 비슷한 것이 기다리고 있기 때문이었다. 아마도 아버지는 농사를 지을 다른 농장을 미리 수배해 놓으셨을 것이다. 그런 일을 저지르기…… 소년은 다시 생각을 멈추어야 했다. 그는 (소년의 아버지는) 언제나 그랬다. 늑대와도 같은 그의 독립성, 그리고 적어도 중립 정도의 이점만 있어도 덤벼드는 그의 용기는 언제나 낯선 이들을 감탄하게 만들었다. 마치 아버지의 후천적인 게걸스러운 사나움으로부터 단순한 의존과는 조금 다른 느낌을, 자기 행동의 정당성을 단호하게 확신하는 그 자세로부터 그와 이해관계를 공유하는 모든 이들이 이점을 얻으리라 생각하는 것만 같았다.

그날 밤 그들은 개울을 끼고 우거진 떡갈나무와 버드나무 숲속에서 야영했다. 야기夜氣가 여전히 싸늘했기에 근처 울타리 가로대를 슬쩍해 와서 잘라다가 불을 피웠다. 작고 깔끔하고 거의 인색해 보일 정도의 모닥불, 약삭빠른 모닥불이었다. 소년의 아버지는 얼어붙을 정도로 추운 날씨에도 언제나 그 정도의 불만 피우곤 했다. 훗날 나이를 먹은 소년은 그 점에 주목하며 왜 아버지가 큰 모닥불을 피우지 않았는지 궁금하게 여겼다. 전쟁이라는 행위의 낭비와 사치스러움을 목격했을 뿐만 아니라, 자기 소유가 아닌 물건을 방탕하게 낭비하는 성향이 핏줄 속에 흐르고 있는 사람인데도, 어째서 눈앞에 보이는 모든 것을 불태우고 다니지 않은 것일까? 그러다 소년은 한 발짝을 더 나가서 바로 그것이 이유라고 생각하기에 이르렀다. 그렇게 구두쇠처럼 허용한 불길이야말로, 전쟁의 4년 동안 밤마다 푸른 군복이든 회색 군복이든* 모두를 피해 숲속에 숨어서 말을 끌고 다니던 (그는 포로말이라고 불렀다) 그 시절의 결실이었던 것이다. 더 나이를 먹은 후에는 진짜 이유를 발견했다는 생각이 들기도 했다. 불이라는 원소가 아버지 내면의 본질 깊숙한 곳에 호소하는 성질이 있다는 것이었다. 다른 남자들의 경우에 강철이나 화약이 하는 역할처럼, 본질을 온전하게 보전하기 위한 절대적인 무기로서, 그것이 없으면 살아 숨 쉴 가치도 없는 요소라서, 경의를 담아 신중하게 다루어야만 한다는 것이었다.

그러나 이 당시의 소년은 그런 생각을 하지 못했고, 지금껏 내

---

* 청색은 북군, 회색은 남군의 군복 색깔이다.

내 그렇게 구두쇠처럼 피운 불길을 보고 자랐다. 소년이 그런 불길 옆에서 저녁을 먹고 무쇠 식판 위로 고꾸라질 듯 반쯤 잠들어 있을 때, 아버지가 소년을 불렀고, 소년은 즉시 그 뻣뻣한 등을, 뻣뻣하고 무자비한 절름발이 걸음을 뒤따라 경사를 올라 별빛이 환한 길가로 올라갔고, 거기서 아버지는 별빛을 등지고 몸을 돌렸다. 그리고 얼굴도 굴곡도 보이지 않는, 검고 평평하고 냉혹한, 마치 자기 것이 아닌 무쇠 프록코트의 양철 안감을 잘라내어 만든 듯한 그림자를 소년에게 향하며, 양철처럼 거칠고 양철처럼 차가운 목소리로 말했다.

"넌 놈들에게 고자질할 생각이었지. 그대로 뒀으면 말했을 거야." 소년은 대답하지 않았다. 아버지는 손등으로 소년의 옆얼굴을, 세게 그러나 아무런 열기 없이 때렸다. 상점 앞에서 노새 두 마리를 때릴 때와 똑같이, 노새에 앉은 쇠등에를 죽이려고 손에 잡히는 막대기로 때렸을 때와 똑같이, 그리고 여전히 목소리에는 열기도 감정도 실려 있지 않았다. "이게 남자가 되는 과정이야. 너도 배웠을 거다. 네가 같은 핏줄의 편을 들지 않으면 네 편을 들 사람도 아무도 없다는 걸. 그놈들 중 누구라도, 오늘 아침에 거기 있었던 놈들 중 누구라도, 네 편을 들어줄 사람이 있었을 것 같냐? 나한테 완전히 당했기 때문에 그저 한번 반격하고 싶었을 뿐이란 걸 모르겠냐?" 훗날, 그러니까 20년쯤 후에, 소년은 혼잣말을 중얼거렸다. "그 사람들은 오직 진실과 정의만을 원했다고 말했다면, 한 대 더 맞았겠지." 그러나 지금 소년은 아무 말도 하지 않았다. 울고 있지도 않았다. 그저 그곳에 서 있을 뿐이었다. "대답해라." 아버지가 말했다.

"네." 소년이 작은 소리로 대답했다. 아버지는 몸을 돌렸다.

"자러 가라. 내일이면 도착할 테니까."

이튿날 그들은 목적지에 도착했다. 이른 오후에 짐마차가 멈춘 곳은, 소년의 지난 10년 동안 짐마차가 멈추었던 열두어 곳의 집들과 거의 똑같이 생긴, 페인트칠도 하지 않은 방 두 개짜리 집이었고, 이번에도 예전의 열두어 번과 마찬가지로 소년의 어머니와 이모가 마차에서 나가서 짐을 내렸다. 소년의 두 누나와 아버지와 형은 꼼짝도 하지 않았지만.

"돼지도 이런 데서는 안 살겠는데." 누나 하나가 말했다.

"알아서 맞춰 살다 보면 좋다고 꿀꿀대며 살게 될걸." 소년의 아버지가 말했다. "냉큼 일어나서 너희 엄마가 짐 내리는 거나 도와."

소처럼 커다란 덩치의 두 자매는 싸구려 리본을 휘날리며 짐마차에서 내렸다. 한 명은 짐이 마구 쌓인 짐마차 위 침상에서 우그러진 랜턴을 꺼냈고, 다른 한 명은 닳아 해진 빗자루를 가져왔다. 소년의 아버지는 형에게 고삐를 건네주고는 뻣뻣한 몸을 움직여 바퀴를 타고 내려왔다. "짐을 다 부려놓으면 노새들을 마구간으로 데려가서 밥 줘라." 그리고 아버지는 말을 이었고, 소년은 처음에는 계속 형에게 말하고 있는 줄로만 알았다. "따라와."

"저요?" 소년은 말했다.

"그래. 너." 아버지가 말했다.

"애브너." 소년의 어머니가 입을 열었다. 아버지는 걸음을 멈추고 뒤를 돌아봤다 ─ 텁수룩한 회색의 짜증 가득한 눈썹 아래에서, 거칠고 냉정한 눈이 물끄러미 바라봤다.

"내일부터 앞으로 8개월 동안 내 몸과 영혼을 맡길 남자한테 한마디 해 둬야지."

두 사람은 다시 길가로 나섰다. 일주일 전이었다면 — 정확히 말하자면, 어젯밤의 그 일이 있기 전까지는 — 소년은 지금 어디로 가는지 물었을 테지만, 지금은 아니었다. 아버지는 어젯밤 소년을 때리고서도 나중에 다시 소년을 붙들고 이유를 설명해 주지 않았다. 그 순간의 타격, 그리고 분노한 목소리가 반향음처럼 울리는 와중 찾아온 고요 속에서, 소년은 아무것도 깨닫지 못했다. 그저 어리다는 사실이 얼마나 끔찍한 불합리인지를, 그리고 지금까지 살아온 얼마 안 되는 세월이 세상의 규율에서 해방되어 날아오르기에는 너무 무거우나 땅에 단단히 발을 딛고 서기에는 충분히 무겁지 않다는 사실을, 그리하여 저항할 수도 사건의 흐름을 바꿀 수도 없다는 것만을 알게 되었을 뿐이었다.

이내 소년의 눈앞에 떡갈나무와 삼나무*와 다른 여러 꽃나무와 덤불이 어우러진 작은 수풀이 등장했다. 저택이 있음 직한 곳이었지만 아직 저택은 보이지 않았다. 두 사람은 인동과 금앵자 덩굴이 어우러진 울타리를 따라 걸어가다 한 쌍의 벽돌기둥 사이에 달린 여닫이문 앞에 도착했고, 이제야 진입로가 끝나는 곳에 처음으로 저택이 보였으며 그 순간 소년은 아버지도, 두려움과 절망도 잊어버렸고, 심지어 (걸음을 멈추지 않은) 아버지를 다

---

* cedar는 다양한 수종의 통칭이나 미시시피 지역에 자생하는 삼나무속 식물은 없으며, 포크너의 작품에 등장하는 cedar는 대개 Eastern Redcedar (*Juniferus virginiana*)라 불리는 향나무juniper의 일종이다. 여기서는 원문의 '삼나무'라는 명칭을 그대로 사용한다.

시 떠올린 순간에도 그 두려움과 절망은 되돌아오지 않았다. 그 이유는, 지금까지 열두 번 이사하는 동안 소년은 가난한 고장을 돌아다니며 작은 농장과 들판과 집들만 보았을 뿐, 이런 저택을 본 것은 생전 처음이었기 때문이다. *재판소만큼이나 크잖아.* 이렇게 생각하는 소년의 마음속에 평화와 환희가 일어났지만, 아직 너무 어렸던 소년은 그 이유를 알아차릴 수 없었다. *여기 사람들은 그로부터 안전할 거야. 이런 평화와 존엄 속에 사는 사람들에게는 그의 손길이 닿을 수 없을 거야. 이곳 사람들 앞에서는 왱왱대는 말벌 정도밖에 안 될 테니까. 잠깐 따끔하게 만들 수는 있어도 그게 전부겠지. 이런 평화와 존엄의 가호 아래 있는 헛간과 마구간과 곡물창고는 그가 일으키는 하찮은 불꽃으로는 건드리지도 못할 거야……* 그러나 소년이 다시 눈앞의 뻣뻣하고 검은 등을 바라보자, 그 평화와 환희는 순식간에 썰물처럼 빠져나가 버렸다. 그 뻣뻣하고 완강하게 절룩거리는 인물은 저택 앞에서도 쪼그라들지 않았다. 지금 우아한 기둥을 배경으로 서 있는, 언제 어디서도 커 보인 적이 없는 그의 형체는 그 어느 때보다도 무엇에도 휘둘리지 않을 것처럼 보였다. 양철판에서 거칠게 잘라낸, 햇살에 평행하게 세워 놓으면 그림자조차 드리우지 못하는 형상처럼. 아버지를 지켜보던 소년은, 그가 조금도 방향을 틀지 않은 채 불편한 쪽 발로 말똥을 그대로 밟으며 지나가는 것을 목격했다. 평소라면 그저 보폭을 바꾸는 것만으로도 가볍게 피할 수 있었을 텐데도. 그러나 썰물처럼 빠져나갔던 생각은, 소년으로서는 차마 입 밖에 낼 엄두도 낼 수 없었던 생각은, 다시 그에게 돌아왔다. 소년은 그 저택을 간절히 원하면서도 질투도 애석함도 느끼지 않고, 그가 알지 못하는 감정이기에 자기 앞을 걷는 무쇠처럼 검은 외투의 인물처럼 갈망 섞인 분노를 느끼지도 않으며, 저택의 마력에 사로잡힌 채 그렇게 걸음을 옮겼다. *어쩌면 아버지도 이걸 느낄지도 몰라. 어쩌면 이곳이 아버지를 변화시켜서, 지금까지 어쩔 수 없이 그러했던 존재가 아니게 될지도 몰라.*

그들은 주랑 현관을 가로질렀다. 이제 바닥을 딛는 아버지의 불편한 쪽 발소리가 시계처럼 돌이킬 수 없게 울렸다. 소리를 내는 육신이 이곳에 어울리지 않는 것만큼이나 모든 면에서 이곳과 걸맞지 않은 소리였고, 하얀 문을 눈앞에 두고도 조금도 줄어들지 않는 것이 마치 그 무엇에도 왜소해지지 않는 날카롭고 광포한 최소 음량이라는 성질을 획득한 것만 같았다 ─ 납작하고 챙이 넓은 모자를 쓰고, 한때 검은색이었으나 이제는 늙은 집파리처럼 녹색으로 닳아 번들거리는 브로드천겉옷을 입은 그 육신은, 너무 커서 접어올린 소매 아래에서 갈고리발톱처럼 손을 들어올렸다. 너무 즉시 문이 열리는 바람에, 소년은 문 뒤의 흑인이 계속 자신을 기다리고 있었음을 깨달았다. 깔끔하게 빗어넘긴 반백이 된 머리카락에 리넨 재킷을 걸친 늙은이가 몸으로 문을 가로막은 채 이렇게 말했다. "여길 들어오려면 일단 발부터 닦으시오, 백인 양반. 소령님은 지금 집에 안 계시오."

"내 앞에서 꺼져, 깜둥이." 소년의 아버지는 이번에도 아무런 열기 없이 이렇게 말하고는, 문짝을 밀면서 그대로 검둥이까지 밀쳐버리고는, 모자도 벗지 않은 채 안으로 들어섰다. 이제 소년의 눈에는 뻣뻣한 다리 쪽의 발자국이 문지방에 찍히고 뒤이어 기계처럼 전진하는, 원래 몸의 두 배의 무게를 지탱하는 (또는 전달하는) 듯한 발밑의 색바랜 깔개에도 찍히는 모습이 보였다. 검둥이는 그들 뒤편에서 "룰라 양!* 룰라 양!"이라고 소리치고 있었고, 뒤이어 소년은, 카펫이 깔린 우아하게 휘어지는 계단과 보석 목걸이처럼 반짝이는 샹들리에와 고요하게 빛나는 금빛 가구들에 마치 미풍에 휩싸이듯 휩쓸린 상태였으면서도, 빠른 발소리와 함께 그녀의 모습을 목격하게 되었다. 숙녀였다 — 이 또한 소년이 지금껏 본 적이 없는 여성이었다 — 회색의 부드러운 드레스를 입고 목깃에는 레이스가 달려 있으며, 허리에는 앞치마를 두르고 소매를 걷어올린 채로, 수건으로 손에 묻은 케이크인지 비스킷인지 모를 반죽을 닦아내며 복도로 들어오면서, 소년의 아버지 쪽으로는 눈길조차 주지 않은 채로 믿을 수 없다는 표정으로 금빛 깔개에 찍힌 발자국만 바라보고 있었다.

"분명 일렀습니다." 검둥이가 소리쳤다. "발 닦으라고 말했는데……"

"부디 나가 주시겠어요?" 그녀가 떨리는 목소리로 말했다. "드 스페인 소령님은 집에 안 계세요. 부디 나가 주시겠어요?"

소년의 아버지는 그 후로 다시 입을 열지 않았다. 이번에도 대답하지 않았다. 그는 여자를 쳐다보지조차 않았다. 그저 모자를

---

* 작중에서 백인 기혼 여성에게 'Miss'라는 경칭을 붙이는 경우를 종종 찾아볼 수 있는데, 미혼 여성을 이름으로 칭하다가 결혼 후에도 호칭을 바꾸지 않고 계속 사용하는 경우였다. 백인 여성이 사용할 때는 친근감을, 아랫사람이 주인집 마님에게 사용할 때는 오래 섬겼음을 뜻한다. 여기서 등장하는 '룰라 양' 또한 드 스페인 부인을 가리키는 말이다.

쓴 채로 깔개 위에 뻣뻣이 서서, 텁수룩한 쇳빛 눈썹을 조금씩 꿈틀거리며, 그 아래의 조약돌 색 눈으로 짤막하지만 천천히 집 안을 살필 뿐이었다. 그는 이번에도 천천히 몸을 돌렸다. 소년은 그가 성한 쪽 다리를 축 삼아 뻣뻣한 다리를 질질 끌며 빙 돌려서, 깔개 위에 마지막으로 길고 흐릿해지는 자국을 남기는 모습을 목격했다. 소년의 아버지는 아예 눈길도 주지 않았다. 깔개 쪽은 단 한 번도 내려다보지 않았다. 검둥이가 문을 열어주었다. 두 사람 뒤편에서 문이 닫혔고, 히스테릭하고 알아들을 수 없는 여자의 울부짖음이 들려왔다. 소년의 아버지는 계단 윗단에서 멈추어 서더니 모서리에 대고 신발 밑창을 마저 긁어냈다. 그는 정문 앞에서 다시 걸음을 멈췄다. 뻣뻣한 다리에 체중을 실은 채 잠시 걸음을 멈추고 저택 쪽을 돌아보았다. "새하얗고 예쁘장한 집 아니냐?" 그가 말했다. "죄다 땀이야. 깜둥이들의 땀. 아직 저 작자에게는 충분히 하얗지 않은 것 같지만. 백인의 땀까지 저기 다 더 섞고 싶은 모양이군."

두 시간이 지나 소년은 집 뒤편에서 장작을 쪼개고 있고, 소년의 어머니와 이모와 누나 둘이 (소년은 누나 둘이 아닌 어머니와 이모만 일하고 있음을 알고 있었다. 거리가 있는 데다 벽에 막혀 있는데도 두 소녀가 언제나처럼 무력하게 늘어져 떠들어대는 소리가 들려 왔으니까) 스토브를 세우고 식사 준비를 하고 있을 때, 말발굽 소리가 들리더니 이내 훌륭한 적갈색 암말에 올라탄 리넨 옷을 차려입은 남자가 등장했고, 뒤이어 살찐 갈색 마차 끄는 말에 올라탄 젊은 검둥이가 아까의 깔개를 둘둘 말아서 자기 앞에 올리고 다가오는 모습이 보였다 — 분노로 가득한 얼굴이 그대로 빠르게 말을 몰아, 소년의 아버지와 형이 삐딱해진 의자에 앉아 있을 오두막집 모퉁이를 돌아 그 너머로 사라졌다. 그리고 다음 순간, 소년이 거의 도끼를 내려놓기도 전에, 다시 말발굽 소리가 들리더니 적갈색 암말이 다시 달리다시피 하며 앞마당으로 들어섰다. 뒤이어 소년의 아버지가 누나 중 한 명의 이름을 소리쳐 부르기 시작했고, 그녀는 둘둘 말린 깔개를 땅바닥에 질질 끌면서 부엌 뒷문으로 나왔고 다른 누나도 그 뒤를 따라왔다.

"같이 들 거 아니면 가서 빨랫대야나 좀 챙겨와." 앞의 누나가 말했다.

"야, 사티!" 뒤의 누나가 말했다. "가서 빨랫대야 가져와!" 소년의 아버지가 문간에 등장했다. 허름한 문틀을 등지고 서 있는 모습이, 마치 다른 부류의 무미건조한 완벽함을 등지고 서 있었을 때와 흡사해 보였고, 그때와 마찬가지로 지금도 조금도 영향을 받지 않은 듯 보였다. 어머니의 초조한 얼굴이 어깨 너머로 그들을 내다봤다.

"움직여라." 아버지가 말했다. "집어들어." 덩치 크고 무기력한 두 누나는 허리를 숙였다. 희끄무레한 천뭉치와 번들거리는 싸구려 리본이 움직임에 따라 펄럭였다.

"프랑스에서 사올 정도로 귀중한 깔개였으면, 사람들이 들어와서 짓밟고 지나가는 곳에 놔두지를 말았어야지." 앞의 누나가 말했다. 둘은 깔개를 들어올렸다.

"애브너." 어머니가 말했다. "내가 할게요."

"당신은 가서 식사 준비나 해." 아버지가 말했다. "이쪽은 내가 알아서 할 테니까."

 소년은 남은 오후 내내, 장작더미를 앞에 놓고 그들을 지켜보게 되었다. 비누거품 가득한 빨랫대야 옆의 먼지구덩이 속에 펼쳐진 깔개의 모습과, 난해하고 무기력한 머뭇거림 속에서 그 위로 몸을 수그리는 두 누나의 모습, 그리고 완고하고 단호한 얼굴로 그들을 번갈아 바라보며, 다시 목소리를 높이는 일 없이 움직이도록 몰아대는 아버지의 모습을. 소년은 그들이 사용하는 독한 수제 잿물의 냄새를 맡을 수 있었다. 한 번은 어머니가 문가로 나와서 이제는 초조함보다는 절망에 훨씬 근접한 얼굴로 그 광경을 바라보는 모습도 목격했다. 아버지가 몸을 돌리는 모습에 얼른 도끼로 시선을 내렸다가, 시야 한쪽 구석에서 아버지가 납작한 돌조각 하나를 주위들고 살펴보다가 빨랫대야 쪽으로 돌아가는 모습도 보았고, 이번에는 어머니도 실제로 입을 열고 말했다. "애브너, 애브너. 제발 그러지 말아요. 제발, 애브너."

 이윽고 소년의 일도 끝났다. 해질녘이었다. 벌써부터 쇠쏙독새*들의 울음소리가 들렸다. 늦은 오후에 먹다 남은 차가운 음식을 먹게 될 방에서 커피 냄새가 흘러나왔지만, 집으로 들어간 소년은 어쩌면 커피를 다시 끓여야 할지도 모르겠다고 생각하게 되었다. 화덕에 불이 타오르고 있는 데다, 그 앞에는 의자 두 개의 등받이에 바로 그 깔개가 널려 있었기 때문이다. 소년의 아버지

---

* 여러 미국 문학과 컨트리 음악에서 시골의 상징으로 등장하는 Eastern Whip-poor-will은 미국 동부 전역에 서식하는 쏙독새과의 새다. 특징적인 울음소리를 지니고 있으며, 해질녘에 날아다니며 벌레를 사냥한다. 여기서는 전례에 따라 쇠쏙독새로 번역한다.

의 발자국은 이제 보이지 않았다. 발자국이 있던 자리에는 물에 푹 젖어 흐릿해진 반복되는 무늬가, 마치 아주 작은 잔디깎개가 휩쓸고 지나간 것처럼 이어질 뿐이었다.

모두가 차가운 음식을 해치우고 잠자리에 들 때까지도 깔개는 그렇게 널려 있었다. 소년의 가족은 아무런 순서나 다툼도 없이 두 방의 여기저기로 흩어졌다. 어머니는 침대 하나에 들어갔고, 나중에 아버지 또한 그곳에 누울 것이었다. 소년의 형이 나머지 침대를 차지했고, 소년과 이모와 두 누나는 바닥에 깔린 임시 침상에 누웠다. 그러나 소년의 아버지는 아직 잠자리에 들지 않았다. 소년이 기억하는 마지막 장면은 모자와 외투의 평면적이고 거친 그림자가 깔개를 굽어보는 모습이었다. 그러나 아직 눈조차 감지 않은 듯했는데, 어느새 바로 그 그림자가 자신을 내려다보며 서 있었고, 뒤편의 화덕에서는 불씨가 거의 죽어가는 모습이 보였으며, 뻣뻣한 발이 소년을 쿡쿡 찌르며 잠에서 깨어나게 만들었다. "노새를 끌고 와라." 소년의 아버지가 말했다.

소년이 노새를 끌고 돌아와 보니, 아버지는 둘둘 만 깔개를 어깨에 진 채로 컴컴한 문 앞에 서 있었다. "안 타실 거예요?" 소년은 말했다.

"안 탄다. 발 이리 내라."

소년은 무릎을 들어 아버지의 손 위에 발을 올렸고, 말랐지만 근육질인 팔이 깜짝 놀랄 정도의 힘으로 위로 올라가며 소년을 노새의 맨 등 위로 올리고는 (예전에는 이들에게도 안장이 있었다. 언제 어디서였는지는 몰라도 소년은 기억하고 있었다) 마찬가지로 수월하게 소년의 앞자리로 깔개를 올려 놓았다. 이제 두 사람은 별빛 속에서 오후에 갔던 경로를 되짚어 가기 시작했다. 인동이 가득 핀 흙길을 따라서, 정문을 통과하여, 어둑한 터널 같은 진입로를 지나 불빛이라고는 없는 저택 앞에 도달했고, 소년은 노새에 앉은 채로 깔개의 거친 굴곡이 허벅지를 쓸더니 이내 사라지는 것을 느꼈다.

"제가 도와야 하지 않겠어요?" 소년은 속삭였다. 소년의 아버지는 대구하지 않았고 이내 그 뻣뻣한 쪽 발이 다시 텅 빈 현관을 천천히, 딱딱하고 시계처럼 정확하게 딛는 소리가, 그에 실린 무게를 터무니없이 과장하는 소리가 들려왔다. 아버지의 어깨에서 내던져진 것이 아니라 쿵 하고 떨어진 (어둠 속에서도 소년은 알 수 있었다) 깔개가 벽면과 바닥이 만나는 곳에 부딪치며 믿을 수 없게 큰, 우레 같은 소리가 울렸고, 다시 느릿하고 커다란 발소리가 다가왔다. 집 안에서 불빛이 하나 켜지며 소년은 굳은 채로 차분하고 조용하고 아주 조금 빠르게 호흡을 다잡았으나, 발소리는 조금도 빨라지지 않고 이제 계단을 내려오기 시작했다. 이내 소년의 눈에 아버지의 모습이 들어왔다.

"이제 같이 타지 않으실래요?" 소년이 속삭였다. "이제 같이 탈 수 있잖아요." 이제 집안의 불빛이 일렁이며, 확 타올랐다가 잦아들기를 반복했다. *지금 계단을 내려오고 있는 거야.* 소년은 생각했다. 소년은 이미 노새를 승마용 발판 옆에 붙여 두고 있었다. 아버지가 뒷자리에 올라타자 소년은 즉시 고삐를 겹쳐 쥐며 노새의 목에 채찍질을 했다. 그러나 노새가 잰걸음으로 달리기 시작하기 직전에, 마른 근육질의 팔이 소년의 뒤편에서 감싸듯 뻗어나오더니, 단단하고 울퉁불퉁한 손이 노새의 고삐를 당겨 다시 걷도록 만들었다.

첫 붉은 햇살이 비치기 시작할 때쯤, 그들은 마당에서 노새에 쟁기질용 장구를 매고 있었다. 이번에는 소년이 소리를 듣기도 전에 적갈색 암말이 마당에 들어왔고, 말 위의 남자는 옷깃도 달지 않고 장갑도 끼지 않은 모습으로, 몸을 부들부들 떨면서, 저택의 그 여자가 그랬듯이 떨리는 목소리로 말했고, 소년의 아버지는 그저 한 번 올려다보고는 다시 몸을 수그려서 노새에 멍에 채우는 일을 계속할 뿐이었고, 따라서 말 위의 남자는 그의 구부정한 등에 대고 말하게 되었다.

"그 깔개를 망가뜨렸다는 건 잘 알고 있겠지. 여기에 누구든, 자네 쪽 여자 중에 누구라도……" 남자는 말을 멈추고 몸을 부르르 떨었고, 소년은 그를 바라보고 있었으며, 형은 이제 마구간 문간에 나와서 담배를 질겅거리며, 딱히 어디에 눈길도 주지 않은 채 천천히 껌뻑이고만 있었다. "백 달러짜리 물건이야. 하지만 자네는 백 달러는 만져본 적도 없을 테지. 평생 못 만져볼 테고. 그러니 자네 수확에서 옥수수 20부셸을 제하겠네. 자네 계약서에 추가할 테니, 나중에 매점에 들르면 서명하도록 해. 이런다고 내 아내가 잠잠해지지는 않겠지만, 자네가 내 아내의 집에 들어오기 전에 발을 닦아야 한다는 것 정도는 배울 수 있겠지."

그리고 그는 사라졌다. 소년은 내내 입을 열기는커녕 고개를 들지조차 않은 아버지 쪽을 바라봤다. 지금은 멍에의 밧줄걸이를 조절하는 중이었다.

"아빠." 소년이 말했다. 아버지는 소년 쪽으로 고개를 돌렸다 — 이해할 수 없는 표정에, 텁수룩한 눈썹 아래에서 잿빛 눈을 차갑게 번득이면서. 소년은 갑자기 아버지 쪽으로 서둘러 걸어가서는, 마찬가지로 갑자기 걸음을 멈췄다. "아빠는 최선을 다했잖아요!" 소년은 울부짖었다. "다른 식으로 처리하길 원한 거라면 여기서 기다리다가 지시하면 됐을 거 아녜요? 절대로 20부셸이나 주면 안 돼요! 한 톨도 못 준다고요! 수확하자마자 전부 숨겨요! 제가 망을 볼 테니까……"

"시킨 대로 쟁기 손잡이에 날은 제대로 달았겠지?"

"아뇨, 아버지."

"얼른 가서 해라."

그게 수요일에 있었던 일이었다. 그 일주일 동안 소년은 자신이 맡은 일과 그렇지 않은 일을 꾸준히 해나갔고, 너무 부지런해서 몰아세우기는커녕 두 번 지시할 필요조차 없었다. 어머니에게서 물려받은 성정이기는 했으나, 적어도 그중 일부는 스스로 즐기는 일이라는 점만은 다르기는 했다. 이를테면 어머니와 이모가 돈을 벌거나 저축해서 성탄절 선물로 사준 작은 도끼로 장작 쪼개는 일이 그랬다. 두 여인과 함께 (심지어 어느 오후에는 누나 한 명까지 합세하여) 아버지와 지주 사이의 계약서에 적혀 있던 돼지와 젖소 우리를 만들기도 했고, 어느 오후에는 노새를 끌고 어디론가 떠나서 자리를 비운 아버지 대신 경작지로 나서기도 했다.

형과 소년은 힘을 합쳐 흙덩이를 부수는 커다란 쟁기를 끌고 있었다. 형이 쟁기를 똑바로 세우고, 소년은 고삐를 쥔 채로 헐떡이는 노새 옆에서 나란히 걸었다. 비옥한 흑토가 부서지며 걷어올린 발목을 스치는 서늘하고 축축한 감촉을 느끼면서, 소년은 생각했다. 어쩌면 이걸로 끝날지도 몰라. 어쩌면 깔개 하나 값으로는 너무 지나치게만 느껴지는 *20부셸*조차도, 아버지가 예전 모습에서 영영 완전히 벗어나도록 만드는 값으로는 싸게 먹히는 것일지도 몰라. 소년은 이내 몽상에 빠져들었고, 형이 소년에게 노새 제대로 다루라고 날카롭게 소리쳐야 할 지경이 되었다. *어쩌면 20부셸도 안 가져갈지도 모르잖아. 어쩌면 전부 더해버리면 서로 상쇄되어서 사라질지도 모르잖아 — 옥수수, 깔개, 불길이 말이야. 말들이 서로 반대편으로 끌어당기듯 두려움과 비탄 사이에 사로잡혀 있던 바로 그것이, 이젠 영영 완전히 사라져 버릴지도 모르잖아.*

그리고 토요일이 되었다. 소년은 장구를 매던 노새 뒤편에서 고개를 들고, 검은 외투와 모자 차림의 아버지의 모습을 보았다. "그거 말고." 소년의 아버지가 말했다. "짐마차용으로 매라." 그리고 2시간이 흘러 앞자리에는 아버지와 형이 앉고 소년은 뒷자리에 앉은 채로, 짐마차가 마지막 모퉁이를 돌았고, 소년의 눈앞에는 너덜너덜한 담배와 특허약 포스터가 붙어 있는 허름하고 페인트칠도 하지 않은 상점의 모습이 등장했고 발코니 아래쪽에는 짐마차와 승마용 짐승들이 묶여 있었다. 소년은 아버지와 형을 따라 갉아먹힌 계단으로 발을 올렸고, 이번에도 셋이 지나가는 동안 사람들은 조용히 그들을 지켜보기만 했다. 안경 낀 남자가 널판 탁자 앞에 앉아 있었는데, 누가 일러주지 않아도 치안판사임이 분명해 보였다. 소년이 두 번밖에 목격하지 못했으며 심지어 그조차도 달리는 말에 올라앉은 모습만 보았던 그 남자는 오늘은 옷깃과 크라바트를 착용한 채로 참석해 있었고, 소년은 격렬하고 의기양양하며 적대적인 시선으로 그를 슬쩍 쏘아보았다. 그 남자의 얼굴에는 분노가 아니라 믿을 수 없다는 놀라움이 떠올라 있었는데, 이때 소년은 그 표정이 자신의 소작농에게 고소당했다는 놀라운 상황 때문임을 알지 못하고 있었다. 소년은 앞으로 걸어와서 아버지 옆에 서서 치안판사를 향해 소리쳤다.
"아버지가 한 일이 아니에요! 불 같은 건 지르지도……"
"짐마차로 돌아가 있어라." 소년의 아버지가 말했다.
"불?" 치안판사가 말했다. "깔개에 불까지 붙였다는 거요?"
"그렇게 주장한 사람이 있소?" 아버지가 말했다. "짐마차로 돌아가 있어라." 그러나 소년은 그 말에 따르는 대신, 지난번처럼 북적이는 방 뒤편으로 물러가기만 했다. 그러나 이번에는 자리에 앉는 대신, 꿈쩍도 하지 않는 사람들을 밀치며 꿋꿋이 서서 목소리에 귀를 기울였다.
"그쪽 주장은 깔개를 망친 보상으로 옥수수 20부셸은 너무 과하다는 것이었고."
"깔개를 가져와서는 발자국을 닦아내라고 명령했소. 나는 발자국을 닦아낸 다음 깔개를 가져다줬고."
"하지만 당신이 발자국을 남기기 전과 똑같은 상태로 만들어서 돌려준 건 아니었잖소."
소년의 아버지는 대답하지 않았다. 그리고 아마도 30초 정도는 숨소리, 완전히 주의를 기울이며 경청하고 있다는 흐릿하고 꾸준한 긴 한숨 소리 말고는 아무것도 들리지 않았다.
"대답을 거부할 생각이오, 스놉스 씨?" 이번에도 소년의 아버지는 대답하지 않았다. 당신에게 불리한 판결을 내려야겠소, 스놉스 씨. 드 스페인 소령의 깔개에 입힌 피해가 당신 때문이라 파악하고 당신에게 귀책사유가 있다고 판결할 거요. 하지만 그런 상황에 놓인 사람에게 옥수수 20부셸은 조금 과한 것 같군. 드 스페인 소령은 그걸 100달러 주고 샀다고 했소. 10월 옥수수는 어림잡아 50센트 정도 할 테고. 드 스페인 소령이 자기가 현금을 내고 사들인 물건에 대한 95달러 손해를 감수해 준다면, 당신도 아직 벌어들이지 않은 수입에서 5달러 손해 정도는 감수할 수 있지 않겠소. 드 스페인 소령에게 입힌 물적 피해에 대한 보상으로, 당신이 수확철에 거두어들일 작물에서 10부셸의 옥수수를 배상하라고 판결을 내리겠소. 당신과 그 사이의 기존 계약과는 별개이며 우선되는 사항이오. 폐정하겠소."

거의 시간도 별로 걸리지 않았고, 아침도 절반쯤 시작되었을 뿐이었다. 소년은 이제 집으로, 어쩌면 경작지로 돌아갈 것이라고 생각하고 있었다. 나머지 다른 농부들보다 한참을 뒤처져 있었으니까. 그러나 아버지는 그대로 짐마차 뒤편을 지나치며, 형에게 손짓해서 그걸 끌고 따라오라고 지시한 다음, 길 건너 맞은편에 있는 대장간 철물점으로 걸음을 옮겼고, 소년은 아버지 뒤를 따라잡으며 입을 열고는, 낡은 모자 아래의 거칠고 차분한 얼굴을 올려다보며 속삭이기 시작했다. "그 10부셸도 못 얻을 거예요. 1부셸도요. 우리는……" 그러다 아버지가 아주 잠시 힐끔 소년을 내려다보았고, 소년은 말을 멈추었다. 완벽하게 차분한 얼굴에, 차가운 눈 위편에는 회색 눈썹이 헝클어져 있었으며, 목소리는 거의 즐겁게, 거의 부드럽게 들렸다.

"그렇게 생각하냐? 그래, 어차피 10월까지는 기다려봐야겠지."

 짐마차를 손보는 일은 — 바퀴살 두어 개 갈아끼우고 바퀴의 금속테를 빠지지 않게 조이는 정도였다 — 별로 오래 걸리지 않았다. 금속테 문제는 철물점 뒤편의 시냇물로 마차를 몰고 들어가서 세워두기만 하면 끝나는 일이었다. 노새들은 가끔 물을 홀짝거렸고, 소년은 고삐를 느슨하게 쥔 채로 마부석에 앉아서, 대장간의 지붕과 어둑한 작업장 내부를, 느릿한 망치 소리와 낙우송 나무토막에 느긋하게 앉아 있는 아버지가 말을 주고받는 소리가 울리는 그곳을 지켜보고 있었다. 소년이 시냇물에서 마차를 끌고 나와서 바퀴에서 물자국을 흘리며 대장간 문 앞에 세울 때까지도, 아버지는 여전히 그곳에 앉아 있었다.

 "그늘로 가서 묶어 놔라." 아버지가 말했다. 소년은 그렇게 한 다음 돌아왔다. 아버지와 대장장이와 문 안쪽에 쭈그려 앉은 세 번째 남자가 작물과 가축 이야기를 나누고 있었다. 소년도 소변 냄새 나는 먼지와 깎아낸 발굽 조각과 녹가루가 휘날리는 한복판에 쭈그려 앉아서, 아버지가 길게 늘어놓는 장광설에 귀를 기울였다. 형조차도 태어나기 전, 아버지가 전업 말 상인이던 시절의 이야기였다. 그러다 아버지가 소년 쪽으로 다가와서 맞은편 벽에 붙어 있던 너덜너덜한 작년 서커스 포스터 앞에 서더니, 진홍색 말들과 놀라운 균형 감각과 공연 복장이 역동하는 모습과 광대들의 얼굴에 그린 웃음을 홀린 듯 조용히 바라보다가, 이내 입을 열었다. "뭔가 먹어야겠군."

 집에서 먹는다는 이야기는 아니었다. 소년은 대장간 바깥벽에 기대어 형과 함께 나란히 쭈그려앉은 채, 아버지가 상점에서 나와서 종이봉투에서 치즈 한 덩이를 꺼내더니 주머니칼로 조심스럽고 신중하게 삼등분을 한 다음, 같은 봉투에서 크래커를 꺼내는 모습을 지켜보았다. 셋은 발코니에 쭈그려 앉아 천천히, 아무 말 없이 음식을 먹었다. 그리고 다시 가게로 들어가서, 삼나무 양동이와 생버드나무 냄새가 나는 미지근한 물을 양철 국자로 떠마셨다. 그런 다음에도 그들은 집으로 향하지 않았다. 이번 목적지는 말 시장이었다. 높은 울타리를 따라 남자들이 서거나 앉아 있는 앞으로, 건물에서 말을 한 마리씩 끌고나와 속도를 올리며 구보와 속보로 길을 따라 걷게 만들었고, 느릿하게 말이 바뀌어가며 거래가 성사되는 와중에 해가 서편으로 기울기 시작했다. 그들 세 명은 그 모습을 지켜보고 귀를 기울였다. 형은 흐릿한 눈으로 언제나 떼놓지 못하는 줄담배를 피웠고, 아버지는 딱히 누구에게랄 것도 없이 말을 품평하는 소리를 한두 마디씩 던지곤 했다.

세 사람이 집에 도착한 것은 해가 저문 뒤였다. 램프 불빛 속에서 저녁을 먹은 후, 소년은 문간에 앉아서 밤이 완전히 내리덮이는 모습을 지켜보며, 쇠쏙독새와 개구리 울음소리에 귀를 기울였다. 갑자기 어머니의 목소리가 들려왔다. "애브너! 안 돼요! 안 돼! 아, 신이시여. 아, 세상에. 애브너!" 소년이 자리에서 일어나며 몸을 휙 돌려 보니, 문을 통해 흘러나오는 불빛은 어느새 탁자에 놓인 빈 병에 꽂힌 양초 도막으로 바뀌어 있었고, 여전히 모자와 외투를 벗지 않은 그의 아버지는, 마치 어느 추레한 폭력의식을 위해 세심하게 차려입은 듯 정중하며 동시에 희극적으로 보이는 모습으로, 램프 속의 내용물을 5갤런들이 등유통에 다시 부어넣고 있었고, 어머니는 그 팔에 매달려 있었다. 아버지는 램프를 반대편 손에 들더니 어머니를 뿌리쳤다. 야만스럽게나 사납게가 아닌, 그저 거칠게 벽 쪽으로 뿌리쳤을 뿐이었고, 어머니는 손으로 벽을 짚으며 몸의 균형을 잡았고, 입을 여는 그녀의 얼굴에는 목소리에서 묻어나던 바로 그 가망 없는 절망이 깃들어 있었다. 문득 소년의 아버지가 문가에 서 있는 소년을 쳐다봤다.

"헛간으로 가서 짐마차에 기름칠할 때 쓰던 기름통을 가져와라." 그가 말했다. 소년은 움직이지 않았다. 간신히 입이 열렸다.

"지금……" 소년이 소리쳤다. "지금 뭘 하려고……"

"가서 기름 가져와라." 그의 아버지가 말했다. "얼른."

다음 순간 소년은 움직여서, 달려서, 집 밖으로 나가서, 마구간으로 향하고 있었다. 해묵은 버릇대로, 스스로 선택하기를 허락받지 못했던 그 해묵은 혈연이, 좋든 싫든 소년에게 유증遺贈되었으며 정말로 오랫동안 흘러온 (그리고 그동안 그 어떤 분노와 야만과 정욕에 빌붙었을지는 누구도 모를) 바로 그 피가 시키는 일이었다. *이대로 계속 달려도 돼.* 소년은 생각했다. *이대로 뒤도 안 돌아보고 계속 달려가면, 두 번 다시는 그 사람 얼굴을 볼 필요도 없을 거잖아. 그런데 난 못 해. 못 한다고.* 이제 소년의 손에는 녹슨 기름통이 들려 있었고, 집으로 달려가고 들어가는 소년의 달음박질에 맞추어 액체가 찰랑였으며, 옆방에서는 어머니의 흐느끼는 소리가 들려오는 가운데, 소년은 아버지의 손에 기름통을 건넸다.

"깜둥이도 안 보낼 거예요?" 소년은 소리쳤다. "저번에는 깜둥이라도 보냈잖아요!"

 이번에 아버지는 소년을 후려치지 않았다. 때릴 때보다도 훨씬 빠르게 불쑥 손이 다가왔다. 힘겨울 정도로 조심스레 기름통을 탁자에 올려놓은 바로 그 손이, 미처 눈으로 따라잡지도 못할 정도로 빠르게 다가와서는, 알아차리지도 못한 사이에 목덜미 옷깃을 붙들고 거의 들어올리다시피 하더니, 숨막힐 듯한 얼어붙은 흉포함이 깃든 얼굴이 소년을 굽어보고, 차갑고 먹먹한 목소리가 소년 뒤편에서 탁자에 기대서 있던 형에게, 소처럼 한쪽 입으로 꾸준히, 호기심 어린 얼굴로 담배를 씹고 있던 형에게 지시를 내렸다.

 "큰 통에다 여기 있는 기름도 옮겨 담고 먼저 출발해라. 곧 따라잡겠다."

 "그 자식은 침대 다리에다 묶어놓는 게 좋을 걸요." 형이 말했다.

 "시키는 일이나 해라." 아버지가 말했다. 뒤이어 소년의 몸이 움직이는 것이, 뭉쳐진 셔츠와 견갑골 사이로 들어오는 단단하고 뼈마디가 불거진 손이, 자신의 발가락이 간당간당하게 바닥에 닿는 것이, 방을 가로질러 다른 방으로 옮겨지는 것이 느껴졌다. 차가운 화덕 앞에서 의자 두 개에 두툼한 허벅지를 쩍 벌리고 앉아 있는 누나 둘을 지나쳐서, 어머니와 이모가 침대에 나란히 앉아 있는 곳에 이르렀고, 이모는 어머니의 어깨에 팔을 둘러 감싸안고 있었다.

 "이놈 붙들고 있어." 아버지가 말했다. 이모가 퍼뜩 놀란 듯 몸을 움직였다. "처제 말고." 아버지가 말했다. "레니. 이놈 잘 붙들고 있어. 당신한테 맡기는 일이야." 어머니는 소년의 손목을 붙들었다. "그것보다는 제대로 붙잡고 있어야 할 거야. 풀려나면 무슨 짓을 저지를지 알고 있을 텐데? 저 길을 따라 올라가겠지." 그는 도로 쪽으로 고개를 꺾었다. "그냥 내가 묶어놓는 편이 나을지도 모르겠군."

"내가 붙들고 있을게요." 어머니가 속삭였다.

"그럼 제대로 해." 그리고 소년의 아버지는 사라졌다. 뻣뻣한 다리가 묵직하고 간격에 맞춰 바닥에 끌리던 소리가, 마침내 멈추었다.

그리고 소년은 몸부림치기 시작했다. 어머니가 양팔을 붙들었고, 소년은 팔을 뒤틀고 뿌리쳐댔다. 언젠가는 그가 더 강해질 것이라는 점은 분명했고, 소년도 알고 있었다. 그러나 지금은 그러기를 기다릴 시간이 없었다. "놔 줘요!" 소년은 소리쳤다. "엄마를 때리고 싶지 않다고요!"

"보내 줘!" 이모가 말했다. "이 애가 안 가면, 신께 맹세코 내가 직접 그리 올라갈 거니까!"

"그럴 수가 없다고, 이해가 안 돼?" 어머니가 울부짖었다. "사티! 사티! 안 돼! 안 돼! 도와줘, 리지!"

그렇게 소년은 풀려났다. 이모가 그를 잡으려고 손을 뻗었으나 너무 늦어버렸다. 소년은 몸을 휙 돌리더니 그대로 달음박질쳤고, 어머니는 무릎을 꿇은 채로 비틀거리며 몸을 뻗고는 가까운 쪽 누나에게 소리쳤다. "저 애 잡아, 넷! 저 애 잡아!" 그러나 이 또한 너무 늦었으니, 자매는 (두 자매는 한날한시에 태어난 쌍둥이였으며, 이제는 어느 쪽도 다른 가족 구성원 두 사람 분량

불타오른 헛간 55

의 살집과 부피와 체중을 보유하고 있었다) 제대로 의자에서 일어나려는 시늉도 하지 않은 채, 그저 머리를, 얼굴을 슬쩍 돌렸을 뿐이었고, 달려나가던 소년은 그저 무엇에도 놀라지 않고 소처럼 흥미를 슬쩍 보이기만 하는, 넓적하게 퍼진 젊은 여성의 이목구비를 잠깐 바라보고 지나칠 뿐이었다. 그렇게 소년은 방을 나와서, 집을 나와서, 흙먼지가 살짝 일어나는 별빛 가득한 도로와, 함뿍 피어난 인동덩굴을 따라 달려갔고, 달음박질하는 소년의 발아래에서는 희여멀건 리본이 지독히 느리게 꾸준히 풀려나가서 마침내 정문에 이르렀고, 소년은 심장과 허파가 두방망이질하는 것을 느끼며 계속 달려서 불 켜진 저택의 진입로에, 불 켜진 현관문 앞에 이르렀다. 소년은 문을 두드리지 않고 그대로, 숨을 헐떡이며 집으로 들어갔고, 한순간 말을 뱉을 수조차 없었다. 리넨 재킷을 입은 검둥이가 깜짝 놀란 얼굴로 그를 바라보고 있었지만, 소년은 검둥이가 언제 자기 앞에 왔는지조차 알지 못했다.

"드 스페인!" 소년은 헐떡이며 소리쳤다. "그 사람 어디에……" 다음 순간, 하얀 문에서 나온 백인 남자가 복도를 따라 걸어오는 모습이 눈에 들어왔다. "헛간!" 소년은 소리쳤다. "헛간이요!"

"뭐라고?" 백인 남자가 말했다. "헛간?"

"그래요!" 소년이 울부짖었다. "헛간이요!"

"저 애 잡아!" 백인 남자가 소리쳤다.

그러나 이번에도 너무 늦었다. 검둥이가 소년의 셔츠를 붙잡았으나, 너무 빨아서 해진 소매 전체가 그대로 뜯겨나가 버렸고, 소년은 그 문에서도 빠져나와 진입로를 달려가기 시작했고, 사실은 백인 남자의 면전에 대고 소리치는 동안에도 달리기를 절대 멈추지 않았던 것만 같았다.

뒤편에서 백인 남자의 고함이 들려왔다. "내 말! 내 말을 데려와!" 소년은 문득 정원을 가로질러 울타리를 넘어서 도로로 나갈까 하는 생각을 했지만, 정원의 지리도 모르는 데다 덩굴로 뒤덮인 울타리가 얼마나 높은지도 알 수 없으니 위험을 무릅쓰지 말자는 생각이 들었다. 그래서 소년은 피와 숨이 끓어오르는 것을 느끼며 진입로를 달려 내려갔다. 이내 소년은 다시 도로에 도착했으나, 알아볼 수가 없었다. 소리조차 들리지 않았다. 달리는 암말이 미처 소리가 들리기도 전에 소년 근처까지 와 있었지만, 소년은 마치 자신의 격렬한 비탄과 갈망이 한순간만 더 버티면 날개를 달아주기라도 할 것처럼 방향조차 바꾸지 않고 달리다가, 바로 정확한 순간에 길가의 잡초 가득한 도랑으로 몸을 던졌고, 말은 그대로 소년을 지나쳐 달려갔다. 순간 초여름의 평화로운 밤하늘을 배경으로 격노한 불길이 얼룩처럼 격하게 위로 치솟았다. 말과 기수의 형상이 사라지기 전부터도 길고 휘몰아치는, 지나치게 거대하고 소리 없는 불길은 별들 위로 얼룩졌고, 소년은 벌떡 일어나서 다시 도로로 나와 달리기 시작했다. 너무 늦었다는 것을 알면서도, 심지어 총성이 들리고, 직후 두 발의 총성이 이어질 때까지도 달리고 있었다. 소년은 자신이 멈췄다는 것을 모르면서도 발을 멈추고 "아빠! 아빠!" 하고 소리치고는 자신이 다시 달리기 시작했다는 것을 모르면서도 다시 달리기 시작했고, 뭔가에 발이 걸려 비틀거리다 넘어졌다가도 멈추지 않고 일어나면서, 어깨 너머로 불길을 힐끔거리며 보이지 않는 나무들 사이를 달려가며 헐떡이고 흐느꼈다. "아버지! 아버지!"

한밤중이 되어 소년은 어느 언덕 꼭대기에 앉아 있었다. 소년은 한밤중이 되었다는 것도, 자신이 얼마나 멀리 왔는지도 모르고 있었다. 그러나 이제 뒤편의 불길은 없어졌으며, 소년은 지난 나흘 동안 집이라고 불렀던 곳을 등진 채로, 호흡을 가다듬은 후에 들어갈 숲 쪽을 바라보며, 자리에 앉아 있었다. 추운 어둠 속에서 작은 몸을 계속 떨면서, 얇고 너덜너덜한 남은 셔츠 조각 안으로 몸을 옹송그리며, 비탄과 절망이 두려움과 공포가 아니라 다시 비탄과 절망으로 변한 채로. *아버지. 나의 아버지*. 소년은 생각했다. "용감한 분이셨어!" 소년은 갑자기 소리쳤다. 입 밖에 내긴 했어도 그리 크지는 않은, 고작 속삭임 정도였지만. "정말이라고! 전쟁에 뛰어드셨단 말이야! 사토리스 대령의 기병대에 계셨다고!" 소년은 모르고 있었다. 자기 아버지가 옛 유럽에서 말하는 비공인 병사로서, 제복도 입지 않고 누구의 지휘에도 따르지 않고 어느 쪽의 인물이나 군대나 깃발에도 충성을 맹세하지 않은 채, 말브룩이 그랬듯이 오로지 전리품만을 노리고 참전했음을* — 그리고 그 전리품이 적이 아니라 아군에게서 취한 것이어도 아무런 거리낌도 없었다는 것을.

별자리가 천천히 천상을 회전했다. 잠시 후에는 동이 트고 날이 밝아올 것이고, 소년은 배가 고파질 것이다. 그러나 그건 내일

---

* 말브룩, 즉 초대 말버러 공작 존 처칠은 그 탐욕으로 이름 높았으며, 조너선 스위프트에 의해 탐욕의 상징으로 남게 되었다.

있을 일이고, 지금은 그저 춥기만 할 뿐이었으며 걸으면 해결될 것이었다. 이제 호흡이 좀 가라앉았기에 소년은 자리에서 일어나 걸음을 옮기기로 결정했고, 뒤이어 거의 새벽이 되었다는 사실을 알아차리고 자신이 잠들었었다는 것을 깨달았다. 쇠쏙독새의 소리를 들으니 밤이 거의 끝나가는 모양이었다. 소년 뒤편의 어둑한 나무마다 가득한 쇠쏙독새들이, 마치 아침에 우는 새들에게 자리를 양보할 순간까지 울음소리가 절대 끊기는 일이 없게 만들려는 것처럼, 오르내리는 소리로 멈추지 않고 계속 울어대고 있었다. 소년은 자리에서 일어섰다. 몸이 조금 뻣뻣했지만 추위와 마찬가지로 그 또한 걷다 보면 해결될 것이었고, 머지않아 해가 뜰 것이다. 소년은 언덕을 내려가서 물 흐르는 듯 청아한 새 소리가 쉬지 않고 울리는 어둑한 숲을 향해 걸음을 옮겼고 — 늦봄 한밤중의 다급한 합창이 그의 심장이고, 빠르고 다급한 박동이 울리는 것처럼 느껴졌다. 소년은 뒤돌아보지 않았다.

주님의 지붕널
Shingles for the Lord

 아빠는 해 뜨기 1시간 전에 일어나서 노새를 잡아타고, 킬리그루 씨네 집으로 널판 쪼개는 도끼와 자루가 긴 망치를 빌리러 갔다. 40분이면 너끈히 돌아올 만한 거리였다. 그러나 아빠는 해가 떠오르고 내가 우유를 짜고 소를 먹이고 아침식사를 하고 있을 때에야 돌아왔고, 노새는 진땀을 흘리는 정도가 아니라 지쳐 쓰러지기 직전인 상태였다.
 "여우 사냥이야." 아빠가 말했다. "여우 사냥이란다. 일흔 살이나 먹어서 양쪽 발과 한쪽 무릎까지 무덤에 들어가 있는 양반이, 밤새 언덕배기에 쪼그려 앉아서 여우 쫓는 소리를 듣고 있었다는 거야. 앉아 있는 통나무 옆으로 달려와서 보청기에다 울부짖지 않으면 듣지도 못할 거면서.* 나도 아침 좀 줘." 아빠가 엄마에게 말했다. "윗필드는 그 널판 잘라낼 통나무 앞에 서서 회중시계를 손에 든 채로 기다리고 있을 텐데 말이야."
 그 말은 사실이었다. 우리는 교회를 지나쳐 노새를 몰았고, 그곳에는 솔론 퀵의 통학버스용 트럭뿐 아니라 윗필드 목사의 늙은 암말도 와 있었다. 우리가 묘목에 노새를 묶고 점심 양동이를 가지에 건 다음, 아빠는 킬리그루 씨의 널판 도끼와 망치와 쐐기를 들고 나는 우리 도끼를 들고는 널판용 통나무로 갔다. 솔론과 호머 북라이트는 제각기 널판 도끼와 망치와 쐐기를 들고는 나무토막 하나씩을 차지하고 앉아 있었고, 윗필드는 아빠가 말한 그대로 삶아 빤 셔츠를 입고 검은 모자와 바지와 넥타이를 걸친 채로, 손에 회중시계를 들고 서 있었다. 아침 햇살에 반짝이는 금시계는 다 자란 호박만큼이나 커다래 보였다.

"자네 늦었군." 그가 말했다.

그래서 아빠는 킬리그루 노인이 밤새 여우 사냥에 나섰으며, 그래서 집에 킬리그루 부인과 식모밖에 없어서 널판 도끼를 빌려줄 사람이 없었다고 다시 설명했다. 당연하지만 식모가 킬리그루의 연장을 함부로 빌려줄 리는 없었고, 킬리그루 부인은 킬리그루보다 한층 심하게 귀가 먹었다. 집 안으로 달려 들어가서 불이 났다고 알려줘도, 그대로 흔들의자에 앉은 채로 자기도 그렇게 생각한다고 말할 사람이었다. 물론 말을 꺼내기도 전에 식모한테 개를 풀라고 소리치지 않았다면 말이다.

"어제 가서 널판 도끼를 빌려 놓아도 되지 않았겠나." 윗필드

---

* 미시시피의 여우 사냥은 영국이나 미국 동부의 여우 사냥과 달리 관전의 요소가 들어 있는 스포츠였다. 한밤중에 사냥개를 풀어 여우를 몰며, 나머지 참가자들은 말을 몰아 추격전에 끼어들거나 주변 언덕 꼭대기에 화톳불을 피우고 위스키를 마시며 기다린다. 어느 경우에도 주된 요소는 소리로 추격전을 쫓으며 사냥개들의 '음악'을 감상하는 것이었다.

가 말했다. "주님께서 거하시는 성소의 지붕을 올리는 날이 온 여름 중에서도 바로 오늘이라고 약속하지 않았나. 한 달 전부터 알고 있었을 텐데."

"고작 두 시간 늦었을 뿐인뎁쇼." 아빠가 말했다. "주님도 용서해 주시겠죠. 어차피 시간에 신경 쓰시는 분은 아니지 않습니까. 구원에나 관심이 있으실 테니."

윗필드는 아빠가 말을 끝마치기를 기다리지도 않았다. 폭풍우처럼 아빠에게 노성怒聲을 지르는 모습이 내게는 키가 한층 커진 것처럼 보였다. "둘 다 관심이 없으시네! 양쪽 모두 주님의 것인데, 왜 구태여 신경을 쓰시겠나? 그리고 그분의 교회 지붕널을 교체하는 일에 쓸 연장조차 제때 빌려오지 못하는 가련하고 우매한 영혼까지 굽어살피시는 이유는, 나로서도 도저히 짐작이 안 되는군. 어쩌면 그분의 피조물이기 때문일 수도 있겠지. 어쩌면 그분께서 혼잣말처럼, '내가 만들었으니까. 왜 그랬는지 모르겠군. 하지만 내가 저지른 일이니 저들이 순순히 따라오든 말든 소매를 걷어붙이고 영광의 길로 이끌어야지 별 수 있겠어'라고 중얼거리고 계실지도 모를 일이지!"

그러나 어차피 지금 이곳에서 벌어질 일은 아니었고, 내 생각에는 윗필드도 그걸 아는 것 같았다. 자신이 머무르면 여기서는 아무 일도 진행되지 않을 것임을 알고 있는 것처럼. 그래서 그는 시계를 다시 주머니에 집어넣고 솔론과 호머에게 일어나라고 손짓했고, 그를 제외한 나머지 모두는 모자를 벗었으며 목사는 눈을 감은 채 태양을 향해 고개를 들고 회색 눈썹을 마치 벼랑 끄트머리에 놓인 무쇠빛 애벌레처럼 꿈틀거리면서 말했다. "주여,

이들이 지붕을 깔끔하게 덮도록 널판을 똑바로 깎아내고, 판자들이 하나하나 깔끔하게 떨어져 나가도록 하소서. 주님을 위한 널판입니다." 그리고 눈을 뜨고 다시 우리를, 그중에서도 특히 아빠를 바라보더니, 걸음을 옮겨서 자기 암말의 고삐를 풀고 노인네처럼 느릿하고 뻣뻣하게 올라탄 다음, 그대로 말을 몰아 가 버렸다.

아빠는 널판 도끼와 망치를 내려놓고 쐐기 세 개를 땅에 나란히 놓은 다음, 도끼를 들었다.

"자, 친구들." 그가 말했다. "이제 시작하자고. 우리 벌써 꽤나 늦었어."

"나랑 호머는 안 늦었는데." 솔론이 말했다. "아까부터 와 있었다고." 이번에는 그와 호머도 나무토막에 걸터앉지 않았다. 그대로 땅에 쭈그려앉아 있을 뿐이었다. 그때 문득 호머가 나뭇가지 하나를 깎고 있는 모습이 눈에 들어왔다. 그때까지는 전혀 모르고 있었는데 말이다. "두 시간이 좀 넘도록 일하고 있었단 말이야." 솔론이 말했다. "대충 그 정도 되지."

아빠는 여전히 반쯤 허리를 굽힌 채로, 도끼를 들고 있었다. "한 시간 쪽에 가까울 것 같은데." 그가 말했다. "하지만 일단 논의를 위해서 두 시간이라고 해 두자고. 그래서 어쨌다는 건가?"

"무슨 논의?" 호머가 말했다.

"좋아." 아빠가 말했다. "두 시간이라고 하자고 그래서 어쨌는데?"

"세 사람의 한 시간치 노동 단위에, 두 시간을 곱해 봐." 솔론이 말했다. "그러면 노동 단위가 여섯이 된다고." WPA*에서 처음 요크나파토파 카운티에 내려와서 일자리와 식량과 매트리스를 나눠주기 시작했을 때, 솔론은 거기에 동참하려고 제퍼슨으로 나갔다. 통학버스용으로 개조한 트럭으로 22마일을 달려 매일 아침 도시로 갔다가 밤에 돌아오곤 했다. 그렇게 거의 일주일을 왕복한 끝에, 솔론은 그 혜택을 받으려면 자기 농장을 다른 사람 명의로 이전해야 할 뿐 아니라 직접 개조한 통학버스용 트럭도 몰거나 소유하면 안 된다는 사실을 발견했다. 솔론은 그날 밤 돌아온 후로 다시는 돌아가지 않았고, 이때쯤에는 싸움을 걸 심산이 아니라면 그의 앞에서 WPA를 언급하는 사람도 사라지기는 했지만, 그는 가끔가다 지금처럼 모든 것을 노동 단위로 분할하는 수작을 부리곤 했다. "노동 단위 여섯이 부족하다는 거야."

"그중 넷은 자네와 호머가 여기서 나를 기다리면서 일하면서 메운 셈이잖아." 아빠가 말했다.

"문제는 우리가 안 그랬다는 거지." 솔론이 말했다. "우리는 교회 지붕널을 교체하는 작업에서 윗필드한테 시간당 3인 분량의 노동 단위를 12시간씩 제공하겠다고 약속했어. 우리는 해가 뜬 직후부터 여기 와서 일을 시작할 수 있게 세 번째 노동 단위가 도착하기를 기다리고 있었다고. 자네는 지난 몇 년 동안 이 나라에 흘러넘쳐 들썩이게 만드는 이런 현대적인 노동 개념을

---

* WPA(Works Progress Administration)는 프랭클린 D. 루스벨트가 1935년 서명한 법안으로, 궁핍한 실업자들에게 일자리를 제공하기 위해 만들어졌다. '궁핍한 실업자'의 판단 기준은 여러 번에 걸쳐 수정안이 제시되었으며, 자동차 소유자를 배제하는 시도 또한 지속적으로 이루어졌다.

못 따라오는 모양이지만."

"뭐가 현대적 개념이라는 거야?" 아빠가 말했다. "일하는 데 있어서 개념이란 딱 하나밖에 없다고. 끝날 때까지는 끝난 게 아니고, 끝나면 끝난 거라는 거지."

호머는 다시 나뭇가지 하나를 길고 천천히 저며냈다. 면도칼처럼 잘 드는 손칼이었다.

솔론은 코담배갑을 꺼내서 뚜껑을 채운 다음 기울여서 입술에 담고서는 호머에게 담배갑을 건넸고, 호머가 고개를 젓자, 솔론은 뚜껑을 씌운 다음 담배갑을 다시 주머니에 집어넣었다.

"그래서." 아빠가 말했다. "내가 일흔 살 먹은 노친네가 여우 사냥을 나가서, 밤새 숲속에 들어앉아서 길가 싸구려 술집에서 입을 떡 벌리고 음악이나 듣는 것이나 별반 다를 바 없는 짓을 하는 걸 기다리다 왔기 때문에, 우리 셋 모두가 내일 여기로 돌아와서 자네와 호머가 일하지 않은 두 시간을 채워야 한다고—"

"난 빼야지." 솔론이 말했다. "호머야 무슨 생각일지 모르고. 나는 윗필드에게 하루를 약속했어. 해 뜰 때부터 일을 시작하려고 여기 와 있었고. 그러니까 해가 지면 나는 일을 다 끝냈다고 간주할 거라고."

"알겠군." 아빠가 말했다. "잘 알겠어. 돌아와야 하는 건 나뿐이라 이거지. 나 혼자서. 자네와 호머가 늘어져 쉬면서 보낸 두 시간을 벌충하라고 내 오전 시간을 쪼개 쓰라 이거군. 자네와 호머가 일거리에는 손도 대지 않은 두 시간을 채우려고 내일 두 시간을 쓰라는 거야."

"그냥 오전에 시간 좀 쓰는 정도로는 부족할 텐데." 솔론이 말했다. "통째로 들어갈 거라고. 남은 노동 단위가 여섯이잖나. 한 사람이 한 시간을 일해야 하는 분량이 여섯이라 이거야. 자네가 나와 호머를 합친 것보다 두 배는 빠르게 일한다면 네 시간에 끝나겠지만, 아무리 자네라도 세 배를 빠르게 일해서 두 시간에 끝내기는 무리겠지."

아빠는 이제 일어서 있었다. 숨을 거칠게 몰아쉬면서. 모두에게 그의 숨소리가 들렸다. "그래." 그가 말했다. "그렇다 이거지." 아빠는 도끼를 휘둘러 나무토막 하나에 박아넣고는, 그대로 쪼개려고 평평한 쪽을 번쩍 들어올렸다. "그러니까 자네들이 아예 아무 일도 안 하고 노닥거린 두 시간을 벌충하려고, 내 시간에서 한나절을 써야 한다는 거잖아. 지금도 우리 집에서 내 손을 기다리는 일거리가 산더민데. 그저 내가 최선을 다해 열심히 일하는 평범한 농부고, 그 빌어먹을 널판용 도끼를 소유하고 있는 퀵이나 북라이트라는 이름의 백만장자가 아니라는 이유 때문에 말이야."

그리고 그들은 작업을 시작했다. 통나무를 적당한 크기의 목재로 쪼개고, 그 목재를 다시 결에 따라 나무널로 잘라내는 일이었다. 그러고 나면 내일 작업을 약속해 놓은 털과 스놉스와 다른 사람들이 낡은 나무널을 뜯어내고 새 나무널을 교회 지붕에 올려 못질할 것이다. 그들은 세운 목재를 가운데 두고 양 다리를 뻗은 모습으로, 땅바닥에 그대로 적당히 둘러앉아 있었다. 솔론과 호머는 한 쌍의 시계가 째깍거리는 것처럼 가뿐하고 수월하고 꾸준하게 작업을 해나갔지만, 아빠는 매번 물뱀의 머리를 후리듯이 묵직하게 내려찍었다. 망치를 휘두르는 기세만큼 속도도 올렸다면 솔론과 호머를 합친 것만큼의 나무널을 잘라냈을 것이다. 망치를 머리 위로 번쩍 치켜들어 때로는 거의 1분 동안 꿈쩍도 않고 들고만 있다가, 휘둘러서 널판용 도끼의 날을 내려쩍었는데, 내려칠 때마다 나무널이 옆으로 날아가는 것만이 아니라 널판용 도끼도 자루의 날 끼우는 구멍까지 깔끔하게 땅에 박혀 버렸다. 아빠는 그걸 느릿하고 꾸준하고 힘겹게 당겨 빼냈는데, 마치 나무뿌리나 돌에 걸려서 영영 빠지지 않기를 바라는 듯한 모습이었다.

"어이, 이봐." 솔론이 말했다. "조심하지 않으면 내일 아침의 추가 노동 여섯 시간 동안에도 쉬는 것밖에는 아무 할 일도 없게 될 거야."

아빠는 아예 고개도 들지 않았다. "비키기나 해." 그는 말했고, 솔론은 그 말에 따랐다. 미리 물양동이를 옮겨놓지 않았더라면 아빠는 목재에 추가로 그것까지 쪼개놓았을 것이다. 이번에는 나무널이 통째로 회전하며 날아가서 큰낫의 날처럼 솔론의 정강이를 스치고 지나갔다.

"추가 노동 단위를 채우려면 다른 사람을 고용하는 편이 훨씬 나을 텐데." 솔론이 말했다.

"뭘로 고용해?" 아빠가 말했다. "노동 어쩌구를 가지고 씨름할 만큼 WPA를 아는 것도 아니고. 비키기나 해."

그러나 이번에는 솔론도 미리 비켜서 있었다. 아빠가 맞히려면 자세를 통째로 바꾸거나 나무널이 휘어 날아가게 해야 했을 것이다. 따라서 이번 나무널도 솔론을 맞히지 못했고, 아빠는 다시 땅에 박힌 널판용 도끼를 애써 느릿하고 꾸준하게 빼내기 시작했다.

"현금 말고 다른 걸로 거래할 수 있을지도 모르지." 솔론이 말했다. "그 개를 써보는 건 어때."

이 말에야 아빠는 진짜로 움직임을 멈추었다. 당시에는 나 자신도 몰랐지만, 그래도 솔론보다는 한참 전에 알아내기는 했다. 아빠는 망치를 머리 위로 든 채로, 그리고 널판용 도끼날을 다음 목재에 올려둔 채로 멈추고는 솔론을 바라보았다. "그 개 말이야?" 그가 말했다.

잡종견 비슷한 녀석으로, 작은 새 사냥개와 콜리, 그리고 아마도 상당한 양의 기타 이런저런 혈통이 뒤섞여 있었을 테지만, 유령처럼 소리 없이 숲속을 돌아다닐 수 있으며 땅바닥에서 다람쥐의 흔적을 발견하면 주인이 눈에 보이는 곳에 없을 경우에만 한 번 짖고 그대로 살그머니 추적해서 나무에 몰아넣을 때까지 아무 소리도 안 내고, 심지어 그때조차도 주인이 자신을 시야에서 놓쳤을 경우에만 짖는 개였다. 그 개는 아빠와 버넌 털의 공동 소유였다. 강아지였을 때 월 바너가 털에게 넘겼는데, 아빠가 절반의 지분을 받고 그 녀석을 키웠다. 아빠와 내가 함께 훈련시켰으며, 너무 커져서 엄마가 집 밖으로 쫓아내기 전까지 내 침대에서 함께 자던 사이였고, 지난 6개월 동안 솔론이 사들이려고 계속 애써 왔던 녀석이었다. 털은 2달러에 자기 몫인 지분 절반을 넘기기로 했으나 아빠는 6달러를 더 받아내야 한다고 버티는 중이었는데, 누구한테라도 10달러는 받아야 하는 개니까 털이 절반을 요구하지 않는다면 그것까지 대신 받아내 주겠다는 주장이었다.

"그게 목적이었군." 아빠가 말했다. "처음부터 노동 단위 문제가 아니었어. 개새끼 단위 문제였지."

"그냥 제안하는 거라고." 솔론이 말했다. "망가진 지붕널 때문에 내일 아침에 자네 개인 사업을 여섯 시간이나 방해하면 곤란하니까 친절하게 제안해 보는 거지. 그 재주 많은 웃자란 잡종개의 자네 지분을 넘기겠다면, 내가 자네 대신에 지붕널을 마저 만들어 주겠어."

"그 안에는 물론 1달러짜리 단위 여섯 개도 추가되어야겠지." 아빠가 말했다.

"아니, 아니지." 솔론이 말했다. "자네 몫의 절반에도, 털이 자기 지분에 동의한 2달러를 지불할 거야. 내일 아침에 개를 끌고 여기로 나왔다가, 교회 지붕 따위는 잊어버리고 그대로 돌아가서 뭔지 모를 그 다급한 사적인 문제를 처리하면 되는 거야."

이후 약 10초 동안, 아빠는 망치를 그대로 들어올린 채 솔론을 바라봤다. 뒤이은 3초 동안, 아빠의 눈길은 솔론은 물론이고 다른 무엇에도 향하지 않았다. 그러다 아빠는 다시 솔론을 바라보았다. 마치 정확히 2.9초가 지난 후에야 자신이 솔론을 바라보지 않고 있다는 사실을 깨닫고, 최대한 빨리 솔론에게로 시선을 돌린 듯한 느낌이었다. "하." 아빠는 말했다. 그리고 웃음을 터뜨렸다. 분명 입을 벌리고 있는 데다 웃음처럼 들렸으니 웃음이라 해도 좋을 법했다. 그러나 그 웃음은 아빠의 잇새를 벗어나지 못했으며 아빠의 눈이 이상으로 올라가지도 않았다. 게다가 이번에는 "비키기나 해"라고 말하지도 않았다. 그저 최대한 빠르게 허리를 돌리며 망치를 내리찍을 뿐이었고, 나무널이 빙글빙글 회전하며 날아갈 때쯤에는 널판용 도끼날은 이미 땅에 깊숙이 박혀 있었다. 나무널은 솔론의 정강이를 정통으로 때렸다.

그리고 그들은 다시 일을 시작했다. 이때까지 나는 아빠가 나무 쪼개는 소리와 솔론이나 호머가 나무 쪼개는 소리를 뒤돌아선 채로도 구별할 수 있었다. 솔론과 호머도 꾸준히 일했으니 더 크거나 꾸준해서는 아니었고, 널판용 도끼가 땅에 박힌다고 딱히 별다른 소리가 나는 것도 아니었다. 그저 너무 뜸하게 들리기 때문이었다. 솔론과 호머의 작고 예의 바른 나무 쪼개는 소리가 대여섯 번 들릴 동안, 아빠의 널판용 도끼는 한 번 "쩡!" 하는 소리를 낼 뿐이었으며 새 나무널도 빙빙 돌면서 어디론가 날아갔으니 말이다. 그러나 이때부터 아빠의 소리도 솔론이나 호머의 소리만큼이나 가볍고 빨라지고, 심지어 조금 더 빨라지기까지 했다. 아빠의 나무널도 내가 따라다니며 쌓기 힘들 정도로 빨리 쏟아지기 시작했다. 정오쯤 되어 암스티드네 농장 종이 울릴 때쯤에는, 내일 털과 다른 사람들이 쓰기에 충분한 나무널이 모였을 것처럼 보였다. 솔론도 자기 도끼와 망치를 내려놓고 손목시계를 들여다보았다. 나도 별로 멀리 있지 않았지만, 아빠를 따라잡아 보니 그는 벌써 묘목에서 나귀 줄을 풀고 올라타 있었다. 솔론과 호머는 아빠가 곧 합류할 것이고, 조금만 있으면 나도 따라올 것이라고 생각했을지도 모르지만, 적어도 아빠 얼굴만 봤더라도 그런 생각은 못 했을 것이다. 아빠는 나뭇가지에서 우리 점심 양동이를 내리더니 내게 건넸다.

"가서 먹어라." 그는 말했다. "나는 기다리지 말고. 저놈도 얼어죽고 노동 단위도 얼어죽으라지. 내가 어디 갔는지 물어보면,

뭘 놓고 와서 집에 가지러 갔다고 말해라. 점심 먹을 숟가락 두 개를 가지러 갔다고 해. 아니, 그 소리도 하지 마라. 내가 뭔가가 필요해서 가지러 갔다고 말하면, 그게 고작 밥 먹는 도구라도 저 놈은 내가 집에 안 갔다고 생각할 테니까. 우리 집에는 나 자신이 빌릴 만한 물건조차 없다고 생각하는 놈이니까." 아빠는 노새를 돌리며 옆구리를 걷어찼다. 그리고 문득 다시 멈췄다. "내가 돌아온 다음에는, 내가 무슨 말을 하더라도 전부 무시해라. 무슨 일이 일어나도 아무 말도 하지 말고. 아예 입도 열지 마. 잘 알았지?"

그리고 그는 떠났고, 나는 솔론과 호머가 솔론의 통학용 트럭 경사대에 주저앉아 밥을 먹는 쪽으로 돌아갔다. 머지않아 솔론은 아빠가 짐작한 그대로의 말을 내게 건넸다.

"그 친구 긍정적인 자세가 부럽기는 한데, 그래도 실수하는 거야. 손발로 해결할 수 없는 문제 때문에 다녀오는 거라면 자기 집으로 가면 안 되는 거였지."

우리가 다시 나무널 작업으로 돌아갈 때쯤, 아빠가 노새를 타고 돌아와서 내린 다음 노새를 다시 묘목에 묶고 도끼를 들더니 다음 나무토막에 도끼날을 박아넣었다.

"좋아, 친구들." 그가 말했다. "생각을 좀 해 봤어. 아직 그게 옳다고는 생각 안 하는데, 어쨌든 해결할 방법도 아직 안 떠오르거든. 그래도 오늘 아침에 아무도 일 안 하면서 보낸 두 시간은 누구든 메꿔야 할 거고, 자네들은 둘인데 나는 혼자라서 밀리는 상황이니, 그걸 메꾸는 사람은 결국 내가 될 수밖에 없겠지. 하지만 나는 내일 집에서 해야 할 일이 있단 말씀이야. 당장 지금도 옥수수가 밭에서 울부짖고 있다고. 물론 전부 거짓말일지도 모르지만. 어쩌면 이 상황 전체가 거짓말일지도 모를 일이지. 그렇다면 우리끼리만 있는 지금이야 내가 속아넘어갔다고 기꺼이 인정하겠지만, 내일 아침에 여기로 나왔다가 공개적으로 속아넘어갔다고 인정하는 꼴은 참지 못하겠단 말이야. 어쨌든 나는 안 나올 거야. 그러니까 자네하고 거래하겠어, 솔론. 그 개를 가져가도 좋아."

솔론은 아빠를 바라봤다. "이젠 별로 거래할 생각이 안 드는데." 그는 말했다.

"그렇군." 아빠는 말했다. 도끼는 여전히 나무토막에 박혀 있었다. 그는 도끼를 위아래로 움직이며 빼내기 시작했다.

"잠깐." 솔론이 말했다. "그 도끼는 내려놓으라고." 그러나 아빠는 언제라도 내려찍을 것처럼 도끼를 높이 든 채로 솔론을 바라보며 기다렸다. "한나절 분량의 노동하고 그 개의 절반을 바꾸는 거지." 솔론이 말했다. "자네 몫의 개 절반을, 자네가 이 나무널에 달아 놓은 한나절의 노동하고 바꾸는 거야."

"거기다 2달러도." 아빠가 말했다. "자네와 털이 동의한 2달러가 있잖아. 내가 자네한테 개 절반을 2달러에 팔아줄 테니까, 자네는 내일 여기로 돌아와서 나무널 작업을 끝내 놓는 거야. 지금 자네가 2달러를 나한테 주면, 내일 아침에 개를 끌고 이리 나오겠네. 그때 자네가 털 몫의 절반을 받았다는 영수증을 나한테 보여주면 돼."

"나하고 털은 이미 얘기가 끝났어." 솔론이 말했다.

"좋아." 아빠가 말했다. "그럼 털한테 2달러를 주고 영수증을 내 앞으로 가져오는 일은 아무 문제도 없겠군."

"내일 아침에 털은 교회에서 낡은 나무널을 뜯어내고 있을 텐데." 솔론이 말했다.

"잘됐군." 아빠가 말했다. "그럼 자네가 영수증을 받아오는 일에도 아무 문제가 없을 테니까. 교회 앞을 지나가면서 받아오면 되잖아. 그 친구는 털이지 그리어가 아니니까, 쇠지레를 빌리려고 어딘가 가버릴 리도 없을 테지."

그래서 솔론은 지갑을 꺼내서 아빠에게 2달러를 건넸고, 그들은 다시 작업을 시작했다. 이제 그들은 정말로 오후 동안에 작업을 끝마칠 생각인 듯 보였다. 솔론만이 아니라 이 상황에 별 관심이 없어 보이던 호머도, 그리고 솔론이 주장한 남은 일거리를 개 절반하고 바꾸어버린 아빠조차도. 나는 그들의 속도를 따라잡는 일을 포기하고, 옆에서 나무널을 쌓기만 했다.

그러다 솔론이 널판용 도끼와 망치를 내려놓았다. "좋아, 친구들." 그가 말했다. "자네들은 어떻게 생각할지 모르겠지만, 난 오늘 작업을 여기서 끝낼 생각이야."

"알았어." 아빠가 말했다. "끝낼 시각을 결정하는 건 자네 몫이지. 하다 남은 일거리 단위가 얼마나 되든, 어차피 내일 자네가 와서 끝낼 거니까."

"그건 사실이지." 솔론이 말했다. "그리고 교회 일에 처음 계획한 대로 하루가 아니라 하루하고 한나절을 쓰게 생겼으니까, 나도 집으로 가서 내 일을 조금 해 둬야겠거든." 그는 널판용 도끼와 망치와 도끼를 집어들고, 자기 트럭으로 가서 호머가 타러 오기를 기다렸다.

"내일 아침에 그 개를 데리고 오겠네." 아빠가 말했다.

"그러자고." 솔론이 말했다. 마치 개에 대해서는 아예 잊고 있었거나, 더 이상 중요하다고 생각지 않는 듯한 말투였다. 그러나 1초 정도 그대로 서서 아빠를 조용하고 단호하게 쏘아보기는 했다. "그리고 나머지 절반을 털에게서 받았다는 영수증도 가져오지. 자네가 말했듯이, 그걸 받아오는 일은 전혀 어렵지 않을 테니까." 그와 호머는 트럭에 올라탔고, 그는 시동을 걸었다. 뭔지 모를 묘한 분위기가 감돌았다. 마치 아빠가 뭔가를 하거나 하지 않을 거짓말이나 평계를 입 밖에 낼 시간을 주지 않으려고 서두르는 것만 같았다. "나는 벼락이란 같은 장소에 두 번 내려치지 않는 것이라고 생각하거든. 따라서 벼락에 맞는 것은 어떤 사람에게나 일어날 수 있는 실수겠지. 그리고 지금 내가 범하고 있는 실수는, 내가 바라보고 있던 것이 비구름이라는 사실을 너무 늦게 깨달은 것이 아닐까 싶어. 아침에 보겠네."

"개는 데려올 거야." 아빠가 말했다.

"그러자고." 솔론은 이번에도, 그쪽은 아예 완전히 까먹은 것처럼 말했다. "개 데려오라고."

그렇게 그와 호머는 차를 타고 사라졌다. 아빠도 자리에서 일어섰다.

"어쩌려고요?" 나는 말했다. "왜 그랬어요? 털네 개의 절반을 내일 한나절치 일감하고 바꾼 거잖아요. 이제 어쩔 건데요?"

"그랬지." 아빠가 말했다. "하지만 내가 벌써 거래해 버렸거든. 내일 낡은 지붕널을 뜯어내는 일을 한나절치 해주는 대신, 털의 개 절반을 내가 받기로 말이야. 하지만 우린 내일까지 기다리지 않을 거다. 오늘 밤에 가서 지붕널을 뜯어낼 거고, 그러면 더 이상 속임수에 놀아날 필요도 없을 거야. 내일 아주 홀가분한 마음으로 솔론 '노동 단위' 퀵 씨가 개의 나머지 절반에 2달러든 10달러든 지불하고 영수증을 받아오려고 쩔쩔매는 꼴을 구경할 생각이거든. 우리가 오늘 밤에 그 일을 끝내 놓을 거다. 그놈이 내일 해뜰 무렵에 너무 늦었다는 것을 깨닫는 걸로는 부족해. 오늘 밤 자리에 눕는 순간부터 너무 늦어버렸다는 걸 깨달아 주셔야겠어."

그래서 우리는 집으로 돌아갔다. 나는 소에게 풀을 먹이고 젖을 짰고, 아빠는 널판용 도끼와 망치를 돌려주고 쇠지레를 빌리려고 킬리그루네로 향했다. 그러나 일이 안 되려면 이렇게 안 될 수도 있는지, 킬리그루 노인이 쇠지레를 배에서 떨어뜨려 40피트 물속으로 가라앉혀 버렸다는 것이었다. 아빠는 순전히 인과응보를 실현하기 위해서 솔론네로 가서 쇠지레를 빌려올까도 생각해 보았으나, 솔론이 쇠지레를 떠올리는 것만으로 수상쩍은 낌새를 챌까봐 그만뒀다고 하셨다. 그래서 아빠는 암스티드네로 가서 그쪽 쇠지레를 빌려왔고, 우리는 저녁을 먹고 랜턴을 닦고 기름을 채웠고, 엄마는 그때까지도 우리가 아침까지 기다리지 못하고 나갈 만한 일이 뭐가 있는지 짐작도 못 하고 있었다.

엄마의 잔소리는 우리가 대문을 나설 때까지 따라왔고, 우리는 교회로 향하는 길에 올랐다. 이번에는 걸어가게 되었으며, 아빠는 밧줄과 쇠지레를, 나는 망치와 아직 불을 붙이지 않은 랜턴을 들고 있었다. 해가 지기 전에 교회를 지나쳐 집으로 돌아가면서 윗필드와 스놉스가 스놉스네 마차에서 사다리를 내리는 모습을 확인했으므로, 그냥 그 사다리를 교회 벽에 세우기만 하면 충분했다. 그리고 아빠는 랜턴을 들고 지붕으로 올라가서 지붕널을 좀 뜯어내서 그 아래 받침목 뒤편 안쪽에 랜턴을 걸어서, 지붕널 사이의 틈새로 빛이 새어나오긴 하지만 근처 길을 지나가지 않으면 안 보이도록 만들었다. 어차피 그렇게 가까이 오면 소리도 들릴 테니 상관없을 일이었다. 다음으로 내가 밧줄을 들고 사다리를 올랐고, 아빠는 받침목 안쪽으로 밧줄을 넣어서 서까래에 한 번 두르고 빼서는 밧줄의 양 끝을 각각 허리에 묶었고, 우리는 그대로 작업을 시작했다. 일은 쭉쭉 진행됐다. 내가 망치의 장도리를, 그리고 아빠가 쇠지레를 사용할 때마다 낡은 지붕널이 비처럼 쏟아져 내렸다. 아직 못도 빼지 않은 지붕널 아래로 쇠지레를 집어넣고 힘을 주는 바람에, 쇠지레를 한 번만 더 세게 누르거나 위치를 제대로 잡기만 했으면, 상자의 뚜껑을 지렛대로 열 때처럼 교회 지붕을 통째로 따버릴 느낌일 때도 있었다.

결국 아빠는 바로 그 일을 해냈다. 지레를 젖혔는데 이번에는 위치를 제대로 잡은 것이다. 연결된 나무널 한 뭉치만이 아니라 아래쪽 받침목까지 통째로 뜯어져 나왔고, 따라서 지레를 힘차게 뒤로 젖히자 랜턴을 걸어놓은 부분을 제외한 나머지 지붕이 마치 옥수수 껍데기처럼 쏙 빠져 버렸다. 랜턴은 못에 걸려 있었다. 아빠는 못을 건드린 것이 아니라 못이 박혀 있던 널판을 빼버린 것이었고, 따라서 그 모습을 지켜보고 있던 내게는 날아가는 수많은 지붕널 사이에서 랜턴뿐 아니라 쇠지레까지도, 그리고 랜턴걸이에 꽂혀 있는 못까지도 한참 동안 허공에 떠 있는 것처럼 보였다. 뒤이어 그 모든 것들이 일제히 교회 안쪽으로 떨어져 내리더니 바닥을 때리고 한 번 튀어올랐다. 그리고 그것들이 다시 바닥을 때림과 동시에, 이번에는 교회 전체가 이글거리는 노란 불꽃에 집어삼켜져 거대한 불구덩이로 변했고, 나와 아빠는 로프에 매달린 채 그 가장자리에 매달려 있게 되었다.

그 로프가 어떻게 되었는지, 우리가 어떻게 빠져나왔는지는 모르겠다. 내 힘으로 사다리를 내려온 기억 자체가 없다. 아빠가 내 뒤쪽에서 소리 지르며 사다리 절반을 내려올 때까지 나를 밀어대다가, 내 웃옷을 붙잡고 그대로 아래로 내동댕이친 기억이 있을 뿐이다. 다음 기억은 우리 둘 다 땅 위에 내려와서 빗물 받는 나무통을 향해 달려가던 것이었다. 나무통은 교회 측면의 물받이 홈통 아래 놓여 있었는데, 우리가 도착했을 때쯤에는 암스티드가 이미 그곳에 와 있었다. 1시간 전쯤에 자기 경작지로 가다가 교회 지붕에서 랜턴 불빛을 봤는데, 그게 계속 마음에 걸려서 결국 무슨 일이 있는지 확인하러 나왔다가, 때맞춰 달려오는 아빠를 보고 나무통 맞은편에서 마주 소리 질렀다는 것이었다. 내 생각에는 그때까지만 해도 불을 끌 수 있었을 것 같다. 그러나 아빠는 나무통 앞에 쭈그려 앉더니, 거의 가득 찬 나무통을 어깨에 짊어지고 그대로 일어나서 모퉁이를 돌아 교회 계단을 올라가다가 맨 윗단에 발가락이 걸려서 그대로 굴러떨어졌고, 나무통은 아빠 머리에 떨어져 그대로 박살났으며, 아빠는 그대로 정신을 잃고 말았다.

그래서 우리는 아빠부터 일단 치워야 했다. 그때쯤에는 엄마도 도착했고, 암스티드 부인도 거의 비슷하게 도착했으며, 나와 암스티드는 소방용 양동이를 하나씩 들고 샘터로 달려갔다. 우리가 돌아와 보니 사람은 훨씬 많아져 있었고 윗필드도 도착했으며 양동이도 늘어났다. 우리는 최선을 다했지만 샘터까지는 200야드나 떨어져 있는 데다 열 번 물을 뜨니까 물이 바닥을 드러냈고, 다시 차리면 5분은 걸릴 것이었다. 결국 우리는 멍하니 서서 교회가 불타는 모습을 지켜봤고, 아빠는 머리가 길게 찢어진 채로 정신을 차렸다. 오래된 교회라서 바싹 말라 있었고, 윗필드가 50년이 넘는 세월 동안 모은 낡은 채색화들도 가득한 데다, 랜턴이 떨어져서 터졌던 곳은 바로 그 한가운데였다. 세례식을 할 때마다 입는 낡고 긴 잠옷을 걸어놓는 특별한 못도 하나 있었다. 나는 예배 시간이나 주일학교에 갈 때마다 그걸 봐 왔으며, 나와 다른 소년들은 그저 문틈으로 그 모습을 엿보기 위해서 교회를 지나쳐 가기도 했었다. 열 살 먹은 소년에게 그 옷은 단순한 천 조각도, 심지어 무쇠 갑옷도 아니었기 때문이다. 그 옷은 늙고 강건한 대천사 미카엘 그 자체였다. 죄악과 싸우고 분투하고 정복하는 일을 너무도 오랫동안 해온 나머지 돼지나 개처럼 언제나 죄악으로 돌아가는 인간들을 경멸하게 된 미카엘처럼, 그 옷 또한 마침내 인간들을 경멸하게 된 것만 같았다.

 교회 안의 다른 모든 것이 불길에 휩싸인 후에도, 그 옷은 한참 동안 불에 타지 않았다. 불길 사이에 그 옷이 걸린 모습이 똑똑히 보였다. 옷은 쉽사리 타들어가지 않았는데, 오랜 세월 너무 많은 물을 겪었기에 버티고 있다기보다는, 그때까지 악마와 지옥의 주민들과 수없이 싸우고 분투해 왔기에 고작 레스 그리어가 솔론 퀵한테서 개 반 마리를 이겨먹겠다고 일으킨 불 따위에는 타버릴 수 없다는 것처럼 보였다. 그러나 마침내 그 옷도 스러졌고, 그때마저도 서두르듯 불길에 먹히는 것이 아니라 단번에, 그대로 별빛과 저 너머의 어두운 공간을 향해 타올랐다. 이제는 지치고 흠뻑 젖은 채로 주저앉은 아빠와, 그 주변에 둘러서 있는 나머지 우리들만 남았다. 윗필드는 언제나처럼 삶아 빤 셔츠에 검은 모자와 바지 차림으로, 모자를 벗지도 않은 채 서 있었다. 마치 애초에 창조되지조차 말았어야 하는 피조물을, 그 피조물이 벗어나기를 원치조차 않는 파멸로부터 구원하려고 너무 오래도록 분투해 왔기 때문에, 지금은 누가 있어도 모자를 벗을 필요조차 없다고 생각하는 듯했다. 그는 모자를 쓴 채로 우리를 둘러보았다. 우리 모두가, 그 교회에 속하는 모두가, 생을 얻고 결혼하고 죽음을 맞이하는 모두가 이제 그곳에 있었다 — 우리와 앰스티드네와 털네와 북라이트와 퀵과 스놉스까지.

"내가 잘못 생각했군." 윗필드가 말했다. "내일 이곳에 모여서 지붕을 올려야겠다고 했었지. 이제는 아침에 모여서 교회를 세워야 할 것 같네."

"물론 교회를 세워야지요." 아빠가 말했다. "머지않아 교회가 떡하니 들어설 겁니다. 얼마 걸리지도 않을걸요. 하지만 우리 중에는 이번 주에 벌써 자기 일을 제쳐놓고 여기서 일한 사람들이 있지 않습니까. 물론 당연히 우리가 해야 하는 일이고, 기쁜 마음으로 그 이상을 바쳐야 마땅합지요. 하지만 제 생각에는 주님께서 굳이—"

윗필드는 아빠가 말을 끝내도록 놔두었다. 움직이지도 않은 채로. 그저 아빠가 주절거릴 말조차 다 떨어져서 입을 다물고, 엄마 쪽을 바라보지 않으려 애쓰면서 땅바닥에 주저앉아 있기만 할 때까지 기다릴 뿐이었다. 그제야 윗필드는 입을 열었다.

"자넨 됐네, 방화범." 윗필드가 말했다.

"방화범이요?" 아빠가 말했다.

"그래." 윗필드가 말했다. "홍수와 화재와 파괴와 죽음을 끌고 다니지 않는 일이라면 뭐든 좋으니, 가서 자네 일을 하게. 하지만 이 새로운 성전에는, 자네가 한 사람 몫의 능력과 책임을 다할 수 있다고 우리 앞에서 증명하기 전까지는 손도 못 댈 줄 알게나." 그는 다시 우리를 돌아보았다. "털과 스놉스와 암스티드는 이미 내일 오겠다고 약속했지. 퀵은 하루 더 일할 생각이었다고 들었고—"

"하루 더 낼 수 있습니다." 솔론이 말했다.

"이번 주에 남은 날은 전부 써도 됩니다." 호머가 말했다.

"저도 급한 일은 없어요." 스놉스가 말했다.

"그러면 일을 시작할 수는 있겠군." 윗필드가 말했다. "시간이 늦었어. 다들 들어가세나."

그가 먼저 자리를 떴다. 그는 단 한 번도, 우리도 교회 쪽도 뒤돌아보지 않았다. 늙은 암말 곁으로 가서는 느리고 뻣뻣하고 힘 있는 동작으로 올라탄 다음 그대로 떠났고, 뒤이어 우리도 제각기 흩어졌다. 그러나 나는 다시 교회를 돌아보았다. 이제는 그저 사그라들어가는 붉은 웅어리를 품은 껍데기일 뿐이었다. 한때 그곳을 싫어하기도 했고 두려워하기도 했던 나로서는 기뻐해야 마땅했다. 그러나 그 안에는 불길조차도 건드리지 못한 무언가가 남아 있었다. 어쩌면 그 노인이 아직도 용광로 도가니 마찬가지인 교회 벽을 보면서도 재건 계획을 세울 수 있는 이유가,

그리고 차분히 등을 돌리고 떠날 수 있는 이유가, 바로 그 불멸성과 견고함 때문일지도 모른다. 노동 말고는 바칠 것이라고는 전혀 없는 사람들이 내일 해뜰 무렵에 그곳에 와 있을 것이며, 그다음 날에도, 그다음 날에도, 그들의 힘이 필요한 한은 내내 그곳에 찾아와서 교회를 재건할 때 필요한 노동을 제공하리라는 사실을 알고 있기에. 그러니 온전히 사라진 것은 아니었다. 교회 안에 남은 그 무언가는, 윗필드의 낡은 세례식 가운만큼이나 그 작은 화재와 홍수에 신경 쓰지 않았다. 이윽고 우리는 집에 도착했다. 엄마가 너무 다급하게 나오느라 등불도 켜져 있었고, 이제 우리도 아빠의 모습을 제대로 볼 수 있었다. 여전히 선 자리에 물이 뚝뚝 떨어져 고이고 있는 데다, 나무통이 떨어져 터졌던 뒤통수에는 찢어진 자국이 있고, 허리께까지 피가 섞인 물에 흠뻑 젖어 있었다.

"젖은 옷이나 벗어요." 엄마가 말했다.

"안 벗는 게 나을지도 모르겠는데." 아빠가 말했다. "공공연하게 백인들하고 어울리지도 못할 몹쓸 녀석이라고 딱지를 붙여주셨잖아. 그러니 백인과 감리교도 분들한테 내가 그놈이다, 하고 공공연하게 알리고 다녀야 마땅하지. 나하고 어울리지 말아라, 아니면 끝엣놈부터 악마한테 잡혀갈 거다, 하고 말이야"

그러나 엄마는 들은 척도 하지 않았다. 엄마가 물이 담긴 냄비와 수건과 바르는 진통제 병을 들고 들어왔을 때쯤, 아빠는 이미 잠옷으로 갈아입은 후였다.

"그딴 것들도 다 필요 없어." 그는 말했다. "터질 가치도 없는 머리통을 꿰매 붙여서 어디다 쓰려고." 그러나 엄마는 그쪽에도 전혀 신경을 쓰지 않았다. 아빠의 머리를 씻어내고 말린 다음 반창고를 붙이고 다시 밖으로 나갔고, 아빠는 침대로 가서 자리에 누웠다.

"코담배나 이리 주고, 너도 여기 말고 밖에나 가서 있어라." 그가 말했다.

그러나 내가 그렇게 하기 전에 엄마가 돌아왔다. 뜨거운 토디 한 잔을 들고 침대 옆으로 가서 섰고, 아빠는 고개를 돌리고 그쪽을 바라보았다.

"그건 또 뭐야?" 그가 말했다.

그러나 엄마는 입을 열지 않았고, 아빠는 자리에서 일어나 앉아서 길고 떨리는 숨을 내뱉었다 — 실제로 소리가 들릴 정도였다 — 그리고 잠시 후, 그는 손을 뻗어 토디 잔을 쥐고 다시 길게 숨을 쉬고는 한 모금을 홀짝였다.

"신께 맹세코, 그 사람도 그렇고 나머지 작자들도 우리 교회를 짓는 일에서 나만 빼놓을 수 있다고 생각했단 말이지. 어디 열심히 노력해 보는 게 좋을 거야." 그는 다시 토디를 한 모금 홀짝였다. "방화범이라고." 그는 말했다. "노동 단위에, 개 단위에. 이제는 방화범이야. 신께 맹세코, 정말 대단한 날이로군!"

키 큰 남자들
The Tall Men

두 사람은 어둑하게 서 있는 조면기繰綿機 건물을 지나쳤다. 이내 램프가 켜진 집과 다른 자동차, 의사의 쿠페가 대문 앞에 서 있는 모습이 보였고, 사냥개가 울부짖는 소리가 들려왔다.

"도착했네." 나이 든 보안관보補가 말했다.

"저 차는 또 뭡니까?" 젊은 쪽 남자가 말했다. 이 고장의 이방인, 연방정부의 징집 조사관*이었다.

"스코필드 선생 자동차일세." 보안관보가 말했다. "우리가 간다고 리 매컬럼한테 전화했더니, 의사 선생을 좀 보내달라고 부탁하더군."

"미리 경고했다는 겁니까?" 조사관이 말했다. "내가 징집 기피자 두 명을 체포할 영장을 가지고 그리 갈 거라고, 미리 전화

---

* 1940년 재도입된 의무 징병 법안은 미합중국 역사상 최초로 평시 민간인의 징집을 허용했다. 미연방 수사국과 각 주에서는 징집을 회피한 대상자를 수색하여 체포하는 조사관을 운용했다.

로 알려줬다는 겁니까? 미합중국 정부의 명령을 그런 식으로 처리하는 겁니까?"

보안관보는 늘씬하고 깔끔하며 담배를 질겅거리는 노인으로, 이 카운티에서 태어나서 평생을 보낸 이였다.

"자네가 원하는 게 매컬럼네 아들 둘을 체포해서 시내로 데려오는 것뿐이라는 점은 잘 알고 있네." 그가 말했다.

"그랬지요!" 조사관이 말했다. "그런데 이제 당신이 경고를 해서, 도망칠 기회를 줘 버린 셈 아닙니까. 병력을 동원해서 놈들을 추적하는 비용 부담을 정부에 안길 수도 있습니다. 당신도 맹세 선서를 한 사람이라는 것을 잊은 겁니까?"

"안 잊었네." 보안관보가 말했다. "그리고 제퍼슨을 떠난 이후로, 자네가 잊어서는 안 되는 한 가지를 계속 일러 주려 하던 중인데. 아무래도 이 매컬럼 일가를 직접 만나봐야 깨달을 수 있을 듯하군⋯⋯ 저 차 뒤편으로 대게. 우선 아픈 사람이 얼마나 아픈지부터 확인해 봐야겠으니."

조사관은 다른 차 뒤편으로 차를 대고 시동과 전조등을 껐다. "이 동네 사람들은 진짜." 그는 이렇게 내뱉고는, 뒤이어 생각했다. 하지만 지금 옆에서 담배를 질겅거리는 노인양반도 별수없는 시골 사람이지. 공직에 몸담고 있으면 그 명예와 자부심 때문에라도 달라졌어야 하는데 말이야. 그래서 그는 자기 생각을 입 밖에 내지 않고, 열쇠를 뽑고는 차에서 내려서, 창문을 위로 올리고 문을 잠그며 생각을 이었다. 자기 소유의 땅이나 부동산을 숨기거나 거짓말을 해서 구호 일자리를 신청해 놓고는 제대로 일할 생각조차 없고, 헌법이 보장하는 일할 권리를 이용해 먹을 생

각만 하는 작자들. 뻔히 보이는 하찮은 거짓말로 정부에서 지급하는 공짜 매트리스를 받아다가 팔아먹을 생각에, 구호 일자리 제도 자체의 근간을 위협하는 작자들. 공짜 식사하고 도시에서 몸을 누일 쥐구멍이라도 받아낼 수 있다면 그 일자리도 기꺼이 포기해 버리겠지. 농부 일을 하는 작자들은 거짓 주장으로 종자 대출을 받아다가 흥청망청 써 버리고는, 나중에 발각되면 목소리만 높여서 분통을 터트리며 반응하겠지. 그러다가 고통과 위협에 시달리는 국가가 한참 만에 뭔가 요구하기라도 하면, 기껏해야 징병 통지서에 이름을 올리라는 단순한 요구뿐인데도, 저들은 그걸 거부해 버리는 거야.

늙은 보안관보는 이미 집 안으로 들어갔다. 조사관은 그 뒤를 따라, 말뚝 울타리 사이에 나 있는 페인트칠도 하지 않은 튼튼한 대문을 지나서, 오래되고 추레한 두 줄의 삼나무 사이의 벽돌길을 따라 걸음을 옮겼다. 이내 마찬가지로 페인트칠도 하지 않은, 무질서하게 양옆으로 펼쳐진 이층집이 등장했고, 아래층의 열린 복도에서 부드러운 등잔 불빛이 흘러나오는 모습이 눈에 들어왔다. 조사관은 이내 그 현관이 통나무로 만들어져 있음을 깨달았다.

복도에 등잔 불빛이 가득한 통나무집 앞면을 가로지르는, 튼튼하고 페인트칠도 하지 않은 발코니 아래에서 아까 소리를 들었던 개가 뛰쳐나왔다. 커다란 사냥개는 진입로를 따라오는 두 사람을 마주하고 자세를 낮추고는 다시 으르렁거리다가, 집 쪽에서 남자 목소리가 들린 후에야 멈추었다. 그는 보안관보를 따라 계단을 올라 발코니로 들어섰다. 문간에서 그들이 다가오기를 기다리고 있던 남자의 모습이 보였다 — 마흔다섯 정도의 나이에, 키가 크기는 않아도 단단한 체구에, 갈색의 고요한 얼굴과 말 다루는 사람의 손을 지닌 남자가, 그를 힐긋 사납게 쳐다보고는 바로 시선을 돌려 보안관보에게 말을 걸었다. "안녕하시오, 곰볼트 씨. 들어오시구려."

"잘 있었나, 라피." 보안관보가 말했다. "누가 아픈 겐가?"

"버디요." 상대방이 말했다. "오늘 오후에 미끄러져서 사료 분쇄기에 다리가 걸렸소."

"심하게 다쳤나?" 보안관보가 물었다.

"내가 보기에는 심한데." 상대방이 말했다. "그래서 그놈을 데리고 시내로 들어가는 대신 의사를 이리로 부른 거요. 피가 도저히 안 멎어서."

"정말 유감이로군." 보안관보가 말했다. "이쪽은 피어슨 씨일세." 이번에도 상대방은 갈색의 고요한 눈으로 조사관을 바라보며, 충분히 예의 바른 얼굴로 그를 바라보며 충분히 굳건하게 악수를 청했으나, 손은 어째 맥이 없고 차갑게 느껴지기만 했다. 보안관보는 계속 말했다. "잭슨의 징병위원회에서 온 사람이지." 뒤이어 이렇게 말하는데도, 조사관은 그의 어조가 변한 구석을 조금도 찾을 수 없었다. "자네 아들 둘의 영장을 가지고 왔다네."

조사관의 눈에는 변한 구석이라고는 조금도 보이지 않았다. 맥없는 굳은 손을 빼지도 않았고, 고요한 얼굴은 이제 보안관보 쪽을 향하고 있었다. "우리가 선전포고를 한 거요?"

"아닐세." 보안관보가 말했다.

"그건 중요한 게 아닙니다, 매컬럼 씨." 조사관이 말했다. "모든 대상자는 징병 등록을 해야만 합니다. 이번에는 추첨되지 않을 수도 있고, 평균 법칙에 따르면 안 뽑힐 가능성이 클 겁니다. 하지만 당신 아들들은 등록 자체를 거절했습니다 — 적어도 등록을 안 한 건 분명하지요."

"알겠소." 상대방이 말했다. 그는 조사관 쪽을 보고 있지 않았다. 조사관은 그가 보안관보를 보고 있는지조차 확신할 수 없었다. 그에게 말하고 있기는 했지만. "버디를 보고 싶소? 지금은 의사와 같이 있소만."

"잠깐요." 조사관이 말했다. "당신 동생의 사고는 유감스러운 일이지만, 나는—" 보안관보는 텁수룩한 회색 눈썹을 가운데로 모아올려 잠시 그를 돌아보면서, 예의 바르지만 동시에 짜증 섞인 눈빛으로 그를 바라봤고, 그 순간 조사관은 다른 남자의 짧은 시선에서 느꼈던 바로 그 성질을 늙은 보안관보에게서도 느끼게 되었다. 조사관은 평균 이상의 지능의 소유자였고, 따라서 이미 상황이 생각했던 것과는 조금 다르게 흘러가고 있다는 것을 알고 있었다. 그러나 그는 지금껏 수년 동안 징병 업무를 맡아 왔으며, 거의 대부분 시골 사람만 상대했고, 따라서 아직까지는 자신이 시골 사람이라는 족속을 잘 안다고 믿는 중이었다. 그래서 그는 보안관보를 바라보며 생각했다. *맞아. 똑같은 족속이라니까. 공직에 종사한다면 그 권위와 의무 때문에라도 달라져야 하는데.* 그는 다시 되뇌었다. *시골 사람이란, 시골 사람이란.* "밤 기차를 타고 잭슨으로 돌아갈 예정입니다." 그는 말했다. "이미 자리를 예약했습니다. 영장만 집행하면 우린—"

"따라오시게나." 늙은 보안관보가 말했다. "시간은 충분할 걸세."

 별다른 수가 없었으므로, 그는 씩씩거리고 이를 갈면서도 그 뒤를 따르며, 짧은 복도를 따라 내려가면서 상황을 통제할 수 있도록 자신을 통제하려 노력했다. 상황을 통제하려면 자신이 직접 나서서 움직여야 하며, 신속히 범법자를 체포하여 이곳을 떠나려면 저 늙은 보안관보가 아니라 자신이 힘을 써야 함을 깨달았기 때문이었다. 그가 옳았다. 저 몸이 불편한 늙은 보안관보는 이곳의 하층민에 속한 자일 뿐 아니라, 단순히 이 집에 들어오는 것만으로도 옛날부터 선천적으로 지니고 있던 무기력한 나태에 다시 물들어버린 것이 분명했다. 그렇게 그는 보안관보를 따라 복도를 지나 침실로 들어섰다. 주변을 둘러보는 그의 눈에는 놀라움뿐이 아니라 거의 공포와 비슷한 것마저 깃들어 있었다. 침실은 큼지막했고 맨바닥에는 페인트칠조차 안 되어 있었으며, 침대 곁에는 의자 한두 벌과 다른 낡은 가구 하나 정도만 서 있을 뿐이었다. 그러나 조사관의 눈에는, 방금 만났던 그 남자와 같은 형틀로 찍어낸 듯한 거대한 남자들이, 마치 벽이 터져나가기라도 할 것처럼 방을 가득 채우고 있는 것처럼 보였다. 그러나 그 남자들은 그리 덩치가 우람하지도, 키가 크지도 않았으며, 아무 소리도 없이 그저 서 있을 뿐 생명력이나 활기를 뿜어내는 것도 아니었다. 문간에 선 조사관을 그저 조용히 바라보는 그들의 얼굴에서는, 거의 똑같이 찍어낸 혈족의 모습이 읽혔다 — 하나는 홀쭉해서 거의 비쩍 말라 보이는 일흔 살 정도의 노인으로, 다른 이들보다 살짝 더 컸다. 두 번째는 백발이라는 점만 제외하면 현관에서 그들을 맞이한 남자와 똑같은 생김새였다. 세 번째는 현관으로 나왔던 남자와 비슷한 연배였지만, 얼굴에는 섬세한 기색이 엿보이고 검은 눈에는 음울하고 격정적인 빛이 깃들어 있었다. 완전히 똑같이 생긴 푸른 눈의 젊은이 두 명도 있었다. 마지막으로 지금 의사가 살펴보는 중인, 침대에 누운 푸른 눈의 남자가 있었다. 의사는 깔끔한 도시풍 정장에 늘씬한 모습까지, 여느 도시 의사와 똑같은 모습이었다 — 그들 모두가, 침실로 들어오는 그와 보안관보를 조용히 돌아보았다. 조사관의 시선은 의사가 살펴보는 남자의 잘라낸 바지와, 그 안에 드러나 있는 피투성이의 뭉개진 다리를 향했다. 속이 메스꺼워진 그는 조용하고 꾸준한 시선을 받으며 문 바로 안쪽에서 걸음을 멈췄고, 보안관보는 그대로 침대에 누워 옥수숫대 파이프를 피우고 있는 남자에게 다가갔다. 옆 탁자에는 버들고리로 감싼 뚱뚱하고 커다란 구식 술병이 놓여 있었다. 조사관의 할아버지가 위스키를 담았을 법한 물건이었다.

"이런, 버디." 보안관보가 말했다. "이건 고약하구먼."

"아, 내가 빌어먹을 실수를 했습니다." 침대에 누운 남자가 말했다. "스튜어트가 그 틀을 계속 쓰면 안 된다고 그렇게 말했는데 말입니다."

"잘 알고 있군." 두 번째로 나이 많은 남자가 말했다.

그러나 다른 이들은 여전히 아무 말도 하지 않았다. 그저 계속해서 조용히 조사관을 바라보고 있을 뿐이었다. 이내 보안관보가 슬쩍 고개를 돌리면서 입을 열었다. "이쪽은 피어슨 씨일세. 잭슨에서 나왔지. 애들 영장을 가져왔네."

그러자 침대의 남자가 말했다. "무슨 영장이요?"

"징집 문제 때문일세, 버디." 보안관보가 말했다.

"전쟁이 일어난 건 아니잖습니까." 침대의 남자가 말했다.

"아니지." 보안관보가 말했다. "그 새로운 법률 때문일세. 애들이 등록을 안 했거든."

"그럼 쟤들을 어떻게 할 겁니까?"

"영장일세, 버디. 발부받아 가져온 거야."

"그럼 감방행이군요."

"영장이니까." 늙은 보안관보가 말했다. 문득 조사관은 침대의 남자가 파이프를 계속 뻐끔거리며 자신을 주시하고 있음을 깨달았다.

"위스키 좀 따라 줘, 잭슨 형." 남자가 말했다.

"안 돼요." 의사가 말했다. "이 사람 이미 너무 많이 마셨소."

"위스키 좀 따라 줘, 잭슨 형." 침대의 남자가 말했다. 그는 계속 파이프를 뻐끔거리며 조사관을 주시하고 있었다. "정부에서 보낸 사람입니까?" 그가 말했다.

"그렇습니다." 조사관이 말했다. "징병 명부에 등록했어야 합니다. 지금은 등록만으로 충분합니다. 그런데 저들은—" 일곱 쌍의 눈이 그를 응시하는 가운데, 그의 목소리는 차차 잦아들었다. 침대의 남자는 계속 파이프를 뻐끔거렸다.

"우린 어차피 여기 계속 있었을 텐데." 침대의 남자가 말했다. "도망치지도 않았을 텐데." 그는 고개를 돌렸다. 두 젊은이는 침대 발치에 나란히 서 있었다. "앤스, 루시어스." 그가 말했다.

조사관의 귀에는 그들이 한목소리로 대답하는 것처럼 들렸다. "네, 아버지."

"정부가 너희들을 데려갈 준비가 되었다고 알려주시려고 여기 이 신사분이 몸소 잭슨에서부터 찾아오셨다. 입대할 수 있는 가장 가까운 곳은 멤피스일 거다. 위층으로 가서 짐 챙겨라."

조사관은 앞으로 움직이기 시작했다. "잠깐!" 그는 소리쳤다.

그러나 가장 나이 많은 잭슨이 그보다 먼저 입을 열었다. 그 또한 "잠깐"이라고 말했고, 이제 남자들은 조사관을 바라보고 있지 않았다. 그들의 시선은 의사에게 모였다.

"다리는 어찌할 거요?" 잭슨이 말했다.

"보다시피" 의사가 말했다. "이건 거의 스스로 절단한 거나 다름없소. 기다릴 수 없을 거요. 지금 여기서 다른 데로 움직일 수도 없소. 일단 수술을 도울 간호사하고 에테르*가 필요하오. 위스키를 너무 마셔서 마취를 버틸 수 없을 정도여서도 안 될 테고. 당신들 중 하나가 내 차를 타고 시내로 다녀오시오. 내가 전화를 할 테니—"

"에테르?" 침대의 남자가 말했다. "그걸 어디다 쓴다고? 방금 선생 입으로 거의 잘라져 나간 것이나 다름없다고 말했잖습니까. 잭슨의 푸주칼을 제대로 갈기만 하면, 위스키 한두 잔만 더 마시고 내 손으로 잘라낼 수 있습니다. 얼른 해요. 잘라냅시다."

"여기서 쇼크를 더 받으면 위험하오." 의사가 말했다. "지금은 위스키 기운으로 그런 소리를 하지만."

"빌어먹을." 남자가 말했다. "프랑스에 있을 때 밀밭을 뚫고 달리다가 건너편에 있는 기관총이랑 마주쳐서, 마치 누군가가

---

* 마취제. 1846년부터 사용되었으며 이 당시에는 광범위하게 사용되었다.

내 허리를 향해 휘두르는 울타리를 뛰어넘을 때처럼 그대로 풀쩍 뛰어넘으려 한 적이 있었습니다. 실패했지만요. 그래서 땅바닥에 엎드려서 눈앞이 캄캄해지면서 고통이 심해지는 걸 느끼고 있는데, 무언가 망치로 모루를 때리는 것처럼 내 철모 뒤편을 세게 때렸지요. 그래서 정신 차릴 때까지 뭔 일이 있었는지는 모릅니다. 일어나 보니까 사냥감 손질터 같은 곳에서 다들 줄지어 누워 있는데, 의사가 오려면 아주 오래 기다려야 했지요. 그때쯤에는 아주 지독하게 아프기 시작했고. 지금은 여기 술병이 있으니 그때에 비하면 아픈 것도 아닙니다. 얼른 그대로 잘라냅시다. 일손이 필요하면 스튜어트 형하고 라피 형이 선생을 도울 테니…… 한 잔 따라 줘, 잭슨 형."

이번에는 의사가 직접 술병을 들고 액체의 남은 양을 가늠했다. "1쿼트는 마셨겠군." 그가 말했다. "4시부터 지금까지 위스키 1쿼트를 마신 거라면, 마취를 버티기는 힘들 거요. 내가 마무리하는 동안 견딜 수 있을 것 같소?"

"그래, 잘라내요. 내가 망친 다리 아닙니까. 그대로 끝내고 싶군요."

의사는 나머지 사람들을, 그를 지켜보는 고요하고 똑같은 얼굴들을 둘러보았다. "이 사람을 지켜볼 간호사가 있는 시내 병원이었더라면, 이 사람이 첫 쇼크를 견뎌내고 몸에서 위스키가 빠져나갈 때까지 기다렸을 거요. 하지만 지금 이송할 수는 없고, 이대로는 출혈을 멈출 수도 없고, 지금 에테르가 있거나 국소마취가 가능했더라도—"

"빌어먹을." 침대의 남자가 말했다. "국소든 전체든, 신께서 만드신 물건 중에서 여기 이 술병에 담긴 것보다 나은 안정제나 마취제가 있을 것 같습니까. 그리고 이건 잭슨이나 스튜어트나 라피나 리의 다리가 아닙니다. 내 다리예요. 내가 저지른 일입니다. 내가 원하는 방식대로 마저 잘라내 달란 말입니다."

그러나 의사는 여전히 잭슨을 바라보고 있었다. "자, 매컬럼 씨?" 그가 말했다. "당신이 연장자잖소."

그러나 대답한 사람은 스튜어트였다. "좋소." 그가 말했다. "마저 잘라내시오. 뭐가 필요하오? 뜨거운 물은 있어야겠지."

"그렇소." 의사가 말했다. "깨끗한 시트도 좀. 이리로 가져올 수 있는 큰 탁자가 있소?"

"부엌 식탁이면 되겠군." 현관에서 그들을 맞이했던 남자가 말했다. "나하고 애들이 가서―"

"잠깐." 침대의 남자가 말했다. "애들은 형 도울 시간이 없을 거야." 그는 다시 젊은이들 쪽으로 시선을 돌렸다. "앤스, 루시어스." 그가 말했다.

이번에도 조사관에게는 그들이 한목소리로 대답하는 것처럼 들렸다. "네, 아버지."

"저기 신사분이 슬슬 짜증이 나시는 모양이다. 너희는 준비하는 게 좋겠다. 생각해 보니 짐을 꾸릴 필요도 없지. 하루 이틀 정도면 군복이 나올 테니까. 트럭을 몰고 가라. 너희를 멤피스까지 태워다주고 트럭을 가져다줄 사람은 없을 테니까, 가요소 농기구상에다 놓고 가면 우리가 나중에 가져오겠다. 내가 있던 6보병 사단*에 입대했으면 좋겠구나. 하지만 그것까지 바랄 수는 없을 테고, 일단 입대하면 저들이 보내는 대로 가야 할 거다. 어차피 입대한 다음에는 별 의미도 없긴 하겠지. 내 시절에 정부는 나를 정당하게 대우해 줬으니, 너희들도 정당하게 대우해 줄 거다. 저들이 너희를 필요로 하는 곳으로 가서, 군인이 되는 법을 배울 때까지 하사관과 장교들에게 복종해라. 복종은 하되 자기 이름에 자부심을 품고, 다른 사람의 물건을 빼앗지 말거라. 이제 가도 좋다."

"잠깐!" 조사관이 다시 소리쳤다. 다시 그는 방 한가운데로 걸음을 옮기기 시작했다. "이건 이의를 제기해야겠습니다! 매컬럼 씨의 사고는 유감입니다. 일이 이렇게 되어 전부 유감입니다. 그러나 지금은 나도 매컬럼 씨도 손댈 수 없는 상황까지 왔습니다. 등록 법령에 불응했으므로 고발에 따라 영장이 발부되었단 말입니다. 이런 식으로 회피할 수는 없습니다. 다른 단계로 넘어가기 전에 우선 이 고발부터 마무리 지어야 합니다. 저 젊은이들이 등록하지 못했을 때부터 이렇게 될 줄 알고 있었어야지요. 곰볼트 씨가 영장 집행을 거부하겠다면, 내가 직접 집행해서 저 젊은이들을 제퍼슨으로 데려가서 고발에 응하게 만들 겁니다. 그리고 곰볼트 씨도 집행 거부로 소환될 거라고 경고하겠습니다!"

늙은 보안관보는 고개를 돌리더니, 텁수룩한 눈썹을 다시 가운데로 모아 올리며, 마치 아이를 가르치듯 조사관을 타일렀다. "아직도 모르겠나? 자네도 나도 한동안은 아무 데도 못 갈 걸세."

---

* 1차 대전 당시 6보병사단은 5보병사단과 합류해 서부전선 최후의 공세에 투입되었으며 이프르와 베르됭의 전투에 참여했다.

"뭐라고요?" 조사관은 소리쳤다. 그는 냉담하고 헤아리는 듯한 시선으로 다시 자신을 응시하는 침중한 면면을 둘러보았다. "지금 위협하는 겁니까?" 그는 소리쳤다.

"아무도 자네한테는 주의를 기울이지 않고 있잖나." 보안관보가 말했다. "그러니 좀 조용히 있어 주기만 하면 자네한테도 아무 일 없을 걸세. 조금만 지나면 시내로 돌아갈 수 있을 테고."

그래서 그는 다시 멈추어 섰고, 침중하게 응시하던 얼굴들은 다시 그 무심하고 견디기 힘든 시선으로부터 그를 해방했으며, 그는 두 젊은이가 침대로 다가가서 차례로 고개를 숙여 아버지의 입술에 입을 맞추고는 한몸처럼 몸을 돌려 방을 떠나는 모습을, 자신 쪽으로는 아예 시선도 두지 않는 모습을 지켜보고 있었다. 이제 침실 문은 닫혔고 그는 램프 불빛 속의 복도에서 늙은 보안관보와 나란히 앉아서, 트럭의 시동이 걸리고 후진했다가 방향을 틀어 도로를 따라 달려가는 소리를, 천천히 흐려지듯 사라지는 소리를 들었고, 이내 적막하고 무더운 밤은 — 벌써 11월의 절반 동안 계속되고 있는 미시시피의 인디언서머는 — 마지막으로 요란하게 몸을 떨어대는 여름 풀벌레 소리로 가득 차 버렸다. 마치 벌레들조차도 코앞으로 다가온 추운 계절과 죽음을 인지하고 있는 것만 같았다.

"나는 앤시 노인을 기억한다네." 보안관보는 쾌활하게, 잡담하듯, 어른이 낯선 아이에게 말을 거는 투로 말했다. "이제 죽은 지 15년인가, 16년인가 됐지. 옛날에 전쟁이 터졌을 때 열여섯 살쯤 됐는데, 버지니아까지 걸어가서 군대에 들어갔었다네. 여기서 입대해서 고향에서 싸웠어도 될 일이었는데, 엄마가 카터 가문 사람이라 버지니아까지 돌아가서 싸울 수밖에 없었던 거야.* 본인은 그때까지 버지니아에 가본 적도 없었으면서 말일세. 본 적 없는 동네까지 걸어 돌아가서 스톤월 잭슨의 부대에 입대해서는, 내내 셔난도어 계곡에서 싸우다가 샬럿빌에서 그 캐롤라이나 애들이 실수로 잭슨을 쏴 버렸을 때도 거기 있었고, 1865년에 셰리단의 기병대가 어포매턱스에서 계곡으로 빠져나가는 길을 봉쇄해서 퇴로를 완전히 끊어 버렸을 때도 거기 있었지.** 그러고는 떠났을 때와 대충 비슷한 차림새로 미시시피까지 걸어 돌아와서, 여기서 결혼하고 이 건물의 1층을 지었다네 — 우리가 지금 앉아 있는 통나무집 부분 말이야 — 그리고 아들을 보기 시작했지 — 잭슨과 스튜어트와 라파엘과 리와 버디였어."

"버디는 늦게 본 자식이었지. 다른 전쟁에 참전할 정도로 늦게 봤어. 프랑스에서 벌어진 전쟁 말일세. 저 안에서 뭐라고 하는지 들었겠지. 훈장을 두 개 가지고 돌아왔어. 하나는 미국 거였고, 하나는 프랑스 거였지. 아직까지도 저 친구가 어쩌다가 훈장을 받았는지, 뭘 했는지 아는 사람은 아무도 없다네. 나는 잭슨이나 스튜어트나 다른 사람들한테도 말하지 않았을 거라고 믿네. 집에 가져온 물건이라고는 군복의 군번과 부상자 수장, 그리고 그

---

* 저명한 버지니아 가문 출신이기에 징병을 회피하거나 미시시피에서 입영했다면 불명예스러운 일로 여겨졌을 것이다. 포크너에게는 실제로 카터 가문에 시집간 고모가 있었다.
** 토머스 '스톤월' 잭슨은 1862년 셔난도어 계곡 전투에서 남군을 지휘했으며 1863년 아군 부대의 오인 사격으로 사망했다. 필립 헨리 셰리단은 북군의 장군으로, 남북전쟁 최후의 전투인 어포매턱스 코트하우스 전투에서 리의 퇴로를 차단하여 항복을 이끌어내는 데 주요한 역할을 했다.

훈장 두 개뿐이었고, 오자마자 여자를 하나 찾더니 1년 후에는 저 쌍둥이 아들을 낳았지. 옛 앤시 매컬런 노인을 빼다박은 아이들을 말일세. 앤시 노인이 일흔다섯 살만 젊었더라면, 셋이 세워 놓으면 세쌍둥이처럼 보였을 거야. 저 아이들이 기억나는군 ─ 똑같이 생긴 꼬맹이 둘이서, 뿔도 안 자란 수사슴처럼 얼마나 정신없이 뛰어 돌아다니던지. 밤낮으로 사냥개만 몰고 싸돌아다니더니, 좀 크니까 버디와 스튜어트와 리의 농장과 조면 일을 돕고, 라피와 함께 말과 노새를 돌보고 키우고 훈련시켜서 멤피스까지 데려다 파는 일을 삼사 년쯤 하더니, 화이트페이스 소*에 대해서 배우겠다고 1년을 농업학교에 다녀오기도 했어."

"그게 버디하고 나머지 친구들이 면화 농사를 그만두기로 결심한 후의 일이었지. 그때 일도 기억나는군. 정부에서 처음으로 땅을 경작하고 면화를 가꾸는 법에 참견하기 시작했을 때의 일이었지. 가격을 안정화시키고 잉여분을 소모하는 과정이라고 부르고, 원하든 원치 않든 조언과 도움을 주기 시작했지. 자네도 오늘 밤 이곳 사람들을 겪었지. 상당히 별난 친구들 아닌가. 첫해에 카운티 공무원들이 농부들에게 새 제도를 설명하려고 시도할 때, 한 명이 여기까지 찾아와서 버디와 리와 스튜어트에게 내용을 일러주려 했다네. 어떤 식으로 작물 수확량을 줄여야 하고, 대신에 정부에서 차액을 보상해 줄 것이며, 그러면 실제로 농사짓지 않아도 돈을 더 벌 수 있다는 등등 말이야."

"'글쎄, 그거 고마운 일입니다만.' 버디는 이렇게 말했네. '우리

---

* 뿔 없는 헤리퍼드종 소.

는 도움은 필요 없습니다. 그냥 언제나 해왔던 대로 면화를 경작할 테니까요. 그걸 제값에 팔지 못한다면, 그냥 우리가 잘못 판단해서 손해를 본 것이라 생각하고 다시 시도하면 될 일이지요.'"

"그래서 이들은 서류에도 카드에도 그 무엇에도 서명하지 않았다네. 그저 앤시 노인이 가르친 대로 계속 면화를 잣기만 했지. 마치 정부가 어느 개인이 원하든 말든 돕겠다고 마음먹었다는 것이나, 자기 땅에서 열심히 일해서 거두어들이고 자기 조면기로 면화를 잣는 일에 개입하겠다고 나선 것을 아예 믿지 않는 것 같았다네. 그래서 그들은 언제나 그래왔듯 면화를 싣고 제퍼슨으로 가져갔는데, 그제야 어디에도 팔 수 없다는 사실을 발견한 걸세. 우선 애초에 너무 많이 생산한 데다, 카드가 없으니 어딜 가도 팔도록 허용된 곳이 없었던 거야. 그래서 그들은 짐을 싣고 돌아왔다네. 조면기 건물에 전부 넣을 수도 없어서, 일부를 라피의 노새 마구간에 넣고 나머지는 지금 우리가 앉아 있는 바로 이 복도에 채워 넣었다네. 겨울 내내 면화더미를 피해 걸어 다니면서, 내년에는 반드시 카드를 채워 넣어야겠다고 다짐하면서 말이지."

"헌데 다음 해에도 이들은 서류를 작성하지 않았다네. 여전히 눈앞의 상황을 믿지 못하고, 한때 앤시 노인이 둘로 찢으려 노력했으나 실패한 이후 겸허하게 자신의 실패를 인정하고 결과를 받아들였던 바로 그 정부가, 버디에게 훈장을 주고 머나먼 이국 땅에서 부상당했을 때 돌봐줬던 바로 그 정부가, 여전히 개인이 노동할 능력과 의지에 따라 결정을 내릴 자유와 권리를 보장해 주리라고 믿는 것처럼."

"그래서 이들은 둘째 해에도 작물을 재배했네. 그리고 이번에도 카드가 없었으니 아무에게도 팔지 못했지. 이번에는 면화를 넣어 둘 특별한 헛간을 새로 지었어. 그 둘째 해 겨울에 버디가 시내로 찾아와서 개빈 스티븐스 변호사를 찾아갔던 기억도 나는군. 정부나 다른 누군가를 고소해서 카드가 없어도 면화를 사게 만들려고 법적 조언을 구하러 온 게 아니라, 단순히 이유를 알고 싶어서 왔던 거야. '그게 새 규칙이라고 하니까, 저는 서명할 생각까지는 했었습니다.' 버디는 이렇게 말했다네. '그런데 우리끼리 의논하는 자리에서, 농부는 아니라도 우리 중 가장 오래 아버지를 알았던 잭슨 형이, 아버지라면 거부했을 거라고 했던 겁니다. 이제는 저도 잭슨 형이 옳다는 걸 알겠습니다.'"

"그래서 이들은 면화 재배를 그만뒀다네. 한동안 쓰고 남을 만큼 있기도 했고 — 스물두 뭉치나, 뭐 그쯤 됐을 거야. 그때 화이트페이스 소를 키우기로 결정하고 앤시 노인의 면화밭을 목초지로 바꾼 걸세. 면화를 재배하려면 정부가 지시하는 양만큼 경작해서 정부가 지정하는 가격에 지정하는 때와 장소에서 팔아야 하는 상황이 되었다면, 그리고 정부가 하지도 않은 노동의 대가로 돈을 치르겠다고 나섰다면, 앤시 노인도 바로 그런 일을 했을 테니까. 문제는 이들이 면화를 경작하지 않게 된 다음에도, 카운티의 젊은 공무원이 여기로 찾아와서 이들이 경작하는 목초 작물을 보고서 돈을 주려고 했다는 걸세. 처음부터 면화를 키울 생각도 없었는데 말이지. 어쨌든 실제로 경작하지 않는 면적을 측정해 가지는 않았다네. 버디가 그랬거든. '우리가 뭘 하는지 와서 보고 가는 건 좋소. 하지만 당신 지도에 표시하지는 말아요.'"

"'하지만 이걸 기록하면 돈이 나오는데요.' 젊은 공무원은 이렇게 말했지. '정부에서 이런 작물을 경작하는 대가로 돈을 주고 싶어 한다고요.'"

"'물론 이걸로 돈은 벌 거요.' 버디는 말했지. '돈이 안 벌리면 다른 걸 시도해 볼 테고. 하지만 정부한테서 받지는 않겠소. 받겠다는 사람들한테 가서 주시오. 우리는 먹고살 만하니까.'"

"그게 전부였네. 오갈 데 없는 스물두 뭉치의 면화는 지금 이 순간에도 조면기 건물에 쟁여져 있다네. 이제 조면기를 쓸 일이 없으니 거기면 공간이 충분하거든. 그리고 여기 아이들은 잘 자라서 1년 동안 농업학교에 가서 화이트페이스 소에 대해서 배우고는 가족들에게 돌아왔지 — 이곳의 별난 친구들은 자기네끼리 잘 살고 있는 걸세. 나머지 세상이 밤낮으로 네온 불빛을 예쁘게 반짝이고, 쉽고 빠른 돈벌이가 사방에 널려서 누구라도 조금은 붙들 수 있으며, 번쩍이는 새 자동차를 산 사람은 할부금을 전부 지불하기도 전에 질려서 내던지고 새 차를 배송시키며, AAA나 WPA나 기타 세 글자로 된 수십 가지의 일하지 않아도 될 이유들*이 사방에서 등장하는데도 말일세. 그러다 여기에 그 징병 등록 통지서가 도착했고, 이곳의 별난 친구들은 거기에도 서명하지 않으려 했고, 자네가 죄다 서명된 서류를 들고 잭슨에서 여기까지 찾아왔고, 우리가 함께 여기로 나왔고, 이제 잠시 후에는 시내로 돌아갈 수 있게 될 걸세. 어쨌든 일은 풀리게 마련이지 않

---

* 농업조정관리agricultural adjustment administration나 노동진행관리 Work Progress Administration 등, 대공황 시대 루즈벨트 정부에서 기획한 여러 경제 프로그램을 의미한다.

겠나?"

"그렇군요." 조사관은 말했다. "그럼 이제 시내로 돌아가도 될 것 같습니까?"

"아니." 보안관보는 여전히 친절한 투로 그에게 말했다. "아직은 아닐세. 그래도 조금만 있으면 떠날 수 있어. 물론 자네는 기차를 놓치겠지. 하지만 기차는 내일도 있지 않겠나."

보안관보가 자리에서 일어섰다. 조사관은 아무 소리도 듣지 못했는데도. 조사관은 그가 복도를 따라 걸어가서 침실 문을 열고 들어가며 문을 닫는 모습을 지켜보았다. 조사관은 조용히 자리에 앉아서 밤의 소리를 들으며 닫힌 문을 바라보고 있었고, 이윽고 문이 벌컥 열리며 보안관보가 돌아왔다. 피묻은 시트에 감싸인 물건을 조심스레 안은 채로.

"이것 좀." 그가 말했다. "잠깐만 들고 있게."

"피투성인데요." 조사관이 말했다.

"괜찮네." 보안관보가 말했다. "다 끝낸 다음에 씻을 수 있을 테니까." 그래서 조사관은 시트 꾸러미를 받아든 채로 멍하니 서서, 보안관보가 다시 복도를 걸어가서 사라졌다가 불 켜진 랜턴과 삽을 들고 돌아오는 모습을 지켜보았다. "따라오게." 그가 말했다. "이제 거의 끝났으니까."

조사관은 그를 따라 집을 나가서 마당을 가로질렀다. 조심스레 피투성이에 망가진 묵직한 꾸러미를, 그에게는 아직도 생명의 온기가 일부 느껴지는 듯한 꾸러미를 들고서, 앞서가는 보안관보를 따라서, 다리춤에서 흔들거리는 랜턴 때문에 크게 걸음을 옮기는 다리의 그림자가 땅에 거대하게 드리우는 모습을 지켜보며, 어깨 너머에서 여전히 잡담하듯 쾌활하게 울리는 목소리를 들으면서. "그래, 그런 법이지. 상황을 해결하려 돌아다니는 사람들은 온갖 것들을 잔뜩 마주치게 마련이야. 온갖 사람을 만나고, 온갖 상황과 마주치지. 문제는 누구나 종종 상황과 사람을 헷갈리게 된다는 걸세. 지금 자네를 좀 보게." 보안관보는 여전히 친절하고 잡담하듯 가벼운 투로 말을 이어갔다. "자네도 괜찮은 사람이야. 그저 돌아다니다 보니 온갖 규칙과 규제 때문에 시야가 흐려졌을 뿐이지. 그게 우리들의 문제라네. 온갖 두문자頭文字와 규칙과 해결방식을 고안해내다 보니 다른 아무것도 못 보게 되었거든. 두문자와 규칙에 끼워맞출 수 없는 대상을 마주치면 어찌할 바를 모르게 되는 거지. 우리는 박사 친구들이 실험실에서 만들어내는 존재처럼 변해 버렸어. 뼈를 발라내고 내장을 빼낸 후에도 여전히 살아서, 어쩌면 뼈와 내장이 사라졌다는 사실도 모른 채 영원히 살려 놓은 작은 동물처럼 말이야. 우리는 등뼈를 발라내 버렸지. 사람에게 등뼈 따위는 필요 없다는 결정을 내려 버렸거든. 등뼈 따위는 구식이라는 식으로 말일세. 하지만 등뼈가 들어가 있던 홈은 여전히 남아 있고, 등뼈도 아직 숨이 붙어 있다네. 어쩌면 언젠가는 다시 등뼈를 끼우고 살게 될지도 모르지. 언제가 될지, 얼마나 심하게 몸이 비틀려야 그 필요를 깨닫게 될지는 모르겠지만, 언젠가는 그렇게 되리라 믿는다네."

그들은 이제 마당을 벗어났다. 경사를 따라 올라가던 조사관은 앞길에 다시 작은 삼나무숲을 보았다. 별빛 가득한 밤하늘에 비추어 어딘지 추레해 보였다. 보안관보는 숲으로 들어가서 걸음을 멈추고 랜턴을 내려놓았고, 꾸러미를 들고 뒤를 따르던 조사관은 낮은 벽돌담으로 둘러싸인 직사각형의 부지를 발견했다. 뒤이어 두 군데의 무덤, 또는 두 개의 묘석이 보였다 — 땅에 수직으로 세워 놓은 화강암 평판이었다.

"앤시 노인과 앤시 부인 무덤일세." 보안관보가 말했다. "버디의 아내는 자기 일족과 함께 묻히기를 원했거든. 내 생각에도 여기서 매컬럼 가족에만 둘러싸여 있으면 외로울 것 같더구만. 자, 어디 볼까." 그는 턱에 손을 댄 채로 잠시 서 있었는데, 조사관이 보기에는 관목을 심을 장소를 가늠하는 늙은 여인과 똑같아 보였다. "원래는 잭슨부터 시작해서 왼쪽에서 오른쪽으로 진행할 생각이었다네. 그런데 애들이 태어난 후에는, 잭슨과 스튜어트는 이쪽으로 올라가서 자기네 아빠 엄마와 같은 줄을 쓰게 되었지. 버디도 좀 올려서 자리를 내야 했으니까, 그 친구 자리는 대충 이쯤이 되겠군." 그는 랜턴을 더 가까이로 옮기고는 삽을 쥐었다. 그러다 그는 조사관이 여전히 꾸러미를 들고 있다는 것을 깨달았다. "내려놓게." 그가 말했다. "일단 땅부터 파야지."

"들고 있겠습니다." 조사관이 말했다.

"무슨 소린가, 내려놓게." 보안관보가 말했다. "버디도 개의치 않을 걸세."

그래서 조사관은 꾸러미를 낮은 벽돌담에 내려놓았고, 보안관보는 솜씨 좋고 빠르게 땅을 파면서 여전히 그 쾌활하고 끝없이 계속되는 어조를 이어갔다. "그런 법이라네. 우리는 사람을 잊어버렸지. 목숨값도 싸구려가 되었지만, 싸구려여서는 곤란한 것 아니던가. 목숨이란 제법 빌어먹게 값진 것이거든. 그냥 WPA 구호자금을 연이어 받아드는 것으로 해결되는 문제가 아니라, 명예와 자존심과 규율이야말로 사람을 지킬 만한 가치가 있는 존재로 만들어주는 거란 말일세. 우리는 그걸 다시 배워야 한다네. 우리가 그걸 다시 배우려면 문제가, 고약한 문제가 필요할지도 모르지. 어쩌면 앤시 노인은 자기 엄마의 고향인 버지니아까지 걸어가서 전쟁에 패배하고 다시 걸어서 돌아오면서 그걸 배운 것일지도 몰라. 어쨌든 그 사람은 그걸 자기 자식들에게 물려줄 수 있을 정도로 제대로 배운 모양일세. 버디가 자기 자식들한테, 정부에서 전갈을 보냈으니 이제 너희들이 갈 때다, 하고 한마디로 정리하는 모습을 보았지 않나? 아이들이 어떤 식으로 작별인사를 하는지도? 다 큰 남자들이 숨기지도 않고 부끄러워하지도 않으며 입을 맞추는 모습을 말일세. 어쩌면 내가 하고 싶은 말도 그런 걸지도 모르겠네…… 다 됐군." 그는 말했다. "이 정도면 충분하겠어."

그는 빠르고 수월하게 몸을 움직였다. 조사관이 멈칫하기도 전에, 그는 꾸러미를 참호처럼 비좁은 구덩이에 내려놓고, 팔 때처럼 빠른 동작으로 흙을 덮은 다음, 삽으로 그 위를 평평하게 다졌다. 그리고 그는 허리를 펴고는 랜턴을 들었다 ─ 크고 늘씬한 노인은 호흡조차도 편하고 가볍기만 할 뿐이었다.

"이젠 시내로 돌아갈 수 있을 것 같구먼." 그가 말했다.

어느 곰 사냥
A Bear Hunt

 지금 이야기를 풀어놓으려는 사람은 래틀리프라는 친구다. 직업은 재봉틀 판매원이고, 때는 그가 튼튼하고 힘 좋고 짝이 안 맞는 말들이 끄는 가볍고 튼튼한 개방형 사륜마차를 끌고 여행하던 시절이다. 요즘은 그도 포드사의 모델 T를 몰며, 시연용 재봉틀도 개집 같은 생김새에 집처럼 보이도록 칠한 양철 상자에 넣어서 함께 싣고 다니지만 말이다.

 래틀리프는 어디에 있어도 놀랍지 않은 사람이다 — 농가의 아낙들이 꾸리는 자선 바자회나 재봉 품앗이 자리에 참석하는 유일한 남성이며, 시골 교회 부흥회의 남녀 사이를 거리낌 없이 헤집고 들어가서 흥겨운 바리톤으로 끼어들기도 한다. 본인 말에 따르면 심지어 곰 사냥에도 입회했다고 하는데, 시내에서 20마일 떨어진 강가의 드 스페인 소령이 매년 가는 사냥터를 찾아갔다는 것이다. 그곳에 재봉틀을 살 만한 사람이 없다는 점은 명백했는데, 드 스페인 부인은 출가한 딸에게 선물하지 않은 이상

이미 가지고 있을 것이며, 그와 엮이게 된 다른 남자는 ─ 루시어스 프로바인이라 부르는 남자는 ─ 얼굴과 기타 이런저런 부분의 흉악함으로 미루어보건대 래틀리프가 조건 없이 계약해주지 않는 이상은 아내에게 재봉틀을 사줄 리가 만무했기 때문이다.

다른 등장인물인 프로바인 또한 이 카운티 출신이었다. 그러나 그는 이제 마흔 살이며 치아 대부분을 잃었고, 그와 그의 죽은 형제와 또 하나의 죽어서 잊힌 동시대인인 잭 본즈라는 사람 셋은 프로바인 패거리라고 불리며 거친 젊은이들이나 저지르는 상상조차 하기 힘든 짓거리로 우리 조용한 도시를 공포에 떨게 만들던 이들이었다. 토요일 밤에 중앙 광장에서 권총을 쏴댄다거나, 일요일 아침에 괴성을 지르며 말을 몰아 교회로 향하는 숙녀분들이 걸어가는 길거리를 질주한다거나 하는 식이었다. 우리 도시의 젊은 시민들은 그를 그저 키 크고 튼튼하고 건강해 보이며 늘 빈둥대기나 하고, 허용되는 곳에서는 언제나 음침하게 투덜대며, 어느 집단에서도 제대로 받아들여지지 않으며, 아내와 세 자식을 부양하려는 노력 따위는 조금도 하지 않는 작자로 알고 있을 뿐이지만 말이다.

요즘 시대에 빈곤에 시달리는 가족을 찾아보기는 어렵지 않다. 그중에는 아예 일하지 않는 사람도 있겠지만, 최근 몇 년 동안에는 일자리를 찾지 못하는 사람도 많아졌다. 따라서 비누나 남성용 위생용품이나 주방기구 등 소도구 제작사의 판매 대행업자 자리를 획득하고 유지하며, 작은 검은색 샘플 케이스를 들고 광장이나 거리에 늘 모습을 보이는 사람들은 제법 존중할 만하다는 취급을 받는다. 한 번은 프로바인이 그런 샘플 케이스를 들고 등장해서 우리 모두를 깜짝 놀라게 한 적이 있는데, 일주일도 지나지 않아서 시 공무원들이 그 안에 위스키 파인트 병이 들어 있다는 사실을 발견해 버렸다.* 어떻게 한 건지는 몰라도 드 스페인 소령이 그를 빼내 주었다. 프로바인 부인이 삯바느질 등으로 벌어들인 돈에 자기 돈을 보태서 그의 가족을 먹여살린 것도 드 스페인 소령이었다 — 어쩌면 그 모든 것이, 세월의 채찍질에 시들기 전의 빛나던 프로바인의 모습에 바치는 로마식 경례이자 작별인사였을지도 모를 일이다.

나이 많은 이들 중에는 20년 전의 '부치' 프로바인을 — 이 또한 지저분한 과거 속 어딘가에서 잃어버린 매력적이고 남자다운 별명이었다 — 기억하는 사람도 있었기 때문이다. 유머 감각은 없으나 열정은 있었던, 이제는 불타 사라진 삶에 대한 모호한 열의를 광란처럼, 대부분 알코올과 터무니없고 즉흥적인 행위로 발산하던 그의 모습을 말이다. 그중 하나가 검둥이 피크닉 사건이었다. 도시에서 몇 마일 떨어진 검둥이 교회에 피크닉을 즐기는 사람들이 있었다. 시골에서 춤을 추고 돌아오는 중이었던 프로바인 형제와 잭 본즈는 권총과 불 붙인 엽궐련을 들고 그쪽으로 말을 몰아서, 검둥이 남자를 하나씩 붙잡아서는 당시에 유행하던 셀룰로이드 목깃**에 담뱃불을 눌러 불을 붙였고, 모든 희생자의 목에는 갑작스럽고 흐릿하고 고통 없는 검은 목줄이 남게 되었다. 래틀리프가 언급하는 남자는 이런 작자였다.

---

* 연방 금주법은 1920년부터 1933년까지 실행되었다.

그러나 래틀리프의 공연 무대를 위해서는 한 가지를 추가로 언급해야만 한다. 드 스페인 소령의 야영지에서 강 하류로 5마일을 내려간 곳에, 그리고 대숲과 블루검과 대왕참나무가 정글처럼 한층 무성하게 우거진 곳에, 인디언 둔덕이 하나 있었다. 원주민이 남긴 이 심오하고 스산한 수수께끼로 가득한 둔덕은, 강둑 저지대의 울창한 정글에서 유일하게 불쑥 솟아 있는 장소였다. 심지어 우리 중 몇몇은 — 애들이기는 해도 글을 읽을 줄 아는 도시 주민의 후손이었기에 — 그 안에 은밀한 핏빛 폭력과 잔혹하고 갑작스러운 파멸의 이야기가 숨어 있다고 여기기도 했다. 우리끼리 몰래 숨겨 돌려보던 10센트짜리 싸구려 소설 속 인디언들의 함성이나 손도끼 따위는, 그저 그 둔덕에 숨어 있을 사악하고 조금 퇴폐적인 어둠의 힘, 마치 입가를 피로 물들이고 게으르게 잠들어 있는 이름 모를 어둠의 야수 같은 그런 힘의 아주 사소한 일부가 순간적으로 현현한 것뿐이라고 여겼다 — 이 또한 어쩌면 한때 강성했으며 여전히 정부의 보호하에 근처에 살고 있던 치카소 부족의 잔존물이었을지도 모를 일이다. 당시 그들은 미국식 이름을 가지고, 띄엄띄엄 그들을 둘러싸고 있는 백인들과 같은 방식으로 살아가고 있었다.

그러나 우리는 그들을 본 적이 없었다. 자기네 정착지와 상점이 따로 있어서 시내로 내려오는 법이 없었기 때문이다. 나이를

** 당시의 남성용 정장 셔츠에는 목깃을 별도로 붙이게 되어 있었다. 보통 종이로 만들었으나, 1870년대에 등장한 셀룰로이드 목깃이 유행을 탄 시기도 있었다. 셀룰로이드는 불이 붙기 쉬우며, 당연히 착용자는 상당히 고통받았을 것이다.

먹은 후에는 그들이 백인보다 거칠지도, 더 문맹이지도 않으며, 표준에서 가장 심하게 일탈하는 행위라고는 — 그리고 우리 고장에서 이 정도는 대단한 일탈도 아니었다 — 늪지대에서 위스키 밀주를 빚는 정도뿐이라는 사실을 깨닫게 되었다. 그러나 어린 시절 우리에게 그들은 이야기 속 존재였으며, 늪지대에 숨겨진 그들의 삶은 그 음침한 둔덕과, 실제로 보지 못한 아이는 있을지라도 이야기를 듣지 못한 아이는 없었던 바로 그 둔덕과 따로 떼어놓고 생각할 수 없는 것이었다. 우리는 그들을 어둠의 힘이 수호자로 내세운 존재들로 여겼다.

앞서 말했듯이, 둔덕을 실제로 보지 못한 아이는 있어도 듣지 못한 아이는 없었으며, 소년들이 그렇듯이 언제나 그 이야기를 입에 올리곤 했다. 둔덕은 대지 그 자체만큼이나, 남북전쟁의 패전이나 셔먼의 행군처럼,* 또는 우리 가족의 성을 가지고 우리와 섞여 살면서 경제적으로 경쟁하는 검둥이들이 존재한다는 것만큼이나 우리 삶의 일부이자 배경으로 존재했다. 그저 더 가까이 있으며 흥미롭고 생동감 있다는 점만이 다를 뿐이었다. 열다섯 살 때쯤, 나는 친구 하나와 함께 해질 무렵에 둔덕으로 접근하는 무모한 짓을 벌였다. 우리는 처음으로 그 인디언들을 실제로 보았다. 그들에게서 길안내를 받고, 둔덕 꼭대기에 올라가서 해 지는 모습을 보았다. 야영장비를 가져오기는 했으나 불은 피우지 않았다. 심지어 잠자리조차 만들지 않았다. 그저 둔덕 위에 나란

---

* 윌리엄 테쿰셰 셔먼은 1864년 11월에서 12월까지 '바다로의 행군' 작전으로 파괴된 애틀랜타에서 서배너까지 250마일을 행군하며 초토화 작전을 수행했고, 훗날까지 남부연합의 악몽으로 기억되었다.

히 앉아서, 날이 밝아져서 도로까지 나오는 길을 찾을 수 있게 될 때까지 기다렸을 뿐이었다. 우리는 입도 열지 않았다. 회색 어스름 속에서, 마찬가지로 회색이며 조용하고 아주 침중한 얼굴을 서로 마주 보았을 뿐이었다. 다시 시내에 도착했을 때도 우리는 입을 열지 않았다. 그저 헤어져서 집으로 가서 잠자리에 들었을 뿐이었다. 우리는 둔덕을 그렇게 생각하고 그렇게 느꼈다. 우리가 아이였다는 것은 분명한 사실이지만, 그래도 책을 읽을 줄 알고 미신을 극복했으며 이유 없는 공포에 사로잡히지 않는 — 적어도 그랬어야 마땅한 — 이들의 후손이었다.

이제 래틀리프가 들려주는 루시어스 프로바인과 그의 딸꾹질 이야기로 넘어가 보겠다.

내가 시내로 돌아왔을 때 처음 만난 친구는 이렇게 말했다. "너 얼굴이 어떻게 된 거냐, 래틀리프? 드 스페인이 곰 사냥개 대신에 널 쓰기라도 한 거야?"

"아냐, 친구들." 나는 대꾸했다. "산고양이*였어."

"너 그거한테 뭘 하려고 했던 건데, 래틀리프?" 친구 하나가 물었다.

"이봐, 친구들, 빌어먹게도 나도 짐작이 안 가거든." 나는 대꾸했다.

그 말은 사실이었다. 내가 무슨 일이 일어났는지 파악한 것은 사람들이 루크 프로바인을 나한테서 떼어내고도 한참이 지난 후

---

* cattymount. 퓨마의 지역 표현 중 하나.

였으니까. 루크와 마찬가지로, 나 또한 애쉬 노인이 어떤 사람인지 전혀 모르고 있었기 때문이다. 그저 소령의 깜둥이 중 하나이며 야영지 일손이라는 정도만 알았을 뿐이었다. 모든 일이 시작된 순간에 내가 알던 것이라고는, 그저 내 나름의 목적 정도였다 — 루크에게 분명 도움이 되리라 생각했고, 어쩌면 다치지 않는 선에서 조금 곯려주거나, 루크가 한동안 야영지를 떠나 있는다면 소령님한테도 조금 도움이 되리라는 생각에서 정한 목적이었다. 자정쯤이 되자 그 빌어먹을 친구는 마치 겁먹은 사슴처럼 정신없이 숲속을 돌아다니다가 포커판을 벌여놓고 있는 곳으로 달려들어왔고, 나는 "뭐, 이젠 만족하겠군요. 딸꾹질은 깔끔하게 떨어진 모양이니"라고 말했다. 그러자 그는 갑자기 모든 움직임을 멈추더니 거친 놀라움이 담긴 시선으로 나를 노려보았다. 그리고 딸꾹질이 멈춘 것도 깨닫지 못하고 있다가, 갑자기 무너지는 헛간처럼 온몸을 던져 나를 덮친 것이었다.

그걸로 확실하게 포커판은 파했다. 내게서 그를 떼어내려고 서너 사람이 달려들어야 했고, 소령님은 세 장의 3이 든 패를 손에 든 채로 돌아앉아서 탁자를 두드리며 욕설을 내뱉었다. 문제는 나를 도우려던 사람들이 그 과정에서 내 얼굴과 손발을 짓밟았다는 것이었다. 화재와 똑같았다 — 소방호스를 든 사람이 대부분의 피해를 입힌 상황이었으니까.

"이게 대체 무슨 얼어죽을 상황인가?" 소령님은 소리쳤고, 서너 사람에게 붙들려 있는 루크는 아기처럼 엉엉 울고 있었다.

"저놈이 날 그자들에게 보냈다고!" 루크가 말했다. "저놈이 날 그 위로 보냈어. 저놈을 죽일 거야!"

"자넬 누구한테 보냈다는 건가?" 소령님이 말했다.

"인디언이요!" 루크는 울면서 소리쳤다. 그리고 팔을 붙들고 있던 사람들을 헝겊 인형처럼 휘두르며 다시 내게 달려들려 시도했지만, 소령님의 말이 이내 그를 잠잠하게 만들었다. 저 사람도 남자다. 자기가 노동하기에는 너무 약하다고 주장하고 다니지만, 그런 말에 속아넘어가면 곤란하다. 분홍색 멜빵과 면도크림이 가득한 검은 가방을 휘두르고 다니는데도 지친 기색조차 조금도 없지 않느냐. 뒤이어 소령님은 나를 보며 이게 전부 대체 무슨 일이냐고 물었고, 나는 그저 루크의 딸꾹질을 멈춰주고 싶었을 뿐이라고 설명했다.

맹세컨대 루크의 상황이 안타까워 보였기 때문에 한 일이었다. 그날은 어쩌다 지나가는 길이었는데, 잠깐 들러서 별일 없는지 확인이나 할 생각이었다. 해 질 때쯤 도착해서 처음 만난 친구가 루크였다. 별로 놀랄 일은 아니었는데, 이 카운티에서 아무 때나 찾아갈 수 있는 가장 규모가 큰 회합장인 데다 공짜로 음식과 위스키를 즐길 수도 있기 때문이었고, 그래서 나는 "이야, 이거 놀랄 일이구먼"이라고 말했다. 그러자 루크는 이렇게 대답했다.

"딸꾹! 딸꺽! 딸꼭! 딸— 아, 주여!" 전날 밤 9시부터 계속 그 딸꾹질을 하는 중이라는 모양이었다. 소령님이 잔을 권한 이후로, 그리고 애쉬 노인이 보고 있지 않을 때마다 계속 마셔댔다고 한다. 그리고 이틀 전에 소령님이 곰을 하나 잡았는데, 그때까지 루크는 수레에 다 실을 수도 없을 정도의 곰 고기를, 거의 주머니쥐 고기만큼이나 기름기가 철철 흐르는 곰 고기를 주워먹었다는 것이다 — 사슴고기에다 맛을 더하려고 첨가하는 라쿤과 다람쥐 고기는 물론이고 말이다. 그래서 지금 루크는 시한폭탄처럼 분당 세 번씩 딸꾹거리고 있는 중이었다. 차이점이라면 그의 뱃속에 가득 찬 것이 다이너마이트가 아니라 곰 고기와 위스키이기 때문에, 그냥 폭발해서 안식을 찾을 수 없다는 정도였다.

사람들은 그 때문에 어젯밤 내내 아무도 제대로 자지 못했다고 일러 주었다. 소령님이 잔뜩 성이 나서 벌떡 일어나더니 총과 곰 사냥개 두 마리를 다룰 애쉬 노인만 데리고 나가자, 루크도 그 뒤를 따라나서더니 — 아마도 순전히 비참함에서였을 것이다. 그도 다른 사람들과 마찬가지로 한잠도 못 이뤘으니까 — 이러면서 소령님 뒤를 졸졸 따라다녔다는 것이다. "딸깍! 딸꺽! 딸꼭! 딸— 아, 주여!" 그러다 마침내 소령님이 뒤를 돌아보며 이렇게 말했다.

"썩 꺼져서 산탄총 쓰는 친구들하고 함께 사슴 사냥터에나 가 있게. 곰한테 몰래 다가가기는커녕 흔적을 찾은 사냥개가 짖는 소리도 안 들릴 지경이지 않나? 차라리 모터사이클을 타고 다니는 게 낫겠어."

그리하여 루크는 강둑을 따라 사슴을 기다리며 서 있는 사냥꾼들 쪽으로 돌아갔다. 소령님이 언급한 모터사이클처럼 멀찍이서 그 소리가 계속 울렸으니, 그리 깊이 들어가지는 않았을 것이다. 그는 조용히 있으려는 시도조차 하지 않았다. 그래봤자 아무 도움도 안 되었으리라는 사실을 알았을 듯하다. 마찬가지로 수풀에서 나와 있으려는 시도조차도 하지 않았다. 그렇게 소리를 내고 있으니 어떤 바보라도 자기가 사슴이 아니라는 사실을 알고 있으리라 생각했던 듯하다. 아니지. 그때쯤에는 너무 괴로워서 차라리 누군가 자기를 쏴 주기만을 바랐을 듯하다. 그러나 그 누구도 그를 쏴 주지 않았고, 그는 아이크 매캐슬린 아저씨가 있는 첫 번째 자리까지 와서는, 아이크 아저씨 뒤편의 통나무에 주저앉아 무릎에 팔꿈치를 대고 얼굴을 손에 파묻은 채로 이러고 있었다. "딸꾹! 딸꾹! 딸꾹! 딸꾹!" 결국에는 아이크 아저씨도 뒤돌아보며 이렇게 말했다.

"이런 망할. 당장 여기서 꺼지게. 건초 마는 기계가 돌아가고 있는데 태연하게 다가오는 동물이 세상에 있을 것 같나? 가서 물이나 좀 마셔."

"그건 이미 해 봤어요." 루크는 꿈쩍도 않은 채 말했다. "어젯밤 9시부터 물은 계속 마셨다고요. 벌써 너무 많이 마셔서 지금 쓰러지면 지하수 우물처럼 물이 펑펑 솟아나올 지경이라고요."

"됐으니까 어디로든 꺼져." 아이크 아저씨가 말했다. "여길 떠나라고."

그래서 루크는 자리에서 일어나서 비틀대며 물러갔고, 그 모습은 마치 1기통 엔진으로 아슬아슬하게 작동하는 것만 같았다. 훨씬 자주, 주기적으로 보인다는 점만이 다를 뿐이었다. 그는 강둑을 따라서 다음 사냥 자리에 도착했고, 그쪽에서도 그를 몰아냈고, 그는 다음 자리로 움직여갔다. 아무래도 그때까지도 누군가 자신을 불쌍히 여겨서 쏴 주리라는 희망을 품고 있었던 듯한데, 슬슬 자포자기하는 기색이 엿보였기 때문이다. 이제 그가 "아, 주여"까지 도달하면 사람들은 그 소리가 야영지까지 들리겠다고 말하기 시작했다. 그 목소리가 우물에다 확성기로 소리치는 것처럼 강 건너 대숲에 반사되어 쩡쩡 울린다고도 말했다. 흔적을 쫓던 개들조차 으르렁거리기를 멈출 지경이니, 다들 모여서 그부터 일단 야영장으로 되돌려보내야겠다고 말했다. 그래서 내가 등장했을 때 그가 야영장에 있었던 것이다. 그리고 애쉬 노인 또한 그곳에 있었는데, 소령님이 낮잠을 잘 시간이 되어서 함께 돌아왔기 때문이었다. 그리고 나도 루크도 그냥 주변을 돌아다니는 검둥이가 하나 있구나, 하고 생각할 뿐 그에게는 주의를 기울이지 않았다.

그런 상황이었다. 우리 둘 다 그에 대해서는 아무것도 모르고 아예 신경조차 쓰지 않았다. 누군가 장난질을 치려는 사람이 있어도 애쉬 노인을 그 대상으로 삼지는 않을 것이 분명했다. 그는 어둠 속에 고요히 도사리고 있는 거물 같은 사람이라서, 누군가 아무것도 모르고 그에게 장난질을 시도한다면 그걸 받아줄지, 아니면 내 경우처럼 면전에서 폭발시킬지는 순전히 그에게 달린 문제이기 때문이었다. 그리고 나는 이렇게 말해 버렸다. "어젯밤 9시부터 딸꾹질을 하고 있었다고요? 그럼 거의 24시간을 그러고 있었다는 거잖아요. 분명 당신도 그걸 멈추려고 뭐든 했을 텐데 말입니다." 그러자 그는 뛰어들어 내 머리통을 물어 뜯어내고 싶은지, 아니면 그대로 자기 머리통을 물어 뜯어내고 싶은지 결정을 못 하겠다는 것처럼 나를 노려보며 입을 열었다. "딸꾹! 딸꾹!" 느릿하고 규칙적으로 딸꾹질을 한 다음, 그는 말을 이었다.

"딸꾹질이 떨어지고 싶은 게 아니야. 사실 마음에 들거든. 하지만 네가 딸꾹질에 시달리고 있으면 내가 몸소 떨어뜨려주고 싶은 생각은 있지. 어떻게 하는지 알고 싶냐?"

"어떻게요?" 나는 말했다.

"네놈 머리를 똑 따 버릴 거다. 그러면 딸꾹질을 할 머리가 없어질 테니까. 딸꾹질 걱정은 할 필요도 없지. 기꺼이 네놈을 위해서 직접 해 줄 수 있어."

"그러시겠죠." 나는 그가 부엌 계단에 주저앉은 채 ― 저녁식사가 끝난 시점이었지만 그는 한 입도 먹지 못했다. 목구멍이 일방통행이 되어버린 듯했으니까 ― "딸꾹! 딸꼭! 딸꼭! 딸꾹!"거리는 모습을 지켜보고 있었다. 아마 소령님이 또 고함을 지르면 그를 어떻게 할지를 똑똑히 말해 준 모양이었다. 나는 해를 끼칠 생각은 조금도 없었다. 게다가 그가 어젯밤 밤새 사람들을 한숨도 못 자게 만들었으며 강둑에서 모든 사냥감을 놀래켜 쫓아내 버렸다는 이야기도 이미 들은 후였고, 산책으로 시간을 죽이는 정도라면 루크 본인에게도 괜찮을 것이었다. 그래서 나는 말했다. "당신 딸꾹질 떨어트릴 방법이 있을 것 같은데 말입니다. 물론 당신이 원하지 않는다면 이야기는 달라지겠지만―"

그러자 그는 말했다. "누구든 좋으니까 방법을 알려줬으면 좋겠어. 딱 1분만 얌전히 앉아 있을 수 있다면 10달러를 내겠다고. 이대로 가면 또 '딸꾹―'" 당연하게도 그걸로 다시 시작되어 버렸다. 그러나 지금까지는 그의 뱃속이 꾸준하지만 조용하게 "딸꾹"거리는 것으로 만족해 왔다면, 다시 딸꾹질을 신경 쓰기 시작하니까 마치 내연기관의 밸브를 뽑은 것처럼 느껴졌던 모양이다. 그는 딸꾹질을 시작하자마자 "딸꾹 ― 아, 주여!"라고, 사슴 사냥터의 사람들이 그를 야영장으로 돌려보냈을 때처럼 소리 질렀고, 뒤이어 소령님이 바닥을 쿵쿵거리며 다가오는 소리가 들리기 시작했다. 심지어 발소리조차도 성난 느낌이었고, 나는 얼른 말했다.

"쉬이이잇! 소령님을 또 화나게 하면 곤란하잖습니까."

그래서 그는 조금 조용해진 채로 부엌 계단에 주저앉았고, 애쉬 노인을 비롯한 다른 깜둥이들은 부엌 안에서 이리저리 움직이고 있었다. 그는 말했다. "네가 제안해 준다면 뭐든 하겠어. 내가 아는 것도 남들이 시키는 것도 전부 다 해봤다고. 맨날 광고하는 그 커다란 자동차 타이어처럼 느껴질 때까지 숨을 참고 물도 마셔 봤고, 저쪽 나뭇가지에 무릎을 걸고 15분이나 매달려도 있었고, 1파인트 병에 든 물을 단번에 마시기도 하고, 누가 사슴용 산탄을 삼키래서 그렇게도 했단 말이야. 근데 아직도 딸꾹질이 나온다고. 너는 내가 뭘 해야 할 것 같냐?"

"글쎄요." 나는 말했다. "당신이 뭘 할지야 내가 알 수가 없지요. 하지만 내가 딸꾹질 때문에 애를 먹는다면, 둔덕 있는 곳으로 가서 존 배스킷 노인을 찾아서 치료를 받을 것 같습니다."

그러자 그는 꿈쩍도 않고 앉아 있다가, 천천히 몸을 돌려서 나를 바라보았다. 그가 1분 동안 딸꾹질을 전혀 안 했다고 장담할 수 있다. "존 배스킷이라고?" 그가 말했다.

"그래요." 나는 말했다. "인디언 친구들은 백인 의사들이 들어보지도 못한 온갖 치료법을 알고 있거든요. 그 불쌍한 원주민 친구들은 백인 남자에게도 치료법을 기꺼이 베풀어 줄 겁니다. 백인들이 정말 잘해줬으니까요 — 이제는 아무도 원치 않는 흙무더기 위에서 살아도 된다고 허가해 준 것뿐 아니라, 우리랑 같은 이름을 쓰게 해 주었고, 백인한테 팔 때보다 한몫 톡톡히 덧붙이는 정도만으로 밀가루나 설탕이나 농기구를 팔아주지 않습니까.

조금만 기다리면 무려 일주일에 한 번씩 시내로 나오도록 허가해 주리라는 소문도 돌더라고요. 배스킷 노인이라면 기꺼이 당신 딸꾹질을 치료해 줄 겁니다."

"존 배스킷이라고." 그는 말했다. "인디언 놈들이라고." 그는 느리고 나직하고 꾸준하게 딸꾹질을 하면서 중얼거렸다. 그러다 그는 갑자기 소리쳤다. "내가 개자식도 아니고 그딴 데를 갈 것 같냐!" 그렇다면 나는 그가 흐느끼는 것처럼 들리지 않았다면 개자식을 하겠다고 말하겠다. 그는 펄쩍 뛰어 일어나더니, 흐느끼는 듯한 목소리로 욕설을 내뱉기 시작했다. "하얗든 까맣든, 여기에는 나를 불쌍하게 여기는 작자가 한 놈도 없어. 24시간이 넘도록 밥도 못 먹고 잠도 못 자고 고통받고 있는데, 나를 동정하거나 불쌍히 여기는 개자식이 한 놈도 없다고!"

"음, 저는 시도했습니다만." 나는 말했다. "내가 딸꾹질을 하는 것도 아니긴 하니까요. 그저 보아하니 백인 중에는 도울 사람이 없는 모양이다, 하고 한마디 얹었을 뿐입니다. 하지만 굳이 거기까지 가서라도 딸꾹질을 멈춰야 한다는 법률 같은 게 있는 것도 아니잖습니까." 그래서 나는 자리를 떠나는 척하면서, 그대로 부엌 모퉁이 뒤로 숨어서 그가 다시 느리고 나직하게 "딸꾹! 딸꾹!"거리면서 계단에 주저앉는 모습을 지켜보았다. 그러다 문득 부엌 창문을 들여다보니 애쉬 노인이 있었다. 부엌 문 바로 안쪽에 숨죽이고 서서, 엿듣는 것처럼 고개를 기울이고 있었다. 그러나 나는 그때도 아무것도 의심하지 않았다. 잠시 시간이 흐르고 루크가 다시 갑작스럽지만 조용하게 자리에서 일어나서, 잠시 자리에 서서 포커판과 나머지 사람들이 있는 창문 안쪽을 들여다보더니, 고개를 돌려 강둑 쪽 도로로 이어지는 어둠 속을 바라보는 순간까지도 그랬다. 뒤이어 그는 조용히 집 안으로 들어가더니, 잠시 후 불 켜진 랜턴과 산탄총을 들고 다시 나왔다. 나로서는 누구 총인지 알 도리가 없었고, 아마 그 또한 알지도 신경 쓰지도 않았을 것이다. 그저 결심한 듯 조용히 집을 나와서는, 도로를 따라 내려갈 뿐이었다. 랜턴 불빛도 보였지만, 그 불빛이 사라진 후에도 소리는 한참 동안 들렸다. 부엌 앞쪽으로 돌아와서 그의 소리가 강둑을 따라 사라지는 것을 듣고 있자니, 애쉬 노인이 뒤에서 물었다.

"그 위로 가는 겁까?"

"무슨 위?" 내가 말했다.

"그 둔덕 말입다." 그가 말했다.

"뭐, 내가 어떻게 알겠어." 나는 말했다. "마지막으로 대화했을 때는 딱히 어딜 갈 생각으로 들리지는 않았는데. 그냥 산책이나 할 생각일지도 모르지. 산책도 도움이 될 거야. 오늘 밤에 잘 때도 그렇고, 내일 아침에도 식욕이 생길 테니까. 당신 생각은 어때?"

그러나 애쉬는 아무 말도 하지 않았다. 그저 다시 부엌으로 돌아갈 뿐이었다. 그리고 그때까지도 나는 아무것도 의심하지 않았다. 어떻게 의심할 수 있었겠는가? 그때 나는 제퍼슨에도 가보지 못한 사람이었다. 늘어선 상점가나 아크등 불빛은 고사하고, 신발을 보고 사람을 판별할 능력조차 없는 풋내기였다.

그래서 나는 포커판이 벌어진 곳으로 들어가서는 이렇게 말했다. "자, 신사 여러분, 오늘 밤에는 다들 좀 잘 수 있을 것 같군요." 그리고 나는 무슨 일이 있었는지를 말하고는, 그가 어둠 속에서 5마일을 걸어 돌아오느니 해 뜰 때까지 둔덕 위에서 지낼 것이며, 인디언들이라면 딸꾹질 하는 남자 정도의 사소한 일에는 백인처럼 예민하게 반응하지 않으리라 생각하기 때문이라고 덧붙였다. 당연하게도 소령님은 거기다 딴죽을 걸었다.

"젠장, 래틀리프." 그는 말했다. "그런 짓은 하면 안 되는 거네."

"글쎄요, 저는 그냥 제안을 하나 했을 뿐인데요, 소령님. 농담 삼아서요." 나는 말했다. "그걸 진지하게 받아들일 줄은 몰랐다고요. 어쩌면 아예 거기로 안 올라갈지도 모릅니다. 그냥 라쿤이나 사냥하러 간 걸지도 모르고요."

그러나 대부분의 사람들은 나와 같은 생각이었다. "가게 냅두면 어떻습니까." 프레이저 씨가 말했다. "밤새 걷다가 돌아왔으면 좋겠군요. 젠장, 그놈 때문에 눈도 제대로 못 붙인 걸 생각하면…… 카드 돌려요, 아이크 아저씨."

"어차피 이제 와서 멈출 수는 없지." 아이크 아저씨는 이렇게 말하며 카드를 돌렸다. "그리고 어쩌면 존 배스킷이 그놈 딸꾹질을 어떻게든 해줄 수 있을지도 모르잖나. 그 빌어먹을 젊은 바보가, 말하지도 삼키지도 못할 정도로 먹고 마셔대더니만. 오늘 아침에는 내 뒤편 통나무에 앉아서 건초 마는 기계 같은 소리를 내고 있었네. 한 번은 쏴서 처리해야겠다는 생각까지 들었는데…… 내가 퀸 나왔으니 25센트 걸겠네.*"

그래서 나는 자리에 앉아서 그들을 구경하며, 가끔씩 산탄총과 랜턴을 들고 숲속에서 더듬거리고 비틀거리며, 딸꾹질을 떨어트리려고 어둠 속에서 5마일을 나아가는 그 남자를 떠올렸다. 숲속에서 그를 지켜보는 온갖 미물들이 대체 이게 무슨 식의 사냥일지, 그리고 저런 괴상한 소리를 내는 두 다리 달린 미물이 대체 어떤 작자일지를 궁금하게 여길 것이라고도. 그리고 그가 걸어 들어갔을 때 인디언들이 보일 반응까지도. 나는 웃음을 터뜨렸고, 결국 소령님이 내게 이렇게 물었다. "자넨 대체 뭘 중얼거리면서 낄낄거리고 있는 건가?"

"아무것도 아닙니다." 나는 말했다. "아는 친구 하나가 떠올라서요."

"자네가 그 친구와 함께 밖에 있었어야 하는데." 소령님이 말했다. 그리고 그는 술 마실 시간이 됐다고 결정하고 소리쳐 애쉬를 부르기 시작했다. 마침내 내가 문간으로 나가서 부엌 쪽을 바라보며 애쉬를 소리쳐 부르게 되었는데, 정작 대답한 것은 다른 깜둥이 중 하나였다. 그가 술병과 토디에 넣을 재료를 들고 들어오자, 소령님은 고개를 들고는 물었다. "애쉬는 어디 있나?"

"갔습다." 깜둥이가 말했다.

"가?" 소령님이 물었다. "어딜 갔다는 건가?"

"둔덕으로 올라갈 거라고 했습다." 깜둥이가 말했다. 그런데도 나는 여전히 알아차리지도, 의심하지도 않았다. 그저 속으로 '그 늙은 깜둥이가 갑자기 동정심이 생겼나본데, 어둠 속에서 혼자 돌아다니는 루크 프로바인을 걱정해 주다니 말이야. 아니면 그

---

* 파이브카드 포커에서는 뒤집어 내려놓은 카드의 패가 가장 좋은 사람부터 판돈을 걸기 시작한다.

딸꾹질 소리를 더 듣고 싶었던 걸지도 모르지'라고 생각할 뿐이었다.

"둔덕으로 올라갔다고?" 소령님이 말했다. "이런 세상에, 그놈이 존 배스킷의 저질 위스키에 잔뜩 취해서 돌아오기라도 하면 산 채로 가죽을 벗겨줄 테다."

"왜 가는지는 말 안 했슴다." 깜둥이가 말했다. "떠날 때 저한테 그냥, 둔덕 위로 올라갔다가 해 뜰 때 돌아올 거라고 했을 뿐임다."

"그러는 편이 좋을 거야." 소령님이 말했다. "멀쩡한 정신인 편이 더 좋을 테고."

그래서 우리는 그렇게 둘러앉아 있었고 사람들은 포커를 치고 나는 아무것도 눈치채지 못한 채 바보처럼 멍하니 그걸 구경하며 앉아 있었다. 그 빌어먹을 늙은 깜둥이가 끼어들어서 루크의 여정을 망친 것이 정말 유감이라고 생각하면서. 그리고 11시가 거의 다 되어 사람들이 내일 사냥터에 나가야 하니 슬슬 잠자리에 들어야겠다는 이야기를 하고 있을 때, 그 소리가 들려왔다. 마치 야생마를 몰고 도로를 달려오는 것처럼 들렸고, 우리가 문을 향해 돌아앉기도 전에, 저 소리가 대체 무엇일지 서로 질문하기도 전에, 소령님이 입을 열고 "대체 저게 무슨—"이라고 말한 순간에, 그 소리가 허리케인처럼 현관을 지나 복도를 따라오더니, 그대로 문이 쾅 하고 열리며 루크가 등장했다. 총도 랜턴도 들고 있지 않았고, 옷은 깔끔하게 뜯겨 나가 있었으며, 잭슨 정신병원에 들어간 사람처럼 흥분한 얼굴이었다. 그러나 내가 가장 주목한 부분은 그가 이제 딸꾹질을 하지 않는다는 것이었다. 그리고 이번에는 울고 있지도 않았다.

"놈들이 나를 죽이려고 기다리고 있었어!" 그가 말했다. "놈들이 나를 태워 죽이려고 했다고! 나를 잡아다가 땔나무 더미에 묶었는데, 한 놈이 불을 가져오는 걸 보고 간신히 풀고 도망쳤다고!"

"누가 그랬다는 건가?" 소령님이 말했다. "대체 무슨 빌어먹을 소리를 지껄이는 거야?"

"인디언들이요!" 루크가 말했다. "놈들이 나를 죽이려고 기다리고—"

"뭐야?" 소령님이 소리쳤다. "빌어먹을 지옥불이여, 진짜로?"

여기서 얌전히 입을 다물고 있었어야 하는데. 그는 그때까지 내가 있다는 것조차 알지 못했으니까. "적어도 그 친구들이 당신 딸꾹질은 치료해줬네요."

그 순간 그는 그대로 움직임을 멈추었다. 그때까지는 내가 있다는 것조차 몰랐지만 이제는 내가 눈에 들어온 모양이었다. 그는 그대로 멈추고는 잭슨 정신병원에서 그대로 탈주한 사람처럼 흥분한 얼굴로 나를 바라봤으나, 내 말뜻은 바로 받아들이지 못하는 모양이었다.

"뭐야?" 그가 말했다.

"어쨌든 딸꾹질은 깔끔하게 떨어진 모양이니까요." 나는 말했다.

자, 그러자 그는 1분 동안 꼬박 그 자리에 서 있었다. 멍한 눈이 되어서, 자기 뱃속의 소리를 듣는 것처럼 고개를 살짝 기울인 채로. 그가 시간을 두고 딸꾹질이 멈췄는지를 확인한 것은 아마 그때가 처음이었을 것이다. 꼬박 1분 동안 서 있은 후에야 그의 얼굴에 일종의 충격받은 놀라움이 떠오르기 시작했다. 그리고 그는 내게 덤벼들었다. 나는 여전히 의자에 앉아 있었는데, 장담하건대 한참을 지붕이 머리 위로 무너져내렸다고 생각하고 있었다.

어쨌든 사람들은 마침내 그를 내게서 떼어내어 진정시키고는, 나를 씻겨주고 술을 건네어 기분을 좀 풀어주었다. 그러나 술을 마시고도 기분은 영 나아지지 않았고, 사람들이 흔히 쓰는 표현대로 그를 뒷마당으로 불러내어 내 명예를 지켜야 할 것만 같다는 생각도 들었다. 그러나 그럴 일은 없었다. 나는 실수를 저지르거나 잘못 추측했을 때는 상황을 받아들일 줄 아는 사람이다. 이번 사냥에서 곰을 잡은 사람이 드 스페인 소령님만이 아니라는 사실이 분명해졌으니까. 절대 그럴 일은 없었다. 그때가 대낮이었다면 나는 그대로 내 포드 자동차의 시동을 걸고 냉큼 그곳에서 꽁무니를 뺐을 것이다. 그러나 때는 한밤중이었고, 그때는 이미 그 깜둥이 애쉬 생각이 마음 한켠에 자리 잡고 있었다. 이번 사건에서 눈에 보이는 것 이상의 뭔가가 숨어 있다는 사실을 막 깨닫기 시작한 참이었다. 그리고 부엌으로 돌아가서 사태의 진실을 캐묻기에는 때가 좋지 않았는데, 루크가 부엌을 쓰는 중이었기 때문이다. 소령님은 그에게도 술을 한 잔 건넸고, 그는 부엌에 처박혀서 지난 이틀 동안 못 먹은 식사를 벌충하면서, 자기한테 빌어먹을 장난질을 친 개자식을 어떻게 처리할 것인지를, 이름은 들먹이지 않은 채 계속 주절대고 있었다. 그래도 다시 딸꾹질을 시작하지 않으려고 자제 중인 것 같기는 했지만, 나는 그 모습을 살피러 갈 생각이 없었다.

그래서 나는 해가 뜨고 부엌에서 깜둥이들이 부시럭거리는 소리가 들릴 때까지 기다렸다. 그러고는 부엌으로 들어갔다. 애쉬 노인이 언제나처럼 그곳에서 소령님의 장화에 기름칠을 해서 스토브 옆에 내려놓은 다음, 소령님의 소총을 들어 장전하고 있었다. 그는 부엌으로 들어오는 나를 한 번 바라보기만 하고, 총에 탄환을 채우는 일로 돌아갔다.

"그래서 당신 어젯밤에 둔덕에 올라갔다며." 나는 말했다. 그는 재빨리 나를 다시 올려다보고는 고개를 숙였다. 그러나 입을 열지는 않고, 그저 빌어먹을 늙은 곱슬머리 유인원처럼 앉아만 있을 뿐이었다. "당신 분명 그쪽에 아는 사람이 좀 있는 거겠지." 내가 말했다.

"몇 명은 안다." 총에 탄환을 밀어넣으며, 그는 말했다.

"존 배스킷 노인도 아나?" 내가 말했다.

"몇 명은 안다." 그는 나를 보지도 않은 채 말했다.

"어젯밤에 만나고 왔겠지?" 내가 말했다. 그는 아예 아무 대꾸도 하지 않았다. 그래서 나는 어조를 바꿔서, 깜둥이한테서 뭔가를 얻어내야 하는 사람처럼 말했다. "이것 봐. 날 보라고." 그는 나를 바라봤다. "어젯밤에 그 위에서 대체 뭘 한 거야?"

"저 말임까?" 그는 말했다.

"이것 봐." 나는 말했다. "이제 다 끝났잖아. 프로바인 씨의 딸 꾹질도 멎었고 어젯밤에 그가 돌아왔을 때 무슨 일이 날 수 있었는지도 잊기로 했다고. 당신 어젯밤에 거기로 놀러간 게 아니잖아. 아무래도 거기 가서 인디언들한테, 배스킷 노인한테 뭐라고 말해준 것 같은데. 무슨 말을 했던 거야?" 그는 탄환을 총에 밀

어느 곰사냥

어넣는 손길은 멈추지 않으면서도, 내게서 시선을 떼고는 재빨리 양옆을 살폈다. "이것 봐." 나는 말했다. "당신이 나한테 거기서 무슨 일이 있었는지를 말하는 게 좋겠어, 아니면 내가 프로바인 씨한테 가서 그 일에 당신이 어떤 식으로든 얽혀 있다고 알려주는 게 좋겠어?" 그는 총을 장전하는 일을 멈추지도 않고 다시 나를 올려다보지도 않았지만, 나는 그 머릿속이 어떻게 굴러가는지 거의 확신할 수 있었다. "이것 보라고." 나는 말했다. "어젯밤에 그 위에서 뭘 하고 있던 거냐니까?"

그러자 그는 털어놓았다. 아무래도 내게 숨기려 해 봤자 소용없다는 사실을 깨달았던 듯하다. 루크에게 말하지 않더라도 소령님한테 말할 수는 있었으니까. "그 사람을 피해서 앞질러 그리로 올라간 다음에, 그 사람이 오늘 밤에 나오는 밀주 위스키 조사관이라고 말했을 뿐임다. 하지만 별로 대단한 사람은 아니니까, 제대로 겁만 주면 도망갈 거라고 했슴다. 그래서 인디언들도 그랬고, 그 사람도 그런 검다."

"이런!" 나는 말했다. "이런! 내가 장난질에는 제법 도가 텄다고 생각했는데." 나는 말했다. "아무래도 당신이 나한테 한 수 접어줘야겠어. 그래서 어떻게 됐지?" 나는 말했다. "다 보고 왔나?"

"별일은 없었슴다." 그는 말했다. "그 친구들이 도로를 따라 내려가다가 랜턴과 총을 들고 딸꾹딸꾹 거리면서 다가오는 그 사람을 발견했슴다. 그래서 랜턴과 총을 뺏고는 둔덕 위로 데려가서 인디언 말로 한참을 쏘아붙였슴다. 그러고는 장작을 좀 쌓아 놓고는 금방 풀리게 묶어서 그 위에 얹었고, 한 사람이 불을 들고 언덕 위로 올라갔슴다. 나머지는 전부 그 사람이 알아서 한 검다."

"이런!" 나는 말했다. "이런, 정말 빌어먹을 일이잖나!" 그리고 문득 한 가지 생각이 떠올랐다. 생각이 떠올랐을 때는 이미 몸을 돌려서 부엌을 나가는 중이었지만, 나는 걸음을 멈추고 다시 말했다. "한 가지 더 알고 싶은데. 당신 왜 그런 일을 한 거야?"

이제 그는 나무상자에 앉아서 다시 나를 쳐다보지 않은 채 총신을 손바닥으로 문지르고 있었다. "당신이 딸꾹질 치료하는 걸 도운 것 뿐임다."

"이봐." 나는 말했다. "그래서 그런 게 아니잖아. 왜 그런 거냐고? 잊지 마, 이젠 프로바인 씨하고 소령님 양쪽한테 말할 거리가 생겼단 말이야. 소령님이 어찌할지는 모르지만, 프로바인 씨가 이 이야기를 듣고 어찌할지는 짐작이 가거든."

그는 손으로 총신을 문지르며 그대로 그 자리에 앉아 있었다. 고개를 숙이고 있는 모습이 마치 생각에 잠긴 것 같았다. 나한테 말할지 말지를 고민하는 것이 아니라, 아주 먼 옛날 일을 기억하려 시도하는 듯한 모습이었다. 그리고 실제로 그랬던 모양이다. 이렇게 말했으니까.

"그 사람이 안다고 해서 두렵지는 않슴다. 예전에 피크닉을 나갔던 적이 있슴다. 아주 오래전, 거의 20년 전일 검다. 그때 젊은이였던 그 사람은, 자기 형이랑 또 다른 백인 남자랑 — 이름은 기억 안 나는데 — 함께 피크닉 한복판에 뛰어들었슴다. 권총을 휘두르며 말을 몰아 와서는 우리 깜둥이들을 하나씩 붙들어서 옷깃을 태워 버렸슴다. 내 옷깃을 태운 사람이 그였슴다."

"그럼 그 복수를 하려고 지금까지 계속 기다리고 그 귀찮은 일을 무릅썼단 소리야?" 나는 말했다.

"그게 아닙니다." 그는 손으로 소총을 문지르며 말을 이었다. "옷깃 때문임다. 그 옛날에는 잘 나가는 깜둥이도 일주일에 2달러밖에 못 벌었슴다. 나는 그 옷깃을 사려고 50센트를 줬슴다. 파란색 바탕에다가, 증기선 나체스 호와 로버트 E. 리 호의 경주*를 빨간색으로 그린 물건이었슴다. 그 사람이 그걸 태웠슴다. 나는 이제 일주일에 10달러를 범다. 그 절반을 내더라도 그런 똑같은 옷깃을 파는 곳을 찾을 수 있었으면 좋겠슴다. 진심으로 말임다."**

---

* 유명한 미시시피 증기선 경주로, 사전에 계획한 스포츠 경주로 이루어졌다. 전보를 통해 국내외에 널리 알려졌으며, 양쪽의 지인들이 총합 1백만 달러 이상의 판돈을 걸었다고 한다. 두 증기선은 1870년 6월 20일에 뉴올리언스를 출발하여 세인트루이스까지 항해했고, 사전에 철저한 준비를 한 로버트 E. 리 호의 선장이 3일 18시간 14분이라는 기록을 세우며 승리했다.

** 1934년작인 이 작품은 이후 여러 단편집에 수록되며 개작되었고, 그때마다 낯익은 요크나파토파의 인물들이 등장인물로 추가되었다. 1948년 본 선집에 수록될 때는 '수라트'가 '래틀리프'로, '부시'가 '애쉬'로 바뀌었다. 1955년 『원시의 숲*Big Woods*』에 수록될 때는 액자 외 해설자를 퀜틴 콤슨으로 명시했으며 루시어스 프로바인을 루시어스 호건백으로 바꾸었다.

두 병사
Two Soldiers

 나와 피트 형은 종종 킬리그루 노인네 집으로 내려가서 그의 라디오를 듣곤 했다. 저녁 식사를 마치고 어두워질 때까지 기다렸다가 킬리그루 노인의 발코니 창문 바깥에 서 있으면, 부인이 귀가 먹은 덕분에 자기 내키는 대로 크게 라디오를 틀어놓곤 했다. 나와 피트 형은 닫힌 창문 밖에 서서도 라디오 내용을 아주 잘 들을 수 있었다. 아마 킬리그루 노인의 부인도 그만큼 잘 들을 수 있었으리라 생각한다.

 그리고 그날 밤 나는 말했다. "뭐야? 일본인? 진주만이 뭐야?" 그러자 피트 형은 말했다. "쉿."

 그렇게 우리는 차가운 밤공기 속에서 라디오 속 사람의 목소리에 귀 기울이고 있었지만, 나는 그 이야기의 갈피도 가닥도 잡지 못했다. 그러다 라디오는 이제 끝내겠다고 말했고, 함께 길을 따라 집으로 돌아가며 피트 형은 그게 무슨 일인지를 설명해 주었다. 이제 스물이 거의 다 되어서 지난 6월에 통합학교*를 졸업한 피트 형은 상당히 많은 것을 알고 있었다. 일본인이 진주만에 폭탄을 떨어뜨렸으며 진주만이 물 건너에 있다는 것까지도.

"물 건너?" 나는 말했다. "옥스퍼드에 있는 그 정부 저수지** 건너 말이야?"

"아니." 피트 형은 말했다. "큰 물 건너. 태평양 말이야."

우리는 집으로 들어갔다. 엄마와 아빠는 이미 잠들어 있었고, 나와 형은 침대에 누웠고, 나는 여전히 그게 어딘지를 몰랐으며, 피트 형은 다시 말해 주었다. 태평양이라고.

"넌 뭐가 문제냐?" 형이 말했다. "너도 이제 곧 아홉 살이잖아. 9월부터 학교에 다녔고. 아직 아무것도 못 배운 거야?"

"아직 태평양처럼 멀리까지는 못 간 것 같아." 나는 말했다.

우리는 11월 15일까지 끝냈어야 하는 윈터베치*** 파종을 아직도 끝내지 못하고 있었다. 아빠의 일솜씨가 나와 형이 지금껏 알아온 대로 굼떴기 때문이다. 게다가 장작도 들여놔야 했지만, 매일 밤 나와 피트 형은 킬리그루 노인의 집으로 내려가서 발코니 창문 바깥에 선 채로 추위 속에서 라디오를 듣곤 했다. 그러다 집으로 돌아와서 침대에 누우면, 형이 나한테 그 내용을 설명해 주는 것이었다. 그러니까, 한동안은 설명해 주었다. 어느 순간

---

* Consolidated school. 시골 학교가 문을 닫고 버스로 통학해야 하는 통합 학군의 대형 학교로 학생들이 모이던 시기에 공립학교를 부르던 이름.

** 루즈벨트 행정부에서 추진하여 1940년에 완공된 사디스 댐의 인공호수 사디스 호를 말한다.

*** Winter Vetch. 각시갈퀴나물이라고도 부르는 콩과식물로, 미국에서는 흔히 휴지기에 지력을 북돋기 위해 가을에 파종하여 봄에 갈아엎는다.

부터는 설명을 그만두었다. 더 이상 그 이야기는 하고 싶지 않은 듯했다. 자고 싶으니 입 좀 다물라고 말했지만, 내가 보기에는 별로 자고 싶은 것도 아닌 듯했다.

형은 그냥 조용히 잠든 것처럼 누워 있을 뿐이었지만, 나는 형한테서 뭔가 흘러나오는 것을 느낄 수 있었다. 나한테 화가 난 것하고도 비슷한 느낌이었지만, 그래도 이번에는 그 대상이 내가 아니라는 것은 분명했고, 뭔가를 걱정하는 것하고도 비슷했지만, 형은 그 무엇도 걱정하지 않는 사람이었기에 그쪽일 리도 없었다. 형은 아빠처럼 뒤떨어지기는커녕 아예 뒤떨어지는 법이 없었다. 형은 통합학교에서 졸업했을 때 아빠한테서 10에이커의 땅을 받았는데, 나도 피트 형도 아빠가 신경 쓸 땅을 10에이커라도 줄일 수 있어서 정말 기뻐했다는 사실을 아주 잘 알고 있었다. 그리고 형은 이미 그 10에이커에 윈터베치를 파종하고 싹을 틔우고 짚을 덮어놨으니 그쪽은 걱정할 필요가 없었다. 하지만 뭔가가 있는 것은 분명했다. 그래도 우리는 매일 밤 킬리그루 노인의 집으로 내려가서 그의 라디오를 들었고, 일본인들은 이제 필리핀까지 왔으나 맥아더 장군이 붙들어두고 있다는 소식이 들렸다.* 그리고 우리는 집으로 돌아와서 침대에 누웠고, 피트 형은 나한테 아무것도 말해주지 않거나 아예 대화조차 나누지 않았다. 그저 복병처럼 꼼짝 않고 누워 있을 뿐이었고, 내가 어쩌다 건드리는 옆구리나 다리는 무쇠처럼 단단하게 느껴졌다. 그러다

---

* 일본군의 마닐라 진주는 1941년 12월 31일이니, 앞서 언급된 내용과 더불어 이야기의 시점을 1941년 12월 하순으로 짐작할 수 있다.

이내 나는 곧 잠들었다.

그러던 어느 밤 — 형이 베어낸 장작용 나무를 제대로 쪼개지 않았다고 화냈을 때를 제외하면 나한테 처음으로 말을 걸어온 것이었다 — 형은 이렇게 말했다. "나 가야겠어."

"어딜 가?" 나는 말했다.

"전쟁터로." 피트 형이 말했다.

"장작 준비도 안 끝났는데?"

"장작은 얼어죽을." 피트 형이 말했다.

"알았어." 나는 말했다. "우리 언제 떠나?"

그러나 형은 내 말을 듣지조차 않았다. 그저 어둠 속에서 무쇠처럼 단단하고 조용하게 누워 있을 뿐이었다. "아무래도 가야겠어." 형은 말했다. "그냥 미합중국을 그딴 식으로 대하는 놈들을 참고 견뎌줄 수가 없어."

"알았어." 나는 말했다. "장작이 있든 없든, 우리 같이 가야겠네."

이번에는 형도 내 말을 들었다. 다시 침묵 속에 누웠지만, 이번에는 다른 부류의 침묵이었다.

"너도?" 형은 말했다. "전쟁터로 간다고?"

"형은 큰 놈들을 때려주고 나는 작은 놈들을 때려주면 되잖아." 나는 말했다.

그러자 형은 나는 갈 수 없다고 말했다. 처음에는 그냥 내가 따라가는 것이 마음에 안 드는 줄로만 알았다. 털 아저씨네 여자애들이랑 어울리러 갈 때 나를 안 데려가려 애쓰는 것처럼 말이다. 뒤이어 형은 내가 너무 작아서 군대에서 받아주지 않을 거라고 말했고, 그제야 나는 형이 진심이며 내가 어떻게 해도 갈 수 없으리라는 사실을 깨달았다. 그때까지는 막연하게 형이 혼자서 갈 거라는 사실을 안 믿고 있었지만, 그때부터는 형이 진심이며 내가 몰래 따라가는 것조차 용납하지 않음을 알게 되었다.

"그럼 내가 형 몫까지 장작을 패고 물을 길어다 놓을게!" 나는 말했다. "전쟁터에 가도 장작이랑 물은 필요할 거 아냐!"

적어도 형은 이제 내 말에 귀 기울이기는 했다. 이제는 무쇠처럼 느껴지지도 않았다.

형은 내 쪽으로 돌아눕더니 내 가슴에 손을 올렸다. 이제는 똑바로 등을 대고 누운 쪽이 나였기 때문이다.

"안 돼." 형은 말했다. "너는 여기 남아서 아빠를 도와."

"아빠를 뭘 도와?" 나는 말했다. "어차피 아무것도 제때 하는 일이 없잖아. 아빠는 지금보다 더 뒤처질 수도 없다고. 나랑 형이 일본인들을 때려주는 동안에도 아빠 혼자서 그 작은 땅 정도는 충분히 가꿀 수 있어. 나도 가야 해. 형이 갈 거라면 나도 갈 거야."

"안 돼." 피트 형은 말했다. "이제 그만. 조용." 진심으로 하는 말이라는 것은 처음부터 알고 있었다. 형이 직접 말해서 확인해 줬을 뿐이었다. 나는 그만두기로 했다.

"그럼 나는 어떻게 해도 못 가는 거구나." 나는 말했다.

"그래." 피트 형이 말했다. "너는 못 가. 다른 무엇보다 아직 너무 어리고, 그 외에도—"

"알았어." 나는 말했다. "그럼 그만 말해. 나 잘 거야."

그래서 형은 입을 다물고 바로 누웠다. 그리고 나는 이미 잠든

척하며 누웠고, 형은 얼마 지나지 않아 잠들었으며 나는 형을 걱정시키고 잠을 못 이루게 만든 이유가 전쟁에 가고픈 마음이었다는 사실을 깨달았다. 이제 가기로 마음먹고 나니, 더 이상 걱정이 없어진 것이었다.

다음 날 아침, 형은 엄마와 아빠에게 말했다. 엄마는 허락했다. 울었을 뿐이었다.

"아니." 엄마는 울면서 말했다. "나도 얘가 가는 건 싫어요. 차라리 내가 대신 가고 싶다고요. 나라를 구하고 싶은 게 아니에요. 나와 우리 가족과 우리 아이들만 건들지 않는다면, 일본인들이 나라를 빼앗아서 가지고 있어도 아무 신경 안 써요. 하지만 내 동생 마쉬가 저번 전쟁에 참전했잖아요. 고작 열아홉 살인데 전쟁에 나가야 했고, 그때 우리 어머니도 지금 나만큼이나 이해를 못 하셨어요. 하지만 마쉬한테는 꼭 가야 한다면 가라고 말씀해 주셨죠. 그러니까 피트도 이번 전쟁에 꼭 가야 한다면 가는 거예요. 나한테 그 이유를 이해시키려고 들지만 않으면 돼요."

그러나 문제는 아빠였다. 아빠는 반대했다. "전쟁터로 간다고?" 그는 말했다. "세상에, 대체 그게 무슨 소용이 있는지 모르겠구나. 너는 징병될 나이도 안 됐고, 이 나라가 침략받고 있는 것도 아니잖냐.* 워싱턴 D.C.에 있는 우리 대통령이 상황을 주시하고 있다가 필요하면 고지해 줄 거다. 게다가 너희 엄마가 방금 언급한 그 저번 전쟁 이야긴데, 나는 징집되자마자 바로 텍사스로 보내져서 거의 8달 동안 발이 묶여 있다가, 저들이 싸움을 끝냈다

---

* 당시 하와이는 미국의 속령으로, 주로 승격된 것은 1959년의 일이었다.

는 이야기나 듣게 됐다. 내가 보기에는, 프랑스의 전쟁터에서 실제로 부상을 당한 너희 외삼촌 마쉬하고 그때 내가 한 일 정도면, 적어도 내 평생 동안은 나라를 지키기 위해 충분히 할 만큼 한 것 같다. 게다가 네가 가면 농장 일은 누가 돕겠냐? 일정이 상당히 뒤처질 것 같은데."

"제가 기억하는 한은 아빠는 언제나 뒤처져 있었는데요." 피트 형은 말했다. "어쨌든, 전 가요. 가야만 해요."

"형은 당연히 가야만 한다구요." 나는 말했다. "그 일본인들이—"

"너는 입 다물고 있어!" 엄마가 울면서 말했다. "누가 물어본 것도 아닌데! 가서 장작이나 한 아름 가져와! 네가 할 수 있는 건 그 정도잖니!"

그래서 나는 장작을 가져왔다. 그리고 다음 날이 되었고 나와 피트 형과 아빠가 최대한 많은 장작을 들여놓고 있는 동안, 엄마는 피트 형이 떠날 준비를 했다. 피트 형이 아빠가 생각하는 '장작이 충분함'이란 엄마가 아직 불을 붙이지 않은 장작이 한 토막이라도 벽에 기대 있는 상태라고 말해서 벌어진 일이었다. 엄마는 형의 옷을 깨끗이 빨고 기우고 신발상자에 음식을 싸 주었다. 그날 밤, 피트 형은 나와 함께 침대에 누운 채 엄마가 울면서 가방 싸는 소리를 듣고 있다가, 잠시 후 잠옷바람으로 일어나서 그리로 돌아갔고, 이내 두 사람이 대화하는 소리가 들리더니 결국 엄마가 이렇게 말했다. "네가 가야만 한다니 나도 네가 가기를 원한다. 하지만 이해는 못 하고, 앞으로도 이해할 일은 없을 거야. 그러니 이해받기를 기대하지 말려무나." 그리고 형은 다시 침대로 돌아와서 다시 무쇠처럼 조용하고 딱딱하게 똑바로 누웠고, 이윽고 입을 열고는 내게 하는 것도, 다른 누구에게 하는 것도 아닌 것처럼 중얼거렸다. "가야 해. 나는 가야 한다고."

"당연히 가야지." 나는 말했다. "그 일본인들이—" 형은 격하게, 갑자기 발작하듯 옆으로 몸을 돌리더니, 어둠 속에서 나를 바라봤다.

"어쨌든 너는 괜찮은 모양이네." 형은 말했다. "나머지 가족을 전부 합친 것보다 너를 상대하기가 더 힘들 줄 알았는데."

"나로서는 어쩔 수 없을 것 같거든." 나는 말했다. "하지만 전쟁이 몇 년쯤 계속되면 나도 갈 수 있을 거야. 어쩌면 그냥 형을 찾아가게 될지도 몰라."

"안 그랬으면 좋겠는데." 형은 말했다. "전쟁터는 재밌으려고 가는 곳이 아니야. 재밌다는 이유로 엄마를 울리면서까지 가는 놈이 어디 있어."

"그럼 형은 왜 가는 건데?" 나는 물었다.

"가야만 하니까." 형은 말했다. "그냥, 가야만 하니까. 너도 이제 얼른 자. 난 내일 아침 첫차를 타고 나가야 해."

"알았어." 나는 말했다. "멤피스는 엄청 큰 동네라던데. 형은 거기서 군대 어떻게 찾을 거야?"

"누구든 붙들고 어디서 입대하냐고 물어봐야지." 형은 말했다. "이제 넌 자."

"그렇게 물으면 되는 거야? 어디서 입대하냐고?" 나는 말했다.

"맞아." 피트 형은 이렇게 말하며 다시 똑바로 누웠다. "입 다물고 잠이나 자."

우리는 잠들었다. 다음 날이 되었고 아침 버스는 6시에 지나가기 때문에 우리는 램프 불빛 속에서 아침을 먹었다. 이제 엄마는 울지 않았다. 그저 음울한 얼굴로 바쁘게 움직이며 우리가 식사하는 옆에 음식을 차려 놓을 뿐이었다. 다음으로 피트 형의 가방 싸는 일을 마무리했는데, 형은 전쟁터에 가방을 가져가고 싶지 않다고 말했지만, 엄마는 제대로 된 사람이라면 그 어디에도, 심지어는 전쟁터에도 갈아입을 옷과 그걸 넣을 가방은 가져가야 하는 법이라고 말했다. 엄마는 프라이드치킨과 비스킷을 넣은 신발상자와 성경 한 권도 챙겨넣었고, 이윽고 떠날 시간이 찾아왔다. 우리는 그제야 엄마가 버스 타는 곳까지 나가지 않을 생각이라는 것을 깨달았다. 피트 형의 모자와 외투를 챙겨다 주면서도, 엄마는 더 이상 울지 않았다. 그저 피트 형의 어깨에 손을 올리더니, 꼼짝도 않고 그저 붙든 채로 강렬하게 쏘아보기만 했다. 어젯밤 침대에서 형이 나를 돌아보며 어쨌든 너는 괜찮은 것 같다고 말했을 때와 똑같은 눈빛이었다.

"저들이 나라를 빼앗아서 가지고 있어도, 나와 우리 가족만 건드리지 않는다면 나는 아무 신경도 안 써." 엄마는 말했다. "네가 누구인지를 잊지 마. 너는 부자도 아니고 프렌치맨즈 벤드 바깥 세상의 사람들은 아무도 너를 모르지. 하지만 네 피도 다른 모든 이들의 피와 마찬가지로 소중한 거야. 그걸 절대 잊으면 안 돼."

그리고 엄마는 형에게 입을 맞췄고, 뒤이어 우리는 집을 나섰고, 아빠는 형이 뭐라 하든 개의치 않고 가방을 직접 들었다. 우리가 대로변 우체통 옆에 서 있는 동안에도 해는 뜨지 않았다.

이내 버스 전조등이 다가왔고, 나는 형이 손을 들어 버스를 세울 때까지 계속 그 모습을 지켜봤고, 그새 햇빛이 들기 시작했다 — 내가 안 보는 사이에 동이 트고 있던 것이었다. 이제 나와 형은 아빠가 저번에 그랬듯이 뭔가 한심한 이야기를 꺼내기를 기대하고 있었다. 그러니까 1918년에 마쉬 외삼촌이 프랑스에서 다치고 아빠가 텍사스에 다녀온 정도면 1942년에 미합중국을 구하기에도 충분하다는 따위의 이야기 말이다. 그러나 아빠는 그러지 않았다. 아빠도 괜찮아졌다. 아빠는 그냥, "잘 가라, 아들. 네 엄마가 해준 말 잘 기억하고, 틈날 때마다 엄마한테 편지해라"라고 말했을 뿐이었다. 그리고 아빠는 형과 악수했고, 형은 한동안 나를 바라보다가 내 머리에 손을 얹고는 거의 목이 부러질 정도로 세게 문지른 다음 버스에 올라탔고, 기사는 손잡이를 돌려 버스 문을 닫고는 시동을 걸었다. 이내 버스는 움직이기 시작했다. 웅웅거리고 끼억거리는 신음소리가 점차 커지며 빠르게 달리기 시작했고, 버스 뒤편의 붉은 불빛 한 쌍이 작아지는 것이 아니라 점차 가까워지는 모습이, 조금만 있으면 맞붙어 하나의 불빛으로 바뀌어 버릴 것 같았다. 그러나 실제로 붙지는 않은 채 버스는 그대로 사라졌고, 나는 그걸 바라보며 거의 울음을 터트릴 뻔했다. 거의 아홉 살이나 먹었는데도 말이다.

  나와 아빠는 집으로 돌아왔다. 우리는 그날 내내 장작 패는 일에만 매달렸고, 따라서 나는 오후가 절반쯤 지난 후에야 간신히 기회를 잡을 수 있었다. 새총을 챙기고 보니 새알도 전부 가져가고 싶었는데, 피트 형이 자기가 모은 것을 넘겨주고 내가 모으는 일도 도와준 데다, 아무리 스무 살이 다 되었어도 나처럼 가끔

상자를 꺼내 새알을 살펴보고 싶을 것이 분명했기 때문이다. 그러나 무사히 멀리 가져가기에는 상자가 너무 컸기 때문에, 나는 그중 최고인 쇠푸른백로 알만 꺼내서 잘 포장해 성냥갑에 넣은 다음 그거랑 새총을 헛간 모퉁이에 숨겼다. 그리고 우리는 저녁을 먹고 잠자리에 들었고, 나는 문득 이 방과 이 침대에서 하루라도 더 머무르는 일을 도저히 견딜 수 없으리라는 생각이 들었다. 이내 아빠가 코 고는 소리가 들리기 시작했지만, 엄마는 소리를 안 내니 잠들었는지 아닌지 알 수가 없었고, 내 생각에는 잠들지 않았을 것 같았다. 그래서 나는 창문을 열고 신발부터 떨어뜨린 다음, 피트 형이 열일곱 살 때 했던 것처럼 창문을 열고 빠져나갔다. 아빠가 여자들 꽁무니를 쫓아다니기에는 너무 어리다고 형을 밤에 내보내 주지 않던 시절의 일이었다. 나는 내려와서 신발을 신고 헛간으로 가서 새총과 쇠푸른백로 알을 챙긴 다음 대로변으로 나갔다.

춥지는 않았다. 빌어먹게 완전히 캄캄할 뿐이었다. 아무도 없이 내 앞으로 뻗은 대로는 사람 키의 한 배 반 정도까지만 눈에 들어왔고, 그래서 한동안은 제퍼슨까지 남은 22마일을 가기도 전에 해가 중천까지 떠오를 것처럼 느껴졌다. 그러나 실제로는 아니었다. 시내로 이어지는 언덕을 올랐을 때쯤 동이 트기 시작했다. 길가 오두막에서 아침 음식 냄새가 흘러나왔고, 문득 식은 비스킷이라도 가져올걸 하는 생각이 들었지만 이미 너무 늦은 일이었다. 게다가 피트 형이 멤피스가 제퍼슨 너머에 있다고 말해준 적은 있었지만, 나는 그 거리가 80마일이나 된다는 점은 모르는 상태였다. 따라서 나는 해가 점점 떠오르고 가로등이 아직

두 병사 139

도 타오르는 가운데 텅 빈 광장에 멍하니 서 있었고, 그때 경찰*이 와서 나를 내려다보았다. 아직 멤피스까지는 80마일이 남았으니, 이대로라면 내가 멤피스에 도착할 즈음에는 피트 형은 준비를 끝마치고 진주만으로 출발했을 것이 분명했다.

"넌 어디서 온 애냐?" 경찰이 물었다.

나는 그래서 그에게 설명했다. "전 멤피스로 가야 해요. 우리 형이 거기 있어요."

"이 주변에는 가족이 없다는 거냐?" 경찰이 말했다. "형밖에 없다고? 너네 형이 멤피스에 있는데 넌 이 동네까지 내려와서 뭘 하고 있는 거냐?"

그래서 나는 다시 설명했다. "전 멤피스로 가야 해요. 지금 여기서 설명하고 있을 시간도 없고 걸어갈 시간도 없다고요. 오늘 안에 거기까지 가야 해요."

"따라와라." 경찰은 말했다.

우리는 다른 거리로 들어갔다. 피트가 어제 아침에 탔던 것과 똑같은 버스가 있었다. 다만 지금은 불이 안 켜져 있고 텅 비어 있을 뿐이었다. 기차역과 비슷한 정규 버스 정류소가 그곳에 있었고, 표 판매대 뒤편에는 사람이 하나 앉아 있었다. 경찰은 말했다. "여기 앉아라." 내가 벤치에 앉자 경찰은 말을 이었다. "자네 전화 좀 쓰겠네." 그는 한동안 전화에 대고 말한 다음, 수화기를 내려놓고 판매대 뒤편의 버스 기사에게 말했다. "이 아이 잘 보

---

* 주인공 소년은 'the Law'라는 호칭을 사용하지만, 아마도 제퍼슨 소속의 야경꾼일 것으로 추측된다.

고 있게. 해버셤 부인이 일어나서 옷을 입자마자 이리 데리고 올 테니까." 그리고 그는 밖으로 나갔다. 나는 일어나서 표 판매대로 갔다.

"저 멤피스에 가고 싶어요." 나는 말했다.

"그렇겠지." 버스 기사는 말했다. "지금은 거기 벤치에 앉아 있어. 푸트 씨는 1분이면 돌아올 거야."

"푸트 씨가 누군지는 몰라요." 나는 말했다. "저는 저 버스를 타고 멤피스로 가고 싶다고요."

"돈은 있니?" 그가 말했다. "72센트 내야 되는데."

나는 성냥갑을 꺼내서 쇠푸른백로 알의 포장을 벗겨냈다. "이거랑 멤피스까지 가는 표랑 바꿀게요." 나는 말했다.

"그건 뭐냐?" 그는 물었다.

"쇠푸른백로 알이에요." 나는 말했다. "이런 거 본 적 없으시죠. 1달러는 하는 물건이라고요. 대신 72센트만 받을게요."

"안 돼." 그는 말했다. "이 버스 주인들이 현금만 받으라고 지시했단 말이야. 새알이나 가축 따위를 받으면서 버스를 태워주면 나를 해고할 거라고. 이제 가서 저기 벤치에 앉아 있어. 푸트 씨가 말한 대로—"

나는 문을 향해 달리기 시작했지만 그가 나를 붙잡았다. 판매대에 한 손을 올리고 훌쩍 뛰어넘더니, 손을 뻗어 내 셔츠를 붙든 것이다. 나는 주머니칼을 꺼내 칼날을 빼들었다.

"나한테 손 대면 그대로 잘라 버릴 거예요." 나는 말했다.

나는 그를 피해서 문으로 달려가려 했지만, 그는 지금껏 내가 본 그 어떤 어른보다도, 거의 피트 형만큼이나 몸이 날랬다. 그는

두 병사 141

나를 앞질러 문을 등지고 선 다음 한쪽 발을 슬쩍 들었고, 다른 출구는 보이지 않았다. "벤치로 돌아가서 거기 있어라." 그는 말했다.

다른 출구가 없었으며 그가 문을 등지고 서 있었기 때문에, 나는 벤치로 돌아갔다. 이윽고 정류소 안이 사람으로 가득한 것처럼 보이기 시작했다. 아까 경찰도 다시 왔고, 모피코트를 입고 벌써 화장까지 끝낸 숙녀 두 명도 들어왔다. 그런데도 여전히 서둘러 일어났으며 그 사실이 마음에 안 드는 듯한 모습으로, 나이 든 숙녀와 젊은 숙녀가 나를 내려다보았다.

"이 아이 외투도 안 입었잖니!" 나이 든 숙녀가 말했다. "대체 이 아이가 무슨 수로 여기까지 혼자서 내려온 거람?"

"좀 부탁드립니다." 경찰이 말했다. "형이 멤피스에 있고 그리로 돌아가고 싶다는 것 말고는 아무것도 알아낼 수가 없더군요."

"맞아요." 나는 말했다. "전 오늘 안에 멤피스에 가야 해요."

"물론 그렇겠지." 나이 든 숙녀가 말했다. "멤피스에 도착하면 네 형을 찾을 수 있다는 건 확실하니?"

"할 수 있을 것 같아요." 나는 말했다. "형은 하나뿐이고 살면서 계속 봐 왔으니까요. 보기만 하면 형이란 걸 알 수 있을 거예요."

나이 든 숙녀가 나를 바라봤다. "어쩐지 네 형이 멤피스에 사는 사람은 아닐 것 같구나."

"아마 아닐 겁니다." 경찰이 말했다. "확신할 방법이야 없지만요. 말 그대로 어디에든 살 수 있겠지요. 요즘 세상에는 남자애든 여자애든, 거의 걷기도 전부터 미친— 아니, 정신이 나간 것처럼 사방으로 흩어져 버리니까요. 이 아이도 어제는 미주리나 텍사스나 다른 어디에 있었을지도 모릅니다. 하지만 자기 형이 멤피스에 있다는 사실만은 굳게 믿고 있는 듯하군요. 제가 생각할 수 있는 대책은 얘를 그리로 보내서 형을 찾게 하는 것뿐입니다."

"그래요." 나이 든 숙녀가 말했다.

젊은 숙녀는 벤치의 내 옆자리에 앉아서 손가방을 열고 자동펜[볼펜]과 종이 몇 장을 꺼냈다.

"자, 애야." 나이 든 숙녀가 말했다. "네가 형을 찾도록 우리가 도와주마. 하지만 우선 우리 서류철에 넣을 사례사事例史*를 정리해야 한단다. 네 이름하고 네 형의 이름, 네가 태어난 장소와 네 부모님이 돌아가신 시기를 알아야 해."

"저는 사례사도 필요 없어요." 나는 말했다. "멤피스로 가고 싶을 뿐이에요. 오늘 안에 멤피스에 가야 해요."

"보셨습니까?" 경찰이 말했다. 거의 이 상황을 즐기는 듯한 모습이었다. "제가 말씀드린 대로지요."

"그나마 운이 좋으신 겁니다, 해버셤 부인." 버스 기사가 말했다. "총은 안 갖고 있는 듯하지만, 주머니칼 뽑는 속도가 빨라ㅡ 그러니까, 웬만한 어른들만큼이나 빠르더라고요."

그러나 나이 든 숙녀는 그저 나만 바라보며 서 있을 뿐이었다.

"이런." 그녀는 말했다. "이런. 정말로 어찌해야 할지 모르겠구나."

---

* 사회복지 관리 대상자의 신상 조사서. 해버셤 부인이 사회 또는 고아원 관련 복지사업을 짐작할 수 있다.

"전 알겠는데요." 버스 기사가 말했다. "제 돈으로 저 아이한테 표를 사줄 겁니다. 이 회사를 폭동과 유혈사태로부터 보호하기 위해서요. 푸트 씨가 시 의회에 이 사실을 알리면 공적 행위로 간주될 테고, 그러면 제 돈을 변제해 줄 뿐만 아니라 훈장까지 주겠죠. 어때요, 푸트 씨?"

그러나 누구도 그에게 신경 쓰지 않았다. 나이 든 숙녀는 여전히 나를 내려다보고 서 있을 뿐이었다. 그녀는 다시 "이런"이라고 말했다. 그리고 그녀는 손가방에서 1달러를 꺼내서 버스 기사에게 넘겼다. "이 아이 정도면 아동 요금으로 이용할 수 있으려나요?"

"글쎄요, 부인." 버스 기사가 말했다. "안전수칙이 어찌되는지 모르겠군요. 저 아이를 상자에 담고 상자에 '독극물'이라고 표시하지 않았다는 이유로 잘릴지도 모르지요. 하지만 그 정도 위험은 감수하겠습니다."

그리고 그들은 사라졌다. 뒤이어 경찰이 샌드위치를 들고 다가오더니 내게 건넸다.

"정말로 네 형을 찾을 수 있는 거냐?" 그가 말했다.

"못 찾을 이유를 전혀 모르겠는데요." 나는 말했다. "내가 피트 형을 먼저 못 찾으면, 형이 나를 찾을 거예요. 형도 나를 아니까요."

그러자 경찰도 나가서 영영 사라졌고, 나는 샌드위치를 먹었다. 뒤이어 더 많은 사람이 들어오더니 표를 사기 시작했고, 버스 기사는 이제 출발할 시간이라고 말했고, 나는 피트 형이 그랬던 것처럼 버스에 올라탔고, 우리는 출발했다.

모든 소도시들이 눈에 들어왔다. 그 모두를 전부 보았다. 버스가 속도를 내기 시작하자, 나는 자기에 딱 좋을 정도로 지쳤다는 사실을 깨달았다. 그러나 창밖에는 처음 보는 것들이 너무 많았다. 우리는 제퍼슨을 빠져나와 들판과 숲을 뚫고 달렸고, 다른 도시에 들어갔다 나와서 다시 들판과 숲을 지나쳤고, 뒤이어 상점과 조면기와 물탱크가 있는 다른 도시에 들어갔고, 한동안 철길을 따라 달리다가 신호기가 움직이는 모습도 보았고, 다음으로 기차를 보고 더 많은 도시들까지 보고 나니 완전히 지쳐서 잠이 필요한 상태가 되었지만 그런 위험을 무릅쓸 수는 없었다. 그리고 멤피스가 시작되었다. 내게는 마치 몇 마일 동안 계속되는 것처럼 보였다. 상점이 모여 있는 거리가 나타났고 나는 도착했다고 생각했으며 심지어 버스가 멈추기까지 했는데, 그곳은 아직 멤피스가 아니었고 버스는 다시 달려서 물탱크와 건물 꼭대기의 높은 굴뚝들을 지나쳤고, 그게 조면기와 제재소가 맞다면 나는 그렇게 큰 조면기와 제재소를 본 적이 없었으며, 그걸 돌릴 정도로 많은 면화와 통나무를 어디서 가져오는지는 짐작조차 할 수 없었다.

그리고 내 눈에 멤피스가 들어왔다. 이번에는 맞다고 확신할 수 있었다. 하늘 높이 솟아올라 있었으니까. 제퍼슨보다 큰 도시 열두 개를 통째로 들판 한쪽에 세워서, 요크나파토파 카운티의 그 어느 언덕보다도 높이 솟아나게 만든 듯했다. 이윽고 우리는 그 안으로 들어갔고, 내가 보기에는 버스가 몇 피트마다 멈추는 것만 같았고, 자동차가 그 양옆으로 정신없이 달려가고 거리에는 사람들로 가득해서 온 주변 도시의 사람들이 전부 몰려온 것만 같았다. 마침내 나는 그날 미시시피의 다른 지역에 사람이 있었던 이유를, 나한테 버스표를 팔고 사례사를 쏠 사람이 남았던 이유마저도 짐작하지 못하게 되었다. 이내 버스가 멈췄다. 제퍼슨에 있는 것보다 훨씬 큰 버스 정류장이었다. 그리고 나는 말했다. "좋아요. 입대하는 사람들은 어디로 가야 하죠?"

"뭐라고?" 버스 기사가 말했다.

그래서 나는 다시 말했다. "입대하는 사람들은 어디로 가야 하냐고요?"

"아." 그는 말했다. 그리고 그는 그리로 가는 법을 알려주었다. 처음에는 멤피스처럼 큰 도시에서 돌아다니는 법을 알아듣지 못할까 걱정했지만, 별 문제 없이 익혔다. 두 번 더 물어보는 것으로 충분했다. 그렇게 나는 목적지에 도착했고, 정신없이 달리는 차들과 계속 밀쳐대는 사람들과 온갖 소란을 잠시라도 벗어날 수 있어서 정말 기뻤고, 이제 거의 다 왔다고 생각하면서도 이미 군대에 들어간 사람들이 모인 곳도 저만큼 북적인다면 내가 피트 형을 찾기 전에 피트 형이 나를 알아볼 거라고 생각했다. 그래서 나는 방으로 걸어 들어갔다. 피트 형은 거기에 없었다.

형은 그곳에도 없었다. 소매에 큼지막한 화살촉을 붙인 군인이 뭔가를 쓰고 있고, 그 앞에 남자 둘이 서 있었으며, 그 외에도 몇 명의 사람이 더 있었던 것 같다. 내 기억에는 몇 명 정도 더 있었던 것 같다.

나는 뭔가를 쓰고 있는 군인이 있는 탁자 앞으로 가서 말을 걸었다. "피트 형 어딨어요?" 그가 고개를 들자 나는 말했다. "우리 형이요. 피트 그리어요. 형 어딨어요?"

"뭐야?" 군인이 말했다. "누구?"

그래서 나는 다시 설명했다. "어제 입대했어요. 진주만으로 간댔어요. 저도 갈 거예요. 형이랑 같이 가고 싶어요. 우리 형 어디다 뒀어요?" 이제 모든 사람이 나를 쳐다보고 있었지만, 나는 그들에게는 신경도 쓰지 않았다. "얼른요." 나는 말했다. "우리 형 어딨어요?"

군인은 글 쓰던 손을 멈췄다. 그리고 양손을 탁자 위로 활짝 폈다. "아." 그는 말했다. "너도 갈 거라는 거냐?"

"맞아요." 나는 말했다. "장작하고 물은 필요할 거 아녜요. 제가 장작을 패고 물을 길어올게요. 얼른요. 피트 형 어딨어요?"

군인은 자리에서 일어섰다. "누가 들여보내 준 거냐?" 그가 말했다. "나가라. 썩 꺼져."

"빌어먹을." 나는 말했다. "피트 형이 어딨는지 말해 주지 않으면—"

그 군인은 버스 기사보다도 빨랐다고 장담할 수 있다. 탁자를 뛰어넘은 것도 아니고 빙 돌아왔는데도 내가 알아차리기도 전에 나를 덮쳤고, 나는 간신히 뒤로 물러나며 주머니칼을 꺼내서 칼날을 빼들고 휘두를 수 있었고, 그는 고함을 지르며 한쪽 손을 붙들고 뒤로 물러나서 계속 욕설과 고함을 내뱉었다.

다른 남자 하나가 뒤에서 나를 붙들었고, 나는 그에게도 주머니칼을 휘둘렀지만 칼날이 닿지 않았다.

남자 둘에게 뒤편에서 붙들려 있는데, 뒤쪽 문을 열고 다른 군인이 나왔다. 한쪽 어깨에 말 엉덩이띠가 달린 벨트*를 걸치고 있는 사람이었다.

두 병사 **147**

"대체 이건 무슨 일인가?" 그가 말했다.

"이 꼬맹이가 나이프로 제 손을 베었습니다!" 원래 있던 군인이 소리쳤다. 그가 그렇게 말하자 나는 다시 덤벼들려고 시도했지만, 두 사람이 나를 붙들고 있어서 2대 1로 불리한 상황이었고, 엉덩이띠를 걸친 군인은 이렇게 말했다. "자, 자. 그 나이프는 내려놓도록, 친구. 여기 무장한 사람은 아무도 없으니까. 남자라면 맨손인 사람하고 칼싸움을 벌이면 안 되는 법이지." 내 귀에도 그의 목소리가 들어오기 시작했다. 내게 말하는 투가 마치 피트 형 같았다. "그만 풀어주게." 사람들이 나를 놓았다. "그럼 뭐가 문제인지 설명해 주겠니?" 나는 그에게 말했다. "그래." 그는 말했다. "형이 떠나기 전에 잘 있는지 확인하고 싶은 게로군."

"아뇨." 나는 말했다. "저는 군대에―"

그러나 그는 이미 첫 번째 군인이 손수건으로 손을 감싸고 있는 쪽으로 몸을 돌린 후였다.

"우리 쪽 병사인가?" 그가 말했다. 첫 번째 군인은 탁자로 돌아가서 종이를 뒤적였다.

"여기 있습니다." 그가 말했다. "어제 입대했습니다. 오늘 오전에 리틀록으로 출발하는 파견대에 소속되어 있습니다." 그는 팔뚝에 차고 있는 손목시계를 확인했다. "50분쯤 후에 기차가 출발합니다. 시골 아이들을 아니까 하는 소린데, 지금쯤은 전부 역 앞에 몰려가 있을 겁니다."

"이쪽으로 데려오도록." 엉덩이띠를 걸친 군인이 말했다. "역

---

* 사관이 착용하는 어깨띠가 달린 혁대인 샘 브라운 벨트를 말한다.

에 전화를 걸게. 짐꾼에게 택시를 잡으라고 이르고. 넌 나와 함께 가자꾸나." 그가 말했다.

그 방 뒤편으로 다른 사무실이 하나 있었고, 안에는 탁자 하나와 의자 몇 개밖에 없었다. 우리는 의자에 앉았고 군인은 담배를 태웠으며, 별로 오래 걸리지도 않았다. 듣자마자 피트 형의 발소리를 알아차릴 수 있었다. 이내 아까의 군인이 문을 열었고 피트 형이 들어왔다. 아직 군인 옷은 입고 있지 않았다. 그냥 어제 아침에 버스에 탈 때와 똑같은 모습이었는데, 너무 많은 일을 겪고 멀리까지 여행한 나한테는 적어도 일주일은 지난 것처럼 느껴졌을 뿐이었다. 형이 그렇게 방으로 들어와서 아예 집을 떠나지도 않은 것처럼 나를 바라보고 있었다. 우리는 이곳 멤피스에 있고, 진주만으로 가는 도중이기는 했지만.

"대체 너 여기서 뭘 하고 있는 거야?" 형이 말했다.

그래서 나는 말했다. "요리하려면 장작하고 물은 필요할 거 아냐. 내가 사람들 전부 쓸 만큼 장작을 패고 물을 길어올게."

"안 돼." 피트 형은 말했다. "당장 집으로 돌아가."

"안 돼, 형." 나는 말했다. "나도 가야만 해. 가야 한단 말이야. 마음이 아프다고, 형."

"안 돼." 피트 형은 이렇게 말하고 군인을 향했다. "대체 이 애가 어쩌려고 이런 짓을 벌였는지 모르겠습니다, 중위님." 그는 말했다. "지금까지 사람한테는 절대로 칼을 든 적도 없어요." 형은 나를 바라봤다. "왜 그런 짓을 한 거야?"

"나도 모르겠어." 나는 말했다. "그래야만 했어. 여기로 와야 했다고. 형을 찾아야만 했어."

"좋아, 두 번 다시 그러면 안 된다, 알겠지?" 피트 형이 말했다. "그 나이프는 주머니 속에 단단히 모셔 두고 절대 꺼내지 마. 네가 사람 상대로 칼을 빼들었다는 소리가 들리면, 내가 어디에 있든 바로 달려와서 흠씬 두들겨 줄 테니까. 알아들었지?"

"형이 돌아와서 계속 있어 주기만 한다면 목이라도 자를 수 있어." 나는 말했다. "형. 피트 형."

"안 돼." 형은 말했다. 이제 형의 목소리는 아까처럼 단호하고 다급하지 않으며 거의 나직해졌고, 나는 이제야 결코 형의 마음을 돌릴 수 없음을 깨달았다. "넌 집에 가야 해. 엄마를 보살펴야지. 내 10에이커의 땅도 네가 맡아줘야 하잖아. 네가 집으로 돌아가 줬으면 좋겠어. 바로 오늘. 내 말 알아들었어?"

"알아들었어." 나는 말했다.

"이 아이 혼자서 집으로 돌아갈 수 있겠나?" 군인이 말했다.

"혼자서 왔으니까요." 피트 형이 말했다.

"돌아갈 수 있을 것 같아요." 나는 말했다. "계속 같은 곳에서 살았거든요. 거기가 움직였을 것 같지는 않거든요."

피트는 주머니에서 1달러를 꺼내서 내게 건넸다. "이걸로 버스표를 사면 우리 우체통 바로 앞까지 갈 수 있어." 형은 말했다. "중위님께 잘 말씀드려. 버스 타는 데까지는 데려다주실 거야. 너는 집으로 돌아가서 엄마를 보살피고 내 땅 10에이커를 돌보고 그 빌어먹을 주머니칼은 주머니에서 꺼내지 않는 거야. 알아들었어?"

"응, 피트 형." 나는 말했다.

"좋아." 형은 말했다. "난 이제 가야 해." 이번에도 형은 내 머리에 손을 얹었다. 그러나 이번에는 내 목을 부러트리려 들지는 않았다. 그저 한동안 머리에 손을 얹고만 있을 뿐이었다. 그리고 이건 거짓말이 아닌데, 형은 몸을 숙이더니 나한테 입을 맞췄고, 뒤이어 발소리가 문을 향해 움직이는 소리가 들렸고, 나는 결국 고개를 들지 못했으며 그게 전부였다. 피트 형이 나한테 입을 맞추는 동안 나는 그렇게 앉아서 발로 바닥을 문지르고만 있었고, 군인은 의자 등받이에 몸을 기댄 채 창밖을 내다보며 헛기침을 했다. 그는 자기 주머니를 뒤적이더니 나를 돌아보지 않고 뭔가를 건넸다. 풍선껌 한 조각이었다.

"정말 감사합니다." 나는 말했다. "저기, 그럼 저도 떠나야겠어요. 어디로 가야 하는지는 알고 있으니까요."

"기다리거라." 군인이 말했다. 그러더니 그는 다시 전화를 걸었고 나는 이제 떠나야겠다고 다시 말했고, 그는 다시 이렇게 말했다. "기다리거라. 피트가 너한테 뭐라고 했는지 잊지 말고."

그래서 우리는 기다렸고, 이윽고 다른 숙녀가 한 명 들어왔다. 이쪽도 나이가 많고 모피코트를 입고 있었지만 냄새는 괜찮았고 자동 펜이나 사례사 같은 것도 가지고 있지 않았다. 그녀가 들어오자 군인은 자리에서 일어섰고, 그녀는 빠르게 주변을 둘러보다가 나를 발견하고, 내 쪽으로 다가와서 어깨에 손을 올렸다. 엄마처럼 가볍고 망설임 없는 손길이었다.

"따라오렴." 그녀는 말했다. "집에 가서 점심을 먹자꾸나."

"안 돼요, 부인." 나는 말했다. "제퍼슨으로 가는 버스를 타야 하거든요."

"나도 알아. 시간은 아직 충분하단다. 먼저 집에 가서 점심부터 먹자꾸나."

 그녀는 자동차를 가지고 있었다. 우리는 그대로 다른 수많은 차들 사이로 끼어들었다. 우리는 거의 버스 아래 깔릴 지경이었고, 거리의 수많은 사람들도 너무 가까워서 누군지 알았더라면 말을 걸 수도 있을 것 같았다. 잠시 후 그녀는 차를 세웠다. "도착했단다." 그녀는 말했고, 나는 건물을 바라봤다. 그게 전부 그녀의 집이라면 엄청난 대가족이 분명했다. 그러나 전부는 아닌 모양이었다. 우리는 나무가 자라고 있는 복도를 가로질러 작은 방으로 들어갔는데, 거기에는 병사들보다 훨씬 번쩍이는 제복을 입은 깜둥이 하나 말고는 아무것도 없었다. 깜둥이가 문을 닫자마자 나는 "조심해요!"라고 소리치며 벽을 붙들었지만, 아무 일도 없었다. 작은 방이 통째로 위로 솟구치더니 문이 열리며 우리는 다른 복도로 나왔고, 숙녀는 문 하나를 열쇠로 열고 안으로 들어섰다. 그곳에는 나이 든 병사 한 명이 있었는데, 이쪽도 말엉덩이띠를 걸치고 있었으며 양쪽 어깨에 은빛 새를 한 마리씩 얹고 있었다.*

 "도착했구나." 숙녀는 말했다. "이쪽은 매켈로그 대령님이야. 자, 점심으로 뭘 먹고 싶니?"

 "그냥 햄이랑 계란이랑 커피 정도 먹었으면 좋겠어요." 나는 말했다.

 그녀는 수화기를 들다가 움직임을 멈췄다. "커피?" 그녀는 말했다. "커피를 언제부터 마시기 시작한 거니?"

---

* 은빛 독수리 견장은 대령을 의미한다.

"저도 몰라요." 나는 말했다. "기억도 안 나는 옛날부터인 것 같은데요."

"너 여덟 살쯤 됐겠지?" 그녀는 말했다.

"아뇨, 부인." 나는 말했다. "여덟 살하고 10개월이에요. 곧 11개월이 되고요."

그녀는 전화를 걸었다. 우리는 자리에 앉았고, 나는 피트 형이 그날 오전에 진주만으로 떠났으며 나도 같이 갈 생각이었지만, 이제 집으로 돌아가서 엄마를 보살피고 형의 땅 10에이커를 돌봐야 한다고 말했고, 그녀는 자기들도 동부에 있는 학교에 나만 한 아들이 있다고 말했다. 이윽고 길게 늘어지는 외투 비슷한 것을 걸친 다른 깜둥이가 손수레 비슷한 것을 밀고 들어왔다. 그 위에는 내 몫의 햄과 계란과 우유 한 잔과 파이 한 조각이 올라가 있었고, 나는 배가 고프다는 생각이 들었다. 그러나 한 입을 베어물자마자 나는 음식을 삼킬 수가 없다는 사실을 깨달았고, 즉시 자리에서 일어섰다.

"저 가야 해요." 나는 말했다.

"잠깐만." 그녀가 말했다.

"저 가야 해요." 나는 말했다.

"조금만 있으렴." 그녀는 말했다. "벌써 전화로 차를 불러 놨단다. 조금만 있으면 도착할 거야. 적어도 우유라도 마시지 않으련? 아니면 커피 한 모금만?"

"아뇨, 부인." 나는 말했다. "배가 안 고파요. 집에 도착하면 먹을 거예요." 그때 전화가 울렸다. 그녀는 수화기를 들지조차 않았다.

"그래." 그녀는 말했다. "차가 도착했구나." 그리고 우리는 다시 그 잘 차려입은 깜둥이가 있는 움직이는 작은 방에 들어갔다. 이번에는 군인이 운전하는 커다란 차가 기다리고 있었다. 나는 군인과 함께 앞자리에 탔다. 그녀는 군인에게 1달러를 건넸다. "배가 고플지도 몰라요." 그녀는 말했다. "괜찮은 식당 한 군데 찾아 주세요."

"알겠습니다, 매켈로그 부인." 군인이 말했다.

그리고 우리는 다시 출발했다. 차를 타고 한바퀴 빙 돌면서, 그제야 나는 햇빛 속에서 반짝이는 멤피스를 제대로 볼 수 있었다. 문득 나는 우리가 그날 아침에 버스로 달려가던 바로 그 대로를 따라 달리고 있다는 것을 깨달았다 — 몰려 있는 상점들과 커다란 조면기와 제재소가 지나갔고, 멤피스는 그렇게 수 마일을 이어지는 것처럼 보이다가 이내 사라져 버렸다. 우리는 다시 들판과 숲을 통과하며 속도를 내서 달리기 시작했고, 옆자리의 군인을 제외하면 아예 멤피스에 가지도 않은 것처럼 느껴졌다. 우리는 이제 빠르게 달리고 있었다. 이대로 달리면 내가 깨닫기도 전에 집에 도착할 것이 분명했고, 나는 군인이 운전하는 이 커다란 차를 타고 프렌치맨즈 벤드까지 달려가는 모습을 떠올리고는 갑자기 울음을 터뜨렸다. 내가 왜 우는지도 알 수 없었지만, 울음을 멈출 수도 없었다. 나는 그렇게 군인 옆자리에 앉아서 계속 울고 있었다. 빠르게 달리는 차 속에서.

스러지지 않으리
Shall Not Perish

피트 형의 소식이 도착했을 때, 아버지와 나는 이미 경작지로 나간 후였다. 어머니가 우리가 떠난 후에 우체통에서 꺼내다가 울타리 앞으로 가져다주었고, 차양 모자도 쓰지 않은 것으로 보아 그녀는 이미 그 내용이 무엇인지 알고 있었던 듯하다. 즉 우체부가 오는 것을 부엌 창문으로 보고 있었다는 뜻이다. 그리고 나 또한 그 내용이 무엇인지를 알고 있었다. 어머니가 아무 말도 하지 않았기 때문이다. 그녀는 우표조차 붙일 필요 없는 작고 하얀 봉투*를 손에 든 채로 그저 울타리 앞에 서 있기만 했고, 아버지를 소리쳐 부른 것은 경작지 더 멀리까지 나가 있던 나였다. 따라서 내가 달려갔는데도, 아버지 쪽이 나보다 먼저 어머니가 기다리는 울타리 앞에 도착하게 되었다. "무슨 내용인지는 알아

---

* 2차 대전 중 전사 통지서는 일반적으로 웨스턴유니언의 전보를 통해 전달되었다.

요." 어머니는 말했다. "그런데 열어볼 수가 없어요. 당신이 열어요."

"아니에요!" 나는 달려가며 소리쳤다. "아니라고요!" 뒤이어 나는 소리쳤다. "아냐, 피트 형! 아냐, 형!" 그리고 나는 소리쳤다. "빌어먹을 일본놈들! 빌어먹을 일본놈들!" 나를 붙들 사람은 아버지밖에 없었고, 아버지는 온 힘을 다해 나를 붙들어놓으려 애썼다. 내가 아홉 살 먹은 어린아이가 아니라 한 사람 몫의 남자인 것처럼.

그게 전부였다. 어느 날 진주만의 그 일이 일어났다. 그다음 주에 피트 형은 그곳으로 가서 돕기 위해 멤피스로 가서 입대했다. 시간이 흐른 후 어느 날 아침, 어머니는 불쏘시개조차 못 될 작은 종이쪽을 들고, 우표조차 붙일 필요 없는 봉투를 들고 경작지 울타리 앞으로 나왔고, 쪽지에는 이런 말이 적혀 있었다. '배가 있었다. 그러나 이젠 없다. 당신 아들은 그 배에 타고 있었다.' 우리는 애도에 하루의 시간을 썼고, 그게 전부였다. 4월이라 파종기 중에서도 가장 힘들게 일해야 하는 때였기 때문이다. 그리고 우리의 음식과 화덕과 생활비가 달려 있는 70에이커의 땅이, 우리 이전에 땀흘려 일했던 그리어 가문 사람들보다 오래 살아남았으며 이곳에서 자기 몫을 해냈던 피트 형보다 오래 살아남았으며 우리 몫을 다한다면 어머니와 아버지와 나보다 오래 살아남을 그 땅이 존재했기 때문이었다.

그리고 그런 일이 다시 일어났다. 어쩌면 우리는 그런 일이 다시 일어날 수 있으며 일어나리라는 사실을 잊고 있었을지도 모른다. 우리가 피트 형을 사랑했듯이 자신의 아들과 형제를 사랑했을 사람들에게도, 모든 것이 끝날 때까지 그런 일이 계속해서 일어나리라는 사실을 말이다. 그날 멤피스 신문에 피트 형의 이름과 사진이 실린 이후, 아버지는 시내로 나갈 때마다 그 신문을 한 부씩 가져오곤 했다. 그럴 때마다 우리는 미시시피와 아칸소와 테네시의 다른 카운티와 도시 출신 병사와 선원의 사진과 이름을 찾아보곤 했지만, 우리 동네 출신의 사람이 다시 실리는 일은 없었으며, 따라서 한동안은 피트 형이 전부일 것처럼 보였다.

그리고 그런 일이 다시 일어났다. 7월 하순, 금요일이었다. 아버지가 호머 북라이트의 가축용 트럭을 얻어타고 일찍 시내로 나간 날이었는데, 어느덧 때는 해질녘이 되었다. 내가 밭을 가볍게 갈아엎는 작업을 끝내고 경작지에서 돌아와서 노새를 헛간에 데려다 놓고 나오는데, 호머네 트럭이 우체통 앞에 멈추더니 아버지가 내려서 진입로를 따라 올라왔다. 어깨에는 밀가루 한 포대를 짊어지고, 팔에는 꾸러미 하나를 끼고, 손에는 접힌 신문을 쥔 채였다. 나는 접힌 신문 쪽을 한 번 슬쩍 바라보기만 해도 알 수 있었다. 아버지는 시내에 나갔다 올 때마다 언제나 신문을 가져왔지만, 이번에는 그 일이 일어난 것이 분명했다. 어차피 빠르든 늦든 일어날 일이었다. 요크나파토파 카운티에서 비통할 자격을 가질 만큼 누군가를 사랑했던 이가 우리뿐일 리는 없었으니까. 그래서 나는 그저 아버지를 맞이하여 짐을 나누어 들고 옆에서 따라갈 뿐이었고, 이내 함께 부엌에 들어갔으며 식탁에는 차가운 저녁식사가 차려져 있었고 어머니는 열린 문간에서 마지막 햇살을 받으며 앉아서 버터 교반기의 손잡이를 강하고 꾸준히 돌리고 있었다.

피트 형 소식이 들어왔을 때, 아버지는 어머니를 건드리지 않았었다. 이번에도 아버지는 어머니를 건드리지 않았다. 밀가루 포대를 탁자에 내려놓고 의자 앞으로 가서 접은 신문을 내밀 뿐이었다. "이번에는 드 스페인 소령네 아이래." 아버지가 말했다. "시내에 살았지. 비행기를 몰았고. 지난 가을에 장교 군복을 입고 집에 왔었다지. 일본 군함으로 비행기를 몰고 날아가서 날려 버렸대. 덕분에 어디서 있었던 일인지는 알고 있다더군." 어머니는 그 후로도 잠시 교반기 손잡이를 놓지 않았는데, 내가 봐도 버터가 거의 다 만들어진 것이 분명했기 때문이었다. 그리고 그녀는 자리에서 일어나 개수대 앞으로 가서는 손을 씻고 돌아와서 다시 자리에 앉았다.

"읽어줘요." 그녀가 말했다.

그리하여 아버지와 나는 어머니가 그런 일이 다시 일어나리라는 것뿐 아니라, 그런 일이 벌어지면 무엇을 해야 하는지도 알고 있었음을 깨닫게 되었다. 이번만이 아니라 그다음 번에도, 그다음 번과 또 그다음 번에도, 마침내 모두가 '적어도 우리 모두가 그렇게 비탄에 잠겨야 했던 이유는 있는 셈이지'라고 말하게 될 때까지 말이다. 부유한 이도 가난한 이도, 페인트칠한 시내의 훌륭한 저택에서 깜둥이 하인 열 명을 거느리고 살아가는 이들도, 우리처럼 괜찮은 구석이라고는 없는 70에이커의 땅을 경작해서 근근이 먹고 살아가는 이들도, 가진 것이라고는 오늘 저녁밥을 위해 흘릴 땀밖에 없는 이들마저도, 그런 우리 모두가 말이다.

우리는 소를 먹이고 우유를 짜고 돌아와서 식은 저녁을 먹었고, 나는 화덕에 불을 피웠고 어머니는 솥이든 뭐든 두 사람분의 물을 데울 만한 용기를 그 위에 올렸고, 나는 뒤편 베란다에서 욕조를 꺼내왔으며, 어머니가 설거지를 하고 부엌을 정리하는 동안 아버지와 나는 현관 계단에 앉아 있었다. 지난 12월에 피트 형과 내가 진주만과 마닐라를 이야기하는 라디오 방송을 들으려고 킬리그루 노인네 집까지 2마일을 걸어 내려가던 때가 이즈음이었다. 그러나 그 이후로 진주만과 마닐라 외에도 온갖 일이 일어났고, 피트 형은 그걸 다시 들으러 가지 못했다. 나 또한 그랬다. 그러니까, 형이 존재하지 않게 되었을 때 정확히 어디 있었는지를 알려줄 사람이 없었기 때문에, 형을 사랑했던 사람들이 돌로 눌러서 붙들어 놓을 수 있는, 형이 존재했던 단 하나의 장소가 마련되는 대신, 피트 형은 여전히 온 세상에서 그 수많은 전사들 중 하나로서, 과거와 현재에 동시에 존재하고 있었기 때문이다. 따라서 어머니와 아버지와 내게는 용기와 희생을 전하는 목소리를 들려주는 작은 나무 상자 따위는 필요치 않았다. 이윽고 어머니가 나를 다시 부엌으로 불러들였다. 욕조의 물에서는 김이 조금 솟아오르고 있었고, 옆에는 비누그릇과 깨끗한 잠옷과 어머니가 닳아 해진 면화포대로 만든 수건이 놓여 있었다. 나는 목욕을 마치고 어머니를 위해 욕조를 비웠으며, 이내 우리는 자리에 누웠다.

아침이 찾아오고 우리는 일어났다. 언제나 그렇듯이 어머니가 가장 빨랐다. 깨끗하고 하얀색인 내 주일 셔츠와 바지가 기다리고 있었고, 그 옆에는 땅에서 서리가 가신 이후로는 아예 본 적도 없는 구두와 스타킹도 놓여 있었다. 그러나 나는 여전히 어제의 작업복을 입은 채로 구두를 부엌으로 가져갔고, 어머니 또한 여전히 어제의 옷차림 그대로 스토브 옆에서 우리의 아침뿐 아니라 아버지의 점심까지 만들고 있었다. 나는 어머니의 주일 옷 옆의 벽에다가 구두를 가져다놓은 다음 헛간으로 나갔고, 아버지와 함께 소를 먹이고 우유를 짠 다음 돌아와서 자리에 앉아 식사했고 그동안 어머니는 우리가 식사를 마칠 때까지 스토브와 탁자 사이를 왕복하다가 뒤이어 자리에 앉았다. 그리고 나는 구두닦이 상자를 꺼냈는데, 아버지가 오더니 그걸 가져가 버렸다 — 구두약과 헝겊과 솔이, 그리고 구두 네 짝이 하나씩 아버지의 손을 거쳤다. "드 스페인은 부자다." 그는 말했다. "침을 뱉고 싶을 때마다 옆에서 단지를 대 주는 하얀 외투를 입은 깜둥이 원숭이도 데리고 다니는 사람 아니냐. 너는 모든 구두를 애지중지하면서 닦지. 그럴 필요 없어. 그냥 내려다봤을 때 눈에 띄는 부분만 닦으면 되는 거다."

그리고 우리는 옷을 차려입었다. 나는 주일 셔츠를 걸치고 홀로 세울 수 있을 것처럼 풀을 빳빳하게 먹인 바지를 입은 다음 스타킹을 가지고 부엌으로 들어갔고, 때맞춰 어머니도 자기 구두를 들고 들어왔다. 마찬가지로 옷을 차려입고 모자까지 쓴 채였고, 어머니는 내 스타킹을 가져다가 자기 스타킹과 함께 탁자 위의 광을 낸 구두 옆에 내려놓고는, 선반에서 가방을 내렸다. 여전히 처음 가져왔을 때처럼 마분지 상자 속에 들어가 있으며, 피트 형이 이 물건을 샀던 샌프란시스코 드럭스토어의 색색 꼬리표까지 붙어 있는 가방이었다. 둥그런 형태에 가장자리는 각졌으며 방수인 데다 들고 다닐 손잡이까지 달려 있어서, 피트 형은 분명 이 물건을 보자마자 우리가 이걸 어떤 식으로 쓸지를 알아차렸을 것이다. 게다가 위쪽은 어머니도 아버지도 처음 보는 물건인 지퍼로 여닫게 되어 있었다. 그러니까, 제퍼슨의 드럭스토어나 10센트 상점에서 우리 셋 모두 지나친 적은 있었지만, 그게 어떤 식으로 작동하는지를 살펴볼 정도로 호기심 있는 사람은 나뿐이었다는 소리다. 나조차도 실제로 그런 물건을 가지게 되리라고는 꿈도 꾸지 못했지만 말이다. 따라서 그 가방을 열고 내용물을 꺼낸 사람은 나였다. 파이프와 담배 한 통은 아버지를 위한 선물이었고, 카바이드 헤드라이트가 달린 사냥모자는 내 선물이었으며, 가방 자체는 어머니 선물이었다. 어머니가 지퍼를 한 번 여닫아보고 나서 아버지가 시도해 봤는데, 짤각거리는 작은 궤도를 따라 슬라이드를 올렸다 내렸더니 어머니가 나서서 지퍼가 닳으면 안 된다고 제지했다. 그리고 어머니는 여전히 열려 있는 가방을 다시 상자에 넣고는, 내가 헛간에서 가져온 쿼트들이 빈 살충제 병을 데우고 코르크 마개를 끼운 다음 그 병과 깨끗한 수건을 가방에 넣고 상자를 통째로 선반 위에 올렸다. 지퍼는 여전히 열려 있었는데, 다시 쓰려면 먼저 지퍼를 열어야 할 테니 그만큼 닳을 것이기 때문이었다. 지금의 어머니는 상자에서 가방을 꺼내고 가방에서 병을 꺼낸 다음, 병에 깨끗한 물을 채우고 다시 마개를 끼워서 다시 깨끗한 수건과 함께 가방에 넣고는 우리 구두와 스타킹도 챙겨넣고 가방의 지퍼를 닫았고, 우리는 길가로 걸어 나가서 밝고 뜨거운 아침햇살을 맞으며 우체통 옆에서 버스가 와서 멈출 때까지 서 있었다.

내가 작년 겨울에 프렌치맨즈 벤드의 학교까지 타고 다녔던, 그리고 피트 형이 졸업하기 전까지 아침저녁으로 타고 다녔던 통학용 트럭이었지만, 지금은 반대 방향인 제퍼슨으로, 그것도 토요일에만 다니고 있었고, 밸리로드의 직선도로로 접어든 다음에는 우체통 앞에 서 있는 사람들을 태우느라 한참 동안 시야에 잡히곤 했다. 어느덧 우리 차례가 찾아왔다. 어머니는 트럭을 개조하고 소유하고 운전하는 솔론 퀵에게 25센트 동전 두 개를 건넸고, 우리가 타자 트럭은 움직이기 시작했고, 이내 우체통 옆에 서서 손짓하는 사람들이 탈 자리도 남지 않자 트럭은 속력을 내어 20마일, 10마일, 5마일, 1마일 거리까지 다가가다 마침내 마지막 언덕을 넘어 콘크리트 거리가 시작되는 지점에 이르렀고, 우리는 차에서 내려서 포석 옆에 앉았고 어머니는 가방을 열고 구두와 물병과 수건을 꺼냈으며 우리는 발을 닦고 신발과 스타킹을 신었고 어머니는 병과 수건을 다시 가방에 넣고 지퍼를 닫았다.

그리고 우리는 면화밭 하나를 둘러싸고도 남을 정도로 긴 철판 울타리를 따라 걸어갔다. 내가 본 그 어떤 농장보다도 더 큰 안뜰과 프렌치맨즈 벤드의 도로보다도 널찍하고 매끈한 자갈길 진입로가 나타났고, 그 진입로는 적어도 내게는 법원 건물보다 커 보이는 저택으로 이어졌고, 우리는 저택의 돌기둥 사이 계단을 올라 우리 집이 베란다까지 통째로 들어갈 수 있음 직한 복도를 따라 걸어가서는 문을 두드렸다. 그때부터는 우리 구두에 광을 낸 일은 아무런 의미도 없어졌다. 우리를 위해 문을 열어준 원숭이 깜둥이가 흰자위를 번득이더니, 복도 끝에서 잠시 흰색 외투자락을 비치고는, 가능하다면 옳은 문을 직접 찾아보라고 말하듯, 고양이처럼 발소리도 내지 않고 그대로 사라져 버렸으니까.

그리고 우리는 옳은 문을 찾아냈다. 문 뒤에는 프렌치맨즈 벤드의, 그리고 아마 우리 카운티의 여자라면 누구나 아주 상세하게 묘사할 수 있을, 그러나 은행 영업시간이 끝난 후나 일요일에 찾아와서 어음을 연장해 달라고 부탁하는 남자라면 절대 보지 못했을* 방이 등장했다. 천장 한가운데 달린 조명은 우리집 욕조에 얼음조각을 가득 채운 크기였고, 금색 하프는 우리 헛간 문짝만했으며, 노새에 탄 사람이 자기 전신과 노새까지 전부 한 번에 비출 수 있는 크기의 거울도 있었고, 바닥 한가운데 놓인 관처럼 생긴 탁자에는 남부연합기가 펼쳐져 있고 드 스페인 소령 아들의 사진과 훈장이 들어있는 열린 상자와 크고 번쩍이는 자동권총이 무게추처럼 깃발을 누르고 있었다. 그리고 탁자 맞은편에 서 있던 드 스페인 소령은 어머니가 입에 담은 이름을 알아들을 때마저도 그대로 모자를 쓰고 있었다. ― 그는 진짜 소령이 아니라, 그저 그의 아버지가 옛 남부연합 전쟁에서 소령이었기 때문에 그렇게 불릴 뿐인, 재력과 정치력 양쪽 모두를 가진 은행가였고, 아버지는 그가 미시시피주의 주지사와 주 의회 의원들을 만들어낸 사람이라고 평했다. 늙은 남자, 스물셋밖에 안 되는 아들을 두기에는 너무 늙은 남자였다. 그런 표정을 하고 있기에도 너무 늙은 남자였다.

"하." 그는 말했다. "이제 기억나는군. 나처럼 준비 미숙과 비효율의 제단에 자기 아들의 피를 바치라는 조언에 기꺼이 따른 분 아니오. 뭘 원해서 온 거요?"

---

* 내실로 안내하지 않고 뒷문이나 외부에서 만났을 것이므로.

"아무것도요." 어머니는 말했다. 그녀는 문가에서 멈추지 않았다. 그대로 탁자 앞으로 향했다. "당신께 드릴 것은 아무것도 없어요. 우리가 가져가고픈 것도 아무것도 보이지 않네요."

"틀렸소." 그는 말했다. "당신은 아들이 하나 남았지. 저들이 계속 내게 건네는 조언을 가져가시오. 집으로 가서 기도나 하란 말이오. 죽은 아들을 위해서가 아니라, 아직 당신에게 남은 아들을 위해서, 어디가 될지는 몰라도 뭔가가 어떻게든 그 아이를 구하게 해 달라고!" 어머니는 그를 보고 있지조차 않았다. 그에게는 다시 눈길을 주지 않았다. 그저 헛간 크기의 방을 가로질러 다가갈 뿐이었다. 나와 아버지가 밥을 먹으려고 쟁기를 멈출 시간조차 없을 때, 우리의 점심 양동이를 울타리 모서리에 걸어두고 집으로 돌아갈 때와 똑같은 걸음걸이로.

"그보다 간단한 말을 해 드릴 수 있어요." 어머니는 말했다. "우세요." 그리고 그녀는 탁자 앞에 도달했다. 그러나 멈춘 것은 그녀의 몸뿐이었으니, 손은 그대로 부드럽고 빠르게 나아가서 소령의 손은 그녀의 손목만을 붙잡을 수 있었고, 두 사람의 손은 사진과 색색의 리본이 달린 철제 훈장 사이, 바로 번쩍이는 권총 위에서 서로 얽혔다. 내가 아는 사람 중 상당수가 아예 본 적조차 없으며 그중 상당수는 보다라도 뭔지 모를 옛 깃발을 배경 삼아서. 그리고 그 모든 것 위로 늙은 남자에게서 나오지 않을 법한 목소리가 울렸다.

"국가를 위해서라고! 그 아이에게는 국가가 없었소. 나 역시 부인하는 이 국가밖에 없었지. 그 아이의 국가와 나의 국가는 80년 전에, 내가 태어나기조차 전에 유린되고 오염되고 파괴되었소. 그때 그 아이의 선조들은 그 국가를 위해서 싸우고 죽어갔소. 하나의 꿈을 위해서 싸우고 패배했소. 그 아이에게는 꿈조차 없었소. 그 아이는 환상을 위해 죽은 거요. 고리대금업자들의 이익으로 인해서, 정치가들의 어리석음과 탐욕에 의해서, 조직노동의 영광과 강화를 위해서 말이오!*"

"그래요." 어머니는 말했다. "우세요."

"선출된 종복들이 임기를 끝마치지 못할까 두려워했기 때문에! 잘못 경도된 노동자들이 자기네를 잘못 경도한 선동가들에게 복종했기 때문에! 수치? 비탄? 비겁하고 탐욕스러우며 자발적인 노예의 길을 선택한 자들이 어떻게 수치나 비탄을 알겠소?"

"누구나 수치심을 느낄 줄은 알아요." 어머니가 말했다. "누구나 용기와 명예와 희생을 행할 수 있는 것처럼요. 비탄도 마찬가지예요. 시간은 걸리겠지만 그들도 배우게 될 거예요. 당신과 저보다는 더 많은 비탄이 필요할 테고, 더 많은 비탄이 찾아오겠지만요. 하지만 그걸로 충분할 거예요."

"언제? 젊은 남자들이 전부 죽어 사라진 후에? 그러고 나면 구할 것이 남기나 하겠소?"

"알아요." 어머니가 말했다. "저는 알아요. 우리 피트도 죽기에는 너무 젊었으니까요." 그때 나는 그들의 손이 더 이상 얽혀 있지 않다는 사실을 깨달았다. 그는 다시 꼿꼿이 서 있고, 어머니가 옆으로 늘어뜨린 손에는 권총이 들려 있었으니까. 잠시 동안 나

---

* 제목과 마찬가지로, 링컨의 게티스버그 연설을 염두에 둔 표현이다.

는 어머니가 가방을 열고 그 안에서 수건을 꺼낼 것이라고 생각하고 있었다. 그러나 그녀는 권총을 다시 탁자에 올려둔 다음, 소령에게 다가서서 그의 가슴 주머니에서 손수건을 꺼내 들려 주고는 다시 물러설 뿐이었다. "그거예요." 그녀는 말했다. "우세요. 그 아이를 위해서가 아니라, 우리들, 이유를 모르는 옛 사람들을 위해서요. 당신네 검둥이의 이름이 뭔가요?"

그러나 그는 대답하지 않았다. 심지어 얼굴로 손수건을 올리지도 않았다. 마치 제 손에 들린 물건을 깨닫지 못한 것처럼, 어쩌면 어머니가 손에 무엇을 들려주었는지도 깨닫지 못한 것처럼 그대로 손수건을 쥐고 서 있을 뿐이었다. "우리들, 옛 사람들을 위해서라." 그는 말했다. "당신은 믿는구려. 당신은 석 달 동안 다시 깨닫고 이유를 찾았겠지. 나한테는 어제 일어난 일이오. 말해 보시오."

"저도 몰라요." 어머니는 말했다. "어쩌면 여인이란 자기 아들이 전장에서 죽어야 하는 이유를 영영 모르는 존재일지도 모르지요. 하지만 제 아들은 그 이유를 알아요. 제가 소녀였을 때 제 오빠도 전쟁에 나갔는데, 우리 어머니도 그 이유를 몰랐지만 오빠는 알고 있었어요. 제 할아버지도 그 옛날의 전쟁에 나가셨고, 아마 그분의 어머니도 그 이유를 모르셨겠지만, 그분은 아셨을 거예요. 제 아들은 이번 전쟁에 나서야 하는 이유를 알고 있었고, 그 이유를 모르는 저 또한 그걸 안다고 생각하고 있었어요. 저와 여기 이 아이가, 제 아들이 돌아오지 못하리라는 사실을 알았다는 것을 알던 것처럼 말이지요. 하지만 그 아이는 분명 알고 있었어요. 저는 알지도 못하고 알 수도 없고 영영 알지 못할 테지만요. 그러니 제가 이해할 수 없어도 괜찮은 거예요. 제 아들이 품은 모든 것은 저와 그 아이 아버지가 준 것들이니까요. 당신네 검둥이의 이름이 뭔가요?"

소령은 깜둥이의 이름을 소리쳐 불렀다. 어차피 별로 멀리 있지도 않았다. 그러나 깜둥이가 들어왔을 때 소령은 이미 몸을 돌려 문을 등진 후였다. 그는 돌아보지 않았다. 그저 어머니가 쥐어진 손수건을 든 손으로 탁자 쪽을 손짓할 뿐이었고, 깜둥이는 누구에게도 눈길을 주지 않고 고양이만큼의 소리도 내지 않으며 조금의 머뭇거림도 없이 탁자로 다가갔는데, 내게는 마치 그가 탁자에 닿기도 전에 몸을 돌려 돌아가는 것처럼 보였다. 그의 검은 손과 하얀 소맷동이 슬쩍 닿자마자, 내 눈에는 건드리는 것조차 보이지 않았는데도 권총은 사라져 버렸고, 나를 지나쳐 나가는 그를 보면서도 권총을 어떻게 했는지는 아예 알아차릴 수 없었다. 그래서 어머니가 재차 말할 때까지, 나는 그녀가 내게 말하고 있다는 것조차 깨닫지 못했다.

"가자꾸나." 어머니가 말했다.

"잠깐." 드 스페인 소령이 말했다. 그는 다시 몸을 돌려 우리를 향하고 있었다. "당신과 그 아이 아버지가 무엇을 주었다는 거요. 무엇을 주었는지는 알고 있겠지."

"아주 오랜 세월을 전해져 내려왔다는 건 알아요." 어머니가 말했다. "그러니 분명 우리 모두를 견뎌낼 만큼 강한 것이겠죠. 그렇게 오랫동안 멀리 전해져 온 것이니까, 그 아이에게는 기꺼이 죽을 만한 것이었을 거예요. 가자꾸나." 어머니는 다시 말했다.

"잠깐." 그가 말했다. "잠깐만. 어디서 왔다고 했소?"

어머니는 움직임을 멈추었다. "말씀드렸잖아요. 프렌치맨즈 벤드예요."

"알았소. 뭘 타고? 마차? 당신네는 차가 없잖소."

"아." 어머니는 말했다. "퀵 씨네 트럭을 타고 왔어요. 매주 토요일마다 오거든요."

"그럼 돌아가려면 밤까지 기다려야겠군. 내 차로 바래다주겠소." 그는 다시 깜둥이의 이름을 불렀다. "고맙습니다." 그녀는 말했다. "하지만 벌써 퀵 씨한테 돈을 냈는걸요. 우리를 집까지 데려다주는 게 그 사람 의무예요."

제퍼슨에서 태어나서 자랐으며 북부 어딘가에서 부자로 죽은 늙은 숙녀 하나가, 이 도시에 돈을 유증해서 세워진 박물관이 하나 있었다. 마치 교회처럼 생긴, 그녀가 직접 고른 그림들을 걸어 놓는 용도 외에는 무엇에도 사용되지 않는 건물이었다. 미합중국 전역에서 모은 그림들, 자신이 목격하거나 태어나거나 오래 살았던 장소를 사랑하여 다른 이들도 볼 수 있도록 남긴 이들의 손에서 태어난 그림들이었다. 남자와 여자와 아이들의 그림, 그들이 일하거나 살거나 즐겼던 집과 거리와 도시와 숲과 들판과 시냇물의 그림이었다. 원하는 사람이면 누구든, 우리 같은 프렌치맨즈 벤드 사람이나 우리 카운티 안에 있는 프렌치맨즈 벤드보다도 더 작은 다른 마을 사람이나 심지어는 우리 주 바깥의 사람들마저도, 입장료를 내지 않고 서늘하고 조용한 건물 안으로 들어와서 관람료를 내지 않고 그 모든 그림을, 다르게 생긴 집과 헛간과 경작하는 방식이나 경작하는 작물이 다르더라도 결국에는 같은 인간인 남자와 여자와 아이들을 그린 그림을 바라볼 수 있었다. 그래서 우리가 박물관을 떠날 즈음에는 이미 시간이 늦어졌고, 버스가 기다리는 곳까지 돌아오니 한층 더 늦어 버렸으며, 버스가 떠날 때쯤에는 더 늦은 시각이었지만 그래도 버스에 올라서 구두와 스타킹을 다시 벗을 정도의 시간은 있었다. 퀵 부인이 아직 돌아오지 않아서 솔론이 그녀를 기다려야 했기 때문인데, 자기 부인이라서가 아니라 솔론이 그녀를 토요일마다 시내로 데려다주는 대가로 계란 판 돈에서 25센트씩을 떼어가며, 그는 절대로 돈 낸 사람을 두고 가는 법이 없기 때문이었다. 그리하여 버스가 다시 빠르게 달리기 시작했음에도 쭉 뻗은 밸리 로드에 당도했을 즈음에는 이미 마지막 햇살이 하늘을 넘어가고 있었다. 태평양으로부터 미국 전체를 비추며, 박물관에서 보았던 이름 모를 남자와 여자들이 그림을 남길 정도로 사랑했던 모든 장소를 어루만지며, 마치 크고 부드럽고 사그라드는 바퀴처럼 보이는 바로 그 태양의 빛이.

그리고 나는 아버지가 피트 형과 나를 상대로 뭔가를 납득시키려 할 때마다 언제나 할아버지를 예시로 들던 모습을 떠올렸다. 우리가 마땅히 해야 하는 일을 하지 않았을 때도, 미리 알았더라면 제지했을 일을 우리가 저질렀을 때도 마찬가지였다. "자, 너희 할아버지를 예로 들자면." 그는 이렇게 말하곤 했다. 나 또한 할아버지를 기억했다. 심지어 증조할아버지도, 믿을 수 없을 정도로 너무 늙어서 내게는 신과 대면하여 직접 이야기를 나누던 창세기와 출애굽기 속 옛 장로들처럼 보이던 사람도 기억하고 있었는데, 할아버지는 그를 제외한 다른 모든 사람보다 오래 살았다. 내 눈에는 옛 남부연합 전쟁에서 실제로 싸웠다기에도 너무 나이가 많은 것처럼 보였지만, 할아버지는 오로지 그 이야기만 했다. 우리가 할아버지가 깨어 있다고 생각할 때만이 아니라 잠들어 있다고 생각할 때마저도 그랬고, 우리는 이내 실제로 어떤 상태인지 알 수 없다고 인정하게 되었다. 할아버지는 마당의 뽕나무 아래나 앞쪽 베란다의 햇볕이 드는 끄트머리나 화덕 한쪽 구석에 놓인 자기 의자에 앉아 있곤 했다. 그러다 자리에서 일어나거나 벌떡 일어나서 "조심해! 조심해라! 놈들이 온다!"라고 소리칠 때조차도, 우리는 그가 잠들기는 했었는지, 아니면 아직 깨어나지 못한 중인지를 판별할 수 없었다. 심지어 매번 같은 이름을 외치는 것도 아니었다. 모두 같은 편이었던 것도 아니고, 모두 군인이었던 것도 아니었다. 포레스트나 모건이나 에이브 링컨이나 반 돈이나 그랜트*일 때도, 아직 친족이 우리 카운티에 살고 있는 사토리스 대령일 때도 있었고, 사토리스 대령이 귀향할 때까지 양키와 양탄자 가방꾼**들에 4년 동안 맞섰던 사토리스 대령의 장모 로자 밀라드 부인일 때도 있었다. 피트 형은 그 모든 것이 그저 재밌다고만 생각했다. 아버지와 나는 부끄럽게 여겼다. 어머니가 어떻게 생각하는지는, 어느 오후에 영화를 보러 가기 전까지 우리 모두가 짐작조차 하지 못했다.

---

* 남군 기병대장 네이선 베드포드 포레스트, 남군 장군 존 헌트 모건, 대통령 에이브러햄 링컨, 남군 장군 얼 반 돈, 북군 대장이자 대통령 율리시스 S. 그랜트.

** carpetbagger. 남북전쟁 당시의 뜨내기 행상인이나 날품팔이를 뜻한다. 조잡한 재질의 가방에 물건을 넣어 다녔기에 이렇게 불렸다.

서부극 연속 상영을 하는 날이었다. 내 기억에는 몇 년 동안 매주 토요일마다 틀어주던 것 같았다. 피트 형과 아버지와 나는 매주 토요일마다 시내로 나가서 그걸 봤고, 때론 어머니도 함께 가서, 어둠 속에서 권총이 탕탕 철컥거리고 말들이 달려가고 주인공은 매번 잡힐 듯하지만 잡히지 않는 모습을 바라보며 앉아 있곤 했다. 매주 토요일이 올 때마다 이야기는 조금씩 진행되었고, 그 사이의 일주일 동안 나와 피트 형은 그 이야기를 하곤 했다. 피트 형이 가지고 싶어 하던 악당의 자개장식 손잡이 권총과, 내가 원하던 주인공의 점박이 말 따위 이야기였다. 그러던 어느 토요일, 어머니는 할아버지를 데려가겠다는 결정을 내렸다. 할아버지는 어머니와 나 사이에 앉아서 이미 잠들어 있었고, 그땐 이미 너무 늙어서 코 고는 소리조차 내지 못했다. 그러다 마침내 매주 토요일 오후마다 꼬박꼬박 찾아오는 그 순간에 이르렀다. 말들이 일제히 절벽을 타고 내려와서 주변을 맴돌며 마른 강을 가득 메웠고, 한 번만 더 뛰어오르면 그대로 화면을 탈출해서 마치 마당에 흩어진 옥수수 껍데기처럼 올려다보는 면면을 뚫고 달려가는 순간이었다. 그때 할아버지가 잠에서 깨어났다. 그는 한 5초 정도 완벽하게 꼼짝도 않고 앉아 있었다. 그러다 그는 말했다. "기병대다!" 그러고는 자리에서 벌떡 일어섰다. "포레스트!" 그는 말했다. "베드포드 포레스트! 여기서 나가! 길을 비워!" 그는 사람이 있든 없든 개의치 않고 좌석을 헤집으며 한 자리씩 움직여서 통로로 나왔고, 그를 따라가서 붙들려 애쓰는 우리들을 꽁무니에 달고 문을 향해 달려가며 계속 소리쳤다. "포레스트! 포레스트! 그가 온다! 길을 비워!" 그렇게 영화를 절반쯤 남긴 상태로 바깥으로 나오고 보니, 할아버지는 빛 속에서 눈을 끔뻑이며 몸을 떨었고, 피트 형은 어딘가 아픈 것처럼 팔로 벽을 짚고 서서 웃음을 터뜨렸고, 아버지는 할아버지의 팔을 붙들고 흔들면서 "이 늙은 바보! 한심한 양반아!"라고 소리치다가 어머니가 제지한 후에야 그쳤다. 우리는 할아버지를 반쯤 끌다시피 해서 짐마차를 세워둔 곳까지 가서 올라타도록 도왔고, 어머니도 올라타서 할아버지 옆자리에 앉아서는, 그의 떨림이 멎기 시작할 때까지 손을 붙들어 주었다. "가서 맥주 한 병만 사다 드려요." 그녀는 말했다.

"뭘 잘했다고 맥주를 마셔." 아버지가 말했다. "저 늙은 바보가, 온 동네의 웃음거리가 되다니……"

"가서 맥주 한 병 사다 드려요!" 어머니가 말했다. "자기 짐마차 안에 앉아서 마실 거니까. 당장!" 아버지는 그 말에 따랐고, 어머니는 할아버지가 병을 제대로 잡을 때까지 붙들어 주었으며, 충분히 목으로 넘길 때까지 손을 잡고 있었다. 이내 할아버지의 떨림이 멎기 시작했다. 그는 말했다. "아아아." 그리고 다시 한 모금을 넘기고는 말했다. "아아아." 그러고는 이제는 조금밖에 떨리지 않는 반대편 손을 어머니의 손에서 빼내더니, 병을 조금 홀짝이고는 말했다. "하!" 그리고 다시 한 모금 마시고는 말했다. "하!" 이젠 그저 병만 바라보는 것만이 아니라 주변을 보면서, 눈을 끔뻑일 때마다 양옆을 힐끔거리면서. "바보는 당신들이야!" 어머니는 아버지와 피트 형과 나를 향해 소리쳤다. "아버님은 달아나고 계시던 게 아니야! 사람들을 앞서 이끌면서, 한심한 군중을 향해 그들보다 더 나은 사람이 오고 있으니 조심하라고 소리치고 계신 거라고! 75년이 흘렀는데도 여전히 강하고 위험한 이들이 오고 있다고 말이야!"

나 또한 그런 이들을 알았다. 프렌치맨즈 벤드를 떠난 적이 없으며 내가 밤에 자러 귀가할 수 있는 거리 이상으로 나가본 적이 없는 이들을. 그들은 마치 일몰 그 자체처럼 바퀴의 형상을 그리며 움직이고, 지도에조차 제대로 실리지 않는 그 바퀴의 중심부에 이름이 있으며 그 이름이 프렌치맨즈 벤드라는 것을 아는 사람이 온 세상에 200명도 되지 않는 바로 그곳에서부터 바퀴살처럼 사방으로 뻗어나가 모든 것을 어루만지며 그 무엇도 너무 크다 하여 만지지 못하는 일이 없으며 그 무엇도 너무 작다 하여 기억하지 못하는 일이 없는 그런 이들이었다. 그들은 그림으로 남길 것이 있든 없든 남자들과 여자들이 살아가며 사랑하는 수많은 장소도 기억하고, 살아가고 사랑할 만큼 고요하고 작은 장소들과 그곳들이 고요해지기 전에 가지고 있던 이름들도 기억하고, 그들을 고요하게 만든 행동에 붙은 이름들과 그 행동을 실행에 옮긴 남자와 여자들의 이름들도 기억하고, 자신들이 패배했다는 것도 깨닫지 못했기 때문에 버티고 견뎌내고 전투를 치르고 패배하고 다시 싸우는 사람들도 기억하고, 미합중국이 형체를 이루어 성장하고 지속되는 내내 야생을 길들이고 산맥과 사막을 넘어가고 죽음을 맞이하고 그럼에도 계속 전진하는 사람들도 기억했다. 나 또한 그런 이들을 알았다. 75년이 흐르고 그 곱절의 시간이 흐르고 다시 그 곱절의 시간이 흘러도 여전히 강건한 남자와 여자들, 여전히 강건하며 여전히 위험하며 여전히 북쪽과 남쪽과 동쪽과 서쪽에서 다가오는 이들, 그들의 행동과 그들이 죽은 이유에 단 하나의 이름이 붙을 때까지, 그 단어가 어느 뇌성보다 우렁차게 울릴 때까지 멈추지 않는 이들을. 그 단어는 미국이었고, 그 소리는 서반구 전체를 뒤덮었다.

II. 마을 THE VILLAGE

에밀리를 위한 장미 한 송이

머리카락

황동 켄타우로스

메마른 9월

죽음의 매달리기

엘리

월리 삼촌

마당의 노새

그 또한 괜찮으리라

그 저녁의 태양

에밀리를 위한 장미 한 송이
A Rose for Emily

I

 에밀리 그리어슨 양이 죽었을 때, 우리 도시의 모두가 그녀의 장례식에 참석했다. 남자들은 무너진 기념물에 대해 일종의 경의 섞인 애정을 표하기 위해서, 여자들은 주로 그녀의 집 안에 무엇이 있는지 확인하기 위해서. 정원사 겸 요리사였던 나이 든 하인 한 명을 제외하면, 적어도 10년 동안 그 안을 들여다본 사람은 아무도 없었기 때문이다.
 큼직하고 네모난 목조 건물에 한때 흰색이었으며, 둥근 지붕과 뾰족탑과 소용돌이 장식 발코니로 단장하고 있는 제법 고상한 1870년대 양식의 저택은, 한때 도시에서 가장 명망 높았던 거리에 위치해 있었다. 그러나 슬금슬금 비집고 들어오기 시작한 정비소와 조면기가 동네에서 가장 위엄 있는 가문들조차도 몰아내 버렸고, 남은 것이라고는 면화 수레와 가솔린펌프를 굽어보며 완고하고 요염한 쇠락의 기운을 풍기며 서 있는 에밀리 양의 저택뿐이었으니 — 가히 눈엣가시 사이의 눈엣가시라 부를 법했다. 이제 에밀리 양 또한 삼나무가 가득하여 길을 잃을 듯한 공동묘지에서, 제퍼슨 전투에서 스러진 북군과 남군의 이름 모를 병사들 사이에 묻힌 그 위엄 있는 가문들의 대표자들과 합류하러 떠나게 된 것이었다.

생전의 에밀리 양은 전통이자 의무이자 배려의 대상이었다. 도시에 부과된 세습되는 의무와 같은 존재였으며, 그런 상황은 1894년에 제퍼슨의 시장이었던 사토리스 대령*이 ─ 검둥이 여성은 거리에 나올 때 반드시 앞치마를 착용해야 한다는 행정명령을 내렸던 사람이다 ─ 그녀의 부친이 사망한 이후부터 영구적으로 그녀의 세금을 면제한다는 명령을 발표하면서 시작된 일이었다. 에밀리 양이 그런 시혜를 선뜻 받아들였다는 이야기는 아니다. 사토리스 대령은 에밀리 양의 부친이 사업상 문제로 시 당국에 자금을 대출해 주었으며, 이런 방식으로 갚기를 원했다는 이야기를 꾸며냈다. 사토리스 대령의 세대와 사고방식의 남자여야 꾸며낼 수 있는 이야기였고, 여자여야 믿을 법한 이야기였다.

보다 현대적인 사고방식을 갖춘 다음 세대가 등장하여 시장과 시의회의 자리를 차지하자, 이런 시혜는 일부 사소한 불만을 불러일으켰다. 새해 첫날에 그들은 세금 고지서를 보냈다. 2월이 되었는데도 답신은 없었다. 그들은 공식 서신을 보내어 편한 시간에 보안관 사무실로 출두하라고 통지했다. 일주일이 지난 후

---

* 남북전쟁에서 싸웠던 존 사토리스 대령이 아닌, 그의 아들인 베이어드 사토리스다.

에는 시장이 직접 서신을 작성해서 자신이 직접 방문하거나 자동차를 보내주겠다고 제안했고, 옛 양식의 종이에 흐릿한 잉크로 가늘고 유려한 필기체로 적은 답신이 도착했다. 내용을 요약하자면 그녀가 더 이상 외출하지 않는다는 것이었다. 세금 고지서 또한 아무런 답변 없이 동봉되어 있었다.

시 의회 특별 회의가 소집되었다. 대표단이 그녀를 찾아가서 현관문을 두드렸다. 그녀가 8년인가 10년쯤 전에 도자기 그림 강습을 중단한 이후로 그 어떤 방문자도 지나간 적이 없는 문이었다. 늙은 검둥이가 그들을 맞이해서 어둑한 복도로, 그리고 한층 어둑한 위층으로 통하는 계단으로 안내했다. 먼지와 방치된 장소의 냄새가, 밀폐되고 습한 냄새가 풍겼다. 검둥이는 그들을 응접실로 안내했다. 가죽으로 만든 묵직한 가구들이 놓여 있었다. 검둥이가 창문 하나의 블라인드를 올리자, 그 가죽이 갈라져 있는 모습이 대표단의 눈에 들어왔다. 자리에 앉으니 흐릿한 먼지가 천천히 그들의 허벅지까지 솟아오르더니 한 줄기 햇살 속에서 느릿하게 맴돌았다. 벽난로 앞의 빛바랜 금빛 이젤 안에는 에밀리 양의 부친을 그린 크레용 초상화가 보였다.

그녀가 들어오자 대표단은 자리에서 일어났다. 검은 옷차림의 작은 키에 뚱뚱한 여자가, 허리까지 내려와서 허리띠 안으로 사라지는 가느다란 금빛 사슬을 두르고, 광택이 사라진 금색 머리가 달린 흑단 지팡이에 몸을 의지한 채 등장했다. 몸의 골격 자체는 왜소하고 가늘었다. 다른 경우라면 비만이라 간주할 법한데도 그저 통통한 정도로 보이는 것도 그 때문일지 몰랐다. 흔들림 없는 물속에 오래 잠겨 있던 시체처럼 불어오른 느낌이 들었고, 피부 또한 그런 느낌으로 창백했다. 살찐 얼굴의 이랑 사이에 함몰된 두 눈은 마치 반죽 덩어리에 눌러박은 작은 석탄 조각처럼 보였고, 대표단이 방문한 연유를 설명하는 동안 그 눈은 사람들의 얼굴 위를 계속해서 오갔다.

그녀는 방문객들에게 자리를 권하지 않았다. 그저 문간에 서서, 발언한 사람이 머뭇거리며 말을 끝맺을 때까지 조용히 듣고만 있을 뿐이었다. 금빛 사슬의 끝에 달려 있을, 지금은 안 보이는 시계가 째깍거리는 소리가 대표단에게도 들리기 시작했다.

그녀는 메마르고 차가운 목소리로 말했다. "제퍼슨에 낼 세금은 없네. 사토리스 대령이 직접 내게 설명해 준 일이야. 자네들 중 하나가 시 기록 열람권을 받아다 확인하면 만족할 수 있을 것 같군."

"이미 했습니다. 우리는 시 의회 소속입니다, 에밀리 양. 보안관이 직접 서명한 고지서를 받아보지 않으셨습니까?"

"서류를 받아보긴 했네." 에밀리 양은 말했다. "자기가 보안관이라고 생각하는 사람이 보내기는 했고…… 제퍼슨에 낼 세금은 없네."

"하지만 서류상에는 그 사실을 증명할 내용은 하나도 없습니다. 우리는 어디까지나 법률에 따라서—"

"그럼 사토리스 대령에게 문의하시게나. 나는 제퍼슨에 낼 세금이 없네."

"하지만, 에밀리 양—"

"사토리스 대령에게 문의하시게." (사토리스 대령이 죽은 지도 10년 가까이 지난 때였다) "제퍼슨에 낼 세금은 없네. 토비!"

검둥이가 등장했다. "여기 신사분들을 바래다 드리게."

II

그렇게 그녀는 기병대와 보병대를 물리쳤다. 30년 전에 악취 때문에 찾아왔던 그들의 아버지들을 물리쳤던 때와 똑같았다. 그녀의 부친이 세상을 떠난 지 2년 후에, 그리고 그녀의 연인이 그녀를 버린 지 얼마 안 되어서 — 당시 우리는 그 남자가 그녀와 결혼하리라 믿었다 — 벌어진 일이었다. 부친이 사망한 후로 그녀는 거의 외출하는 일이 없었다. 그리고 연인이 떠난 후로는 아예 사람들의 눈에 띄는 일조차 사라졌다. 일부 숙녀들이 그녀를 방문하는 무모한 짓을 벌였지만 아무 응대도 받지 못했고, 그 집에 사람이 살고 있다는 증거라고는 당시에는 젊은이였던 검둥이 남자가 장바구니를 들고 들락거린다는 정도뿐이었다.

"어떤 부류의 남자든, 남자 혼자서 부엌을 제대로 관리할 수 있을 리가 없잖아요." 숙녀들은 이렇게 숙덕댔고, 따라서 악취가 풍기기 시작했을 때도 그들은 조금도 놀라지 않았다. 이 구역질 나고 바글거리는 세상과 드높고 강대한 그리어슨 가문 사이의 연결고리가 하나 늘어난 것뿐이었으니까.

이웃의 여자 하나가 당시 시장이었던 여든 살 나이의 스티븐스 판사에게 불만을 털어놓았다.

"내가 그걸 어찌 해결해야 만족하겠소, 부인?" 그는 말했다.

"그야, 그만두라고 그 여자한테 한마디 하셔야죠." 여자가 말했다. "그런 게 법률 아닌가요?"

"분명 그럴 필요는 없을 거요." 스티븐스 판사는 말했다. "아마 그 깜둥이가 안마당에서 뱀이나 쥐 같은 것을 죽인 거겠지. 그쪽에다 일러 놓겠소."

다음 날 같은 불평이 두 건 더 들어왔고, 그중 한 남자는 조심스럽게 이런 식으로 탄원했다. "판사님, 정말로 뭐든 해야 합니다. 저도 정말로 에밀리 양을 귀찮게 하고 싶지 않지만, 뭐든 해야 한다고요." 그날 밤 시 의회 의원들이 만났다 — 노인이 둘에, 막 등장한 세대의 젊은이가 하나였다.

"간단한 일 아닙니까." 젊은이는 말했다. "그 여자한테 집 청소를 하라고 전달해야지요. 청소하도록 적절한 시간을 주고, 그 안에도 해결이 안 되면……"

"젠장, 선생." 스티븐스 판사가 말했다. "숙녀분 면전에다 대고 악취가 난다고 비난할 생각이오?"

그리하여 다음 날 밤 자정을 넘긴 시각에, 남자 넷이 에밀리 양의 앞뜰을 가로질러 좀도둑처럼 집 주변을 어슬렁거리게 되었다. 그들은 벽돌벽 아랫단과 지하 저장고 입구 앞에서 코를 킁킁거렸고, 한 사람은 주기적으로 어깨에 걸머진 푸대에서 뭔가를 꺼내서 씨 뿌리는 동작을 취했다. 그들은 지하 저장고의 문을 따고 그 안쪽에, 그리고 건물 외벽 전체에 석회를 뿌리고 다녔다. 그들이 다시 안뜰을 가로지를 때쯤 그때까지 어두웠던 창문 하나에 불이 들어왔고, 에밀리 양이 빛을 등지고 앉아 있는 모습이 보였다. 꼿꼿이 세운 상반신이 마치 우상처럼 아무 움직임도 없었다. 그들은 조용히 안뜰을 가로질러 길가에 늘어선 개아카시아 그림자 속으로 사라졌다. 한두 주쯤 지나자 악취도 사라졌다.

그때쯤 사람들은 진심으로 그녀를 안타까워하기 시작했다. 우리 도시 사람들은 그녀의 고모할머니인 와이어트 양이 마지막에 완전히 정신이 나가 버렸던 일을 떠올리며, 그리어슨 가문이 실속은 없는데 자존심만 너무 강하다고 여겼다. 그리고 그런 자존심 때문에 에밀리 양에게 어울리는 남자 따위 없다고 생각했던 것이리라. 오랫동안 우리 머릿속에는 그 광경이 화폭에 그린 듯 박혀 있었다. 활짝 열린 현관문 앞에서, 하얀 옷을 입은 늘씬한 몸매의 에밀리 양은 뒤편 배경 속에 서 있고, 그녀의 부친은 그녀를 등진 채 두 다리를 쩍 벌리고 손에는 말채찍을 거머쥔 그림자로 문간에 버티고 서 있는 것이다. 그렇게 그녀가 서른이 되었는데도 여전히 독신으로 남게 되자, 우리는 그 가문의 문제점이 입증되었다고 여기면서도 그 자체에는 그리 즐거워하지 않았다. 그 가문에 정신병력이 존재한다 해도, 실제로 결혼할 기회가 제대로 현실화되기만 했다면 에밀리 양도 그 모든 기회를 거절하지는 않았으리라 생각했기 때문이다.

그녀의 부친이 사망한 이후, 그녀에게 남은 것이라고는 그 저택이 전부라는 소문이 떠돌기 시작했다. 사람들은 모종의 즐거움을 느꼈다. 마침내 에밀리 양을 동정할 수 있게 되었으니까. 홀로 남은 데다 극빈자로 추락했으니, 마침내 인간계로 내려온 셈 아니겠는가. 이제 그녀 또한 한 푼의 동전이 가져오는 해묵은 전율과 절망을 알게 될 것이었다.

그녀의 부친이 사망한 다음 날, 도시의 모든 숙녀는 전통대로 그녀의 저택을 방문해서 조의를 표하고 도움을 제공할 준비를 했다. 문간에 나와서 그들을 맞이하는 에밀리 양은 평소 복장 그대로였으며 얼굴에도 비통함이라고는 조금도 묻어나지 않았다. 그녀는 숙녀들 앞에서 자기 부친이 죽지 않았다고 말했다. 그런 상황이 사흘간 계속된 끝에, 성직자들과 의사들이 그녀를 방문하여 시체를 처분하도록 설득하려 시도했다. 그들이 법과 완력을 사용하기 직전에 그녀는 항복했고, 사람들은 그녀의 부친을 서둘러 매장했다.

당시 우리는 그녀가 미쳤다고 말하지 않았다. 그녀가 그럴 수밖에 없었다고 믿었을 뿐이었다. 그녀의 부친이 쫓아낸 모든 젊은이를 떠올리고, 그녀에게 아무것도 남지 않았다는 사실을 알게 되었으니, 이제 그녀도 다른 사람들처럼 지금껏 빼앗긴 것들을 붙들고 늘어질 수밖에 없었으리라 생각한 것이었다.

III

그녀는 오래 앓았다. 다시 모습을 비춘 그녀는 머리카락을 짧게 잘라서 마치 소녀처럼 보였으며,* 어떤 면에서는 교회의 채색 유리창 속 천사들과도 비슷해 보였다 ─ 비극적이며 고요한 분위기를 풍긴다는 점에서.

시 당국이 보도 포장공사 계약을 막 끝냈을 때였고, 그녀의 부친이 사망하고 처음 맞이한 여름에 공사가 시작되었다. 건설회사가 깜둥이들과 노새와 기계를, 그리고 호머 바론이라는 이름

---

* 당시에는 두피를 통해 열을 방출할 수 있다고 생각하였기에 열병에 종종 내리는 처방 중 하나였다.

의 양키 현장감독을 데리고 도착했다. 덩치 크고 그을린 피부에 일솜씨 좋은 남자로, 우렁찬 목소리와 얼굴색보다 밝은 눈빛을 지닌 이였다. 어린 소년들은 그가 깜둥이에게 내뱉는 욕설을, 그리고 깜둥이들이 곡괭이를 내려찍는 박자에 맞춰 부르는 노래를 들으려고 무리를 지어 그를 따라다녔다. 이내 그는 도시의 모두와 아는 사이가 되었다. 광장 근처에서 웃는 소리를 따라가 보면, 언제나 사람들 한가운데에 호머 바론이 있었다. 머지않아 우리는 주일 오후마다 그와 에밀리 양이 한 쌍의 암갈색 말이 끄는 노란 바퀴의 2인승 마차를 대여소에서 빌려 함께 타고 다니는 모습을 목격하기 시작했다.

처음에는 우리도 에밀리 양이 그쪽에 관심을 가졌다는 사실을 마냥 즐겁게만 여겼다. 숙녀들이 한목소리로 말했듯이, "그리어슨 가문 사람이 북부인 일용직 노동자를 진지하게 받아들일 리가 없지" 때문이었다. 그러나 나이 든 사람들은 아무리 비통해도 진정한 숙녀라면 '노블리스 오블리주'를 잊어서는 안 된다고 말했다. 물론 '노블리스 오블리주'라는 단어를 직접 입에 담지는 않았지만 말이다. 그들은 그저 "불쌍한 에밀리. 친족이 와서 보살펴줘야 하는 건데"라고 말할 뿐이었다. 앨라배마에 그녀의 친척이 있기는 했다. 그러나 수년 전에 그녀의 부친이 앞서 말한 미쳐버린 와이어트 양의 부동산을 놓고 다투다 사이가 틀어져 버렸기 때문에, 두 가족은 이제 아무런 연락도 하지 않는 사이였다. 심지어 장례식에 참석할 사람을 보내지도 않을 정도였다.

그리고 나이 든 이들이 "불쌍한 에밀리"라고 운을 떼자마자, 수군거림이 시작됐다. "정말 그렇게 된 일일까요?" 이런 말이 오갔다. "당연히 그렇겠지요. 무슨 다른 일이……" 손으로 입을 가린 채, 주일 오후의 햇살을 막아주는 널창 뒤편에서, 비단과 공단이 바스락거리는 소리에 묻힌 채, 두 마리 말의 발굽 소리가 타닥-타닥-타닥 하고 들리는 가운데 그들은 말했다. "불쌍한 에밀리."

물론 그녀는 고개를 꼿꼿이 세우고 다녔다 — 우리들이 그녀가 추락했다고 여겼을 때조차. 다른 어느 때보다도, 최후의 그리어슨 사람으로서 자신의 존엄성을 인정받기를 간절하게 원하는 것처럼. 그녀가 무적임을 다시 증명하기 위해서 그런 세속적인 결점이 슬쩍 깃드는 것이 필요하다는 것처럼. 그녀가 쥐약으로 쓰는 비소를 샀을 때도 그런 태도는 변함이 없었다. 사람들이 "불쌍한 에밀리"라고 말하고 다니기 시작하고도 1년이 넘게 지난 후, 그리고 그녀의 사촌 여성 두 명이 그녀를 방문하는 동안의 일이었다.

"독극물을 사고 싶군요." 그녀는 약사에게 이렇게 말했다. 당시 그녀는 서른을 넘겼으며, 여전히 날씬한 여인일 뿐 아니라 평소보다 수척한 모습이었고, 살점이 관자놀이에서 눈두덩까지 바싹 당겨져서 흔히 상상하는 등대지기 같은 얼굴에 냉정하고 거만한 검은 두 눈이 깊게 박혀 반짝이고 있었다. "독극물을 사고 싶군요." 그녀는 말했다.

"그렇습니까, 에밀리 양. 어떤 종류로요? 쥐나 뭐 그런 걸 잡으실 겁니까? 그럼 추천하고픈—"

"최고의 물건을 원해요. 종류는 상관없으니까."

약사는 몇 가지 독의 이름을 댔다. "코끼리도 죽일 수 있는 독입니다. 하지만 그쪽이 원하시는 건—"

"비소는 어떨까요." 에밀리 양이 말했다. "괜찮은 물건인가요?"

"비소…… 말입니까? 그래요, 아가씨. 하지만 원하시는 게—"

"비소로 줘요."

약사는 그녀를 내려다보았다. 그녀는 꼿꼿이 선 채로, 바짝 당겨진 깃발 같은 얼굴로 그를 마주 보았다. "그야, 물론입죠." 약사는 말했다. "그게 원하시는 물건이라면야. 하지만 법에 따르면 어디다 쓰실 생각인지 확인을 해야 합니다."

에밀리 양은 고개를 슬쩍 뒤로 기울여 눈을 맞춘 채로, 그를 빤히 바라보기만 했다. 마침내 그가 눈을 피하고 들어가서 비소를 꺼내 포장하는 동안에도. 검둥이 소년 배달부가 나오더니 그녀에게 꾸러미를 전달했다. 약사는 다시 나오지 않았다. 집에 도착한 그녀는 꾸러미를 열었고, 상자에는 해골과 뼈 그림 아래 이렇게 적혀 있었다. '쥐잡이용.'

IV

그래서 다음 날 우리 모두는 "자살하려는 거야"라고 말하고 다녔다. 그리고 모두가 차라리 그게 최선이리라 말했다. 그녀가 처음 호머 바론과 함께 모습을 보이기 시작했을 때, 우리는 "저 남자와 결혼하겠군"이라고 말했었다. 다음에는 "그녀가 저 남자를 설득할 거야"라고 말하게 되었는데, 호머 본인이 남자가 좋다고 말한 데다, 엘크 클럽에서 젊은 남자들과 술을 마신다는 사실이 잘 알려져 있었고, 자기 입으로 결혼에는 뜻이 없다고 말하고 다

넜기 때문이다. 뒤이어 우리는 널창 뒤편에서 주일 오후마다 번쩍이는 마차를 타고 가는 두 사람을 보면서 "불쌍한 에밀리"라고 말하게 되었다. 에밀리 양은 고개를 빳빳이 들고, 호머 바론은 모자를 눌러쓰고 엽궐련을 문 채로 노란 장갑을 낀 손으로는 고삐와 채찍을 쥐고 있는 모습을 바라보면서 말이다.

그러다 몇몇 숙녀들이 그 관계가 도시 전체의 불명예이며 젊은이들에게 나쁜 본보기가 된다고 말하고 다니기 시작했다. 남자들은 개입하기를 원치 않았지만, 마침내 숙녀들이 침례교 목사를 끌어내어 ─ 에밀리 양의 가문은 미국 성공회 신도였다 ─ 그녀를 방문하게 만들었다. 목사는 면담 도중 무슨 일이 벌어졌는지를 누설하지 않았으나, 다시 방문하는 것만은 거부했다. 다음 주일에도 두 사람은 똑같이 마차를 몰고 거리를 누볐다. 그리고 그다음 날, 목사의 아내가 앨라배마에 사는 에밀리 양의 친족에게 편지를 보냈다.

그래서 그녀의 지붕 아래에 다시 친족이 들어오게 되었고, 우리는 물러앉아 사태가 어떤 식으로 흘러가는지 지켜보기로 했다. 처음에는 아무 일도 벌어지지 않았다. 그러다 우리는 두 사람이 결혼할 것이라 확신하게 되었다. 에밀리 양이 보석상을 방문하고, 남성용 은제 몸단장 도구 한 벌을 주문하며 하나하나 H.B.라는 두문자를 새기게 했다는 사실이 알려졌다. 이틀 후 그녀가 잠옷을 포함한 남성용 복식 일습을 사들였다는 사실이 알려졌고, 우리는 "결혼했구먼"이라고 말했다. 우리는 정말로 기뻤다. 에밀리 양의 사촌 두 사람이 그녀보다 훨씬 그리어슨스러운 사람이었기 때문이다.

그래서 우리는 호머 바론이 — 인도 포장공사는 끝난지 시간이 좀 지난 후였다 — 떠났을 때도 별로 놀라지 않았다. 대놓고 파국이 벌어진 것은 아니었으니 조금 실망하기는 했지만, 우리는 그가 에밀리 양을 맞이할 준비를 하거나 그 사촌들을 쫓아낼 시간을 주려고 자리를 뜬 줄로만 알았다. (그즈음에는 거의 마녀 집회에 가까워졌고, 우리는 그 여자들을 피할 방법을 찾는 일에서는 모두 에밀리 양의 편이었다) 다시 일주일이 지나자 여자들은 떠났고, 사흘 후에 호머 바론이 다시 도시로 돌아왔다. 어느 저녁에 이웃 하나가 그녀의 검둥이 하인이 부엌문으로 호머를 들여보내는 모습을 목격했다는 것이었다.

그리고 그게 우리가 본 호머 바론의 마지막 모습이었다. 게다가 한동안은 에밀리 양의 모습도 찾아볼 수 없었다. 검둥이 남자만 장바구니를 들고 들락거릴 뿐, 현관문은 내내 굳게 닫혀 있었다. 때때로, 그러니까 남자들이 몰려가서 석회를 뿌렸을 때처럼, 창문가에 잠시 그녀의 모습이 비치기는 했지만, 거의 6개월 동안이나 그녀는 거리로 나서지 않았다. 이내 우리는 그 또한 그럴 만하다는 것을 깨달았다. 그녀의 여인으로서의 삶을 수없이 망쳐버린 그녀 부친의 성정이, 사라지기에는 너무 유해하며 맹렬한 것이었기 때문이다.

에밀리 양이 다시 우리 앞에 모습을 드러냈을 때, 그녀는 살이 찌고 머리카락은 회색으로 변해가고 있었다. 뒤이은 몇 년 동안 그녀의 머리카락은 갈수록 회색으로 변해가다가, 마침내 고르게 희끗희끗한 쇳빛이 된 다음에야 변화를 멈추었다. 그녀가 일흔넷의 나이로 세상을 떠날 때까지도, 그녀의 머리카락은 왕성하게 활동할 연령대 남자의 머리처럼 강렬한 쇳빛이었다.

그때부터 그녀의 저택 현관문은, 도중에 예닐곱 해 정도의 기간을 제외하면 내내 닫혀 있었다. 그녀는 마흔 정도 되었을 때 도자기 그림 강습을 시작했다. 아래층 방 하나를 작업실로 개조하고, 사토리스 대령 동시대인들의 딸과 손녀들이, 주일마다 헌금 접시에 놓을 25센트 동전을 가지고 교회로 향할 때처럼 시간을 맞춰 그리고 그만큼의 열의를 가지고 그녀를 방문했다. 그러는 내내 세금을 면제받은 것은 물론이었다.

그러다 새로운 세대가 도시의 중추이자 정신을 차지하게 되었고, 성장해서 떠난 그녀의 그림 강습 생도들은 자기 아이들에게 물감상자와 붓과 여성잡지에서 오려낸 그림 따위 따분한 물건을 쥐어주지도, 그녀에게 보내지도 않게 되었다. 현관문은 마지막으로 다시 닫혔고 이후로도 영영 열리지 않았다. 무료 우편 배달제가 실행되었을 때에도, 에밀리 양만은 자기 문 위에 금속 주소판을 다는 것도, 그 아래 우편함을 붙이는 것도 거부했다.* 아무리 뭐라 해도 아예 귀를 기울이지조차 않았다.

날과 달과 해가 지나갔으며, 우리는 그곳의 검둥이가 머리칼이 세고 자세가 구부정해지면서도 계속 장바구니를 들고 그 집을 들락거리는 모습을 지켜보았다. 매년 12월마다 우리는 그녀에게 세금 고지서를 보냈고, 일주일 후에는 미수취 우편물이 되어 우

---

* 무료 우편 배달제가 실시되기 전까지는 수취인이 직접 근처 우체국으로 가서 우편물을 수령해야 했고, 배달은 우체국 사이에서만 이루어졌다. 미국에서 해당 제도는 도시에서는 1863년, 시골에서는 1902년부터 실시되었다. 제퍼슨에는 그사이 시기에 실시된 것으로 보인다.

체국을 통해 돌아왔다. 때때로 아래층 창문가에 ― 저택 위층은 아예 막아 버린 모양이었다 ― 벽감 속 조각한 우상 상반신처럼 보이는 그녀의 모습이 보이기도 했지만, 그녀가 우리를 바라보는지 외면하는지는 알 길이 없었다. 그렇게 그녀는 한 세대에서 다음 세대로 전달되었다 ― 경애하며, 피할 수 없고, 무엇도 개의치 않으며, 고요하고, 비뚤어진 존재로서.

그렇게 그녀는 세상을 떠났다. 먼지와 그림자가 자욱한 저택 안에서 병에 걸리고, 시중들 사람은 걸음도 불편한 검둥이 하인 밖에 없는 채로. 우리는 그녀가 아프다는 사실조차 알지 못했다. 검둥이한테서 정보를 얻어내는 일은 애초에 포기한 상태였다. 그는 누구와도, 아마도 에밀리 양과도 대화를 나누지 않은 듯했다. 오래 목소리를 내지 않은 것처럼 쉬고 갈라져 있었으니 말이다.

그녀는 아래층의 어느 방에서, 커튼이 달린 육중한 호두나무 침대에 누워 삶을 마쳤다. 오랜 세월 햇빛을 보지 못하여 누렇게 변하고 곰팡내가 나는 베개에 쇳빛 머리를 기댄 채로.

V

검둥이는 현관문으로 나와서 맨 처음 찾아온 숙녀들을 맞이했다. 소리 죽여 속삭이며 흥미롭게 주변을 힐긋거리는 그들을 안으로 인도한 후, 검둥이는 그대로 사라졌다. 그대로 저택을 가로질러 뒷문으로 나가서는 두 번 다시 모습을 보이지 않았다.

두 명의 여자 사촌도 즉시 등장했다. 그들은 둘째 날에 장례식을 치렀고, 온 도시가 방문해서 사들인 꽃무더기 아래 누운 에밀리 양의 모습을 구경했다. 크레용으로 그린 그녀 부친의 초상화가, 그녀의 관대와 섬뜩하게 속삭이는 숙녀들의 위에 걸린 채 굽어보고 있었다. 그리고 아주 나이 많은 남자들은 — 일부는 솔질한 남부연합 군복을 입고 왔다 — 현관과 정원에 둘러서서, 에밀리 양이 자기네와 동시대 사람인 양 대화를 나누었다. 자기네가 그녀와 춤을 추고 때론 사귀기도 했다는 것처럼, 늙은이들이 흔히 그렇듯이 숫자 붙은 세월이 흐르는 순서를 착각하면서. 이런 이들에게 과거란 흐릿해져가는 길이 아니라, 영영 겨울이 찾아오지 않는 너른 초원에 가깝다. 그리고 최근의 십여 년이 그 과거와 현재의 자신을 분할하는 가느다란 병목 역할을 하는 것이다.

그때 이미 우리는 저택 위층에 40년 동안 누구도 들어가 보지 않은 방이 하나 있다는 사실을 알고 있었다. 억지로 따고 들어가야 하는 상황이었다. 사람들은 에밀리 양이 점잖게 땅에 묻힐 때까지 기다린 후에야 그 문을 열었다.

문을 억지로 딴다는 폭력적인 행위가 방 안을 먼지로 자욱하게 채웠다. 신혼집처럼 가구를 갖춘 방 안을, 엷고 시큼한 먼지가 마치 관을 덮는 천처럼 뒤덮고 있었다. 빛바랜 장미빛 장식무늬 커튼에도, 장미빛 전등갓에도, 화장대 위에도, 우아한 유리잔과 빛바랜 은제 남성용 세면용품에도. 거멓게 빛바랜 은빛 표면에서는 이제 두문자조차 읽어낼 수 없었다. 그 사이에 옷깃과 타이가 막 벗어놓은 것처럼 널려 있었으며, 그걸 주워든 자리에는 흐릿한 초승달 모양이 남았다. 의자 하나에는 잘 개킨 양복이 걸려 있었고, 그 아래에는 구두 한 켤레와 벗은 양말이 놓여 있었다.

그리고 남자 본인은 침대에 누워 있었다.

한동안 우리는 그저 멍하니 서서, 그 얼굴에 떠올라 있는 살점이 떨어진 깊은 미소를 내려다보기만 했다. 시체는 한때 포옹하는 자세로 누워 있었을 듯했지만, 이제는 사랑보다 오래 이어지고 사랑의 괴로움조차 정복하는 기나긴 잠이 그의 여인을 앗아 간 것이었다. 남은 잠옷 조각 아래에서 그대로 썩어버린 남자의 유해는 자신이 누운 침대에서 떼어낼 수 없을 지경이었다. 그리고 남자와 그 옆의 베개에는 인내하여 변치 않는 그곳의 먼지가 고르게 덮여 있었다.

이내 우리는 두 번째 베개 위에 머리 모양의 움푹 팬 자국이 있다는 사실을 깨달았다. 한 사람이 거기서 뭔가를 집어들더니 몸을 숙였다. 메마르고 매캐하고 흐릿하게 보이지 않는 먼지 속에, 긴 쇳빛 머리카락 한 올이 놓여 있었다.

머리카락
Hair

I

수잔 리드라는 소녀는 고아 출신이었다. 그녀는 아이 두셋이 더 딸린 버쳇이라는 가족에 얹혀살았다. 어떤 이들은 수잔이 그들의 조카나 사촌쯤 되는 이라고 말했다. 다른 이들은 이런 경우에 종종 그렇듯 버쳇이나 심지어 버쳇 부인의 성품을 비방하는 말을 내뱉었다. 후자는 흔히 그렇듯이 대개 여자들이었다.

호크쇼가 처음 이 도시에 왔을 때 수잔은 다섯 살이었다. 그가 맥시네 이발소의 이발의자 뒤편에 처음으로 섰던 그해 여름에, 버쳇 부인이 처음으로 수잔을 데려왔다. 맥시의 말에 따르면, 그와 다른 이발사들은 사흘 동안 버쳇 부인이 수잔을 이발소로 끌고 들어오려고 애쓰는 모습을 지켜보고 있었다고 한다(당시 수잔은 작고 깡마른 소녀로, 크고 겁먹은 눈과 금발도 갈색머리도 아닌 부드러운 직모를 가지고 있었다). 그리고 맥시의 말에 따르면, 그러다 마침내 길거리로 나가서 아이를 15분 동안 달래더니 데리고 들어와 자기 이발의자에 앉힌 사람이 바로 호크쇼였다는 것이다. 도시의 어떤 남자와 여자를 만나더라도 예 아니면 아니오 정도밖에는 말하지 않던 사람이 말이다. "내 맹세코, 호크쇼가 그 아이가 들어오기를 기다리고 있던 것 같더라니까." 맥시는 이렇게 말했다.

그녀는 그때 처음으로 머리를 잘랐다. 잘라준 사람은 호크쇼였고, 천을 두른 채 앉은 아이의 모습은 겁에 질린 아기토끼 같았다. 그러나 6개월이 지나자 아이는 혼자서 이발소로 들어와서 호크쇼에게 머리카락을 맡겼고, 그때도 천 위로 보이는 겁먹은 얼굴과 커다란 눈망울과 이름 붙이기 애매한 머리카락을 가진 조금 자란 아기토끼처럼 보였다. 호크쇼가 바쁠 때면 맥시는 아이한테 들어와 있어도 된다고 말했고, 아이는 앞 손님이 끝날 때까지 호크쇼 근처의 대기석에서 다리를 쭉 뻗고 앉아 있곤 했다. 맥시 말로는 모든 이발사가 그 아이를 호크쇼의 전담 손님으로 여겼다고 한다. 마치 토요일 밤에 면도하러 찾아오는 손님들처럼 말이다. 한 번은 호크쇼가 바빠서 맷 폭스라는 다른 이발사가 그 아이의 머리를 잘라주겠다고 권했다는데, 그 순간 호크쇼가 퍼뜩 고개를 들었다는 것이다. "저 금방 끝납니다." 그는 말했다. "제가 하겠습니다." 맥시 말로는 호크쇼가 그와 함께 일한 지 거의 1년이 되어가는 때였다던데, 다른 뭔가에 대해서 긍정적인 의견을 피력하는 모습을 본 것은 그때가 처음이었다고 한다.

그해 가을부터 아이는 학교에 다니기 시작했다. 아이는 매일 아침과 오후마다 이발소 앞을 지나갔다. 여전히 수줍음이 많았으며 어린 소녀들이 흔히 그렇듯 종종걸음을 치곤 했고, 그럴 때마다 황갈색의 머리통이 마치 스케이트라도 타는 것처럼 빠르게 창문 높이를 스쳐 지나갔다. 처음에는 언제나 혼자였지만, 머지 않아 다른 머리들과 함께 어울려 지나가기 시작했고, 모두 재잘거리며 아예 창문 쪽은 쳐다보지도 않았고, 호크쇼는 창문 안에서 그 모습을 내다보고 있었다. 맥시 말로는 자신과 맷이 시계 대신 호크쇼를 바라보는 것만으로도 7시 55분과 3시 정각이 되었음을 알 수 있었다고 한다. 자기도 모르게 창문 근처로 다가가서, 학생들이 지나가기 시작할 때쯤부터 창밖을 보기 시작했기 때문이다. 맥시의 말에 따르면, 아이가 머리를 자르러 이발소를 찾을 때면, 호크쇼는 다른 아이들에게는 하나만 건네는 박하사탕을 두세 개씩 건네곤 했다고 한다.

아니, 마지막은 다른 이발사인 맷 폭스가 해준 이야기였다. 성탄절에 호크쇼가 아이한테 준 인형 이야기를 해준 사람도 맷이었다. 그가 어떻게 알았는지는 알 길이 없다. 호크쇼가 털어놓은 것은 아니었다. 하지만 뭔가 방법이 있었을 것이다. 그는 호크쇼에 대해서 맥시보다 많은 것을 알고 있었다. 그 자신도 유부남이었다. 뚱뚱하고 무기력한 친구로, 창백한 얼굴과 왠지 지치거나 슬픈 것처럼 보이는 눈을 가지고 있었다. 유머 감각이 있는 데다 거의 호크쇼에 버금갈 만큼 솜씨 있는 이발사였다. 그 또한 별로 말이 많은 사람이 아니었지만 수다쟁이들보다 호크쇼에 대해 훨씬 많은 것을 알고 있었는데, 나로서는 그 방법을 도무지 추측할 수가 없었다. 어쩌면 수다쟁이에게는 언어 외의 다른 것들을 익힐 시간이 부족하기 때문일지도 모르겠다.

어쨌든 맷의 말에 따르면, 호크쇼는 매년 성탄절마다 그 아이에게 선물을 하나씩 주었다고 한다. 심지어 성장한 후에도 말이다. 그녀는 여전히 그를 찾아와서 그의 이발의자에 앉았고, 그는 여전히 아침과 오후의 등교길과 하교길에 이발소 앞을 지나가는 그녀의 모습을 주시했다. 아이는 성숙한 소녀가 되었고, 그때는 더 이상 수줍어하지 않았다.

같은 소녀라고 생각하기조차 어려울 지경이었다. 그녀는 순식간에 성장했다. 너무 빨랐다. 그것이 문제였다. 어떤 이들은 고아들이란 빨리 클 수밖에 없다고 말하곤 했다. 하지만 그런 문제가 아니었다. 여자아이는 남자아이와는 다르다. 여자아이는 성숙한 채로 태어나지만 남자아이는 영영 성숙하지 않는다. 예순이나 먹어서도 자칫 한눈팔면 유모차로 돌아가곤 하는 것이 남자들이다.

그녀가 못된 아이였다는 이야기는 아니다. 세상에 유독 못되게 태어나는 여자란 없으니, 여자란 원래 못된 존재이며, 못됨을 내재한 채로 태어나기 때문이다. 요는 그 못됨이 머리에 미치기 전에 얼른 결혼시키는 것이다. 그러나 우리는 여자가 일정 연령에 이르기 전에는 결혼하지 못하게 하는 체제에 그들을 맞추려 애쓰고 있다. 그리고 자연은 체제 따위에는 아무런 신경도 쓰지 않으며, 여자들은 체제는 고사하고 그 무엇에도 신경 쓰지 않는다. 그녀는 그저 너무 빨리 성장했다. 체제가 그녀에게 때가 되었다고 이르기 전에, 못됨이 머리까지 이르러 버렸다. 나도 어쩔 수 없는 일이라 생각한다. 딸을 가진 아버지의 입장에서 하는 소리다.

그렇게 그녀는 성장했다. 맷의 말에 따르면 그들도 알아차렸으며, 열세 살 정도밖에 안 되었을 때 립스틱과 화장품을 사용해서 버쳇 부인에게 매질을 당했다고 했다. 같은 해에는 학교에 있어야 하는 시간 내내 다른 소녀 두셋과 함께 길거리에서 깔깔대고 있었다고 했다. 여전히 깡마르고, 여전히 금발도 갈색머리도 아닌 머리카락으로, 웃을 때마다 마른 진흙처럼 금이 쩍쩍 갈 듯이 화장품으로 떡칠을 한 얼굴로, 더 나이 먹은 소녀들이 비단옷으로 몸을 드러내는 것처럼, 평범한 면옷을 끌어내리거나 끌어올려 아직 드러낼 것도 없는 몸을 드러낸 모습으로 말이다.

맷의 말로는 어느 날 지나가는 모습을 보다가, 문득 그녀가 스타킹도 신지 않았다는 사실을 깨달았다고 했다. 곰곰 생각해 보니 그해 여름 내내 스타킹을 신었던 적이 있는지조차 떠올릴 수 없었는데, 그제야 자신이 주목한 것이 스타킹이 아님을 깨닫게 되었단다. 그녀의 다리가 여자의, 여인의 다리였다는 것이다. 고작 열세 살인데도 불구하고.

나는 그 아이 입장에서는 어찌할 도리가 없었으리라 생각한다. 그녀의 잘못이 아니었다. 그리고 버쳇 일가의 잘못도 아니었다. 못된 이들, 못됨이 너무 빨리 머리에 도달한 사람을 상대하면서 그들만큼 조심스럽기도 쉽지 않았을 것이다. 그들이 — 시내의 모든 남자들이 — 호크쇼를 어떻게 대했는지를 보면 그 사실을 알 수 있다. 사람들이 수군거리기 시작하며 모두가 알게 된 후에도, 호크쇼 앞에서 그 이야기를 꺼내는 사람은 아무도 없었다. 아마도 호크쇼가 모르리라 생각한 것은 아닐 것이다. 주워듣기라도 했을 테니까. 그러나 이발소 안에서 그녀 이야기를 꺼낼 때는 언제나 호크쇼가 주위에 없는지부터 확인하곤 했다. 그리고 다른 남자들도 마찬가지였으리라 생각한다. 그 아이가 지나치거나 길가에 서 있을 때마다, 창가로 나와서 그걸 지켜보던 호크쇼의 모습을 우리 모두가 목격했으니까. 열넷도 안 되어서 영화관 앞을 지나치다가 남자와 함께 나오거나, 그런 남자와 함께 어딘가로 가 버리는 모습이 목격되기 시작했을 때에도 마찬가지였다. 사람들은 그녀가 버쳇 부인에게는 여자친구 집에 놀러간다고 말해 놓고서 남자와 함께 슬그머니 집을 빠져나왔다가 돌아오곤 한다고 숙덕거렸다.

사람들은 호크쇼 앞에서는 절대 그 아이 이야기를 꺼내지 않았다. 그가 점심을 먹으러 자리를 비우거나, 4월마다 무엇을 하는지도 어딘지도 모를 곳으로 2주간의 휴가를 떠날 때까지 기다리곤 했다. 그러나 그가 떠나 있는 동안에도, 사람들은 그 아이가 온갖 문제 주변을 슬금슬금 돌아다니는 모습을, 언젠가는 문제에 빠질 것이 뻔한 모습을 지켜보곤 했다. 심지어는 버쳇보다 먼저 알게 되기도 했다. 그녀는 1년 전에 학교를 그만뒀다. 꼬박 1년 동안 버쳇과 버쳇 부인은 그녀가 매일 학교에 간다고 생각했지만, 사실은 학교 건물에도 들어가지 않았다. 누군가가 — 아마 고등학교 남학생이었을 테지만, 그녀는 거리낌이 없었다. 학생이든 유부남이든 그 누구든 — 매달 성적표 카드를 하나씩 가져다 주었고, 그녀는 그걸 직접 채워서 버쳇 부인에게 가져가서 확인 서명을 받았다. 여인을 사랑하는 사람이 그렇게 기꺼이 속아넘어가는 이유는 악마조차도 모를 것이다.

그리하여 그녀는 학교를 중퇴하고 10센트 상점에서 일하게 되었다. 머리를 자를 때가 되면 얼굴에 화장을 하고 몸을 드러내는 하늘하늘하고 괴상한 색상의 옷을 입은 채, 경계심과 대담함과 신중함을 동시에 품은 표정으로, 떠지고 뒤틀리게 머리카락을 고정한 채로 이발소를 찾아오곤 했다. 그러나 그녀가 머리카락에 바른 물질로도 황갈색 색조를 바꿀 수는 없었다. 머리카락만은 전혀 변하지 않았다. 이제 그녀는 호크쇼의 이발의자만을 고집하지 않았다. 그의 의자가 비어 있어도 종종 다른 의자에 앉아서, 천 아래로 다리를 내놓은 채 이발사와 대화하며 소음과 향수 냄새로 이발소 안을 가득 채우곤 했다. 그럴 때면 호크쇼는 그녀 쪽을 쳐다보지 않았다. 심지어 바쁘지 않을 때조차 그랬다. 바쁜 것처럼 보이려는 듯 고개를 숙이고 무언가에 열중하는 척하며 그쪽에는 신경 쓰지 않는 것처럼 굴었다.

이것이 그가 2주에 걸친 4월 휴가를 떠나기 직전의 상황이었다. 사람들이 이미 10년 전쯤에 캐내는 일을 포기한, 그 비밀 여행 말이다. 나는 그가 떠나고 이틀쯤 후에 제퍼슨에 들렀다가 이발소를 방문했다. 사람들은 호크쇼와 수잔 이야기를 하고 있었다.

"아직도 성탄절 선물을 준답니까?" 나는 말했다.

"2년 전에 손목시계를 샀던데요." 맷 폭스가 말했다. "60달러인가 했다더라고요."

맥시는 손님을 면도해 주는 중이었다. 그는 거품이 가득 묻은 면도칼을 든 채로 손길을 멈췄다. "거 참, 빌어먹을 일이군." 그는 말했다. "그럼 그 녀석은 분명— 아마 그 녀석이 처음이었을 거라고—"

맷은 고개조차 돌리지 않았다. "아직 안 줬습니다." 그가 말했다.

"그건 그 녀석이 인색한 것 아닌가." 맥시가 말했다. "나이 먹은 남자가 어린 여자랑 노닥대는 건 못된 짓이지. 하지만 꼬드겨 놓고서 아무것도 안 주는 남자는 훨씬—"

이제는 맷도 고개를 돌렸다. 그 또한 손님을 면도하는 중이었다. "그 친구가 그 아이한테 그걸 안 주는 이유를 듣는다면 그런 말씀은 못 하실 겁니다. 친척이 아닌 사람에게 장신구를 선물로 받기에는 그 아이가 아직 너무 어려서라고 하던데."

"설마 그 녀석이 아직 모른다는 소린가? 이 도시의 모든 사람들이 지난 3년 동안 알고 있던 일인데? 버쳇 부부만 빼고."

맷은 다시 손을 움직이기 시작했다. 팔꿈치의 안정적인 움직임을 따라 면도칼이 굴곡을 훑었다. "그 친구가 어떻게 알겠습니까? 여자가 아니라면 그런 이야기를 해줄 리가 없잖아요. 그 친구가 아는 여자라고는 코윈 부인뿐입니다. 코윈 부인이라면 그 친구가 이미 알고 있다고 생각할 테고."

"그건 부정 못 하겠군." 맥시가 말했다.

그가 2주간의 휴가를 떠나기 전의 상황은 그러했다. 나는 하루 한나절 동안 제퍼슨에서 할 일을 마무리하고 다음 도시로 넘어갔다. 디비전에 도착한 것은 다음 주가 절반쯤 지났을 때였다. 서두르지는 않았다. 그에게 시간을 주고 싶었다. 수요일 오전이 되어서야 나는 그곳에 도착했다.

II

호크쇼를 직접 본 남자라면 누구나 그가 사랑을 잊은 사람이라 생각할 것이었다. 설령 한때는 알았더라도 말이다. 13년 전에 포터필드의 이발소에서 이발의자 뒤에 서 있는 그를 처음 보았을 때(나도 행상인의 길에 오른 지 얼마 안 되어서, 셔츠와 작업복을 싸들고 미시시피 북부와 앨라배마를 돌아다니던 때였다), 나는 이렇게 말했다. "태생이 노총각이구먼. 마흔 살 독신으로 태어난 사람이야."

작은 키와 모래빛 피부에 10분만 지나도 잊어버릴 정도의 얼굴을 가지고, 푸른색 서지 양복을 입고 처음부터 묶인 모양으로 팔아서 뒤편에서 단추로 잠그게 되어 있는 검은색 나비넥타이를 매고 다니는 사람이었다. 맥시의 말에 따르면, 그로부터 1년 후에 남쪽으로 가는 기차를 타고 제퍼슨에 처음 도착했을 때에도 그 푸른색 서지 양복 차림에 가죽 무늬를 그린 종이 여행가방을 들고 있었다고 한다. 그리고 이듬해 제퍼슨의 맥시네 이발소에서 그를 다시 만났을 때도, 이발의자가 없었더라면 나는 그를 아예 알아보지 못했을 것이다. 얼굴도 나비넥타이도 완벽하게 똑같았다. 마치 그와 이발의자와 손님까지 아무것도 빼먹지 않고 60마일 떨어진 이곳까지 번쩍 들어다 옮겨놓은 것만 같았다. 1년 전 포터필드로 돌아온 것이 아닌지 확인하려고 창밖의 광장을 내다봐야 할 지경이었다. 나는 그제야 6주 전에 포터필드를 방문했을 때 호크쇼가 없었다는 사실을 깨달았다.

그의 행적을 우연히 발견한 것은 그로부터 3년이 지난 후였다. 디비전은 미시시피와 앨라배마의 주 경계선 근처에 있는 작은 마을로, 상점 하나와 가정집 네다섯과 제재소 하나가 전부인 곳이었고, 나는 매년 다섯 번씩 그곳에 들렀다. 거기에 내가 눈여겨

본 집이 하나 있었다. 그곳에서도 가장 괜찮아 보이는 집이었는데, 언제나 굳게 닫혀 있었다. 그러나 늦봄이나 초여름에 디비전을 방문할 때면 그 집 주변에 돌본 흔적이 남아 있었다. 마당에서 잡초도 뽑아내고, 화단도 가꾸고, 울타리와 지붕도 수리한 상태였다. 그러다 가을이나 겨울이 되어 다시 디비전을 방문했을 때에는, 마당에는 다시 잡초가 무성하고, 울타리도 세로널이 듬성듬성 빠져 있었다. 아마 동네 사람들이 자기 울타리를 수리하거나 땔나무로 쓰려고 떼어간 것이 아닐까 싶었다. 그리고 문은 언제나 굳게 닫혀 있었다. 부엌 굴뚝에서 연기가 올라오는 일도 없었다. 어느 날 상점 주인에게 궁금증을 털어놓았더니, 그는 기꺼이 대답해 주었다.

과거 스탄스라는 이름의 남자 소유였는데, 일가족이 전부 세상을 떠났다는 것이었다. 저당 잡혔기는 해도 자기 소유의 땅이 있으니 동네에서 가장 훌륭한 집안 취급을 받았다고 한다. 스탄스는 먹을 음식과 담배 조금만 있으면 지주라는 직함에 만족하고 살아가는 게으른 부류의 남자였다. 딸도 하나 있었는데 소작농 집안의 젊은이와 사귀고 약혼까지 했다. 딸아이 어머니는 마음에 안 들었다지만, 스탄스는 별로 반대하지 않는 듯했다. 그 젊은이가 (스트리블링이라는 이름이었다) 열심히 일하는 사람이어서일 수도 있고, 아니면 반대하기에도 너무 게을러서일 수도 있었을 것이다. 어쨌든 둘은 약혼했고 스트리블링은 돈을 모으더니 이발 기술을 배우러 버밍엄으로 떠났다.* 짐마차를 타고 남은 거리는 직접 걸어서, 매년 여름마다 약혼녀를 만나러 돌아왔다는 것이다.

그러던 어느 날 스탠스가 베란다 의자에 앉은 채로 세상을 떠났다. 사람들은 그가 숨 쉬는 것조차 멈출 정도로 게을러서 죽었다고 수군대며, 스트리블링에게 전갈을 보냈다. 그때까지 버밍턴의 어느 이발소에서 일하며 돈을 저축하고 있었다고 한다. 아파트도 구하고 가재도구도 전부 들여놓고 그해 여름에는 결혼할 생각이었다고 한다. 그는 디비전으로 돌아왔다. 죽은 스탠스가 평생 모은 것이라고는 땅에 걸린 저당뿐이었고, 그래서 스트리블링이 장례식 비용을 댔다. 스탠스에게는 과분할 정도로 상당한 비용이 들었지만, 스탠스 부인은 격식을 차리기를 원했다. 그리하여 스트리블링은 다시 처음부터 돈을 모아야 하는 신세가 되었다.

그러나 아파트 계약도 끝내고 가구와 반지 대금도 지불하고 결혼 허가증 구입까지 끝낸 상황에서, 다시 서둘러 그를 찾는 전갈이 도착했다. 이번에는 약혼녀 쪽이었다. 일종의 열병을 앓았다고 한다. 이런 산골 사람들이 살아가는 모습을 생각하면 짐작이 갈 것이다. 의사는커녕 수의사도 없는 동네였다. 이런 사람들은 창상이나 총상에서는 어렵잖게 회복하지만, 감기를 고약하게 앓으면 그냥 쾌차할 수도 있고 이틀 후에 콜레라 합병증으로 목숨을 잃을 수도 있는 것이다. 스트리블링이 도착했을 때 약혼녀는 제정신이 아니었다. 열 때문에 머리카락을 전부 밀어야 했다. 소위 말하는 가족 안의 전문가니, 어찌 보면 당연하게도 스트리블

---

* 미국 최초의 이발학교는 1893년에 시카고에 세워졌으며, 큰 성공을 거둔 후 미국 전역의 주요 도시로 퍼져나갔다.

링이 그 일을 맡았다. 사람들 말에 따르면 애초에 깡마르고 건강하지 못한 여자였다고 한다. 황갈색의 숱 많은 직모를 가진 여자였다고도 했다.

그녀는 마지막까지 그를 알아보지 못했다. 누가 자기 머리카락을 밀었는지도 알아차리지 못했다. 그녀는 그렇게 아무것도 모른 채, 어쩌면 자신이 죽는다는 것도 모른 채 그렇게 세상을 떠났다. 마지막까지 계속 이렇게만 말했다고 한다. "우리 엄마를 돌봐 줘요. 저당도요. 아빠는 그대로 남겨두고 싶지 않을 거예요. 헨리를 불러 주세요. (그게 호크쇼의 이름이었다. 헨리 스트리블링. 이듬해 제퍼슨에서 만난 나는 이렇게 말했다. "그래서 자네가 헨리 스트리블링인 게로군.") 저당도요. 엄마를 돌봐 줘요. 헨리를 불러주세요. 저당도요. 헨리를 불러주세요." 그리고 그녀는 죽었다. 단 하나뿐이었던 그녀의 초상화가 남아 있었다. 호크쇼는 그 그림과 자신이 직접 자른 머리카락을 농촌 잡지에 실린 주소로 보내서, 머리카락으로 액자틀을 만들어 그림을 두르도록 주문했다. 그러나 초상화와 머리카락 모두 우편물로 왕복하는 중 분실되고 말았다. 어찌됐든 그는 양쪽 모두 결국 돌려받지 못했다.

그는 약혼녀 또한 매장했다. 그리고 이듬해 (그는 다시 버밍엄으로 돌아가서 아파트 계약을 파기하고 가구도 중고로 팔아서 다시 저축을 시작했다) 그는 약혼녀의 무덤에 묘석을 얹었다. 그리고 그는 다시 돌아갔고 이내 그가 버밍엄 이발소를 떠났다는 소식이 들려왔다. 조금만 있으면 이발소 주인이 될 거라고 생각했는데, 그냥 그만두고 사라졌다는 것이었다. 그러나 그렇게 떠난 이듬해 4월, 약혼녀가 사망한 날 직전에, 그가 돌아왔다. 그는 스탠스 부인을 방문하고는 2주를 지내다가 다시 떠나 버렸다.

그가 떠난 후, 사람들은 그가 카운티 중심지 은행에 가서 저당의 이자를 변제했다는 사실을 알게 되었다. 그는 스탠스 부인이 죽을 때까지 매년 그 일을 반복했다. 부인은 그가 마을에 머무는 동안 세상을 떠났다. 2주를 머물면서 집을 청소하고 수리해서 부인이 한 해 동안 편하게 살 수 있도록 만들어놓고 떠났고, 부인은 더 나은 혈통 출신이었으므로 그가 그러도록 용인했다. 그는 기껏해야 갑자기 돈을 좀 만진 하층민일 뿐이었으니까. 그렇게 그녀도 죽었다. "소피가 뭘 하라고 했는지 자네도 기억하겠지." 그녀는 이렇게 말했다. "저당 말이야. 내 남편은 내가 가서 만날 때까지도 걱정하고 있을 거야."

그래서 그는 그녀 또한 매장했다. 그녀에게 어울리는 다른 묘석도 하나 구입했다. 그리고 그는 저당 원금을 갚기 시작했다. 앨라배마에는 스탠스의 친척이 있었다. 디비전 사람들은 그 친척들이 찾아와서 집을 차지하리라 여겼지만, 그들은 등장하지 않았다. 어쩌면 호크쇼가 저당을 전부 처리할 때까지 기다리는 중이었을지도 모른다. 그는 매년 원금을 조금씩 변제하고, 마을로 돌아와서 집을 청소했다. 사람들은 그가 마치 여자처럼, 물로 닦고 문지르면서 집을 청소한다고 말했다. 그 일에 매년 4월마다 2주의 시간이 필요했다. 그러고는 아무도 모를 곳으로 다시 떠났다가, 4월이 되면 돌아와서 한 번도 자신의 것이었던 적이 없는 저당을 변제하고 빈 집을 깨끗이 청소한다는 것이었다.

내가 제퍼슨에 있는 맥시네 이발소에서 그를 발견했을 때, 그러니까 서지 양복과 검은 나비넥타이 차림인 그를 포터필드의 이발소 이후 1년이 지나 재회했을 때, 그는 이미 5년째 같은 일을 반복하는 중이었다. 맥시 말로는 그가 남행열차를 타고 종이 여행가방을 들고 제퍼슨에서 내린 바로 그날도 같은 옷차림이었다고 했다. 이틀 동안 광장 근처를 떠도는 모습을 지켜봤는데, 딱히 아는 사람도 없고 할 일도 없고 서두르지도 않는 듯했다는 것이다. 그저 구경하는 것처럼 광장 주변을 어슬렁거리기만 했다.

그에게 호크쇼라는 이름을 붙인 것은 젊은 놈팡이들이었다. 온종일 클럽하우스 앞마당에서 동전 던지기 놀이나 하면서, 늦은 오후가 되면 옷 아래로 엉덩이를 살랑거리고 향수 냄새를 흩뿌리며 깔깔대고 지나가는 젊은 여자들을 노리는 작자들 말이다. 그들은 그가 탐정이라고 단언했는데, 아마도 그렇게 추측할 사람이 있을 리 없을 정도로 그와 어울리지 않는 직업이기 때문이었을 것이다. 그래서 그들은 그에게 호크쇼*라는 이름을 붙였고, 그는 제퍼슨에 머무르며 맥시네 이발소의 이발의자 뒤에 서 있던 12년 동안 호크쇼라는 이름으로 불렸다. 그는 맥시에게 자기가 앨라배마에서 왔다고 말했다.

"앨라배마 어디?" 맥시는 말했다. "앨라배마는 넓은 동네잖아. 버밍엄인가?" 맥시가 이렇게 물은 이유는 호크쇼가 적어도 절대 버밍엄 출신처럼은 보이지 않았기 때문이었다.

"네." 호크쇼는 말했다. "버밍엄 출신입니다."

---

* 호크쇼Hawkshaw는 1913년에서 1922년까지 연재된 거스 메이거의 신문만화 〈탐정 호크쇼〉의 주인공으로, 이후 한동안 탐정을 뜻하는 은어로 사용되었다.

내가 이발의자 뒤에 서 있는 그를 알아보고 포터필드에서 그를 만난 일을 떠올렸을 때까지, 사람들이 그에 대해 알아낸 정보라고는 그게 전부였다.

"포터필드?" 맥시는 말했다. "우리 매형이 그 가게 주인이야. 자네 그러니까 작년에 포터필드에서 일했다는 거지?"

"네." 호크쇼는 말했다. "거기 있었습니다."

맥시는 휴가 문제도 내게 이야기해 주었다. 호크쇼는 여름 휴가를 쓰지 않겠다며, 대신 4월에 2주 휴가를 원했다는 것이다. 이유는 말하지 않았다. 맥시는 4월은 바쁜 때라 휴가를 주기 힘들다고 말했고, 그러자 호크쇼는 그때까지만 일하고 그만두겠다고 제안했다. "4월에 그만두고 싶다고 했던가?" 여름 즈음에 이런 대화가 오갔다. 버쳇 부인이 수잔 리드를 처음 이발소에 데려온 후의 일이었다.

"아뇨." 호크쇼는 말했다. "여기가 마음에 듭니다. 4월에 휴가를 2주 쓰고 싶을 뿐입니다."

"사업상 문젠가?" 맥시가 말했다.

"사업상 문제입니다." 호크쇼는 대답했다.

맥시는 자기 휴가 때 포터필드로 가서 매형을 만났다. 어쩌면 인공호수로 놀러 나가서 나룻배 노를 젓는 선원처럼, 자기 매형의 가게에서 면도일을 했을지도 모른다. 매형은 그에게 호크쇼가 자기 이발소에서 일했으며, 4월까지 휴가를 쓰지 않다가 그만두고 돌아오지 않았다고 확인해 주었다. "자네 가게에서도 같은 식으로 관둘 거야." 매형은 말했다. "테네시 볼리바하고 앨라배마 플로렌스에서도 1년간 일하고 같은 식으로 관뒀다더라고. 그리고 안 돌아오겠지. 자네도 두고 봐."

그렇게 집으로 돌아온 맥시는 마침내 호크쇼의 입을 여는 데 성공했고, 그가 앨라배마와 테네시와 미시시피의 여섯인가 여덟 군데 이발소에서 각각 1년씩 일했다는 사실을 캐냈다. "대체 왜 관둔 건가?" 맥시는 말했다. "자네는 괜찮은 이발사야. 애들 이발하는 실력은 내가 본 중에서 최고고. 왜 관둔 거지?"

"그냥 돌아다녔을 뿐입니다." 호크쇼는 말했다.

그러다 4월이 되었고, 호크쇼는 2주의 휴가를 받았다. 그는 스스로 면도를 하고 종이 여행가방에 짐을 꾸린 다음 북쪽으로 가는 열차에 올랐다.

"방문할 사람이 있나 보구먼." 맥시는 말했다.

"조금 올라가야 합니다." 호크쇼는 말했다.

그래서 그는 서지 양복과 검은 나비넥타이 차림으로 그렇게 떠났다. 이틀쯤 지나자 호크쇼가 은행에서 1년 동안 모은 돈을 전부 인출했다는 사실이 퍼졌다. 그는 코원 부인의 하숙집에 머물며 교회에 나갈 뿐 돈은 아예 쓰지도 않았다. 심지어 담배도 피우지 않았다. 그래서 맥시와 맷과 나는, 아마도 제퍼슨의 다른 모든 사람들은 그가 1년치 열정을 아꼈다가 멤피스의 육욕 구덩이로 들어가서 지극히 사적인 안식일을 보낸다고 여기리라 생각했다. 역사 화물 담당으로 근무하는 미치 유잉도 코원 부인의 하숙집에 살았다. 그는 호크쇼가 연결역까지 가는 표를 끊었다고 알려주었다. "거기서는 멤피스든 버밍엄이든 뉴올리언스든 어디든 갈 수 있다고." 미치는 말했다.

"뭐, 어쨌든 떠난 모양이군." 맥시는 말했다. "내 장담하는데,

머리카락 209

그 녀석은 이 도시에 다시는 모습을 보이지 않을 거야."

다른 모든 사람도 그렇게 생각했다. 2주가 지나기 전까지는. 15일째 되는 날 호크쇼는 원래의 출근 시각에 아예 도시에서 나가지도 않았던 것처럼 이발소로 걸어 들어와서, 외투를 벗고는 면도날을 세우기 시작했다. 어디로 가는지는 누구에게도 말하지 않았다. 그저 조금 올라갔다 왔다고만 말할 뿐이었다.

때론 사람들에게 말해야겠다는 생각을 하기도 했다. 제퍼슨을 찾을 때마다 그는 언제나 이발의자 뒤에 서 있었다. 리드네 소녀가 온갖 끈적이와 염색약을 발라도 그 머리카락이 변하지 않는 것처럼, 그 또한 전혀 변하지 않았고, 얼굴도 전혀 늙어가는 기색이 엿보이지 않았다. 그는 그렇게 변하지 않은 채로 '조금 올라가면 나오는 동네'로 휴가를 다녀오고, 한 해 동안 열심히 돈을 모으고, 주일이면 교회에 나가고, 머리 깎으러 찾아올 아이들에게 나눠줄 박하사탕 자루를 간수하며 지내다가, 때가 되면 종이 여행가방과 일 년치 저금을 들고 디비전으로 돌아가서 저당을 변제하고 집을 청소하는 것이었다.

내가 제퍼슨에 왔을 때 그가 떠나 있던 경우도 있었는데, 그때 맥시가 그가 리드네 소녀의 머리카락을 자르는 모습을 설명해 주었다. 조금씩 조금씩 자르다가 마치 여배우를 대하는 양 거울을 들어서 그녀가 자신의 모습을 감상하게 해 준다는 것이었다. "돈도 안 받지요." 맷 폭스가 말했다. "자기 주머니에서 25센트 동전을 꺼내서 계산대에 넣습니다."

"뭐, 그거야 그 녀석 문제지." 맥시가 말했다. "나는 25센트만 들어오면 돼. 누가 내든 내 알 바는 아니지."

5년 후였더라면 나는 이렇게 말했을 것이다. "아마 그게 그 아이의 대가였겠지요." 결국 수잔이 문제를 일으켰기 때문이다. 적어도 사람들 말로는 그랬다. 나야 어차피, 소녀나 여자에 대한 소문의 대부분이 그런 행위를 엄두도 못 내거나 실패한 이들이 내비치는 질투나 보복이라는 정도만 알고 있을 뿐이다. 그러나 호크쇼가 4월에 떠나 있는 동안, 사람들은 마침내 그녀가 문제에 휘말렸으며 테레빈유로 혼자 어찌해보려고 하다가 심하게 아팠다는 이야기를 숙덕이기 시작했다.*

어쨌든 그녀는 석 달 동안 거리에 모습을 비추지 않았다. 멤피스의 병원에 있다고 말하는 사람도 있었다. 다시 이발소에 등장한 그녀는 호크쇼의 의자가 비어 있었는데도, 예전에 그를 괴롭히려는 듯 행동했던 때처럼 맷의 의자에 앉았다. 맥시는 그녀가 화사한 옷차림에도 불구하고 화장한 유령처럼 창백하고 딱딱한 모습이었다고 했다. 그렇게 길쭉한 맨다리를 드러내고 목소리와 웃음과 향수 냄새로 이발소를 가득 채우는 동안, 호크쇼는 빈 의자 뒤에서 바쁜 척을 하고 있었다.

때론 사람들에게 말해야겠다는 생각을 하기도 했다. 그러나 나는 개빈 스티븐스를 제외한 그 누구에게도 털어놓지 않았다. 그는 이곳의 지방 검사로 똑똑한 사람이었고, 제 잘난 맛에 사는 평범한 법률가나 공무원들과는 달랐다. 하버드를 졸업했으며, 내가 건강을 잃었을 때 (나는 과거 고든빌 은행의 회계사였는데, 몸이 안 좋아지고 나서 입원해 있다가 멤피스행 열차를 타고 집

---

* 테레빈유의 음용 또는 세척은 당시 자주 사용되던 낙태 방법 중 하나였다.

으로 돌아가는 길에서 스티븐스를 만났다) 방문 판매원 일을 추천하고 회사에 자리를 얻어 준 사람도 바로 스티븐스였다. 나는 2년 전에 그에게 이 이야기를 털어놓았다. "그래서 이제 그녀와의 관계도 틀어졌고, 호크쇼는 다른 여자를 찾아서 보살피기 시작하기에는 너무 나이가 많다는 겁니다." 나는 말했다. "그리고 언젠가 그 집의 저당을 전부 해결하면, 앨라배마의 스탠스 가문에서 찾아와 가져갈 거고, 그에게는 모든 일이 끝나버리는 셈이겠죠. 그럼 그 친구가 뭘 할 것 같습니까?"

"나도 모르지." 스티븐스가 말했다.

"어쩌면 그냥 떠나서 죽으려 할지도 모릅니다." 나는 말했다.

"그럴 수도 있겠군." 스티븐스가 말했다.

"뭐, 풍차에 덤벼드는 사람이 그 친구가 처음도 아니니까요."

"그러다 죽는 사람으로서도 처음은 아닐 테지." 스티븐스가 말했다.

III

그래서 지난주에 나는 디비전을 방문했다. 도착한 것은 수요일이었다. 집을 보니 막 페인트칠을 끝낸 참이었다. 상점 주인은 호크쇼가 저당의 마지막 납입분을 입금했다고 말했다. 스탠스의 저당이 해결된 것이었다. "이제 앨라배마의 스탠스 사람들이 와서 가져갈 수 있겠지." 그가 말했다.

"어쨌든 호크쇼는 약속을 지킨 셈이로군요. 약혼자하고 스탠스 부인한테 한 약속을 말입니다." 나는 말했다.

"호크쇼?" 그는 말했다. "그 친구를 그런 이름으로 부르고 있나? 그거 참 재밌군. 호크쇼라. 그거 참 재밌어."

내가 다시 제퍼슨을 방문한 것은 석 달이 지난 후였다. 이발소 앞을 지나치면서 걸음을 멈추지 않고 창문 안을 들여다보니, 호크쇼의 이발의자 뒤에는 다른 젊은 남자가 서 있었다. "호크가 박하사탕 자루를 두고 갔는지 궁금하군." 나는 혼잣말을 중얼거렸다. 그러나 걸음을 멈추지는 않고, 그저 이렇게 생각할 뿐이었다. '그래, 마침내 떠났구먼.' 그리고 그가 나이를 먹어 더 이상 옮겨다닐 수 없게 된다면 어떻게 살아갈지를 생각해 보았다. 아마도 어딘가 시골 마을의 의자 세 개짜리 작은 이발소에서, 셔츠 소매를 걷어붙이고 같은 검은 나비넥타이를 매고 같은 서지 양복바지를 입은 채 이발의자 뒤에 서서 죽을 것이라고.

나는 그대로 걸음을 옮겨서 고객을 방문하고 점심을 먹었고, 오후에는 스티븐스의 집무실을 찾았다. "동네에 새 이발사가 하나 왔던데요."

"그렇지." 스티븐스가 말했다. 그리고 잠시 나를 물끄러미 바라보더니 다시 입을 열었다. "소식 못 들었나?"

"무슨 소식이요?" 나는 말했다. 그러자 그는 눈길을 돌렸다.

"자네 편지는 받았네." 그는 말했다. "호크쇼가 저당을 전부 변제하고 집에 페인트칠을 했다지. 그 이야기나 해 보게."

그래서 나는 호크쇼가 떠난 다음 날에야 디비전에 도착했던 이야기를 해 주었다. 사람들은 상점 베란다에 둘러앉아서, 대체 언제쯤 앨라배마의 스타스 사람들이 찾아올지를 이야기하고 있었다. 호크쇼는 직접 페인트칠을 끝낸 다음, 묘석 두 개도 청소했다. 스탠스의 경우에는 굳이 청소를 해서 귀찮게 하고 싶지 않았던 모양이다. 나는 그 묘석을 확인하러 직접 갔다. 그는 묘석마저도 깨끗이 문질러 닦아 놓았고, 약혼녀의 무덤에 심은 사과나무 묘목에는 꽃이 가득 피어 있었다. 사람들이 전부 그 친구 이야기도 하고 있으니, 나도 궁금해져서 집 안을 구경하고 싶어졌다. 상점 주인에게 집열쇠가 있었고, 그는 아마 호크쇼도 개의치 않으리라 말해주었다.

집 안은 병원처럼 깨끗했다. 스토브는 반들반들하게 윤이 나고 장작통도 가득 차 있었다. 상점 주인은 호크쇼가 매년 떠나기 전에 장작통을 가득 채워 놓았다고 말해주었다. "그 앨라배마 친척들이 좋아하겠군요." 나는 말했다. 우리는 뒤편 응접실로 들어갔다. 구석에 페달식 오르간이 하나 놓여 있고, 탁자에는 램프 하나와 성경 한 권이 있었다. 램프는 깨끗했고, 텅 빈 기름통 역시 깔끔했다. 기름 냄새조차 나지 않을 정도였다. 앞서 말한 결혼 허가증은 액자에 넣어서 벽난로 위에 그림처럼 걸어 놓았다. 날짜는 1905년 4월 4일이었다.

"저당 기록은 여기다 모아놓았다네." 상점 주인이 (비드웰이라는 이름이었다) 말했다. 그는 탁자로 가서 성경을 펼쳤다. 첫 페이지에는 두 줄로 출생과 사망 기록을 적어놓았다. 약혼녀의 이름은 소피였다. 출생 쪽에 그녀의 이름이 보였고, 사망 쪽에서는 끝에서 두 번째에 있었다. 스탠스 부인의 기록이었다. 적는 데 10분은 걸렸을 것처럼 보이는 글씨였다. 이런 식이었다.

소피 스탠스 죽음 4월 16일 1905

마지막 항목은 호크쇼가 직접 남겼다. 정갈하고 깔끔한, 회계사 같은 글씨체였다.

월 스탄스 부인. 4월 23일, 1916.

"저당 기록은 뒤쪽에 있어." 비드웰이 말했다.

우리는 뒷표지를 열었다. 호크쇼의 필체로 깔끔하게 줄을 맞추어 적혀 있었다. 시작은 4월 16일, 1917년, $200.00이었다. 아래에는 그 다음번에 은행에 납입했을 때의 기록이 있었다. 4월 16일, 1918년, $200.00. 다음에는 4월 16일, 1919년, $200.00와 4월 16일, 1920년, $200.00이었다. 그리고 마지막에는 금액을 합산한 다음 아래에 이렇게 적어놓았다.

"전액 변제. 4월 16일, 1930년."

옛날 실업학교의 습자책 속 문장처럼 보였다. 자제하고는 있어도 펜에서 배어나오는 흥분을 감출 수 없었으니까. 뽐내는 것처럼 보이는 것이 아니라, 그저 어딘가 들뜬 기분이 느껴질 뿐이었다. 결말에 이르렀다는 흥분 때문에, 미처 억누르기도 전에 펜끝에서 새어나온 것처럼.

"그러니까 그 친구, 그녀한테 했던 약속을 지킨 셈이로군." 스티븐스는 말했다.

"저도 비드웰한테 그렇게 말했습니다." 나는 말했다.

스티븐스는 내 말을 그저 흘려들은 것처럼 그대로 말을 이었다.

"그러면 그 노부인도 이제 조용히 쉴 수 있겠지. 그가 억누르지 못한 펜끝에서 새어나온 말뜻도 그런 거였을 걸세. 이제 그녀도 조용히 쉴 수 있으리라고. 그 친구는 마흔다섯을 조금 넘었을 뿐이고. 어쨌든 크게 넘지는 않았을 거야. 그렇기는 해도 기록 마지막에 '전액 변제'라고 적는 순간에는, 시간과 절망이 발밑으로 느리고 어둑하게 밀려드는 느낌을 받았을 걸세. 결혼할 때가 된 소년이나 재산도 가문도 없는 소녀들이나 마찬가지로 말이야."

"문제는 그 아이와 사이가 틀어졌다는 것뿐이죠." 나는 말했다. "마흔다섯이면 새 사람을 찾아나서기에는 너무 늦은 나이잖습니까. 때가 되면 쉰다섯은 되어 있을 텐데요."

그러자 스티븐스는 내 얼굴을 바라봤다. "자네가 그 이야기를 들었을 줄은 몰랐는데." 그는 말했다.

"그렇죠." 나는 말했다. "뭐, 지나가다가 이발소 안을 들여다보았을 뿐입니다. 그래도 떠났을 거라고는 생각하고 있었습니다. 저당을 청산하면 떠날 게 분명하다고 내내 생각하고 있었으니까요. 그 아이에 대해서는 정말로 몰랐을지도 모르겠군요. 알았지만 신경 안 썼을 수도 있겠지만."

"그 친구가 모르고 있었으리라 생각하는 건가?"

"어떻게 내내 모를 수 있을지는 짐작도 안 가지만요. 하지만 저야 모르지요. 선생님 생각은 어떤가요?"

"나도 모르지. 알고 싶지도 않은 것 같네. 그것보다 훨씬 나은 소식을 하나 알고 있거든."

"무슨 소식이요?" 나는 말했다. 그는 나를 지켜보고 있었다. "계속 제가 뭘 못 들었다고 말씀하고 계신데요. 대체 제가 뭘 못 들었다는 겁니까?"

"그 아이 이야기 말일세." 스티븐스는 이렇게 말하며 나를 바라봤다.

"호크쇼는 마지막 휴가에서 돌아온 바로 그날 밤에 그 아이와 결혼했다네. 이번에는 그 아이를 데리고 떠났어."

황동 켄타우로스
Centaur in Brass

I

 우리 도시에는 이제 플렘 스놉스 본인을 기리는 기념물이 하나 있다. 황동으로 만들어졌지만 아주 오래 살아남을 기념물인데, 그 이유는 온 도시가 볼 수 있으며 시골로 삼사 마일을 나가서도 보이는 물건임에도 불구하고 그게 스놉스를 기리는 기념물이라고 아는 사람은, 아니 기념물이라는 사실 자체를 아는 사람은 단 네 명, 백인 둘과 검둥이 둘뿐이기 때문이다.
 플렘 스놉스는 아내와 갓난아기인 딸을 데리고 시골에서 제퍼슨으로 올라온 사람으로, 교활하며 비밀 거래에 능하다는 명성이 이미 널리 퍼져 있었다. 우리 카운티에는 수라트라는 이름의 재봉틀 판매원이 하나 살았는데, 시내 뒷골목의 작은 식당의 지분 절반을 보유하고 있었다 — 그 본인도 시골 사람들 사이에 흔한, 그리고 도시 사람들에서도 종종 찾아볼 수 있는 난공불락의 기회주의를 다루는 법을 제법 알고 있었기에, 정직한 교활함으로 이름난 사람이었다.

그는 계속하여 꾸준히 시골 지방을 여행했고, 스놉스의 행적이 우리에게 처음 알려진 것은 그 사람을 통해서였다. 시골 잡화점의 점원이었던 스놉스가 난데없이 동네의 미인으로 알려져 있던 가게 주인의 딸과 결혼하여 모두를 깜짝 놀라게 했다는 것이었다. 갑작스러운 결혼이었는데, 그때까지 그녀를 노리던 구혼자들은 모두 같은 날 카운티를 떠나서 다시는 돌아오지 않았.

결혼식을 올리고 얼마 안 되어서 스놉스와 그 아내는 텍사스로 이주했고, 아내는 1년이 흐른 후 발육 상태가 좋은 아기를 안고 귀향했다. 한 달 후에는 스놉스 본인도 돌아왔으며, 챙이 넓은 모자를 쓴 이방인 하나가 그와 동행했다. 그 이방인은 반쯤 야생마인 조랑말을 잔뜩 끌고 와서는 경매로 팔아치우고 수금을 마친 후 도시를 떠났다. 이내 구매자들은 그 조랑말 중에서 굴레를 써 본 녀석이 하나도 없다는 사실을 발견했다. 그러나 스놉스가 그 작당에 끼어 있었는지, 또는 돈의 일부를 받았는지는 아무도 확인할 수 없었다.

다음으로 우리가 그의 이야기를 듣게 된 것은, 그가 가족과 가재도구를 전부 실은 짐마차를 끌고, 그리고 수라트가 가지고 있던 식당 지분 절반의 거래 증명서를 들고 도시로 입성했을 때였다. 수라트는 스놉스의 손에 그 거래 증명서가 들어가게 된 경위를 절대 말해 주지 않았고, 우리는 그저 스놉스 부인의 지참금에 포함된 쓸모없는 땅 한 뙈기가 연관되어 있다는 정도만 알았을 뿐이었다. 그러나 쾌활하고 수다스러우며 남들뿐 아니라 자신을 겨냥한 농담에도 흔쾌히 웃어 주는 사람인 수라트조차도 자세한 거래 내역은 입에 담지 않았다. 나중에 스놉스의 이름을 언급했을 때, 날카롭고 냉소적이면서도 진심으로 감탄하는 투로 이렇게 말했을 뿐이었다.

"아, 그렇지요." 그는 말했다. "플렘 스놉스한테 머리싸움으로 완패했습니다. 그저 저도 그런 사람이었으면 좋겠더군요. 그런 일을 할 수 있는 작자에게는 미시시피주 전체가 풀을 뜯을 초원이나 다름없을 테니 말입니다."

스놉스는 식당 경영에서도 잘나가는 듯했다. 일단 동업자부터 제거한 다음, 본인도 이내 손을 떼고 고용한 지배인에게 경영을 맡겼고, 우리 시내 사람들은 그의 상승과 행운이 어디서 유래했는지를 알겠다고 생각했다. 우리는 그의 아내가 그 근원이라고 믿었다. 우리 동네처럼 외딴 소도시에서 발생하는 악덕은 머리가 잘 돌아가는 남자들마저도 속일 수 있다고 의심 없이 믿었다. 그의 아내는 처음에는 식당 일을 도왔다. 수 세대에 걸친 손님들의 옷깃 아래에서 유리처럼 반질반질해진 나무 카운터 뒤편에 그녀가 서 있었다. 젊은 데다 달력 그림처럼 얼굴색이 화사하며, 생각이나 다른 무엇도 깃들지 않아서 티 없이 반질반질한 얼굴에, 계산이나 수치심 없는 직접적이고 진실된 매력에는, (크기 측면이 아니라 티 없음 때문에) 눈 덮인 산의 사면이 품는 장대함과 우아함과 훼손할 수 없는 아름다움이 느껴졌다. 우리 도시의 유일한 중년 부자 독신 남성이며 예일대를 졸업했고 머지않아 시장의 자리에 오르게 될 혹시 소령이 그녀와 대화할 때마다, 그녀는 웃지 않고 귀를 기울였다. 옷깃 없는 셔츠와 작업복과 음울한 시골 얼굴들이 식사하는 가운데에서, 전혀 어울리지 않는 모습으로 커피를 홀짝이며 그녀에게 말을 거는 동안에 말이다.

난공불락이었다는 이야기는 아니다. 훼손할 수 없을 뿐이었다. 혹시 소령이 시정에 손대는 것에 맞춰 스놉스의 경력도 식당을 초월해 급상승하는 모습을 지켜보는 우리에게도, 굳이 뒷소문 따위는 필요하지 않았다. 혹시가 취임하고 6개월도 되지 않아서, 아마 도시로 이주하기 전까지는 숫돌보다 복잡한 기계 근처에도 가본 적도 없었을 것이 분명한 스놉스는, 시립 발전소의 감독관이 되었다. 스놉스 부인은 오로지 남편의 행적과 재산만이 명성의 척도라고 믿는 그런 여성으로 태어났다. 그녀를 변호해 보자면, 혹시의 집권 기간 동안 남편의 지위가 급상승했다는 것을 제외하면 다른 뒷소문이 돌 여지는 아예 없기는 했다.

 그러나 잡히지 않는 미묘한 느낌은 여전했다. 일부는 그녀의 분위기, 그녀의 얼굴 때문이었고, 일부는 우리가 이미 플렘 스놉스의 방법론에 대해 들은 바가 있기 때문이었다. 아니면 우리가 스놉스에 대해 이런저런 것을 알거나 믿기 때문이었을지도 모른다. 어쩌면 그녀의 그림자라고 생각했던 것들이, 단순히 스놉스의 그림자가 그녀 위로 드리워진 것이었을지도 모른다. 어쨌든 우리가 스놉스와 혹시가 함께 있는 것을 볼 때마다 즉시 머릿속에 간통을 떠올렸고, 베갯머리 동서 두 사람이 우호적으로 함께 걷거나 말하고 있다고 여겼다. 어쩌면 내가 앞서 말했듯이, 이 또한 이 도시의 잘못이었을지도 모른다. 간통 그 자체보다 두 남자가 사이좋게 지낸다는 사실이 우리를 더욱 분노케 했다는 것은 분명 이 도시의 잘못이었을 것이다. 우리에게는 이질적이고 퇴폐적이고 문란하게 보였다. 두 남자가 자연스럽고 논리적으로 행동하여 서로 적이 되었더라면 간통 그 자체는 용납까지는 아니더라도 용인하기는 했을 것이다.

그러나 두 남자는 적이 아니었다. 그렇다고 친구라고 부를 수 있는 관계도 아니었지만 말이다. 스놉스에게는 친구가 없었다. "그 사람 생각을 알겠어"라고 말할 만한 남자나 여자가 우리 중에는 한 명도 없었고, 여기에는 혹시와 스놉스 부인도 포함되었다. 적어도 가끔 그를 마주치며, 어느 냄새 고약한 삼류 잡화점의 뒤켠 스토브 앞에 앉아서, 일주일에 이틀이나 사흘 정도 한 시간씩 아무 말 없이 귀를 기울이기만 하는 우리 중에는 없었다. 따라서 우리는 스놉스 부인이 어떤 사람이든 간에 적어도 스놉스를 속이고 있지는 않다고 믿었다. 사실 그를 속인 여자는 다른 쪽이었다. 검둥이 여자로, 발전소의 주간 근무 화부인 톰톰이 새로 맞이한 젊은 아내였다.

톰톰은 피부가 까맸다. 200파운드 나가는 황소처럼 거대한 덩치에, 예순 살이지만 마흔 살처럼 보이는 남자였다. 세 번째 아내와 결혼한 지는 1년 정도 지났는데, 그 젊은 여자를 시내에서도 발전소에서도 2마일 떨어진 오두막집에 데려다 놓고는 투르크인처럼 엄격하게 간수했다. 자신은 삽과 쇠막대를 들고 하루 열두 시간을 발전소에서 일했으니 말이다.

어느 오후에 그가 화실火室 청소를 끝내고 석탄 보관소에 앉아서 휴식을 취하며 담배를 피고 있을 때, 그의 감독관이자 고용주이자 상사인 스놉스가 들어왔다. 화실은 깨끗했고 다시 올라가기 시작하는 증기가 가운데 보일러의 안전밸브에서 뿜어져 나오는 중이었다.

스놉스가 들어왔다. 나이를 가늠하기 힘든 외모에 넓적하고 땅딸막한 남자로, 깨끗하지만 옷깃은 안 달린 흰 셔츠와 격자무늬 천 모자 차림이었다. 둥글고 매끄러운 얼굴은 완벽하게 읽을 수 없거나 완벽하게 텅 비었거나 둘 중 하나인 듯했다. 눈은 고여 있는 물빛이었다. 입은 입술도 안 보일 정도로 꾹 다물린 이음매 같았다. 계속 담배를 씹으면서, 그는 고개를 들어 호각 소리를 내는 안전밸브를 바라봤다.

"저 호각이 무게가 얼마나 하나?" 잠시 후 그는 물었다.

"적어도 10파운드는 나갈 겁니다." 톰톰이 대답했다.

"속까지 황동이고?"

"저게 아니라면, 저는 속까지 황동인 물건을 본 적도 없는 거겠죠." 톰톰이 말했다.

스놉스는 한 번도 톰톰에게 눈길을 주지 않았다. 그는 계속 밸브의 가늘고 날카롭고 고통스러운 소리가 울리는 방향만 올려다보고 있었다. 그리고 그는 침을 뱉더니 몸을 돌려 보일러실을 나섰다.

II

그의 기념물은 천천히 세워졌다. 그러나 돌이켜보면, 물건을 훔치려는 작자가 언제나 복잡한 방식에 의존한다는 것은 참으로 기묘한 일이다. 마치 실체도 없고 보이지도 않는 사회적 힘이 그를 통해 작용해서, 스스로의 간계로 스스로의 교활함을 물리치게 만들고, 탐욕의 대상인 물건의 가치를 왜곡하고 오판하게 만들어서, 차라리 그냥 집어들고 당당하게 걸어 나갔더라면 누구도 제지하거나 신경 쓰지 않았을 물건에 집착하게 하는 것만 같았다. 그러나 그런 행동은 스놉스에게는 어울리지 않았을 것이다. 그에게는 자신감 넘치는 남자의 고고한 시야도, 약탈자의 무모한 용기도 존재하지 않았으니까.

그의 시야, 그의 목표는 애초부터 그리 높지도 않았다. 그저 지나가다 암탉이 품은 달걀 세 개를 훔치려는 평범한 부랑자 정도에 지나지 않았으니까. 아니면 그저 황동을 내다 팔 시장이 제대로 존재하는지 확신하지 못했기 때문일 수도 있을 것이다. 다섯 달 후에 야간 정비사인 하커가 근무하러 들어왔다가, 통기관 끝의 안전 호각 세 개가 사라지고 대신 1천 파운드 압력용 나사 플러그로 막혀 있다는 것*을 발견하면서 그의 다음 계획이 발각되었다.

"그쪽 보일러 헤드는 음료 빨대로도 구멍을 뚫을 수 있을 정도로 삭아 있는데 말입니다!" 하커는 말했다. "그 빌어먹을 흑인 야간 화부인 털 녀석은, 계기판 바늘을 읽을 줄도 모르는 건지, 거기다 계속 석탄을 집어넣고 있었고요! 첫 번째 보일러의 계기판을 본 순간, 이대로라면 마지막 보일러의 냉각수 주입기까지 제시간에 도착하지도 못하겠구나, 하는 생각부터 들었단 말입니다."

"그래서 털을 붙들어놓고 저 다이얼이 100까지 도달하면 일자리를 잃는 정도가 아니라 일자리 자체가 통째로 날아가서 다

---

* 나사 플러그는 안전밸브와는 달리 증기가 배출될 구멍이 없는 데다, 압력이 100파운드면 위험해지는 보일러의 압력을 1,000파운드까지 견딜 수 있다. 즉 아무도 모르게 언제든 터질 수 있는 상태였다는 뜻이다.

음으로 찾아올 개자식, 그러니까 증기라는 물건이 추울 때 유리창에 서리는 김 정도라고 생각할 놈한테 넘겨줄 수조차 없게 될 거라고 머릿속에 단단하게 새겨준 다음에야, 저는 간신히 진정하고 안전밸브가 어디로 사라졌는지를 물었습니다."

"'스놉스 씨가 떼어갔는데요.' 털이 말했지요."

"'그걸 대체 어디다 쓰려고?'"

"'전 모르죠. 그냥 톰톰이 말해준 대로 말하는 건데요. 그 사람이 그러는데, 스놉스 씨가 물탱크의 차단 추가 너무 가볍다고 했대요. 그래서 언제 물탱크가 새기 시작할지 모르니까, 차단 추에다가 안전밸브 세 개를 조여서 무겁게 만들어야 했다고요.'"

"'그러니까 자네 말은— ' 저는 말했습니다. 그 이상으로는 말이 안 나오더라고요. '그러니까 자네 말은— '"

"'톰톰이 그랬다고요. 전 아무것도 몰라요.'"

"어쨌든 사라진 건 사실이었죠. 전날 밤까지 저하고 털은 조금씩 눈을 붙이다 깨곤 했는데 그래도 아무 일도 없었습니다. 하지만 그날은 당연히 둘 다 잠들 수가 없었지요. 저하고 털은 번갈아 가며 석탄 더미 위에 앉아 있었습니다. 거기서는 게이지 세 개가 전부 보이니까요. 그리고 자정이 지나서 부하가 줄어들고 난 후에는, 보일러 세 개를 합쳐도 땅콩 볶는 기계 하나도 못 돌릴 정도의 출력만 유지했죠. 게다가 귀가해서 침대에 든 후에도 제대로 잘 수가 없었습니다. 눈을 감으면 욕조만 한 증기 게이지가 눈앞에 어른거리고, 삽처럼 커다란 바늘이 100파운드를 향해 움직여서, 식은땀을 뻘뻘 흘리고 비명을 지르면서 벌떡 일어나곤 했죠."

황동 켄타우로스 **225**

그러나 그조차도 시간이 흐르자 익숙해졌고, 털과 하커는 다시 조금씩 눈을 붙이기 시작했다. 어쩌면 스놉스가 달걀 세 개를 훔쳐간 것으로 끝났다고 생각한 것일지도 모르겠다. 어쩌면 달걀을 가져가는 일이 너무 수월해서 지레 놀랐다고 생각한 것일지도 모르겠다. 왜냐하면 다음 행위가 벌어진 것은 다섯 달이 더 지난 후였기 때문이다.

그러던 어느 오후, 톰톰이 석탄 더미 위에 앉아서 파이프를 피우고 있는데, 스놉스가 뭔가를 들고 들어오는 모습이 보였다. 후일 톰톰은 그게 노새용 말굽인 줄 알았다고 말했다. 그는 스놉스가 보일러 뒤편의 으슥한 구석으로 슬쩍 들어가는 모습을 목격했다. 이음쇠, 밸브, 피스톤 봉, 볼트 따위, 잡다한 금속 쓰레기를 모아놓는 곳이었다. 그는 거기에 무릎을 꿇고 부속을 뒤적이면서 하나씩 노새 말굽에 대 보고는, 가끔가다 하나씩 뒤편 통로로 던지고 있었다. 톰톰은 그가 보일러실에 있는 모든 금속 부품에 자석을 대면서 철과 황동을 구분하는 모습을 바라보고 있었다. 그러더니 스놉스는 톰톰에게 선별한 황동 조각을 모아서 자기 사무실로 가져오라고 명령했다.

톰톰은 부속을 상자에 담았고, 스놉스는 사무실에서 기다리고 있었다. 그는 상자를 힐긋 곁눈질하더니 침을 뱉었다. "자네랑 털은 사이가 어떤가?" 그는 말했다. 다시 설명하는 편이 좋을 듯하지만, 털은 야간 화부다. 마찬가지로 검둥이지만, 톰톰의 피부가 새까만 반면 털은 말안장 같은 갈색이었고, 톰톰은 200파운드는 나가지만 털은 석탄을 가득 푼 삽을 들고 있어도 150파운드를 넘기 힘들었을 것이다.

"저는 제 일을 할 뿐입니다." 톰톰이 말했다. "털이 자기 일에서 뭘 하든 제가 신경 쓸 문제는 아닙죠."

"털 그 친구 생각은 다르던데." 스놉스는 담배를 씹으며, 톰톰을 주시하며 말했다. 반면 톰톰은 그대로 계속 그를 내려다보고 있었다. "털은 내가 자네의 주간 일자리를 자기한테 주기를 원하고 있어. 야밤에 화부 노릇하는 것도 질렸다더군."

"저만큼 오래 여기서 일하면 이 자리를 가지게 될 겁니다." 톰톰은 말했다.

"털은 그렇게 오래 기다리고 싶지 않은 거지." 스놉스는 담배를 씹으며, 톰톰의 얼굴을 주시하며 말했다. 그리고 그는 톰톰에게 털이 발전소의 철제 부속을 훔쳐서 그걸 톰톰네 문 앞에 가져다 놓아서 그를 해고할 계획을 세우고 있다고 알려주었다. 톰톰의 거대하고 근육질인 몸과 단단하고 둥글고 작은 머리는 그대로 그곳에 서 있었다. "그런 계획을 꾸미고 있더라니까." 스놉스는 말했다. "그러니까 자네가 이 물건을 자네 집으로 가져가서 털이 못 찾을 곳에 숨겨줬으면 좋겠어. 털에 대해 충분히 정보만 모이면, 내가 직접 녀석을 해고해 버릴 테니까."

톰톰은 눈을 천천히 끔뻑이며 스놉스가 말을 끝낼 때까지 기다렸다. 그리고 그는 즉시 말했다. "더 나은 방법을 압니다."

"무슨 방법?" 스놉스는 말했다. 톰톰은 대답하지 않았다. 그는 거대하게, 웃음기 없이, 조금 부루퉁하게 서 있었다. 조용했다. 열기는 느껴지지 않지만 완고했다. "아니, 아니지." 스놉스는 말했다. "그걸로는 안 된다고. 자네가 털하고 문제를 일으키면 둘 다 해고해 버릴 거야. 자네 일자리에 질려서 털이 그 자리를 가

황동 켄타우로스 **227**

지게 하고 싶은 게 아니라면, 내 말대로 해. 일자리에 질렸나?"

"나만큼 압력을 조절하는 사람은 또 없을 겁니다." 톰톰은 부루퉁하게 대꾸했다.

"그럼 내 말대로 하라고. 저 상자를 오늘 밤에 자네 집으로 가져가. 아무도, 자네 아내도 못 보게 하고. 하고 싶지 않다면 그냥 그렇다고 말해. 다른 해줄 사람을 찾으면 되는 일이니까."

그래서 톰톰은 그 말에 따랐다. 그리고 그 일에 대해서는 입을 꾹 다물었다. 심지어 나중에 떨어져나온 부속 등등이 다시 쌓이고, 스눕스가 자석을 가지고 그걸 하나씩 시험해 보고는 상자 하나 분량을 골라내어 그에게 다시 가져가 숨기라고 말했을 때조차 말이다. 성인이 된 후로 계속 그 보일러에, 그때까지 40년 동안 불을 지펴 온 사람이었기 때문이다. 처음에는 보일러가 하나뿐이었고, 그는 불을 지피는 대가로 한 달에 12달러를 받았으나, 이제 보일러는 셋으로 늘었고, 그는 월급으로 60달러를 받았다. 이제 예순이 된 그는 작은 오두막집과 옥수수밭 한 뙈기, 주일마다 도시의 교회에 갈 때 두 번씩 타는 노새와 짐마차를 가지고 있었다. 그리고 교회에 갈 때마다 옆자리에는 젊은 아내가 있었고, 주머니에는 금제 회중시계와 시곗줄이 있었다.

그리고 하커도 당시까지는 돌아가는 상황을 제대로 모르고 있었다. 구석에 쌓여가던 금속 부품들이 난데없이 사라지는데도, 밤중에 바쁘게 움직이다가 털에게 이런 농담을 건네기 전까지는 제대로 인식하지 못하고 있었던 것이다. "이봐, 털. 저 조그만 발전기가 아직도 돌아가는 게 신기하지 않나. 회전축 구멍하고 피스톤 고정판*에도 황동이 꽤 들어가는데, 너무 빨리 움직이고 있어서 자석을 가져다대기가 힘든 모양이지." 그리고 조금 진지하게, 아니 상당히 진지하게, 유머나 비꼬는 투는 조금도 없이, 그는 말을 이었다. 하커에게도 수라트와 비슷한 자질이 있었기 때문이다. "그 빌어먹을 작자가! 자네하고 톰톰이 보일러 없이도 증기를 만들어내는 법을 알기만 했다면, 그 작자는 보일러까지 통째로 팔아먹었을 거야."

그리고 털은 대꾸하지 않았다. 그때는 털도 이미 톰톰과 마찬가지로 자신만의 유혹과 근심에 사로잡혀 있었기 때문이다. 하커는 이 사실 또한 알지 못했다.

그러는 동안 신년이 찾아왔고 감사가 시작되었다.

"사람들이 이쪽으로 내려왔지요." 하커는 말했다. "안경잡이 두 명이었습니다. 장부를 뒤적이면서 온 사방을 쑤시고 돌아다니고, 눈에 보이는 모든 것의 숫자를 헤아리고 기록으로 남겼습니다. 그러다 다시 사무실로 돌아갔고, 제가 출근한 오후 여섯 시까지도 거기에 있더군요. 뭔가 문제가 있는 모양이었습니다. 낡은 황동 부품이 장부상에는 적혀 있는데, 실제로는 사라지거나 뭐 그런 것 같았지요. 장부상으로는 아무런 문제도 없었고, 교체한 새 밸브나 그런 것들도 얌전히 제자리에 붙어 있었어요. 그런데 낡은 부품은, 어쩌다 작업대 아래로 굴러들어가 있던 터진 수도꼭지 하나를 제외하면 하나도 못 찾겠더라는 겁니다. 정말 괴상한 일이었지요. 그래서 저는 그들과 함께 돌아가서 구석을 다시 뒤지는 동안 숯검댕과 그리스가 잔뜩 묻은 조명을 계속 비추

---

* 양쪽 모두 아주 작은 부품이다.

어 줬는데, 황동으로 된 부속만 자연적으로 사라진 것 같이 보였지요. 그리고 그들도 떠났습니다."

"그리고 이튿날 아침에 돌아왔죠. 이번에는 시 공무원도 한 명 데려왔는데, 먼저 내려오는 바람에 스놉스 씨를 기다려야 했지요. 이윽고 그 사람이 체크무늬 모자를 쓰고 담배를 질겅거리면서 들어왔고, 사람들이 그에게 상황을 설명하는 동안 내내 담배를 씹으며 그들을 바라봤습니다. 정말 유감이라고 그러더군요. 계속 암시를 주고 변죽만 울리면서, 유감이라는 말만 반복했습니다. 하지만 어차피 그들로서는 감독관인 그에게 책임을 묻고, 저와 털과 톰톰을 바로 잡아넣을지 아니면 다음 날 잡아넣을지를 묻는 것 외에는 뾰족한 수가 없었을 겁니다. 그는 그대로 서서 담배를 씹으면서, 반죽 생지에 떨어트린 윤활유 방울처럼 생긴 두 눈으로 그들을 바라보기만 했고, 그들은 계속 유감이라는 말만 반복했죠."

"'그게 전부 해서 얼마나 되나?' 그는 말했습니다."

"'304달러 52센트입니다, 스놉스 씨.'"

"'그게 총액인가?'"

"'검산까지 끝낸 겁니다, 스놉스 씨.'"

"'알겠네.' 그는 이렇게 말하더니, 주머니에서 직접 돈을 꺼내 304달러 52센트를 현찰로 지불하고는 영수증을 요구했습니다."

III

이윽고 이듬해 여름이 찾아왔다. 하커는 그들 모두가 자기가 지켜보는 가운데 서로를 속이고 다녔다고 생각하며 눈앞의 광경을 웃으며 즐기기는 했지만, 사실 그 역시 속아넘어간 쪽이었다. 그해 여름에 이르러 결실이 무르익었기 때문이다. 아니면 스놉스가 그저 첫해의 수확을 거두어들이고 다음 파종을 대비하여 들판을 정리하려고 생각했을 수도 있을 것이다. 털을 불러들인 바로 그 순간, 자신의 기념물에 머리를 달아주고 비계를 걷어내기 시작한 것이나 다름없다는 사실은 깨닫지도 못한 채 말이다.

때는 저녁이었다. 그는 저녁식사를 마치고 발전소로 돌아와서 털을 불러들였다. 이번에도 백인과 검둥이가 사무실에서 얼굴을 맞대게 되었다.

"자네하고 톰톰 사이에 대체 무슨 문제가 있는 건가?"

"저하고 누구요?" 털이 말했다. "톰톰이 자기 문제 때문에 저를 붙들고 늘어지는 작자라면, 그냥 화부 일은 관두고 웨이터나 하는 게 나을걸요. 문제가 일어나려면 사람이 둘 필요한데, 톰톰 그 친구로는 어림도 없어요. 덩치가 얼마나 크든 상대도 안 되니까."

스놉스는 계속 털을 지켜봤다. "톰톰은 자네가 주간 작업을 원한다고 믿고 있던데."

털은 고개를 숙였다. 그리고 잠시 고개를 들어 스놉스의 얼굴을, 고요한 눈을, 천천히 벌어지는 턱을 바라보고, 다시 고개를 숙였다. "저도 톰톰만큼 석탄을 잘 퍼담을 수 있는데요." 그는 말했다.

스놉스는 계속 털을 지켜봤다. 매끈하고 갈색이며 고개를 돌리고 있는 얼굴을. "톰톰도 그걸 알아. 자기가 늙어가고 있다는 것도 알고. 게다가 자네 말고는 자기를 밀어낼 수 있는 사람이 없다는 것도 알지." 그리고 털의 얼굴을 바라보며, 스놉스는 지난 2년 동안 톰톰이 발전소에서 황동을 훔치고 있었으며, 그걸 털에게 뒤집어씌워서 그를 실직시킬 생각이고, 바로 그날 톰톰이 자신을 찾아와서 털이 도둑이라고 알렸다고 말해주었다.

털은 고개를 들었다. "그건 거짓말이에요." 그는 말했다. "그 어떤 깜둥이라도 내가 안 훔친 걸 훔쳤다고 고발할 수는 없어요. 덩치가 아무리 커도 상관없어요."

"물론이지." 스놉스는 말했다. "그러니까 일단 중요한 건 그 황동을 되찾는 거야."

"톰톰이 가지고 있다면, 벅 코너 씨한테 말하면 돌려받을 수 있을 거예요." 털은 말했다. 벅 코너는 시 경찰서장이었다.

"그럼 당연하게도 자네가 유치장에 갇히겠지. 톰톰은 그게 어딨는지 모른다고 잡아뗄 테니까. 그게 있었다는 걸 아는 사람은 자네밖에 없을 것 아닌가. 그럼 벅 코너가 뭐라고 생각할 것 같나? 그걸 숨긴 장소를 아는 사람은 자네뿐인 셈이 되고, 진짜 바보가 아니라면 훔친 물건을 자기 옥수수 저장고에 숨겨놓는 사람이 있을 리 없다는 정도는 벅 코너도 알고 있을 거야. 자네가 할 수 있는 일은 그 황동을 되찾아오는 것뿐이라고. 톰톰이 작업하는 낮 동안에 그리로 나가서, 그걸 찾아다가 나한테 가져오게. 내가 잘 보관하고 있다가 톰톰에게 불리한 증거물로 써먹을 테니까. 아니면 자네가 주간 작업을 별로 원하지 않는 걸 수도 있겠군. 만약 그쪽이라면 그렇게 말하게. 다른 화부를 찾을 수 있을 것 같으니까."

그리하여 털은 시키는 대로 하기로 동의했다. 그는 40년 동안 보일러를 다뤄 온 사람은 아니었다. 갓 서른을 넘은 나이였으니 사실 뭐든 40년을 하기에는 턱없이 부족하기는 했다. 그러나 그가 백 살을 살았더라도, 그때까지 총합 40년에 이르는 뭔가를 했음 직하다고 여기는 사람은 아무도 없었을 것이다. "털이 밤마다 슬금슬금 돌아다닌 시간을 전부 더해서 그만큼이 되지 않는다면 말입니다." 하커는 말했다. "털은 결혼해도 현관문 따위는 아예 필요도 없을 겁니다. 그게 있는 이유조차 모를 테니까요. 여자를 쫓아서 뒤쪽 창문으로 들어가는 게 아니라면 자기가 집에 들어온 목적조차 제대로 모를 거고요. 안 그런가, 털?"

그렇게 해서 그 순간부터는 일이 단순해졌다. 한 인간의 실수란 한 인간의 성공과 마찬가지로 대개 단순하기 마련이니 말이다. 성공이 특히 그렇다. 어쩌면 바로 그 때문에 사람들이 잊는지도 모르겠다. 그저 간과해 버리는 것이다.

"그 사람의 실수는 불 속에서 군밤을 꺼낼 사람으로 털을 골랐다는 것이지요." 하커는 말했다. "하지만 털조차도 그가 자기도 모르게 저지른 두 번째 실수만큼 고약하지는 않았습니다. 그러니까, 밝은 노란색* 피부를 가진 톰톰의 아내 말입니다. 그 사람이 제퍼슨에 사는 모든 깜둥이 중에서도 하필이면 털을, 도시에서 10마일 거리에 사는 모든 여자를 쫓아다닌 (또는 시도는 한) 이 친구를 골랐다는 것을 알았을 때 어떤 기분이었는지 아십니까. 톰톰이 이쪽에서 7시 정각까지 석탄을 가지고 씨름하다가 2

---

* high yellow. 혼혈로 인한 밝은색의 흑인 피부를 의미한다.

마일을 걸어와야 한다는 것을 뻔히 알면서 톰톰네 집을 찾아간다니, 게다가 털이 톰톰의 침대가 아닌 다른 곳에 숨겨진 것을 찾아내리라 기대하다니 말입니다. 게다가 이쪽 톰톰이, 사람들이 스놉스 씨와 혹시 대령*에 대해서 언급하던 것처럼 우호적인 오쟁이 관계를 유지할 거라고, 그러니까 톰톰은 털이 자기 일자리를 가져가지 못하도록 황동을 훔치는 동안 털은 톰톰네 가정사를 돌보고 있으리라 생각하면, 웃겨서 죽을 지경이지 뭡니까."

"그런 상황이 그대로 유지될 리가 없었지요. 문제는 어느 쪽이 먼저 터지냐 뿐이었습니다. 털의 행동이 톰톰에게 들킬지, 아니면 스놉스 씨한테 들킬지, 아니면 웃다가 제 혈관이 터져버릴지 말이죠. 뭐, 어쨌든 털은 그래봤자 털이었지요. 3주 동안 찾아 헤매도 황동을 도저히 찾지 못하겠던 모양인지 거의 매일 밤 조금씩 지각을 해댔고, 톰톰은 털이 돌아온 다음에야 귀갓길에 오를 수 있었지요. 아마 그래서 들통났을 겁니다. 아니면 어느 날 스놉스 씨가 직접 그리로 나가서 밤이 얼른 찾아오기만을 기다리며 수풀 속에 숨어 있었을지도 모르지요(그땐 벌써 4월이었으니까요). 톰톰네 집을 가운데 두고, 털이 옥수수밭을 기어서 오가는 반대편에서 말입니다. 그러던 어느 밤에, 스놉스 씨가 이리로 내려와서 털을 기다렸습니다. 털은 30분 지각했고, 톰톰은 털이 도착하자마자 떠나려고 준비를 마친 채였지요. 스놉스 씨는 털을 불러들여서는 물건을 찾았는지 물었습니다."

"'언제 찾았냐니요?' 털은 말했죠."

---

* 하커가 계급을 높여 지칭한 것으로 생각된다.

"'자네가 오늘 저녁때 거기서 물건을 찾는 동안에 말이지.' 스놉스 씨가 말했죠. 털은 스놉스 씨가 얼마나 많이 아는지 전전긍긍하면서, 오늘 아침 6시 30분부터 자기 집 침대를 떠나지 않았거나, 일 때문에 모츠타운에 다녀왔다고 거짓말을 해도 될지를 생각했지요. '어쩌면 자네가 아직도 다른 장소를 찾고 있을지도 모르지.' 스놉스 씨는 털을 주시하며 이렇게 말했고, 털은 가끔 고개를 들 뿐 제대로 마주 보지도 못했죠. '톰톰이 철제 부속을 자기 침대에 숨겨놨다면야, 자네가 3주 전에 그걸 찾아내지 않았겠나.' 스놉스 씨는 말했죠. '그러니까 다음번에는 내가 일러준 대로 옥수수 저장고를 들여다 보게.'"

"그래서 털은 다시 그곳을 살펴보러 나갔습니다. 하지만 옥수수 저장고에서도 찾을 수 없었지요. 적어도 어느 날 9시쯤 되어 여기 도착한 후에 스놉스 씨한테 말한 바로는 그랬습니다. 털은 말하자면 막다른 골목에 몰렸다고 할 수 있겠지요. 집에 접근하려면 어두워질 때까지 기다려야 하는 데다, 톰톰도 털이 갈수록 늦게 출근한다고 투덜대고 있었거든요. 게다가 황동 부속을 발견해도 7시까지 발전소에 돌아올 수도 없을 테고, 그러는 동안에도 해는 갈수록 길어져 가고 있었으니까요."

"그래서 털은 그 황동 증거물을 찾아내려고 다시 그곳을 찾았습니다. 하지만 이번에도 발견할 수 없었지요. 톰톰의 침대 매트리스 속 옥수수껍질과 실밥까지 하나하나 전부 살폈겠지만, 감사관 두 명만큼이나 아무것도 발견할 수 없었습니다. 그저 뭘 해도 증거물을 찾지 못하는 모양이었어요. 그래서 스놉스 씨는 털에게 한 번의 기회를 더 주면서, 이번에도 증거물을 찾지 못하면 톰톰한테 가서 뒤편 울타리를 어슬렁거리는 수상쩍은 수고양이가 있다고 말해 줄 생각을 품었습니다. 그리고 제퍼슨에 사는 깜둥이 남편이라면 누구든, 그런 소리를 듣자마자 털이 어디 있는지부터 확인하지 않겠습니까. 면도날을 갈기도 전에요. 안 그런가, 털?"

"그래서 다음 날 아침에, 털이 다시 그곳을 뒤지러 갔습니다. 이번에는 죽기살기였지요. 그는 황동 사냥에 가장 적절한 때인 해질 무렵에 숲에서 나왔습니다. 그날은 달도 떠 있었으니 더할 나위 없었지요. 그래서 그는 옥수수밭을 슬금슬금 가로질러 침대가 있는 뒤편 베란다로 접근했고, 이내 누군가 흰 잠옷을 걸친 채 야외용 침상에 누워 있는 모습을 발견했습니다. 하지만 털은 그대로 몸을 일으켜 걸어가지 않았습니다. 그건 털의 방식이 아니니까요. 털은 언제나 원칙을 따르는 친구거든요. 그는 슬금슬금 조심스럽고 조용히 기어서, — 그때쯤에는 야음이 깔린 후였고, 달빛도 조금씩 비치기 시작했지요 — 뒤편 베란다로 훌쩍 올라가서는, 침상을 굽어보며 살결이 드러난 부분에 손을 대고는 말했습니다. '내 사랑, 아빠가 집에 왔어요.'"

IV

그렇게 조용한 가운데 그 이야기를 듣고 있자니, 나는 털의 끔찍한 경악의 순간을 공유하는 느낌이 들었다. 침상에 누워 있던 사람은 톰톰이었기 때문이다. 털이 그 순간까지, 2마일 떨어진 곳에서 근무 교대를 해줄 자신을 기다리고 있으리라 믿어 의심치 않았던 톰톰이 그곳에 있었던 것이다.

전날 밤에 집으로 돌아오던 톰톰은, 동네 푸줏간에서 겨울 내내 냉동고에 들어 있던 작년 수박을 하나 얻어왔다. 직접 먹기에는 꺼려졌던 푸줏간 주인이 위스키 1파인트와 함께 넘긴 것이었다. 톰톰과 아내는 수박을 먹고 잠자리에 들었으나, 한 시간쯤 지나자 아내의 비명이 톰톰을 깨웠다. 자기가 그대로 죽는다고 생각할 만큼 심하게 아팠던 것이다. 심지어 톰톰이 도움을 청하러 떠나지도 못하게 막을 정도였고, 톰톰이 약을 먹이며 애쓰는 앞에서, 그녀는 자신과 털 사이의 일을 고백해 버렸다. 아내는 털어놓자마자 증상이 완화되어 그대로 잠들었다. 아무래도 자신이 저지른 일의 중대성을 깨닫지도 못했거나, 아니면 그저 살아 있다는 사실에 너무 감동받은 모양이었다.

그러나 톰톰은 아니었다. 다음 날 아침이 되어 아내가 괜찮다고 확신이 들자마자, 그는 아내에게 그 사실을 일깨웠다. 그녀는 좀 울고는 말을 주워담으려 했다. 눈물을 흠뻑 쏟아낸 다음 분노와 부정과 아첨을 거쳐 다시 눈물로 돌아왔다. 그러나 그러는 내내 톰톰의 얼굴을 지켜보고 있어야 했기에, 잠시 시간이 흐른 후 그녀는 입을 다물고 그대로 누워서 지켜보기만 했고, 톰톰은 아무 말 없이 자신과 아내 몫의 아침을 만들었다. 꼼꼼한 태도가 마치 그녀의 존재마저도 잊은 것처럼 보였다. 그리고 그는 마찬가지로 무심한 태도로, 완고하고 아무런 열의도 없이 아내에게 식사를 먹였다. 먹게 만들었다. 그녀는 남편이 직장으로 떠나기만을 기다리고 있었다. 그때까지만 해도 남편이 출근할 것이라 간주하고 온갖 대응책을 떠올리다 파기하기만을 반복하고 있었으니까. 그러느라 너무 바쁜 나머지, 그녀는 오전이 절반쯤 지난 후에야 남편이 시내로 나갈 생각이 없다는 사실을 깨닫게 되었다. 남편이 7시에 발전소로 사람을 보내 그날 휴가를 쓸 생각이라 알렸다는 것까지는 몰랐지만 말이다.

그래서 그녀는 제법 조용히 침대에 누워서, 마치 짐승처럼 눈을 크게 홉뜬 채로 꼼짝않고 있었고, 남편은 다시 점심을 만들더니 서투르고 완고한 손길로 그녀에게 먹여 주었다. 그리고 해가 지기 직전에 그는 아내를 침실에 감금했고, 그녀는 여전히 아무 말 없이, 무슨 생각이냐고 묻지도 않은 채, 문이 닫히고 열쇠 소리가 들릴 때까지 그저 고요한 눈으로 문을 바라보기만 했다. 다음으로 톰톰은 아내의 잠옷 한 벌을 걸치고 푸주칼을 곁에 놓은 채로 뒤편 베란다에 있는 야영용 침상에 누웠다. 그렇게 꼼짝도 않고 거의 한 시간을 누워 있던 끝에야, 털이 베란다로 접근해서 그를 어루만진 것이었다.

털은 순전히 반사적으로 몸을 돌려 달아나려 했고, 톰톰은 칼을 쥐고 번쩍 일어나서 털에게 달려들었다. 그는 털의 목과 어깨에 올라탔다. 그 체중이 그대로 힘으로 작용하여 털은 그대로 베란다에서 밀려났고, 발이 땅에 닿는 순간부터 이미 뛰기 시작했으며, 달빛에 번득이는 무시무시한 푸주칼이 망막에 비치는 상황에서는 멈출 수도 없었다. 그리하여 그는 톰톰을 등에 매단 채로 뒷마당을 가로질러 그대로 숲으로 들어갔다 — 두 사람이 뒤얽힌 모습은 머리 두 개와 한 쌍의 다리를 가진 성난 짐승과도 같이, 흡사 거꾸로 뒤집힌 켄타우로스처럼, 톰톰의 펄럭이는 셔츠 끄트머리를 앞세우고 높이 쳐들어 번득이는 칼날을 머리 위에 매단 채로, 달빛에 물든 4월의 숲속을 유령처럼 달려갔다.

"톰톰은 덩치가 크잖아요." 털이 말했다. "제 세 배는 되죠. 그런데도 그렇게 업고 달렸다고요. 달빛에 번득이는 푸주칼을 볼 때마다, 톰톰만 한 사람을 둘쯤 더 업고도 쉬지 않고 달릴 수 있을 것 같았죠." 그의 말에 따르면 처음에는 무작정 달렸다고 한다. 숲에 들어온 후에야 톰톰을 나무줄기에 대고 긁어서 떨구어야겠다는 생각이 떠올랐다. "하지만 나무에 들이박으려고 할 때마다 한쪽 팔로 저를 워낙 단단히 붙들어서, 저까지 함께 들이박을 수밖에 없었죠. 그렇게 튕겨 나와서 달빛이 보이면 다시 그 칼이 번득였고, 저는 다시 톰톰 두 명쯤 업고 뛸 수 있는 상태가 되었던 거죠."

"아마 그때쯤 톰톰이 꽥꽥 울부짖기 시작했을 거예요. 양손으로 붙드는 걸 보니 적어도 그 푸주칼만은 확실히 앞지른 모양이었죠. 하지만 이미 발에 불이 붙은 상태였어요. 톰톰이 이제 멈추어서 내려달라고 울부짖기 시작했는데도 저도 제 발도 전혀 신경 쓰지 않았거든요. 그랬더니 톰톰이 양손으로 제 머리를 붙들고는, 제가 안장도 없이 도망친 노새라도 되는 것처럼 사방으로 휘두르기 시작하는 거예요. 그때 마른 물길이 보였죠. 깊이가 40피트에 너비가 1마일은 되어 보이던데, 이미 멈추기에는 늦었던 거예요. 제 다리가 속도를 줄일 생각도 안 하더라고요. 이편에서 반대편까지 최대한 빨리 가겠답시고 눈앞의 허공으로 달려나갔고, 우리는 그대로 추락하기 시작했죠. 저하고 톰톰이 물길 바닥에 떨어졌을 때까지도 제 다리는 달빛 속에서 계속 허우적거리고 있었어요."

내가 가장 먼저 알고 싶었던 것은, 톰톰이 떨어트린 푸주칼 대신 어떤 도구를 사용했느냐였다. 그는 아무것도 사용하지 않았다. 그와 털은 그대로 물길 아래에 앉아서 대화를 나누었다. 모든 것을 내던지며 절망을 넘어선 짐승은, 숙적마저도 존중해 주는 안식처를 찾게 마련이니까. 아니면 그게 깜둥이의 천성이었을지도 모른다. 그렇게 앉아서, 아마도 조금 헐떡이며, 두 사람은 톰톰의 집을 유린한 작자가 털이 아니라 플렘 스놉스이며, 털의 목숨과 사지를 위험에 처하게 만든 작자 역시 톰톰이 아니라 플렘 스놉스라는 이야기를 그저 당연한 듯이 나눴다.

수로 바닥에 조용히 앉아서 마치 거리에서 만난 지인들처럼 열의 없는 대화를 나누는 것도 그저 당연한 일이었다. 굳이 주제의 용어를 정의할 필요도 없이 계획을 세운 것도 그저 당연한 일이었다. 서로 상황을 대조해 보고, 어쩌면 자기네를 조금 비웃었을지도 모른다. 둘은 수로에서 기어올라 나와서 톰톰의 오두막집으로 돌아갔고, 톰톰은 자기 아내를 풀어주었으며, 그와 털이 화덕 앞에 앉자 여자는 그들의 식사를 준비했고, 그들은 조용하지만 시간 낭비 없이 식사를 해치웠다. 긁힌 상처투성이인 두 진지한 얼굴이 같은 램프 위로, 같은 음식 위로 기울어졌고, 배경에서는 여자가 그림자처럼 조용하고 은밀하며 아무 말 없이 그들을 지켜보고 있었다.

톰톰은 그녀를 헛간으로 데려가서 짐마차에 황동 싣는 일을 돕게 만들었고, 털은 하커의 표현대로 '우호적인' 간통 관계 속에서 함께 물길을 빠져나온 후 처음으로 입을 열었다. "원 이런 세상에, 이 부속들을 전부 여기까지 가져오는 데 얼마나 걸린 거예요?"

"오래 걸리지는 않았네." 톰톰이 말했다. "작업을 시작한 지 2년쯤 됐지."

짐마차로도 네 번을 왕복해야 했다. 마지막 짐을 처리했을 때는 이미 동이 트기 시작했고, 11시간 지각한 털이 발전소에 들어왔을 즈음에는 해가 뜨고 있었다.

"자네 어딜 갔던 거야?" 하커가 말했다.

털은 세 개의 게이지를 힐긋 올려다보더니, 원숭이처럼 근엄한 표정으로 이렇게 대꾸했다. "친구를 돕고 있었지요."

"무슨 친구를 도와?"

"털이라는 이름의 꼬맹이를요." 털은 게이지를 향해 눈을 찡그리면서 말했다.

V

"저 녀석이 말한 건 그게 전부였습니다." 하커가 말했다. "그리고 저는 녀석의 긁힌 자국 가득한 얼굴도, 6시 정각에 똑같은 꼴로 들어온 톰톰의 얼굴도, 그저 지켜보고만 있었지요. 그때는 털이 저한테는 말해 주지 않았거든요. 그리고 그날 아침에 아무런 언질도 못 받은 사람은 저뿐만이 아니었습니다. 털이 도망치기도 전에, 6시가 되기도 전에, 스놉스 씨가 도착했거든요. 털을 불러들이더니 황동을 찾았냐고 물었고, 털은 못 찾았다고 대답했죠."

"'왜 못 찾은 거지?' 스놉스 씨가 말했습니다."

"이번에는 털도 고개를 돌리지 않았어요. '황동이 없었으니까요. 그게 주된 이유죠.'"

"'없다는 걸 어떻게 아는 거냐?' 스놉스 씨가 말했어요."

"그러자 털은 눈을 마주 보면서 대꾸했죠. '톰톰이 없다고 말했으니까요.'"

"아무래도 그때쯤에는 깨달았어야 할 겁니다. 하지만 남자란 스스로를 속이기 위해서라면 뭐든 할 수 있는 존재죠. 스스로 이런저런 변명을 늘어놓고는, 다른 사람이었더라면 믿었다는 이유만으로 미쳤다고 비판할 만한 헛소리를 그대로 믿어버리는 겁니다. 그래서 그는 톰톰을 불러들였죠."

"'저한테는 황동 없습니다.' 톰톰이 말했습니다."

"'그럼 어디 있다는 건가?'"

"'감독관님이 있다고 하셨던 장소에 있지요.'"

"'내가 언제 그런 장소를 말했다는 거야?'"

"'보일러의 안전밸브를 떼어가실 때 말씀하셨잖습니까.' 톰톰은 말했습니다."

"그제야 깨달은 겁니다. 상황이 이렇게 되니 양쪽 모두 해고는 엄두도 낼 수 없었죠. 하루도 빠짐없이 낮에는 둘 중 하나를 마주하고, 밤에는 둘 중 하나가 그곳에 있다는 사실을 아주 잘 알고 있었을 테니까요. 24시간 내내 둘 중 하나는 그곳에서 꼬박꼬박 봉급을, 그것도 시급으로 받으면서, 짐마차 네 개분의 황동 부속이 들어가 있는 물탱크 아래에서 인생의 절반을 보내고 있다는 사실을 말입니다. 그 황동은 정당하게 그의 소유인 데다 대금까지 지불했는데도, 이제 그는 소유권을 주장할 수조차 없게 된 겁니다. 너무 오래 기다렸기 때문에 말이지요."

"너무 늦은 것은 분명했습니다. 하지만 새해가 찾아오니 더 늦어졌지요. 새해가 되니 다시 감사가 시작되었고, 안경잽이 친구 둘이 다시 내려와서 장부를 조회하고는 사라졌다가 이번에는 시 공무원뿐 아니라 벅 코너까지 데리고 돌아왔습니다. 털과 톰톰의 구속영장까지 들고서 말이죠. 그래서 그들은 다시 말을 빙빙 돌리며 유감이라는 말만 반복하며 서로 상대방에게 말을 미루기 시작했지요. 2년 전에 자기네가 실수를 저질렀고, 증발해 버린 황동의 대금이 304달러 52센트가 아니라 525달러어치였으며, 따라서 220달러의 차액이 발생한다는 이야기였습니다. 그리고 영장을 가져온 벅 코너는 스놉스 씨가 명령하면 언제라도 잡아갈 수 있는 상태였습니다. 그때는 근무 교대중이라 털과 톰톰 모두 그곳에 있었거든요."

"그래서 스놉스는 다시 돈을 지불했습니다. 주머니를 뒤져서 돈을 꺼내서 220달러를 내고 영수증을 받았죠. 저는 그로부터 두 시간쯤 후에 사무실을 지나갔습니다. 불이 꺼져 있어서 처음에는 아무도 안 보이더라고요. 늘상 꺼지는 전구였으니 또 전구 심지가 나갔나보다, 하고 있었지요. 그런데 나간 게 아니었습니다. 그냥 꺼 놓은 상태였지요. 불을 켜 보니까 거기에 스놉스 씨가 앉아 있더란 겁니다. 저는 불을 다시 껐습니다. 그리고 꿈쩍 않고 앉아 있는 그를 그대로 놔두고 밖으로 나왔지요."

VI

당시 스놉스는 시내 외곽의 새로 지은 작은 방갈로에 살고 있었고, 신년이 되고 얼마 지나지 않아 발전소 감독관직에서 물러났다. 봄이 다가오며 날씨가 따스해지자, 사람들은 그가 잔디도 나무도 없는 옆마당에 나와 있는 모습을 종종 보기 시작했다. 절반쯤 검둥이들이 차지한 낙후된 주택가가 흔히 그렇듯이 배수로는 진흙탕인 데다 자동차 부속이나 양철 깡통으로 가득 차 있었고, 어떻게 봐도 경치가 썩 좋다고는 할 수 없었다. 그러나 그는 제법 오랜 시간을 그곳에서, 층계참에 앉은 채 아무것도 하지 않으면서 보내곤 했다. 사람들은 그가 무엇을 보고 있는지가 궁금했다. 도시 자체를 가리는 무성한 나무 위로 보이는 것이라고는, 낮고 흐릿하게 보이는 발전소 건물과 물탱크뿐이었기 때문이다. 심지어 그조차 이젠 불량품 취급을 받게 되었으니, 2년 전부터 갑자기 물맛이 나빠진 데다 지하에 새 저수 설비를 건설했기 때문이었다. 그러나 물탱크는 여전히 튼튼했고 물도 거리 청소를 할 정도는 되었기 때문에, 시 당국에서는 그냥 물탱크를 유지하겠다는 결정을 내렸다. 익명의 누군가가 제법 넉넉한 금액을 주고 물탱크를 사들여서 철거하겠다고 제안했는데도 말이다.

그렇게 사람들은 스놉스가 무엇을 보고 있는지 계속 궁금해했다. 그가 기념물을 곱씹어보고 있다고는 상상조차 하지 못한 채로. 눈에 들어오는 다른 무엇보다도 높이 솟은 기둥을, 이제는 마시기에도 적합하지 못한 일시적이고 상징적인 액체만 가득 차 있지만, 바로 그 덧없음 때문에, 그대로 흘려보내고 새로 채울 수 있다는 이유에서, 그 액체를 오염시킨 바로 그 황동이나 현무암이나 납으로 만든 기둥보다도 훨씬 오래 버티게 된, 자신이 만들어낸 기념물을 말이다.

메마른 9월
Dry September

I

62일의 빗방울 없는 날이 이어진 후의 피처럼 붉은 9월의 황혼 속에서, 소문이, 이야기가, 정체를 모를 무언가가 마른 풀밭의 들불처럼 번져나갔다. 미니 쿠퍼 양과 어느 검둥이에 대한 이야기였다. 공격하고 능욕하고 겁에 질렸다는 것이었다. 천장 선풍기가 탁해진 공기를 그저 휘젓기만 할 뿐 새로 바꾸지는 못하고 사람들 머리 위로 다시 내려보내며, 퀴퀴한 포마드와 로션 냄새와 구취와 체취를 다시 격하게 풍기게 만드는 이발소에 모인 사람들 중에서도, 정확히 무슨 일이 벌어졌는지 아는 사람은 아무도 없었다.

"윌 메이어스는 아니었을 걸세." 이발사 하나가 말했다. 부드러운 모래빛 얼굴과 늘씬한 몸매의 중년 남성으로, 지금은 고객을 면도하는 중이었다. "난 윌 메이어스를 알아. 좋은 깜둥이지. 그리고 미니 쿠퍼 양도 잘 알고 있고."

"뭘 아는데 그래?" 두 번째 이발사가 말했다.

"어떤 여자길래?" 손님이 말했다. "젊은 아가씬가?"

"아니오." 이발사가 말했다. "마흔 정도 되었던 것 같군. 결혼은 안 했소. 그래서 내가 소문을 믿지 않는 거고—"

"믿으라고, 젠장!" 땀으로 얼룩진 실크 셔츠를 걸친 우람한 체구의 젊은이가 말했다. "깜둥이 때문에 백인 여자의 말을 안 믿겠다는 거야?"

"윌 메이어스가 그랬을 거라고는 믿지 않네." 이발사가 말했다. "난 윌 메이어스를 아니까."

"그럼 누가 그랬는지도 알고 있으시겠군. 벌써 잡아다가 도시 밖으로 쫓아냈을지도 모르겠어. 빌어먹을 깜둥이 애호꾼* 주제에."

"아무도 아무것도 안 했다고 믿는 걸세. 아무 일도 벌어지지 않았다고 믿어. 자네들도 알겠지만, 결혼하지 않고 늙어버린 여자들은 남자들이 이해하지 못하는 생각을 품는 경우도 있고—"

"그럼 당신은 최악의 백인 남자로군." 손님이 말했다. 그리고 천 아래에서 몸을 꾸물거렸다. 젊은이는 자리에서 벌떡 일어났다.

"안 믿는다고?" 젊은이가 말했다. "당신 지금 백인 여자가 거짓말을 했다는 거야?"

이발사는 반쯤 일어선 손님의 머리 위에서 면도날을 멈추었다. 주변을 둘러보지는 않았다.

---

* niggerlover는 레드넥 백인층이 흑인을 보호하려 시도하는 백인에게 사용하는 멸칭이었다. 다만 포크너의 작품 속에서 이 단어가 사용될 때는 백인의 사회적 계층은 크게 고려되지 않은 듯 보인다.

"이 빌어먹을 날씨 때문이야." 다른 누군가가 말했다. "남자가 뭐든 하게 만들기에 충분한 날씨잖나. 심지어 그 여자한테도 말이지."

아무도 웃지 않았다. 이발사는 부드럽고 완고한 투로 말했다. "누가 뭘 했다고 비난하는 게 아닐세. 그저 나도 자네들도 알듯이, 여자란 말도 안 되는 소리를—"

"이 빌어먹을 깜둥이 애호꾼 자식이!" 젊은이가 말했다.

"닥쳐, 버치." 다른 사람이 말했다. "행동하기 전에 사실을 확인할 시간은 충분할 거라고."

"누가? 누가 알아올 건데?" 젊은이가 말했다. "사실은 빌어먹을! 나는—"

"자넨 아주 훌륭한 백인 남성이로군." 손님이 말했다. "안 그런가?" 거품이 가득 묻은 턱수염 때문에 마치 활동사진 속 사막 일꾼처럼 보였다. "자네가 제대로 말했어, 젊은 친구." 그는 젊은이에게 말했다. "이 도시에 제대로 된 백인 남자가 아무도 없다면, 자넨 나한테 의지해도 되네. 나야 방문 판매원이고 이방인에 지나지 않지만 말일세."

"그 정도로 하시오, 친구들." 이발사가 말했다. "우선 진실부터 확인하라고. 나는 윌 메이어스를 아니까."

"하, 이런 세상에!" 젊은이가 소리쳤다. "이 도시의 백인 남자 중에서 저딴—"

"닥쳐, 버치." 두 번째로 말했던 남자가 말했다. "시간은 충분하다고."

손님이 자리에서 일어섰다. 그는 방금 말한 남자를 바라봤다.

"무슨 핑계를 대더라도 깜둥이가 백인 여자를 공격하는 일이 용납될 수 있겠나? 그런 소리를 하면서도 스스로를 백인 남자라고 부를 수 있어? 당신네 고향인 북부로 돌아가는 게 좋을 거야. 남부에는 당신 같은 작자는 필요 없으니까."

"무슨 북부?" 두 번째 남자가 말했다. "나는 이 도시에서 태어나서 자랐다고."

"하, 이런 세상에!" 젊은이가 말했다. 그는 긴장하고 입이 막힌 시선으로, 마치 자기가 뭘 말하거나 행동에 옮기려 했는지 기억하려 애쓰는 듯 주변을 둘러보았다. 소매를 들어서 땀이 줄줄 흐르는 얼굴을 훔쳤다. "백인 여성이 그런 꼴을 당하는 걸 내가 보고만 있으리라 생각한다면—"

"똑똑히 말해 주게, 젊은이." 행상인이 말했다. "이런 세상에, 저 작자들이—"

여닫이문이 큰 소리와 함께 열렸다. 남자 하나가 당당하게 서 있었다. 널찍이 벌린 다리가 우람한 몸집을 수월하게 지탱하는 모습이었다. 흰 셔츠는 목깃에서 풀어 헤쳐져 있고, 펠트 모자를 썼다. 뜨겁고 단호한 눈빛이 사람들을 훑었다. 그의 이름은 매클렌든이었다. 프랑스 전선에서 군대를 지휘했고 당시의 무용 덕분에 훈장을 받은 사람이었다.

"좋아." 그가 말했다. "제퍼슨의 길거리에서 흑인 애새끼가 백인 여성을 강간하고 있는데, 다들 그렇게 죽치고 앉아만 있을 생각인가?"

버치가 다시 자리에서 벌떡 일어났다. 실크 셔츠가 두툼한 어깨에 팽팽하게 들러붙었다. 양쪽 겨드랑이에는 땀에 젖은 검은 초승달 무늬가 생겨 있었다. "지금까지 이 작자들한테 그 소리를 하고 있었습니다! 제가 그래서―"

"진짜 일어난 일은 맞나?" 세 번째 남자가 말했다. "호크쇼 말마따나, 그 여자가 남자 때문에 겁을 집어먹은 게 처음 있는 일도 아니잖나. 일 년쯤 전인가, 남자가 부엌 지붕에 올라와서 자기 옷 갈아입는 걸 엿봤다고 했던 적이 있었지 않나?"

"뭐요?" 손님이 말했다. "그건 무슨 소리요?" 이발사는 천천히 그를 다시 자리에 눌러 앉히던 중이었다. 이발사가 누르는 가운데 상체가 등받이에 파묻히면서도, 그는 고개를 들고 말했다.

매클렌든이 세 번째 남자를 돌아보았다. "일어난 일이 아니라도, 그게 무슨 상관이지? 흑인 애새끼들을 봐주며 다니다가 실제로 일이 터지게 놔둘 생각인가?"

"제 말도 바로 그겁니다!" 버치가 소리쳤다. 그는 길고 끊임없고 아무 의미 없는 욕설을 주절거렸다.

"자, 자." 네 번째 남자가 말했다. "목소리 높이지 말라고. 시끄럽게 떠들지 마."

"물론." 매클렌든이 말했다. "말 따위는 전혀 필요 없지. 내가 할 말은 다 끝났네. 누가 함께 나서겠나?" 그는 발꿈치를 들고 서서 주위를 눈으로 훑었다.

이발사는 면도칼을 든 채로 행상인의 얼굴을 붙들었다. "사실부터 확인하게나, 친구들. 나는 윌리 메이어스를 알아. 그는 아니었네. 보안관을 불러다가 제대로 일을 처리하자고."

매클렌든은 몸을 획 돌리며 분노로 뻣뻣해진 얼굴로 바라보았다. 이발사는 시선을 피하지 않았다. "지금 내 앞에서" 매클렌든이 말했다. "백인 여성의 말보다 깜둥이의 말을 더 믿겠다고 말한 건가? 이런 빌어먹을 깜둥이 애호꾼—"

세 번째 남자가 자리에서 일어나서 매클렌든의 팔을 붙들었다. 그 또한 군인이었던 사람이었다. "자, 자. 우선 상황을 좀 파악해 보자고. 실제로 무슨 일이 벌어졌는지는 아무도 모르는 것 아니겠나?"

"파악은 얼어죽을!" 매클렌든은 거칠게 팔을 뿌리쳤다. "나하고 함께할 사람들은 자리에서 일어나게. 그렇지 않은 놈들은—" 그는 주변을 둘러보면서 옷소매로 얼굴을 쓸었다.

세 사람이 일어섰다. 이발의자의 행상인도 몸을 세웠다. "나도 있소." 그는 목에 두른 천을 당기면서 말했다. "이 누더기 좀 벗겨주시오. 저 사람과 함께할 거니까. 나는 여기 사람은 아니지만, 주님께 맹세코, 우리 어머니와 아내와 여동생들이—" 그는 천으로 얼굴을 훔치고는 그대로 바닥에 내팽개쳤다. 매클렌든은 당당히 서서 다른 사람들에게 욕설을 내뱉었다. 한 사람이 더 일어서서 그에게 다가갔다. 나머지는 불편한 기색으로 앉아서, 서로를 바라보지 않고 있다가, 슬그머니 한 사람씩 일어나서 그에게 합류했다.

이발사는 바닥에서 천을 주워 들었다. 그리고 깔끔하게 접기 시작했다. "이보게들, 그러지 말게. 윌 메이어스는 그럴 사람이 아니야. 내가 알아."

"가자고." 매클렌든이 말했다. 그는 몸을 획 돌렸다. 뒷주머니에서 불쑥 삐져나와 있는 묵직한 자동권총의 끄트머리가 눈에 띄었다. 사람들이 몰려나갔다. 여닫이문이 거칠게 닫히며 적막한 공기 속에서 파문을 일으켰다.

이발사는 세심하고 빠른 동작으로 면도날을 닦아서 한쪽에 두고, 뒤편 방으로 달려들어가서 벽에 걸린 모자를 집었다. "최대한 빨리 돌아오겠네." 그는 다른 이발사들에게 말했다. "저걸 두고볼 수는—" 그는 달려나갔다. 나머지 두 명의 이발사는 그를 따라 문가까지 따라가서는 닫히는 문을 붙들고 몸을 기댄 채로, 거리로 멀어져가는 그의 모습을 바라보았다. 공기는 고요하고 적막했다. 혀뿌리에 금속의 뒷맛을 남기는 공기였다.

"저 친구가 뭘 할 수 있겠어?" 첫 번째 이발사가 말했다. 두 번째 이발사는 "제발 그리스도여, 제발 그리스도여"라고 계속 중얼거리는 중이었다. "매클렌든을 짜증나게 만들었다가는, 윌 메이어스든 호크든 똑같은 신세가 될 거라고."

"주여, 오 주여." 두 번째 이발사가 속삭였다.

"자네는 그놈이 그 여자한테 진짜로 뭔가 했을 것 같나?" 첫 번째 이발사가 말했다.

II

그녀는 서른여덟인가 서른아홉 정도였다. 병약한 어머니, 그리고 깡마르고 누르께한 피부색에 기운찬 이모와 함께 작은 목조주택에 살았고, 매일 아침 10시와 11시 사이에 레이스를 두른 둥근 실내용 모자를 쓰고 베란다에 모습을 드러내어, 정오가 될 때까지 베란다 그네에 앉아 흔들거리곤 했다. 점심식사 후에는 오후의 열기가 식기 시작할 때까지 잠시 누워 있다가, 매년 여름마다 서너 벌씩 맞추는 보일천 드레스를 걸치고는, 시내로 나가서 다른 숙녀들과 함께 상점에 들어가서는, 차갑고 직설적인 목소리로 살 생각은 조금도 없는 물건을 놓고 흥정하며 오후를 보내곤 했다.

그녀는 안락한 계층에 속했다 — 제퍼슨에서 최고는 아니라도 적어도 괜찮게 사는 계층이었고, 외모는 평범함에서 위쪽으로 벗어난 부류였으며, 예의와 옷차림은 밝으면서도 살짝 초췌한 쪽이었다. 젊었을 때는 늘씬하고 굳센 신체와 일종의 딱딱한 쾌활함을 보유하고 있어서 한동안은 동네의 사회활동 최정상부에 올라탔던 적도 있었다. 동년배들과 함께 고등학교 파티와 교회의 사회활동에 참여하며, 아직 계급의식에 얽매이지 않을 정도로 어린아이였던 시절에 말이다.

그녀는 자신의 기반이 사라지기 시작한다는 사실을 뒤늦게 알아차린 쪽이었다. 그녀가 어울리던 이들 중 조금 더 영리하거나 격정적인 부류는 남자의 경우에는 우월감을, 여자의 경우에는 보복심을 그녀에게 드러내기 시작했다. 그녀의 얼굴이 그런 밝으면서도 초췌한 느낌을 풍기기 시작한 것은 그때부터였다. 그녀는 여전히 주랑 그늘이나 여름의 정원에서 열리는 파티에 참석할 때마다 그런 느낌을 마치 가면이나 깃발처럼 두르고 다녔으며, 그녀의 눈에는 진실을 격렬하게 거부하는 곤혹스러운 기색이 가득했다. 그러던 어느 저녁, 그녀는 동창이었던 남자 하나와 여자 둘이 나누는 대화를 엿듣게 되었다. 그리고 그녀는 두 번 다시 초대를 받아들이지 않았다.

그녀는 함께 성장했던 소녀들이 결혼하고 가정을 꾸리고 아이를 가지는 모습을 지켜보았으나, 결국 다른 여자들의 아이들이 그녀를 '이모'라고 부르기 시작할 때까지 그녀와 계속 사귄 남자는 아무도 없었고, 아이들의 어머니는 어린 시절 미니 이모가 얼마나 인기가 좋았는지를 경쾌한 목소리로 말해 주곤 했다. 그러다 도시 사람들은 일요일 오후마다 그녀가 은행원 하나와 드라이브를 즐기는 모습을 목격하게 되었다. 40세 정도의 홀아비에, 얼굴이 불그죽죽하며, 언제나 이발소 또는 위스키 냄새를 희미하게 풍기는 남자였다. 그는 이 도시에서 처음으로 자동차를, 붉은 스포츠카를 소유한 남자였다. 미니는 이 도시에서 처음으로 드라이브용 보닛과 베일을 선보인 여자였다. 그러다 도시 사람들은 수군거리기 시작했다. "불쌍한 미니." "그래도 제 앞가림은 할 만큼 나이를 먹었는데." 이때쯤부터 미니는 자기 옛 동창들을 향해서, 아이들에게 자신을 소개할 때는 '이모'가 아니라 '사촌'이라고 부르라고 주문하기 시작했다.

사람들이 공공연하게 그녀가 간통을 저지른다고 여기기 시작한 지는 12년이 흘렀고, 그 은행원이 멤피스 은행으로 떠난 지는 8년이 흘렀다. 그 은행원은 성탄절마다 돌아와서 매년 강가의 사냥모임에서 열리는 총각 파티에서 하루를 보내곤 했다. 이웃들은 커튼 뒤편에서 그 파티가 흘러가는 모습을 구경한 다음, 성탄절을 맞아 친지나 친구를 방문하는 자리에서 그 남자의 이야기를, 그가 잘 지내는 듯 보였으며 큰 도시에서 잘 나간다는 이야기를 하면서, 환하고 내밀한 눈으로 초췌하고 환한 얼굴을 곁눈질하곤 했다. 보통 그때쯤이면 그녀의 숨결에서는 위스키 냄새가 났다. 어느 젊은이가, 소다파운틴의 어느 점원이 공급해 주는 술이었다. "물론이죠, 내가 그 나이 든 아가씨를 위해 사줍니다. 조금 즐길 권리는 있을 것 같아서요."

이제 방 정리는 온전히 그녀 어머니의 몫이었다. 수척한 이모가 집 전체를 돌봤다. 그 모습을 배경 삼은 미니의 화사한 드레스와 유유자적하고 공허한 나날은 일종의 격렬한 비현실성을 품고 있었다. 그녀의 저녁 외출이라고는 이웃 여성들과 함께 영화관에 갈 때뿐이었다. 오후에는 새 드레스를 차려입고 홀로 시내로 나가서, 젊은 '사촌'들이 이미 연약하고 부드러운 머리와 가녀리고 어색한 팔과 의식적으로 움직이는 엉덩이를 돋보이며 서로에게 매달려서 늦은 오후 속을 쏘다니거나, 짝지은 남자들과 함께 소다파운틴에서 웃음과 새된 소리를 흘리는 곳으로 나가서, 사람들로 빽빽한 가게 문 앞을 지나치며 걸음을 옮기곤 했다. 이제는 문 안에 늘어져 앉은 남자들이 눈으로 그녀 모습을 좇지도 않는 그곳으로.

III

이발사는 서둘러 거리를 따라 움직였다. 날벌레가 몰려드는, 띄엄띄엄 서 있는 가로등의 불빛이 먹먹한 공기에 감도는 경직되고 격렬한 긴장 속으로 빛을 뿜었다. 낮이 스러지며 짙은 먼지 구름을 남겼다. 힘 빠진 먼지에 둘러싸인 어둑한 광장 위로는, 놋쇠 종의 안쪽만큼이나 청명한 하늘이 올려다보였다. 그 아래 동쪽 하늘에는 이번 달에 두 번째로 뜨는 보름달*이 어렴풋이 보였다.

그가 일행을 따라잡았을 때, 매클렌든과 다른 남자들 중 세 명은 골목에 세워 놓은 차에 올라타려 하고 있었다. 매클렌든은 숱 많은 머리를 구부정하게 굽히고, 모자 아래에서 그를 흘깃 보았다. "마음이 바뀐 모양이지?" 그는 말했다. "빌어먹게 다행인 줄 알아. 신께 맹세코, 자네가 오늘 밤에 지껄인 소리가 온 도시에 퍼져나가기만 하면—"

"자, 자." 다른 참전군인이 말했다. "호크쇼는 괜찮은 친구야. 이리 오게, 호크. 올라타."

"윌 메이어스가 그랬을 리가 없네, 친구들." 이발사가 말했다. "실제로 한 사람이 있는지조차 모르겠지만 말이야. 어느 동네든 우리보다 나은 깜둥이가 한둘씩은 있다는 정도는 자네들도 나만큼이나 잘 알고 있잖나. 숙녀가 아무런 이유 없이도 남자에 대해 이런저런 생각을 한다는 사실도 알고 있을 테고. 게다가 미니 양은—"

"그래, 물론이지." 참전군인이 말했다. "그냥 그 친구하고 조금 얘기해 보려는 거야. 그게 다라고."

"얘기는 얼어죽을!" 버치가 말했다. "우선 그놈을 손부터 봐주고 나서—"

"제발 입 좀 닥치게!" 참전군인이 말했다. "동네 사람이 전부 알게 만들고 싶은—"

"똑똑히 알려줘야지!" 매클렌든이 말했다. "모든 깜둥이 애새

---

* 보름달의 주기는 29.5일이므로, 9월 말일에 일어난 일이라고 추측할 수 있다.

끼들한테 백인 여자를 건드리는 놈이 어떻게—"

"가자고, 가자고. 저쪽 차도 왔구만." 두 번째 자동차가 골목 입구의 먼지구름을 뚫고 끼익 소리를 내며 미끄러져 나아갔다. 매클렌든은 자기 차의 시동을 걸고 길을 앞장섰다. 먼지가 안개처럼 거리에 자욱했다. 가로등 불빛은 마치 물속에 빠진 것처럼 후광에 감싸여 있었다. 그들은 차를 몰아 도시를 벗어났다.

바퀴자국이 깊게 패인 도로가 직각으로 이어졌다. 그 위에도, 대지 전체에도, 먼지가 자욱했다. 깜둥이 메이어스가 야경꾼으로 근무하는 얼음공장의 어둑한 덩치가 하늘을 배경으로 솟아올랐다. "여기서 멈추는 게 낫지 않겠나?" 참전군인이 말했다. 매클렌든은 대꾸하지 않았다. 그는 차를 쭉 끌고 올라가서 갑작스럽게 멈추었고, 전조등 불빛이 텅 빈 벽 위로 일렁였다.

"내 말 좀 듣게, 친구들." 이발사가 말했다. "그가 여기 있다면, 그거야말로 그런 짓을 안 했다는 증거가 되지 않겠나? 안 그런가? 그 녀석이 그랬다면 벌써 도망쳤겠지. 그럴 것 같지 않은가?" 두 번째 자동차가 따라와서 멈췄다. 매클렌든이 차에서 내렸다. 버치가 그를 따라 뛰어내렸다. "내 말 좀 듣게, 친구들." 이발사가 말했다.

"전조등 꺼!" 매클렌든이 말했다. 숨막히는 어둠이 밀려들었다. 두 달째 살아온 메마른 먼지 속에서 공기를 찾아 헉헉대는 사람들의 허파 소리 말고는, 아무런 소리도 들리지 않았다. 그러다 매클렌든과 버치의 발소리가 버석거리며 조금씩 멀어지더니, 잠시 후 매클렌든의 목소리가 울려 퍼졌다.

"윌!…… 윌!"

동쪽 하늘 아래에서 피 흘리는 창백한 보름달이 조금씩 모습을 보였다. 능선 위편으로 걸려서 공기와 먼지를 은빛으로 물들이며, 마치 그들이 녹은 납이 담긴 그릇 안에서 숨쉬고 살아 있는 것처럼 만들었다. 밤새나 벌레 소리조차 없었다. 일행의 숨소리와 차 안에서 금속이 수축하며 희미하게 틱틱거리는 소리 외에는 아무것도 들리지 않았다. 서로의 몸이 맞닿은 곳에서도 아무런 습기가 느껴지지 않는 것을 보니 땀조차도 메마른 모양이었다. "젠장할!" 누군가 말했다. "그냥 여기서 떠나자고."

그러나 그들은 앞쪽 어둠에서 뭔지 모를 소음이 들려오기 전까지 꼼짝도 하지 않았다. 뒤이어 그들은 차에서 내려서 숨막히는 어둠 속에서 긴장한 채로 기다렸다. 다른 소리가 들렸다. 높고 길게 숨을 내뱉는 소리와, 그 뒤편에서 매클렌든이 욕설을 내뱉는 소리였다. 그들은 조금 더 서 있다가, 뒤이어 달려가기 시작했다. 마치 뭔가로부터 도망치는 것처럼 비틀거리며 한 무더기로 달려나갔다. "저놈 죽여, 저 애새끼 죽여." 어느 목소리가 속삭였다. 매클렌든은 사람들을 떠밀어 물리쳤다.

"여기서는 안 돼." 그가 말했다. "이놈 차에 태워." "저놈 죽여, 시키먼 애새끼 죽이라고!" 목소리가 중얼거렸다. 일행은 검둥이를 차로 끌고 갔다. 이발사는 차 옆에 서서 기다리고 있었다. 진땀이 흐르는 것이 느껴졌고, 머지않아 속이 거북해질 것이 분명하다는 생각이 들었다.

"이게 무슨 일입니까, 나으리들?" 깜둥이가 말했다. "저는 아무 짓도 안 했어요. 주님께 맹세코요, 존 씨.*" 누군가 수갑을 꺼냈다. 일행은 부산스럽게 검둥이를 둘러싸고 움직였다. 마치 그가 짐짝이라도 되는 것처럼, 조용히, 열의 넘치게, 서로를 방해하며. 그는 얌전히 수갑을 차면서, 계속 고개를 빠르게 돌리며 흐릿한 얼굴들을 훑어보았다. "누가 오신 거예요, 나으리들?" 얼굴을 확인하려고 고개를 들이밀어서 숨결이 느껴지고 고약한 땀냄새를 맡을 수 있을 지경이었다. 그는 이름 몇 개를 입에 담았다. "다들 제가 뭘 했다고 이러시는 거예요, 존 씨?"

매클렌든은 차 문을 획 열었다. "들어가!" 그는 말했다.

검둥이는 움직이지 않았다. "다들 제가 뭘 했다고 이러시는 거예요, 존 씨? 저는 아무 짓도 안 했어요. 주님 앞에서 맹세해요." 그는 다른 이름 하나를 불렀다.

"들어가라고!" 매클렌든이 말했다. 그는 검둥이를 때렸다. 다른 사람들도 숨죽여 메마른 숨결을 내뱉으며 그에게 주먹질을 시작했고, 검둥이도 몸을 돌려 욕설을 뱉으며 수갑 찬 손을 사람들 면전에 휘둘러 이발사의 입술 위쪽을 베어 버렸고, 이발사도 검둥이에게 주먹질을 했다. "이놈 차에 태워." 매클렌든이 말했다. 사람들이 깜둥이를 밀어붙였다. 그는 저항을 그만두고 차에 올라서, 사람들이 자리를 잡는 동안 조용히 앉아 있었다. 그는 이발사와 참전군인 사이에 앉아서, 몸이 닿지 않도록 사지를 바싹 웅크린 채로, 계속 빠르게 사람들의 얼굴을 둘러보고 있었다. 버치는 발판을 딛고 매달려 있었다. 자동차가 움직이기 시작했다. 이발사는 손수건으로 입술을 찍었다.

"왜 그러나, 호크?*" 참전군인이 말했다.

---

* 매클렌든의 이름. 개인적으로 아는 사이였음이 드러난다.

"아무것도 아닐세." 이발사가 말했다. 그들은 대로로 돌아와서 도시에서 먼 쪽으로 나아가기 시작했다. 두 번째 차는 먼지 속으로 뒤처졌다. 그들은 속도를 올리며 계속 나아갔다. 도시 가장자리의 집들도 이미 뒤로 멀어졌다.

"젠장, 이놈 냄새가 고약한데!" 참전군인이 말했다.

"곧 처리할 겁니다." 앞쪽의 매클렌든 옆자리에 앉은 행상인이 말했다. 발판에 서 있는 버치가 뜨겁게 밀려오는 공기 속으로 욕설을 내뱉었다. 이발사는 갑자기 앞으로 몸을 숙이고는 매클렌든의 팔을 건드렸다.

"나 좀 내려 주게, 존." 그는 말했다.

"뛰어내려, 깜둥이 애호꾼 자식아." 매클렌든은 고개도 돌리지 않고 말했다. 그는 계속 빠르게 차를 몰았다. 뒤쪽에서는 위치 모를 두 번째 차의 불빛이 먼지 속에서 번득였다. 매클렌든은 빠르게 좁은 길로 차를 돌렸다. 쓰지 않아 엉망인 길이었다. 그대로 따라가면 버려진 벽돌가마가 등장할 것이다 — 붉은 둔덕이 늘어서 있고 잡초와 덩굴로 가득한 밑바닥이 보이지 않는 진흙 섞는 구덩이가 가득한 곳이었다. 한때는 목초지였으나, 소유주가 노새 한 마리를 잃은 후에는 아무도 이곳을 찾지 않았다. 긴 작대기로 구덩이를 조심스레 휘저어 보았지만 심지어 구덩이 바닥에조차 닿지 못했다.

"존." 이발사가 말했다.

"그럼 뛰어내리라고." 매클렌든은 바퀴자국을 따라 그대로 차를 몰았다. 이발사 옆에 앉은 검둥이가 입을 열었다.

"헨리 씨."

이발사는 자세를 바로잡았다. 비좁은 터널 같은 흙길이 밀려들고 멀어져갔다. 그 움직임이 마치 사라진 가마에서 뿜어져나오는 공기 같았다. 그보다 차갑고 완전히 적막했지만. 바큇자국을 가로지를 때마다 차가 크게 덜컹거렸다.

"헨리 씨." 검둥이는 말했다.

이발사는 정신없이 문을 당기기 시작했다. "이봐, 조심하게!" 참전군인이 말했지만, 이발사는 이미 문을 걷어차 열고 발판 위로 몸을 내민 상태였다. 참전군인은 검둥이 위로 몸을 뻗어 그를 붙들려 했지만, 그는 이미 뛰어내린 후였다. 자동차는 속도를 줄이지조차 않고 그대로 멀어져갔다.

뛰어내린 반동으로 먼지로 뒤덮인 잡풀 위를 굴러 길가 도랑으로 내동댕이쳐졌다. 풀썩이며 먼지가 일어났고, 그는 수액조차 흐르지 않는 메마른 줄기가 바삭거리며 부서지는 속에 누워서 헐떡이며 구역질을 했다. 이윽고 두 번째 차가 지나쳐 사라졌다. 그는 자리에서 일어나 절뚝이며 도로 위로 올라와서는 도시를 향해 걸음을 옮기면서, 양손으로 옷을 털었다. 달은 더 높이 떠올라 마침내 먼지 위로 솟아올랐으며, 잠시 후 먼지 아래 내려앉은 도시의 모습이 어른거리기 시작했다. 그는 절뚝이며 걸음을 옮겼다. 순간 그는 자동차 소리를 듣고 뒤편의 먼지 속에서 불빛이 다가오는 모습을 목격하고는, 얼른 도로를 벗어나서 다시 잡풀 속에 몸을 웅크리고 지나갈 때까지 기다렸다. 이번에는 매클렌든의 차가 뒤에 있었다. 타고 있는 사람은 넷이었고, 버치는 발판에 매달려 있지 않았다.

그들은 그대로 도시로 들어갔고 먼지가 그들을 삼켰다. 불빛과 소음은 이내 사라졌다. 그들이 일으킨 먼지는 한동안 남아 있었으나, 이내 영원한 먼지구름이 다시 흡수해 버렸다. 이발사는 다시 도로로 기어 올라와서 절뚝이며 도시를 향해 걸음을 옮겼다.

IV

 토요일 저녁식사를 위해 옷을 차려입는 그녀의 육신은 마치 열병에 걸린 듯 느껴졌다. 후크와 눈 사이에서 손이 떨렸고, 그 눈은 열기에 달떠 있었으며, 빗질 아래의 곱슬머리는 메말라 버석거렸다. 그녀가 옷을 입는 동안에 친구들이 도착했고, 그녀가 하늘하늘한 속옷과 스타킹과 새 보일천 드레스를 차려입는 주변으로 둘러앉았다. "나가도 될 정도로 기력이 돌아온 거야?" 이렇게 말하는 그들의 눈 역시 어둡게 반짝이고 있었다. "시간이 지나서 충격을 이겨낼 만해지면, 무슨 일이 있었는지 우리한테 전부 알려줘야 해. 그놈이 무슨 소리를 하고 무슨 짓을 했는지, 하나도 남김없이."
 어둑한 나무 그늘을 따라 광장을 향해 걸어가며, 그녀는 떨림이 멎을 때까지, 마치 헤엄치다 잠수를 준비하는 사람처럼 깊이 숨을 들이쉬었다. 네 사람은 끔찍한 열기와 그녀를 향한 배려 때문에 천천히 걸음을 옮겼다. 그러나 광장이 가까워지자 그녀는 다시 몸을 떨기 시작했고, 고개를 꼿꼿이 들고 굳게 쥔 주먹을 옆구리에 붙였다. 친구들의 중얼거리는 목소리와 열기에 달떠 반짝이는 눈빛이 그녀 주변을 휘감았다.
 그들은 광장에 들어섰고, 새 드레스 차림의 그녀는 일행 한가운데에서 깨질 듯 보호받고 있었다. 그녀는 더욱 몸을 떨기 시작했다. 마치 아이스크림을 먹는 어린아이처럼 걸음은 갈수록 느려졌고, 머리는 꼿꼿이 세우고 초췌한 얼굴의 두 눈은 반짝이고 있었다. 그들이 호텔 앞을 지나칠 때쯤, 길모퉁이 의자에 외투도 벗은 채 앉아 있던 행상인들이 그녀를 바라봤다. "저 여자야. 보여? 가운데 있는 분홍 옷 여자." "저 여자라고? 그 깜둥이는 어떻게 처리했대? 끝장을—" "당연하지. 괜찮을 거야." "괜찮을 거라고?" "물론. 잠깐 여행을 떠났으니까." 그리고 드럭스토어가 등장했고, 문간에 몰려 있던 젊은이들이 모자를 벗어 보이고는 그녀가 엉덩이와 다리를 움직이는 모양새를 눈길로 쫓았다.

그들은 계속 걸음을 옮겼고, 신사들은 모자를 들어 인사하고는 갑자기 목소리를 낮추어 존중과 보호욕구로 가득찬 대화를 나누었다. "눈치챘어?" 친구들이 말했다. 목소리가 마치 길게 이어지는 의기양양한 한숨처럼 들렸다. "광장에 검둥이가 한 놈도 없잖아. 단 한 놈도."

그들은 영화관에 도착했다. 조명이 화려한 로비에, 인생의 채색 판화가 끔찍하고 아름다운 돌연변이 모양으로 붙들린, 작게 축소한 동화 속 나라 같은 곳이었다. 그녀의 입술이 움찔거리기 시작했다. 어둠 속에서 영화가 시작되기만 하면 전부 괜찮아질 것이다. 웃음을 눌러 참아서 순식간에 소모되어 사라지지 않도록 막을 수 있을 것이다. 그래서 그녀는 자신을 돌아보는 얼굴들을, 저열한 경탄이 내포된 목소리를 지나쳐 서둘렀고, 일행은 즐겨 찾던 좌석에 자리를 잡았다. 은빛에 휩싸인 통로를, 젊은 남녀가 둘씩 짝지어 들어오는 모습을 지켜볼 수 있는 자리였다.

빛이 깜빡였다. 스크린이 은빛으로 달아올랐고, 이내 아름답고 정열적이며 슬픈 인생이 그 위에 펼쳐지기 시작했다. 젊은 남녀들은 아직도 들어오고 있었다. 흐릿한 어둠 속에서 향수 냄새와 속삭임을 퍼트리고, 가녀리고 훤칠한 한 쌍의 뒷모습을 그림자로 남기며, 늘씬하고 재빠른 몸을 어설프게 움직이는 축복받은 젊은이들이. 그 뒤편에서는 피할 길 없는 은빛의 꿈이 계속 쌓여가고 있었다. 그녀는 웃기 시작했다. 억누르려 시도했으나 소리만 더 커질 뿐이었다. 사람들이 돌아보기 시작했다. 그녀의 친구들은 여전히 웃고 있는 그녀를 부축해서 밖으로 이끌었고, 그녀는 포석 위로 나와서도 높고 경직된 웃음을 계속 터트리고 있었다. 마침내 택시가 도착하고 친구들은 그녀를 차에 태웠다.

그들은 분홍색 보일천 드레스와 하늘하늘한 속옷과 스타킹을 벗기고 그녀를 침대에 뉘인 다음, 관자놀이에 올릴 얼음을 부수고 의사를 부르러 사람을 보냈다. 의사가 자리에 없었기에 그들은 직접 그녀를 돌보기 시작했다. 낮은 탄성을 울리며, 얼음을 갈아주고 부채질해 주면서. 차가운 새 얼음이 올라오자 그녀는 웃음을 멈추고 한동안 조용히 누워서, 간간히 신음만을 흘렸다. 그러나 이내 웃음이 다시 고였고 목소리는 비명에 가까울 정도로 높아졌다.

"쉬이이이이! 쉬이이이이!" 그들은 얼음주머니를 갈아주고, 머리를 쓰다듬고, 그러면서 흰머리를 눈여겨보면서 말했다. "불쌍하기도 해라!" 그리고 그들은 서로를 보며 말했다. "실제로 뭔가 일이 있었던 걸려나?" 내밀함과 열정이 깃든 그들의 눈이 어둡게 반짝였다. "쉬이이이이! 불쌍한 것! 우리 불쌍한 미니!"

V

 매클렌든은 자정이 되어서야 자신의 멋들어진 새 집 앞에 차를 멈추었다. 녹색과 흰색 페인트를 깔끔하게 칠한 모습이 마치 새장처럼 단정하고 거의 그만큼 작아 보였다. 그는 자동차 문을 잠그고 현관을 올라서 집안으로 들어갔다. 아내가 독서용 램프 옆에 앉아 있다 몸을 일으켰다. 매클렌든은 걸음을 멈추고 그녀를 바라보았고, 이내 아내는 고개를 수그렸다.
 "지금 몇 시야." 그는 팔을 들어 시계를 가리키며 말했다. 아내는 잡지를 손에 쥔 채로 고개를 숙이고 남편 앞에 서 있었다. 창백하고 긴장하고 지친 듯한 얼굴이었다. "내가 언제 들어오는지 확인한답시고 안 자고 기다리면 곤란하다고, 내가 말하지 않았던가?"
 "존." 그녀가 입을 열었다. 잡지는 내려놓았다. 뒤꿈치를 들고 뻣뻣이 선 채로, 그는 이글거리는 눈으로, 땀에 젖어 번들거리는 얼굴로 그녀를 노려보았다.
 "내가 말하지 않았던가?" 그는 아내에게 접근했다. 그제야 아내는 고개를 들었다. 그가 아내의 어깨를 붙들었다. 아내는 무력하게 그를 바라만 보고 있었다.
 "그러지 말아요, 존. 잠이 안 와서…… 열기 때문에요. 왠지 모르게. 제발요, 존. 아파요."
 "내가 말하지 않았던가?" 그는 그녀를 놓아주며 반쯤은 때리듯, 반쯤은 밀치듯 의자로 내동댕이쳤고, 그녀는 의자에 엎드린 채 남편이 방을 떠나는 모습을 조용히 지켜봤다.

그는 집 안을 가로지르며 셔츠를 거칠게 벗어젖히고는, 뒤편의 어둑한 베란다로 나가서 방충망 앞에 선 채로 머리와 어깨를 셔츠로 닦아낸 다음 던져 버렸다. 그리고 뒤춤에서 권총을 꺼내 침대 옆 탁자에 내려놓고는, 침대에 앉아서 신발을 벗고, 다시 일어나서 바지를 벗었다. 벌써 땀이 흐르기 시작했고, 그는 허리를 굽히고 성난 손길로 셔츠를 찾아 더듬거렸다. 마침내 셔츠를 찾아서 몸을 다시 훔친 다음, 그는 먼지투성이 방충망에 몸을 기대고 서서 헐떡이기 시작했다. 움직임도, 소리도, 심지어 벌레 한 마리도 없었다. 어둠에 휘감긴 온 세상이 차가운 달과 주시하는 별들 아래에 짓눌려 있는 것만 같았다.*

---

* 남북전쟁 이후 재건기(1865~1877)를 거쳐 1880~1920년대 초반까지가 백인들에 의한 흑인 린치의 정점이었다. 1950년까지 남부 12개 주에서 약 4천 건의 인종 린치가 발생했다고 집계되었으며, 흑인 남성과 백인 여성의 접촉에 따른 누명이 그중 상당수를 차지했다. 포크너가 태어난 미시시피는 전체 린치수, 인구당 린치수, 대 여성 린치수, 경찰 구류중인 대상에 대한 린치수, 주동자의 체포 또는 고발이 없이 넘어간 린치수에서 남부 최고 기록을 달성했다. 상당수의 린치는 단순한 보복의 성격을 넘어 흑인 권리의 억제와 이권 침탈을 위해 계획적으로 행해졌다. 포크너는 이 단편 외에도 전쟁 중 또는 전후 시대의 린치를 종종 다루곤 했으나, 작품 외적으로 목소리를 내지는 않았다.

죽음의 매달리기
Death Drag

I

그 비행기는 거의 유령처럼 갑작스럽게 도시 위에 등장했다. 속도가 제법 빨랐다. 우리가 비행기가 나타났다는 것을 거의 깨닫기도 전에 벌써 공중제비의 꼭대기점에 올라가 있었다. 그때까지도 광장 바로 위에 있었으니, 시 조례와 정부 법령을 동시에 어기는 셈이었다.* 게다가 공중 곡예로서도 훌륭하다고는 할 수 없었는데, 공중제비가 날카롭고 지저분하며 속도도 너무 빨랐기 때문이다. 마치 조종사가 지나치게 초조하거나 서두르거나 아니면 (묘한 짐작이기는 한데, 우리 동네에는 전직 공군 비행사가 하나 있었다. 비행기가 뒤집어지기 직전에 그는 우체국에서 나오고 있었는데, 다급하고 우아하지 못한 공중제비를 지켜보며 그가 한 말이었다) 조종사가 연료를 아끼려고 특정 곡예를 최소

---

* 1926년 항공통상법에서는 도시, 마을, 정착지의 인구 밀집지 상공에서 곡예비행을 하는 행위를 금지했다.

한으로 수행하려 시도하는 것처럼 보였다. 한쪽 날개를 내린 채 공중제비를 한 바퀴 도는 모습이 마치 임멜만 기동*을 하려는 것처럼 보이기도 했다. 그러다 기체를 반만 뒤집으며 공중제비의 4분의 3정도를 완료한 후에, 전력으로 신음하는 엔진을 조금도 늦추지 않고 여전히 최고 속도를 유지하며 유령처럼 갑작스럽게, 그대로 우리 비행장이 있는 동쪽으로 사라져 버리는 것이었다. 처음 비행장에 도착한 남자아이들은 활주로 한쪽 끝의 철책 앞에 서 있는 비행기를 발견했다. 아무도 탑승하지 않은 채로 조용히 서 있을 뿐 아니라, 아예 주변에 사람이라고는 아무도 보이지 않았다. 추레하게 누덕누덕 때운 자국이 가득한 데다 무광 검은색으로 얇게 도장한 기묘한 비행기가 텅 비고 잠잠하게 서 있는 모습이, 새삼 유령 같다는 느낌이 들었다. 마치 혼자서 우리 도시로 날아와서 공중제비를 돌고 착륙한 것만 같았다.

우리 비행장은 아직 초기 상태였다. 우리 도시는 언덕 위에 지어져 있었고, 비행장이라는 곳은 한때 면화밭이었던 40에이커 넓이의 언덕 등성이와 계곡을 깎아내고 메워서 바람을 정면으로 맞는 X자 모양의 활주로를 만들어놓은 것이 전부였다. 활주로는 그 정도면 충분히 길었지만, 비행장 자체는 우리 도시와 마찬가지로 젊은이들이 처음 비행을 배우기 시작할 때 중년에 접어든 사람들이 운영하고 있었고, 따라서 언제나 상태가 좋은 것은 아니었다. 한쪽에는 소유주들이 벌목 허가를 내 주지 않은 작은 숲

---

* Immelmann Turn. 1차대전 당시 독일 비행사인 막스 임멜만의 이름에서 따온 기동 비행술로, 기체가 뒤집혀 있는 공중제비의 절반 지점에서 수평비행을 회복하여 진행 방향을 180° 바꾸는 기술이다.

이 그대로 서 있었다. 반대쪽에는 근처 농장의 헛간 안뜰이 있었다. 헛간과 건물들, 썩어가는 판자를 올린 길쭉한 헛간 건물, 커다란 건초더미까지. 비행기가 서 있는 곳은 헛간 쪽 철책 옆이었다. 남자애들과 검둥이 한둘과 길가에 멈춘 짐마차에서 내린 백인 남자가 조용히 그 근처에 서 있는 동안, 비행모자를 쓰고 고글을 올린 두 남자가 헛간 모퉁이에서 등장했다. 하나는 키가 껑충했고, 지저분한 커버올 작업복을 입고 있었다. 다른 하나는 제법 작은 데다 화려한 무늬가 들어간 바지와 각반에 더러운 외투를 입고 있었는데, 마치 입은 채로 흠뻑 젖어서 옷이 줄어든 듯한 모습이었다. 다리를 저는 모습이 뻔히 보였다.

그들은 헛간 모퉁이에서 걸음을 멈추었다. 실제로 고개를 돌리지는 않으면서도, 그들은 한눈에 주변을 훑어보며 재빨리 상황을 읽어내는 것처럼 보였다. 키 큰 쪽이 입을 열었다. "여긴 무슨 도십니까?"

남자아이 하나가 그들에게 도시 이름을 알려주었다.

"여기 누가 살고 있지?" 키 큰 남자가 말했다.

"여기 누가 살겠어요?" 소년이 따라하며 대꾸했다.

"이 비행장을 운영하는 사람은 누구니? 개인 소유 비행장인가?"

"아, 도시 소유예요. 도시에서 운영해요."

"다들 여기 사는 겁니까? 여길 운영하는 사람들 말입니다?"

백인 남자, 검둥이들, 남자아이들까지, 모두 키 큰 남자를 멀뚱히 바라보기만 했다.

"그러니까 내 말은, 이 동네에 누구든 비행을 하는 사람이, 비행기를 가진 사람이 있느냐는 겁니다. 날 줄 아는 외지인이라도 없습니까?"

"있는데요." 소년이 말했다. "전쟁에서 비행기 탔던 사람이 하나 살아요. 영국군에서요."

"워런 대위는 왕립공군 소속이었어." 다른 소년이 말했다.

"나도 그렇게 말했는데." 처음 소년이 말했다.

"넌 영국군이라고 했잖아." 두 번째 소년이 말했다.

키 작고 다리를 저는 두 번째 남자가 입을 열었다. 그는 단조롭고 무기력한 목소리로 키 큰 남자에게 말을 걸었다. 마치 베버 앤드 필즈 보드빌 공연*처럼, wh는 v로 발음하고 th는 d로 발음하는 억양이었다. "저거 괜찮겠나?" 그가 말했다.

"괜찮아." 키 큰 남자가 말했다. 그는 한 걸음 앞으로 나섰다. "아는 사람일 것 같으니까." 키 작은 남자도 절룩이며, 무시무시하게, 게걸음치듯이 그 뒤를 따랐다. 키 큰 남자의 얼굴은 이틀 동안 자란 수염 아래 수척했다. 안구마저도 지저분해 보였으며, 긴장해서 노려보는 듯한 표정이었다. 1월인데도 얇은 싸구려 천으로 만든 지저분한 비행모자를 쓰고 있었다. 고글은 상당히 낡았지만, 우리가 봐도 좋은 물건이라는 사실을 알 수 있었다. 그러나 그즈음에서 모두는 그를 바라보기를 멈추고 키 작은 남자 쪽으로 시선을 돌렸다. 이후 그를 직접 목격한 더 나이 먹은 우리들은, 그렇게 비극적으로 생긴 얼굴은 본 적이 없다고 우리끼리

---

* 조 베버와 루 필즈의 2인조 유대인 보드빌 공연 팀으로, 1875년부터 1930년까지 활동했다. 여기서는 강한 유대인 억양을 사용한다는 뜻이다.

수군거리곤 했다. 분노와 체념과 불굴의 절망이 깃들어 있는 표정이, 마치 매일 특정 시간마다 터질지 안 터질지 알 수 없는 폭탄을 자의로 짊어지고 다니는 사람 같았다. 코는 비율로 따지자면 키가 6피트는 되는 사람에게 붙어 있어야 마땅하게 생겼다. 꽉 죄는 비행모자까지 포함해서, 정수리부터 코끝에 이르는 머리의 절반은 키 6피트짜리 몸에 달려 있어도 충분히 어울릴 듯했다. 그러나 그 아래로는, 코끝에서 두개골 뒤편까지 이르는 측선을 기준으로 아래쪽인, 턱과 나머지 얼굴은, 그 깊이가 2인치도 되지 않았다. 코부터 턱밑까지 이르는 선은 마치 상어의 턱처럼 길고 납작하게 붙어서, 코끝과 턱끝이 거의 맞닿아 있는 듯 보였다. 고글은 그저 펠트 틀에 납작한 창유리를 끼운 것에 지나지 않았다. 비행모자는 가죽 제품이었다. 솔기 맨 꼭대기부터 뒤편으로 길고 거칠게 찢긴 자국이 이어지고, 그 위아래에는 검댕과 윤활유가 묻어 거의 검게 변한 접착테이프가 붙어 있었다.

헛간 모퉁이 너머에서 세 번째 남자가 등장했다. 이번에도 난데없이 허공에서 등장한 것처럼 움직임이 느껴지지 않는 갑작스러운 등장이었지만, 사람들이 그쪽으로 시선을 돌렸을 때는 이미 일행 쪽으로 움직이기 시작했다. 깔끔한 민간인 양복 위에 외투를 걸친 차림새였고, 챙모자를 쓰고 있었다. 절룩이는 남자보다 조금 큰 키에, 떡 벌어지고 육중한 체구였다. 따분하고 조용한 쪽으로 잘생겼으며 얼굴을 보면 말수가 적은 부류로 보였다. 그가 다가오는 모습을 본 구경꾼들은, 그 또한 절룩이는 남자처럼 유대인이라는 사실을 깨달았다. 그러니까, 낯선 일행 중 두 사람이 자신들과는 다른 부류임을, 정확하게 어디가 다른지는 말할 수 없으면서도 즉시 깨달았다는 뜻이다. 처음에 말을 걸었던 소년이 다음으로 뱉은 말에서, 사람들이 그 차이를 어떻게 생각했는지를 알 수 있을 것이다. 다른 아이들과 마찬가지로 그 소년 또한 절룩이는 남자를 바라보고 있었다.

"아저씨도 전쟁에 나갔어요?" 소년이 말했다. "비행기 타고요?"

절룩이는 남자는 대답하지 않았다. 그와 키 큰 남자 둘 다 정문 쪽을 바라보고 있었다. 구경꾼들 또한 그쪽을 돌아봤고, 자동차 한 대가 정문을 통과해서 비행장 가장자리를 따라 다가오는 모습이 보였다. 세 사람이 차에서 내려서 그들에게 접근했다. 절룩이는 남자가 다시 나직하게 키 큰 남자에게 물었다. "저 사람인가?"

"아니." 키 큰 남자는 상대방을 돌아보지 않고 대꾸했다. 그는 새로 도착한 사람들을 하나씩 훑어보는 중이었다. 그는 셋 중에서 가장 연장자에게 말을 걸었다. "좋은 아침입니다." 그가 말했다. "이 비행장을 운영하는 분들인가요?"

"아니오." 상대방이 말했다. "책임자는 행사 주관 위원회 의장이오. 시내에 있지."

"여기 이용료는 없습니까?"

"모르겠소. 아마 그쪽에서 사용해 줘서 기뻐할 거요."

"얼른 가서 돈 내고 와." 절룩이는 남자가 말했다.

새로 도착한 세 사람은 땅강아지들이 흔히 보이는 멍하면서도 다 안다는 듯한, 존중하는 분위기로 비행기를 바라보았다. 진흙투성이 바퀴에 기댄 채로, 경직되어 움직이지 않는 프로펠러를 달고, 움직이지 않는 채 도사리고 있으면서도 역동적인 모습을. 엔진이 들어 있는 앞부분은 큼지막하고, 날개는 뻣뻣하고, 기름자국이 번들거리는 동체에서는 녹슨 배기관이 뒤로 뻗어 있었다. "여기서 뭐가 일할 생각이오?" 연장자가 물었다.

"공연을 할 생각입니다." 키 큰 남자가 말했다.

"무슨 공연이오?"

"원하시는 것이면 뭐든. 날개타기도 할 수 있고, 죽음의 매달리기도 할 수 있습니다."

"그건 뭐요? 죽음의 매달리기?"

"사람을 자동차로 떨어뜨려 태웠다가 다시 끌어올리는 겁니다. 관중이 많을수록 더 많이 보여드리지요."

"돈값은 할 거요." 절룩거리는 남자가 말했다.

소년들은 여전히 그를 지켜보고 있었다. "아저씨 전쟁에 나갔어요?" 처음의 소년이 물었다.

세 번째 낯선 남자는 지금까지 입을 열지 않고 있었다. 이제 그가 말했다. "시내로 들어가지."

"그래." 키 큰 남자가 말했다. 낯선 세 사람이 마치 자기네들끼리 쓰는 언어라도 되는 것처럼 공통으로 사용하는, 단조롭고 무기력한 목소리였다. "택시를 잡으려면 어디로 가야 합니까? 여기 택시가 있나요?"

"우리가 시내까지 태워다 드리다." 차를 타고 온 남자 중 하나가 말했다.

"돈은 내겠소." 절룩이는 남자가 말했다.

"기꺼이 태워다 드리지." 운전사가 말했다. "돈은 안 받겠지만 말이오. 지금 떠나고 싶소?"

"물론이죠." 키 큰 남자가 말했다. 낯선 세 남자는 뒷좌석으로 들어갔고, 다른 세 남자는 앞쪽에 탔다. 소년 셋이 자동차로 그들을 따라왔다.

"저 시내까지 매달려서 가도 돼요, 블랙 씨?" 소년 중 하나가 말했다.

"꽉 잡아라." 운전사가 말했다. 아이들은 발판 위에 올라섰다. 자동차는 시내로 돌아갔다. 앞쪽의 세 남자는 뒤쪽의 세 낯선 이들이 대화하는 것을 들을 수 있었다. 나직하고 조용하며 무기력한 목소리는 어쩐지 고요하면서도 다급하고 뭔가를 의논하는 것처럼 들렸으며, 주로 말하는 쪽은 키 큰 남자와 잘생긴 남자였다. 절룩이는 남자로부터 앞쪽의 세 남자가 들은 말은 하나뿐이었다. "그보다는 더 받아야……"

"물론." 키 큰 남자가 말했다. 그는 앞쪽으로 몸을 기울이고 조금 목소리를 높였다. "그 존스라는 사람은 어디서 만날 수 있습니까?"

운전사가 일러 주었다.

"근처에 신문사나 인쇄소가 있나요? 광고 전단을 만들고 싶은데."

"알려주겠소." 운전사가 말했다. "공연 주선하는 일이라면 내가 도와드리리다."

"좋습니다." 키 큰 남자가 말했다. "오늘 오후에 나오면 한 번 태워드릴 수도 있습니다. 시간 여유가 있다면."

차는 신문사 사무실 앞에 멈췄다. "전단지는 여기서 만들면 될 거요." 운전사가 말했다.

"고맙습니다." 키 큰 남자가 말했다. "존스의 사무실도 이 거리에 있습니까?"

"거기도 데려다 드리겠소." 운전사가 말했다.

"편집자 쪽을 확실히 해 주십시오." 키 큰 남자가 말했다. "존스는 내가 찾을 수 있을 것 같으니까." 그들은 차에서 내렸다. "이리로 돌아오지요." 키 큰 남자가 말했다. 그는 빠른 걸음으로, 지저분한 작업복과 비행모자 차림으로 거리를 따라 내려갔다. 다른 두 사람은 나머지 일행과 함께 신문사 사무실로 향했다. 그들은 절룩이는 남자를 앞세우고 안으로 들어갔고, 소년 셋은 그 뒤를 따랐다.

"전단지를 좀 만들고 싶소." 절룩이는 남자가 말했다. "이런 식으로." 그는 주머니에서 접혀 있는 분홍색 종이쪽을 꺼냈다. 그리고 펼쳤다. 편집자와 소년들과 다섯 남자는 그걸 보려고 몸을 숙였다. 검은색 볼드체로 이렇게 적혀 있었다.

악마 던컨

공중의 곡예사

죽음에 도전하는 공연이 펼쳐집니다

후원은 ....

오늘 오후 2시 정각부터

혼자든 모두든 상관없으니, 와서 악마 던컨을 만나십시오

죽음의 추락과 죽음의 매달리기에서 죽음에 도전합니다

"한 시간 안에 완성되었으면 좋겠는데." 절룩이는 남자가 말했다.

"여기 빈칸에는 뭘 넣을 거요?" 편집자가 말했다.

"이 도시엔 뭐가 있소?"

"뭐가 있냐니?"

"후원단체 말이오. 재향군인회? 로터리 클럽? 상공회의소?"

"셋 다 있소만."

"그럼 조금만 기다리면 어느 쪽인지 말해 주겠소." 절룩이는 남자가 말했다. "내 동업자가 돌아오면 말이오."

"공연을 시작하기 전에 출연료부터 받으려는 거 아니오?" 편집자가 말했다.

"그야 물론이지. 목숨을 걸고 하는 일인데 후원도 없이 해야겠소? 5센트쯤 받고 비행기에서 뛰어내려야 한다고 생각하는 거요?"

"누가 뛰는 거요?" 뒤따라 들어온 남자 중 하나가 말했다. 택시 운전사였다.

절룩이는 남자가 그를 바라봤다. "그딴 건 걱정 안 해도 좋소." 그가 말했다. "당신네가 할 일은 돈을 내는 거지. 돈만 충분히 내면 원하는 만큼 실컷 뛰어내려 주겠소."

"그냥 누가 뛰어내릴 건지 물어본 것뿐인데."

"내가 당신한테 입장료를 달러 은화로 낼지, 아니면 그린백*지폐로 낼지를 물어봤소?" 절룩이는 남자가 말했다. "안 그랬던 것 같은데."

"안 그랬지." 택시 운전사가 말했다.

"이 전단지 말인데." 편집자가 말했다. "한 시간 안에 해 달라고 했잖소."

"일단 작업을 시작하고, 내 동업자가 돌아올 때까지 그 부분만 비워놓으면 안 되겠소?"

"완성되기 전까지 그 사람이 안 돌아온다면?"

"글쎄, 그야 내 잘못은 아니지. 안 그렇소?"

"좋소." 편집자가 말했다. "선금만 내면 얼마든지 해 주지."

"그러니까 당신 말은, 후원단체도 안 적은 전단지에 돈을 내야 한다는 거요?"

"나도 그냥 재미로 이 일을 하는 게 아니오." 편집자가 말했다.

"일단 기다리지." 절룩이는 남자가 말했다.

그들은 기다렸다.

"전쟁에서 비행기 조종사였어요, 아저씨?" 소년이 물었다.

절룩이는 남자는 길고 비정상적이고 비극적인 얼굴을 소년 쪽으로 돌렸다. "전쟁? 내가 왜 전쟁에서 비행기를 타겠냐?"

"아저씨 다리 때문에 그런 생각이 들었나봐요. 워런 대위님도 다리를 저는데, 전쟁에서 비행기를 타셨거든요. 그럼 아저씨는 그냥 즐기려고 비행기를 타나봐요?"

"즐기려고? 뭘 즐겨? 비행을? 그류스 고트.** 난 싫어한다고.

---

* Greenback. 1862년부터 민간은행이 아닌 미국 정부가 남북전쟁 시기부터 발행한 달러 지폐로, 정부의 자금 유통을 위해 발행되었으나 후일 연방준비제도가 등장하며 역사 속으로 사라졌다. 뒷면에 녹색 잉크로 인쇄했기 때문에 그린백이라는 통칭으로 불렸다.

** 신이시여.

비행기를 발명한 작자가 여기 있었으면 좋겠군. 그놈을 저기 저 기계에 밀어넣어서 그 등짝에다가 그런 짓 하지 말라고 천 번은 인쇄해 줄 텐데 말이야."

"그럼 왜 하는 겁니까?" 택시 운전사와 함께 들어온 남자가 말했다.

"그 쿨리지라는 공화당 작자* 때문이오. 난 사업하는 사람이었는데, 그 쿨리지라는 작자가 사업을 망쳐버렸소. 완전히 망쳐버렸지. 그래서요, 즐기려고? 그류스 고트."

그들은 절룩이는 남자를 바라보았다. "허가증은 있겠지요?" 끝에서 두 번째로 들어온 남자가 말했다.

절룩이는 남자는 그를 바라보았다. "허가증?"

"비행 허가증을 가지고 있지 않습니까?"

"아, 허가증. 비행기를 날리는 허가증. 물론, 이해했소. 물론이오. 가지고 있소. 보고 싶으시오?"

"보기를 원하는 사람이라면 누구에게도 보여주도록 되어 있을 텐데요?"

"그야, 물론이오. 보고 싶으시오?"

"어디 있습니까?"

"어디 있으려나? 정부에서 붙여준 바로 그 비행기에 못으로 박아놨소. 설마 나한테 못박아 놓았을 거라고 생각한 건 아니겠지? 어쩌면 날개하고 엔진이 달린 게 내 쪽이라고 생각한 것이려

---

* 미합중국 30대 대통령인 캘빈 쿨리지. 당대의 많은 미국인은 대공황이 쿨리지의 책임이라고 생각했다.

죽음의 매달리기

나? 비행기에 있소. 택시를 불러서 비행기로 가서 확인합시다."

"내가 택시 운전사인데." 운전사가 말했다.

"그럼 운전이나 하시오. 이 신사분을 비행장으로 모셔가서 비행기에 있는 허가증을 보여주면 되겠군."

"25센트요." 운전사가 말했다. 그러나 절룩이는 남자는 운전사를 향하고 있지 않았다. 그는 카운터에 몸을 기대고 있었다. 사람들은 그가 주머니에서 껌 하나를 꺼내 포장을 벗기는 모습을 지켜보았다. 그가 껌을 입에 넣는 모습도 지켜보았다. "25센트라고 했소, 선생." 운전사가 말했다.

"나한테 말하고 있는 거요?" 절룩이는 남자가 말했다.

"택시 타고 비행장까지 가려는 줄 알았는데."

"내가? 뭐 하러? 내가 왜 비행장으로 가고 싶겠소? 방금 거기서 왔는데. 그 허가증을 보고 싶은 사람도 내가 아닌데. 난 벌써 충분히 봤소. 정부에서 비행기에 못으로 박아줬을 때 그 자리에 있었으니까."

II

전직 공군 비행사인 워런 대위는 가게에서 나오다가 지저분한 작업복을 걸친 키 큰 남자와 마주쳤다. 비행기가 떠난 그날 밤, 워런 대위는 이발소에서 그 이야기를 들려주었다.

"조크 그 친구를 마지막으로 본 게 14년 전이었어. 1917년에 영국을 떠나서 전선으로 나갔을 때였던가. 그래서 나는 이렇게 말했지. '20년식 히소 매연통*에다 승객을 둘이나 태우고 공중제비를 돌다 말고 빠져나간 게 자네였나?'"

"'나를 본 사람이 또 있습니까?' 그가 말했어. 그리고는 그 자리에 서서 힐끔힐끔 뒤를 확인하며, 나한테 모든 이야기를 해주었지. 어딘가 이상하더군. 남자 하나가 숙녀 두어 명을 먼저 보내주려고 그 친구 뒤에 잠시 멈춰섰는데, 조크 그 친구가 총이라도 들고 있었으면 바로 쏴 버릴 기세로 몸을 휙 돌리더라고. 거기다 우리가 카페에 있는 동안 누군가 뒷문을 쾅 소리가 나게 닫았는데, 그대로 작업복에서 튀어나올 것 같더라니까. '신경증이 좀 있어서요.' 이렇게 말하더군. '괜찮습니다.' 우리 집으로 데려가서 점심이라도 대접하려고 설득해 봤는데, 받아들이지를 않는 거야. 뭔가 먹으려면 스스로 깨닫지도 못하게 후딱 뛰어들어 해치워야 한다, 뭐 그런 식으로 말하더라고. 그러고는 거리를 걸어가다 식당 앞을 지나는데, 난데없이 이렇게 말했지. '뭘 좀 먹어야겠어요.' 그러고는 굴로 들어가는 토끼처럼 냉큼 들어가서 벽을 등지고 앉은 다음, 버넌에게 가장 빨리 되는 걸로 가져다달라고 말했어. 물을 석 잔 마시고 나니까 버넌이 우유병에다 물을 채워서 가져다줬고, 부엌에서 점심식사가 나오기 전까지 그걸 거의 다 마시더군. 그런데 비행모자를 벗으니까 머리가 거의 하얗게 세어 있는 거야. 나보다 젊은 친구인데 말이지. 아니, 적어도 우리가 캐나다에서 훈련받던 시절에는 그랬었지. 그러다가 그 친구가 자기가 겪는 신경증의 이름을 알려줬어. 진스파브라더군. 그

---

* 아마도 1920년식 커틀러스 JN-4의 엔진을 히스파노-수이자제로 교체한 비행기로 생각된다. 매연을 많이 뿜는 것으로 이름난 기종이었다.

작은 남자, 사다리에서 뛰어내린 남자 말이야."

"뭐가 문제였던 건데?" 우리는 물었다. "대체 뭘 두려워했길래?"

"조사관이 두려웠겠지." 워런이 말했다. "허가증이 아예 없었으니까."

"비행기에 한 장 있었잖나."

"맞아. 하지만 그건 그 비행기의 허가증이 아니었어. 진스파브가 그걸 샀을 때 이미 검시관한테 비행 불가 도장을 받았더라고. 허가증은 파손된 다른 비행기에 나온 거고, 누군가 그걸 진스파브한테 팔아넘겨서 그가 중죄*를 하나 추가로 짓도록 도운 거지. 조크 본인은 2년 전쯤 독립기념일 휴가객으로 가득한 대형 비행기를 부숴먹은 덕분에 비행사 자격증을 잃었어. 엔진 두 개가 꺼지는 바람에 비상착륙해야 했다지. 비행기가 좀 파손되고 가스 파이프 하나가 부서졌다던데, 그 정도까지는 괜찮았을 거야. 문제는 겁에 질린 승객 한 명이 (해질 무렵이었다더군) 성냥불을 켰다는 거지. 조크를 비난할 거리는 별로 없었지만, 승객들이 전부 타죽은 상황인 데다 정부는 엄격하니까. 그래서 그 친구는 허가증을 받을 수 없었고, 그 때문에 진스파브 몫의 낙하산 사용 자격증을 구해다 줄 수도 없었지. 그러니까 허가증이고 자격증이고 아무것도 없던 거야. 걸렸다면 전원 교도소행이었을걸."

"머리가 백발이었던 것도 이상한 일은 아니구먼." 누군가 말했다.

---

* 1926년 항공통상법에서는 파손된 항공기의 허가증을 재사용하는 행위를 강력범죄로 지정했다.

"그래서 백발이 된 게 아니야." 워런이 말했다. "그 이야기는 좀 있다가 해주지. 여하튼 그래서 그 일행은 이곳 같은 소도시로 빠르게 이동해서, 자기네를 잡아넣을 사람이 있는지를 알아보고, 없다는 게 확인되면 공연을 하고 다른 소도시로 내빼는 식으로, 대도시를 피하면서 돌아다녔던 거지. 도시로 들어와서 전단지를 인쇄하고, 그러는 동안 조크와 나머지 한 사람은 보증해 줄 지역 후원단체를 물색하는 거야. 진스파브한테 자기 쪽 일을 맡기는 일은 없었어. 금액 흥정을 질질 끌 텐데 그런 위험을 감수하고 싶지는 않았거든. 그래서 나머지 두 사람은 되는대로 후원을 긁어모은 다음, 그게 진스파브가 지시한 기준에 미치지 못하면 그냥 최대한 노력하고는 너무 늦어버리기 전까지만 진스파브를 속여넘겼던 거지. 뭐, 이번에는 진스파브도 호락호락하지 않았지만. 너무 많이 써먹었던 것 같아."

"어쨌든 조크를 만난 건 길거리에서였어. 꼴이 말이 아니더군. 한 잔 사겠다고 했는데, 이제는 담배조차 못 피운다는 거야. 물밖에 마실 수가 없는데, 밤에는 계속 목이 말라서 깨느라고 1갤런 정도 마신다고 하더군."

"'자네 당장이라도 더 자야 할 것 같은 몰골이야.' 나는 말했지."

"'아뇨, 잠은 제대로 잡니다. 문제는, 밤이 별로 길지 않다는 겁니다. 9월에서 4월까지는 북극점에, 4월에서 9월까지는 남극점에 살고 싶군요. 저한테 딱 맞을 텐데요.'"

"'그 꼴로는 극점까지 가기도 힘들 것 같은데.' 나는 말했지."

"'그럴지도요. 엔진은 좋은 물건입니다. 잘 다루기만 하면.'"

죽음의 매달리기 281

"내 말은, 자네가 감방에 갈 거라는 소리야.'"

"우리는 카페로 들어갔네. 그 친구는 자기 돈벌이 이야기를 해주고는, 그 '악마 던컨' 전단지를 한 장 보여줬네. '악마 던컨이라?' 나는 말했지."

"'뭐 문제 있습니까? 진스파브라는 이름의 사람이 비행기에서 뛰어내리는 걸 보려고 돈을 낼 리가 없잖아요?'"

"'나라면 던컨이라는 이름의 사람보다는 그쪽부터 보고 싶을 것 같은데.' 나는 말했어."

"그는 그런 생각은 안 해 본 것 같더군. 그러더니 물을 마시기 시작하면서, 진스파브가 곡예의 대가로 100달러를 원하는데, 자기하고 다른 한 친구는 60달러밖에 모으지 못했다고 말했지."

"'그래서 어떻게 할 생각인데?' 나는 말했어."

"'계속 속이는 채로 얼른 일을 끝마치고 바로 여기서 내빼야죠.' 그는 말했지."

"'어느 쪽이 진스파븐가?' 나는 말했어. '키 작고 상어처럼 생긴 사람?'"

"그러니까 다시 물을 마시기 시작했지. 내 잔까지 단숨에 비워 버리고는 식탁을 두드리더군. 버넌이 물 한 잔을 더 가져다줬지. '자네 목이 말랐나보구만.' 버넌이 말했어."

"'주전자째로 가져다주면 안 됩니까?' 조크가 말했지."

"'우유병에다 담아다 줄 수는 있는데.'"

"'그걸로 합시다.' 조크가 말했어. '그리고 기다리는 동안 물 한 잔만 더 주세요.' 그러고는 진스파브 이야기와, 자기 머리가 세어 버린 이유를 털어놓기 시작했지."

"자네 이런 짓을 얼마나 오래 해온 건가?' 내가 물었어."
"8월 26일부터요.'"
"지금 1월인데.' 내가 말했지."
"그래서요?"
"8월 26일이면 아직 6개월도 안 지난 것 아닌가.'"

"그는 나를 바라봤네. 버넌이 물병을 가져왔지. 조크는 한 잔을 따라 마셨어. 그리고 자리에 앉은 채 몸을 떨기 시작하더군. 땀을 뻘뻘 흘리며 떨면서, 다시 잔을 채우려고 애썼어. 그러고는 빠른 속도로 내게 털어놓으며 동시에 잔을 채우고 마시기 시작했지."

"제이크가 (나머지 남자의 이름이 제이크 어쩌구였어. 잘생긴 친구 말이야) 빌린 차를 운전한다더군. 진스파브는 사다리에서 자동차로 옮겨타는 역할이고. 조크가 해준 말로는, 3기통만 사용해서 달리는 포드나 쉐보레와 위치를 맞추면서, 진스파브가 남은 이삼십 피트를 껑충 뛰어내리지 못하도록 말려야 한다는 거야. 비행기와 빌린 차 양쪽의 연료를 아끼려고 항상 서둘러 뜬다더군. 진스파브는 줄사다리를 가지고 아래쪽 날개로 나가서는, 날개를 지지대에 고정한 다음, 자기 몸을 줄사다리 반대쪽 끝에 걸고, 그대로 떨어지는 거야. 땅에 있는 사람들은 자기네가 보려고 온 그 장면이 펼쳐질 거라고 생각하지. 그가 떨어져서 죽는 장면 말이야. 그래서 그 작자가 자기 곡예를 죽음의 매달리기라고 부르는 거야. 그런 다음에 줄사다리에서 자동차 위로 내려오고, 비행기가 돌아오면 줄사다리를 붙들고 다시 매달리는 거지. 이게 그 작자의 '죽음의 매달리기'야."

"뭐, 조크의 머리카락이 하얗게 세기 시작한 후로, 진스파브는 경제적 문제처럼 그 모든 것을 동시에 하려 들었어. 자동차가 위치를 잡으러 이동하는 동시에 줄사다리를 놓고 그대로 자동차에 떨어지는 건데, 조크 말로는 비행 시간이 3분도 안 되는 경우도 있었다더군. 그러다 하루는 빌린 자동차가 맛이 가거나 뭐 그랬었나 봐. 자동차가 위치를 잡는 동안 조크가 비행장 위를 네다섯 바퀴 정도 선회해야 했지. 그리고 자기 돈이 배기구로 빠져나가는 꼴을 목격한 진스파브는, 결국 조크의 신호를 기다리기를 거부하고 바로 뛰어내린 거야. 문제는 비행기와 자동차 사이의 거리가 줄사다리 길이보다 가까웠다는 거지. 그래서 진스파브는 자동차에 부딪쳤고, 비행기 추력은 아직 줄사다리에 매달려 있는 진스파브를 데리고 아슬아슬하게 급상승해서 고압선을 넘어갈 정도밖에는 남지 않았어. 게다가 진스파브가 다리가 부러진 채로 사다리를 올라오는 동안 20분이나 상승 상태를 유지해야 했지. 그래서 조크는 스로틀을 전부 열고 엔진을 1,100rpm으로 돌리면서, 무릎으로 조종간을 붙들어 상승 상태를 유지하면서 몸을 돌려 조종석 뒤편 선반을 열고 여행가방을 꺼낸 다음 그걸로 조종간을 고정시켰어. 날개로 나가서 진스파브를 다시 자리로 끌어올려야 할 테니까. 그렇게 진스파브를 다시 태우고 땅으로 내려왔는데, 그 작자가 이렇게 말했다더라고. '우리가 얼마나 날았나?' 그래서 조크가 풀 스로틀로 30분을 비행했다고 대답했더니 진스파브가 이렇게 말하더라는 거야. '나를 아주 쫄딱 망하게 할 작정인가?'"

III

이야기의 나머지 부분은 복합적이다. 우리가 (이 땅 여기저기 울혈처럼 흩어져 있는, 사람들로 복작이는 일만 개의 작은 어슷비슷한 소도시들과 바꿔 써도 무방한 우리 도시의, 주민이자 중추인 땅개들이) 목격한 내용을 어느 전문가가, 외딴곳의 하찮은 땅 위에 드리운 긁힌 자국처럼 외로운 그림자를 목격했던 남자가, 다듬고 검증한 내용이니까.

세 이방인은 빌린 차를 타고 비행장에 도착했다. 차에서 내렸을 때는 무기력하고 낯선 목소리로 말다툼하는 중이었다. 조종사와 잘생긴 남자 대 절룩이는 남자였다. 워런 대위는 그들이 돈 때문에 말다툼을 한 것이라고 말했다.

"직접 보고 싶다고." 진스파브가 말했다. 서로 붙어 선 상태였고, 잘생긴 남자가 주머니에서 뭔가를 꺼냈다.

"자. 여기 있다. 똑똑히 봤지?" 그가 말했다.

"내가 직접 세 보겠어." 진스파브가 말했다.

"이봐, 이봐." 조종사가 무기력하고 낯선 목소리로 말했다. "돈은 제대로 있다고 우리가 확인해 줬잖아! 조사관이 끼어들어서 돈이랑 비행기도 다 가져가고 우리를 감방에 처넣었으면 좋겠어? 기다리는 사람들 좀 보라고."

"너희들은 전에도 나를 속였어." 진스파브가 말했다.

"좋아." 조종사가 말했다. "저놈한테 넘겨줘. 비행기도 넘기고. 자동차 대여 비용도 저놈이 시내에 돌아가서 내겠지. 우린 차를 얻어타고 떠나자고. 15분 후에 여길 출발하는 기차가 있으니까."

"너희들은 전에도 나를 속였어." 진스파브가 말했다.

"하지만 이번에는 아니라니까. 정신 차려. 저 사람들 좀 보라고."

그들은 비행기 쪽으로 움직이기 시작했다. 끔찍하게 다리를 저는 진스파브는 뻣뻣하게 등을 세운 채, 비극적이며 분노로 차가워진 얼굴을 하고 있었다. 군중은 제법 모였다. 대개는 시골 사람들이었다. 어두운 색조의 남자들 무리와 화사한 옷을 차려입은 여자들, 젊은 여자들이 대조되어 보였다. 어린 소년들과 남자 몇몇은 벌써부터 비행기를 에워싸고 있었다. 우리는 절룩이는 남자가 비행기 동체에서 이런저런 물건을 꺼내기 시작하는 모습을 지켜봤다. 낙하산에, 줄사다리에. 잘생긴 남자는 프로펠러로 향했다. 조종사는 뒷좌석으로 갔다.

"떨어져요!" 그가 갑자기 날카롭게 소리쳤다. "물러서십시오, 여러분. 이 늙은 새의 목을 비틀어줘야 하니까."

그들은 세 번에 걸쳐 엔진 크랭크를 돌렸다.

"내가 노새가 한 마리 있는데, 선생." 시골 남자 하나가 말했다. "끌어다 주면 얼마나 내겠소?"

세 남자는 웃지조차 않았다. 절룩이는 남자는 한쪽 날개에 줄사다리를 연결하느라 바빴다.

"별로 엄청난 바보도 아닌 것 같은데 말이죠." 시골 여자 하나가 말했다.

그때 시동이 걸렸다. 뒤쪽에 서 있던 소년 하나가 잠깐 떠오르는 것처럼 보이더니, 그대로 나뭇잎처럼 한쪽으로 밀려가 버렸다. 우리는 돌아가는 프로펠러와 덜컹거리며 활주로를 내려가는 비행기를 지켜보았다.

"저게 날 수 있을 리가 없잖아요." 아까의 시골 여자가 말했다. "주님께서 저한테도 눈이라는 걸 주셨거든요. 저게 못 날 물건이라는 정도는 보면 알아요. 당신네들 전부 속은 거라고요."

"좀 기다리시오." 다른 목소리가 말했다. "바람을 타야 날아오를 수 있을 테니까."

"저쪽이나 여기나, 저 아래쪽이나, 바람 부는 건 비슷비슷하지 않아요?" 여자가 말했다. 그러나 비행기는 날아올랐다. 방향을 돌려 우리 쪽으로 날아왔다. 귀가 먹을 것처럼 소리가 울렸다. 측면을 보이며 지나갈 때는 별로 빠르다는 느낌은 들지 않았지만, 그래도 바퀴 아래와 땅 사이에 햇빛이 보이기는 했다. 그러나 역시 빠르지는 않았다. 그저 땅에서 살짝 떠올라 있는 것처럼 보였지만, 우리는 이윽고 그 뒤편과 아래의 나무며 풍경이 눈이 돌아갈 정도의 속도로 뒤로 날아가고 있다는 사실을 깨닫게 되었다. 그러다 동체가 기울어지더니, 원형 회전톱이 떡갈나무 통나무에 박히는 소리를 내면서 하늘로 솟구쳤다. "아무도 안 타고 있을 거예요!" 아까의 시골 여자가 소리쳤다. "어차피 보이지도 않는데!"

세 번째 남자, 그러니까 잘생기고 모자를 쓴 남자는, 빌린 차에 타고 있었다. 우리 모두가 아는 차였다. 누구든 보증금 10달러만 내면 빌릴 수 있는 고물이었다. 그는 비행장 끝까지 차를 몰고 가서 활주로를 마주하며 차를 멈췄다. 우리는 비행기를 돌아보았다. 제법 높은 곳에서 우리를 향해 날아오는 중이었다. 누군가 갑자기 연약하고 새된 소리로 외쳤다. "저기! 날개에 나와 있어!

보여?"

"그럴 리가!" 시골 여자가 말했다. "나는 못 믿어요!"

"저 비행기에 타는 걸 봤잖소." 누군가 말했다.

"나는 못 믿어요!" 여자가 말했다.

그리고 우리는 한숨을 쉬었다. 뒤이어 모두의 입에서 "아아아 아아아" 하는 소리가 터져 나왔다. 비행기 날개에서 점 같은 것이 떨어지는 모습이 보였기 때문이다. 우리 모두는 그게 사람이라는 것을 알고 있었다. 이유는 모르겠지만 그 외롭고 하찮게 추락하는 형상이 우리와 똑같이 살아 있는 사람이라는 사실을 알 수 있었다. 점은 그대로 낙하했다. 몇 년을 떨어지는 것처럼 보였지만, 끈이나 밧줄을 내보이지 않은 채 갑작스레 멈췄을 때 확인해 보니 날개 끝의 빗금무늬부터의 거리보다 비행기부터의 거리 쪽이 더 짧아 보였다.

"저게 사람일 리가 없어!" 여자가 비명을 질렀다.

"생각 좀 해 보시오." 남자가 말했다. "타는 걸 직접 봤잖소."

"알 게 뭐예요!" 여자가 울부짖었다. "사람일 리가 없어요! 당장 나를 집으로 데려다줘요!"

그 후로 일어난 일은 설명하기가 힘들다. 우리가 별로 보지 못해서는 아니었다. 일어난 모든 일을 고스란히 목격했지만, 그것으로 가정을 세울 경험이 부족했기 때문이다. 우리는 빌린 고물 자동차가 점차 속도를 올리며, 1월의 녹기 시작한 진흙 속에서 덜커덕거리며 비행장을 가로지르는 모습을 지켜보고, 비행기 소리가 그 위를 뒤덮으며 정확하게 속도를 맞추는 모습을 지켜보았다. 죽음처럼 검게 칠한 비행기에 매달린 줄사다리와, 거기서 대롱대롱 흔들리는 상어 얼굴의 남자가 보였다. 줄사다리 끄트머리가 자동차 지붕을 훑고 지나갔고, 사다리에 매달린 절룩이는 남자와 자동차에서 고개를 내밀고 내다보는 잘생긴 남자의 모습이 보였다. 이제 비행장의 끝이 가까워지고 있었고, 비행기는 자동차보다 빨리 움직여서 비행장을 지나쳐 버렸다. 그리고 아무 일도 일어나지 않았다. "저거 들어봐요!" 누군가 소리쳤다. "저 사람들 지금 대화를 나누고 있어요!"

워런 대위는 그들이 무슨 대화를 나누었는지를, 두 유대인이 서로에게 뭐라고 소리 지르고 있었는지를 알려주었다. 거미줄처럼 보이는 줄사다리에 매달린 상어 얼굴의 남자와, 차에 탄 남자가, 비행장의 끝이 가까워지는 가운데 대체 무슨 대화를 나누었는지를.

"얼른!" 자동차의 남자가 소리쳤다.

"얼마나 받았냐고?"

"뛰어내려!"

"100달러 못 받았으면 안 뛸 거야."

이제 비행기는 다시 굉음을 울리며 급상승하기 시작했고, 거미줄 같은 사다리에 매달린 인영人影은 그대로 달랑달랑 흔들렸다. 자동차가 다시 자리를 잡는 동안 비행기는 비행장 위를 두 바퀴 선회했다. 다시 자동차가 비행장을 달려내려가기 시작했고, 다시 비행기가 회전톱 같은 격한 울음을 흘리며 내려왔고, 매달린 남자가 자동차 뒷편에 가까워지기 시작하자 소음은 칙칙거리는 소리로 줄어들었다. 우리는 다시 두 사람의 하찮은 목소리가 터무니없고 끔찍한 느낌으로 변해 가는 모습을 지켜보았다.

말 그대로 천상에서 찾아온 남자가, 대지에서 나왔으며 대지를 떠나서는 아무런 가치도 없는 무언가에 대해서 고래고래 소리를 지르는 모습을.

"얼마나 받았다고 했지?"

"뭐라고!"

"뭐야? 얼마나 받았다고 했지?"

"한 푼도! 뛰어!"

"한 푼도?" 줄사다리에 매달린 남자는 분노에 스러지는 울부짖음을 남겼다. "한 푼도 못 받았다고?" 비행기는 어쩔 수 없이 다시 자동차를 지나쳐서, 비행장의 끄트머리에, 울타리에, 지붕이 썩은 긴 헛간에 다가가고 있었다. 문득 우리는 워런 대위가 옆으로 나와 있다는 사실을 깨달았다. 그가 사용하는 모습을 한 번도 보지 못했던 단어들을 내뱉는 중이었다.

"무릎 사이에 조종간을 끼고 있어." 워런 대위가 말했다. "고귀하신 인류의 지배자시여, 영원한 휴식의 달콤하고 성스러운 표상이시여." 우리는 그때까지 아직 비행기에 타고 있는 조종사에 대해서는 완전히 잊고 있었다. 비행기는 위로 상승하는 중이었고, 조종사는 뒷좌석에서 몸을 일으켜 세우고, 한쪽으로 몸을 기울여서 사다리에 매달린 남자를 흔드는 중이었다. 줄사다리의 남자가 비명을 지르며 다시 차 위를 지나치는 동안, 조종사가 그를 향해 고함을 치는 모습도 보였다.

"안 할 거야! 안 할 거라고!" 비행기가 다시 지나갈 때에도 그는 여전히 소리치고 있었다. 남자는 헛간의 긴 지붕 위편 하늘에, 점차 작아지며 소리치는 점 하나로 보였다. "안 할 거야! 안 할 거라고!" 아까 그 점이 비행기를 떠나 떨어지다가 줄사다리 덕분에 멈추었을 때, 우리는 그게 살아 있는 인간이라는 사실을 알고 있었다. 그리고 이제 우리는 그를 멈출 줄사다리가 이번에는 없다는 사실도 알고 있었다. 우리는 그가 차갑고 공허한 1월의 하늘을 배경으로 추락하는 모습을, 그리고 헛간의 실루엣이 그를 빨아들이는 모습을 지켜보았다. 이렇게 멀리서 봐도 개구리 같고, 화가 잔뜩 나서 고집 세 보이는 모습이었다. 군중 속에서 여자 하나가 비명을 질렀지만, 비행기 소리에 그대로 파묻혀 버렸다. 비행기는 그대로 찢어질 듯 격렬한 소음을 울리며 하늘로 상승했고, 텅 빈 줄사다리가 그 아래에서 달랑달랑 흔들렸다. 엔진 소리가 마치 안도와 절망을 담은 신음처럼 울렸다.

IV

워런 대위는 다음 토요일 밤에 이발소에서 우리에게 상황을 설명해 주었다.

"그 작자가 정말로 헛간 위로 뛰어내린 건가?" 우리는 그에게 물었다.

"그래. 뛰었지. 죽거나 다칠지도 모른다는 생각은 아예 하지도 않고 있었어. 그래서 안 다친 거기도 하고. 너무 분노하고 있어서, 정당한 대가를 받으려고 너무 서두르고 있어서 말이야. 날아 내려올 때까지 기다리지도 못한 거지. 주님의 섭리께서 그 작자가 너무 바쁘고 정의를 갈구하고 있다는 사실을 알았기 때문에, 주님의 섭리께서 그 자리에 지붕이 썩은 헛간을 가져다놓은 거라고. 헛간 위로 떨어지겠다는 생각은 아예 하지도 않고 있었어. 그러려고 시도했더라면, 우주의 균형에 대한 신념을 저버리고 착륙할 위치 따위에 신경썼더라면, 그 작자는 분명 헛간 위로 떨어지지 못하고 그대로 추락사했겠지."

얼굴에 피가 철철 흐르는 긁힌 자국이 하나 생긴 것을 제외하면, 그는 아무런 부상도 입지 않았다. 외투는 등짝이 완전히 뜯겨 나가서, 비행모자 뒤편 솔기가 틀어진 자국이 일직선으로 외투까지 이어지는 것처럼 보였다. 우리가 헛간에 도착하기도 전에, 그 작자는 헛간에서 달려 나왔다. 얼굴에서 피를 철철 흘리고 팔을 마구 흔들면서, 반으로 찢어진 외투가 양 어깨에서 흔들리는 채로, 그는 절룩이며 우리 사이로 끼어들었다.

"그 의장이라는 사람은 어디 있소?" 그가 말했다.

"무슨 의장?"

"재향군인회 의장 말이오." 그는 빠르게 절룩이며 기절한 여자 셋을 둘러싸고 서 있는 사람들 쪽으로 다가갔다. "내가 저 차로 옮겨타는 묘기를 보여주면 100달러를 주겠다고 했잖소. 자동차 대여료나 그런 것도 전부 우리가 내야 하는데, 이제 와서 당신네가—"

"60달러 받았을 텐데." 누군가 말했다.

남자는 그쪽을 바라봤다. "60? 100달러라고 분명 말했소. 그렇다면 나한테는 100이라고 믿게 만들어 놓고 60만 준 셈이겠군. 내가 고작 60달러 때문에 목숨을 거는 꼴을 보고 싶었던 모양인데……" 비행기는 이미 착륙한 후였다. 조종사가 갑자기 절룩이는 남자한테 덤벼들 때까지, 우리는 그 사실을 깨닫지조차 못하고 있었다. 조종사는 우리가 달려들어 붙잡기도 전에, 절룩이는 남자를 붙들고 한쪽으로 가서 내팽개쳤다. 우리는 몸부림치며 흐느끼는 조종사를 붙들었고, 그의 지저분하고 수염이 숭숭한 얼굴에는 눈물이 흘러내렸다. 워런 대위가 갑자기 그곳에 등장해서 조종사를 붙들었다.

"그만두게!" 그가 말했다. "그만둬!"

조종사는 움직임을 멈추었다. 그는 워런 대위를 멀거니 바라보다가 땅바닥에 풀썩 주저앉았다. 얇고 지저분한 옷을 걸치고, 지저분하고 수척하고 수염이 자란 얼굴로, 병색이 깃든 눈에서는 눈물을 흘리면서. "다들 좀 가 있게나." 워런 대위가 말했다. "이 친구 잠시라도 홀로 있게 해 줘."

우리는 상대방인 절룩이는 남자 쪽으로 돌아갔다. 사람들이 그를 일으켜준 후였고, 그는 반쪽이 난 외투를 벗어서 그걸 물끄러미 바라보고 있었다. 그러다 그가 입을 열었다. "누가 껌 좀 주시오."

누군가 껌을 하나 건넸다. 다른 사람은 담배 한 대를 권했다. "고맙지만 됐소." 그가 말했다. "돈 태우는 일은 하고 싶지 않아서. 아직 돈이 넉넉하다고는 못 하겠거든." 그는 껌을 입에 넣었다. "당신네들 나를 속여먹으려 했어. 내가 60달러에 목숨을 걸 거라고 생각했다면, 당신네들 바보짓 한 거요."

"마저 줘 버리자고." 누군가 말했다. "여기 내 몫이 있소."

절룩이는 남자는 주변을 돌아보지조차 않았다. "100달러 채워 오시오. 그러면 전단지에 적은 대로 자동차로 바꿔타는 묘기를 보여줄 테니까."

그의 뒤편 어디선가 여자가 비명을 질렀다. 그녀는 웃으면서 동시에 울기 시작했다. "절대로……" 그녀는 동시에 울고 웃으면서 말했다. "절대로 그런 짓을……" 그러다 사람들이 그녀를 데려갔다. 절룩이는 남자는 여전히 움직이지 않았다. 그가 소맷자락으로 얼굴을 훔치고는 피 묻은 소매를 바라보고 있을 때, 워런 대위가 그에게 다가갔다.

"저 사람 얼마나 부족한 건가?" 워런이 말했다. 사람들이 워런에게 액수를 알려줬다. 그는 돈을 좀 꺼내서 절룩이는 남자에게 건넸다.

"내가 자동차로 바꿔타는 걸 보고 싶은 거요?" 그가 말했다.

"아니." 워런이 말했다. "저 관짝을 끌고 최대한 빨리 여기서 꺼져 줬으면 하는데."

"그래, 그건 당신 선택이니." 절룩이는 남자가 말했다. "내가 묘기를 보여주겠다고 제안했다는 증인은 충분히 있으니까." 그가 움직이기 시작했다. 우리는 길을 비켜주며 그를 지켜보았고, 그는 찢어진 외투를 달랑거리며 비행기 쪽으로 다가갔다. 비행기는 엔진의 시동이 걸린 채 그대로 활주로에 서 있었다. 세 번째 남자는 이미 앞좌석에 타 있었다. 우리는 절룩이는 남자가 힘겹게 기어올라 그 옆자리에 타는 모습을 지켜봤다. 둘은 그대로 앉아서 정면만 응시하고 있었다.

조종사가 자리에서 일어나기 시작했다. 워런이 그 옆에 서 있었다. "저 비행기는 폐기하게." 워런이 말했다. "자넨 나하고 같이 우리 집으로 가지."

"우린 떠나는 게 좋을 것 같습니다." 조종사가 말했다. 그는 워런을 돌아보지 않았다. 그러다 그는 악수를 청하듯 손을 내밀었다. "그럼……" 그가 말했다.

워런은 손을 맞잡아주지 않았다. "나하고 같이 우리 집으로 가자고." 그가 말했다.

"그럼 저 개자식은 누가 책임집니까?"

"그러고 싶은 사람이 있긴 하겠나?"

"제가 바로잡아줄 겁니다. 언젠가는요. 언젠가 저 자식을 두들겨팰 수 있는 날이 오면요."

"조크." 워런이 말했다.

"안 돼요." 상대방이 말했다.

"외투는 있나?"

"물론 있죠."

"자넨 거짓말쟁이야." 워런은 자기 외투를 벗기 시작했다.

"아뇨." 상대방이 말했다. "필요 없습니다." 그는 비행기 쪽으로 다가갔다. "언젠가 또 뵙죠." 그는 어깨 너머로 말했다. 우리는 그가 비행기에 올라타는 모습을 지켜보고, 비행기가 생명을 찾아 되살아나는 소리를 들었다. 비행기는 우리를 지나쳐 벌써 이륙하기 시작했다. 조종사는 뻣뻣하게 한 번 경례하듯 손을 움직였다. 앞좌석의 머리 두 개는 돌아가지도 움직이지도 않았다. 그러다 비행기는 사라졌고, 소리 또한 뒤따라 사라졌다.

워런이 몸을 돌렸다. "저 친구들이 빌린 차는 어쩌나?" 그가 말했다.

"저한테 25센트를 주고 시내로 돌려보내 달라고 했어요." 한 소년이 말했다.

"운전할 수 있냐?"

"물론이죠, 대위님. 여기까지 몰고 온 것도 전데요. 빌릴 곳까지 안내한 것도 저고요."

"그 뛰어내린 남자였나?"

"네, 대위님." 소년은 슬쩍 시선을 돌렸다. "근데 제가 가져가기는 조금 겁이 나요. 혹시 대위님이 같이 와 주실 수 없나요?"

"뭐야, 겁이 난다고?" 워런이 말했다.

"그 사람이 해리스 씨한테 선금을 아예 안 냈거든요. 자동차를 안 쓰게 될 수도 있으니, 만약 쓰게 되면 해리스 씨가 말한 10달러 대신 20달러를 내겠다고 했어요. 그런데 저한테는 차를 되돌려주면서 자동차는 안 썼다고 해리스 씨한테 전해달랬거든요. 해리스 씨가 별로 안 좋아할 것 같아요. 엄청 화를 낼 것 같거든요."

엘리
Elly

깎아지른 벼랑에 맞닿아 있기 때문인지, 목제 난간은 그저 아이들 장난감처럼 보였다. 난간은 구불구불한 도로를 끌어안듯 따라가며 자동차 너머로 아른거리며 흐릿하게 사라졌다가, 그 뒤편에서 번득이며 나타났다 사라지기를 반복했다. 마치 팽팽하게 당긴 리본을 가위로 잘라낸 것처럼.

이내 그들은 첫 표지판을, 밀스시티,* 6마일이라고 적힌 표지판을 지나쳤고, 엘리는 생각에 잠긴 채 살짝 놀라며 생각했다. '거의 다 왔잖아. 이젠 너무 늦었어.' 그녀는 옆자리에 앉은 폴을, 운전대 위에 손을 올려놓고 바쁘게 사라지는 도로를 바라보는 남자의 옆모습을 주시했다. 그녀가 입을 열었다. "좋아요. 당신이 나랑 결혼하게 만들려면 내가 뭘 해야 할까요, 폴?" 그러면서 생

---

* Mills City. 포크너의 다른 텍스트에는 등장하지 않는 가상의 지명이다. 밀스시티와 제퍼슨의 거리(200마일)는 버밍엄과 옥스퍼드 사이의 거리와 일치한다.

각했다. '아까 농장에서 밭일을 하는 남자가 하나 있었지. 우리가 그 숲에서 나왔을 때 지켜보고 있었어. 폴이 자동차용 모포를 품에 안고 나와서 자동차에 올라타는 모습도 봤을 거야.' 어느 정도는 무심하고 태만한 생각이었다. 없애야 할 흔적이 그뿐은 아니었기 때문이다. '아주 끔찍한 것 하나를 잊어버리고 있는데.' 밀스시티를 점차 더 가깝게 만들어주는, 갈수록 늘어가는 표지판이 빠르게 사라지는 것을 바라보며, 그녀는 이렇게 생각했다. '아주 끔찍한 거야. 얼른 기억해 내야 하는데.' 동시에 그녀는 나직하게 소리 내어 말했다. "내가 할 수 있는 일은 아무것도 없는 거겠죠?"

폴은 여전히 그녀를 돌아보지 않았다. "없어." 그는 말했다. "당신은 아무것도 못 해."

그리고 그녀는 자신이 잊어버린 것을 기억해 냈다. 밀스시티에는 그녀를 기다리고 있는 할머니가, 귀가 반쯤 먹고 벗어날 수 없는 차가운 눈초리를 지닌 노부인이 있었다. 그녀는 놀라움이 섞인 고요한 절망과 함께 그 사실을 떠올렸다. '대체 할머니를 어떻게 잊을 수 있었지? 대체 어떻게? 어떻게?'

그녀는 열여덟 살이었다. 200마일 떨어진 제퍼슨에서, 아버지와 어머니와 할머니와 함께 제법 큰 저택에 살았다. 저택에는 담쟁이덩굴에 가려지고 조명은 안 달아놓은 널찍한 베란다가 있었다. 그녀는 거의 매일 밤마다 그 그림자에서 매번 다른 남자와 반쯤 누워 있곤 했다* ─ 처음에는 동네의 청소년이나 젊은이들

---

* 성교를 제외한 다른 애정행각을 저질렀다는 뜻.

이었고, 나중에는 그 소도시를 지나쳐 가다가 대화를 통해, 또는 우연히 그녀와 만나게 된, 외모가 훤칠한 거의 모든 남자가 되었다. 그녀는 밤에는 남자들의 차에 올라타는 법이 없었고, 남자들은 이내 그 이유를 알 것 같다고 생각하면서도, 누구도 즉시 희망을 버리지는 않았다 ― 적어도 재판소 시계가 11시를 알리기 전까지는. 그리고 5분쯤 지나면 (그때까지 거의 한 시간 이상을 아무 말 없이 보냈던 두 사람은) 이런 다급한 대화를 나누게 되는 것이었다.

"당신은 이제 가야 해요."

"아니. 지금은 안 돼."

"돼요. 지금요."

"왜?"

"왜냐하면, 제가 지쳤으니까요. 침대로 가야겠어요."

"알겠군. 거기까지는 하고 싶지 않다는 거지. 그런 건가?"

"아마도요." 그림자 속의 그녀는 이제 경계심 많고, 차갑고, 움직이지 않은 채 웃음의 저수지 저편으로 이미 도망쳐 버린 후였던 것이다. 그러면 남자는 떠날 것이고, 그녀는 어둑한 집 안으로 들어와서 위편 복도에 사각형으로 내려앉는 유일한 빛을 올려다보며, 완전히 다른 사람으로 변할 것이다. 거의 노파나 다름없는 지친 발걸음으로, 그녀는 계단을 올라 빛을 발하는 방의 열린 문간을 지나칠 것이고, 그 안에는 그녀의 할머니가 꼿꼿하게 앉아서, 손에는 책을 펼쳐 든 채로, 복도를 마주하고 앉아 있을 것이다. 그녀는 보통 방 안을 들여다보지 않은 채 그 앞을 지나쳤다. 그러나 가끔 눈길이 향할 때가 있었다. 그럴 때마다 두 사람은 온전하게 서로를 바라봤다. 늙은 여인은 차갑고 꿰뚫어보는 눈초리로. 소녀는 지치고 탈진한 얼굴과, 무기력한 증오가 가득 담기고 동공이 팽창된 어두운 눈으로. 그렇게 그녀는 계속 걸음을 옮겨 자기 방으로 들어갈 것이고, 잠시 문에 몸을 기대고 할머니의 멀어져가는 가벼운 발소리에 귀를 기울이며, 때론 조용히 절망하며 흐느낄 것이다. "저 늙은 암캐, 저 늙은 암캐"라고 중얼거리면서. 그러다 흐느낌도 끝날 것이다. 그녀는 옷을 벗고 거울에 비친 자신의 얼굴을 보면서, 키스 때문에 이제 색조도 빠지고 두툼하고 짓눌리고 (그녀 자신은 그렇게 믿었다) 지치고 먹먹해진 입술을 바라보며 생각할 것이다. '신이시여. 내가 왜 그런 걸까? 난 대체 뭐가 문제인 거지?' 내일 아침이면 어젯밤이 자기 입에 상처처럼 남긴 흔적을 단 채로 그 늙은 여인을 다시 마주하리라 생각하며, 분노나 박해받았다는 감각보다는 삶의 무의미함과 공허함을 더욱 강하게 느낄 것이다.

그러던 어느 오후, 여자 친구 하나의 집 앞에서 그녀는 폴 드 몽티니를 만났다. 그가 떠나자 두 소녀만이 그 자리에 남았다. 이제 그들은 마치 두 명의 칼잡이처럼, 베일 아래의 눈으로 상대방을 조용히 바라보았다.

"그래서 저 사람이 마음에 든 거지?" 친구가 말했다. "너 정말 취향이 이상한 거 아냐?"

"누구 이야길까?" 엘리가 말했다. "네가 누구 얘기를 하는 건지 정말 모르겠네."

"아, 그래?" 친구가 말했다. "아무래도 너는 그 사람 머리카락을 제대로 못 본 모양이네. 뜨개질한 모자 같았잖아. 입술도 그렇고. 거의 부르튼 것 같았지."

"대체 무슨 소릴 하는 거야?" 엘리가 말했다.

"아무것도 아냐." 상대방이 말했다. 그녀는 복도 쪽을 힐끔거리더니, 옷 앞섶에서 담배 한 대를 꺼내서 불을 붙였다. "내가 뭘 제대로 아는 것도 아니고. 나도 그냥 들은 이야기거든. 저 사람 숙부가 자기한테 깜둥이 피가 섞였다고 고발한 사람을 죽였다던가."

"거짓말이지." 엘리가 말했다.

상대방은 연기를 내뿜었다. "알았어. 너희 할머니한테 그 사람 가족에 대해 물어보든가. 너희 할머니도 루이지애나에 사셨다고 하지 않았어?"

"넌 어떻고?" 엘리가 말했다. "저 사람을 집으로 초대한 건 너잖아."

"나는 적어도 옷장 속에 숨어서 저 사람하고 키스하지는 않았거든."

"아, 그러셔?" 엘리가 말했다. "너한테는 무리였나보네."

"적어도 네가 그쪽에 들이민 얼굴을 치우기 전까지는 무리일 것 같아." 상대방이 말했다.

그날 밤, 엘리와 폴은 가려지고 어둑한 베란다에 앉아 있었다. 그러나 11시 정각이 되자 다급하고 긴장하게 된 쪽은 그녀였다. "안 돼! 안 돼요! 제발, 제발."

"아, 정말. 대체 뭐가 두려운 거지?"

"맞아요, 두려운 거예요. 떠나요, 제발. 제발."

"그럼 내일은?"

"안 돼요. 내일도 다른 어느 때도 안 돼요."

"좋아. 내일로 하지."

이번에 그녀는 할머니의 문간을 지나칠 때 안을 들여다보지 않았다. 자기 방문에 기대어 흐느끼지도 않았다. 대신 그녀는 문에 몸을 기댄 채, 흐릿한 환희를 느끼며 소리 내어 말했다. "깜둥이야. 깜둥이라고. 할머니가 이걸 알면 무슨 소리를 할까나."

다음 날 오후, 폴은 베란다 앞으로 당당하게 걸어왔다. 엘리는 그네에 앉아 있었고, 할머니는 근처 의자에 있었다. 그녀는 일어나서 계단으로 나가 폴을 맞이했다. "당신 여긴 왜 온 거예요?" 그녀가 말했다. "왜 왔어요?" 그리고 그녀는 마치 남일을 구경하는 듯한 태도로, 그를 이끌고 꼿꼿이 앉아 있는 노인에게 다가갔다. 꼿꼿하고 완고하게 고결한 자세로, 유령으로 북적이는 내밀한 장소에 자리잡고 앉은 노인에게. 엘리로서는 그중 누구도 알아보거나 이름을 댈 수 없으며, 오직 하나의 입만을 공유하는 것처럼 보이는 유령들에 둘러싸인 이에게. 그녀는 할머니 쪽으로 몸을 기울이며 소리쳤다. "이쪽은 드 몽티니 씨예요, 할머니!"

"뭐라고?"

"드 몽티니 씨요! 루이지애나에서 오셨대요!" 이렇게 소리친 그녀는, 문득 할머니가 허리 아래쪽은 움직이지 않으면서도 공격하려는 뱀처럼 화들짝 몸을 뒤로 빼는 모습을 목격했다. 그게 오후에 있었던 일이었다. 그날 밤 엘리는 처음으로 베란다에 나가지 않았다. 그녀와 폴은 정원 관목숲 안에서 한덩어리가 되어 있었다. 거칠고 비좁고 어두운 공간 속에서, 엘리는 순간 모든 것을 잊었고, 절망과 환희와 자기변호마저 갈구하며 힘차게 울리는 그녀의 맥박이, 그녀가 포기하기 직전에 그녀 내면에서 마치 소리 내어 말하는 것처럼 크게 외쳤다. "할머니가 여기서 이걸 봐야 하는데! 할머니가 여기서 이걸 봐야 하는데!" 그런데 그 순간 무언가 그녀를 향해 소리쳤고 — 그때까지는 완전히 정적뿐이었다 — 그녀는 정신없이 뒤로 몸을 빼며 물러났다. 할머니가 그녀의 바로 뒤편에 서서 두 사람을 내려다보고 있었다. 할머니가 언제 도착했는지 또는 얼마나 오래 그곳에 있었는지는, 두 사람으로서는 알 수가 없었다. 그러나 실망스럽게 자리를 파하는 동안 할머니는 아무 말 없이 그곳에 서 있었다. 폴이 서두르지 않고 자리를 뜨고, 엘리는 그 자리에 서서 멍하니 이렇게 생각하는 동안에도. '죄를 저지를 시간도 없었는데 죄인이 되어버렸네.' 뒤이어 그녀는 자기 방에서 문에 기댄 채, 할머니의 발소리가 계단을 올라와서 그녀 아버지의 방으로 향하기를 기다렸다. 그러나 늙은 여인의 발소리는 자신의 방문 앞에서 멈췄다. 엘리는 침대로 가서 옷도 벗지 않은 채, 여전히 피가 쿵쿵거리며 흐르는 소리를 들으며, 여전히 헐떡이며 자리에 누웠다. '그러면,' 그녀는 생각했다. '내일이 되겠네. 할머니가 내일 아침에 아버지한테 말할 거야.' 그리고 그녀는 몸을 뒤틀며, 양쪽으로 번갈아 몸을 뒤척이기 시작했다. '죄를 저지를 기회조차 얻지 못했는데.' 그녀는 헐떡이며, 놀랍게도 후회를 느끼며 이렇게 생각했다. '내가 저질렀다고 생각하고 내가 저질렀다고 말하겠지만, 난 아직 처녀잖아. 할머니가 나를 이렇게 몰아넣은 다음, 결정적인 순간에 나를 저지한 거야.' 그녀는 해가 뜰 때까지도 여전히 옷을 전부 차려입은 채 누워 있었다. '오늘 아침이 되겠지.' 그녀는 멍하니 생각했

다. '세상에. 내가 어쩌다 그런 걸까. 내가 대체 왜. 남자 따위는 전혀 원하지도 않는데.'

아버지가 아침식사를 하러 내려왔을 때, 그녀는 식당에서 기다리는 중이었다. 그는 아무 말도 하지 않았고, 겉보기로는 아무것도 모르는 듯했다. '어쩌면 할머니가 어머니한테 말한 걸지도 몰라.' 엘리는 생각했다. 그러나 잠시 후, 그녀의 어머니 또한 등장했다가 아무 말 없이 시내로 떠났다. '그러니까 아직 아닌 거네.' 그녀는 계단을 오르며 이렇게 생각했다. 할머니의 방문은 닫혀 있었다. 그녀가 방문을 열어 보자, 나이 든 여인은 침대에 앉아서 신문을 읽고 있었다. 그녀는 차갑고 고요하고 완고한 시선을 들었고, 엘리는 텅 빈 집 안에 울리도록 그녀를 향해 소리쳤다. "내가 이 작고 말라붙고 가망 없는 동네에서 뭘 더 할 수 있겠어요? 일할게요. 게으르게 살고 싶은 게 아니에요. 일자리를 찾아 줘요. 어디서든, 뭐든 좋으니까, 제퍼슨이라는 단어가 다시는 들리지 않을 만큼 멀기만 하면 상관없으니까." 그녀의 이름은 할머니에게서 따온 것이었다. 에일란시아. 그러나 늙은 여인은 자기 이름도, 손녀의 이름도, 다른 누구의 이름도, 엘리가 지금 하는 것처럼 귓가에 소리쳐 줄 때를 제외하고는 지난 15년간 들을 수가 없었다. "어젯밤에는 아무 일도 없었다고요! 내 말 안 믿을 건가요? 진짜예요. 아무 일도 없었다고요! 적어도 내가 뭔가를, 뭐든 했었더라면……" 상대방은 귀머거리들의 차갑고 확고하고 요지부동의 피할 수 없는 시선으로 바라보고만 있었다. "알았어요!" 엘리가 울부짖었다. "그럼 결혼하면 되잖아요! 그럼 만족하시겠어요?"

그날 오후에 그녀는 시내 중심가에서 폴과 만났다. "어젯밤은 별문제 없었어?" 그가 말했다. "세상에, 대체 뭐였던 거야? 사람들이—"

"아니. 폴. 나랑 결혼해요." 그들은 드럭스토어 뒷편, 조제 카운터에서 반쯤 가려진 곳에 있었다. 언제든 누군가 등장할 수 있는 위치이긴 했지만. 그녀는 그에게 몸을 붙였다. 파리하고 긴장된 얼굴의 입술 화장이 마치 잔혹한 흉터처럼 보였다. "나랑 결혼해요. 아니면 너무 늦어질 거예요, 폴."

"나는 여자들과 결혼 안 해." 폴이 말했다. "자. 일단 정신을 좀 추스르자고."

그녀는 약속으로 가득한 채로 그에게 기댔다. 비참하고 다급한 목소리였다. "어젯밤에 거의 할 뻔했잖아요. 결혼해 준다면 당신과 할게요."

"하겠다고, 흠? 전에, 아니면 나중에?"

"그래요. 지금이라도. 언제든요."

"미안." 그가 말했다.

"지금 당장 해준다고 해도요?"

"이봐, 그만해. 일단 정신부터 좀 추스르자고."

"아, 무슨 말인지는 알겠어요. 하지만 안 믿어요. 지금은 무서워서 확인할 엄두도 안 나고요." 그녀는 울기 시작했다. 그의 숨죽인 목소리에 점차 짜증이 섞여갔다.

"그만하라고 말했잖아!"

"그래요. 알았어요. 그만둘게요. 결혼은 안 한다는 거죠? 장담하는데, 당신 후회할 거예요."

"젠장, 안 해. 장담하는데, 나는 여자들과 결혼 안 한다고."

"알았어요. 그럼 이걸로 작별이네요. 영원히."

"나도 그래도 아무 상관 없어. 당신이 그렇게 느낀다면야. 당신이 날 다시 보게 된다면, 이게 무슨 뜻인지 아주 잘 알게 될 거야. 어쨌든 결혼은 안 돼. 다음에 만날 때는 관객이 없도록 내가 힘써 보지."

"다음번은 없을 거예요." 엘리는 말했다.

다음 날 그는 떠났다. 일주일 후, 멤피스 신문에 그녀의 약혼 소식이 실렸다. 상대방은 어린 시절부터 아는 사이였던 젊은이였다. 지금은 은행의 보조 회계원이며, 언젠가는 은행장이 될 것이라는 소문이 있었다. 진지하고 근엄하며 성격도 습관도 흠잡을 데 없었고, 대략 1년에 걸쳐 고요하고 격식 있게 그녀에게 구혼하는 중이었다. 일요일 밤마다 가족 저녁 식사에 참석하고, 드물게 순회 극단이 시내에 오면 언제나 자신과 엘리와 그녀 어머니 몫의 표를 사 오곤 했다. 그녀를 방문할 때는, 심지어 약혼을 발표한 후에도, 그들은 어둠 속에서 함께 그네에 앉지 않았다. 어쩌면 어둠 속에서 그네에 앉았던 사람이 있다는 것조차 몰랐을지도 모른다. 이제 그네에 앉는 사람은 아무도 없었고, 엘리는 먹먹한 평화 속에서 무미건조한 일상을 보냈다. 때론 밤중에 조금 흐느낄 때도 있지만, 자주는 아니었다. 어쩌다 한 번씩 거울 속의 자기 입을 살펴보면서, 고요한 절망과 체념을 담아 조용히 흐느낄 뿐이었다. '그래도 이젠 조용히 살 수 있잖아.' 그녀는 생각했다. '적어도 이미 죽어버린 사람처럼 남은 평생을 조용히 죽은 채 보낼 수는 있는 거야.'

그러던 어느 날, 아무런 경고도 없이, 그녀가 협정과 항복을 받아들였는데도, 할머니가 밀스시티에 사는 아들을 방문하러 떠나 버렸다. 그녀가 떠나자 저택은 한층 커지고 휑해졌는데, 마치 이 집에 실제로 살던 사람이 그녀 외에는 할머니뿐이었던 듯한 기분이었다. 어느새 삯바느질 여인들이 매일 집에 찾아와서 혼수품을 만들기 시작했으나, 엘리는 자신만의 생각에 잠긴 채 조용하고 정처 없이, 생각하거나 느끼지도 못하는 채로 빈방들을 돌아다니며 그와 똑같은 장래를, 지나치게 익숙하고 지나치게 평화로워 이제는 슬픔조차 일어나지 않는 장래를 생각하곤 했다. 이제 그녀는 어머니의 침실 창가에 서서, 여름이 깊어지는 동안 클레마티스 덩굴이 느리게 아주 조금씩 기어와서 방충망을 뒤덮고 베란다 지붕으로 올라가는 모습을 한참 동안 바라보곤 했다. 그렇게 두 달이 지나고, 결혼까지는 3주밖에 남지 않았다. 그러던 어느 날 그녀의 어머니가 말했다. "너희 할머니가 이번 주일에 집으로 오고 싶으시다는구나. 너하고 필립이 함께 밀스시티로 차를 끌고 가서 숙부님 댁에서 토요일 밤을 보내고, 주일날 할머니를 모셔 오는 게 어떻겠니?" 5분 후, 엘리는 거울 앞에 앉아서 무시무시한 위험에서 빠져나온 사람을 바라보듯 자신의 모습을 바라보았다. '세상에.' 그녀는 생각했다. '내가 뭘 하려고 했던 거지? 내가 뭘 하려고 했던 거야?'

한 시간도 지나기 전에 그녀는 집을 빠져나와 폴에게 전화를 걸었고, 서두르는 와중에도 비밀을 지키기 위해 최대한 조치를 취했다.

"토요일 아침?" 그가 말했다.

"맞아요. 어머니께는 필…… 그 사람이 일찍, 해 뜰 무렵에 떠나고 싶어 했다고 말할 거예요. 차에 탄 게 당신인 줄은 모르겠죠. 준비를 끝마치고 있을 테니까 재빨리 빠져나오면 돼요."

"그렇군." 멀리서 배선 짤깍거리는 소리가 들렸다. 그녀는 환희와 해방감에 사로잡혔다. "하지만 당신도 이게 무슨 뜻인지 알겠지. 내가 돌아온다는 게 무슨 뜻일지. 이미 말했으니까."

"두렵지 않아요. 아직 당신을 믿는 건 아니지만, 시도도 못 할 만큼 겁이 나지는 않거든요."

다시 배선 짤깍거리는 소리가 들렸다. "나는 당신하고 결혼하지 않을 거야, 엘리."

"알았어요, 내 사랑. 나도 더 이상 시도도 못 할 정도로 두렵지는 않아요. 정확하게 해 뜨는 시각에 맞춰서 와요. 기다릴게요."

그녀는 은행으로 향했다. 이내 필립이 자유 시간을 얻어 그녀가 기다리던 쪽으로 다가왔다. 화장 아래의 얼굴은 경직되고 창백했으며, 눈빛은 단호하게 번득이고 있었다. "당신이 나를 위해서 한 가지만 해 줬으면 해요. 부탁하기도 어려운 일이고, 당신이 들어주기에도 어려운 일일 거예요."

"물론 들어줘야지요. 무슨 일입니까?"

"할머니가 주일날 집으로 돌아오실 거예요. 어머니는 당신하고 내가 토요일에 그리로 차를 끌고 가서 할머니를 모셔오기를 원해요."

"알았습니다. 토요일은 시간 낼 수 있어요."

"그렇겠죠. 아까 말했지만, 내 부탁은 더 힘든 일이에요. 나는 당신이 안 갔으면 좋겠어요."

"내가 안 갔으면 좋겠다라……" 그는 거의 초췌할 정도로 환한 그녀의 얼굴을 바라보았다. "혼자 가고 싶다는 겁니까?" 그녀는 대답하지 않고 그를 주시하기만 했다. 갑자기 그녀가 다가와서 그에게 몸을 기댔다. 연습에 의해 거의 반사적으로 나오는 행동처럼. 그녀는 그의 한쪽 팔을 잡아서 자기 허리에 둘렀다. "아." 그가 말했다. "알겠군요. 다른 사람과 가고 싶다는 겁니까."

"맞아요. 지금은 설명할 수 없어요. 나중에 설명할게요. 하지만 어머니는 절대 이해 못 하실 거예요. 당신이라고 생각하지 않으시는 한 절대로 나를 보내지 않으실 테니까요."

"알겠습니다." 그의 팔에서는 아무 힘도 느껴지지 않았다. 그녀가 그대로 붙들고 있을 뿐이었다. "다른 남자와 함께 그리로 가고 싶다는 거로군요."

그녀는 웃음을 터뜨렸다. 그리 크지도, 그리 길지도 않았다. "어리석은 소리 말아요. 일행 중에 남자가 있기는 해요. 당신이 모르는 사람들이고, 나도 결혼하기 전까지 다시 볼 생각 없는 사람들이에요. 하지만 어머니는 이해 못 하실 거예요. 그래서 당신에게 부탁하는 거고요. 해 주겠어요?"

"그러죠. 괜찮습니다. 서로를 신뢰하지 못한다면, 애초에 결혼할 이유가 없는 셈이겠지요."

"그래요. 서로를 신뢰해야죠." 그녀는 그의 팔을 풀어주었다. 그리고 골똘히, 탐색하듯, 차갑고 기묘한 질시가 담긴 눈으로 그를 바라보았다. "그리고 어머니는 당신과 함께 갔다고 생각하시도록……"

"나는 믿어도 됩니다. 당신도 알잖아요."

"맞아요. 믿어도 되는 사람이라는 걸 알죠." 갑자기 그녀가 손을 내밀었다. "잘 있어요."

"잘 있으라고요?"

그녀는 다시 그에게 몸을 기댔다. 그리고 키스했다. "조심해요." 그가 말했다. "누가 보기라도 하면……"

"그렇죠. 그럼 나중에 봐요. 나중에 설명할 테니까." 그녀는 다시 몸을 빼고는, 멍하니 탐색하듯 그를 바라보았다. "아마 내가 당신을 귀찮게 하는 마지막 부탁이 될 거예요. 어쩌면 당신한테도 그게 이득일지도 모르겠네요. 잘 있어요."

그게 목요일 오후에 있었던 일이었다. 토요일 아침 해 뜰 무렵에, 폴이 어둑한 집 앞에 차를 세우자마자, 그녀는 순식간에 모습을 드러내더니 정원을 가로질러 달려오기 시작했다. 그가 차에서 내려 문을 열어주기도 전에 얼른 차에 올라타서, 자리에 털썩 주저앉더니, 짐승처럼 다급하게 도망치려고 바싹 긴장한 모습으로 앞으로 몸을 기울였다. "서둘러요!" 그녀가 말했다. "얼른! 서둘러요! 얼른!"

그러나 그는 차를 잠시 더 세워 두었다. "기억하라고. 내가 돌아오게 된다면 그게 무슨 의미일지 이미 말했으니까. 괜찮겠어?"

"나도 잘 들었어요. 장담하는데 이제 그 정도는 감수할 수 있어요. 얼른! 서둘러요!"

그리하여 10시간 뒤, 밀스시티 표지판이 계속 등장하며 그 거리가 돌이킬 수 없이 줄어들기 시작하자, 그녀는 이렇게 말했다. "그러니까 나랑 결혼해 주지는 않을 거라는 거죠? 절대요?"

"계속 그렇게 말했을 텐데."

"알아요. 하지만 당신을 안 믿었죠. 당신을 안 믿었어요. 내가 그렇게 ― 한 이후에는 ― 그리고 이젠 내가 할 수 있는 일은 아무것도 안 남은 거죠?"

"그래." 그가 말했다.

"그렇군요." 그녀가 따라 했다. 그리고 그녀는 웃기 시작했다. 목소리가 갈수록 커져갔다.

"엘리!" 그가 말했다. "당장 그만둬!"

"알았어요." 그녀가 말했다. "그냥 우리 할머니가 떠오른 것뿐이에요. 할머니를 완전히 잊고 있었거든요."

층계참에 멈춰선 엘리는 폴과 자신의 숙부와 숙모가 아래층 거실에서 대화를 나누는 소리를 들을 수 있었다. 그녀는 조용하게 미동도 없이 거의 수심에 잠긴 듯한, 수녀 같고 순결한 모습으로 서 있었다. 마치 꾸며내려는 듯, 자신이 어디에서 왔으며 어디로 가려 하는지를 망각하며 한순간 도피하려는 듯했다. 그러다 복도의 괘종시계가 11시를 알렸고, 그녀는 움직이기 시작했다. 그녀는 조용히 이층으로 올라가서 자신이 하룻밤 쓰기로 되어 있는 사촌의 방문 앞에 잠시 멈췄다가 들어섰다. 할머니는 젊은 여자의 하찮은 잡동사니로 가득한 화장대 옆 낮은 의자에 앉아 있었다…… 온갖 병이며 분갑, 사진들이 널려 있고, 거울 틀에는 댄스 계획표*가 한 줄로 꽂혀 있었다. 엘리는 머뭇거렸다. 두 사람은 잠시 서로를 정면으로 바라봤고, 이윽고 늙은 여인이 입을 열

---

* 여성의 댄스 파트너로 가능성 있는 남성을 적어놓는 용도의 카드. 종종 연필을 첨부하고 장식용 상자에 넣어서 제공하기도 했다.

었다. "네 부모와 네 친구들을 속이는 것으로는 부족했던 모양이구나. 검둥이를 내 아들의 집에 손님으로 끌고 오다니."

"할머니!" 엘리가 말했다.

"나를 검둥이 남자와 같은 식탁에 앉게 만들다니."

"할머니!" 엘리는 초췌하고 일그러진 얼굴로, 가늘게 울부짖듯 속삭였다. 계단을 올라오는 발소리와 목소리가 들렸다. 그녀의 숙모와 폴의 목소리였다. "조용히 해요!" 엘리가 속삭였다. "조용히!"

"뭐라고? 뭐라고 한 거냐?"

엘리는 의자로 달려가서 몸을 수그리고 늙은 여인의 가늘고 핏기 없는 입술 위로 손을 덮었고, 격노했으며 끈질긴 한 여인과 격노했으며 완고한 다른 여인은, 발소리와 목소리가 문가를 지나쳐 사라질 때까지, 손을 가운데 두고 서로를 노려봤다. 엘리는 손을 뗐다. 그리고 거울 틀에 끼워져 있는, 비단 끈과 작고 쓸모없는 연필이 달린 카드 하나를 끄집어냈다. 그녀는 카드 뒷면에 이렇게 썼다. *그 사람은 검둥이가 아니고 버지니아 대학에 하버드까지 전부 나왔어요.*

할머니는 카드를 읽었다. 그리고 고개를 들었다. "하버드는 납득이 가지만 버지니아는 안 가는구나.* 증거가 필요하다면 그 작자 머리카락이며 손톱을 봐라. 나는 납득 못 하겠다. 저 족속들이 4세대 동안 써온 이름을 내가 분명히 알고 있으니까." 그녀는

---

* 북부라면 그럴 수도 있으나 남부에 속한 버지니아에서는 있을 수 없는 일이라는 의미.

카드를 돌려주었다. "저 남자는 이 지붕 아래서 재울 수 없다."

엘리는 다른 카드를 빼들고 빠르게 휘갈겼다. *잘 거예요. 내 손님이니까요. 내가 여기 초청했으니까요. 내 할머니라면 내가 초대한 손님을 개만도 못하게 대접하게 만들면 안 돼요.*

할머니는 카드를 읽었다. 그리고 카드를 손에 들고 앉은 채로 말했다. "저 작자가 나를 제퍼슨까지 태워다 줄 수는 없을 거다. 나는 그 차에 발도 들여놓지 않을 거고, 그건 너도 마찬가지다. 집에는 기차를 타고 갈 거다. 내 혈육은 다시는 저 작자와 함께 차를 타지 않을 거다."

엘리는 다른 카드를 낚아채서 격렬하게 휘갈겼다. *난 탈 거예요. 당신은 나를 못 막아요. 어디 시도해 봐요.*

할머니는 카드를 읽었다. 그리고 엘리를 바라봤다. 둘은 서로를 노려봤다. "그럼 너희 아버지한테 알려야겠구나."

엘리는 이미 다시 뭔가를 끄적이고 있었다. 그녀는 연필을 미처 떼기도 전에 카드를 할머니를 향해 던졌다가, 그 손을 빼지도 않고 다시 낚아채려 시도했다. 그러나 할머니는 이미 카드 한쪽 귀퉁이를 붙잡았고, 둘은 서로를 노려보았다. 카드가 묘하게 생긴 탯줄이라도 되는 것처럼 둘 사이를 이어 주는 채로. "이거 놔요!" 엘리가 울부짖었다. "이거 놓으라고요!"

"손 떼라." 할머니가 말했다.

"잠깐만요." 엘리는 힘겹게 속삭이듯 흐느끼며, 카드를 잡아당기고 비틀었다. "제가 실수했어요. 이건—" 놀랍도록 빠른 손놀림으로, 할머니는 엘리가 빼내려는 카드를 구부려서 그대로 가져왔다.

"아." 할머니는 이렇게 말하고는 내용을 소리 내어 읽었다. 그럼 말해요. 아는 거 다 말하라고요. "미처 다 적지 못한 모양이로구나. 내가 뭘 알고 있길래?"

"맞아요." 엘리는 말했다. 그리고 격렬하게 속삭이듯 말을 이어갔다. "말해요! 우리가 오늘 아침에 잡목림으로 들어가서 거기서 두 시간을 있다 왔다고요. 아버지한테 말하라고요!" 할머니는 섬세한 손놀림으로 조용히 카드를 접었다. 그리고 자리에서 일어섰다. "할머니!" 엘리가 소리쳤다.

"내 지팡이가 어디 있더라." 할머니가 말했다. "저기 있군. 벽에 기대 놓았어."

할머니가 떠나자 엘리는 문간으로 가서 걸쇠를 잠근 다음 다시 방을 가로질렀다. 그녀는 조용히 움직여서 옷장에서 사촌의 가운 하나를 꺼낸 다음, 천천히 옷을 벗으며, 길게 하품을 하느라 잠시 멈추기도 했다. "세상에, 정말 피곤하네." 그녀는 하품하며 소리 내어 말했다. 그리고 화장대 앞에 앉아서 사촌의 매니큐어를 손톱에 칠하기 시작했다. 화장대 위에는 작은 상아 시계가 있었다. 그녀는 때때로 그 시계를 바라보았다.

그러다 아래층 괘종시계가 자정을 알렸다. 그녀는 반짝이는 손톱 위로 머리를 괴고 앉은 채 마지막 종소리에 귀를 기울였다. 그리고 그녀는 옆에 놓인 상아 시계를 바라보았다. '너한테 맞춰서 기차를 잡으면 안 될 것 같네.' 그녀는 생각했다. 다시 그날 오후의 지친 절망이 시계를 바라보는 그녀의 얼굴을 채워가기 시작했다. 그녀는 문간으로 나가서 어둑한 복도로 나섰다. 그리고 맨발로, 고개 숙인 채로, 멍하면서도 어린아이 같은 자기 연민에 빠져 조용히 훌쩍이면서 어둠 속에 서 있었다. '모든 것이 나를 적대하고 있어.' 그녀는 생각했다. '모든 것이.' 다시 움직이기 시작한 그녀는 발소리 없이 이동했다. 팔을 어둠 속으로 뻗은 채 걸음을 옮겼다. 보려고 애쓰느라 안구가 두개골 속에서 완전히 뒤로 돌아가 허옇게 뒤집히는 느낌이 들었다. 그녀는 욕실로 들어가서 문을 잠갔다. 그러자 초조함과 다급함이 다시 그녀를 사로잡았다. 그녀는 손님 방 반대편 벽면 모서리까지 가서는 몸을 굽히고, 손을 모아서 손님 방 방향으로 목소리를 보냈다. "폴!" 그녀는 작은 소리로 말했다. "폴!" 그리고 자신의 다급한 속삭임이 차가운 회반죽에 부딪쳐 흩어지는 동안 숨을 참고 기다렸다. 빌려입은 잠옷 때문에 어색하게 몸을 구부정하게 굽힌 채로, 어둠 속이라 아무것도 보이지 않는 눈은 절망 때문에 끊임없이 이리저리 움직이면서. 그녀는 화장실로 달려가서는, 어둠 속에서 더듬거려 수도꼭지를 찾고는 떨어지는 물방울 소리가 단조로운 정적을 깨도록 만들어 놓았다. 그리고 문을 열고 바로 안쪽에 서 있었다. 아래층 시계가 30분을 알렸다. 꼼짝도 않고 있던 그녀는 시계가 1시를 알리자 오한 속에서 천천히 몸을 떨었다.

폴이 손님 방을 떠나자마자 그녀는 인기척을 알아차렸다. 그가 복도를 따라 내려오는 소리가 들렸다. 그의 손이 스위치를 찾아 더듬거리는 소리가 들렸다. 불이 켜지자, 그녀는 자신이 눈을 감고 있었다는 사실을 깨달았다.

"무슨 짓이야?" 폴이 말했다. 그는 숙부의 잠옷 한 벌을 빌려 입고 있었다. "대체 무슨 속셈으로—"

"문 잠가요." 그녀가 속삭였다.

"절대 안 돼. 이 바보. 이 빌어먹을 바보가."

"폴!" 그녀는 그가 달아나리라 예상했다는 듯이 붙들었다. 남자 뒤편의 문을 닫고 걸쇠를 찾아 더듬거리고 있는데, 그의 손이 그녀의 손목을 붙들었다.

"날 내보내 줘!" 그가 속삭였다.

그녀는 그에게 몸을 기대고, 천천히 떨면서, 그를 붙들었다. 눈에는 눈동자가 아예 보이지 않았다. "할머니가 아빠한테 말할 거예요. 내일 아빠한테 말할 거라고요, 폴!" 속삭임 사이로 물방울이 느긋한 단조의 음색을 만들며 떨어졌다.

"뭘 말해? 그 여자가 뭘 알길래?"

"팔을 둘러 줘요, 폴."

"젠장, 싫어. 이거 놔. 여기서 나가자고."

"그래요. 당신은 나를 도울 수 있어요. 할머니가 아빠한테 말하지 못하게 막을 수 있다고요."

"어떻게 도와? 젠장, 이거 놓으라고!"

"할머니가 말해도 아무 의미도 없게 만들면 되잖아요. 약속해 줘요. 폴. 그러겠다고 말해 줘요."

"당신하고 결혼하라고? 계속 그 소리를 하고 있던 거야? 바로 어제 절대로 결혼은 안 할 거라고 말했잖아. 이거 놔. 경고했어."

"알았어요. 알았어요." 그녀는 열의 어린 속삭임을 계속했다. "이젠 당신을 믿어요. 처음에는 안 믿었지만, 이제는 믿어요. 그럼 나하고 결혼해 줄 필요 없어요. 나하고 결혼하지 않아도 도울 방법이 있어요." 그녀는 그에게 달라붙었다. 머리카락도, 육체도, 육감적이고 의기소침한 약속으로 풍성했다. "나하고 결혼은 안

해줘도 돼요. 그쪽은 해줄 건가요?"

"뭘 해줘?"

"들어봐요. 낮은 흰색 울타리가 서 있던 커브길 기억나죠? 바닥까지 엄청 많이 떨어져 있던 곳이요. 자동차가 그 울타리를 넘어가기만 하면……"

"그래. 그게 왜?"

"들어봐요. 당신하고 할머니가 차에 타 있는 거예요. 할머니는 아무것도 모르고, 의심할 시간조차 없을 테고요. 그 낡은 울타리로는 아무것도 막을 수 없을 테니까 다들 사고였다고 말할 거예요. 할머니는 늙었으니 별로 힘들 일도 없어요. 충격만으로 끝날지도 모르고, 당신은 젊으니까 어쩌면 아예…… 폴! 폴!" 단어 하나를 꺼낼 때마다, 그 다급함과 절망 때문에 그녀의 억양은 조금씩 단조로워지고, 그녀의 목소리는 흐릿하고 먹먹해지는 것만 같았다. 그는 창백해진 그녀의 얼굴을, 필사적이고 육감적인 약속으로 가득한 눈매를 내려다보았다. "폴!"

"그러는 동안 당신은 어디 있을 거고?" 그녀는 움찔거리지조차 않았고, 얼굴은 몽유병자처럼 보였다. "아, 알겠군. 기차를 타고 집으로 향하고 있겠지. 아닌가?"

"폴!" 그녀는 길게 늘어지는 먹먹한 속삭임으로 대답했다. "폴!"

자신의 손으로 그녀를 때리려는 순간까지도, 마치 자신의 의지에 스스로 반하는 것처럼, 주먹 쥔 손이 풀려서 길고 떨리는 움직임으로 그녀의 얼굴과 접촉했기 때문에 때리는 것이라기보다는 오히려 어루만지는 것에 가까웠다. 그는 다시 그녀의 뒷덜미를 붙들고 그녀를 때리려 시도했다. 이번에도 왠지 모르게 그의 손이 거부했다. 그가 그녀를 밀치자 그녀는 휘청거리며 뒷걸음질쳐 벽에 붙었다. 그의 발걸음도 멈추었고 꾸준하고 느긋한 물소리가 정적 속을 채우기 시작했다. 잠시 후 아래층 시계가 2시를 알렸고, 그녀는 지친 몸을 이끌고 힘겹게 움직여 수도꼭지를 잠갔다.

그러나 그것만으로는 물소리가 멎지 않았다. 그녀가 잠들지 못한 채, 심지어 아무 생각도 못 하면서 뻣뻣하게 침대에 누워 있는 동안에도 계속해서 정적 속으로 떨어져내리는 것만 같았다. 아침식사와 출발을 마치 의식처럼 감내하는 동안에도 그녀의 찡그린 채 얼어붙은 뻐근한 얼굴 위로 계속 떨어져내렸다. 할머니는 하나뿐인 긴 앞좌석에, 폴과 그녀의 사이에 자리를 잡았다. 심지어 자동차 소리마저도 물소리를 잠재울 수 없었고, 문득 그녀는 그 정체가 무엇인지를 깨달았다. '표지판이었어.' 역행하며 사라지는 표지판들이 계속되고 있었다. '저 표지판은 기억날 정도인걸. 다음 표지판까지 기다렸다가…… 지금. 지금이야.' "폴." 그녀는 입을 열었다. 그는 그녀를 쳐다보지도 않았다. "나와 결혼해줄 건가요?"

"아니." 그녀 역시 그의 얼굴을 바라보고 있지 않았다. 그녀는 운전대를 조금씩, 끊임없이 움직이는 그의 손을 바라보고 있었다. 그들 사이의 할머니는 고풍스러운 검은색 보닛 아래 꼿꼿하고 뻣뻣하게 앉은 채로, 마치 양피지에서 잘라낸 옆모습 그림처럼 정면만을 주시하고 있었다.

"딱 한 번만 더 부탁할 거예요. 이것도 지나면 너무 늦어버리는 거예요. 그때도 너무 늦을 거라고 말하기는 했지만요, 폴……
폴?"

"안 해. 진심이야. 당신은 나를 사랑하지 않아. 나도 당신을 사랑하지 않고. 애초에 사랑한다는 말조차 꺼낸 적 없잖아."

"알았어요. 그럼 사랑은 아니라고 쳐요. 사랑 없이 나와 결혼해 줄 수 있나요? 잊지 말아요, 너무 늦어버릴 거예요."

"아니, 안 할 거야."

"하지만 왜요? 왜요, 폴?" 그는 대꾸하지 않았다. 자동차는 속도를 내어 달려갔다. 이제 그녀가 인지했던 첫 표지판이 등장했고, 그녀는 조용히 생각했다. '이제 거의 다 왔을 거야. 다음 커브길이겠지.' 그녀는 큰 소리로, 그들 사이에 앉은 귀먹은 늙은 여인을 뛰어넘어 말했다. "왜 안 되는데요, 폴? 깜둥이 혈통 이야기 때문이라면, 나는 그거 안 믿어요. 신경 안 쓴다고요." '그래.' 그녀는 생각했다. '바로 이 커브길이야.' 도로가 굽어지며 아래로 경사가 이어지기 시작했다. 그녀는 의자에 몸을 묻었지만, 다음 순간 할머니가 자신을 뚫어져라 바라보고 있다는 것을 깨달았다. 그러나 이제 그녀는 자신의 얼굴을 가릴 생각도, 자신의 눈을 감출 생각도 하지 않았다. 자신의 목소리를 숨기려 하지 않았던 것처럼. "나한테 아이가 생겼다면요?"

"아이가 생겼다면? 이미 어쩔 수 없는 일이겠지. 당신이 그 생각도 했어야 해. 기억하라고, 당신이 날 부른 거야. 내가 당신한테 돌아와 달라고 부탁한 게 아니라."

"그래요. 당신이 부탁하지는 않았죠. 내가 당신을 불렀어요. 당신을 그렇게 하게 만들었죠. 이번이 마지막이에요. 나하고 결혼할 건가요? 얼른 대답해요."

"아니."

"알았어요." 그녀는 말했다. 그리고 의자에 몸을 묻었다. 바로 그 순간 도로가 잠시 머뭇거리는 듯하더니 그대로 절벽 옆을 따라 급경사를 내려가기 시작했다. 흰색 울타리가 옆으로 스쳐 지나갔다. 외투 자락을 옆으로 걷은 엘리는, 할머니가 여전히 자신을 노려보고 있다는 사실을 깨달았다. 그녀가 늙은 여인의 무릎을 타고 앞으로 몸을 뻗는 동안에도, 그들은 눈을 마주하고 서로를 노려보고 있었다 — 초췌하고 필사적인 젊은 여인과, 오래전부터 아무것도 듣지 못하게 되었으나 두 눈은 어떤 것도 놓치지 않았던 늙은 여인이. 필사적인 최종 선고와 단호한 거절이 교차하는 사이에서. "그럼 죽어!" 그녀는 늙은 여인의 얼굴에 대고 울부짖었다. "죽으라고!" 그녀의 손이 운전대를 붙들었고, 폴은 그녀를 밀쳐내려 시도했다. 그러나 그녀는 운전대의 바퀴살에 팔꿈치를 끼우는 데 성공하고는, 그대로 몸무게를 팔꿈치에 실었다. 할머니의 몸을 타고 넘으면서, 폴이 주먹으로 그녀의 입가를 때리는 와중에도 운전대를 단단히 붙들고 있었다. "아." 그녀는 소리쳤다. "날 때렸네. 날 때렸어!" 자동차가 난간을 들이받는 순간 팔꿈치가 튕겨나왔고, 한순간 그녀는 폴의 가슴팍에 내려앉은 새 한 마리처럼 가볍게 누워 있었다. 입은 벌리고, 눈은 충격으로 동그랗게 뜬 채로. "당신 날 때렸어!" 그녀는 울부짖었다. 다음 순간 그녀는, 마치 진공처럼 온전하고 평화로운 정적 속에서 자유낙하를 시작했다. 폴의 얼굴도, 할머니도, 자동차도, 모두 마법에라도 걸린 것처럼 사라져 버렸다. 그녀의 시선에 잡힌 함께 떨어지는 것이라고는 흰색 울타리의 끝머리 파편과 무너진 언덕 가장자리뿐이었고, 그곳에는 이제 흐릿한 먼지구름만이 얕은 소음과 함께 남아서 장난감 풍선처럼 조용히 하늘로 올라가고 있었다.

머리 위 어디선가 소음이 지나가더니 그대로 사라졌다. 엔진의 굉음과 자갈길에 길게 울리는 타이어 소리였고, 뒤이어 나무 사이를 한숨처럼 지나가는 바람이 다시 불어와 하늘로 튀어나온 절벽을 떨리게 만들었다. 그 아래 드러난 붉은 흙 위에, 자동차는 뒤얽혀 구분할 수도 없는 덩어리가 되어 있었고, 엘리는 부서진 유리창 파편 위에 앉아서 멍하니 그쪽을 바라보기만 했다. "뭔가 일이 벌어졌네." 그녀는 웅얼거렸다. "그가 나를 때렸어. 그리고 이제 저들은 전부 죽었지. 아픈 건 나뿐인데, 와 주는 사람은 아무도 없네." 그녀는 조금 훌쩍이며 신음을 흘렸다. 그리고 몽롱한 가운데 조금 놀란 듯, 자기 손을 펴들었다. 손바닥은 붉게 물들어 젖어 있었다. 그녀는 조용히 훌쩍이며, 멍하니 자기 손바닥을 헤집기 시작했다. "유리가 박혔는데 아예 보이지도 않아." 그녀는 훌쩍이며 이렇게 말하고는, 뜨뜻한 피가 천천히 흘러내려 스커트를 적시는 와중에도 계속 손바닥을 보고 있었다. 다시 머리 위에서 자동차 소음이 속도를 조금도 줄이지 않은 채 지나가서 먹먹하게 사라졌다. 그녀는 소리를 따라 고개를 들었다. "한 대 더 지나가네." 그녀는 중얼거렸다. "내가 다쳤는지 확인하려고 잠깐 멈출 생각도 없나 봐."

윌리 삼촌
Unlce Willy

I

사람들이 뭐라고 하는지는 알고 있다. 저들은 내가 가출한 것이 아니라 어느 미친 남자의 꼬드김에 넘어간 것이라고 말한다. 내가 그를 먼저 죽이지 않았더라면 그가 일주일 안에 나를 죽여버렸을 것이라고도. 그러나 이야기를 제대로 구성하자면, 여자들이, 제퍼슨의 선량한 여자들이 윌리 삼촌을 도시에서 몰아냈으며 나는 그를 따라가서 해야만 하는 일을 수행했고, 그 이유는 윌리 삼촌이 인생 최후의 도주극을 벌이는 중이었으며 이번에 잡혔다가는 영원히 끝장날 것이기 때문이었다고 말해야 할 것이다. 나는 꼬드김에 넘어간 것이 아니었으며 윌리 삼촌은 그들이 그에게 행한 모든 짓에도 불구하고 미치지 않았기 때문이다. 나는 굳이 갈 필요가 없었다. 윌리 삼촌이 나를 직접 초대하지 않았으면서도 내가 당연히 가고 싶으리라 여긴 것처럼, 나 또한 굳이 갈 필요가 없었다. 내가 따라간 이유는 윌리 삼촌이 내가 아는 가장 훌륭한 사람이었으며, 여자들조차도 그를 패배시킬 수 없었고, 그럼에도 그는 삶의 즐거움을 누리면서 인생을 마무리했으며 내가 그 자리에서 그를 도왔기 때문에 가장 큰 즐거움을 주는 행위 속에서 죽음을 맞이할 수 있었기 때문이다. 대부분의 남자, 심지어 대부분의 여자도 누리지 못하는 일이다. 다른 이들의 삶에 참견하는 일을 즐거움으로 여기는 여자들조차도.

그는 누군가의 삼촌이 아니었으나 모두의 삼촌이었고, 다 큰 어른들도 그를 윌리 삼촌이라 불렀다(또는 생각했다). 텍사스에서 어느 유전 백만장자에게 시집간 여동생 외에는 친족은 한 사람도 없었다. 그는 자신이 태어났던 시내 변두리의 작고 낡고 깔끔한 하얀 집에서 홀로 살았으며, 함께 거하는 사람은 잡 와일리라는 이름의 그보다도 늙은 깜둥이뿐이었으며 그는 요리와 집안일뿐 아니라 윌리 삼촌의 아버지가 세웠으며 지금은 윌리 삼촌이 홀로 경영하는 드럭스토어의 짐꾼 노릇까지 했다. 그리고 그가 약물만 사용해 온 12년인가 14년 동안(우리들이 어린아이에서 소년이 되는 동안), 우리는 그를 상당히 자주 마주치곤 했다. 우리는 그의 가게에 가기를 좋아했는데, 창문을 닦지 않아서 가게 안이 언제나 서늘하고 그늘지고 고요했기 때문이다. 그는 안을 들여다보지 못하면 진열장도 정리할 필요가 없는 데다, 덤으로 햇빛이 들어오는 것도 막아주기 때문이라고 이유를 설명하곤 했다. 그리고 그를 찾아오는 손님들은 병째 판매하는 상표 붙은 약을 사 가는 시골 사람들과, 카드나 주사위를 사 가는 깜둥이들뿐이었는데, 내 짐작으로는 40여 년 동안 그가 처방전을 쓰게 놔두는 손님이 한 명도 없기 때문일 듯했다. 그리고 그는 소다수 판매는 아예 시작하지도 않았는데, 1850년대에 윌리 삼촌의 아버지가 가게를 연 후로 유리잔을 닦고 시럽을 섞고 아이스크림을 만드는 일은 모두 잡이 도맡아 했으며 잡도 이제 늙어서 앞을 보기 힘들어졌기 때문이었다. 아빠 말로는 잡 노인까지 약에 손 댄 건 아닐 듯하다고 하지만, 윌리 삼촌이 호흡하는 공기를 매일 마셔서 몸이 나빠진 것일지도 모를 일이기는 했다.

그러나 아이스크림은 우리 입맛에는 괜찮았고, 특히 야구 시합을 끝내고 후끈거리는 몸으로 들어올 때면 더욱 그랬다. 우리 도시에서는 유소년 세 팀이 리그전을 펼치고 윌리 삼촌이 상품으로 야구공이나 방망이나 포수 마스크를 주곤 했는데, 그는 우리가 시합하는 모습을 보러 오는 적이 없었기 때문에, 시합이 끝나면 두 팀, 또는 세 팀 모두가 그의 가게로 가서 승자가 상품을 타는 모습을 지켜보곤 했다. 함께 아이스크림을 먹은 후, 우리는 모두 처방대 뒤편으로 가서 윌리 삼촌이 작은 알코올램프에 불을 붙이고 주사기에 약물을 채운 다음 소매를 걷어올려 팔꿈치부터 셔츠 속까지 이어지는 무수한 퍼런 주사바늘 자국을 드러내는 모습을 지켜보곤 했다. 다음 날은 주일이었고 우리는 마당에 나와서 기다리다 집집마다 돌아다니는 윌리 삼촌과 합류하여 함께 주일학교로 갔는데, 윌리 삼촌은 우리와 같은 수업을 받으며 우리가 암송하는 소리에 귀 기울이곤 했다. 주일학교 교사인 바버 씨는 절대로 그를 지목하지 않았다. 우리가 수업이 끝나고 종이 울릴 때까지 야구 이야기로 떠드는 동안에도 윌리 삼촌은 여전히 아무 말도 하지 않고서, 그저 깔끔한 모습으로 앉아 있기만 했다. 깨끗한 목깃에 넥타이는 없는 차림새로, 110파운드 정도의 몸무게에 안경 뒤편의 두 눈은 마치 깨진 달걀처럼 이리저리 휘저어진 모습으로 말이다. 이후 우리는 다함께 그의 가게로 가서 토요일에 남은 아이스크림을 마저 해치우고, 다시 처방대 뒤편으로 가서 그의 모습을 구경하곤 했다. 작은 알코올램프와, 주일용 셔츠를 걷어올리고 푸르딩딩한 팔에 천천히 주사바늘을 찔러 넣는 모습을. 누군가 "아프지 않아요?"라고 물으면, 그는 "아니. 이건 좋은 거야"라고 답하곤 했다.

II

그러다 그들이 약을 끊게 만들었다. 그가 언젠가 언급한 바에 따르면 40여 년을 써 왔으며, 이제 예순 살이라 앞으로 밖에서 보낼 나날이 10년 정도밖에 안 남았는데도 말이다. 물론 뒤쪽 내용은 자기 입으로 말한 것은 아니었는데, 열네 살 소년조차 굳이 말로 하지 않아도 알 수밖에 없는 일이었기 때문이다. 그러나 그들은 약을 끊게 만들었다. 별로 오래 걸리지도 않았다. 어느 주일날 아침에 시작되어 다음 주 금요일에 끝났으니까. 우리가 주일학교 교실에 착석하고 바버 씨가 막 수업을 시작했을 때, 갑자기 슐츠 목사가 들이닥쳐서 윌리 삼촌을 굽어보더니 우리가 고개를 돌렸을 때는 이미 그대로 자리에서 일으켜 끌고 나가기 시작했고, 끌고 가는 내내 열네 살 먹은 아이들한테 설교하는 투로, 계집애 같은 아이들조차 좋아할 리 없는 투로 말하고 있었다. "자, 크리스천 형제, 당신이 바버 형제의 수업에서 떠나기 싫을 것이라는 점은 알지만, 우리 함께 밀러 형제의 수업으로 가서 이 아름답고 따사로운 경전에 대해서 무슨 말을 하는지 들어봅시다."

윌리 삼촌은 여전히 버티려고 애쓰며 흐릿한 눈을 깜빡이며 우리를 돌아보았고, 그 눈에는 입 밖으로 나오는 것보다 훨씬 또렷하게 그가 하고픈 말이 어려 있었다. "이게 뭐야? 무슨 일이야, 친구들? 이 작자들이 나한테 뭘 하려는 거야?"

우리 역시 그만큼이나 아무것도 몰랐다. 우리는 그냥 수업을 끝마쳤다. 그날은 아무도 야구 이야기를 하지 않았다. 밀러 씨의 성인 남성부 성경 강독이 열리는 방을 지나치며 보니, 슐츠 목사는 주일날마다 그랬듯이 사람들 가운데에, 마치 평범한 사람 중 하나인 것처럼, 그러나 자신이 평신도가 아니라고 구태여 행동이나 말로 입증할 필요도 없었기에 불거져 나온 채로 앉아 있었다. 나는 그 모습을 볼 때마다 어느 만우절에 칼라간 선생님이 출석을 부른 다음 교탁에서 내려와서 "오늘은 나도 학생이 될 거야"라고 말하고는, 빈자리에 앉아서 학생을 호명하고 교탁으로 내보내서 수업을 진행하게 만들었던 때가 떠오르곤 했다. 내일도 모레도 만우절이 아니라는 점만 떠올리지 않을 수 있다면 정말 재미있었을 것이다. 그리고 윌리 삼촌은 그 어느 때보다도 왜소해 보이는 모습으로 슐츠 목사의 곁에 앉아 있었고, 나는 지난여름에 사람들이 잭슨에 있는 정신병동에 집어넣었던 번드런이라는 이름의 시골 사람이 떠올랐다.* 자기가 어딜 가는지 모를 정도로 미치지는 않은 사람이었고, 엽궐련을 피우는 뚱뚱한 보안관보와 함께 수갑을 차고 앉은 모습을 구경했었다.

그러다 주일학교가 끝났고 우리는 밖에서 그를 기다렸다. 함

---

* 다알 번드런의 이 장면은 『내가 누워 죽어 있을 때』에도 등장한다.

께 가게에 가서 아이스크림을 먹을 생각이었다. 그러나 그는 나오지 않았다. 그는 교회가 문을 닫을 때에서야 모습을 드러냈는데, 우리 중 누구도 — 아빠의 말에 따르면, 동네 사람 중 누구도 — 그가 그토록 오래 교회에 있는 모습을 본 적이 없었다. 메리듀 부인이 한쪽에서, 슐츠 목사가 반대쪽에서 그의 팔을 붙들고 있었고, 그는 이제 절망밖에 남지 않은 눈빛으로 이렇게 말하듯 다시 우리를 둘러보았다. "친구들, 이게 뭐야? 이게 무슨 일이야, 친구들?" 슐츠 목사는 그를 메리듀 부인의 자동차에 밀어 넣었고, 메리듀 부인은 마치 설교단에 오르기라도 한 것처럼 큰 소리로 말했다. "자, 크리스천 씨, 지금 당신을 바로 우리 집으로 데려가서, 일단 시원한 레모네이드 한 잔을 대접하고, 다음으로 닭고기 요리가 나오는 훌륭한 식사를 대접할 거예요. 그리고 당신은 내 해먹에서 사뿐하게 낮잠을 잘 거고, 다음으로 슐츠 형제님과 슐츠 자매님이 방문하면 함께 맛있는 아이스크림을 먹을 거예요." 그러자 윌리 삼촌은 말했다. "아냐. 잠깐요, 부인, 잠깐! 지금 가게로 가서 오늘 오전에 예약해 놓은 약을 조제해야 하는데—"

그렇게 그들은 윌리 삼촌을 차에 밀어넣었고 그는 우리들이 서 있는 쪽을 돌아봤으며, 그는 그렇게 자동차의 메리듀 부인 옆자리에 탄 채로, 기차에 오른 다알 번드런과 보안관보처럼 사라져버렸다. 그녀는 그의 손목을 붙들고 있는 듯했고, 수갑 따위는 전혀 필요치 않았으며 윌리 삼촌은 경악과 처절함이 섞인 절망 어린 눈빛으로 우리를 한 번 돌아봤던 듯했다.

그때 이미 주사 맞을 시간이 1시간 지났으며, 마침내 메리듀 부인네 집에서 빠져나왔을 때는 5시간이 지난 후였기 때문에, 그는 자물쇠에 열쇠조차 제대로 끼우지 못할 지경이었고, 그래서 메리듀 부인과 슐츠 목사는 다시 그를 붙들었으며 이번에 윌리 삼촌은 말하거나 누굴 쳐다보지도 못하고 있었다. 마치 반쯤 야생인 고양이처럼 도망치려 안간힘을 쓰기만 했다. 그들은 그를 슐츠 목사네 집으로 데려갔고, 메리듀 부인은 텍사스에 사는 그의 여동생에게 전보를 보냈으며 윌리 삼촌은 사흘 동안 귀가하지 못했는데, 여동생이 도착할 때까지 메리듀 부인과 호비스 부인이 밤낮으로 번갈아 그와 붙어 있었기 때문이다. 그러다 방학이 되었고 우리는 월요일에 경기를 했는데 그날 오후까지도 가게 문은 잠겨 있었으며 화요일에도 잠겨 있었고, 수요일 오후가 되어서야 윌리 삼촌이 헐레벌떡 달려서 가게 앞에 등장했다.

그는 셔츠는 아예 안 입고 면도도 안 하고 자물쇠에 열쇠를 제대로 끼우지도 못하는 모습으로, 헐떡이고 훌쩍이면서 이렇게만 말하고 있었다. "그 여자가 마침내 잠들었어. 마침내 잠들었다고." 그러다 우리 중 하나가 열쇠를 가져가서 문을 따 주었다. 알코올램프에 불을 붙이고 주사기를 채우는 일도 우리가 해야 했으며, 이번에는 그도 팔을 천천히 찌르는 것이 아니라 그대로 뼈에 닿도록 쑤셔넣으려는 것처럼 보였다. 그는 집으로 돌아가지 않았다. 침구는 필요하지 않다고 말하며, 우리에게 돈을 쥐어주고 뒷문으로 내보내서 카페에서 샌드위치와 커피 한 병을 사오게 시켰고, 이후 우리는 그를 두고 떠났다.

다음 날이 되자 메리듀 부인과 슐츠 목사와 다른 숙녀 세 명이 찾아왔다. 그는 경찰서장을 시켜 문을 따게 만들었고, 메리듀 부인은 윌리 삼촌의 목덜미를 붙들고 몸을 흔들면서 나름 속삭이려는 듯 말했다. "못된 아이! 못된 아이야! 감히 나한테서 빠져나가다니?" 그리고 슐츠 목사는 "자자, 자매님. 자자, 자매님. 자제하십시오"라고 말했고 다른 숙녀들은 제각기 제퍼슨에서 살아온 기간에 따라 크리스천 씨나 윌리 삼촌이나 윌리라고 그를 불러댔다. 별로 오래 걸리지는 않았다.

그날 밤 텍사스에서 여동생이 도착했고, 집 앞을 지나가던 우리들은 현관문 앞에 모여 있거나 집 안을 들락거리는 숙녀들이나, 밀러 씨의 성경 강독에서처럼 언제나 눈에 띄는 슐츠 목사의 모습을 볼 수 있었고, 생울타리 뒤편으로 숨어 들어가서 창문 안쪽의 소리를 몰래 들을 수도 있었다. 윌리 삼촌은 울부짖고 욕설을 내뱉고 침대에서 벗어나려 버둥거렸고, 숙녀들은 "자자, 크리스천 씨. 자자, 윌리 삼촌"이라고 말했으며, 이제 여동생도 합세했으므로 "자자, 오라버니"라는 소리도 들리곤 했다. 그러면 윌리 삼촌은 울부짖고 기도하고 욕설을 내뱉었다. 그러다 금요일이 되었고, 윌리 삼촌은 포기했다. 그들이 그를 침대에 붙들어놓는 소리가 들렸다. 이제 누구도 입을 열 시간조차 없었으니, 아마 그것이 그의 마지막 저항이었으리라 생각한다. 뒤이어 그의 목소리가 들렸다. 약하지만 명징한 목소리를, 숨을 몰아쉬는 사이로 내뱉고 있었다.

"잠깐만요." 그가 말했다. "잠깐만! 한 번만 더 부탁할게요. 제발 그만둬 주지 않겠어요? 제발 꺼져 주지 않겠어요? 지옥으로 꺼져버리고 나는 내 보폭에 맞춰 지옥길을 걷게 놔두면 안 되나요?"

"안 돼요, 크리스천 씨." 메리듀 부인이 말했다. "우리는 당신을 구원하려고 이러는 거예요."

한동안 아무 소리도 들리지 않았다. 그러다 우리는 윌리 삼촌이 침대에 털썩 몸을 누이는 소리를 들었다.

"알겠어요." 그가 말했다. "알겠다고요."

성서 속에서 제물로 바치는 양 한 마리 같은 목소리였다. 그 양이 알아서 제단 위로 올라와서 드러눕더니 목을 바짝 들고 이렇게 말하는 듯했다. "알겠어요. 얼른 와서 끝내요. 내 빌어먹을 목덜미를 그어 버리고 썩 꺼져서, 내가 불길 속에서 조용히 누울 수 있게 해 줘요."

III

그는 오래 아팠다. 그들은 그를 멤피스로 데려갔고, 그들은 그가 죽을 것이라 말했다. 이제 가게는 언제나 잠겨 있었고, 몇 주가 흐르자 우리는 야구 시합도 그만뒀다. 야구공이나 방망이가 문제가 아니었다. 그런 문제가 아니었다. 우리는 가게를 지나치며 큼지막한 낡은 자물쇠와 안쪽이 보이지 않는 창문을 바라보곤 했다. 그 창문 때문에 우리가 아이스크림을 먹으며 누가 이겼고 누가 좋은 플레이를 했다고 떠들어대고, 그는 등받이 없는 의자에 앉아서 작은 알코올램프에 불을 붙여 약을 보글보글 끓이고 손에 주사기를 들고 기다리면서, 안경 너머로는 너무 혼탁해서 평범한 눈처럼 눈동자를 알아볼 수도 없는 그런 눈을 껌뻑이며 우리를 바라보던 그곳마저도 볼 수가 없었다. 그와 거래하던 깜둥이나 시골 사람들도 다가와서 자물쇠를 바라보고는, 우리에게 그가 좀 어떤지, 언제 돌아와서 가게 문을 다시 열지를 물어보곤 했다. 가게가 다시 문을 연다고 하더라도, 그들은 메리듀 부인과 슐츠 목사가 앉혀놓을 점원과는 거래하지 않을 것이기 때문이었다. 윌리 삼촌의 여동생은 가게 일에는 간여하지 않겠다고, 그가 회복한다면 자신이 그를 돌볼 것이므로 가게는 계속 닫아둘 것이라고 말했다. 그러나 메리듀 부인은 거절했다. 그녀는 단순히 윌리 삼촌을 치료하는 것뿐이 아니라 완전히 다시 태어나게 할 심산이었다. 그리스도교적 측면만이 아니라 실제 세계에서도, 그가 영예뿐 아니라 자존심을 가지고 동료 남성들 사이에서 당당하게 고개를 들 수 있는 자리를 마련할 생각이었다. 처음에는 그저 육신과 영혼이 모르핀의 노예가 된 상태로 조물주를 대면하는 일을 막으려는 생각이었으나, 그의 몸 상태가 다른 이들의 짐작보다 훨씬 낫다는 사실이 밝혀진 이상, 그가 훼손시키기 전의 가문 이름에 걸맞은 지위를 반드시 찾아 줄 마음을 먹은 것이었다.

그녀와 슐츠 목사는 점원 일을 할 사람을 찾아냈다. 제퍼슨에 머문 지 6개월쯤 된 남자였다. 교회에 소개장을 제출한 모양이었는데, 슐츠 목사와 메리듀 부인을 제외하면 그에 대해 아는 사람은 아무도 없었다. 그러니까 누구도 아무것도 모르는 남자를 데려다가 윌리 삼촌네 가게의 점원으로 세웠다는 소리였다. 그러나 윌리 삼촌의 옛 고객들은 그와 거래하려 들지 않았다. 우리도 마찬가지였다. 우리가 그에게 줄 것이 별로 없으며 그가 우리에게 아이스크림을 선물하리라 기대하지 않은 것은 당연하지만, 아마 그가 아이스크림을 선사했더라도 우리는 받지 않았을 것이다. 그가 윌리 삼촌이 아니었기 때문이며, 머지않아 아이스크림조차 달라지고 말았는데 그가 창문을 닦은 후 처음으로 한 일이 바로 잡 노인을 해고하는 것이었기 때문이다. 문제는 잡 노인이 해고를 거부했다는 것이다. 그는 혼잣말을 중얼거리며 계속 가게 주변을 어슬렁거렸고, 점원이 그를 앞문으로 내쫓으면 그는 돌아서 뒷문으로 다시 들어갔고, 그러면 점원이 그를 다시 찾아내서 나직한 소리로 욕설을 내뱉곤 했다. 교회 추천장을 받은 사람인데도 잡 노인에게 질펀한 욕설을 쏟아내는 것이었다. 그는 가게를 나가서 영장을 받아왔고, 경찰서장은 잡 노인에게 가게에 들어가면 안 된다고 일렀다. 그러자 잡 노인은 길 건너편으로 자리를 옮겼다. 그는 온종일 포석 위에 앉아서 가게 문을 지켜보다가, 점원이 보이기만 하면 소리쳐댔다. "사람들한테 말할 거다! 정말로 할 거야!" 그래서 우리는 가게 앞을 지나치는 것마저 그만뒀다. 골목을 돌아서 그 가게를, 깨끗해진 창문과 새로 찾아오기 시작한 도시 손님들이 — 이제 새로운 거래가 부쩍 늘어났다 — 들락거리는 모습을 피해가며, 잠깐 걸음을 멈추고 잡 노인에게 윌리 삼촌 안부를 묻는 정도가 고작이었다. 매일 멤피스에서 그에 대한 소식이 우리에게 들려오며, 정작 잡 노인은 그런 소식을 접하지도 못할 것이며 설령 누가 알려주더라도 곧이곧대로 받아들이지 않으리라는 점을 알면서도 말이다. 잡 노인은 애초부터 윌리 삼촌이 아프다는 소리를 믿지 않았다. 그저 메리듀 부인이 억지로 그를 어딘가로 끌고 가서 침대에 붙들어두고 있기 때문에 자리에서 일어나 집으로 돌아오지 못하는 것이라고만 믿었다. 그렇게 잡 노인은 포석에 걸터앉아서 윌리 삼촌처럼 물기 어린 불그레한 눈을 끔뻑거리며 우리를 바라보며 이렇게 말하곤 했다. "사람들한테 말할 거다! 그분을 그렇게 붙들어두고, 밑바닥 인생 쓰레기가 마스 호크 크리스천*의 가게를 제멋대로 주무르게 만들다니. 사람들한테 말할 거야!"

IV

 윌리 삼촌은 죽지 않았다. 어느 날 그는 창백한 피부와 90파운드의 몸무게, 그리고 여전히 깨졌을 뿐 아니라 생명마저 사라진 달걀 같은 눈을, 너무 오래도록 깨져 있어서 이제는 죽음의 냄새조차 나지 않는 눈을 가지고 돌아왔다 ─ 직접 바라보면 죽은 눈이라는 표현 외의 다른 무엇으로도 묘사할 수 없을 터였지만. 그조차도 우리는 다시 그와 안면을 튼 후에나 가능한 일이었다. 그가 우리를 완전히 잊어버렸다는 뜻은 아니다. 그저 우리를 소년 무리로서는 여전히 좋아하지만, 우리를 예전에 본 적이 없는 것처럼 이름이며 그 이름에 따르는 얼굴을 새로 익혀야 했다는 뜻이다. 이때쯤 그의 여동생은 텍사스로 돌아간 후였는데, 그가 완전히 회복하고 완전히 치유될 때까지 메리듀 부인이 그를 돌보기로 정해졌기 때문이었다. 그래, 치유될 때까지.

 그가 시내로 돌아온 첫날이 기억난다. 우리는 함께 가게로 들어갔고 윌리 삼촌은 이제 투명해서 반대쪽이 보이는 유리창과 예전에는 절대 거래하지 않던 시내 고객들을 바라보고는, 점원

---

* 윌리 삼촌의 부친.

을 보고 말했다. "이봐, 당신이 우리 점원인가?" 그러자 점원은 메리듀 부인과 슐츠 목사에 대해서 주절대기 시작했고 윌리 삼촌은 "알았어, 알았다고"라고 대답하고는, 마치 손님인 것처럼 우리와 함께 카운터 앞에 서서 아이스크림을 먹으며 전혀 죽지 않은 눈으로 계속 가게 안을 둘러보다가 다시 입을 열었다. "우리 빌어먹을 늙은 깜둥이를 나보다 훨씬 잘 부려먹은 것 같은데." 그러자 점원은 메리듀 부인이 등장하는 다른 이야기를 하기 시작했고, 윌리 삼촌은 다시 말했다. "알았어, 알았다고. 그냥 당장 잽을 불러다가 매일 여기에 나와 있으면서 앞으로는 가게를 계속 이렇게 보이게 만들라고 전하기만 해." 그리고 우리는 처방대 뒤편으로 돌아갔고, 윌리 삼촌은 점원이 깔끔하게 정리해 놓은 공간과 예전에 약물과 기타 이런저런 도구를 넣어 놓던 보관장에 달린 묵직한 새 자물쇠를, 그 누구라도 죽었다고는 말할 수 없는 눈으로 둘러보면서 다시 입을 열었다. "저쪽으로 나가서 저 친구한테 열쇠 좀 달라고 해라." 그러나 알코올램프와 주사기를 꺼내기 위해서는 아니었다. 예전의 그날에 메리듀 부인이 양쪽 모두 박살내 버렸기 때문이다. 그러나 어차피 달라질 일은 없었는데, 점원이 들어오더니 메리듀 부인과 슐츠 목사 이야기를 꺼내기 시작했고, 윌리 삼촌은 듣다가 "알았어, 알았다고"라고 말했는데, 그때까지 우리는 그가 웃는 얼굴을 본 적도 없었고 그때도 표정이 전혀 변하지 않았지만 우리는 그가 속으로 웃고 있다는 사실을 잘 알 수 있었다. 그리고 우리는 밖으로 나갔다. 그는 광장에서 방향을 틀더니 깜둥이 거리를 따라 소니 바저의 가게로 들어갔고, 나는 돈을 꺼내서 소니한테서 자메이카 진저* 한 병을 산 다음 일행과 합류했고 우리는 윌리 삼촌과 함께 집으로 가서 목초지에 자리잡고 앉았고 그는 자메이카 진저를 마시면서 우리 이름을 다시 외우려 애썼다.

그날 밤 우리는 윌리 삼촌이 말한 곳에서 그와 합류했다. 그는 외바퀴 손수레와 쇠지레를 가져왔고, 우리는 뒷문을 따고 들어가서 보관장의 새 자물쇠도 따고는 알코올 깡통을 꺼낸 다음 윌리 삼촌네 집으로 가져와서 헛간 안에 묻었다. 거의 3갤런은 되는 양이었고, 그는 4주 동안 아예 시내에 나오지도 않았으며 다시 앓기 시작했고, 메리듀 부인은 그의 집으로 쳐들어가서 서랍을 빼고 옷장에서 물건을 내던지기 시작했으며, 윌리 삼촌은 침대에 누워서 죽은 것과는 아주 거리가 먼 눈으로 그 광경을 지켜보고 있었다. 그러나 이미 전부 써 버린 후였으니 그녀는 아무것도 찾아낼 수 없었고, 애초에 무엇을 찾아야 하는지도 모르는 채 주사기만 찾고 있었으니 당연한 일이기도 했다. 그날 밤 윌리 삼촌은 다시 일어났고, 우리는 쇠지레를 가지고 가게로 돌아가서 보관장 앞으로 갔는데, 보관장은 이미 열려 있는 데다 문간에는 윌리 삼촌의 의자가 놓여 있고 의자 위에는 1쿼트들이 알코올 병이 올려져 있었고, 그게 전부였다. 그때 나는 가게 점원이 이전에 알코올을 가져간 사람을 알고 있다는 것을 깨달았지만, 그가 메리듀 부인에게 알리지 않은 이유를 깨닫게 된 것은 그로부터 2년이 흐른 후였다.

내가 이유를 모르고 있던 2년 중의 1년 동안, 윌리 삼촌은 여

---

* 올드 자메이카 진저 비어라는 이름의 진저에일. 무알콜 음료다.

동생이 준 자동차를 타고 토요일마다 멤피스로 나가고 있었다. 자동차가 필요하다고 보냈던 편지는 내가 받아쓰고 월리 삼촌이 내 어깨 너머로 확인하며 구술한 것이었는데, 그의 건강이 나아지고는 있으나 의사가 만족할 만큼 빠르지는 못하며, 의사가 가게까지 걸어서 왕복하면 안 된다고 말했기 때문에 차가 필요하다고, 비싼 차가 아니라 자신이 직접 운전하거나 그게 곤란하다고 생각한다면 검둥이 소년이라도 하나 찾아서 대신 운전시킬 작은 자동차 한 대가 필요하다는 내용이었다. 여동생은 돈을 보내 주었고, 월리 삼촌은 나 정도 키에 머리를 꺼끌꺼끌하게 깎은 세크레터리라는 이름의 깜둥이 소년을 데려다가 운전을 시켰다. 그러니까 세크레터리는 자기가 차를 몰 수 있다고 말했고, 그와 월리 삼촌 둘 다 밤에 구릉지로 나가서 옥수수 위스키[밀주] 사는 법을 익혔으며, 세크레터리는 매주 토요일마다 멤피스로 나갔다가 월요일 아침마다 인사불성이 된 월리 삼촌을 뒷좌석에 태우고 돌아오느라 멤피스 시내에서 운전하는 법도 상당히 빨리 익혔다는 소리다. 그럴 때마다 월리 삼촌의 옷에서는 내가 몇 년 후에나 직접 맡아보게 된 그런 냄새가 났으며, 주변에는 반쯤 빈 술병 두세 개와 전화번호와 로린이며 빌리며 잭 따위의 이름으로 가득한 작은 수첩이 널려 있었다. 나는 2년 동안 전혀 모르고 있었다. 그러니까 어느 월요일 아침에 보안관이 찾아와서 월리 삼촌의 남은 재고품에 자물쇠를 채우고 봉인한 다음, 점원을 찾으려 시도했으나 어느 기차를 타고 내뺐는지조차 알아내지 못할 때까지, 짐작조차 못 했다는 소리다. 무더운 7월의 어느 날, 뒷좌석에 늘어져 있는 월리 삼촌을 태운 채 자동차가 들어왔고, 그 앞좌석에는 몸집이 윌리 삼촌의 거의 두 배는 되는 여자가 세크레테리와 함께 타고 있었다. 붉은 모자와 분홍색 드레스 차림에, 좌석 뒤편으로는 지저분한 모피코트를 걸쳐놓고, 흙받이에는 밀짚 여행가방 두 개를 올려놓고, 새로 뽑은 황동 소화전 꼭지 같은 머리색에 땀을 흘려서 뺨에는 마스카라 흘러내린 자국과 떡진 화장분을 달고 있는 모습이었다.

다시 약을 시작한 것보다도 고약한 상황이었다. 마을에 천연두를 몰고 온 것이나 다름없게 여겨졌으니까. 그날 오후에 메리듀 부인이 엄마한테 전화했던 때가 아직도 기억난다. 전화선을 타고 전해져 온 그녀의 목소리가 부엌과 뒷문 바깥에서도 선명하게 들릴 정도였다. "결혼했대요! 결혼했다고요! 창녀하고! 창녀! 창녀하고!" 그 점원이 잡 노인에게 욕설을 내뱉던 때와 비슷했는데, 아무래도 교회의 능력에도 한계가 있거나, 교회 사람들한테는 욕할 권한이 있거나, 아니면 원할 때마다 일 이 분 동안 종교로부터 멀어져도 된다고 허락받은 모양이었다. 아빠도 딱히 누구에게랄 것도 없이 욕설을 내뱉었다. 적어도 윌리 삼촌이나 윌리 삼촌의 새 아내를 대상으로 한 것은 아니었고, 나는 메리듀 부인이 그 자리에 와서 아빠의 욕설을 고스란히 들었으면 좋겠다는 생각을 했다. 물론 그녀가 그 자리에 있었더라도 아무것도 듣지 못했을 것은 분명했는데, 그녀가 외출복도 챙겨입지 않고 슐츠 목사를 자기 차에 태워다가 윌리 삼촌네 집을 찾아갔고, 그는 월요일과 화요일에는 언제나 그렇듯 침대에 누워 있었으며, 그의 새 아내는 결혼 허가증을 총칼처럼 들이대며 메리듀 부인과 슐츠 목사를 집에서 몰아냈다고 들었기 때문이다. 그리고 내

기억에 따르면, 그날 오후 내내 — 윌리 삼촌네 집은 조용한 작은 골목에 있었는데, 나머지 집들은 지난 15년 동안 도시로 이사 온 시골 사람들이, 우체부나 작은 가게 주인으로 일하며 사는 새로 지은 작은 집들이었다 — 그날 오후 내내 선보닛을 비뚜름하게 쓰고 화가 잔뜩 난 숙녀들이, 어린아이나 다 큰 소녀들을 질질 끌고 그 작고 조용한 골목에서 빠져나와서는 시장 집무실이나 슐츠 목사네 집으로 모여들었고, 일하지 않는 젊은 남자나 소년들과 다 큰 남자 중 일부는 차를 끌고 윌리 삼촌네 집 앞을 왕복하면서 그녀가 베란다에 앉아 담배를 피우거나 유리잔으로 뭔가를 마시는 모습을 구경했던 것 같다. 다음 날 그녀는 검은 모자와 붉은색 흰색 줄무늬가 들어간 드레스 때문에 마치 커다란 막대사탕 같고 덩치도 윌리 삼촌의 세 배는 되어 보이는 모습으로 물건을 사러 나왔다. 그녀가 거리를 걸어가자 마치 함정 줄을 건드린 것처럼 근처 상점의 남자들이 일제히 고개를 내밀고는 드레스 속에서 위아래로 통통 튀는 엉덩이를 구경하다가, 마침내 누군가 야유를 보내고는 고개를 집어넣고 소리쳤다. "이야호!" 그런데도 그녀는 멈추지도 않고 엉덩이를 흔들며 걸음을 옮겼고, 그러자 다른 남자들도 일제히 야유를 보냈다.

다음 날이 되자 그의 여동생으로부터 전보가 도착했고, 아빠는 변호사를, 메리듀 부인은 증인을 맡아서 윌리 삼촌네 집으로 향했고, 윌리 삼촌의 아내는 결혼증명서를 내보이고 비웃으며 꺼지라고 말하면서, 결혼한 곳이 매뉴엘 스트리트*든 아니든 그녀는 제퍼슨이나 다른 곳에서 결혼한 콧대 높은 암캐들만큼이나 단단하고 확실하게 결혼했다고 말했고 뒤이어 아빠가 입을 열었다. "자자, 메리듀 부인. 자자, 크리스천 부인." 그리고 아빠는 윌리 삼촌의 아내에게 이제 윌리 삼촌이 무일푼 신세이며 그 집도 곧 잃을지 모른다고 말했고, 그러자 그의 아내는 텍사스의 여동생은 어떻느냐고 말했고, 그러자 아빠는 석유 사업도 파산했다고 말해서 그녀의 웃음을 멎게 만들었다. 그리하여 그들은 다시 여동생에게 전보를 보냈고, 여동생이 보낸 1천 달러에 더불어 윌리 삼촌의 자동차까지 그 아내의 몫으로 돌아갔다. 그녀는 그날 오후에 멤피스로 돌아갔다. 똑같은 밀짚 여행가방을 매달고 검은 레이스 드레스 차림에 아직 더운 날씨였기에 새로 한 화장 아래로 땀을 흘리면서 차를 몰고 광장을 가로지르다가, 오후 우편물을 받으려고 우체국 앞에서 기다리는 남자들 근처에 차를 세우고는 이렇게 말했다. "시간 나면 매뉴엘 스트리트로 와서 나를 찾아요. 당신네 촌놈들한테 자기 스스로나 이 동네 사람들끼리 뭘 할 수 있는지를 가르쳐 줄 테니까."

그날 오후 메리듀 부인은 다시 윌리 삼촌네 집으로 쳐들어갔고 아빠는 그녀가 윌리 삼촌네 여동생한테 11쪽짜리 편지를 보냈다고 말하면서, 그녀가 윌리 삼촌이 파산했다는 사실을 절대 용서할 수 없기 때문이라고 이유를 설명했다. 생울타리 뒤편에서 그녀 목소리가 들렸다. "당신은 미쳤어요, 크리스천 씨. 미쳤다고요. 당신을 구원해서 짐승 이상의 존재로 빚어내려 애써 왔는데, 이젠 내 인내심도 한계예요. 당신한테 한 번의 기회를 더 주겠어

---

* 멤피스의 가상의 지명. 포크너의 다른 두 편의 작품에서도 홍등가로 등장한다.

요. 당신을 킬리로 데려갈 건데, 이번에도 실패하면 내가 직접 당신 여동생한테 데려가서 억지로라도 정신병자 수용소에 집어넣으라고 시킬 거예요." 텍사스의 여동생은 윌리 삼촌이 금치산자임을 인정하고 메리듀 부인을 보호자 겸 위탁 관리자로 임명한다는 문서를 보내왔고, 메리듀 부인은 그를 멤피스의 킬리 시설*에 집어넣었다. 그렇게 끝나 버렸다.

V

그러니까, 사람들이 그걸로 끝나 버렸다고, 이번에는 윌리 삼촌이 확실히 죽으리라고 생각했다는 뜻이다. 아빠조차도 이제는 그가 미쳤다고 생각했는데, 윌리 삼촌이 아니었더라면 내가 가출하지 않았을 것이며, 내가 가출한 것은 곧 광인의 꼬드김에 넘어간 것이라는 이유 때문이었다. 그가 미치지 않았다고 주장한 사람은 아빠가 아니라 로버트 삼촌이었고, 그 이유는 킬리 시설에 감금되어 있으면서도 제퍼슨의 부동산을 팔아 현찰을 만들 수 있는 사람이 미치거나 술에 취해 있을 리가 없다는 이유에서였다. 그 누구도 윌리 삼촌이 킬리에서 탈출한 것조차 모르고 있었기 때문이다. 심지어 메리듀 부인조차도 그가 모습을 감추고

---

* 미국의 의사 레슬리 킬리가 창안한 '킬리 치료법'에 따라 만들어진 알코올 중독 치료소. 1879년부터 1965년까지 미국과 유럽 전역에 200여 개의 지점을 냈다. '킬리 치료법'이란 혈관에 염화금을 비롯한 다양한 약물을 주입하는 위험한 치료법이었으나, 당시에는 선구적이고 인도적인 치료소로 인기를 끌었다.

이틀이 지난 후에야 알게 되었고, 그때는 이미 어디서도 그를 찾을 수 없었다. 그들은 윌리 삼촌을 발견하지도, 빠져나간 방법을 알아내지도 못했고, 나 또한 지정한 날에 멤피스행 버스를 타서 멤피스 근교 어디선가 만나자는 편지를 받기 전까지는 전혀 모르고 있었다. 나는 지난 2주 동안 세크레터리나 잡을 못 봤다는 사실조차 깨닫지 못한 상태였다. 그러나 그가 나를 꼬드겨낸 것은 아니었다. 내가 원해서 간 것이었다. 그가 내가 아는 가장 훌륭한 사람이었기 때문에, 저들이 그에게 행하거나 그를 이용해서 행하려 했던 온갖 행위에도 불구하고 평생을 즐기며 살아왔기 때문에, 그리고 잠시 그와 함께 머무르면 나 또한 그런 방법을 배워서, 내가 나이를 먹게 되어도 즐거움을 누릴 수 있으리라는 희망을 품었기 때문이었다. 어쩌면 나 자신도 알아차리지 못한 채 더 많은 것을 깨닫고 있었을지도 모른다. 이를테면 그가 부탁하면 나로서는 뭐든 해줄 것이라던가. 그가 가게에 침입하여 알코올을 가져올 때, 그리고 나중에 그걸 메리듀 부인으로부터 숨기려 했을 때 굳이 부탁하지 않아도 내가 도우리라는 것을 기정사실로 여겼던 것처럼 말이다. 어쩌면 나는 잡 노인이 무슨 짓을 할지도 깨닫고 있었을지 모른다. 그가 실제로 한 행동이 아니라, 특정 상황에서 그가 무슨 짓을 할지를 말이다. 이번이 윌리 삼촌의 마지막 도주극이 될 텐데, 내가 없으면 윌리 삼촌은 혼자서 제퍼슨 전체를, 즉 늙고 겁에 질려서 지루하고 규칙에 사로잡힌 가쁜 호흡을 몰아쉬는 인간들 전체를 상대하게 될 것이며, 잡 노인은 제퍼슨에서 도망쳤음에도 불구하고 여전히 제퍼슨을 대변하는 인물이었으니 말이다.

그래서 나는 일주일 동안 잔디를 깎아서 거의 2달러를 벌었다. 그리고 그가 지정한 날에 버스를 탔고, 그는 도시 외곽에서 나를 기다리고 있었다. 그가 탄 지붕 없는 포드의 앞유리에는 백묵으로 적은 현금 $85라는 글씨가 아직 남아 있었고, 뒷좌석에는 신품 텐트가 접힌 채 놓였고 앞좌석에는 윌리 삼촌과 잡 노인이 타고 있었으며, 상태가 좋아 보이는 윌리 삼촌은 큼지막한 기름자국을 제외하면 새것이나 다름없는 체크무늬 야구모자를 쓰고는 모자챙을 뒤로 돌리고 고글을 모자 위로 올린 모습이었으며, 최근에 세척한 셀룰로이드 옷깃을 달고 타이는 매지 않았으며 코는 햇빛에 타서 껍질이 벗겨지고 눈은 안경 뒤편에서 반짝이고 있었다. 나는 그와 함께라면 어디든지 갈 수 있었다. 그 결과를 알고 있는 지금 이 순간이라도 똑같은 행동을 할 것이다. 그때와 마찬가지로 지금도, 그는 내게 부탁할 필요조차 없을 것이다. 그래서 나는 텐트 위로 올라탔고 우리는 시내가 아니라 반대 방향으로 달리기 시작했다. 나는 우리가 어디로 가는지를 물었지만 그는 그저 기다리라고만 말하며, 아무리 애써도 충분히 빨리 도착할 수 없다는 듯이 작은 차를 몰아 질주했고, 나는 그 목소리에서 전부 괜찮다는 것을, 이게 최선이라는 것을, 다른 누가 생각한 것보다도 훨씬 나은 상황이라는 것을 읽어낼 수 있었다. 잡 노인은 앞좌석에서 몸을 웅크리고 양손으로 머리를 감싼 채 윌리 삼촌을 향해 너무 빠르다고 소리쳐댔다. 그래. 어쩌면 그때 잡 노인의 모습을 본 순간, 나는 윌리 삼촌이 제퍼슨에서 도망쳤으나 간신히 한 번 피한 것뿐이라는 사실을 깨달았는지도 모르겠다. 그는 영영 도망치지 못한 것이다.

그러다 우리는 표지판에 도착했고, 화살표에는 비행장이라고 적혀 있었으며, 우리는 화살표를 따라 방향을 틀었고 나는 "뭐예요? 어딜 가는 거예요?"라고 물었지만 윌리 삼촌은 "기다려라, 좀 기다려"라고, 운전대 위로 몸을 숙이고 모자 아래에서 백발을 휘날리며 옷깃이 뒤편으로 일어나 옷깃과 셔츠 사이의 목덜미가 보이는 모습으로, 스스로도 도저히 기다리기 힘든 것처럼 말했다. 그리고 잡 노인은 (아, 그래. 그때에도 확신할 수 있었다) "저질렀어. 정말로 저질렀다고. 그래도 난 분명 말했어. 알 게 뭐야. 경고는 했다고"라고 말하고 있었다. 그러다 우리는 비행장에 도착했고 윌리 삼촌은 얼른 차를 세우고는 차에서 내리지도 않은 채 하늘을 가리키며 말했다. "저거 봐라."

비행기 한 대가 하늘을 날아다니고 있었고, 윌리 삼촌은 비행장 가장자리를 따라 뛰어다니며 손수건을 흔들었다. 이윽고 비행기가 그를 알아보고 하강하더니 착륙해서 우리 앞으로 굴러왔다. 2기통 엔진이 달린 소형 비행기였다. 윌리 삼촌과 똑같은 체크무늬 야구모자와 고글을 쓴 세크레터리가 비행기를 몰고 있었고, 둘은 잡 노인의 몫도 샀는데 그가 착용을 거부했다는 이야기를 내게 해 주었다. 그리고 그날 밤 ─ 우리는 2마일쯤 떨어진 작은 여행객 야영지에서 머물렀고, 그는 내 몫의 모자와 고글도 준비해 놓고 있었다. 나는 그제야 사람들이 그를 찾을 수 없었던 이유를 알게 되었다 ─ 윌리 삼촌은 여동생이 자기가 태어난 집이기도 해서 남겨둔 그 집을 판 돈의 일부로 비행기를 구입했다고 말해 주었다. 그러나 비행장의 빈 대위는 그에게 조종법을 가르쳐주지 않으려 했는데, 의사의 적합 소견서가 없기 때문이었다. ("원 세상에." 윌리 삼촌은 말했다. "공화당과 민주당과 그 온 갖 XYZ* 놈들이 계속 이런 짓거리를 해 대면, 머지않아 화장실 물도 혼자 못 내리게 되겠어.") 의사를 찾아갔다가는 그를 킬리 로 돌려보내거나 메리듀 부인한테 그가 있는 장소를 알릴 테니, 의사에게 갈 수도 없었다. 그래서 그는 우선 세크레터리에게 조 종법을 익히라고 시켰고, 세크레터리는 지금까지 2주째 저 비행 기를 모는 중이었다. 그가 자동차로 윌리 삼촌을 데리고 다니기 전에 연습했던 기간에 비하면 거의 14일이나 더 연습한 셈이었 다. 그래서 윌리 삼촌은 어제 자동차와 텐트와 캠핑도구를 구입 했고 내일이면 출발할 예정이었다. 우선 아무도 우리를 알아보 지 못할 렘프로라는 곳으로 갈 텐데, 윌리 삼촌은 거기에 널찍한 목초지가 있으니 일주일 정도 머물며 세크레터리한테 비행기 조 종법을 배울 생각이라고 말했다. 그러고 나면 우리는 서부로 떠 날 것이었다. 집을 판 돈이 다 떨어지면 마을에 들러서 승객을 태워주면서 다음 마을까지 가는 데 필요한 가솔린과 식량을 살 돈을 벌어들이면서, 윌리 삼촌과 세크레터리는 비행기를, 잡 노 인과 나는 자동차를 타고 이동할 것이었다. 잡 노인은 벽에 기대 놓은 의자에 앉아서, 작고 약하고 부루퉁한 붉은 눈을 끔뻑이며 윌리 삼촌을 바라보고 있었고, 윌리 삼촌은 여전히 모자와 고글 과 타이 없는 옷깃까지 걸친 차림으로 (사실 아예 옷에 고정시 키지조차 않고, 목에 둘러서 단추를 채워 놓았을 뿐이었다) 침상

---

* 대공황 시대에 난립했던, 서너 글자의 알파벳 이니셜을 가진 연방정부 산하 단체들을 뜻한다.

위에 우뚝 서서, 미국 성공회 목사처럼 주변을, 때로는 뒤편까지도 둘러보면서, 안경 뒤편의 눈을 반짝이며 환하고 즐거운 목소리로 말하고 있었다. "그러면 성탄절쯤 우리는 캘리포니아에 가 있을 거다!" 그가 말했다. "생각해 봐라, 캘리포니아라니!"

VI

그런데 어떻게 저들이 내가 꼬드김에 당해서 가출했다고 말할 수 있겠는가? 대체 어떻게? 아마 나는 그때부터 그렇게 잘 풀리지는 않으리라는, 그렇게 돌아갈 리가 없다는, 진실이 되기에는 너무 멋들어진 소리라는 사실을 알고 있었을 것이다. 윌리 삼촌이 직접 조종법을 배우겠다고 말할 때마다 세크레터리가 시무룩하게 행동하는 모습만 보아도 이 일이 어떻게 끝날지 알 수 있었을 것이다. 잡 노인이 윌리 삼촌을 바라보는 시선으로부터, 그가 실제로 어떻게 행동했는지가 아니라 특정 상황이 펼쳐진다면 어떻게 행동했을지를 짐작했던 것과 마찬가지로 말이다. 다른 백인이라고는 나 혼자뿐이기 때문이기도 했다. 잡 노인과 세크레터리 둘 다 나보다 나이가 많았지만, 나는 백인이니 아무 문제 없을 것이었다. 내가 제대로 할 수 있을 것이었다. 그에게 무슨 일이 일어나더라도 그가 결코 죽지 않으리라는 사실을 그때부터 알고 있었을지도 모르겠다. 나도 그처럼 사는 법을 배울 수 있었더라면, 무슨 일이 일어나더라도 나 또한 결코 죽지 않으리라는 사실과 마찬가지로 말이다.

그래서 우리는 다음 날 아침, 해가 뜬 직후에 길을 떠났다. 떠나도 된다는 허가증이 나오기 전까지 세크레터리가 비행장에서 관측 가능한 곳에 머물러야 한다는 바보 같은 규칙이 있었기 때문이었다. 우리는 비행기에 연료를 채웠고, 세크레터리는 연습할 때와 똑같이 이륙했다. 그리고 월리 삼촌은 서둘러 우리를 차에 태웠는데, 비행기가 시속 60마일로 날 수 있으니 우리보다 한참 앞서서 렌프로에 도착해 있을 것이기 때문이라 했다. 그러나 우리가 렌프로에 도착해 보니 세크레터리는 보이지 않았고, 텐트를 치고 점심을 먹은 후에도 나타나지 않았으며 월리 삼촌은 욕설을 내뱉기 시작했고 우리가 저녁을 먹고 날이 어두워진 후에도 세크레터리는 오지 않았으며 월리 삼촌은 이제 욕설을 입에 달고 있었다. 그는 다음 날이 되어서야 모습을 보였다. 소리가 들려서 달려나가 보니 우리 머리 위를 날아가고 있었는데, 정반대 방향인 멤피스 쪽에서 오고 있었고, 소리치고 손을 흔드는 우리를 그대로 빠르게 지나쳐 가버렸다. 그는 계속 날아갔고, 월리 삼촌은 펄쩍펄쩍 뛰면서 욕설을 내뱉었으며, 우리는 텐트를 차에 싣고서 그가 다시 등장하면 추격을 시도하기로 결정했다. 다시 돌아왔을 때는 소리가 아예 들리지 않는 대신 프로펠러가 눈에 보였는데, 그건 즉 프로펠러가 움직임을 멈추었다는 소리였고 세크레터리는 목초지가 아니라 목초지 가장자리에 있는 숲에 착륙하려는 것처럼 보였다. 그러나 그는 나무 위를 스치고는 덜컥거리며 추락했고 우리가 달려가 보니 그는 눈을 감은 채 잿빛이 된 얼굴로 조종석에 앉아서 이렇게 말했다. "나으리, 부디 렌프로가 어느 쪽에 있는지 알려 주실 수—" 그러다 그는 눈을 뜨고 우리가 누군지를 알아차렸다. 그가 말하기를, 어제 일곱 번이나 착륙했는데 렌프로가 아니었고, 사람들이 렌프로로 가는 방법을 알려줘서 그대로 가봤더니 그곳 역시 렌프로가 아니라서 어젯밤 비행기에서 노숙했고, 월리 삼촌이 준 3달러로 가솔린을 샀기 때문에 멤피스를 떠난 이후로 아무것도 먹지 못했으며 때맞춰 연료가 떨어지지 않았더라면 영영 우리를 찾지 못했으리라는 것이었다.

월리 삼촌은 나를 마을로 보내 연료를 더 사 온 다음에 바로 조종법 익히는 걸 배우고 싶어 했지만, 세크레터리는 동의하지 않았다. 그는 대놓고 거절했다. 그는 비행기가 월리 삼촌 소유이며 자신도 아마 월리 삼촌 소유인 것 같다고, 적어도 집에 돌아갈 때까지는 그럴 것이라고 말했지만, 그래도 당분간은 비행 자체를 버틸 수 없다는 것이었다. 그래서 월리 삼촌은 다음 날 아침에 시작하게 되었다.

나는 잠시 잡 노인을 내동댕이치고 멱살을 잡고 싶은 마음이 되었다. 세크레터리와 월리 삼촌이 탑승한 비행기를 바라보며 "저 물건에 타면 안 돼!"라고, "저들에게 말할 거야! 저들에게 말할 거라고!"라고 소리쳐 댔기 때문이다. 비행기는 공중에서 훌쩍 뛰어올랐다가, 월리 삼촌이 중국까지 최단거리로 이동하려 시도하는 것처럼 그대로 내리꽂았다가, 다시 솟구쳐서 마침내 제법 직선을 그리면서 목초지 위를 날아다니다 착륙했고, 잡 노인은 매일같이 월리 삼촌이며 농장에서 찾아온 일꾼들이며 마차를 타고 지나가거나 걸어가다가 도로에 멈춰 구경하는 행인들에게 소리를 질러댔으며, 하강해서 우리 머리 위를 지나치는 비행기에는 완전히 똑같이 생긴 월리 삼촌과 세크레터리가 나란히 앉아 있었다. 그러니까 얼굴이 아니라 땅에 내리꽂기 직전의 쇠스랑 날들처럼 완전히 똑같았다는 소리다. 세크레터리의 눈과 입이 달려나가는 모습을 보면 "호오오오오오!" 하고 소리치는 것이 들리는 것만 같았고, 윌리 삼촌의 번득이는 고글과 모자 아래에서 휘날리는 머리카락과 매일 밤 잠자리에 들기 전에 닦아놓는 넥타이 없는 옷깃이 빠르게 지나가는 모습도 보였으며, 잡 노인은 계속해서 "거기서 내려! 거기서 내려!"라고 소리쳤고, 세크레터리가 "그거 놔요, 윌리 삼촌! 그거 놓으라고요!"라고 소리치는 소리도 들렸다. 비행기는 그대로 지나쳐서, 솟구쳤다가 다시 고꾸라지고 한쪽 날개를 반대쪽보다 높이 들었다가 다시 낮추더니, 이제는 옆으로 날기 시작했고 아마 이때쯤 옆으로 처음 땅에 부딪쳤을 것 같은데, 뭔가 부서지는 소리가 나고 흙먼지가 솟구치며 다시 튕겨 올라오고 세크레터리가 "윌리 삼촌! 놓으라고요!"라고 소리쳤기 때문이다. 그날 밤 텐트 안에서 윌리 삼촌은 여전히 눈을 반짝이면서, 너무 흥분해서 말을 멈추지도 잠들지도 못하고 있었으며, 나는 그가 비행기를 사기로 마음먹은 순간부터 술을 한 모금도 마시지 않았다는 사실도 기억하지 못하고 있었으리라 생각한다.

아, 그래, 모든 일이 끝난 다음에 사람들이 나에 대해서 뭐라고 말했는지는 알고 있다. 아빠와 메리듀 부인이 아침에 도착한 후에 아빠가 뭐라고 하셨는지도. 나는 거의 성인이 다 된 백인이고 세크레터리와 잡 노인은 무책임한 깜둥이들일 뿐인데, 그를 막으려 든 것은 잡 노인과 세크레터리 쪽이었다고 말이다. 사실 바로 그 때문이었다. 그들이 이해할 수 없는 일이기 때문이었다.

마지막 밤에 세크레터리와 잡 노인은 그를 상대로 계략을 꾸미고 있었다. 잡 노인은 마침내 세크레터리를 꼬드겨서 윌리 삼촌이 절대 비행기 조종법을 배우지 못할 거라고 말하게 만들었고, 윌리 삼촌은 말을 멈추고 자리에서 일어나서 세크레터리를 노려보았다. "네놈은 2주 만에 배우지 않았냐?" 그는 말했다. 세크레터리는 그렇다고 대답했다. "빌어먹을, 하찮은, 아무 쓸모 없는, 무지한, 꺼끌머리 깜둥이인 네녀석이?" 세크레터리는 그렇다고 말했다. "그런데 대학을 나오고 1만 5천 달러짜리 사업체를 40년 동안 경영한 내 앞에서, 내가 저 빌어먹을 1,500달러짜리 비행기도 몰 수 없다고 말하는 거냐?" 그리고 그는 나를 바라보았다. "너도 내가 저걸 못 몰 거라고 생각하냐?" 그는 말했다. 그리고 나는 그를 똑바로 바라보며 말했다. "아뇨. 나는 삼촌이 뭐든 할 수 있을 거라고 믿어요."

VII

이제 나는 저들에게 말할 수 없다. 입 밖에 낼 수가 없다. 언젠가 아빠는 아는 것은 말할 수 있게 마련이라고 말한 사람이 있다고 말씀해 주신 적이 있었다. 어쩌면 그 사람은 열네 살 먹은 소년은 염두에 두지 않았는지도 모른다. 내가 앞으로 벌어질 일을 알았던 것은 분명하기 때문이다. 그리고 윌리 삼촌 역시 그 순간이 찾아오리라는 것을 깨닫고 있었을 것이다. 우리 둘 다 알고 있으면서도 굳이 서로의 답안을 확인하거나 의견을 교환할 필요가 없었던 셈이다. 그날 멤피스에서 윌리 삼촌이, "나하고 함께 가서 내가 필요할 때 곁에 있어 주렴"이라고 말할 필요가 없었던 것처럼, 그리고 내가 "따라가서 삼촌이 필요할 때 곁에 있어 줄 게요"라고 말할 필요가 없었던 것처럼.

잡 노인이 메리듀 부인에게 전화로 연락했기 때문이다. 그는 우리가 잠들 때까지 기다렸다가 슬쩍 빠져나가서 마을까지 걸어가서는 그녀에게 전화를 걸었다. 수중에 한 푼도 없는 데다 평생 전화를 걸어본 적조차 없었을 텐데도, 그는 메리듀 부인에게 전화를 했고, 다음 날 아침 세크레터리가 엔진에 시동을 걸고 있을 때 그가 이슬에 흠뻑 젖은 채 돌아왔고 (마을과 전화기는 5마일 떨어진 곳에 있었다) 나는 그가 소리치는 게 들릴 정도로 다가오기 전부터도 그가 무슨 짓을 했는지 알아차렸다. 그는 비틀거리며 느릿느릿하게 목초지를 건너며 소리쳤다. "잡아 둬! 잡아 두라고! 사람들이 금방 올 거야! 10분만 잡아두면 사람들이 이리 올 거라고!" 나는 상황을 깨닫고 달려가서 이번에는 진짜로 그를 붙들었고 그는 몸싸움을 벌이며 나를 때리면서 계속 비행기에 타고 있는 윌리 삼촌을 향해 소리쳐댔다. "전화를 걸었어?" 나는 말했다. "그 여자한테? 그 여자한테? 그 여자한테 삼촌이 어디 있는지를 말했어?"

"그래." 잡 노인이 소리쳤다. "그 여자가 너네 아빠를 데리고 바로 출발해서 6시 정각까지 여기 오겠다고 했다." 나는 그를 붙들었다. 비쩍 마른 나뭇가지 한 줌처럼 느껴졌고, 그의 허파에서 숨이 힘겹게 빠져나가는 소리와 심장 박동 소리가 들렸고, 이제 세크레터리도 달려오기 시작했고 잡 노인은 세크레터리를 향해 소리치기 시작했다. "가서 저 사람 끌어내! 사람들이 온다! 조금만 붙들어두면 사람들이 금방 여기로 올 거야!" 그러자 세크레터리는 "누굴요? 어느 쪽을요?"라고 말했고 잡 노인은 뛰어가서 비행기를 세우라고 소리쳤으며 세크레터리는 몸을 돌렸고 나는 그의 다리를 붙들려 시도했으나 실패했고 윌리 삼촌이 우리들과 비행기를 향해 달려오는 세크레터리를 바라보는 모습이 보였고 나 또한 무릎 꿇고 몸을 세워서 손을 흔들며 소리 지르기 시작했다. 엔진 소리 때문에 윌리 삼촌에게까지 들리지는 않았을 것이다. 그러나 단언하건대, 굳이 들을 필요도 없었을 것이다. 우리는 알았으니까. 서로가 알고 있었으니까. 그래서 나는 그대로 무릎 꿇고 앉은 채 잡 노인을 땅바닥에 짓눌렀고, 세크레터리가 열심히 달려가는 동안에, 우리 눈앞에서 비행기는 이륙을 시작했다. 비행기는 솟구쳤다 고꾸라졌다 다시 높이 솟구쳐서 첫날 세크레터리가 착륙하리라 생각했던 나무 위에 멈춘 것처럼 보이더니, 그대로 그 너머로 고꾸라져서 시야에서 사라졌고 세크레터리는 이미 달리고 있었으므로 자리에서 일어나서 그리로 향하기 시작한 것은 나와 잡 노인뿐이었다.

아, 그래, 사람들이 나에 대해서 뭐라 떠드는지는 알고 있다. 그날 오후에 영구차를 앞세우고 집으로 돌아가는 길에, 세크레터리와 잡 노인은 포드에 타고 그 뒤를 따라가고 아빠와 내가 탄 우리 차가 마지막에서 따라가며 제퍼슨이 점차 가까워지던 때, 나는 갑자기 울음을 터뜨렸다. 죽음이란 그저 안락함과 편의를 위해 걸치는 옷과 같은 외면을 건드리고 지나가는 존재이기 때문이었다. 낡은 장신구들이, 아무 가치도 없는 옷가지에 지나지 않는 것들이 우리 둘 중 하나를 배신했으며, 배신당한 쪽은 나이기 때문이었다. 아빠는 운전대를 잡지 않은 팔을 내 어깨에 두르고는 이렇게 말했다. "자자. 그런 뜻은 아니었다. 네가 한 일이 아니야. 아무도 너를 책망하지 않는다."

이제 알겠는가? 이야기는 여기서 끝이다. 나는 분명 윌리 삼촌을 도왔다. 그 또한 알고 있다. 내가 없었더라면 할 수 없었으리라는 사실을 그 또한 알고 있다. 그 또한 알고 있다. 그가 떠난 순간, 우리는 서로를 바라볼 필요조차 없었다. 그게 전부다.

그리고 이제 저들은 절대 이해하지 못한다. 심지어 아빠까지도. 그런데 저들에게 이런 이야기를 전부 털어놓고 이해시킬 만한 사람이 나밖에 남지 않았다고? 내가 어떻게 그럴 수 있겠는가?

마당의 노새
Mule in the Yard

1월 하순, 우중충해도 안개 때문에 그리 춥지는 않은 날이었다. 구빈원에서 막 돌아온 햇 노파가 복도를 달려 부엌 쪽으로 향하면서, 크고 밝고 행복한 목소리로 외쳤다. 나이는 아마 일흔 살 정도였겠지만, 새색시부터 할머니에 이르는 동네 수많은 주부들을 젖먹이 때 돌봤다는 자신의 주장에서 역산해 보면 백 살이 훌쩍 넘어가는 데다 몸뚱이도 셋은 되어야 할 법한 여자였다. 크고 늘씬한 몸에는 안개가 물방울처럼 맺히고, 테니스신발과 사오십 년쯤 전에는 모피였을 물건으로 마감한 쥐색 롱코트 차림에, 머릿수건에는 유행하기는 해도 새로 산 것은 아닌 자주색 토크를 달고, 손에는 (매주 그러듯 동네 주방을 돌아다니며 식료품을 모아들이던 도중이었는데, 과거에는 양단 가방을 들고 다녔지만 10센트 상점*이 많아진 후로는 상점에서 몇 센트에 파는 종이봉투들로 대체되었다) 쇼핑용 종이봉투를 든 채로, 그녀는 부엌으로 뛰어들어가며 어린아이처럼 흥겹고 강하게 소리쳤다. "매니 양! 마당에 노새가 있수!"

　난로 위로 허리를 수그리고 양동이에 불씨가 남은 재를 담던 중이던 하이트 부인은 허리를 곧추세웠다. 그리고 양동이를 움켜주고 헷 노파를 노려보고는, 마찬가지로 강하고 단호하게 말했다. "그 개자식들이." 그녀는 달린다고 말하기는 애매하지만 분노로 빨라진 움직임으로, 양동이를 들고 부엌을 나섰다 — 40대의 단단한 체구의 여성으로, 마치 그녀를 남기고 떠난 이가 여인이며 그마저도 그리 소중한 이가 아닌 것처럼 강건하지만 어딘가 후련하기도 한 애도의 느낌을 풍기는 사람이었다. 그녀는 온몸을 감싸는 캘리코천 드레스에 스웨터 코트를 걸치고, 동네 사람들이 10년 전에 죽은 그녀 남편의 물건이라는 사실을 알고 있는 남성용 펠트 모자를 쓰고 있었다. 그러나 남성용 신발은 남편의 것이 아니었다. 버튼이 달리고 발목까지 올라오며 작은 튤립 구근 모양의 앞굽이 달린 신발로, 동네 사람들은 그녀가 그 신발을 직접 새것으로 샀다는 사실을 알고 있었다. 그녀와 헷 노파는 부엌 계단을 달려내려가서 안개 속으로 나섰다. 춥지 않은 것은 안개 때문이었다. 긴 겨울밤 동안 어둠 속에 문을 닫고 잠든 도시가 뱉어낸 숨결이, 대지와 안개 사이에 느른하게 갇혀 있다가 — 잠에서 깨어 일어나면서 예전에 열기를 품었던 퀴퀴한 공기가 다시 달아오르는 것이었다. 차가운 윤활유 앙금 같은 안개가 계단이며 목제 지하실 입구며 마당 구석의 헛간 건물로 통하

---

* 미국 울워스를 비롯하여 19세기 말부터 등장하기 시작한 잡화점. 5센트나 10센트의 통일된 가격에 다양한 상품을 판매했다.

는 비좁은 널판길 위에도 맺혀 있었다. 하이트 부인은 불씨가 남은 재를 담은 양동이를 든 채로, 널판길 위를 미끄러지듯 달려가는 중이었다.

"조심하구려!" 고무 밑창 덕분에 미끄러질 걱정 따위는 안 하는 헷 노파가 흥겹게 소리쳤다. "바로 앞에 있으니까!" 하이트 부인은 넘어지지 않았다. 심지어 머뭇거리지조차 않았다. 그녀는 눈앞의 광경을 차가운 눈빛으로 일별하고는 다시 달리기 시작했고, 곧이어 안개 속에서 태어나기라도 한 것처럼, 그것이 집모퉁이를 돌아 두 여인의 눈앞에 등장했다. 노새였다. 기린보다도 커 보였다. 길쭉한 머리에, 가위 같은 귀 위로 고삐를 휘날리며, 노새는 유령처럼 갑작스럽고 격렬하게 그들을 향해 돌진해 오기 시작했다.

"저기 있수다!" 헷 노파는 쇼핑백을 휘두르며 소리쳤다. "워이!" 하이트 부인은 몸을 돌렸다. 그녀는 다시 미끄러운 널판을 딛고 격렬하게 발을 미끄러트리며, 노새와 나란히 헛간 건물 쪽으로 달려가기 시작했다. 열려 있는 헛간 문 안에서 깜짝 놀란 암소의 멍한 얼굴이 밖을 내다보았다. 분명 저 암소에게는 안개 속에서 태어난 이 노새의 모습이 기린보다도 크고 훨씬 난데없이 갑작스럽게 느껴졌으리라. 게다가 저 노새는 아무래도 헛간 건물이 지푸라기로 만들어졌거나 아니면 순전히 환영이기라도 한 것처럼 그대로 돌진해 들이받을 모양이었다. 암소의 머리도 마찬가지로 덧없고 갑작스럽고 비일상적인 느낌이 들었다. 머리가 마치 성냥불처럼 투명한 영역으로 들어간 듯 사라졌으나, 정신이 알고 이성이 일러주는 바에 의하면 단순히 헛간 안쪽으로

마당의 노새 355

몸을 피한 것이 분명했고, 뒤이어 이를 입증하기라도 하려는지 헛간에서 짐승이 내는 충격과 경계의 소리가, 마치 수금이나 하프의 현을 강하게 튕긴 단음처럼 들려왔다. 하이트 부인은 순전히 반사적으로 움직이듯 그 소리가 들린 방향으로 뛰쳐나갔다. 마치 노새와 남자의 세계에 저항하는, 여자 대 여자로 맺은 굳건한 맹약에 화답하려는 듯이. 그녀와 노새는 최대 속도로 헛간 앞에서 마주쳤고, 그녀의 손에는 묵직한 양동이가 언제라도 던져질 수 있다는 것처럼 가뿐하게 들려 있었다. 물론 말로 옮기는 것보다 훨씬 짧은 순간에 벌어진 일이었으며, 순간 노새는 그녀와 부딪치는 위험을 무릅쓰기를 거부했다. 노새는 뒤돌아서 아직도 "저기 있어요! 저기 있어요!"라고 소리치는 헷 노파를 향해서, 그녀가 난로 연통처럼 우뚝 서 있는 쪽으로 달려들었고, 그녀는 자기 옆을 지나치는 짐승을 향해 쇼핑백을 휘둘렀으나 노새는 그대로 달려가서 자신을 낳은 안개 속으로 빨려 들어가는 것처럼 다른 쪽 집모퉁이로 모습을 감추었다. 강렬하고 순식간에, 아무런 소리도 없이.

하이트 부인은 여전히 서두르지 않는 기민한 동작으로 몸을 돌리더니 양동이를 지하 저장고 입구의 벽돌 위에 내려놓았고, 그녀와 헷 노파는 집모퉁이를 돌아서 이제는 망령처럼 보이는 노새가 방금 바닥널 아래에서 나와서 발작하는 로드아일랜드 레드* 수탉 한 마리와 암탉 여덟 마리를 마주치는 모습을 목격했다. 순

---

* 로드아일랜드 원산의 미국 품종으로, 고기보다는 주로 달걀을 얻기 위해 사육한다.

간 앞으로 짓쳐나가는 노새의 모습이 마치 신격의 형상과 의복을 두른 것처럼 보였다. 지옥에서 태어나 지옥으로 돌아가듯 완전히 안개 속으로 녹아들며, 날개 달린 작은 마귀들에게 둘러싸인 채 태양도 뜨지 않는 헤아릴 수 없는 공간으로 사라지며 승천하는 것처럼 보였다.

"앞마당에 더 있수!" 헷 노파가 소리쳤다.

"빌어먹을 개자식들." 하이트 부인은 이번에도 아무런 적의도 열의도 느껴지지 않는, 음울하고 예지하는 듯한 목소리로 말했다. 그녀가 입에 담은 욕설의 대상은 노새들이 아니었다. 심지어 노새들의 소유주도 아니었다. 10년 전 어느 4월의 새벽, 도시 바로 외곽을 지나가는 철로의 커브길 사각지대에서, 다섯 마리 노새의 망그러진 사체와 새 마닐라삼 밧줄 수 피트와 함께 간신히 그러모은 하이트 씨의 유해가 도착한 후로, 그녀가 이 도시에서 살아온 세월 전체를 일컫는 것이었다. 그녀가 사는 동네에 깃든 지리적인 위험을 일컫는 것이었다. 그녀의 사별을 구성하는 모든 요소 — 노새들, 작고한 남편, 그 노새들의 주인 모두를 일컫는 것이었다. 그의 이름은 스놉스였다. 시내 사람들도 그를 잘 알고 있었다 — 그가 어떻게 멤피스 시장에서 가축을 사들여 제퍼슨으로 데려와서 검고 흰 피부를 지닌 농부와 과부와 고아들에게 팔아넘기는지, 그리고 어떤 수법으로 최대한 이문을 남기는지도. 그리고 (주로 농한기인 겨울에) 그의 가축 몇 마리 또는 심지어 작은 무리가 그의 방목장 울타리를 탈출하여, 때론 상당히 새것인 밧줄에 서로 묶인 채로 (밧줄도 나중에 스놉스의 청구서 목록에 포함될 것이었다) 하이트가 세상을 하직한 바로 그 사각지대의 커브길에서 화물열차에 목숨을 잃는다는 사실도. 언젠가 동네 장난꾼 하나가 지역 기차 일정표를 우편으로 그에게 보내준 적이 있을 정도였다. 땅딸막하고 창백한 피부빛에 넥타이를 매는 일이 없으며 항상 시달린 듯 경직된 표정의 남자로, 앞서 말한 대로 일정한 주기마다 흙먼지와 소란을 일으키며 평화롭고 지루한 도시를 가로지르는 작자였으며, 그가 등장하기 전에는 언제나 고함과 비명이 들려오고, 그가 지나간 자리에는 길쭉한 머리와 달그닥거리는 발굽들, 그리고 몰이꾼들의 허망하고 진솔한 고함이 뒤섞인 누런 구름이 이어졌다. 그리고 그 구름을 헤치고 마지막으로 스놉스 본인이 등장하여 지치고 헐떡이며 빠른 걸음으로 따라가는 모습이 보였는데, 도시 사람들 사이에는 그 작자가 그렇게 영리하게 거래하는 그 짐승들을 끔찍하게 두려워한다는 소문이 퍼져 있었다.

철도역에서 그의 목초지로 가려면 하이트의 집에 가까운 도시 외곽을 통과해야 했다. 언젠가 하이트와 하이트 부인이 일주일 정도 집을 떠나 있다가 돌아와 보니, 펄떡거리며 뛰어다니는 노새들이 집을 둘러싸고 사방에 몰이꾼들의 외침과 고함이 가득했던 적이 있었다. 그러다 몇 년이 흘러 그때의 4월 새벽이 찾아왔고, 현장에 가장 먼저 도착한 사람들은 엉망이 된 노새 사체와 갈기갈기 찢어진 새 밧줄 조각 사이에서 '이물질'이라는 용어로 묘사해야 마땅할 그것을 발견했고, 도시 사람들은 하이트가 스놉스 그리고 노새들과 생각보다 더 가까운 관계는 아니었는지, 그저 주기적으로 자기 앞마당에서 노새 몰아내는 일을 돕는 이상의 뭔가를 하던 것은 아니었는지를 의심하기 시작했다. 흥미와 경악과 호기심이 유지되는 사흘 동안, 사람들은 스놉스가 하이트도 보험금 대상으로 올려 돈을 뜯어내려 할지를 지켜보았다.

그러나 그들이 알게 된 것은, 보험사의 손해사정인이 등장해서 하이트 부인을 방문했고, 며칠 후 그녀가 8,500달러 수표를 환전했다는 것뿐이었다. 그 평온했던 옛시절에는 철도회사나 보험회사들조차 남부의 자기네 지점과 지사들을 근처에 사는 사람이라면 누구든 정당하게 약탈할 수 있는 사냥감 취급을 했기 때문일지도 모른다. 그녀는 현금을 받아갔다. 스웨터 코트를 걸치고 하이트가 일주일 전 사망한 아침에 쓰고 있던 모자를 쓰고서, 창구 직원이 현금을 헤아리고 은행장과 출납원이 채권이 예금계좌보다 우월한 이유를 열심히 설명하는 소리를 차갑고 음울한 침묵 속에서 듣고 있다가, 앞치마 아래 조미료 주머니에 현찰을 넣고는 떠나 버렸다. 잠시 시간이 흐른 후 그녀는 집에 페인트칠을 했다. 철도역사와 같이 실용적이고 세월의 흐름에 영향받지 않는 색이었는데, 감상적인 선택이거나 (혹자에 따르면) 감사를 표하기 위한 것으로 보였다.

손해사정인은 스놉스도 협의회에 호출했고, 그곳을 나오는 그는 어느 때보다도 시달린 얼굴이었을 뿐 아니라 경악과 낙심한 표정이 얼굴에 도장처럼 찍혀 이후 평생 그대로 남게 되었다. 그 후로 그의 목초지 울타리가 한밤중에 난데없이 무너져서 밧줄로 적절하게 서넛씩 묶인 노새들이 탈출하는 일은 두 번 다시 일어나지 않았다. 게다가 그때부터는 노새들마저도 뭔가를 느끼는 모양이었다. 멤피스 마장의 경매에서 사들여 고삐를 채울 때부터 스놉스가 자기네를 두려워한다는 사실을 알아차리듯이, 그 뭔가 또한 감지하는 듯했다는 소리다. 일 년에 서너 차례씩 그가 노새들을 화물용 유개차에서 내릴 때마다, 노새들은 무언가 악마적인 힘에 이끌리듯 일제히 소란을 일으켰으며 ― 당황하고 낙담하고 안간힘 쓰는 고함이 가득한 가운데 흙먼지가 자욱하게 일어나고, 악마 같은 형체들이 그 속에서 날뛰는 모습이었다 ― 이내 그 소란은 뒤틀리고 통제할 수 없는 폭력의 분출로 전환되어, 시간이나 공간이나 대지의 명확한 개입도 없이, 고요하고 당황한 마을을 가로질러 하이트 부인의 마당으로 뛰어들었기 때문이다. 그러면 스놉스는 순간 육신을 엄습하는 두려움마저 잊게 만드는 절망에 사로잡혀, 집을 둘러싸고 우레처럼 발굽을 울리며 뛰어다니는 짐승을 이리저리 피하며 그 무리에 합류하는 것이었다(동네 사람들은 그 집에 칠한 퇴색하지 않는 페인트를 바라보며, 스놉스가 그 집을 자기가 사준 것이나 다름없으며 그 집의 거주자가 적어도 일부는 그의 것이어야 한다고 믿는 돈을 쓰면서 여왕처럼 게으르고 편안하게 살아간다고 생각하리라 믿었다). 그러고 있으면 주변 이웃들이 근처 창문의 커튼 뒤편이나 가림막이 있거나 없는 베란다에 모여들어 그 광경을 지켜보기 시작했고, 포석 위를 지나가던 행인이나 심지어 짐마차나 자동차마저도 구경하려고 거리에 멈춰 서곤 했다 ― 아침이라 머리쓰개나 실내용 모자를 쓰고 있는 주부들도, 등교 중이었던 아이들도, 별생각 없이 흥미를 보이며 지나가던 검둥이와 백인들도.

하이트 부인이 헷 노파의 뒤를 따라서 닳아 몽땅해진 빗자루 끄트머리를 들고 다음 모퉁이를 돌아서 그녀 본인은 앞마당이라 부르는 손수건만 한 땅뙈기로 들어섰을 때, 그 모두가 그 자리에 있었다. 비좁은 땅이었다. 3피트 이상의 보폭으로 뛰어다니는 짐승이라면 뭐가 됐든 두 발짝으로 끝에서 끝까지 닿을 수 있었을 것이다. 그러나 지금 이 순간에는, 아마도 시야를 제한하고 공간을 뒤트는 안개의 성질 때문에, 그 비좁은 땅은 현미경으로 관찰하는 물방울처럼 날뛰는 생명으로 가득한 듯 보였다. 그러나 이번에도 그녀는 머뭇거리지 않았다. 손에는 빗자루를 쥐고, 자신이 무적이라는 지고한 신념으로 무장한 듯한 모습으로, 그녀는 이번에도 안개 속에서 유령처럼 사라지려 하는 고삐를 단 노새에게 달려들었다. 마치 자동차가 지나가고 폭발하는 공기 속에 찢긴 종이조각이 흩날리듯, 이리저리 나뒹굴며 흩어지는 닭 아홉 마리의 형상이 그 노새의 위치와, 노새를 피하느라 정신없는 남자의 위치를 알려주었다. 남자는 스놉스였다. 습기가 온몸에 맺혀 있어서, 목쉰 소리로 외치고 있는 정신 나간 옆얼굴에서는 수염 깎은 자국을 따라 담배 진액처럼 두 줄의 물줄기가 흘러내리는 모습으로, 그는 그녀를 향해 소리쳤다. "신께 맹세코, 하이트 부인! 나는 최선을 다했소!" 그녀는 그에게 눈길조차 주지 않았다.

"굴레 달고 있는 큰 놈을 잡아요." 그녀는 헐떡이며 차가운 목소리로 말했다. "큰 놈을 여기서 끌어내라고요."

"그래야지!" 스놉스가 고함쳤다. "조금 힘 빠질 때까지 기다리고서 말이오. 지금 흥분하게 만들면 위험하니까."

"조심하우!" 헷 노파가 소리쳤다. "다시 이쪽으로 오고 있구만!"

"밧줄 가져와요." 하이트 부인은 이렇게 말하고 다시 뛰기 시작했다. 스놉스는 헷 노파를 노려봤다.

"원 세상에, 밧줄이 어디 있는데?" 그가 소리쳤다.

"당연히 저장고에 있지 않겠수!" 헷 노파 또한 걸음을 멈추지 않고 소리쳤다. "반대쪽으로 돌아가다 보면 입구가 보일 거구만." 그녀와 하이트 부인이 다시 집모퉁이를 돌자 고삐 달린 노새의 흐릿한 형체가 닭들의 구름에 둘러싸여 허공에 떠 있는 듯 움직이는 모습이 보였다. 마루널 아래를 통과해서 가로지른 닭들이, 집을 빙 둘러온 노새와 우연찮게도 다시 만나게 된 모양이었다. 다시 집모퉁이를 돌자 그들은 다시 뒷마당으로 나오게 되었다.

"신이시여!" 헷 노파가 소리쳤다. "저것이 암소를 괴롭히려고 단단히 마음먹은 모양이구만!" 노새가 멈춘 덕분에 두 사람도 거의 따라잡을 수 있었다. 사실 그들은 집모퉁이를 돌자마자 그림 속 광경을 마주하게 된 것이나 다름없었다. 암소는 이제 마당 한가운데에서, 노새와 몇 피트 거리를 두고 대치하며 서 있었다. 움직임 없이, 머리를 낮추고 앞다리에 힘주어 버티고 서 있는 두 짐승은, 마치 전원 풍경에 관심 있는 아마추어가 사들인 평범한 패턴 한 쌍을 어린아이가 주워 와서, 서가용 책 받침대 삼아 나란히 방치해 놓은 것처럼 보였다. 그리고 스놉스는 가장자리에 재를 담은 양동이가 놓인 지하 저장고 입구 문을 활짝 열어젖히고, 그 안에서 머리와 어깨만 비죽 내놓고 있었다. 마치 남편의 장례식용 땔나무에 겨드랑이까지 파묻혀 함께 화장되기 직전인 스페인-인디언-미국인 과부처럼 보이는 모습이었다. 이번에도 모든 일이 순식간에 일어났다. 그림 속 광경조차 되지 못했다. 시간이 지난 후에는 기억으로도 온전히 단언하기 힘든 그런 부류의 순간이었다. 남자와 암소와 노새는 다음 집모퉁이 너머로 사라졌다. 밧줄을 들고 있는 스놉스가 앞서 달리고, 꼬리를 빳빳하게 세우고 삿대처럼 조금씩 허공을 헤집는 암소가 그 뒤를 따랐다. 하이트 부인과 헷 노파는 계속 달려서, 인간의 온갖 필수품과 과부로 살아온 세월이 집적되어 있는 활짝 열린 지하 저장고 문을 지나쳤다. 불쏘시개용 목재와 낡은 신문이며 잡지가 담긴 상자, 여자라면 결코 버리는 법이 없는 부서지거나 너무 낡은 가구와 가재도구들이 그 안에 있었다. 석탄도 한 더미 있었고, 불꽃을 키울 때 쓰는 송진 묻은 솔방울도 있었다. 두 사람이 그대로 달려 다음 집모퉁이를 돌아다보니, 남자와 암소와 노새는 다시 마루널 아래를 가로질러 반대편으로 나온 닭 무리에 둘러싸여 사라지기 직전이었다. 하이트 부인은 음울하고 단호한 침묵 속에서, 헷 노파는 아이처럼 열정적이고 흥겨운 탄성을 울리며, 두 사람은 계속 달려갔다. 그러나 다시 앞마당에 도착해 보니 그곳에 있는 것은 스놉스뿐이었다. 바닥에 엎드린 채 팔을 뻗어 머리와 어깨를 들어올리려 애쓰며, 외투 뒷자락은 앞으로 쓸어올려져서 입을 떡 벌린 머리 위를 덮고 있는 모습이, 마치 벌레스크 극 속의 수녀처럼 보였다.

"짐승들은 어디로 갔수?" 헷 노파가 그를 향해 소리쳤다. 그는 대꾸하지 않았다.

"그대로 모퉁이를 돌았나보네!" 그녀가 외쳤다. "벌써 다시 뒷마당에 있겠수!" 실제로 짐승들은 뒷마당에 있었다. 암소는 헛간으로 돌아가려는 듯 몸을 움직이다가, 자기 속도가 너무 빠르다고 여겼는지 자포자기에 가까운 용기를 품고 뒤돌아섰다. 그러나 두 사람은 그 모습도, 암소를 피하려고 몸을 틀다가 지하 저장고의 열린 문에 부딪혀 비틀거리다 그대로 달려간 노새도 보지 못했다. 그들이 도착했을 때, 노새는 이미 사라져 있었다. 불씨가 남은 재를 담은 양동이도 사라져 있었지만, 그들은 그 사실을 알아채지 못했다. 그저 암소 혼자서 아까처럼 뻣뻣하게 앞다리를 벌리고 고개를 낮춘 채, 상대방이 없는데도 헐떡이며 버티고 서 있는 모습만 보일 뿐이었다. 마치 어린아이가 돌아와서 다른 목적이나 놀이에 쓰려고 한쪽 책 받침대를 치워버린 것만 같았다. 그들은 계속 달렸다. 이제 하이트 부인도 다리가 무거워졌는지, 입을 벌린 채 얼굴은 흙빛이 되어 한쪽 손으로 옆구리를 누르고 있었다. 걸음이 너무 느려졌는지 노새는 집을 세 바퀴째 돌아 그들의 뒤를 따라잡았고, 조금도 속도를 줄이지 않은 채 악마 같은 우레소리와 날카롭고 시큼한 암모니아 같은 땀내를 남긴 채 조롱하듯 울부짖으며 사라져 버렸다. 그러나 두 사람은 끈덕지게 다음 모퉁이를 돌아서, 마침내 안개 속으로 사라지는 데 성공하는 중인 노새의 뒷모습을 간신히 목격했다. 짧게 끊어 조롱하듯 울리는 발굽 소리가, 포석 위에서 울리며 멀어져 갔다.

"자!" 헷 노파가 걸음을 멈추고 말했다. 그녀는 헐떡이며 흥겹게 말했다. "신사 여러분, 조용! 이거 정말 대단한—" 그러다 그녀는 돌처럼 우뚝 굳어 버렸다. 그리고 코를 높이 들고 고개를 돌리며 콧구멍을 벌름거렸다. 어쩌면 마지막으로 열린 저장고 문을 지나칠 때, 순간적으로 양동이가 보이지 않는다는 것을 인지했는지도 모른다. "신이시여, 이거 연기 냄새잖수!" 그녀가 말했다. "꼬맹이들, 얼른 달려가서 사람들 불러오렴. 돈 줄 테니까."

아직 10시도 안 된 이른 시각에 있었던 일이었다. 정오쯤에는 집은 폭삭 타서 주저앉아 버렸다. 스놉스가 종종 시간을 죽이는 농기구 상점이 하나 있었는데, 그때쯤에는 이미 여러 사람이 그곳에 가서 그를 찾아본 후였다. 그들은 스놉스에게 소방차와 군중이 현장에 도착했을 당시의 상황을 전해 주었다. 헷 노파는 한쪽 손에는 그녀의 쇼핑백을, 반대쪽 손에는 하이트 씨의 초상화를 들고 하이트 부인을 따라 나왔고, 부인 본인은 우산을 들고 우편주문한 새 회갈색 코트를 입은 채로, 한쪽 주머니에는 돌돌 만 지폐가 가득 든 과일단지를, 반대쪽 주머니에는 묵직한 니켈 도금 권총을 넣은 채로 나오더니 거리를 건너 맞은편 집으로 향했고, 거기서 헷 노파와 함께 나란히 안락의자에 앉아서는 지치지도 않고 소리쳐대는 남자들이 그녀의 접시며 가구며 침구 따위를 거리로 내던져대는 내내 그렇게 음울하고 단호한 모습으로 베란다에 나와 앉아서 의자를 흔들며 지켜보고 있었다는 것이다.

"왜 나한테 그딴 걸 알려주는데?" 스놉스가 말했다. "불똥을 담은 양동이를 누가 지나가다 건드리면 그대로 굴러떨어질 위치에 놓고 가 버린 건 내가 아니었다고."

"그래도 지하 저장고 문을 열어놓은 건 자네였잖나."

"물론. 그래서 어쨌다고? 밧줄을 가지러 간 거였어. 그 여자 밧줄을 가져오려고, 그 여자가 시킨 곳으로 간 거란 말이야."

"그녀 땅에 침입한 자네 노새를 붙들 밧줄이었잖나. 이번에는 자네도 도망칠 수 없어, 이 잘난 양반아. 우리 카운티에는 그녀편을 안 들어줄 배심원은 한 명도 없을 테니까."

"그래, 그렇겠지. 그쪽이 여자니까 말이야. 그래서라고. 그쪽이 빌어먹을 여편네니까. 좋아. 그 여자는 빌어먹을 배심원이나 열심히 쫓아다니라고 해. 나도 입이 있다고. 그 여자에 대해서 배심원한테 해줄 이야기가 나도 몇 가지 있단 말이야—" 그는 입을 다물었다. 모두가 그를 바라보고 있었다.

"뭐? 배심원한테 할 이야기가 뭔데?"

"아무것도. 배심원 따위는 없을 테니까. 그 여자하고 내 문제에 배심원이 끼어든다고? 나하고 매니 하이트 사이에? 그 여자가 누구의 탓도 아닌 순전한 사고일 뿐인 문제를 키우리라 생각한다면, 자네들은 그 여자를 모르는 거야. 그래, 이 카운티에 매니 하이트 부인만큼 아름답고 훌륭한 여자는 또 없을 테니까. 내가 직접 그 여자한테 이렇게 말해줄 기회가 생기기나 했으면 좋겠군." 그 기회는 즉시 찾아왔다. 헷 노파가 그녀 옆에 쇼핑백을 들고 서 있었다. 하이트 부인은 호기심을 섞어 중얼거리는 인사말에는 아예 반응하지 않은 채 둘러선 면면을 조용히 일별하고는, 다시는 시선을 돌리지 않았다. 그녀는 스놉스 또한 그리 오래 쳐다보지도, 그리 오래 말을 섞지도 않았다.

"그 노새를 사러 왔어요." 그녀는 말했다.

"무슨 노새?" 사람들은 서로를 마주 봤다. "그 노새를 소유하고 싶다고?" 그녀는 스놉스를 바라봤다. "가격이 150은 할 거요, 매니 부인."

"달러로요?"

"나도 10센트나 5센트 동전으로 헤아릴 생각은 없소, 매니 부인."

"150달러라." 그녀는 말했다. "하이트 생전에 받던 가격보다 훨씬 비싸군요."

"하이트 생전에 비하면야 상당히 많은 것들이 달라졌지. 당신과 나를 포함해서 말이오."

"그런 듯하군요." 그녀는 말했다. 그리고 그대로 자리를 떴다. 아무 말 없이 몸을 돌렸고, 헷 노파도 그녀를 따랐다.

"오늘 아침에 봤던 다른 노새 중에서 당신한테 어울리는 게 있을지도 모르는데." 스놉스가 말했다. 그녀는 대꾸하지 않았다. 그리고 그대로 사라졌다.

"마지막 그 말은 그 여자한테 안 하는 게 좋았을 것 같은데." 누군가 말했다.

"왜?" 스놉스가 말했다. "그 화재 때문에 법적으로 나한테서 뭔가를 받아내려 할 생각이었다면, 그렇게 나를 찾아와서 값을 지불하겠다고 말했을 것 같나?" 그게 1시쯤 있었던 일이었다. 4시쯤 되어 그는 싸구려 식료품점 앞에 줄지어 늘어선 검둥이들을 밀치고 지나가다가 누군가 자신의 이름을 부르는 것을 들었다. 헷 노파였다. 불룩하게 가득한 쇼핑백을 품에 안은 채, 종이봉투로 싼 바나나를 먹고 있었다.

"원 참, 방금 전까지도 당신을 찾아 돌아다니고 있었는데." 그녀는 말했다. 그녀는 옆에 선 여자에게 바나나를 넘겨주더니 쇼핑백을 헤집고 더듬거리다가 그린백 한 장을 꺼냈다. "매니 양이 이걸 당신한테 주랬수. 당신 숙소로 찾아가는 중이었는데. 자, 받구려." 그는 지폐를 받아들었다.

"이게 뭐야? 하이트 부인이 보냈다고?" "노새의 대가라던데."

10달러짜리 지폐였다. "영수증은 안 줘도 되우. 내가 당신한테 이걸 줬다는 증인이 될 거니까."

"10달러? 그 노새에? 나는 분명 150달러라고 말했을 텐데."

"그건 당신하고 매니 양 사이에 결정할 일 아니겠수. 매니 양은 그냥 이걸 주면서 당신한테 전달하라고만 했수다. 노새는 직접 가져올 거라던데."

"노새를 직접 가져온다고— 그 여자가 직접 그리로 나가서 내 목초지에서 내 노새를 끌고 나왔다는 소리야?"

"세상에, 젊은 양반이." 헷 노파가 말했다. "매니 양은 노새 따위는 두려워하지 않수. 당신도 직접 두 눈으로 보지 않았수?"

겨울이라 아직 날이 짧아서 이제 해가 저물기 시작했다. 노을을 배경으로 서 있는 앙상한 두 개의 굴뚝이 헷 노파의 시야에 들어왔을 때는 이미 저녁이 어둑하게 내려앉고 있었다. 그러나 암소가 있는 헛간이 보이기도 전부터 이미 햄 굽는 냄새를 맡을 수 있었다. 불 위에 놓은 프라이팬과 근처에서 암소 젖을 짜고 있는 하이트 부인이 보인 것은 앞마당을 돌아 뒤편으로 들어간 후였지만 말이다. "이런." 헷 노파가 말했다. "벌써 편안히 정착하셨나보구만." 그녀는 헛간 안쪽을 들여다보았다. 깔끔하게 정리하고 쓸고 갈퀴질까지 마친 다음, 바닥에는 깨끗한 밀짚까지 깔아 놓은 상태였다. 상자 위에는 깨끗한 새 랜턴이 타고 있고, 그 옆에는 밀짚 위에 짚자리를 펴서 밤을 보낼 준비까지 마쳐 놓았다. "세상에, 진짜로 정리가 끝났잖수." 그녀는 즐겁게 경탄하며 말했다. 문 안쪽에는 부엌 의자가 보였다. 헷 노파는 의자를 가져다 프라이팬 앞에 앉으며 불룩한 쇼핑백을 옆에 내려놓았다.

"젖 짜시는 동안 고기는 내가 보고 있겠수. 이렇게 온갖 흥분되는 일을 겪어서 지쳐 떨어질 지경이 아니라면 내가 우유를 짜겠다고 했을 텐데." 그녀는 주변을 둘러봤다. "근데 새로 얻어온 다던 노새는 안 보이는구만." 하이트 부인은 소의 옆구리에 머리를 대고 끙 소리를 냈다. 잠시 후 그녀는 입을 열었다.

"그 작자에게 돈은 줬나?"

"확실히 줬수다. 처음에는 놀란 것처럼, 당신이 그렇게 빨리 거래할 거라고는 생각 안 한 것처럼 굴더구만. 세세한 문제는 나중에 당신하고 처리하라고 말해뒀수다. 그래도 돈은 받았수. 그러니까 나하고 당신 둘 다 만족할 만하게 처리된 거지." 하이트 부인은 이번에도 끙 소리만 냈다. 헷 노파는 프라이팬 위의 햄을 뒤집었다. 옆에 놓인 커피포트가 끓으며 김을 뿜기 시작했다. "커피도 냄새가 좋은데." 그녀가 말했다. "나는 몇 년 동안 식욕이 없었지만 말이우. 내가 먹는 음식으로는 새들도 버티기 힘들 정도였수. 그래도 이 커피 냄새를 맡으면 조금이나마 식욕이 돌아오는 것 같수다. 자, 그러니까 이 햄도 작게 잘라서 한 조각만— 이런 세상에, 벌써 손님이 왔구만." 그러나 하이트 부인은 자기 일이 끝날 때까지 고개조차 들지 않았다. 젖을 다 짠 후에야, 그녀는 상자에 걸터앉은 채로 몸만 돌렸다.

"아무래도 우리 둘이서 잠깐 얘기를 하는 게 좋을 것 같은데." 스놉스가 말했다. "당신 것을 내가 갖고 있는 게 있고, 내 물건을 당신이 갖고 있는 것도 있으니 말이야." 헷 노파가 지켜보는 앞에서, 그는 초조하게 계속 주변을 둘러보고 있었다. 그는 헷 노파 쪽으로 고개를 돌렸다. "아줌마는 가 있어. 여기 앉아서 우리 대화를 듣고 싶지는 않을 거 아냐."

"세상에, 젊은이." 헷 노파가 말했다. "나는 신경 쓰지 말구려. 이미 온갖 골치 아픈 상황에 휘말려 버려서, 다른 사람들이 무슨 이야기를 나누든 그냥 앉아서 듣고 있을 수 있으니까. 그대로 당신들이 이야기를 나누는 동안, 나는 여기서 햄이나 구우면서 앉아 있겠수다." 스놉스는 하이트 부인을 바라봤다.

"저 여자한테 가라고 말하지 않을 거요?" 그가 말했다.

"무슨 이유로요?" 하이트 부인이 말했다. "이 마당에 내키는 대로 찾아와서 내키는 대로 머무는 생물이 그녀가 처음도 아닐 텐데." 스놉스는 짧고 억눌린, 짜증 섞인 손짓을 해댔다.

"그래." 그가 말했다. "알았소. 그래서 당신이 노새를 데려간 거지."

"돈을 냈으니까요. 저 사람이 당신한테 돈을 줬을 텐데요."

"10달러였소. 150달러짜리 노새인데 말이오. 10달러였다고."

"150달러짜리 노새에 대해서는 아는 바가 없는데요. 내가 아는 건 철도회사가 지불한 액수뿐이죠." 그러자 스놉스는 그녀를 정면으로 지그시 바라봤다.

"그게 무슨 뜻이오?"

"철도회사에서 한 마리에 60달러씩 냈다는 이야기죠. 예전에 당신하고 하이트가 그 짓을—"

"쉿." 스놉스가 말했다. 그는 다시 초조하게 계속 주변을 둘러보았다. "알았소. 그럼 60달러라고 하지. 하지만 당신은 내게 10달러만 보냈잖소."

"그래요. 차액만큼 보낸 거죠." 그는 꼼짝도 않고 그녀만을 노려보았다. "노새 가격과, 당신이 하이트한테 빚진 돈만큼요."

"내가 무슨 빚을—"

"노새 다섯 마리를 철로까지 데려가는—"

"쉿!" 그는 소리쳤다. "조용!" 그녀의 냉정하고 음울하고 평온한 목소리는 계속 울렸다.

"당신을 도운 대가 말이에요. 당신은 매번 그이에게 50달러씩을 줬고, 철도회사는 노새 한 마리당 60달러를 당신에게 지급했죠. 내 말이 맞지 않나요?" 그는 그녀를 지켜봤다. "그런데 마지막에는 그이한테 돈을 안 줬잖아요. 그래서 대신 노새를 데려온 거예요. 그리고 차액 10달러를 보낸 거고요."

"그렇군." 그는 나직하고 신속하고 완전히 얼이 빠진 투로 대답하고는, 뒤이어 울부짖었다. "하지만 잠깐! 문제가 하나 있소. 나는 분명 청구서가 처리될 때까지는 한 푼도 안 주겠다고 서로 협의했고—"

"조용히 해야 하는 쪽은 당신일 것 같군요." 하이트 부인이 말했다.

"—노새 문제가 처리될 때까지 말이오. 그리고 그때 모든 것이 끝났을 때는, 내가 돈을 줬어야 하는 양반이 이미 존재하지 않게 된 만큼 돈을 줄 필요가 없지 않겠소." 그는 의기양양하게 소리쳤다. "어떻소?" 의자에 앉아 꼼짝도 않고 아래만 내려다보고 있던 하이트 부인은 그 말을 반추해 보는 듯했다. "그러니까 당신 10달러는 곱게 가져가고, 내 노새가 어디 있는지나 알려주시오. 그러면 처음부터 그랬던 것처럼 좋은 친구 사이로 남을 수 있지 않겠소. 원 세상에, 불이 좀 난 건 인간적으로 애석하게 생각하지만—"

"세상에, 주여!" 헷 노파가 말했다. "정말 엄청난 불길 아니었수?"

"—하지만 당신한테는 철도회사에서 준 돈이 아직 남아 있으니, 그냥 새집을 지을 기회가 생겼다고 생각해도 되지 않겠소. 그러니 여기, 받으시오." 그는 그녀의 손에 지폐를 찔러 주었다. "내 노새는 어디 있소?" 그러나 하이트 부인은 조금도 움직이지 않았다.

"나한테서 그 노새를 돌려받고 싶다고요?" 그녀가 말했다.

"물론이오. 예전부터 우린 친구였잖소. 이제 다시 친구 사이로 돌아갈 때가 된 거요. 나는 당신한테 악감정이 조금도 없고, 당신도 악감정은 없을 테지. 노새를 어디다 숨겨 뒀소?"

"스필머네 집 뒤편의 협곡 끝에요." 그녀가 말했다.

"그렇군. 나도 아는 장소요. 당신한테는 헛간이 없으니 가축을 숨기기에 괜찮은 장소지. 그냥 목초지에 놔두고 왔으면 우리 둘 다 귀찮을 일이 없었을 텐데 말이오. 그렇다고 뭐 악감정이 있다는 소리는 아니오. 그럼 이만 작별인사를 드리지. 벌써 자리를 잡으신 것 같구만. 아예 집을 새로 짓지 않는다면 돈을 훨씬 아낄 수 있을 것 같소."

"그렇겠군요." 하이트 부인은 말했다. 그러나 그는 이미 떠난 뒤였다.

"노새는 왜 거기다 두고 오셨수?" 헷 노파가 물었다.

"그 정도면 충분히 멀 것 같았거든." 하이트 부인이 말했다.

"충분히 멀다니?" 그러나 하이트 부인은 다가와서 프라이팬

안을 들여다볼 뿐이었고, 헷 노파는 다시 입을 열었다. "나였는지 부인이었는지는 몰라도, 누군가 이 햄을 좀 먹어보자는 소리를 하지 않았었수?" 그래서 아직 온전히 내리덮지 않은 황혼 속에서 두 사람이 식사를 하고 있을 때, 스놉스가 돌아왔다. 마치 추위에 시달렸던 것처럼, 조용히 그 옆으로 와서 불길 위로 손을 대고 서 있었다. 그는 이제 누구도 바라보지 않고 있었다.

"그 10달러는 다시 가져가야겠소." 그가 말했다.

"무슨 10달러요?" 하이트 부인이 말했다. 그는 불길을 보며 상념에 사로잡힌 듯했다. 하이트 부인과 헷 노파는 조용히 고기를 씹었다. 그를 바라보는 사람은 헷 노파밖에 없었다.

"돈을 돌려주지 않을 거요?" 그가 말했다.

"우리가 시작한 지점으로 돌아가자고 권한 사람은 당신이었을 텐데요." 하이트 부인이 말했다.

"주님께 맹세코 분명 그랬수다, 그게 사실이구만." 헷 노파가 말했다. 스놉스는 멍하니 불길을 바라봤다. 그는 사색과 놀람과 절망이 섞인 투로 말하기 시작했다.

"나는 몇 년 동안이나 걱정하고 위험을 무릅쓰고 비탄과 고뇌에 시달렸는데 60달러밖에 못 벌었어. 그런데 당신은, 단 한 번, 아무런 문제도 위험도 없이, 자기가 받게 되리라는 사실조차 아예 모르고 있었으면서도, 8,500달러를 손에 쥐었잖아. 나는 그것 때문에 당신에게 원한을 품지도 않았어. 누구도 그런 말은 못 할 거야. 당신 남편이 당신한테 고용된 것도 아니었고, 당신은 남편이 어디서 뭘 하고 있었는지도 모르고 있었는데 그 돈을 받게 된 게 조금 해괴해 보이더라도 말이야. 당신이 그 돈을 받으려고 한 일이라고는 그 작자와 결혼한 것뿐이잖나. 그런데, 지난 10년 동안 당신한테 원한을 품지 않은 것에 대한 보상이, 내가 가진 최고의 노새를 가져가놓고서 그 대가로 10달러도 안 주는 거란 말이지. 이건 잘못됐어. 정의가 이런 일을 용납하지 않을 거라고."

"노새를 되찾아놓고도 만족하지 못한 모양이구만." 헷 노파가 말했다. "대체 원하는 게 뭐유?" 이제 스놉스는 하이트 부인을 바라보고 있었다.

"마지막으로 묻겠소." 그가 말했다. "그걸 나한테 돌려줄 거요, 돌려주지 않을 거요?"

"뭘 돌려주는데요?" 하이트 부인이 말했다. 스놉스는 몸을 돌렸다. 그는 뭔가에 발이 걸려 비틀거렸다가 — 헷 노파의 쇼핑백이었다 — 자세를 바로잡고 그대로 걸어갔다. 두 사람은 실루엣으로 멀어져가는 그의 모습을 바라보았다. 두 개의 그을린 굴뚝 사이에 갇히고, 저물어가는 석양을 배경으로, 거의 갈리아인처럼 감정적으로 주먹 쥔 양손을 허공으로 내지르며, 체념과 무력한 절망을 표현하는 모습을 보았다. 그리고 그는 사라졌다. 헷 노파는 이제 하이트 부인을 바라보고 있었다.

"부인." 그녀가 말했다. "그 노새는 어떻게 했수?" 하이트 부인은 불길 앞으로 몸을 기울였다. 그녀의 접시에는 식은 비스킷 한 조각만 놓여 있었다. 그녀는 프라이팬을 들어 햄을 조리하고 남은 기름을 비스킷 위로 부었다.

"쏴 버렸어." 그녀가 말했다.

"뭐라고 했수?" 헷 노파가 말했다. 하이트 부인은 비스킷을 먹기 시작했다. "흠." 헷 부인이 흥겹게 말했다. "그 노새는 집을 불

태웠고, 부인은 노새를 쏴 버렸고. 이게 바로 정의라는 거 아니겠수." 이제 날이 빠르게 어둑해지기 시작했고, 헷 노파는 구빈원까지 3마일을 걸어가야 했다. 그러나 1월의 어둠은 오래 이어지고, 구빈원도 같은 장소에서 움직이지 않을 것이다. 그녀는 힘겹지만 행복한 안도의 한숨을 쉬었다. "신사 여러분, 조용! 정말 대단한 날 아니었수!"

그 또한 괜찮으리라
That Will Be Fine

I

 욕조로 흘러들어가는 물소리가 들렸다. 우리는 침대 위에 흩어져 있는, 엄마가 색지로 포장한 선물들을 바라봤다. 할아버지가 성탄절 트리에서 내릴 때 누구 것인지를 수월하게 파악할 수 있도록 이름까지 적혀 있었다. 할아버지를 제외한 모두에게 선물이 하나씩 돌아갈 예정이었고, 엄마는 할아버지가 선물을 받기에는 너무 늙으셨기 때문이라 설명했다.
 "이게 네 거야." 내가 말했다.
 "알아요, 그러니까" 로지가 말했다. "도련님은 얼른 어머님 말대로 욕조에나 들어가요."
 "안에 뭐가 들었는지 알거든." 나는 말했다. "내가 마음만 먹었더라면 이게 뭔지 너한테 말해줄 수도 있다구."
 로지는 자기 선물을 바라봤다. "제 시간이 되어서 선물을 받을 때까지 기다리면 될 것 같은데요."
 "5센트만 주면 알려줄 수 있는데." 나는 말했다.

로지는 자기 선물을 바라봤다. "전 5센트도 없거든요." 그녀는 말했다. "하지만 로드니 씨가 저한테 10센트를 줄 테니까, 성탄절 아침에는 갖게 되겠죠."

"그땐 어차피 너도 뭐가 있는지 알게 될 테고, 그럼 나한테 돈 안 줄 거잖아." 나는 말했다. "엄마한테 가서 5센트 빌려달라고 해봐."

그러자 로지는 내 팔을 붙들었다. "도련님은 얼른 와서 욕조에나 들어가요." 그녀는 말했다. "정말 돈만 좋아한다니까! 도련님이 스물한 살이 될 때까지 부자가 되지 못한다면, 그건 법률이 돈을 없앴거나 도련님을 없앴기 때문일 거예요."

그래서 나는 가서 목욕하고 돌아왔다. 엄마와 아빠의 침대 위에 흩어져 있는 선물을 보고 있자니 냄새가 느껴지는 것만 같았고, 내일 밤부터 쏴올릴 불꽃놀이 소리도 귓가에 울리는 듯했다. 오늘 밤과 내일만 지나면, 성탄 전야까지 마차 대여소에 있어야 하는 아빠를 제외한 우리 모두는 기차에 올라서 할아버지네로 갈 것이고, 뒤이어 내일 밤이 지나가면 성탄절이 되어서 할아버지가 성탄절 트리에서 선물을 내려 우리 이름을 하나씩 부르며 나눠줄 것이고, 내가 로드니 외삼촌한테 보내는 선물은 내 돈 10센트로 직접 산 것이었으며, 따라서 잠시 후 로드니 외삼촌이 할아버지의 책상 서랍 자물쇠를 따고 할아버지의 강장제를 훔쳐 마신 다음에는 도와준 대가로 저번 성탄절처럼 25센트쯤은 줄 것이다. 작년 여름에 외삼촌이 엄마와 우리와 함께 살다가 결국 돌아가서 면화 압착 협회에서 일하게 되기 전까지, 터커 부인과 사업하는 것을 도와줄 때마다 5센트만 줬던 것하고는 다르게 말이다. 어쩌면 50센트를 줄지도 모르고, 그 생각을 하면 도저히 기다리기가 힘들었다.

"젠장, 정말 기다릴 수가 없네." 나는 말했다.

"뭐라고요?" 로지가 큰 소리로 외쳤다. "젠장? 젠장이라고요? 어머님이 도련님 욕하는 소리를 들으면 절로 기다리게 될걸요. 아까 5센트가 어쩌고 했죠! 5센트 대신에 도련님이 방금 한 말을 전해드리겠어요."

"나한테 5센트 주면 내가 직접 말할 수 있는데."

"침대에나 들어가요!" 로지가 소리쳤다. "일곱 살 먹은 꼬맹이가 욕이나 하고!"

"엄마한테 말 안 하겠다고 약속하면, 네 선물에 뭐가 있는지를 알려주고 5센트는 성탄절 아침에 받기로 할게." 나는 말했다.

"침대에 누우라고요!" 로지가 소리쳤다. "그놈의 5센트! 도련님네 가족에서 할아버님께 10센트짜리 선물이라도 사 드리려는 사람이 한 명이라도 있으면, 내가 직접 거기다 5센트를 보탰을 거예요."

"할아버지는 선물 필요 없어." 나는 말했다. "너무 늙었잖아."

"하." 로지가 말했다. "너무 늙었다고요? 다른 모든 사람이 도련님이 5센트 동전을 가지기엔 너무 어리다고 정해 버리면 어떻겠어요. 무슨 기분이 들 것 같아요? 하?"

그렇게 로지는 불을 끄고 방에서 나갔다. 그러나 벽난로 불빛 때문에 선물은 여전히 보였다. 로드니 외삼촌과 할머니와 루이자 이모와 루이자 이모의 남편인 프레드 이모부, 그리고 똑같이 루이자와 프레드라는 이름의 이모네 사촌 둘과 아기와 할머니네 식모와 우리 식모, 그러니까 로지의 선물까지 말이다. 어쩌면 누군가 할아버지한테도 선물을 줘야 할지도 모르지만 아무래도 할아버지와 함께 사는 루이자 이모와 프레드 이모부가 할 일일 테고, 아니면 마찬가지로 할아버지와 함께 사는 로드니 외삼촌이어야 할 것이다. 로드니 외삼촌은 언제나 엄마와 아빠한테는 선물을 했지만, 할아버지한테 선물을 하는 짓은 양쪽 모두에게 시간낭비일 뿐일지도 모를 일이었다. 예전에 외삼촌이 엄마 아빠한테 준 선물을 볼 때마다 할아버지가 화를 내는 이유를 엄마한테 물어본 적이 있는데, 아빠는 웃음을 터뜨렸고 엄마는 아빠한테 그렇게 웃다니 부끄러운 줄 알라고 하고는 로드니 외삼촌의 지갑 사정이 그 관대함에 미치지 못하는 것이 외삼촌의 잘못은 아니라고 말했고, 아빠는 그래, 그게 분명히 로드니 외삼촌의 잘못은 아니라고, 로드니 외삼촌은 노동을 제외하면 돈을 얻으려는 온갖 노력을 아끼지 않았으며, 엄마가 2년 전을 돌이켜보기만 하면 외삼촌의 관대함 또는 엄마가 원하는 대로 불러도 되는 다른 덕성이 지갑 사정보다 최소 500달러나 못 미쳐서 지인의 도움을 받아야 했기에 그 사람에게 정말 감사했어야 하던 적이 있지 않느냐고 말했고, 그러자 엄마는 로드니 외삼촌이 돈을 훔쳤다는 아빠의 주장을 받아들이지 않겠다며, 그건 악의적인 박해일 뿐이었고 아빠도 그걸 알고 있으며, 아빠나 대부분의 다른 남자들이 로드니 외삼촌에 대해 편견을 품고 있고, 자기는 그 이유를 모르겠으며, 아빠가 가문의 이름이 더럽혀질 위기에서 로드니 외삼촌에게 500달러를 빌려준 게 그렇게 못마땅하면 그냥 그렇게 말하라고, 그러면 할아버지가 어떻게든 돈을 마련해서 되갚아줄 것이라고 하면서 울기 시작했고, 아빠는 알았어, 됐으니까, 라고 말했고 엄마는 울면서 로드니 외삼촌은 아기처럼 순진한 사람이고 그래서 아빠가 그를 싫어하는 거라고 말했고 아빠는 알았어, 됐으니까, 제발 부탁이니, 알았다고, 라고 말했다.

엄마와 아빠는 로드니 외삼촌이 작년 여름에 우리 집에서 지내는 내내 사업을 했다는 사실을 몰랐기 때문일 것이다. 작년 성탄절에 내가 외삼촌의 사업을 처음 도와주고 25센트를 받은 것을 모츠타운의 사람들이 모르는 것과 마찬가지로 말이다. 외삼촌은 남자들보다는 숙녀분들과 사업하는 쪽을 선호하며 그 사업이라는 것이 오로지 자기만의 것이라고, 심지어는 터커 부인의 것조차 아니라고 말했다. 외삼촌은 내가 아빠 사업에 대해 떠벌리지 않는 것과 마찬가지라고 했고, 나는 아빠가 마차 임대 사업을 한다는 걸 모두가 알고 있으니 굳이 말할 필요가 없다고 대꾸했고, 그러자 로드니 외삼촌은 그래, 5센트의 절반은 그거 때문에 준 거라고 말하고는 계속 동전을 받고 싶은지, 아니면 자기가 다른 사람을 고용해야 할지를 물었다. 그래서 나는 계속하자고 말하고는 터커 씨가 집에서 나올 때까지 그 집 울타리 너머에서 지켜보다가, 그가 나온 후에는 울타리 뒤에 숨어 끄트머리까지 따라가서 터커 씨가 시야에서 사라질 때까지 기다렸다가 울타리 기둥 꼭대기에 내 모자를 씌운 다음, 터커 씨가 돌아오는 모습이 보일 때까지 그대로 놔두는 일을 했다. 문제는 내가 있는 동안 그가 돌아오는 일이 없다는 것뿐이었는데, 로드니 외삼촌은 언제나 그 전에 사업을 끝내고는 내게 다가왔고, 우리는 함께 집으로 돌아가서 엄마한테 우리가 그날 얼마나 많이 걸었는지를 말했고 그럼 엄마는 그게 로드니 외삼촌의 건강에 정말 좋을 거라고 답했다. 그리고 외삼촌은 집에 돌아와서 내게 5센트 동전을 건넸다. 성탄절에 모츠타운에서 다른 숙녀와 사업할 때 받은 25센트에는 못 미치긴 했는데, 그땐 한 번으로 끝났지만 여름에는 내내 우리 집에 묵었기 때문에 결국에는 25센트보다 훨씬 많은 돈을 가지게 되었다. 게다가 그때는 성탄절이었는 데다 외삼촌은 내게 25센트를 주기 전 할아버지의 강장제를 마셨으니까, 어쩌면 이번에는 50센트를 받을 수 있을지도 모른다. 나는 도저히 기다릴 수가 없었다.

II

그러면서도 마침내 태양이 떠올랐고, 나는 주일용 양복을 입고 앞문으로 나가서 삯마차를 찾아 두리번거리다가 부엌으로 들어가서 로지한테 거의 시간이 되지 않았느냐고 물었고, 그녀는 기차 시간까지는 아직 2시간도 넘게 남았다고 알려주었다. 문제는 우리가 대화하는 동안에 삯마차 소리가 들리기 시작했으며 나는 우리가 출발해서 기차에 탈 시간이 되었고 다 괜찮으리라고, 그대로 할아버지네로 가서 오늘 밤이 지나고 내일이 될 것이며 어쩌면 이번에는 50센트를 벌 수 있을 것이며 젠장하게 다 괜찮으리라고 생각했다. 뒤이어 엄마가 모자도 쓰지 않은 채 달려나와서 아직 2시간이나 남았고 옷도 다 안 입었다고 말했고 존 폴이 그렇죠 부인 하면서 대꾸하기를 아빠가 그를 보내면서 존 폴에게 루이자 이모가 와 있으니 엄마한테 서두르라고 전하라고 시켰다는 것이었다. 그래서 우리는 선물 바구니를 샀마차에 싣고 나는 존 폴과 함께 마부석에 탔으며 엄마는 마차 안에서 루이자 이모에 대해 뭐라 소리쳐댔고, 존 폴은 루이자 이모가 사륜마차를 빌려 타고 왔기 때문에 아빠가 호텔로 보내서 아침을 먹게 했는데, 해가 뜨기도 전에 모츠타운을 떠났기 때문이라 했다. 문득 어쩌면 루이자 이모가 제퍼슨에 온 것이 엄마와 아빠가 할아버지 선물을 고르는 일을 돕기 위해서일지도 모른다는 생각이 들었다.

"다른 사람들 선물은 전부 하나씩 있으니까요." 나는 말했다. "로드니 외삼촌 선물은 내 돈으로 직접 샀어요."

그러자 존 폴은 웃기 시작했고 내가 왜? 하고 물었더니 그는 내가 로드니 외삼촌이 쓰고 싶을 물건을 준다는 생각 자체가 재밌다고 말했고, 그래서 내가 왜? 하고 물었더니 존 폴은 내가 남자답기 때문이라 말했고, 그래서 내가 왜? 하고 물었더니 존 폴은 아빠라면 성탄절까지 기다리지 않고도 로드니 외삼촌한테 선물을 주고 싶을 거라고 말했고, 내가 무슨 선물? 이라고 물었더니 존 폴은 일자리라고 대답했다. 그래서 내가 존 폴에게 로드니 외삼촌이 작년 여름에 우리 집에서 지내던 내내 일했다고 말했더니, 존 폴은 웃음을 그치더니 물론입죠, 하고는 남자가 밤낮을 가리지 않고 언제나 하는 일이라면 그게 얼마나 재미난 일이든 간에 사업이라 불러줄 생각이 있다고 말했고, 나는 어찌됐든 로드니 외삼촌은 이젠 일하고 있다고, 면화 압착 협회 사무실에서 일하고 있다고 말했고, 존 폴은 다시 즐겁게 웃더니 로드니 외삼촌을 압착시키려면 확실히 협회가 통째로 덤벼들어야 할 거라고 대꾸했다. 그러다 엄마가 바로 호텔로 가자고 소리치기 시작했고, 존 폴은 안 됩니다 부인, 이라더니 아빠가 바로 마차 대여소로 가서 자기가 올 때까지 기다리라고 했다고 말했다. 그리하여 우리는 호텔로 갔고 아빠가 루이자 이모를 데리고 나왔으며 아빠는 루이자 이모가 삯마차에 오르는 것을 도와줬고 루이자 이모는 울기 시작했고 엄마는 루이자! 루이자! 왜 그래! 라고 소리쳤으며 아빠는 일단 기다리라고, 기다리라고. 깜둥이가 있으니까 기다리라고 말했고, 그건 존 폴을 말하는 것이었으니, 아무래도 할아버지 선물 고르는 일에 뭔가 문제가 생긴 것이 분명했다.

뒤이어 우리는 아예 기차에 타지 않게 되었다. 우리가 마차 대여소에 도착해 보니 가벼운 장거리용 삯마차가 이미 말을 맨 채로 기다리고 있었고, 엄마는 이제 울면서 아빠가 지금 주일날 정장조차 안 차려입고 있다고 말하기 시작했고, 아빠는 빌어먹을 정장이라고 욕설을 내뱉으며, 다른 사람들이 로드니 외삼촌을 붙잡기 전에 우리가 따라잡지 못하면 그냥 외삼촌이 입은 옷을 물려 입으면 해결될 거라고 말했다.* 그래서 우리는 서둘러 장거리용 삯마차로 들어갔고, 아빠가 커튼을 치자 엄마와 루이자 이모는 제대로 울기 시작했고 아빠는 존 폴에게 집으로 가서 로지에게 아빠의 주일용 정장을 꾸리게 한 다음 그녀를 기차에 태워 보내라고 일렀다. 로지한테도 그 정도면 괜찮을 것이었다. 그리하여 우리는 기차에는 타지 않았지만 빠르게 달리기 시작했고, 아빠는 직접 마차를 몰면서 그가 어디 있는지 아는 사람은

---

* 군중의 린치에 사망할 걱정을 할 정도로 심각한 범죄를 저질렀다는 의미.

없소? 하고 물었고 루이자 이모는 잠시 울음을 그치고는 로드니 외삼촌이 어제 저녁식사 자리에 등장하지 않았다가 식사 직후에야 들어왔고, 그의 발소리가 복도에 울리자마자 끔찍한 예감이 들었으며 로드니 외삼촌은 함께 자기 방에 들어갈 때까지 그녀에게 아무 말도 하지 않다가 문이 닫히자 2천 달러가 필요하다고 말했으며 루이자 이모는 내가 대체 어디서 2천 달러를 마련해? 라고 말했고 로드니 외삼촌은 프레드, 그러니까 루이자 이모의 남편하고 조지, 그러니까 아빠한테 부탁하라고, 무슨 수를 써서라도 돈을 마련해 오라고 이르라고 했고, 루이자 이모는 그 끔찍한 예감에 사로잡혀 로드니! 로드니! 대체 뭘— 이라고 말했는데 로드니 외삼촌은 욕설을 내뱉으며 빌어먹을, 또 질질 짜기 시작하지 말란 말이야, 라고 말했고 루이자 이모는 로드니, 이번에는 또 뭘 한 거니? 라고 말했고 그러다 두 사람 모두 문 두드리는 소리를 들었고 루이자 이모는 로드니 외삼촌에게로 눈을 돌리자마자, 심지어 프루이트 씨와 보안관이 등장하기 전부터도 진실을 알게 되었고, 아빠한테는 알리지 마! 아빠한테는 숨겨! 돌아가실지도 모르니까 하고 말하고는……

"누구요?" 아빠가 말했다. "누가 찾아왔다는 겁니까?"

"프루이트 씨요." 루이자 이모는 다시 울기 시작하며 말했다. "면화 압착 협회 회장이에요. 지난 봄에 모츠타운으로 이사 왔어요. 제부는 모르는 사람이에요."

그래서 이모가 아래층 문 앞으로 내려갔더니 프루이트 씨와 보안관이 있었다. 루이자 이모는 할아버지를 위해서라도 제발 사정을 봐 달라고 애원하고는 아빠가 도착할 때까지 로드니 외삼촌을 집 안에 붙들어 놓겠다고 맹세했고, 프루이트 씨는 자기도 성탄절에 이런 일이 벌어진 게 정말 싫다고 말하고는 이모가 외삼촌이 모츠타운을 떠나지 못하게 해 주기만 한다면 할아버지와 루이자 이모를 봐서라도 성탄절 다음 날까지는 기다려 주겠다고 말했다. 그리고 프루이트 씨는 할아버지의 이름으로 서명된 수표를 루이자 이모의 눈앞에 들이댔고 루이자 이모조차도 할아버지의 서명이 — 여기서 엄마는 루이자! 루이자! 조지가 여기 있어! 라고 말했는데 여기서 조지는 나였고, 아빠는 욕설을 내뱉으며 이런 빌어먹을 일을 어떻게 저 애한테 숨기겠냐고, 신문을 모조리 숨길 거냐고 말했고 루이자 이모는 다시 울면서 결국 모두가 이 일을 알게 될 거라고, 우리 모두가 두 번 다시 고개를 들고 다니지 못할 거라고, 자기가 원하는 것은 할아버지가 충격으로 돌아가시지 않게 할아버지한테만 숨기는 것이라고 말했다. 이모는 그대로 펑펑 울기 시작했고 아빠는 휴게소 한 곳에서 마차를 세우고 마차 흙받이 칸에서 강장제 병을 꺼내 몇 방울을 손수건에 떨어뜨렸고 이모는 그 냄새를 맡고 진정했으며, 아빠는 그대로 병째 한 모금을 마셨고 엄마는 조지! 라고 소리쳤지만 아빠는 강장제를 더 마시더니 엄마와 루이자 이모도 한 모금씩 마시라는 듯 건네면서 이렇게 말했다. "처형을 탓할 생각은 없습니다. 내가 그 가족에 속한 여자였다면 나도 마시고 싶었을 테니까요. 이제 내가 그 채권 문제를 바로잡아 보지요."

"엄마의 도로 채권이었어요." 루이자 이모가 말했다.

아빠가 손수건을 적시고 강장제를 마시는 동안 말이 쉰 덕분에 우리는 다시 빠르게 달리기 시작했고, 아빠는 알겠다고, 그 채권

그 또한 괜찮으리라 **385**

이 뭐가 문제냐고 묻다가, 갑자기 뒤를 휙 돌아보며 말했다. "도로 채권? 그놈이 그 빌어먹을 스크루드라이버를 가져다가 장모님 책상까지 따 버렸다는 겁니까?"

그러자 엄마는 조지! 무슨 말을 그렇게 해요? 라고 말했고 뒤이어 루이자 이모만이, 이제는 다급한 목소리에 적어도 아직은 울지조차 않는 채로 말을 이었고, 아빠는 계속 어깨 너머를 돌아보며 그러니까 루이자 이모 말은 2년 전에 아빠가 대신 지불한 500달러가 전부가 아니었다는 소리냐고 물었다. 그러자 루이자 이모가 말하기를 사실 2,500달러였는데 할아버지한테는 들키고 싶지 않았기에 할머니가 자기 도로 채권을 보증금 삼아 대출을 받았고, 사람들 말로는 로드니 외삼촌이 할머니의 보증서하고 도로 채권을 가져다가 면화 압착 협회의 금고에서 빼낸 압착 협회 채권을 가지고 그걸 변제해 버렸다는데, 협회 채권이 사라진 것을 깨달은 프루이트 씨가 그 채권을 은행에서 발견했으며 협회 금고의 채권이 있던 자리에는 할아버지 이름으로 서명된 2천 달러 수표만 덩그러니 놓여 있었고, 프루이트 씨는 모츠타운에서 1년밖에 살지 않았지만 그 수표에 서명한 사람이 절대 할아버지가 아니라는 정도는 알 수 있었는 데다 은행에 확인해 보니 애초에 할아버지 계좌에는 2천 달러도 없었고, 그래서 프루이트 씨는 로드니 외삼촌이 도망치지 못하게 하겠다고 루이자 이모가 맹세하면 성탄절 다음 날까지 기다려주겠다고 했는데, 이모가 맹세를 하고 프루이트 씨한테 채권을 넘기자고 로드니 외삼촌한테 사정하려고 다시 올라가서 외삼촌의 방에 들어가 보니 창문만 열려 있고 로드니 외삼촌은 사라져 버렸다는 것이었다.

"빌어먹을 로드니 그 자식이!" 아빠가 말했다. "채권을! 그러니까 처형 말은, 아무도 그 채권이 어디 있는지 모른다는 겁니까?"

이제 마지막 언덕을 넘어 모츠타운이 있는 계곡으로 내려가기 시작했기 때문에, 마차는 다시 빨라져 있었다. 이내 우리 코에 성탄절 냄새가 흘러들어오기 시작했다. 오늘과 오늘 밤만 지나면 성탄절이 찾아올 것이다. 루이자 이모는 비에 하얀 페인트가 씻겨 내려간 울타리 같은 얼굴*로 자리에 앉아 있고, 아빠는 애초에 누가 그놈한테 그런 일자리를 구해줬냐고 말했으며, 루이자 이모는 프루이트 씨가 그랬다고 대답했고, 아빠는 모츠타운에 몇 달밖에 안 산 사람이라도 어떻게 그런 짓을 할 수 있냐고 물었고, 그러자 루이자 이모는 손수건을 얼굴에 가져다대지도 않은 채 다시 울기 시작했고 엄마는 그런 이모를 바라보다 같이 울음을 터뜨렸으며 아빠는 채찍을 꺼내더니 충분히 빨리 달리는 말에 괜히 채찍질을 해대며 욕설을 내뱉었다. "지옥에 떨어질 새끼." 그는 말했다. "알겠군. 프루이트가 유부남이겠지."

뒤이어 성탄절 풍경도 우리 눈에 들어오기 시작했다. 제퍼슨에서 그렇듯이 창문마다 호랑가시나무 화환이 걸려 있었고, 나는 입을 열었다. "모츠타운에서도 제퍼슨에서처럼 불꽃놀이를 하더라고요."

루이자 이모와 엄마는 이제 펑펑 울고 있었고, 이번에는 아빠가 그만, 그만, 조지가 있잖소라며 내 얘기를 꺼냈는데, 루이자 이모는 "그래! 맞아요! 싸구려 화장품을 바르고, 오후 내내 혼자

---

* 너무 울어서 화장이 흘러내린 얼굴.

마차를 타고 길거리를 어슬렁거리다가, 처치 부인이 프루이트 씨의 지위를 생각해서 한 번 방문해 보니까 코르셋도 안 한 데다 숨결에서 술 냄새가 났다는 여자예요. 처치 부인이 직접 말해 줬다고요."

그러자 아빠는 그만, 그만, 이라고 말했고 루이자 이모는 다시 펑펑 울면서 잘생겼는데도 괜찮은 여자를 못 만나서 결혼할 기회를 얻지 못해 쉽게 휘둘리는 로드니 외삼촌을 프루이트 부인이 꼬드겼다고 말했고, 아빠는 할아버지 댁을 향해 빠르게 마차를 몰며 대꾸했다. "결혼? 로드니가 결혼을? 자기 집을 슬쩍 빠져나가서 어두워질 때까지 기다렸다가 슬그머니 뒷문으로 돌아가서 배수로를 타고 올라서 방으로 기어들어 보니 방에 자기 마누라만 덩그러니 있는 상황을 그놈이 정말로 즐길 것 같습니까?"

그렇게 우리가 할아버지 댁에 도착할 때까지도 엄마와 루이자 이모는 펑펑 울고 있었다.

III

그리고 로드니 외삼촌은 그곳에 없었다. 우리가 도착해 보니 할머니는 맨디가, 그러니까 할아버지네 식모가 아침을 지으러 오지 않았고, 할머니가 에멜린을, 그러니까 루이자 이모네 아기의 유모를 뒷마당의 맨디네 오두막으로 내려보냈더니 문이 안에서 잠겨 있고 맨디는 대답을 하지 않았으며, 그래서 이번에는 할머니가 직접 내려가 보니까 맨디가 대답하지 않아서 사촌 프레드가 창문으로 올라가 보니 맨디는 보이지 않았다는 이야기를 해 주었다. 마침 프레드 이모부도 시내에서 돌아온 참이라서 이모부와 아빠는 함께 이렇게 소리쳤다. "잠겼다고요? 안에서요? 그런데 아무도 없단 말입니까?"

그러다 프레드 이모부가 아빠한테 들어가서 할아버지와 놀아드리면 자기가 가겠다고 말했고 그때 루이자 이모가 둘 모두를 붙잡더니 자기가 대신 할아버지를 조용히 시킬 테니까 둘은 가서 외삼촌을 찾으라고, 제발 찾아내라고 말했고, 아빠는 그 바보가 채권을 어디다 팔려고 하지 않았기를 빌어야겠다고 했고, 프레드 이모부는 원 세상에, 그 수표에 서명한 날짜가 열흘 전이라는 걸 모르느냐고 말했다. 우리는 할아버지가 의자에 꼿꼿이 앉아 있는 곳으로 들어갔고 할아버지는 아빠가 내일은 되어야 올 줄 알았는데 어찌됐든 누굴 보게 되어 기쁘다고, 오늘 아침에 일어나보니 식모는 나갔고 루이자는 동트기 전에 어딘가로 가 버린 데다 이젠 시내로 내려가서 우편물과 엽궐련 한두 개비를 가져다줄 로드니 외삼촌까지 안 보이니, 성탄절이 1년에 한 번뿐인 것이야말로 신께 감사드릴 일이며 성탄절이 끝나면 정말로 빌어먹게 기쁘겠다고 하면서 크게 웃었다. 할아버지는 성탄절 전에는 성탄절 이야기를 할 때마다 웃다가, 성탄절이 지나고 나서야 성탄절 이야기를 하며 웃지 않게 되기 때문에 당연한 일이었다. 그러다 루이자 이모가 할아버지 주머니에서 책상 열쇠를 꺼내서 로드니 외삼촌이 스크루드라이버로 열었던 책상 서랍을 열고 할아버지의 강장제를 꺼냈고, 엄마는 나를 내보내며 사촌 프레드와 사촌 루이자를 찾아오라고 시켰다.

그러니 로드니 외삼촌은 거기 없는 것이었다. 처음에 나는 25

센트도 얻지 못할 것이라고, 이번에는 아예 아무것도 못 받겠다고 생각했는데, 따라서 머릿속에 떠오르는 생각이라고는 어찌됐든 성탄절이니 어떻게든 뭔가를 얻어낼 수 있을 듯하다는 것뿐이었다. 집 주변을 돌아다니다 보니 아빠와 프레드 이모부가 밖으로 나왔고, 나는 두 사람이 맨디네 문을 두드리며 "로드니, 로드니"라고 말하는 모습을 수풀 사이로 지켜보았다. 그러다 프레드 이모부가 바로 내 앞을 지나는 바람에 나는 다시 수풀 속으로 숨어야 했고, 이모부는 장작 헛간으로 가서 문을 열 도끼를 가져왔다. 그러나 두 사람이 로드니 외삼촌을 속일 수 있을 리가 없었다. 터커 씨가 자기 집에서도 로드니 외삼촌을 속일 수 없었다는 점을 생각하면, 프레드 이모부와 아빠도 외삼촌네 아빠의 뒷마당에서 외삼촌을 속일 수 없다는 사실을 알아야 마땅했다. 따라서 그들의 소리는 엿들을 필요조차 없었다. 조금 기다리고 있자니 프레드 이모부가 부서진 문으로 돌아나와서 다시 장작 헛간으로 가더니 도끼를 가져오고 장작 헛간 문에서 자물쇠와 걸쇠와 경첩을 뜯어내서 돌아갔고, 뒤이어 아빠가 맨디네 집에서 나오더니 장작 헛간의 자물쇠를 맨디네 문에 못질해 박은 다음 그대로 잠그고는 맨디네 집 뒤편으로 돌아갔고, 뒤이어 프레드 이모부가 창문을 못질해 막는 소리가 들렸다. 그리고 둘은 집으로 돌아갔다. 설령 맨디도 함께 집 안에 있어서 못 나온다 해도 문제될 일은 없었다. 제퍼슨에서 오는 기차에 로지와 아빠의 주일날 정장이 실려 있으니, 로지가 도착해서 할아버지와 우리를 위해 요리를 해줄 것이라 그 또한 괜찮을 것이었다.

그러나 저들은 로드니 외삼촌을 속일 수 없었다. 그 이야기를 해줄 수도 있었는데. 로드니 외삼촌이 때론 어두워질 때까지 기다린 다음에야 사업을 시작한다고 말해줄 수도 있었을 것이다. 그러니 내가 사촌 프레드와 루이자한테서 벗어나기 전에 늦은 오후가 되어버렸다 해도 괜찮을 것이었다. 시간이 늦어졌다. 머지않아 시내에서 불꽃을 쏘아올릴 것이고, 뒤이어 우리한테도 그 소리가 들릴 것이었다. 그래서 나는 아빠와 프레드 이모부가 막아 놓은 창문으로 가서 틈새로 외삼촌의 얼굴을 슬쩍 구경할 수 있었다. 외삼촌의 면도하지 않은 얼굴이 보였고, 그는 제퍼슨발 기차가 점심 전에, 11시 이전에 들어온다는 소리를 들었는데 대체 왜 이렇게 늦었냐고 묻고는, 자신을 정확히 원한 그대로 이 집에 가둬놓은 아빠와 프레드 이모부를 비웃더니 내가 저녁식사 후에 어떻게든 빠져나와야 한다며 할 수 있겠냐고 물었다. 그래서 나는 작년 성탄절에는 25센트면 됐지만 그때는 집에서 몰래 나올 필요가 없었다고 말했고, 외삼촌은 크게 웃으며 25센트? 25센트? 너 25센트짜리 동전 열 개를 동시에 본 적이 있냐? 라고 물었고 나는 없다고 대답했으며 외삼촌은 내가 저녁식사 직후에 스크루드라이버를 가지고 거기로 와 주기만 하면 25센트 동전 열 개를 주겠다고 말하며, 주님이 직접 와도 자기 위치를 알리면 안 된다는 사실을 잘 기억하고 어두워진 후에 스크루드라이버를 가지고 오기 전까지는 이 근처에 얼씬하지 말라고 일렀다.

그리고 사람들은 나 또한 속일 수 없었다. 물론 그 남자야 내가 그냥 놀고 있다고만 여겼을 것이며 내가 모츠타운이 아닌 제퍼슨에서 왔기 때문에 자기를 모르리라 생각했을 수도 있겠지만,

어쨌든 나는 그 남자를 오후 내내 지켜보고 있었기 때문이다. 그러나 나는 그 남자가 누군지 알고 있었는데, 그가 뒷마당 울타리 근처를 걸어서 지나가다 걸음을 멈추고 엽궐련에 다시 불을 붙일 때, 그가 성냥을 켠 순간 외투 아래의 배지가 보였으므로 그가 제퍼슨의 와츠 씨처럼 깜둥이를 잡아넣는 사람이라는 것을 알아차렸기 때문이다. 그래서 내가 울타리 근처에서 놀고 있을 때 그 남자가 걸음을 멈추는 소리가 들리더니 나를 바라봤고 나는 계속 놀았고 그가 입을 열었다. "안녕, 꼬맹아. 내일 산타클로스가 널 보러 온다더냐?"

"네, 아저씨." 나는 말했다.

"너 제퍼슨에서 온 사라 양의 아들 아니냐?" 그가 말했다.

"네, 아저씨." 나는 말했다.

"너네 할아버지랑 같이 성탄절을 보내러 온 거냐?" 그가 말했다. "너네 로드니 외삼촌이 오늘 오후에 집에 있었는지 모르겠구나."

"없었어요, 아저씨." 나는 말했다.

"그래, 그래. 그거 안됐구나." 그가 말했다. "잠깐 그 친구 좀 만나고 싶었는데. 아마 시내로 내려갔나보지?"

"아뇨, 아저씨." 나는 말했다.

"그래, 그래." 그가 말했다. "그럼 어디 다른 곳을 방문하러 떠났다는 거겠지?"

"네, 아저씨." 나는 말했다.

"그래, 그래." 그가 말했다. "그거 안됐구나. 사업 때문에 잠깐 만나고 싶었는데. 하지만 좀 기다려도 괜찮겠지." 그리고 그는 나를 바라보더니 이렇게 물었다. "그러니까 외삼촌이 확실히 도시를 떠났다는 거지?"

"네, 아저씨." 나는 말했다.

"그래, 그걸 알고 싶었던 것뿐이야." 그는 말했다. "어쩌다 너네 루이자 이모나 프레드 이모부한테 내 이야기를 할 일이 생기면, 그냥 내가 그걸 알고 싶었을 뿐이라고만 말해라."

"네, 아저씨." 나는 말했다. 그렇게 그는 떠났다. 그리고 그는 더 이상 집 근처를 어슬렁거리지 않았다. 나는 그를 찾아 주변을 둘러봤지만, 그는 돌아오지 않았다. 그러니까 그 남자도 나를 속일 수 없었던 셈이다.

IV

그렇게 날이 어두워지기 시작했고 시내에서는 불꽃을 쏘아올렸다. 불꽃 소리가 들리기 시작했고, 이제 머지않아 로만캔들과 스카이로켓 불꽃이 하늘에 보일 것이며 그때쯤 나는 25센트 동전 열 개를 얻게 될 것이었다. 나는 선물로 가득한 바구니를 떠올리고는, 로드니 외삼촌을 돕는 일을 끝마친 다음에는 그대로 시내로 내려가서 25센트 열 개 중에서 10센트 정도만 빼서 할아버지 선물을 사놓았다가 내일 건네면 어떨까 하는 생각을 했다. 다른 누구도 할아버지한테 선물을 줄 리가 없으므로, 어쩌면 내일도 10센트 대신 25센트를 받을 수 있을지도 모르기 때문이었다. 그러면 25센트 스물한 개에서 10센트 하나를 뺀 만큼을 받아낸 셈이 될 테니, 그 정도면 상당히 괜찮은 성과일 것이었다. 그러나 나한테는 그럴 시간이 없었다. 우리는 저녁을 먹었는데, 로지가 그 저녁까지 요리해야 했으며, 엄마와 루이자 이모는 울음 자국 위에 분칠을 한 채로 등장했고, 할아버지도 있었다. 오늘 오후에는 아빠가 시간 맞춰 할아버지에게 강장제를 주는 일을 맡는 동안 프레드 이모부가 시내에 나갔다 왔고, 프레드 이모부가 돌아오자 아빠가 복도로 나왔고 이모부는 은행이며 압착 협회며 죄다 둘러본 데다 프루이트 씨 도움까지 받았는데 채권이나 현금의 흔적은 찾을 수도 없었는데, 프레드 이모부가 그 이유를 추측하기를 지난주 어느 밤에 로드니 외삼촌이 마차를 빌려서 어딘가를 다녀온 적이 있었는데 이모부는 그때 외삼촌이 킹스턴의 철도역으로 가서 멤피스행 급행열차에 올랐다는 사실을 알아냈다는 것이었고, 그러자 아빠는 빌어먹을이라고 말했고 프레드 이모부는 주님께 맹세코 저녁식사 후에 그리로 가서 어디 숨겼는지 뱉어내게 만들어야겠다고, 적어도 우리가 그놈은 잡아두고 있으며 프루이트한테 그 말을 했더니 계속 잡아놓기만 하면 기회를 한 번 주겠다고 했다는 것이었다.

그래서 프레드 이모부와 아빠와 할아버지는 함께 저녁 식사를 하러 들어왔고, 할아버지는 두 사람의 부축을 받으며 성탄절이 1년에 한 번뿐이라니 정말 주님께 감사할 일이고 만세를 부르자고 말했고, 아빠와 프레드 이모부는 이제 괜찮아 보이시는군요, 여기선 똑바로 걸으셔야죠, 하고 말했고, 할아버지는 한동안 똑바로 걸어가다가 그 빌어먹을 아들놈은 어디 있냐고 소리쳤는데 이건 로드니 외삼촌을 가리키는 말이었고, 이제 정신이 말짱하니 직접 시내로 내려가서 그 빌어먹을 당구장에서 외삼촌을 끌어내서 집으로 데려와 친척들을 만나게 해야겠다고 말했다. 그렇게 우리는 저녁을 먹었고 엄마가 애들을 위층으로 데려가겠다고 말했더니 루이자 이모가 아니, 에멜린이 우리 잠자리를 봐 줄 수 있다고 말했고, 그래서 우리는 뒤편 계단으로 올라갔고 에멜린은 자기가 오늘 아침 식사까지 준비했는데 사람들도 자기가 성탄절 내내 추가로 일한 것을 알아준다면 좀 감사라도 해야 하지 않느냐며 이런 집은 근처에도 안 오는 게 낫겠다고 투덜댔고, 우리는 그렇게 침실로 들어갔고 나는 잠시 후 다시 뒤편 계단으로 내려왔고 스크루드라이버가 어디 있는지도 기억해 냈다. 그러다 시내에서 터지는 불꽃놀이 소리가 크게 울렸고 달이 빛나는 속에서도 로만캔들과 스카이로켓 불꽃이 하늘로 날아가는 모습이 보였다. 그러다 창가 덧문 틈새로 로드니 외삼촌의 손이 나와서 스크루드라이버를 받아갔다. 이젠 외삼촌의 얼굴이 보이지 않았고 웃음도 엄밀히 말해 웃음이 아니었고 웃음소리처럼 들리지도 않을뿐더러 그냥 덧문 뒤편에서 묘하게 숨 쉬는 것처럼 들리기만 했다. 사람들이 외삼촌을 속일 수 없으니 당연한 일이었다. "좋아." 그가 말했다. "이게 25센트 열 개짜리 일이다. 근데 잠깐. 내가 어딨는지 아무도 모른다는 건 확실한 거냐?"

"네, 외삼촌." 내가 말했다. "울타리 근처에서 기다렸는데 그 남자가 다가와서 나한테 묻더라고요."

"어떤 남자?" 로드니 외삼촌이 말했다.

"배지 달고 있는 남자요." 내가 말했다.

그러자 로드니 외삼촌은 욕설을 내뱉었다. 다만 화나서 뱉는 욕설은 아니었다. 그보다는 웃는 소리에 가까웠는데, 단어로 이루어져 있다는 점이 다를 뿐이었다.

"외삼촌이 어딜 방문하러 도시 밖으로 나갔냐고 묻길래, 네 아저씨 하고 대답했어요." 내가 말했다.

"좋아." 로드니 외삼촌이 말했다. "젠장, 너도 언젠가는 나만큼 괜찮은 사업가가 될 거다. 이제 거짓말하고 다닐 일도 그리 많지 않을 테고. 내가 25센트 열 개 너한테 줬지?"

"아뇨." 나는 말했다. "아직 못 받았는데요."

그러자 그는 다시 욕설을 내뱉었고, 나는 말했다. "모자를 거꾸로 들고 있을 테니까 거기다 떨어뜨려 주세요. 그럼 안 흘릴 테니까."

그러자 그는 격렬하게 욕설을 내뱉었다. 목소리는 높이지 않았지만. "문제는 내가 25센트 열 개를 안 줄 거라는 거다." 그가 이렇게 말하자 나는 외삼촌이 분명— 이라고 말하려고 했는데, 로드니 외삼촌은 그대로 말을 이었다. "스무 개를 줄 거거든."

그래서 나는 네, 외삼촌, 이라고 말했고 외삼촌은 목표가 되는 집을 찾는 방법과 그 집을 찾은 다음에 어떻게 해야 하는지를 일러주었다. 다만 이번에는 전달할 쪽지가 없었는데 로드니 외삼촌 말로는 25센트 스무 개짜리 일거리라 종이에 옮겨적기에는 너무 중요하며 어차피 쪽지가 있어도 못 알아볼 테니 아예 줄 필요가 없다는 것이었다. 외삼촌의 목소리는 덧문 뒤편의 보이지 않는 곳에서 계속 쉿쉿거리듯 울려왔고, 아빠와 프레드 이모부가 문과 창문에 못질해서 자신을 도왔으면서도 그걸 모를 정도로 어리석다고 지껄이는 소리는 여전히 욕설처럼 들렸다.

"집 모퉁이에서 시작해서 세 번째 창문까지 가라. 그런 다음에 자갈 한 줌을 주워서 그 창문에다 던져. 그리고 그 창문이 열리면 — 누가 나오든 신경 쓰지 마라. 어차피 넌 모르는 사람이야 — 그냥 네가 누군지만 말하고 '10분 후에 길모퉁이에 마차를 끌고 나온댔어요. 보석을 가져오래요'라고만 말해라. 자, 반복해 봐." 로드니 외삼촌이 말했다.

"10분 후에 길모퉁이에 마차를 끌고 나온댔어요. 보석을 가져오래요." 나는 말했다.

"'보석을 전부 가져오래요'로 하자." 로드니 외삼촌이 말했다.

"보석을 전부 가져오래요." 나는 말했다.

"좋아." 로드니 외삼촌이 말했다. 그리고 그는 말했다. "그래서? 너 뭘 기다리고 있는 거냐?"

"25센트 동전 스무 개요." 나는 말했다.

로드니 외삼촌은 다시 욕설을 내뱉었다. "네가 일을 끝마치지도 않았는데 돈부터 주기를 기대하는 거냐?" 그가 말했다.

"마차 얘기를 했잖아요." 내가 말했다. "떠나기 전에 나한테 돈 주는 것을 잊었다가, 우리가 집에 갈 때까지 안 돌아올 수도 있을 거 아녜요. 게다가 지난여름에 터커 부인이 아파서 부인하고 아무런 사업도 못 했던 날에, 외삼촌은 터커 부인이 아픈 건 자기 잘못이 아니라면서 나한테 5센트 안 줬다고요."

그러자 로드니 외삼촌은 틈새 뒤편에서 격하고 나직하게 욕설을 내뱉고는 말을 이었다. "잘 들어라. 지금은 25센트 스무 개가 없어. 지금은 동전 하나도 없단 말이다. 내가 동전을 손에 넣으려면 우선 여기서 빠져나가서 사업부터 마무리 지어야 해. 그리고 네가 자기 몫을 제대로 해주지 않으면 나도 오늘 밤에 사업을 마무리 지을 수 없단 말이다. 알겠냐? 바로 네 뒤를 따라갈 거다. 네가 돌아올 때쯤에는 그 길모퉁이에서 마차를 끌고 기다리고 있을 거야. 자, 그럼 가라. 서둘러."

V

그래서 나는 마당을 가로질렀지만, 이제는 달이 밝아져서 거리로 나설 때까지 울타리 뒤에 숨어서 움직여야 했다. 불꽃놀이 소리가 들리고 로만캔들과 스카이로켓 불꽃이 하늘로 솟구치는 모습도 보였지만, 불꽃은 전부 시내에서 쏘고 있었기 때문에 이쪽 거리에 보이는 것이라고는 창가의 촛불과 화환뿐이었다. 그래서 나는 옆길로 접어들어 길을 따라 마구간으로 향했고, 마구간 안쪽 말들의 소리가 들리는데도 그게 맞는 마구간인지를 확신할 수 없었다. 그러나 이내 로드니 외삼촌이 마구간 모퉁이에서 풀쩍 튀어나오며 도착했구나, 하고 말하고는 어디에 서서 집 쪽의 소리를 듣고 있어야 하는지를 알려주고는 마구간으로 다시 들어갔다. 그러나 로드니 외삼촌이 말에 고삐를 채우는 소리 말고는 아무것도 들리지 않았고, 곧 외삼촌의 휘파람 소리가 들려 안으로 들어가 보니 외삼촌은 벌써 마차에다 말을 매어 놓았고 나는 이 말하고 마차가 누구 거냐고, 할아버지 말보다 훨씬 깡마르지 않았느냐고 물었다. 그랬더니 로드니 외삼촌은 이제 내 말이라고, 이 빌어먹을 달빛이 너무 밝다고 말했다. 나는 다시 길을 따라 거리로 돌아갔는데 주변에 지나다니는 사람이 아무도 없어서 나는 달빛 속에서 팔을 내저었고, 마차가 내 앞에 멈추자 나는 안으로 올라탔고 우리는 빠르게 달리기 시작했다. 옆 커튼을 내려서 시내의 스카이로켓이며 로만캔들은 볼 수 없었지만 그래도 폭죽 소리는 들렸고, 나는 우리가 이대로 시내를 가로지를 거라면 잠시 멈춰 서서 로드니 외삼촌한테 25센트 스무 개 중 일부를 받아서 내일 할아버지한테 줄 선물을 살 수 있을지도 모르겠다고 생각했지만, 우리는 시내로 들어가지 않았다. 로드니 외삼촌은 멈추지 않고 옆 커튼을 슬쩍 올렸고 나는 목표가 되는 집과 두 그루의 목련나무를 확인했지만, 우리는 그대로 집모퉁이를 돌아갈 때까지 마차를 세우지 않았다.

"자." 로드니 외삼촌이 말했다. "창문이 열리면, '10분 후에 길모퉁이에 마차를 끌고 나온댔어요. 보석을 전부 가져오래요'라고 말하는 거다. 상대가 누구든 신경 쓰지 말고. 누군지 모르고 있는 게 나을 거야. 어느 집인지도 잊어버리는 게 좋고. 알겠지?"

"네, 외삼촌." 나는 말했다. "그러고 나면 나한테는 25센트—"

"그래!" 그는 욕설을 뱉으며 말했다. "줄 거다! 얼른 여기서 내려!"

그래서 나는 내렸고 마차는 그대로 달려갔으며 나는 방금 전의 거리로 돌아갔다. 집은 불빛이 보이는 한 군데를 제외하고는 완전히 어둑했으니, 나무 두 그루까지 생각하면 그 집이 맞아보였다. 그래서 내가 마당을 가로질러 창문 세 개를 세고서 자갈을 던질 준비를 하고 있는데, 갑자기 수풀 뒤편에서 숙녀 한 사람이 뛰쳐나오더니 나를 붙들었다. 그녀는 계속 나한테 뭔가를 말하려 애썼는데, 문제는 나로서는 도저히 못 알아듣겠다는 것이었고, 게다가 사실 별로 뭔가를 말할 시간도 없었으니 다른 수풀 뒤편에서 남자 하나가 달려 나오더니 나와 그 숙녀 모두를 붙들었기 때문이다. 다만 여자 쪽은 입을 덮어버린 것으로 보였는데, 그녀가 벗어나려고 버둥거리는 내내 침 흘리는 것과 비슷한 소리가 들렸기 때문이다.

"그래, 꼬맹아?" 남자가 말했다. "뭐냐? 네가 그것 때문에 온 거냐?"

"저는 로드니 외삼촌을 위해 일하는 사람인데요." 내가 말했다.

"그럼 네가 맞구나." 그가 말했다. 이제 숙녀는 버둥거릴 뿐 아니라 침까지 흘리는 것이 분명했지만, 그는 그녀의 입을 단단히 붙들고 있었다. "그래. 뭐라고 하더냐?"

문제는 내가 로드니 외삼촌이 남자와도 사업을 한다는 사실을 그때까지 모르고 있었다는 점이다. 하지만 압착 협회에서 일하기 시작한 후로는 그럴 수밖에 없었을지도 모를 일이었다. 게다가 외삼촌은 어차피 내가 모르는 사람일 거라고 했으니, 어쩌면 이게 그 뜻일지도 모른다는 생각이 들었다.

"10분 후에 길모퉁이에 와 있겠댔어요." 나는 말했다. "그리고 보석을 전부 가져오라고도 했고요. 그걸 나한테 두 번이나 말해줬어요. 보석을 전부 가져오라고요."

이제 숙녀는 아주 심하게 몸을 뒤틀며 침을 흘려대고 있었는데, 아무래도 날 놓아준 이유가 그녀를 양손으로 잡아야 하기 때문일지도 모르겠다는 생각이 들었다.

"보석을 전부 가져오라고." 그는 이제 양손으로 숙녀를 붙든 상태로 말했다. "좋은 생각이로군. 아주 괜찮아. 너한테 두 번 말하라고 시킨 것도 당연한 일이지. 좋다. 그럼 넌 길모퉁이로 돌아가서 기다리고 있다가, 그가 오면 이 말을 전해라. '와서 나르는 걸 도와달라고 했어요.' 이것도 두 번 말해 줘라. 이해했지?"

"그렇게 하면 25센트 스무 개를 얻을 수 있겠네요." 나는 말했다.

"25센트 스무 개라고, 하?" 남자는 숙녀를 붙든 채로 말했다. "그게 네가 받을 보수라는 거지? 영 부족해 보이는구나. 이 말도 전해라. '그 여자가 보석도 하나 준다고 했어요.' 알아듣겠지?"

"나는 25센트 스무 개만 있으면 되는데요." 나는 말했다.

그리고 그와 숙녀는 다시 수풀 뒤편으로 들어갔으며 나도 다시 길모퉁이로 걸음을 옮겼고, 다시 시내 쪽에서 로만캔들과 스카이로켓이 보이고 폭죽 터지는 소리가 들리기 시작했으며, 마차가 돌아왔고 로드니 외삼촌은 다시 맨디네 창문 틈으로 그랬던 것처럼 커튼 뒤편에서 쉿쉿거리며 말했다.

"어땠냐?" 그가 말했다.

"와서 나르는 걸 도와달라고 했어요." 나는 말했다.

"뭐야?" 로드니 외삼촌이 말했다. "그 작자가 거기 없다고 했어?"

"아뇨, 외삼촌. 와서 나르는 걸 도와달라고 했어요. 나한테 두 번 말해달랬구요." 그리고 나는 말했다. "내 25센트 스무 개는 어디 있어요?" 그가 이미 마차에서 뛰어내려 그대로 인도를 뛰어넘어 수풀 그림자 속으로 들어가 버렸기 때문이다. 그래서 나는 수풀로 따라 들어가며 말했다. "25센트 스무 개 준다고 했잖—"

"알았다, 알았어!" 로드니 외삼촌이 말했다. 그는 수풀 뒤편에서 엉거주춤하게 쭈그려 앉아 있었다. 몰아쉬는 숨소리가 들렸다. "내일 줄게. 내일 25센트 서른 개를 줄 테니까. 그러니 넌 냉큼 집에나 가 있어. 그동안 사람들이 맨디네 집으로 왔다면, 넌 아무것도 모른다고 하면 돼. 얼른 뛰어 가. 서둘러."

"그냥 오늘 밤에 25센트 스무 개만 받고 싶은데요." 나는 말했다.

외삼촌은 수풀 그림자를 따라 쭈그린 채로 빠르게 이동하고 있었고, 나는 그 뒤에서 바싹 따라가고 있었을 것이다. 외삼촌이 몸을 획 돌렸을 때 나한테 거의 닿을 뻔했지만, 나는 아슬아슬하게 수풀에서 튀어나와 피했고, 외삼촌은 그 자리에 서서 나한테 욕설을 내뱉다가 다시 쭈그려 앉았는데 손에 막대기가 들려 있는 것이 보였기 때문이고 나는 몸을 돌려 달아났다. 그리고 외삼촌은 그림자에 쭈그려 앉은 채 계속 전진했고, 나는 마차로 돌아갔는데, 성탄절 다음 날이면 우리는 제퍼슨으로 돌아갈 것이고 로드니 외삼촌이 그때까지 돌아오지 않으면 내년 여름까지 만날 수도 없을 것이며 아마 그때쯤이면 외삼촌은 새로운 숙녀와 사업에 들어가서 내 25센트 스무 개는 터커 부인이 아팠던 때처럼 5센트 동전으로 바뀔 것이기 때문이었다. 그래서 나는 마차 옆에서 기다렸고 거기서는 시내에서 쏘는 스카이로켓과 로만캔들 불꽃도 보이고 폭죽 소리도 들렸는데, 문제는 이제 너무 늦어버려서 가게들이 전부 닫았을 것이며 따라서 로드니 외삼촌이 돌아와서 25센트 스무 개를 주더라도 할아버지 선물을 살 수 없으리라는 것이었다. 그래서 나는 폭죽 소리를 들으며 어떤 식으로 할아버지한테 선물을 사고 싶었다고 말하면 10센트 대신 15센트를 받을 수 있을지를 생각하고 있었는데, 난데없이 로드니 외삼촌이 들어간 뒷마당 쪽에서 폭죽을 쏘기 시작했다. 그런데 폭죽 다섯 개를 빠르게 이어 쏘는 소리가 들리고 나니 더 이상은 쏘지 않을 모양이었고, 나는 어쩌면 뒤이어 스카이로켓이나 로만캔들을 쏠지도 모른다고 생각했다. 그러나 아니었다. 그냥 빠르게 폭죽 다섯 개만 쏘고 그대로 멈추어 버렸고, 내가 마차 옆에 서 있자니 주변 집들에서 사람들이 나와서 서로에게 소리치더니 남자들이 로드니 외삼촌이 들어간 집 쪽으로 달려갔고, 뒤이어 남자 하나가 마당에서 나와서 거리를 따라 할아버지네 집으로 서둘러 올라가기 시작했다. 처음에 나는 그 남자가 로드니 외삼촌이고 마차는 잊어버린 모양이라고 생각했는데, 얼굴을 보니 다른 사람이었다.

그러나 로드니 외삼촌은 돌아오지 않았기 때문에 나는 남자들이 몰려서 있던 마당 쪽으로 움직였는데, 그래야 마차도 보이고 로드니 외삼촌이 수풀을 따라 돌아와도 보일 것이기 때문이었고, 그러다 내가 마당에 들어가니 남자 여섯이 뭔가 길쭉한 물체를 나르고 있고, 다른 두 남자가 달려오더니 나를 멈춰 세우더니 한 사람이 이런 빌어먹을, 그 집 꼬맹이 중 하나잖아, 제퍼슨에서 온 녀석이야 라고 말했다. 나는 사람들이 창문 덮개에다가 천으로 싼 뭔가를 올려서 나르고 있다는 것을 알았고 처음에는 로드니 외삼촌의 보석을 나르는 일을 도우러 온 사람들이라고 생각했는데, 문제는 로드니 외삼촌이 어디에도 안 보인다는 것이었고, 그때 남자 중 하나가 말했다. "누구? 그 집 애라고? 이런 젠장, 누가 이 애를 집으로 데려다줘."

그래서 남자는 나를 안아들었지만 나는 로드니 외삼촌을 기다려야 한다고 말했고, 남자는 로드니 외삼촌은 괜찮을 거라고 대답했고, 나는 그래도 여기서 외삼촌을 기다리고 싶다고 말했고, 그러자 우리 뒤편에 있던 남자가 젠장, 그 꼬맹이 여기서 치워, 하고 말했고, 우리는 움직이기 시작했다. 그 남자에게 업혀 가다가 뒤를 돌아보니 달빛 속의 남자 여섯이 꾸러미를 올린 창문 덮개를 나르는 모습이 보였고, 내가 저거 로드니 외삼촌 거예요? 라고 물었더니 남자는 아니, 저게 소유자가 있다면 이제 너희 할아버지일 거다, 하고 대답했다. 그렇게 나는 그게 뭔지를 알게 되었다.

"소 반 마리네요." 나는 말했다. "저걸 할아버지한테 가져다드리려는 거죠." 그러자 다른 남자가 이상한 소리를 냈고, 내가 업힌 남자는 그래, 소 반 마리라고 불러도 되겠구나, 라고 말했고 그래서 나는 말했다. "할아버지한테 줄 성탄절 선물이잖아요. 누가 보내는 거예요? 로드니 외삼촌이 보내는 건가요?"

"아니." 남자가 말했다. "그 사람이 보내는 건 아니다. 모츠타운 남자들이 보내는 선물이라고 하자꾸나. 모츠타운의 모든 남편들이 보내는 거라고."

VI

그러다 할아버지네 집이 보이기 시작했다. 집 안 불빛이 전부, 심지어 현관 불까지 켜져 있었고, 복도에는 사람들이 모여서 있었으며, 숙녀들이 머리에 숄을 올린 모습이 보였고, 더 많은 사람들이 진입로를 따라 현관으로 들어가고 있었으며, 문득 집 안에서 누가 노래 비슷한 것을 부르는 소리가 들렸고 그러다 아빠가 집에서 나와서 진입로를 따라 대문까지 내려왔고 우리는 그쪽으로 다가갔고 남자는 나를 내려놓았으며 로지도 대문 앞에서 기다리는 모습이 보였다. 소리는 이제 노래처럼 들리지 않았는데 아무래도 음악과 함께 나오지 않아서인 듯했고, 그러니 어쩌면 또 루이자 이모가 울고 있는 것이며 이젠 이모도 할아버지만큼이나 성탄절이 싫어진 것일지도 모르겠다는 생각이 들었다.

"할아버지한테 보내는 선물이에요." 내가 말했다.

"그렇구나." 아빠가 말했다. "너는 로지를 따라가서 잠자리에 들어라. 엄마도 곧 그쪽으로 갈 거다. 엄마가 갈 때까지 얌전히 있어야 한다. 로지 괴롭히지 말고. 됐네, 로지. 저 아이를 데려가게. 얼른."

"말씀 안 하셔도 압니다요." 로지가 말했다. 그리고 내 손을 잡았다. "이리 오세요."

그러나 우리는 마당으로 들어가지 않았는데, 로지가 대문으로 나왔고 우리는 거리를 따라 걸어가게 되었기 때문이다. 그러다 문득 사람들을 피하려고 뒷문으로 들어가려나 하는 생각이 들었는데, 그러지도 않았다. 그저 계속 거리를 따라 걸어갈 뿐이었고, 나는 물었다. "우리 어딜 가는 거야?"

그러자 로지는 대답했다. "조든 부인이라는 숙녀분네 집에서 잘 거예요."

그래서 우리는 계속 걸어갔다. 나는 아무 말도 하지 않았다. 내가 몰래 집에서 빠져나간 것에 대해서 아빠가 까먹고 아무 말도 안 했기 때문에, 침대로 가서 조용히 누워 있으면 내일까지도 까먹고 있을지도 모른다는 생각이 들어서였다. 게다가 지금 가장 중요한 일은 집에 가기 전까지 로드니 외삼촌을 붙잡아서 25센트 스무 개를 받아내는 일이었으니, 그 또한 내일까지는 괜찮을 것이었다. 그래서 우리는 계속 걸어서 로지가 말한 집에 도착했고, 마당을 가로지르고 있자니 로지가 갑자기 주머니쥐 한 마리를 목격했다. 조든 부인네 마당의 감나무 위에 있어서 나도 달빛 덕분에 그 모습을 볼 수 있었고, 나는 소리쳤다. "얼른! 달려가서 조든 부인네 사다리 가져와!"

그러자 로지는 말했다. "사다리는 무슨! 도련님은 침대로 들어가요!"

그러나 나는 기다리지 않았다. 나는 집 쪽으로 달려가기 시작했고, 로지는 내 뒤에서 따라오며 조지 도련님! 당장 이리 돌아와요! 라고 소리쳐댔다. 그러나 나는 멈추지 않았다. 사다리를 가져다가 주머니쥐를 잡아서 쇠고기와 함께 할아버지한테 선물로 주면 10센트도 들지 않을 테고, 어쩌면 할아버지도 25센트를 줄지도 모르기 때문이었다. 그러면 로드니 외삼촌한테 받을 25센트 스무 개와 합쳐서 25센트 스물한 개가 될 것이며 그 또한 괜찮을 것이었다.

그 저녁의 태양
That Evening Sun

I

이제 제퍼슨의 월요일도 주중의 나머지 요일들과 다른 점이 하나도 없다. 도로는 포장이 끝났고, 전화와 전기 회사는 그늘을 마련해 주는 나무들을 — 흑참나무와 단풍나무와 개아카시아와 느릅나무를 — 베어내고 그 자리에 불어 터지고 창백하고 희끄무레한 포도송이를 매단 철제 기둥을 세우는 중이고, 월요일 오전마다 동네를 돌아다니며 빨랫감을 모아서 화사한 빛깔의 특제 자동차에 싣는 도시풍 세탁소도 한 군데 생겼다. 지난 일주일 분량의 더러운 옷가지는 이제 신경을 거스르는 전기 경적 소리 뒤편으로, 타이어와 아스팔트 사이에서 나는 비단 찢는 소리와 함께 유령처럼 사라질 뿐이며, 옛날처럼 백인들의 빨랫감을 가져가는 검둥이 여자들조차 이제는 자동차를 타고 옷을 수거하고 배달해 준다.

그러나 15년 전까지만 해도 월요일 아침이면 검둥이 여인들이 조용하고 먼지투성이에 나무 그늘로 덮인 거리를 가득 메우곤 했다. 침대 시트로 묶어 조면한 면화 뭉치만큼이나 커다란 빨랫감을 머릿수건 위에 얹어 균형을 잡은 채로, 하얀 저택의 부엌문에서 검둥이 거주 지역의 오두막 문앞에 놓인 검게 그을린 세탁 대야까지 꾸러미에는 손도 대지 않고 움직이는 사람들이었다.

낸시는 머리 위에 빨랫감 꾸러미를 올린 다음, 그 위에 다시 겨울이나 여름이나 쓰고 다니는 검은색 밀짚 세일러 모자를 올리곤 했다. 훤칠하게 큰 키와 슬픈 인상과 이빨이 빠진 쪽이 조금 움푹 들어간 얼굴을 가진 여자였다. 우리는 종종 그녀와 함께 오솔길을 따라 목초지를 가로지르며, 균형 잡힌 빨랫감 꾸러미와 그 위의 모자가 들썩이거나 흔들리지조차 않는 모습을 구경하곤 했다. 도랑으로 내려갔다가 반대편으로 올라올 때도, 울타리에서 허리를 굽힐 때도 마찬가지였다. 그녀는 손과 무릎을 땅에 대고 틈새로 기어나가곤 했는데, 그럴 때마저 머리는 꼿꼿하게 바짝 들린 채였고 빨랫감은 바위나 풍선처럼 보였으며, 그런 다음에는 그대로 다시 일어나서 걸음을 옮기곤 했다.

때론 빨래하는 여인의 남편들이 빨랫감을 수거하고 배달하는 일을 맡아주기도 했는데, 지저스는 낸시 대신 그런 일을 해주는 법이 없었다. 아버지가 우리 집에 접근하지 말라고 명령하기 전부터도 그랬고, 심지어 딜시가 아파서 낸시가 대신 요리하러 와줄 때에도 마찬가지였다.

게다가 그럴 때마다 절반쯤은 우리가 오솔길을 따라 낸시네 오두막까지 내려가서 아침 요리하러 오라고 깨워 줘야 했다. 우리는 도랑에서 멈추곤 했는데, 아버지가 지저스하고 — 키 작고 피부가 새까만 남자로, 얼굴에는 날카로운 상처 자국이 있었다

— 무슨 일로도 엮이지 말라고 당부하셨기 때문이었고, 그래서 우리는 낸시네 집에다 돌을 던져대곤 했고, 그럼 낸시는 문간으로 나와서 옷가지도 걸치지 않은 채 문 너머에서 얼굴만 빼꼼 내밀었다.

"너네들 뭐 하는 거야, 우리 집은 왜 때려대?" 낸시는 말했다. "이 꼬맹이 악마들은 무슨 생각인 걸까?"

"아버지가 올라와서 아침 차리래." 캐디가 말했다. "아버지가 벌써 30분이나 늦었으니까 당장 올라와야 한대."

"아침 준비 안 할 거거든." 낸시가 말했다. "지금은 더 잘 거야."

"분명 술에 취했겠지." 제이슨이 말했다. "아버지가 너 맨날 취한다더라. 너 취한 거야, 낸시?"

"누가 내가 취했대?" 낸시가 말했다. "난 더 잘 거야. 아침 안 차려."

그렇게 시간이 흐르고 우리는 오두막 맞히기를 그만두고 집으로 돌아갔고, 낸시는 내가 등교하기에도 너무 늦은 시간이 되어서야 간신히 도착했다. 그래서 우리는 그게 위스키 때문이라고만 생각하고 있었는데, 저들이 낸시를 다시 체포해서 유치장에 가두고 스토벌 씨만 풀어준 날이 되어서 그게 아니라는 걸 알게 되었다. 스토벌 씨는 은행 출납원이자 침례교회 집사였는데, 낸시가 그 앞에서 이렇게 말하기 시작한 것이다.

"돈은 언제 줄 거야, 백인 양반? 돈은 언제 줄 거야, 백인 양반? 저번에 1센트 주고서 벌써 세 번이나 했는데—" 스토벌 씨는 그녀를 후려쳐 쓰러뜨렸지만, 그녀는 입을 멈추지 않았다. "돈은 언제 줄 거야, 백인 양반? 저번에 주고서 벌써 세 번이나—" 스토벌 씨가 신발 뒷굽으로 그녀의 입을 걷어찰 때까지 그녀는 입을 다물지 않았고, 보안관이 스토벌 씨를 붙들어 떨어트린 후에도 그녀는 길거리에 누워서 크게 웃고 있었다. 그녀는 고개를 돌려 피 한 모금과 이빨을 뱉어내고 말했다. "저 사람이 1센트밖에 안 주고서 벌써 세 번이나 했다고요."

그녀의 이빨은 그렇게 나간 것이었고, 동네 사람들은 그날 내내 낸시와 스토벌 씨 이야기를 떠들어댔으며, 유치장을 지나가는 사람들은 그 밤 내내 낸시가 노래하고 비명 지르는 소리를 들을 수 있었다. 창문 창살을 붙들고 있는 그녀의 손도 보였고, 꽤 많은 이들이 울타리를 따라 걸어가다 발길을 멈추고는, 그녀의 소리와 그녀를 멈추게 만들려는 간수의 소리에 귀를 기울였다. 그녀는 거의 해 뜨기 직전까지 입을 다물지 않다가 갑자기 멈췄는데, 이내 간수의 귀에 뭔가 부딪치고 긁어대는 소리가 들려왔고, 올라가 본 간수는 낸시가 창문 창살에 목을 매달고 있는 모습을 발견했다. 그는 위스키가 아니라 코카인이 분명하다고 말했는데, 깜둥이는 코카인에 잔뜩 취하지 않는 한 자살하려 들지 않기 때문이라고 했다. 코카인에 잔뜩 취한 깜둥이는 더 이상 깜둥이가 아니라고 말이다.

간수는 목을 묶은 천을 자르고 낸시를 소생시킨 다음 그녀를 때리고 채찍질했다. 목을 묶는 데 쓴 천은 그녀의 옷이었다. 그럭저럭 고정은 괜찮게 했지만, 체포될 때 옷 한 벌밖에 가진 게 없었기 때문에 자기 손을 묶을 물건이 없었고, 덕분에 창틀에서 손을 뗄 수가 없었던 모양이었다. 그래서 소음을 듣고 달려 올라간 간수는 홀딱 벗은 채 창문에 매달려 있는 낸시를 목격했는데, 배가 이미 작은 풍선처럼 조금 부풀어 있었다 했다.

딜시가 자기 오두막에 앓아누워 있고 낸시가 우리 요리를 해주는 동안, 우리는 그녀의 앞치마가 부풀어오르는 모습을 볼 수 있었다. 아버지가 지저스한테 집에 접근하지 말라고 명령하기 전에 이런 일이 있었다. 지저스가 부엌 스토브 뒤편에 앉아 있었는데, 새까만 얼굴의 면도날처럼 날카로운 흉터가 흡사 지저분한 실밥이 붙은 것처럼 보였다. 그는 낸시가 앞치마 아래 수박을 숨기고 있다고 말했다.

"당신 덩굴에서 떨어진 수박은 아니지만 말이야." 낸시는 말했다.

"무슨 덩굴?" 캐디가 말했다.

"그 수박이 떨어져나온 덩굴을 내가 잘라버릴 수도 있는데." 지저스가 말했다.

"이 애들 앞에서 뭐하자고 그딴 식으로 말하는 건데?" 낸시가 말했다. "일하러는 왜 안 가? 어쩌려고 그래. 제이슨 씨가 당신이 자기 부엌을 어슬렁거리면서 이 집 애들한테 그딴 식으로 말하는 걸 듣기고 싶은 거야?"

"무슨 식으로 말해?" 캐디가 말했다. "덩굴은 뭐야?"

"나는 백인 남자의 부엌을 어슬렁거리면 안 된다, 이거지." 지저스가 말했다. "그런데 백인 남자는 내 부엌을 어슬렁거려도 되고. 백인 남자가 내 집으로 쳐들어와도 나는 막을 수도 없고. 백인이 내 집에 들어오기를 원하면 내 집은 사라지는 거라고. 물론 내가 백인 남자를 막을 수야 없겠지만, 백인 남자도 나를 집에서 쫓아낼 수는 없어. 그렇게는 안 되지."

딜시는 계속 자기 오두막에서 앓아누워 있었다. 아버지는 지저스에게 우리 집에 접근하지 말라고 명령했다. 딜시는 여전히 아팠다. 상당히 오래 아팠다. 우리는 저녁식사 후 서재에 있었다.

"낸시는 부엌 일을 아직 못 끝냈으려나요?" 어머니가 말했다. "이 정도면 설거지를 마치기에는 충분한 시간일 것 같은데요."

"퀜틴한테 가서 보고 오라고 하지." 아버지가 말했다. "가서 낸시가 일 끝냈는지 보고 와라, 퀜틴. 집에 가도 된다고 전해."

나는 부엌으로 향했다. 낸시는 일을 끝낸 후였다. 설거지거리도 치워 놓았고 불도 꺼져 있었다. 낸시는 차가운 스토브 앞으로 의자를 끌어다 놓고 앉아 있었다. 그녀는 나를 바라봤다.

"어머니가 일 다 끝냈는지 알아보고 오라셔서." 나는 말했다.

"그래." 낸시는 말했다. 그녀는 나를 바라봤다. "전부 끝냈어." 그녀는 나를 바라봤다.

"왜 그래?" 나는 말했다. "왜 그래?"

"나는 결국 깜둥이일 뿐이니까." 낸시는 말했다. "이건 내 잘못이 아니야."

그녀는 차가운 스토브 앞의 의자에 앉은 채로, 머리에는 눈에 익은 세일러 모자를 얹고서, 나를 바라봤다. 나는 서재로 돌아갔다. 부엌은 따뜻하고 부산스럽고 즐거운 장소라고 여겼는데, 차가운 스토브나 그런 것들을 생각하니 영 마음이 불편했다. 스토브도 차갑게 식고 접시도 전부 치워 놓은 데다, 이런 시간에는 아무도 뭘 먹고 싶지 않을 테니까.

"일은 끝냈니?" 어머니가 말했다.

"네, 어머니." 나는 말했다.

"뭘 하고 있든?" 어머니가 말했다.

"아무것도 안 하고 있었어요. 일은 끝냈으니까요."

"내가 가서 보고 오리다." 아버지가 말했다.

"지저스가 와서 집으로 데려가길 기다리고 있나 봐요." 캐디가 말했다.

"지저스는 떠났잖아." 나는 말했다. 낸시는 우리에게 어느 아침에 일어나 보니 지저스가 사라졌다고 말해준 적이 있었다.

"날 떠난 거예요." 낸시는 말했었다. "아마 멤피스로 갔겠죠. 아마 한동안은 도시 경찰들을 피할 수 있지 않을까요."

"속이 다 시원한 일이지." 아버지는 말했다. "영영 거기 있었으면 좋겠군."

"낸시는 어두운 걸 무서워해요." 제이슨이 말했다.

"너도잖아." 캐디가 말했다.

"아니거든." 제이슨이 말했다.

"겁쟁이." 캐디가 말했다.

"아니라고." 제이슨이 말했다.

"캔더스, 그만!" 어머니가 말했다. 아버지가 돌아왔다.

"낸시를 길 아래쪽까지 바래다주고 오겠소." 그가 말했다. "지저스가 돌아왔다더군."

"자기 눈으로 봤대요?" 어머니가 말했다.

"아니. 어떤 검둥이가 그가 시내에 왔다고 알려준 모양이오. 금방 오리다."

"낸시를 집으로 데려다주려고 나를 혼자 놔둘 건가요?" 어머니가 말했다. "당신한테는 낸시의 안전이 내 안전보다 중요해요?"

"금방 오리다." 아버지가 말했다.

"그 검둥이 때문에, 이 아이들도 보호받지 못하게 놔두려는 거예요?"

"나도 갈래요." 캐디가 말했다. "나도 데려가 줘요, 아버지."

"그 작자가 운이 나빠서 애들을 데리고 있게 된다고 해도, 뭔가 저지를 수 있을 것 같소?" 아버지가 말했다.

"나도 가고 싶어요." 제이슨이 말했다.

"제이슨!" 어머니가 말했다. 이름을 부르는 투를 보니, 동생이 아니라 아버지를 부르고 있는 것이 분명했다. 아버지가 오늘 내내 어머니가 가장 싫어할 만한 일을 떠올리려 애써왔고, 조금만 있으면 떠올리리라고 확신하고 있는 듯한 말투였다. 나는 입을 다물고 있었다. 아버지도 나도, 어머니가 제때 떠올리기만 한다면 나를 어머니와 함께 있으라고 놔두고 가기를 원하리라는 사실을 알고 있었기 때문이다. 따라서 아버지는 나를 바라보지 않았다. 나는 장남이었다. 나는 아홉 살이고 캐디는 일곱 살이고 제이슨은 다섯 살이었다.

"허튼소리." 아버지가 말했다. "금방 오리다."

낸시는 계속 모자를 쓰고 있었다. 우리는 길가로 내려왔다. "지저스는 항상 내게 잘해줬어요." 낸시가 말했다. "2달러가 생기면 항상 1달러는 내 몫으로 줬죠." 우리는 오솔길을 따라 걸어갔다. "저 길 끝까지만 가면, 그때부턴 괜찮을 거예요." 낸시가 말했다.

오솔길은 언제나 어두웠다. "제이슨이 할로윈에 여길 무서워했는데." 캐디가 말했다.

"안 그랬어." 제이슨이 말했다.

"레이첼 아주머니가 그 작자를 어떻게든 할 수 없나?" 아버지가 말했다. 레이첼 아주머니는 나이가 많았다. 낸시네보다 더 먼 오두막에서 홀로 살고 있었다. 백발이고 언제나 문간에 나와서 온종일 파이프를 태울 뿐, 이젠 일하지 않는 사람이었다. 사람들은 그녀가 지저스의 어머니라고 말했다. 그녀 본인은 때론 그렇다고 말하고, 때론 지저스와 아무 혈연도 아니라고 말하곤 했다.

"아니, 그랬거든." 캐디가 말했다. "넌 프로니보다도 겁이 많으니까. T. P.보다도 겁이 많고. 깜둥이들보다도 겁이 많거든."

"아무도 그 사람을 어떻게 못 해요." 낸시가 말했다. "내가 자기 안의 악마를 깨웠다고, 이젠 그 악마를 다시 잠재울 방법은 단 하나뿐*이라고 말하고 다녀요."

"글쎄, 이젠 떠나지 않았나." 아버지가 말했다. "이젠 자네도 아무 걱정할 필요 없어. 자네가 백인 남자들을 건드리지 않기만 한다면 말이지."

"무슨 백인 남자를 안 건드려요?" 캐디가 말했다. "백인 남자는 어떻게 건드리는데요?"

"그 사람은 어디로도 안 갔어요." 낸시가 말했다. "느낄 수 있거든요. 지금도 이 길에서, 그 사람이 느껴져요. 우리 대화를 단어 하나하나까지 고스란히 들으면서 어딘가 숨어서 기다리고 있어요. 내 눈에는 보이지 않을 테고, 내가 그 사람을 다시 보게 되는 때는 단 한 번, 그 입에 그 면도칼이 물려 있을 때뿐이겠죠. 실

---

* 낸시의 죽음.

그 저녁의 태양

에 꿰어서 목에 걸고, 셔츠 속에 숨겨 다니는 그 면도칼이요. 그때가 되면 저는 차마 놀라지도 못할 거예요."

"난 안 무섭거든." 제이슨이 말했다.

"애초에 자네가 몸가짐을 제대로 했으면 일이 이렇게 되지도 않았을 것 아닌가." 아버지가 말했다. "그래도 이젠 괜찮네. 그놈은 아마 지금쯤 세인트루이스에라도 가 있을 거야. 이제 새로운 아내를 맞이하고 자네는 아예 잊어버렸겠지."

"정말 그랬다면 나한테 안 들키는 게 좋겠네요." 낸시가 말했다. "그 두 년놈을 굽어보며 서 있을 거거든요. 그놈이 그년을 안는 모습을 보면 팔을 잘라버릴 거거든요. 다음으로 머리를 자르고 다음으로 배를 갈라서 밀어넣고—"

"그만." 아버지가 말했다.

"누구 배를 갈라, 낸시?" 캐디가 말했다.

"나는 안 무서워." 제이슨이 말했다. "혼자서 이 길 끝까지라도 걸어갈 수 있다고."

"그러셔." 캐디가 말했다. "우리가 같이 없었으면 발을 땅에 내려놓지도 못했을 거면서."

II

딜시는 여전히 앓아누워 있었기에, 우리는 밤마다 낸시를 바래다줬고, 결국 어머니가 이렇게 말하기에 이르렀다. "얼마 동안이나 그 짓을 계속할 거예요? 겁먹은 검둥이 하나 바래다주려고 나를 이 커다란 집에 홀로 두고 간다니요?"

우리는 부엌에다 낸시가 쓸 침상을 들여놓았다. 언젠가 한밤중에 낸시 소리에 잠에서 깬 적이 있었다. 노래도 아니었고 울음도 아닌 소리가, 어둑한 층계 아래쪽에서 들리고 있었다. 어머니 방에 불빛이 보이고 아버지가 복도를 따라 뒤편 계단으로 걸어가는 소리가 들렸고, 캐디와 나도 복도로 나왔다. 바닥이 차가웠다. 우리는 발가락을 오므려 바닥에 안 닿으려 애쓰면서 소리에 귀를 기울였다. 노래 같기도 하고 노래 같지 않기도 한, 검둥이들이 내는 소리처럼 들렸다.

 그러다 소리가 멈추더니 뒤이어 아버지가 뒤편 계단을 내려가는 소리가 들렸고, 우리는 계단 바로 앞까지 나갔다. 그러다 계단 가운데에서 별로 크지 않게 소리가 다시 시작되었고, 이내 계단을 반쯤 올라와서 벽에 붙어 서 있는 낸시의 두 눈이 보였다. 마치 고양이의 눈처럼, 벽에 붙은 커다란 고양이과 맹수의 눈처럼 우리를 지켜보고 있었다. 우리가 계단을 내려가서 낸시가 있는 곳까지 도착해 보니, 그녀는 다시 소리를 멈추었고, 우리는 아버지가 권총을 손에 든 채로 부엌 쪽에서 되짚어 올라올 때까지 그곳에 그대로 서 있었다. 그는 낸시를 데리고 다시 내려가더니 함께 낸시의 침상을 가지고 올라왔다.

 우리는 침상을 우리 방에 펴 놓았다. 어머니 방의 불빛이 꺼진 다음에야, 우리는 다시 낸시의 눈을 마주할 수 있었다. "낸시." 캐디가 속삭였다. "자는 거야, 낸시?"

 낸시는 뭔가를 웅얼거렸다. '아'나 '아니'처럼 들렸는데, 어느 쪽인지는 모르겠다. 누구도 그런 소리를 내지 않은 것처럼, 누구의 입에서도 나오지 않고 누구의 귀로도 들어가지 않은 것처럼,

그러다 마침내 낸시가 거기 아예 존재하지도 않는 것처럼 느껴졌다. 그저 태양을 보다 눈을 감으면 흔적이 남는 것처럼, 층계참에서 낸시의 눈을 너무 열렬히 들여다봐서 그 모양이 내 안구에 새겨진 것처럼 느껴졌다. "지저스." 낸시가 속삭였다. "지저스야."

"예수님이야?" 캐디가 말했다. "예수님이 부엌으로 들어오려고 했던 거야?"

"'지저스.'" 낸시가 말했다. 마치 성냥이나 양초의 불처럼, 그 소리도 '지이이이이이이이이이이이저스'라며 그대로 꺼져버리는 것만 같았다.

"다른 쪽 지저스 얘기야." 나는 말했다.

"우리 보여, 낸시?" 캐디가 속삭였다. "우리 눈 볼 수 있어?"

"나는 그저 깜둥이일 뿐이에요." 낸시가 말했다. "주님은 아셔요. 주님은 아셔요."

"부엌에서 대체 뭘 본 거야?" 캐디가 속삭였다. "뭐가 들어오려고 했던 거야?"

"주님은 아셔요." 낸시가 말했다. 이제 그녀의 눈이 보였다. "주님은 아셔요."

딜시는 건강을 회복했다. 그녀가 점심을 만들었다. "자네 하루 이틀 정도 침대에 더 누워 있는 게 낫지 않았겠나." 아버지가 말했다.

"뭐하러요?" 딜시가 말했다. "하루만 더 늦었더라면 여기가 완전히 폐허가 되었을 텐데요. 이제 얼른 나가요. 내 부엌을 다시 제대로 정돈해야 하니까."

저녁도 딜시가 요리했다. 그리고 그날 밤, 어두워지기 직전에,

낸시가 부엌으로 들어왔다.

"걔가 돌아온 줄 어떻게 아는데?" 딜시가 말했다. "네가 본 것도 아니잖아."

"지저스는 깜둥이야." 제이슨이 말했다.

"그 사람이 느껴져." 낸시가 말했다. "저기 도랑에 누워 있는 게 느껴진다고."

"오늘 밤에?" 딜시가 말했다. "걔가 오늘 밤에 거기 있을 거라고?"

"딜시도 깜둥이야." 제이슨이 말했다.

"넌 뭣 좀 먹어야겠다." 딜시가 말했다.

"아무것도 필요 없어." 낸시가 말했다.

"난 깜둥이 아니야." 제이슨이 말했다.

"커피 좀 마셔." 딜시가 말했다. 그녀는 낸시에게 커피 한 컵을 따라주었다. "오늘 밤에 걔가 저 밖에 있다고 알고 있는 거야? 오늘 밤이라는 건 어떻게 안 건데?"

"난 알아." 낸시가 말했다. "그 사람이 저기서 기다리고 있어. 난 알아. 그렇게 오래 함께 살았는걸. 그 사람이 뭘 할 생각인지는 그 사람보다도 먼저 알아차릴 수 있어."

"커피 좀 마셔." 딜시가 말했다. 낸시는 컵을 입으로 가져가서 후 하고 불었다. 그녀의 입이 마치 몸을 부풀리는 독사처럼, 고무 주둥이처럼, 커피를 불다가 입술의 색깔마저 전부 불어 없앤 것처럼 앞으로 비쭉 나왔다.

"난 깜둥이 아니야." 제이슨이 말했다. "넌 깜둥이야, 낸시?"

"나는 지옥에서 온 사람이란다, 꼬맹아." 낸시가 말했다. "난 머지않아 사라져 버릴 거야. 곧 내가 온 곳으로 돌아갈 거거든."

III

그녀는 커피를 마시기 시작했다. 그녀는 양손으로 컵을 붙잡고 커피를 마시면서, 일전의 그 소리를 다시 내기 시작했다. 컵에 입을 대고 그 소리를 내서, 그녀의 손과 옷으로 커피가 철벅거리며 튀었다. 그녀는 우리 쪽으로 눈을 향한 채 그대로 앉아서, 무릎에 팔꿈치를 대고는, 양손으로 컵을 붙잡은 채, 젖은 컵 너머로 우리를 바라보면서, 그 소리를 내고 있었다. "낸시 좀 봐." 제이슨이 말했다. "이젠 우리한테 밥 못 해주겠네. 딜시가 다 나았으니까."

"넌 조용히 좀 해." 딜시가 말했다. 낸시는 양손으로 컵을 붙잡고 우리를 바라보며 그 소리를 냈다. 마치 낸시가 두 명 있는 것만 같았다. 우리를 바라보는 낸시와, 소리를 내고 있는 낸시. "제이슨 씨가 보안관한테 전화 못 하게 막은 이유는 뭐야?" 딜시가 말했다. 낸시는 긴 갈색 손으로 컵을 붙든 채 움직임을 멈추었다. 그녀는 다시 커피를 마시려 했지만 다시 컵 바깥으로 쏟아져서 손과 옷으로 튀기만 했고, 그녀는 컵을 내려놓았다. 제이슨은 그녀를 지켜보고 있었다.

"삼킬 수가 없어." 낸시가 말했다. "삼켜도 목구멍으로 넘어가질 않아."

"오두막에 좀 내려가 있어." 딜시가 말했다. "프로니네 가면 잠자리 마련해 줄 거야. 나도 금방 내려갈게."

"그 어떤 깜둥이도 그 사람을 막을 수 없어." 낸시가 말했다.

"난 깜둥이 아닌데." 제이슨이 말했다. "그치, 딜시?"

"아닌 것 같네." 딜시가 말했다. 그녀는 낸시를 바라봤다. "못 막겠지. 그럼 넌 어떻게 할 생각인데?"

낸시는 우리를 바라봤다. 마치 둘러볼 시간조차 부족하다는 것처럼, 그녀의 눈길이 다급하게, 거의 움직이지도 않고 우리를 훑었다. 그녀는 우리를, 우리 셋을 동시에 바라봤다. "내가 너희들 방에서 묵었던 그때 기억하니?" 그녀가 말했다. 그녀는 우리가 다음 날 아침 일찍 일어나서 놀았던 이야기를 했다. 우리는 아버지가 일어나서 아침식사 시간이 될 때까지 그녀의 침상에서 조용히 놀았었다. "가서 너희 어머니께 내가 오늘 밤 묵게 해 달라고 부탁 좀 해 주련." 낸시가 말했다. "침상은 필요 없어. 우리 함께 더 놀자꾸나."

캐디가 어머니에게 부탁하러 갔다. 제이슨도 따라갔다. "검둥이들이 침실에서 자게 할 수는 없다." 어머니가 말했다. 제이슨은 울음을 터뜨렸다. 그리고 어머니가 당장 그치지 않으면 사흘 동안 후식은 없다고 말하기 전까지 계속 울었다. 그러자 제이슨은 딜시가 초콜릿 케이크를 만들어준다면 멈추겠다고 말했다. 아버지도 그 자리에 있었다.

"당신이 어떻게든 해결해야 하지 않아요?" 어머니가 말했다. "경찰은 뭐하라고 있는 건데요?"

"낸시는 왜 지저스를 두려워하는 거예요?" 캐디가 말했다. "어머니도 아버지가 무서워요?"

"경찰이 뭘 할 수 있겠소?" 아버지가 말했다. "낸시도 그 작자를 못 봤다는데, 경찰들이 찾을 수 있을 것 같소?"

"그럼 왜 그렇게 두려워하는 건데요?" 어머니가 말했다.

"그 작자가 거기 있다고 하더군. 오늘 밤에 거기 있으리라는 걸 알고 있다고 말하던데."

"우린 세금도 내잖아요." 어머니가 말했다. "게다가 당신이 검둥이 여자를 집으로 바래다 주는 동안 나는 이 커다란 집에서 혼자 남아 기다려야 하고요."

"당신은 내가 면도칼을 들고 숨어 있지 않다는 걸 알고 있잖소." 아버지가 말했다.

"딜시가 초콜릿 케이크를 만들어주면 멈출 거예요." 제이슨이 말했다. 어머니는 우리에게 방에서 나가라고 말했고, 아버지는 제이슨이 초콜릿 케이크를 받게 될지는 알 수 없어도 조금 후에 뭘 받게 될지는 확실히 알고 있다고 말했다. 우리는 부엌으로 돌아가서 낸시에게 상황을 알렸다.

"아버지는 그냥 너희 집으로 가서 문 잠그고 있으면 괜찮을 거라셔." 캐디가 말했다. "근데 뭐한테서 괜찮은 거야, 낸시? 지저스가 너한테 화났어?" 낸시는 다시 양손으로 커피 컵을 붙들고, 무릎에 팔꿈치를 대고 무릎 사이에 컵을 든 손을 끼우고 있었다. "뭘 했길래 지저스가 그렇게 화가 난 거야?" 캐디가 말했다. 낸시는 컵을 놓았다. 바닥에 부딪쳐 깨지지는 않았지만 커피는 쏟아졌고, 낸시는 여전히 컵 모양으로 손이 굳은 채 그대로 앉아 있었다. 그녀는 다시 일전의 그 소리를 내기 시작했다. 크지는 않았다. 노래인 것도 노래가 아닌 것도 아닌 소리였다. 우리는 그녀를 지켜봤다.

"자자." 딜시가 말했다. "이제 그건 그만. 정신 챙겨야지. 넌 여기서 기다리고 있어. 가서 버쉬를 데려올 테니까, 걔하고 같이 집까지 가." 딜시는 밖으로 나갔다.

우리는 낸시를 지켜봤다. 어깨는 계속 떨리고 있었지만, 그 소리는 더 이상 내지 않았다. 우리는 그녀를 지켜봤다. "지저스가 너한테 뭘 할 건데?" 캐디가 말했다. "떠난 거였잖아."

낸시는 우리를 바라봤다. "너희 방에서 함께 잤을 때 우리 재미나게 놀지 않았었니?"

"난 아닌데." 제이슨이 말했다. "난 하나도 재미없었어."

"넌 어머니 방에서 쿨쿨 자고 있었잖아." 캐디가 말했다. "넌 거기 없었다고."

"우리 집으로 함께 내려가서 더 재미나게 노는 건 어떨까?" 낸시가 말했다.

"어머니가 안 보내 주실 거야." 나는 말했다. "시간이 너무 늦었어."

"어머님을 귀찮게 하진 말고." 낸시가 말했다. "지금 귀찮게 굴 필요는 없잖아."

"가면 안 된다고 하신 것도 아닌데." 캐디가 말했다.

"우리가 안 물어봤으니까." 내가 말했다.

"너네 가면 내가 말할 거야." 제이슨이 말했다.

"재밌을 거야." 낸시가 말했다. "그냥 우리 집까지만 가는 건데 누가 신경 쓰겠니. 내가 너희 집에서 일한 지도 정말 오래됐고. 두 분 다 신경 안 쓰실 거야."

"나는 무섭지 않으니까 가도 되는데." 캐디가 말했다. "무서워하는 건 제이슨이잖아. 그래서 일러바칠 거고."

그 저녁의 태양 423

"안 무서워." 제이슨이 말했다.

"아니, 무섭잖아." 캐디가 말했다. "일러바칠 거잖아."

"안 일러바쳐." 제이슨이 말했다. "안 무서워."

"제이슨은 나랑 같이 가는 게 안 무서울 거야." 낸시가 말했다. "그렇지, 제이슨?"

"제이슨이 일러바칠 거라니까." 캐디가 말했다. 길은 어둑했다. 우리는 목초지 문으로 나왔다. "저 문 뒤편에서 뭔가 튀어나오면 제이슨은 비명을 지를걸."

"안 질러." 제이슨이 말했다. 우리는 길을 따라 걸어갔다. 낸시는 큰 소리로 지껄이고 있었다.

"왜 그렇게 시끄럽게 떠드는 거야, 낸시?" 캐디가 말했다.

"누구, 나?" 낸시가 말했다. "퀜틴과 캐디와 제이슨이 나보고 시끄럽게 떠든다고 말하는 날이 오다니."

"우리가 다섯 명인 것처럼 말하고 있잖아." 캐디가 말했다. "꼭 아버지도 함께 있는 것처럼 말하고 있어."

"누구요, 제가 시끄럽다는 건가요, 제이슨 씨?" 낸시가 말했다.

"낸시가 제이슨한테 '씨'를 붙이네." 캐디가 말했다.

"캐디와 퀜틴과 제이슨이 뭐라고 떠드는지 좀 들어 보세요." 낸시가 말했다.

"우리 그렇게 안 시끄러운데." 캐디가 말했다. "계속 아버지한테 하는 것처럼 말하는 건 너잖—"

"쉿." 낸시가 말했다. "조용히 하세요, 제이슨 씨."

"낸시가 또 제이슨한테 '씨'를 붙여읍—"

"쉿." 낸시가 말했다. 그녀는 우리가 도랑을 건너고 종종 빨랫감을 머리에 인 채로 통과하던 울타리 틈새로 넘어가는 내내 시끄럽게 떠들었다. 이윽고 우리는 낸시네 집에 도착했다. 그때쯤에는 속도가 제법 빨라져 있었다. 그녀는 문을 열었다. 집 안 냄새가 등잔이라면 낸시의 체취는 심지와도 같아서, 마치 냄새를 풍기기 위해 서로를 기다리고 있던 것만 같았다. 낸시는 램프에 불을 붙이고 문을 닫은 다음 빗장을 내렸다. 그리고 그녀는 시끄럽게 떠드는 걸 그만두고 우리를 바라보았다.

"우리 뭐할 거야?" 캐디가 말했다.

"너희 모두 뭐하고 싶은데?" 낸시가 말했다.

"같이 재미나게 놀자고 말한 건 너였잖아." 캐디가 말했다.

낸시의 집 안에는 어딘가 묘한 느낌이 있었다. 낸시와 집 안 냄새 말고도 다른 뭔가가 풍겼다. 심지어 제이슨마저도 그 냄새를 맡았다. "나 여기 있기 싫어." 그가 말했다. "나 집에 가고 싶어."

"그럼 넌 집에 가." 캐디가 말했다.

"혼자서는 가기 싫은데." 제이슨이 말했다.

"우리 같이 재미나게 놀자꾸나." 낸시가 말했다.

"어떻게?" 캐디가 물었다.

낸시는 문간에 서 있었다. 우리를 바라보고 있기는 해도, 마치 두 눈을 텅 비워서 이제 사용하지 않는 것 같은 느낌이 들었다. "너흰 뭘 하고 싶니?" 그녀가 말했다.

"이야기해줘." 캐디가 말했다. "옛날이야기 할 수 있어?"

"그럼." 낸시가 말했다.

"해봐." 캐디가 말했다. 우리는 낸시를 바라봤다. "너 옛날이야기 같은 건 모르잖아."

"아니." 낸시가 말했다. "알고 있지."

그녀는 우리 쪽으로 와서 화덕 앞 의자에 앉았다. 아직 불이 조금 남아 있었다. 집 안은 더웠지만 낸시는 다시 불을 키우기 시작했다. 불길이 타올랐다. 그녀는 이야기를 시작했다. 그녀의 두 눈처럼, 자신의 것이 아닌 눈으로 우리를 지켜보고 자신의 것이 아닌 목소리로 이야기를 들려주듯이 그렇게 말했다. 마치 다른 어딘가에 살고 있는 것처럼, 다른 어딘가에서 기다리고 있는 것처럼. 그녀는 오두막 바깥에 있었다. 그녀의 목소리는 오두막 안쪽에 있었다. 그녀의 형체도, 빨랫감 꾸러미가 아무런 무게도 없는 풍선인 것처럼 머리에 인 채로 철조망 아래로 허리를 굽혀 통과할 수 있는 낸시도 그곳에 있었다. 그러나 그게 전부였다. "그래서 여왕님은 악당이 숨어 있는 도랑까지 걸어왔단다. 도랑 앞까지 걸어와서는, '저 도랑만 건널 수 있으면 될 텐데'라고 말하고는……"

"무슨 도랑?" 캐디가 말했다. "밖에 있는 저런 도랑? 여왕님이 왜 도랑으로 내려가려고 하는데?"

"집에 가기 위해서지." 낸시가 말했다. 그녀는 우리를 바라봤다. "여왕님이 얼른 집에 들어가서 빗장을 지르려면 도랑을 건너야 했어."

"여왕님이 왜 집에 가서 빗장을 지르고 싶었는데?" 캐디가 말했다.

IV

낸시는 우리를 바라봤다. 그녀는 이야기를 멈췄다. 그녀는 우리를 바라봤다. 제이슨은 낸시의 무릎에 앉은 채, 바지 아래쪽의 다리를 쭉 뻗고 있었다. "별로 재미있는 이야기는 아닌 것 같아." 그가 말했다. "나 집에 가고 싶어."

"그러는 게 나을지도 모르겠네." 캐디가 말했다. 그녀는 바닥에서 몸을 일으켰다. "아마 지금쯤이면 두 분도 우릴 찾고 계실 거야." 그녀는 문 쪽으로 걸음을 옮겼다.

"안 돼." 낸시가 말했다. "문 열지 마." 그녀는 화들짝 일어나서 캐디를 앞질렀다. 그러나 문이나 빗장은 건드리지도 못했다.

"왜 안 돼?" 캐디가 말했다.

"램프 앞으로 돌아오렴." 낸시가 말했다. "재미나게 놀자꾸나. 갈 필요는 없잖니."

"가야만 하는걸." 캐디가 말했다. "진짜 엄청 재미난 일이 있으면 또 몰라도." 그녀와 낸시는 함께 불길과 램프 앞으로 돌아왔다.

"난 집에 가고 싶어." 제이슨이 말했다. "가서 일러바칠 거야."

"다른 이야기도 하나 안단다." 낸시가 말했다. 그녀는 램프 근처에 서 있었다. 그녀가 캐디를 바라보는 눈빛은, 마치 코 위에 올려놓은 막대에 초점을 맞추는 것처럼 보였다. 물론 캐디를 보려면 내려다볼 수밖에 없겠지만, 눈이 그렇게 느껴졌다는 소리다. 코 위에 막대를 올려놓고 균형을 잡은 것 같았다.

"난 이야기 안 들을 거야." 제이슨이 말했다. "이야기하면 바닥 쾅쾅거릴 거야."

"이번에는 괜찮은 이야긴데." 낸시가 말했다. "저번 이야기보다 재미있을 거란다."

"뭐에 대한 이야기야?" 캐디가 말했다. 낸시는 램프 옆에 서 있었다. 그녀의 길고 갈색인 손이 램프를 붙들고 불빛을 가리고 있었다.

"너 지금 뜨거운 유리를 잡고 있잖아." 캐디가 말했다. "그렇게 잡고 있으면 손 안 뜨거워?"

낸시는 램프 유리를 붙들고 있는 자기 손을 바라봤다. 그녀는 천천히 손을 뗐다. 그리고 자기 손이 끈으로 손목에 연결되어 있는 것처럼 손을 까불거리면서, 그렇게 서서 캐디를 바라봤다.

"딴 거 하자." 캐디가 말했다.

"난 집에 가고 싶어." 제이슨이 말했다.

"팝콘 좀 있는데." 낸시가 말했다. 그녀는 캐디에서 제이슨에서 나로, 그리고 다시 캐디로 시선을 옮겼다. "여기 팝콘 좀 있는데."

"난 팝콘 별로야." 제이슨이 말했다. "사탕이 더 좋아."

낸시는 제이슨을 바라봤다. "네가 팝콘 냄비*를 들게 해 줄게." 그녀는 아직도 손을 까불거리고 있었다. 길고 흐느적거리고 갈색인 손을.

"알았어." 제이슨이 말했다. "나한테 시켜주면 조금 더 있을게. 캐디는 안 돼. 캐디한테 냄비 주면 다시 집에 가고 싶어질 거야."

낸시는 불을 키웠다. "낸시가 불에 손 집어넣는 것 좀 봐." 캐

---

* 구식 팝콘 냄비는 사각형의 용기에 철망 뚜껑을 덮고, 손잡이를 연결하여 불 위에 직접 올릴 수 있도록 만들어졌다. 팝콘이 터진 다음에는 뚜껑에 연결된 철사를 당겨 내용물을 쏟아낼 수 있다.

디가 말했다. "너 괜찮은 거야, 낸시?"

"팝콘은 여기 있어." 낸시가 말했다. "여기 좀 있지." 그녀는 침대 아래에서 팝콘 냄비를 꺼냈다. 냄비는 부서져 있었다. 제이슨은 울기 시작했다.

"이젠 팝콘도 못 먹잖아." 그가 말했다.

"어차피 집에 가야 했으니까." 캐디가 말했다. "가자, 퀜틴 오빠."

"잠깐." 낸시가 말했다. "기다리렴. 내가 고칠 수 있어. 고치는 걸 돕고 싶지 않니?"

"별로 하고 싶지 않은데." 캐디가 말했다. "벌써 너무 늦었다구."

"네가 날 좀 도와주렴, 제이슨." 낸시가 말했다. "날 도와주고 싶지 않니?"

"싫어." 제이슨이 말했다. "난 집에 가고 싶어."

"쉿." 낸시가 말했다. "조용. 이걸 보렴. 날 봐. 내가 이걸 고쳐서, 제이슨이 들고 옥수수를 터트릴 수 있게 해 줄 테니까." 그녀는 철사 도막을 가져와서 팝콘 냄비를 고쳤다.

"제대로 안 붙어 있을 것 같은데." 캐디가 말했다.

"될 거야." 낸시가 말했다. "너흰 보기만 하렴. 일단 옥수수 까는 것부터 좀 도와주고."

팝콘용 옥수수도 침대 밑에 있었다. 우린 껍질을 깐 옥수수를 냄비 안에 넣었고, 낸시는 제이슨이 불 위에서 냄비를 붙들고 있도록 도왔다.

"안 터지잖아." 제이슨이 말했다. "나 집에 가고 싶어."

"기다려 보렴." 낸시가 말했다. "곧 터지기 시작할 거야. 그럼 재밌어질 거고." 그녀는 불 가까이에 앉아 있었다. 불길을 너무 키운 램프에서 연기가 나기 시작했다.

"램프 불을 좀 줄이는 게 어때?" 내가 말했다.

"괜찮아." 낸시가 말했다. "나중에 내가 닦을 테니까. 너흰 기다리기만 해. 금방 팝콘이 터지기 시작할 거야."

"아무래도 안 터질 것 같은데." 캐디가 말했다. "어차피 슬슬 집으로 출발해야 한다고. 다들 걱정하고 계실 거야."

"아냐." 낸시가 말했다. "곧 터질 거야. 딜시가 너희가 나랑 있다고 말해줄 테고. 나는 너희들하고 정말 오래 일했잖니. 너희가 모두 우리 집에 있어도 신경 안 쓰실 거야. 이제 기다려 봐. 금방이라도 터지기 시작할 거니까."

그러다 제이슨의 눈에 연기가 좀 들어가서 울기 시작했다. 제이슨은 팝콘 냄비를 그대로 불 속으로 떨어뜨렸다. 낸시는 젖은 걸레를 가져다가 제이슨의 얼굴을 훔쳐 주었지만, 동생은 울음을 그치지 않았다.

"쉿." 그녀가 말했다. "조용." 그러나 제이슨은 조용해지지 않았다. 캐디가 불 속에서 팝콘 냄비를 꺼냈다.

"다 탔네." 그녀가 말했다. "팝콘 좀 더 가져와야겠어, 낸시."

"있던 건 다 넣은 거야?" 낸시가 말했다.

"응." 캐디가 말했다. 낸시는 캐디를 바라봤다. 그러다 그녀는 냄비 뚜껑을 열고 잿더미를 앞치마에 쏟은 다음, 길고 갈색인 손으로 알갱이를 골라내기 시작했고, 우리는 그녀를 지켜봤다.

"옥수수 더 없어?" 캐디가 말했다.

"있지." 낸시가 말했다. "있잖니. 봐라. 여기 이쪽은 하나도 안 탔네. 그러면 우린 그냥 이걸—"

"나 집에 가고 싶어." 제이슨이 말했다. "다 일러바칠 거야."

"조용." 캐디가 말했다. 우리는 모두 귀를 기울였다. 낸시는 이미 빗장 지른 문 쪽으로 고개를 돌리고서, 붉은 램프 불빛으로 가득한 눈으로 그쪽을 보고 있었다. "누가 오고 있어." 캐디가 말했다.

그 순간 낸시가 다시 그 소리를 내기 시작했다. 별로 크지는 않게, 화덕의 불을 굽어보며 앉은 채로, 긴 손을 무릎 사이로 늘어뜨린 채로. 갑자기 그녀의 얼굴에서 물이 방울져 맺히기 시작하더니 얼굴을 타고 흘러내려, 불꽃 같은 작은 불빛의 구체로 변하다가 그대로 턱에서 떨어졌다. "우는 건 아닌데." 나는 말했다.

"난 안 울어." 낸시가 말했다. 그녀는 눈을 감고 있었다. "난 안 울어. 누가 온 거야?"

"모르겠는데." 캐디가 말했다. 그녀는 문가로 가서 밖을 내다봤다. "이제 집에 가야겠어. 아버지가 오셨네."

"다 일러바칠 거야." 제이슨이 말했다. "너네 모두가 날 오게 만들었잖아."

아직도 낸시의 얼굴에서는 물이 흘러내리고 있었다. 그녀는 의자에 앉은 채 몸을 돌렸다. "들어보렴. 아버님께 말씀드려. 우리 여기서 재미나게 놀 거라고 말씀드리렴. 내가 아침까지 너희 모두를 잘 돌볼 거라고 해 줘. 아니면 나를 너희랑 데려가서 침실 바닥에서 자게 해 주거나. 침상 같은 건 필요 없다고 말씀드려. 같이 재미나게 놀자. 저번에 얼마나 재밌게 놀았는지 기억하지?"

"난 재미 없었어." 제이슨이 말했다. "너 때문에 아파. 내 눈에 연기를 넣었잖아. 다 일러바칠 거야."

V

아버지가 들어왔다. 그는 우리를 둘러봤다. 낸시는 자리에서 일어서지 않았다.

"말해 주렴." 그녀가 말했다.

"캐디가 나를 이 아래로 끌고 왔어요." 제이슨이 말했다. "난 오고 싶지 않았다구요."

아버지가 불가로 왔다. 낸시는 그를 올려다보았다. "자네 레이첼 아주머니네 가서 머물면 안 되겠나?" 그가 말했다. 낸시는 무릎 사이에 손을 넣은 채로 아버지를 올려다봤다. "그 작자는 여기 없잖은가." 아버지가 말했다. "있었다면 내가 봤겠지. 오는 길에 사람이라고는 하나도 없었어."

"도랑 안에 있어요." 낸시가 말했다. "저쪽 도랑 안에서 기다리고 있다고요."

"허튼소리." 아버지가 말했다. 그는 낸시를 바라봤다. "거기 있다고 확신하는 건가?"

"징표가 있었어요." 낸시가 말했다.

"무슨 징표?"

"확실히 봤어요. 내가 들어왔을 때 탁자 위에 있었다고요. 피투성이 살점이 그대로 붙은 돼지 뼈가, 램프 옆에 있었다고요. 저 밖에 있는 거예요. 여러분이 모두 그 문으로 나가 버리면, 나도 없어지는 거예요."

"어딜 가는데, 낸시?" 캐디가 말했다.

"난 고자질쟁이 아냐." 제이슨이 말했다.

"허튼소리." 아버지가 말했다.

"그 사람이 저 밖에 있어요." 낸시가 말했다. "지금도 저 창문으로 안을 들여다보면서, 여러분이 가기만을 기다리고 있다고요. 그럼 나도 없어지는 거예요."

"허튼소리." 아버지가 말했다. "여기 문은 잠그고 나오게. 우리가 레이첼 아주머니네까지 데려다줄 테니까."

"그래봤자 아무 소용도 없어요." 낸시가 말했다. 그녀는 이제 아버지를 보고 있지 않았지만, 아버지는 그녀를, 그녀의 길고 힘없고 끝없이 움찔거리는 손을 내려다보고 있었다. "미뤄봤자 아무 소용도 없어요."

"그럼 자네는 어떻게 하고 싶은 건가?" 아버지가 말했다.

"나도 몰라요." 낸시가 말했다. "할 수 있는 게 없어요. 미루는 것밖에요. 그리고 그걸로는 아무 도움도 안 될 거예요. 내가 감당해야 하는 일인 것 같아요. 내가 그걸 받는 것도 당연히 내 몫일 뿐인 거예요."

"뭘 받아?" 캐디가 말했다. "네 몫이 뭔데?"

"아무것도 아니다." 아버지가 말했다. "너흰 이제 전부 잠자리에 들어야지."

"캐디가 날 끌고 왔어요." 제이슨이 말했다.

"레이첼 아주머니네로 가 있게." 아버지가 말했다.

"아무 소용도 없어요." 낸시가 말했다. 그녀는 무릎에 팔꿈치

그 저녁의 태양

를 올리고, 길쭉한 손은 무릎 사이에 놓은 채로 불길 앞에 앉아 있었다. "당신네 부엌으로도 아무 소용 없었으니까요. 당신네 아이들하고 함께 바닥에서 자고 있어도, 다음 날 아침 나는 거기서 피투성—"

"그만." 아버지가 말했다. "문 잠그고 램프 끄고 잠자리에 들게."

"난 어둠이 무서워요." 낸시가 말했다. "그 일이 어둠 속에서 벌어질까봐 무서워요."

"그럼 램프 불을 켠 채로 내내 꼿꼿이 앉아 있을 생각인가?" 아버지가 말했다. 그러자 낸시는 다시 그 소리를 내기 시작했다. 불길 앞에 앉아서, 긴 손을 무릎 사이에 놓은 채로. "아, 빌어먹을." 아버지가 말했다. "따라와라, 애들아. 잠자리에 들 시간이 지났다."

"여러분이 집에 가면, 나도 없어지는 거예요." 낸시가 말했다. 그녀의 목소리는 한층 나직해졌고, 그녀의 얼굴 역시 그녀의 손과 마찬가지로 잠잠해 보였다. "어쨌든 러브레이디 씨한테 제 장례 보험은 미리 저축해 놨으니까요." 러브레이디 씨는 검둥이 보험*을 수금하는 키 작고 지저분한 남자로, 토요일 아침마다 오두막과 부엌을 돌아다니며 15센트씩을 받고 다녔다. 그와 그의 아내는 호텔에 살고 있었다. 어느 날 아침, 그의 아내가 자살했다. 둘 사이에는 어린 딸아이가 하나 있었다. 그는 딸아이를 데리고

---

* Negro Insurance는 20세기 초부터 사망자의 매장과 유가족의 배상금 지불을 위해 만들어진 사업체로, 처음에는 흑인 교회와 독지가들에 의해 건립되었으며 훗날 다양한 금융 분야로 진출하며 성장하게 된다.

멀리 떠났다가 한두 주가 흐른 후 홀로 돌아왔다. 토요일 아침마다 그가 흙길과 뒷골목을 오가는 모습을 여전히 볼 수 있었다.

"허튼소리." 아버지가 말했다. "내가 내일 아침에 주방에 내려가서 가장 먼저 마주칠 사람이 바로 자네일 걸세."

"뭐든 보시게 되어 있는 걸 보시겠지요." 낸시가 말했다. "하지만 그게 무엇일지를 정하는 분은 주님이시니까요."

VI

우리는 불 앞에 앉아 있는 그녀를 두고 떠났다.

"이리 와서 빗장 올리게." 아버지가 말했다. 그러나 낸시는 움직이지 않았다. 다시 우리를 올려다보지도 않고, 그대로 조용히 램프와 화덕불 사이에 앉아 있기만 했다. 길을 따라 조금 걸어오다 돌아보니, 여전히 열린 문 안쪽으로 그녀의 모습이 보였다.

"저기요, 아버지?" 캐디가 말했다. "이제 무슨 일이 생기는 거예요?"

"아무 일도 안 생길 거다." 아버지가 말했다. 제이슨은 아버지에게 업혀 있었기 때문에 우리 중에서 가장 높은 곳에 있었다. 우리는 도랑을 건넜다. 나는 아무 말 없이 도랑을 바라봤다. 달빛과 그림자가 뒤얽힌 부분에서는 제대로 뭘 알아볼 수가 없었다.

"지저스가 저기 숨어 있으면 우릴 볼 수 있겠죠?" 캐디가 말했다.

"그 작자는 거기 없다." 아버지가 말했다. "아주 한참 전에 멀리 떠났으니까."

"누나가 날 이리 오게 만들었어." 제이슨이 높은 곳에서, 하늘을 등지고 있어서 마치 아버지 머리가 두 개인 것처럼 보이게 만들며 말했다. "난 오고 싶지 않았는데."

우리는 비탈을 올라 도랑을 벗어났다. 여전히 낸시네 집과 열린 문은 보였지만, 이제 열린 문 안쪽에서 불 앞에 앉은 낸시는 보이지 않았다. 그녀도 지쳤기 때문이었다. "이제 난 지쳤어요." 그녀가 말했다. "난 그저 깜둥이일 뿐인걸요. 이건 내 탓이 아니에요."

그러나 여전히 그녀의 소리는 들려왔다. 우리가 도랑을 나온 직후부터, 그녀는 다시 그 노래도 아니고 노래가 아닌 것도 아닌 소리를 내기 시작했기 때문이다. "이제 우리 빨래는 누가 해주나요, 아버지?" 나는 말했다.

"난 깜둥이 아냐." 제이슨이 아버지의 머리보다도 높고 가까운 곳에서 말했다.

"그래, 그것보다 더 나쁘니까." 캐디가 말했다. "넌 고자질쟁이야. 뭔가 튀어나오기라도 하면 넌 깜둥이보다 훨씬 무서워할걸."

"안 그래." 제이슨이 말했다.

"울어버릴 텐데." 캐디가 말했다.

"캐디." 아버지가 말했다.

"안 운다고!" 제이슨이 말했다.

"겁쟁이 꼬맹이가." 캐디가 말했다.

"캔더스!" 아버지가 말했다.*

* 화자인 퀜틴 콤슨이 『소리와 분노』에서 1910년에 사망했기 때문에, 1920년대 시점에서 15년 전을 회고하는 첫 단락에 의해 시계열상에 약간의 문제가 발생한다. 다만 이 단편이 『소리와 분노』보다 먼저 구상되었을 가능성도 배제할 수 없을 것이다. 포크너는 이후 낸시라는 인물의 이야기를 추가로 다루고 싶어했으나 결국 결실을 맺지 못했다. 대신 그는 『성역』의 후속작에 낸시를 등장시키기로 결정하는데, 이에 따라 『어느 수녀를 위한 진혼곡 Requiem for a Nun』의 낸시 매니고라는 인물이 만들어진다. 여기서 그녀는 콤슨 일가가 아닌 스티븐스 일가를 섬긴다.

III. 야생 THE WILDERNESS

붉은 잎사귀

정의 하나

어떤 구애

로!

III. 야생

붉은 잎사귀
Red Leaves

I

 두 인디언은 농장을 가로질러 노예 구역으로 향했다. 일족 소유의 노예들이 거주하는 진흙 벽돌벽에 석회를 칠한 깔끔한 집들이, 가벼운 그림자에 뒤덮이고 맨발과 수제 장난감 자국이 남은 흙길을 사이에 두고 서로를 마주한 채 먼지구덩이 속에서 먹먹하게 서 있었다. 생명의 흔적은 보이지 않았다.
 "뭘 찾게 될지 알 것 같은데." 한 인디언이 말했다.
 "뭘 찾지 못하게 될지겠죠." 다른 인디언이 말했다. 한낮인데도 길거리는 텅 비어 있고, 오두막 문짝 너머도 텅 비고 고요하기만 했다. 금 간 부분을 석고로 때워 놓은 굴뚝에서도 요리하는 연기는 올라오지 않았다.
 "그래. 지금 추장*의 아버지가 죽었을 때도 딱 이런 일이 벌어졌지."
 "그러니까, 이전 추장의 아버지 말하는 거죠."
 "그렇지."

먼저 입을 열었던 인디언의 이름은 '쓰리 배스킷'이었다. 아마 예순쯤 되었을 것이다. 둘 다 땅딸막하고 조금 단단해 보이는, 남아시아 혼혈인처럼 보이는 남자들이었다. 배불뚝이에 머리는 커다랗고, 흙빛의 크고 넓적한 얼굴에는 마치 시암이나 수마트라의 벽에 새긴 두상들이 안개를 뚫고 솟아나는 것처럼 흐릿한 평온이 느껴졌다. 머리 위에서 격렬하게 빛나는 태양이 낯선 그림자를 드리웠다. 머리카락은 불탄 평야의 메마른 수풀 같았다. 쓰리 배스킷의 한쪽 귀에는 에나멜 입힌 코담배갑이 끼워져 있었다.

"나는 언제나 이게 별로 좋은 방식이 아니라고 말해 왔지. 옛날에는 구역도 따로 없었고, 검둥이도 없었다고. 그때는 자기 시간은 자기를 위해 쓸 수 있었어. 시간을 소유할 수 있었지. 그런데 이제는 몸 쓰는 일을 좋아하는 놈들의 일거리를 찾아주려고 시간을 써야 한다고."

"말이나 개 같은 거잖아요."

"분별 있는 세상에 그놈들 같은 존재는 달리 없어. 놈들은 몸 쓰는 일에만 만족하는 존재지. 백인 놈들보다 더 고약한 족속이야."

"추장 본인이 직접 놈들 일거리를 찾아주는 것도 아니니까요."

"바로 그거야. 나는 노예제가 마음에 안 들어. 좋은 방식이 아

---

* 포크너 작품 속 촉토족은 추장을 'the Man'이라 칭하며, 이는 곧 이케모투베가 '둠 Doom'이라는 무시무시한 별칭을 가지게 되는 이유로 작용한다. 이후 가독성을 위해 '추장'으로 번역한다.

니라고. 옛날에는 우리도 좋은 방식을 따르며 살았지. 지금은 아니지만."

"아저씨도 옛 방식을 기억하는 건 아니잖아요."

"기억하는 사람들의 이야기를 들었지. 그리고 지금 이 방식은 시도해 봤고. 몸 쓰는 일이란 인간에게는 적합하지 않은 법이야."

"그렇지요. 그런 일만 하니까 살갗이 저렇게 되는 거고."

"그래. 검은색이 되지. 게다가 맛도 쓴맛이 섞인다고."

"먹어 봤어요?"

"한 번. 그땐 젊었고, 이제는 입맛도 건실해진 편이라서. 이젠 그런 짓 안 해."

"그래요. 이젠 잡아먹기에는 너무 값어치가 나가죠."

"살점에 쓴맛이 도는데, 그게 마음에 안 들어."

"어차피 이젠 잡아먹기에는 너무 값어치가 나가니까요. 백인들이 검둥이를 말하고 교환해 주니까."

그들은 흙길에 들어섰다. 하찮은 장난감들이 ― 나무와 천조각과 깃털로 만든 주술용 우상처럼 생긴 물건들이 ― 반들반들해진 계단 근처의 먼지 속에, 뼈다귀나 부서진 바가지 사이에서 조용히 나뒹굴고 있었다. 그러나 오두막에서는 아무런 소리도 들리지 않고, 문간에서 내다보는 얼굴도 없었다. 이세티베하가 죽은 어제부터 없었을 것이다. 그러나 두 사람은 이미 어딜 가면 원하는 것을 찾을 수 있을지를 알고 있었다.

구역 한가운데에는 다른 오두막보다 조금 더 큰 오두막이 하나 있었고, 검둥이들은 달이 특정 주기에 이르면 이곳에 모여 의식을 시작하고는, 해가 완전히 지면 북을 간수하는 계곡 바닥으로 내려가곤 했다. 이 방에는 사소한 장신구나 정체 모를 제구들, 붉은 진흙에 막대로 기호를 끄적여 적어 놓은 천문 기록 따위가 보관되어 있었다. 바닥 한가운데에는 화덕이 하나 있고, 그 위편 천장에는 구멍이 뚫려 있었으며, 화덕에는 차갑게 식은 장작의 재 위에 무쇠 솥이 하나 걸려 있었다. 창문 덮개는 닫혀 있었다. 두 인디언은 태양을 피해 그곳에 들어선 후에도 눈으로는 아무것도 식별할 수 없었다. 움직임과 그림자, 그리고 그림자 안에서 움직이는 눈알들로 그 장소가 검둥이로 가득하다는 정도만 알 수 있을 뿐이었다. 두 인디언은 문간에 버티고 섰다.

"그래." 쓰리 배스킷이 말했다. "이게 좋은 방식이 아니라고 했지."

"저는 별로 저 안에 들어가고 싶지 않은데요." 다른 인디언이 말했다.

"네가 냄새 맡은 건 흑인의 두려움이다. 우리의 두려움과는 다른 냄새가 나지."

"저는 별로 저 안에 들어가고 싶지 않아요."

"네 두려움도 나름 냄새가 나."

"어쩌면 이세티베하의 냄새일지도 모르겠군요."

"그래. 그는 알고 있지. 그는 우리가 여기서 뭘 찾을지 알고 있어. 죽었을 때도 우리가 오늘 여기서 뭘 찾을지 알고 있었을 거야." 방 안의 퀴퀴한 어둠 속에서 검둥이들의 눈이, 냄새가, 이리저리 굴러다녔다. "나는 쓰리 배스킷이다. 너희도 알고 있겠지만." 배스킷은 방 안에 대고 말했다. "우리는 추장이 보내서 왔다. 우리가 찾는 남자는 떠난 거냐?" 검둥이들은 아무 말도 하지 않았다. 그들의 냄새가, 체취가, 아직도 뜨거운 공기 속에서 밀물과 썰물처럼 다가왔다 물러나는 것만 같았다. 마치 동떨어지고 불가해한 단일한 존재처럼 생각에 잠긴 듯했다. 한 마리의 문어 같았다. 땅 위에 드러난 거목의 뿌리 같았다. 흙이 잠깐 갈라지며, 굵직하고 비틀리고 냄새가 고약한, 어둠 속에서 끓어넘치는 생명이 한순간 드러난 것만 같았다. "얼른." 배스킷이 말했다. "우리가 온 이유는 알고 있을 텐데. 우리가 찾는 남자는 떠난 거냐?"

"뭔가 생각하는 게 있나 본데요." 다른 인디언이 말했다. "저는 별로 저 안에 들어가고 싶지 않아요."

"확실히 알고 있는 거겠지." 배스킷이 말했다.

"저들이 그자를 숨겨주고 있다고 생각하세요?"

"아니. 놈은 떠났다. 어젯밤부터 여기 없었을 거야. 예전에도 그런 일이 있었지. 지금 추장의 할아버지 되는 남자가 죽었을 때였다. 그때는 놈을 잡는 데 사흘이 걸렸지. 둠 추장은 사흘 동안 땅 위에 누워서, '내 말하고 개는 저기 있군. 그런데 내 노예는 안 보여. 그놈한테 무슨 짓을 했길래 내가 고요히 누워 있을 수도 없는 거냐?'라고 말하고 있었다."

"저들도 죽기 싫은 거겠죠."

"그래. 저들은 살려고 매달리지. 우리한테는 언제나 그게 골치덩이다. 명예도 없고 예의도 없는 족속들이라니. 언제나 골치덩이지."

"전 여기가 마음에 안 들어요."

"나도 마찬가지다. 하지만 저들은 야만인일 뿐이다. 우리 관례를 이해해 주기를 바랄 수는 없지. 그래서 내가 이게 안 좋은 방식이라 말하는 거다."

"맞아요. 저들은 살려고 매달리죠. 추장과 함께 땅에 묻히느니 태양 아래서 일하는 쪽을 택할 거예요. 하지만 그놈은 떠난 거죠."

검둥이들은 여전히 아무 말도, 아무 소리도 내지 않았다. 하얀 눈알이 거칠고 억눌린 채로 이리저리 구를 뿐이었다. 냄새는 고약했다. 역했다. "그래요. 두려워하는군요." 다른 인디언이 말했다. "그럼 우린 이제 어떻게 하죠?"

"가서 추장과 이야기해 봐야지."

"모케투베가 우리 말을 들어 줄까요?"

"다른 수가 있겠나? 그야 듣고 싶지는 않겠지. 하지만 이젠 자기가 추장이니."

"그래요. 이제 그가 추장이죠. 이젠 언제나 그 빨간 뒷굽이 달린 신발을 신고 다닐 수도 있을 테고요." 그들은 몸을 돌려 밖으로 나갔다. 문틀에는 문짝이 달려 있지 않았다. 그 어느 오두막에도 문짝은 달려 있지 않았다.

"어차피 예전에도 했잖나." 배스킷이 말했다.

"이세티베하 몰래 말이죠. 하지만 이제 그 신발도 자기 것이 됐잖아요. 이제 자기가 추장이니까."

"그래. 이세티베하는 그러는 걸 안 좋아했지. 나도 들은 적 있다. 모케투베한테 이렇게 말했다더구나. '네가 추장이 되면 그 신발도 네 것이 될 거다. 하지만 그때까지는 그 신발은 내 거야.' 하지만 이제 모케투베가 추장이니. 마음대로 신을 수 있지."

"그렇죠." 다른 인디언이 말했다. "이젠 그가 추장이니까요. 예전부터 이세티베하 몰래 그 신발을 신고 다녔고, 이세티베하가 그 사실을 알았는지는 아무도 모르지만요. 그러다 이세티베하는 별로 많은 나이가 아닌데도 죽었고요. 그리고 이제 모케투베가 추장이 되었으니, 그 신발은 그의 것이 되었고 말이죠. 이 상황을 어떻게 생각하세요?"

"생각 안 한다." 배스킷이 말했다. "그러는 너는?"

"생각 안 하죠." 다른 인디언이 말했다.

"좋아." 배스킷이 말했다. "너도 제법 현명하군."

II

그 집은 둔덕 위에, 참나무에 둘러싸여 있었다. 전면은 높이가 1층짜리 건물과 엇비슷한 증기선 갑판실이었는데, 이세티베하의 부친인 둠이 노예들을 시켜 분해하고 낙우송 굴대를 사용해서 육로로 12마일을 끌고 온 좌초한 증기선의 일부분이었다. 그걸 가져오는 데 다섯 달이 걸렸다. 당시 둠이 살던 집의 한쪽이 벽돌벽이었고, 그는 증기선을 벽에 나란히 붙여 놓았다. 덧창을 단 문 위에 붙은 금박 입힌 개인실 명패며, 그 위의 갈라지고 부스러지는 곡선형 로코코풍 처마에서는 여전히 흐릿한 화려함이 느껴졌다.

한때 둠은 추장 혈통 모계의 세 아이 중 하나로, 밍고 출신*의 아랫부족 족장에 지나지 않았다. 그는 미시시피 북부에서 뉴올

붉은 잎사귀 447

리언스까지 하천용 화물선을 타고 여행을 떠났고 — 당시 그는 젊은이였고 뉴올리언스는 유럽인들의 도시였다 — 그곳에서 사회적 지위의 액면가가 둠 본인만큼이나 애매한 슈발리에 쉐르-블롱드 드 비트리라는 남자를 만났다. 뉴올리언스에서 둠은 강가 지역의 도박꾼이나 악당들과 어울리며, 자기 후원자의 가르침 아래서, 추장, '진짜 남자', 혈통의 부계 소유인 땅의 상속자로 여겨지게 되었다. 슈발리에 드 비트리는 그를 '뒤 옴므du homme'라고 불렀고, 그 호칭은 이내 '둠'이 되었다.

둘은 어디서나 함께 모습을 보였다 — 땅딸막한 체구에 단호하고 불가해하며 저속한 얼굴의 인디언과, 이주민이며 카론덜렛**의 친구이자 윌킨슨 장군***과 막역한 사이라고 알려진 파리지앵이 말이다. 그러다 두 사람은 함께 사라졌고, 그들이 늘 드나들던 수상쩍은 장소들에서도 모습을 감추었다. 남은 것이라고는 둠이 도박판에서 따들인 액수에 대한 전설과, 제법 부유한 서인도제도 어느 가문의 딸 이야기뿐이었는데, 그가 사라지고 조금 시간이 지난 후 그 여인의 남자형제들이 권총을 들고 그를 찾으러 그가 찾던 곳들로 들이닥친 적도 있었다. 6개월 후에는 그 여인 본인마저 사라져서 세인트루이스행 우편선에 올랐고, 어느

---

* 두 가지로 해석이 가능하다. 이로쿼이계 북방 원주민으로 일부가 촉토족 땅으로 흘러들어와 공존했던 밍고족 출신이거나, 지역 촉토족의 하위 부족이나 공동체의 장을 가리키는 지역 용어일 것이다.

** Baron Francisco Luis Hector De Carondelet XV(1747~1807). 프랑스 출신의 스페인 군인, 행정가. 1791년부터 1797년까지 스페인령 루이지애나 총독을 역임했다. 미합중국의 팽창에 대항하며 미시시피 및 루이지애나 지역의 원주민들과 여러 협정을 체결하여 동맹으로 여겨졌다.

한밤중에 미시시피 북부의 목재 부둣가에 그 여인과 검둥이 하녀가 배에서 내렸다. 인디언 네 명이 말과 짐마차를 가져와서 그녀를 맞이했고, 일행은 사흘에 걸쳐 농장까지 천천히 이동했는데, 그녀가 이미 임신하여 배가 부른 상태였기 때문이고, 목적지에 도착한 그녀는 둠이 추장이 되어 있는 모습을 발견하게 되었다. 둠은 그녀에게 자기가 추장이 된 경위를 설명하는 대신 그저 숙부와 사촌들이 급사했다고만 말했다. 그때 그의 집은 의욕 없는 노예들이 지은 벽돌벽 하나가 고작이었는데, 그 벽에다 짚풀을 엮어 기대어 구획을 나누어 놓고, 뼈다귀와 쓰레기가 사방에 널린 데다, 사슴이 소처럼 풀을 뜯는 1만 에이커짜리 공원처럼 훌륭한 숲 한가운데에 있었다. 둠과 여인은 그곳에서 이세티베하가 태어나기 직전에 결혼했고, 순회 목사 겸 노예상인 남자가, 무명 우산과 3갤런짜리 위스키병을 안장에 매단 노새를 타고 찾아와서 결혼식을 주재했다. 이후 둠은 더 많은 노예를 얻어와서 백인들이 하듯이 자기 땅의 일부를 경작하기 시작했다. 그러나 노예의 수에 비하면 경작지는 터무니없이 부족했다. 노예 중 대다수가 아프리카 정글에서 그대로 이식해 온 게으름에 빠져 살

*** James Wilkinson(1757~1825). 미국의 군인, 정치가, 스페인의 첩자. 미시시피 준주(현 미주리)에서 준장으로 복무하며 스페인으로부터 거액의 뇌물을 받고 비밀 협정을 맺었으며, 카론델렛으로부터도 상당한 액수를 지급받고 스페인을 위해 움직이기도 했다. 1854년 한 역사가의 연구에 의해 그와 스페인 제국의 관계가 드러났으며, 시어도어 루스벨트를 비롯한 당대인들에게 반역자의 표상 취급을 받았다. 카론델렛과 윌킨슨 양쪽과 깊은 관계였다는 언급은 슈발리에 본인의 재능과 정체성에 대한 암시로 생각할 수도 있다.

왔고, 그나마 예외라면 둠이 손님을 즐겁게 하려고 개를 풀어 그들을 쫓게 할 때뿐이었다.

둠이 죽었을 때 그의 아들인 이세티베하는 열아홉 살이었다. 그는 땅과 함께 그새 다섯 배로 불어났으나 아무짝에도 쓸데없는 흑인 무리의 주인이 되었다. 추장의 칭호는 그에게로 이어졌으나, 그의 숙부와 사촌들로 이루어진 일족을 다스리는 지배 계층이 존재했고, 그들이 마침내 검둥이 문제를 해결하기 위해 부족 회의에 둘러앉게 되었다. 증기선 문짝의 금박 입힌 이름들 아래에 근엄한 얼굴의 사람들이 쭈그려 앉았다.

"먹어치울 수는 없지." 누군가 말했다.

"안 될 이유가 있소?"

"놈들의 수가 너무 많네."

"그건 그렇군." 세 번째가 말했다. "일단 시작하면 전부 다 먹어치워야 할 테니까. 그리고 인육을 그렇게 많이 먹으면 건강에 좋지 않아."

"사슴고기와 비슷할 수도 있지 않소. 사슴고기라면 나쁠 리가 없는데."

"몇 놈만 죽이고 먹지 않는 건 어떻겠나." 이세티베하가 말했다.

사람들은 잠시 그를 물끄러미 바라봤다. "뭐하려고?" 누군가 물었다.

"그 말이 맞소." 다른 사람이 말했다. "그렇게 할 수는 없지. 놈들은 너무 비싸니까. 놈들한테 할 일을 찾아주려고 얼마나 수고를 들였는지 생각해 보시오. 우리도 백인들이 하는 대로 따라 해야 하오."

"어떻게 한다는 거지?" 이세티베하가 말했다.

"더 넓은 땅을 개간해서 놈들에게 먹일 옥수수를 경작해서 더 많은 검둥이를 길러내고, 길러낸 검둥이를 파는 거요. 땅을 개간하고 먹을 것을 심어서 검둥이를 길러내고 백인한테 팔아서 돈을 받는 거요."

"하지만 그 돈으로는 뭘 할 건가?" 세 번째 사람이 말했다.

그들은 잠시 생각에 잠겼다.

"어딘가 쓸 데가 생기겠지." 첫 번째 사람이 말했다. 모두가 근엄하고 침중한 얼굴로 쭈그려앉아 있었다.

"그러면 일을 해야 할 텐데." 세 번째 사람이 말했다.

"검둥이들한테 시키면 되지." 첫 번째 사람이 말했다.

"그래. 검둥이들 시킵시다. 땀 흘리는 일은 나쁘니까. 몸이 젖어버리고. 모공도 열리지."

"그럼 그 모공으로 밤바람이 들어오고."

"그래. 검둥이들한테 시키기로 하지. 땀 흘리는 일을 좋아하는 것 같기도 하고."

그리하여 그들은 검둥이들을 시켜 땅을 개간하고 거기에 곡식을 심었다. 그때까지 노예들은 한쪽 귀퉁이에 비스듬한 지붕 하나를 만들어 놓은, 마치 돼지우리 같은 널찍한 우리에 풀어 놓았다. 그러나 이제 그들은 노예 구역을 만들고 오두막을 짓고 젊은 검둥이를 둘씩 짝지어 오두막에 몰아넣었다. 5년 후 이세티베하는 멤피스 상인에게 40마리의 노예를 팔아넘기고, 받은 돈으로 해외로 나갔다. 뉴올리언스에 사는 외삼촌이 여행을 주선했다. 그때 슈발리에 쉐르-블롱드 드 비트리는 노인이 되어 파리에 살고 있었는데, 가발과 코르셋을 착용하고, 이가 다 빠진 늙은이의 얼굴을 섬세하게 움직여서 어딘가 기묘하고 심오하게 비극적인 표정으로 굳혀 놓고 있었다. 그는 이세티베하에게서 300달러를 빌리고는, 그 대가로 그를 몇몇 교우관계에 소개해 주었다. 1년 후 이세티베하는 고향으로 돌아오며 도금한 침대 하나, 퐁파두르 부인이 그 불빛에 의지해 머리를 매만질 때 루이 15세가 분칠한 어깨 너머로 거울에 비친 자신의 얼굴을 바라보며 웃음 지었다는 이야기가 전해지는 장식 촛대 한 벌, 그리고 붉은 굽이 달린 실내화* 한 켤레를 가져왔다. 그가 신기에는 너무 작은 물건이었는데, 그가 외국으로 떠나기 전 뉴올리언스에 도착할 때까지는 아예 신발이라는 물건을 신은 적도 없었기 때문이다.

그는 얇은 종이로 포장해 가져온 실내화를 삼나무 톱밥으로 채운 안장가방에 넣어서 보관했고, 어린 아들 모케투베에게 가지고 놀라고 줄 때를 제외하면 항상 거기다 넣어 두었다. 세 살 먹은 모케투베는 이해할 수 없는 완전한 무기력증에 빠진 것처럼 보이는 넙데데한 몽골족의 얼굴을 가지고 있었지만, 실내화를 볼 때만은 달라졌다.

모케투베의 어머니는 멜론밭에서 일하다가 이세티베하의 눈에 든 예쁘장한 소녀였다. 그는 걸음을 멈추고 잠시 그녀를 지켜봤다 — 널찍하고 탄탄한 허벅지를, 건강한 등짝을, 침착한 얼굴

---

* 붉은 신발에 대한 내용은 온전히 포크너의 창작만은 아닐 수도 있는데, 촉토족 사회에서 붉은색 모카신은 촉토족 전사의 성인식 과정에서 주요한 역할을 담당했기 때문이다. 심지어 '붉은 신'이라는 이름으로 불렸던 추장들의 기록이 남아 있을 정도다.

을. 그는 그날 계곡으로 낚시하러 가던 중이었지만, 그의 걸음은 거기서 멈추고 말았다. 어쩌면 그곳에 서서 그를 눈치채지도 못한 소녀를 지켜보면서, 그가 자신의 어머니를 떠올렸을지도 모를 일이다. 도시 여인이었으며 부채와 레이스와 검둥이 혈통을 가지고 다니는 도망자를, 그리고 그 유감스러운 정사에 얽힌 온갖 저속한 추레함을. 그해에 모케투베가 태어났다. 세 살 적부터 그는 실내화에 발을 집어넣을 수 없었다. 바람 한 점 없는 뜨거운 오후마다, 아들이 기괴할 정도로 현실을 부정하며 발에 실내화를 밀어넣으려 애쓰는 모습을 바라보며, 이세티베하는 속으로 웃음을 삼켰다. 이후 몇 년 동안 그는 모케투베와 그 신발을 비웃었는데, 모케투베가 열여섯이 될 때까지 신발을 신으려는 시도를 멈추지 않았기 때문이다. 그러다 그는 그만뒀다. 적어도 이세티베하는 그렇게 생각했다. 그러나 그는 단순히 이세티베하가 지켜보는 가운데 시도하기를 그만뒀을 뿐이었다. 이세티베하의 가장 새로운 아내가 모케투베가 신발을 훔쳐다 숨겨 놓았다고 일러바쳤다. 그러자 이세티베하는 비웃음을 멈추고, 여자를 내보낸 다음 홀로 남았다. "그래." 그는 말했다. "아무래도 나도 목숨이 붙어 있는 편이 나은 것 같군."* 그리고 그는 모케투베를 불러들였다. "그 신발은 네게 주마." 그는 말했다.

당시 모케투베는 스물다섯 살로, 결혼하기 전이었다. 이세티베하도 키가 큰 편은 아니었지만 자기 아들보다는 6인치나 컸고, 체중은 100파운드쯤 가벼웠다. 모케투베의 육신은 이미 건강하

---

* 모케투베가 신발 때문에 살의를 품을 수 있다고 처음 인지한 순간이다.

다고 하기 힘들었다. 얼굴은 창백하고 넙데데하며 무기력했고, 손발은 물이 고인 듯 퉁퉁하게 불어 있었다. "이제 그 신발은 네 거다." 이세티베하는 아들을 지켜보며 이렇게 말했다. 모케투베는 처음에 들어오면서 아비를 흘긋 바라봤을 뿐이었다. 짧고 조심스러우며 흐릿한 눈빛으로.

"고맙네요." 그는 말했다.

이세티베하는 그를 바라봤다. 그는 언제나 모케투베가 뭔가를 보고 있는지, 어디에 시선을 주는지를 확신할 수가 없었다. "내가 그 실내화를 너한테 줘봤자 아무것도 달라지지 않는 이유는 알고 있는 게냐?"

"고맙네요." 모케투베가 말했다. 당시 이세티베하는 코담배를 쓰고 있었다. 백인 남자 하나가 코담배를 입술에 얹고서 블랙검이나 알페아 가지를 앞니에 대고 가루를 문지르는 방법을 알려줬기 때문이었다.

"그래." 그는 말했다. "사람이란 영원히 살 수는 없는 법이지." 그는 자기 아들을 내려다보다, 순간 아무것도 보이지 않는 멍한 눈이 되어 생각에 잠겼다. 이세티베하가 무슨 생각을 하는지는 알 방법이 없었지만, 그래도 소리 내어 이렇게 말하기는 했다. "그래. 하지만 둠의 숙부는 붉은 굽이 달린 신발 따위는 가지고 있지 않았지." 그는 다시금 살찌고 무기력한 자신의 아들을 바라봤다. "그 두툼한 살집에 가려져 있으면, 무엇을 꾸미더라도 너무 늦기 전까지는 알아차리지 못할 수도 있을 게야." 그는 나무살을 짜서 만들고 사슴 가죽끈으로 얽어 놓은 의자에 앉았다. "저 아이는 저 신발을 신을 수도 없지. 저 아이도 나도, 저 몸에 붙은 불쾌한 살집 때문에 좌절하고 있어. 저 신발을 신을 수도 없으니. 하지만 그게 내 탓이라 할 수 있나?"

그는 이후 5년을 더 살고 죽었다. 어느 밤에 갑자기 아프기 시작했고, 스컹크가죽 조끼를 입은 의사가 들어와서 나무 막대기를 태웠지만, 정오가 되기 전에 죽었다.

그게 어제 있었던 일이었다. 무덤 파는 일은 끝났고, 이제 부족 사람들이 수레며 짐마차며 말을 타거나 걸어서 찾아오는 중이었다. 구운 개고기와 서코태시*와 잿불에 묻어 구운 얌을 먹고, 장례식에 참석하려고.

III

"사흘이 한계일 거다." 다른 인디언과 함께 추장의 집으로 돌아가며, 배스킷은 말했다. "사흘이 지나면 음식이 부족해질 거다. 전에도 그랬었지."

다른 인디언의 이름은 루이스 베리였다. "게다가 이런 날씨에는 냄새가 풍기기 시작할 거예요."

"그래. 저놈들은 언제나 문제를 일으키고 신경을 쓰게 만들지."

"어쩌면 사흘까지는 걸리지 않을 수도 있죠."

"놈들은 멀리 달아난다. 분명해. 추장은 땅에 묻히기 전부터

---

* 옥수수알과 콩을 넣어 끓인 요리. 현대에는 버터를 넣어 끓이거나 다른 야채와 고기를 첨가하기도 한다.

냄새를 풍기기 시작할 거다. 지켜보면 내 말이 옳은지 알 수 있을 거다."

두 사람은 집에 다가갔다.

"이젠 모케투베도 신발을 신을 수 있겠죠." 베리가 말했다. "이젠 사람들이 보는 곳에서도 신고 다닐 수 있잖아요."

"아직 당분간은 못 신을 거다." 배스킷이 말했다. 베리는 그를 바라봤다. "놈을 추적할 사람들을 이끌어야 할 테니까."

"모케투베가요?" 베리가 말했다. "그럴 거라고 생각하세요? 말하는 것조차 고역이라 여기는 사람인데?"

"다른 방법이 있겠나? 머지않아 냄새를 풍기기 시작할 사람이 자기 아버진데."

"그건 사실이죠." 베리가 말했다. "적어도 신발의 값을 치르기 위해서라도 하긴 해야겠죠. 그래요. 제대로 대가를 치러야죠. 아저씨 생각은 어때요?"

"네 생각은 어떤데?"

"아저씨 생각은요?"

"난 생각 안 한다."

"나도 그래요. 어쨌든 이제 이세티베하는 그 신발이 필요 없을 테죠. 모케투베가 가지든 말든 이세티베하는 신경도 안 쓸 거예요."

"그렇지. 추장도 죽기 마련이니까."

"그렇죠. 옛 추장은 죽었지만, 새 추장이 있으니까요."

증기선의 최상층 선실과 조타석 위로, 껍질 벗긴 낙우송 기둥이 베란다의 나무껍질 지붕을 지탱하고 있었고, 그 지붕이 아래쪽 땅바닥 위에서 열리는 연회에 그늘을 제공해 주고 있었다. 날씨가 나쁠 때 노새와 말을 묶어놓아서 땅이 다져진 곳이었다. 증기선 갑판의 앞쪽 끝에 나이 든 남자 하나와 여자 둘이 앉아 있었다. 여자 하나는 새의 깃털을 뽑고 있고, 다른 하나는 옥수수 낱알을 털고 있었다. 노인은 대화하는 중이었다. 맨발에 긴 리넨 프록코트를 입고 비버가죽 모자를 쓴 남자였다.

"세상이 개판이 되고 있어." 그는 말했다. "백인들이 세상을 망치고 있단 말이야. 백인이 자기네 검둥이들을 우리한테 떠맡기기 전까지, 우리는 그럭저럭 잘 살고 있었다고. 옛날에 노인들은 그늘에 앉아서 사슴 살점 스튜와 옥수수를 먹고 담배를 태우면서 명예와 여러 심각한 문제들을 이야기했지. 지금 우리는 뭘 하고 있나? 무덤으로 들어가기 직전의 늙은이들까지도 그놈들을 보살피는 이야기만 하고 있지. 이를테면 땀흘려 일하게 만드는 방법이라거나." 배스킷과 베리가 갑판을 건너오자, 노인은 말을 멈추고 둘을 올려다보았다. 침침한 눈에는 짜증이 섞여 있었고, 얼굴에는 수많은 주름살이 잘게 새겨져 있었다. "그놈도 튀었구만." 그가 말했다.

"네." 베리가 말했다. "도망쳤더라고요."

"그럴 줄 알았지. 그럴 거라고 말했는데. 3주는 걸릴 게야, 둠이 죽었을 때하고 마찬가지로. 어디 한 번 두고 보게."

"3주가 아니라 사흘이었잖아요." 베리가 말했다.

"네녀석이 그걸 봤냐?"

"아뇨." 베리가 말했다. "그래도 듣긴 했죠."

"난 그 자리에 있었어." 노인이 말했다. "3주를 꼬박 늦지대와 가시덤불을 헤치고 다녔는데—" 두 사람은 지껄이는 노인을 놔두고 걸음을 옮겼다.

증기선의 객실이었던 부분은 이제 껍데기만 남아 천천히 삭아들어가고 있었다. 매끄럽게 다듬은 마호가니 새김무늬 속 비밀스럽고 중요한 형상들은 잠깐 반짝이다 이내 흐릿해졌고, 뜯어낸 창문은 백내장으로 흐릿해진 눈알처럼 보였다. 방 안에는 씨앗이나 곡물 몇 포대와 사륜마차의 차대 앞부분이 놓여 있었고, 차대의 차축에는 우아하게 휘어진 C-스프링 두 개가 아무것도 지탱하지 않은 채 녹슬어 있었다. 한쪽 구석에는 새끼여우 한 마리가 꾸준하지만 소리 없이 버들고리 우리 안에서 뛰어다니고 있었다. 비쩍 마른 싸움닭 세 마리가 먼지 속을 움직였고, 사방에 말라붙은 닭똥 자국이 곰보처럼 눌어붙어 있었다.

두 사람은 벽돌벽을 지나 갈라진 자국투성이인 통나무로 만든 커다란 방에 들어섰다. 사륜마차 뒷부분은 이쪽에 있었고, 한쪽에는 떼어낸 차체가 엎어져 있었으며, 마차 창문은 버들가지로 막아 놓았고 그 틈새로 더 많은 싸움닭의 머리와 분노로 가득한 둥그런 눈알과 너덜너덜해진 벼슬이 튀어나와 있었다. 바닥에는 찰진 점토가 깔려 있었다. 한쪽 구석에는 조잡한 쟁기 하나와 손으로 만든 노 두 개가 보였다. 천장에는 이세티베하가 파리에서 가져온 금박 입힌 침대가 사슴 가죽끈 네 개로 고정되어 매달려 있었다. 매트리스도 스프링도 없는 침대지만 가죽끈을 침대 틀에 얼기설기 엮어 깔끔한 해먹이 되어 있었다.

이세티베하는 가장 나중에 얻은 젊은 아내를 그 침대에서 재우려고 시도했었다. 그는 선천적으로 숨을 헐떡이는 병이 있었고,

밤에는 사슴 가죽끈을 엮은 의자에 반쯤 눕듯이 몸을 기대고 보냈다. 날이 늦어 아내를 잠자리로 보내고, 자기는 자려고 애써도 서너 시간이 고작이라 깬 채로 어둠 속에 앉아서 잠자는 연기를 하고 있던 그는, 아내가 아주 천천히 금박과 리본으로 가득한 침대에서 내려와서 해 뜨기 직전까지 누비이불 잠자리 위에 눕는 모습을 볼 수 있었다. 그러다 그녀는 다시 조용히 침대로 올라가서 이번에는 자기가 잠을 연기했고, 이세티베하는 그 옆의 어둠 속에서 조용히 웃고 또 웃곤 했다.

사륜마차는 구석에 받쳐 놓은 막대 두 개에 가죽끈으로 묶여 있었고, 막대 옆에는 10갤런들이 위스키통도 하나 있었다. 점토로 만든 화덕도 하나 있고, 그 맞은편의 가죽끈을 엮은 의자에 모케투베가 앉아 있었다. 키는 5피트에서 아마 1인치쯤 더 큰 정도에, 몸무게는 250파운드가 나갔다. 셔츠도 없이 브로드천 외투만 걸치고, 둥글고 매끄러운 구릿빛 풍선 같은 배가 리넨 속옷바지 위로 불뚝 불거져 나와 있었다. 발에는 그 붉은 굽을 가진 실내화를 신고 있었다. 의자 뒤편에는 인도인처럼 장식술 달린 종이부채를 든 젊은 애송이가 하나 서 있었다. 모케투베는 가느다란 눈과 내려앉은 콧구멍이 달린 넙데데하고 누리끼한 얼굴에, 지느러미처럼 힘없는 팔을 쭉 뻗은 채로 꿈쩍도 않고 앉아 있었다. 얼굴에 떠오른 표정은 근엄하고 비극적이며 무기력했다. 배스킷과 베리가 들어왔는데도 눈조차 뜨지 않았다.

"대낮부터 저걸 신고 있는 건가?" 배스킷이 말했다.

"대낮부터 신고 있죠." 애송이가 말했다. 부채질은 멈추지 않았다. "딱 봐도 보이잖아요."

"그렇군." 배스킷이 말했다. "아주 잘 보여." 모케투베는 움직이지 않았다. 마치 석상처럼, 프록코트와 속바지를 입고 가슴팍을 드러내고 하찮은 선홍색 굽이 달린 신발을 신은 말레이의 신상처럼 보였다.

"나라면 이 사람 안 건드릴 거예요." 애송이가 말했다.

"내가 네 위치였다면 그랬겠지." 배스킷이 말했다. 그와 베리는 쭈그려 앉았다. 애송이는 꾸준히 부채를 움직였다. "위대하신 추장이여." 배스킷이 말했다. "내 말을 들어주시오." 모케투베는 꿈쩍도 하지 않았다. "그가 사라졌소." 배스킷이 말했다.

"그럴 거라고 했잖아요." 애송이가 말했다. "튈 게 뻔했다구요, 제가 말했잖아요."

"그렇지." 배스킷이 말했다. "우리가 미리 알았어야 하는 걸 나중에나 말해준 사람이 네가 처음일 것 같으냐. 너희 현명한 이들 중 일부라도 어제 미리 이 상황을 막을 절차를 밟아놓지 않은 이유가 뭐지?"

"그놈은 죽고 싶지 않은 거죠." 베리가 말했다.

"죽고 싶지 않을 이유가 있나?" 배스킷이 말했다.

"나중에 언젠가 아무 이유 없이 죽어야 할 테니까요." 애송이가 말했다. "나라도 그걸로는 납득 못 해요, 노인 양반."

"입조심해라." 베리가 말했다.

"20년이야." 배스킷이 말했다. "그동안 자기네 종족의 다른 이들은 밭에서 땀을 흘렸는데, 놈은 그늘에서 추장을 모셨다. 땀흘리고 싶지 않았던 놈 주제에, 죽기를 원치 않을 이유가 있나?"

"게다가 금방 끝나겠죠." 베리가 말했다. "오래 걸리지도 않을 텐데."

"놈을 붙들어놓고 그 말을 해 줘 보세요." 애송이가 말했다.

"그만." 베리가 말했다. 그들은 쭈그려앉은 채 모케투베의 얼굴을 지켜봤다. 죽은 쪽이 그라고 해도 믿을 지경이었다. 살집 속에 너무 깊이 파묻혀 있어서, 숨 쉬는 것조차 제대로 보기 힘든 것만 같았다.

"들어주시오, 위대하신 추장이여." 배스킷이 말했다. "이세티베하는 죽었소. 죽은 채 기다리고 있소. 우리는 그의 개와 그의 말은 데리고 있소. 하지만 그의 노예는 달아나 버렸소. 그의 음식을 담은 그릇을 들고, 그의 접시에 오른 음식을 맛보던 노예가 달아났소. 이세티베하는 기다리고 있소."

"그렇습니다." 베리가 말했다.

"이건 처음 있는 일이 아니오." 배스킷이 말했다. "그대의 조부인 둠이 대지로 들어가는 문에서 기다리던 때에도 일어났던 일이오. 그때 그는 자리에 누운 채로 말했소. '내 검둥이는 어디 있느냐?' 그리고 그대의 부친인 이세티베하는 이렇게 대답했소. '내가 그를 찾아올 테니 편히 쉬십시오. 놈을 데려와서 그대가 여행을 시작할 수 있도록 하겠습니다.'"

"그렇습니다." 베리가 말했다.

모케투베는 움직이지도, 눈을 뜨지도 않았다.

"이세티베하는 계곡 아래로 내려가서 사흘 동안 추적했소." 배스킷이 말했다. "그 검둥이를 붙들기 전까지는 음식을 먹으러 집으로 돌아오지도 않았소. 그런 다음 그는 자기 부친인 둠에게 이렇게 말했소. '여기 그대의 개, 그대의 말, 그대의 검둥이가 있습니다. 쉬십시오.' 어제부터 죽어 있는 이세티베하가 했던 말이오. 그리고 이제 이세티베하의 검둥이가 도주했소. 그의 말과 그의 개는 그와 함께 있지만, 그의 검둥이는 도망간 거요."

"그렇습니다." 베리가 말했다.

모케투베는 움직이지 않았다. 눈은 감겨 있었다. 그의 게으르고 괴물 같은 형체를 뒤덮은 것은 막대한 무기력, 본질적으로 부동이며 육신을 넘어서며 물리칠 수 없는 무언가였다. 그들은 쭈그려 앉은 채로 그의 얼굴을 지켜봤다.

"그대의 부친이 갓 추장이 되었을 때 벌어졌던 일이오." 배스킷이 말했다. "그리고 이세티베하는 자기 부친이 대지에 들어가기를 기다리는 곳으로 그 노예를 데려왔소." 모케투베의 얼굴은 움직이지 않았다. 그의 눈도 움직이지 않았다. 잠시 후 배스킷이 입을 열었다. "신발을 벗겨라."

애송이가 신발을 벗겼다. 모케투베는 헐떡이기 시작했다. 마치 살점의 심연 깊은 곳에서, 물에서, 바다에서 부상해서 생명을 되찾는 것처럼, 드러낸 가슴이 깊이 패였다. 그러나 눈은 여전히 뜨지 않았다.

베리가 말했다. "그가 추적을 이끌어야지요."

"그렇지." 배스킷이 말했다. "그가 추장이니까. 그가 추적을 이끌어야지."

IV

그 검둥이, 이세티베하의 몸종은, 그날 내내 헛간에 숨어서 이세티베하의 임종을 지켜보고 있었다. 그는 기니 출신의 마흔 살 남자였다. 납작한 코, 폭이 좁고 크기가 작은 머리를 지니고 있었다. 눈구석에는 조금 불그레한 기가 돌았고, 네모나고 널찍한 이빨 위로 툭 튀어나온 잇몸은 붉은색이지만 흐릿하게 푸른 기운이 감돌았다. 그는 이빨을 날카롭게 갈기도 전인* 열네 살의 나이에 카메룬 해안에서 온 노예상에게 사로잡혔다. 그리고 23년 동안 이세티베하의 몸종으로 살았다.

그 전날, 이세티베하가 몸져 누워 있던 날에, 그는 해질녘이 되어 검둥이 구역으로 돌아왔다. 요리하는 화덕의 연기가 문간마다 느른하게 번져나와 건너편 집으로 똑같은 고기와 빵 냄새를 실어다 주는, 한가로운 시간이었다. 음식을 하는 것은 여자들이었다. 남자들은 거리 초입에 모여서, 그가 추장의 집에서 이어지는 비탈길을 내려오는 모습을, 기이한 황혼 속에서 조심스레 맨발을 내딛는 모습을 지켜보고 있었다. 기다리는 남자들에게는 그의 눈알이 살짝 빛나는 것처럼 보였다.

"이세티베하가 아직 안 죽었나보군." 우두머리가 말했다.

"안 죽었다라." 몸종이 말했다. "누가 안 죽었다는 거요?"

그와 흡사하지만 저마다 다른 연령의 얼굴들이, 유인원의 데스마스크 같은 얼굴 안쪽에 저마다의 생각을 읽을 수 없도록 숨긴 채로 서로를 바라봤다. 화덕의 불길 냄새가, 음식 냄새가, 기이한 황혼 속으로 코를 찌르듯 느릿하게 불어와서, 길거리와 먼지 속

---

* 부족의 성년 의식을 치르기 전이라는 뜻. 앞니를 갈아 뾰족하게 만드는 행위는 아프리카와 아메리카, 동남아시아 등지의 여러 부족사회에서 치르는 의식 중 하나였다.

에서 발가벗고 뛰어노는 꼬맹이들을 훑고 지나갔다.

"해가 질 때까지 살아 있었으면 동틀 때까지는 살아 있겠지." 누군가 말했다.

"누가 그래?"

"사람들이."

"그래. 사람들 말로는, 우리한테 확실한 건 하나밖에 없다더군." 그들은 자기들 사이에서, 조금 빛나는 눈으로 서 있는 몸종을 바라보았다. 그는 느리고 깊게 숨을 쉬고 있었다. 맨가슴이 드러나 있고, 땀을 조금 흘리고 있었다. "저 친구도 알아. 어떻게 될지 알고 있다고."

"북소리로 이야기를 전하지."

"그래, 북소리로 이야기를 전하겠네."

날이 어두워진 후 북이 울리기 시작했다. 그들은 계곡 바닥에 여러 개의 북을 숨겨 두고 있었다. 굽은 낙우송의 속을 비워서 만든 물건이고, 검둥이들이 북을 숨겨 두는 이유는 아무도 알지 못했다. 진창으로 내려가는 둑의 진흙 안에 북들이 묻혀 있었다. 열네 살 먹은 소년이 북을 지켰다. 소년은 보통보다 작은 체구에 벙어리였다. 모기가 안개처럼 자욱한 진흙 속에 온종일 쭈그려 앉아 있었으며, 모기를 막으려고 몸에 바른 진흙을 제외하면 완전히 알몸이었고, 목에 걸고 있는 풀을 짜서 만든 가방에는 검게 변한 살점이 아직 붙어 있는 돼지 갈비뼈 하나와, 철사에 꿴 비늘투성이 껍질 두 조각이 들어 있었다. 소년은 무릎을 붙들고 침을 질질 흘리면서 잠들어 있곤 했다. 때론 인디언들이 소리 없이 풀숲에서 나와서 소년의 뒤편으로 다가와 잠시 멈춰 서서 그를 관찰하다 가버리곤 했는데, 소년은 그런 일을 깨닫지조차 못했다.

어두워질 때까지 그리고 어두워진 후에도 그가 누워 숨어 있던 헛간 다락에서, 그 검둥이는 북소리를 들을 수 있었다. 북이 있는 곳에서 3마일은 떨어져 있었지만, 그는 바로 아래 헛간에서 울리는 것처럼 둥둥거리는 북소리를 똑똑히 알아들을 수 있었다. 그 옆의 불길과, 구릿빛으로 번들거리며 불길의 빛을 들락거리는 검은 팔들마저 눈에 보이는 듯했다. 다만 불길은 없을 것이다. 그가 엎드려 있는 먼지투성이 헛간 다락만큼이나, 도끼로 네모반듯하게 다듬은 아주 낡고 온기가 느껴지는 서까래 위로 쥐들의 발소리가 속삭이듯 아르페지오 화음을 이루는 이 마구간만큼이나, 그곳도 어둑하고 컴컴할 것이 분명했으니까. 그곳의 유일한 불은 젖먹이를 키우는, 무거운 젖가슴을 느릿하게 움직여 남자 아이의 입에 가득 물리는 여인들이 켜 놓은 모기향 단지의 불뿐일 것이다. 그들은 북소리를 의식조차 못하고 생각에 잠겨 있을 것이다. 불이란 생명을 상징하는 것이기에.

이세티베하가 아내들에 둘러싸여 죽어가는 증기선에는, 가죽끈으로 묶어 놓은 장식 촛대와 침대 아래에는 불빛이 있었다. 그의 눈에도 연기가 보였고, 해가 지기 직전에는 스컹크가죽 외투를 입은 의사가 밖으로 나오는 모습도, 그가 갑판 뱃머리에서 진흙을 칠한 막대 두 개를 태우는 모습도 보였다. "그러니까 아직 안 죽었다는 거지." 검둥이는 속삭이는 작은 소리가 흐르는 다락 위에서, 자기 자신에게 답하듯 말했다. 두 목소리가 그의 귓가에 울렸다. 그 자신과 그 자신의 목소리가.

"누가 안 죽었다는 거야?"

붉은 잎사귀 **465**

"죽는 건 너지."

"그래, 난 죽었어." 그는 나직하게 중얼거렸다. 북소리가 울리는 그곳에 있고 싶었다. 수풀에서 뛰쳐나가서, 북소리 속에서 늘씬하고 번들거리며 어둠 속에 보이지 않는 팔다리를 휘두르고 싶었다. 그러나 그럴 수는 없었다. 삶을 지나쳐 죽음이 있는 곳으로 뛰쳐나가는 것이나 다름없는 일이었기 때문이다. 막바지일지라도 아직 손에 쥔 삶을 포기하고 죽음으로 달려드는 일이었기 때문이다. 그는 생명이 붙은 채로 뒤에서 달려드는 죽음에 휩쓸려 버린 셈이었다. 바람이 서까래를 휩쓸고 지나가며 쥐들의 발소리가 잦아들었다. 한때 그는 쥐를 먹은 적이 있었다. 당시 그는 소년이었고, 미국에 막 도착한 참이었다. 그의 일행은 3피트 높이의 갑판 아래 화물칸에서 90일을 버티며 열대의 바다를 건너는 중이었고, 위쪽 갑판에서는 술 취한 뉴잉글랜드인 선장이 어떤 책을 큰 소리로 읽는 소리가 들리곤 했는데, 그는 10년이 지난 후에야 그 책이 성서라는 사실을 알게 되었다. 그렇게 비좁은 공간에 쪼그려앉은 채로, 그는 쥐를 지켜보곤 했다. 인간이 타고난 사지와 눈의 정교함을 잃어버린 문명화된 인간과는 달리, 그는 어렵지 않게 손만 슬쩍 움직이는 것만으로 쥐를 잡을 수 있었고, 그는 천천히 쥐를 먹으면서 대체 어떻게 이토록 오래 도망쳐 살아남은 쥐가 있는지를 궁금하게 여겼다. 당시 그는 노예상이자 유니테리언교회 집사였던 남자가 준 흰옷 한 벌만을 걸치고 있었고, 자기 모국어 외에는 다른 말을 하지 못했다.

지금 그가 입은 것이라고는 인디언들이 백인에게서 사온 무명천 바지 한 벌과, 가죽끈으로 허리에 묶어 놓은 액막이가 전부였다. 액막이에는 이세티베하가 파리에서 사온 자개 코안경의 반쪽과 늪살모사 두개골이 들어 있었다. 그가 직접 죽이고 독이 든 머리를 제외한 나머지를 전부 먹어치웠던 독사였다. 그는 다락에 누운 채로 추장의 집인 증기선을 바라보며, 북소리에 귀를 기울이며, 북소리 속에 어우러지는 자신의 모습을 그렸다.

그는 밤새 그곳에 누워 있었다. 다음 날 아침이 되자 스컹크 죽 조끼를 입은 의사가 집에서 나오더니 노새에 올라타고 떠나는 모습이 보였고, 그는 모든 움직임을 멈춘 채 노새의 가녀린 발에서 일어나는 먼지가 마지막으로 잦아드는 모습을 주시하다가, 문득 자신이 여전히 숨을 쉬고 있다는 사실을 깨닫고 자신이 여전히 숨 쉬고 있다는 사실이, 여전히 공기가 필요하다는 사실이 이상하다고 생각했다. 그리고 그는 조용히 누워서, 밖을 주시하며 움직일 때를 기다렸다. 여전히 눈에는 조금 광채가 어려 있었으나 이젠 침착한 눈빛이었고, 숨소리 또한 한결 가볍고 고르게 흘러나왔다. 이내 루이스 베리가 밖으로 나와서 하늘을 올려다보는 모습이 눈에 들어왔다. 그때쯤에는 해가 제법 떠올랐고, 이미 주일 양복을 걸친 인디언 다섯이 증기선 갑판에 올라와 쪼그려 앉아 있었다. 정오까지 그 수는 스물다섯으로 불어났다. 그날 오후에 그들은 고기와 얌을 넣어 구우려고 땅을 파기 시작했다. 그때쯤에는 손님은 거의 백 명까지 불어나 있었고 — 뻣뻣한 유럽산 사치품을 몸에 걸치고 조용하고 침착하게 예의를 차리는 이들이었다 — 이내 베리가 이세티베하의 암말을 마구간에서 데려다가 나무에 묶는 모습이 보였다. 뒤이어 베리는 이세티베하의 의자 발치에 앉아 있던 늙은 사냥개를 집에서 데리고 나왔다.

그는 사냥개도 나무로 데려와 묶었고, 개는 얌전히 앉아서 근엄한 얼굴로 사람들의 면면을 둘러보았다. 그러다 개가 울부짖기 시작했다. 해질 무렵까지도 개는 여전히 울부짖고 있었고, 검둥이는 헛간의 뒤편 벽을 타고 내려가서 물이 흐르는 시냇가로 들어섰다. 이미 야음이 깔려 있었다. 그런 다음 그는 달리기 시작했다. 뒤편에서 사냥개가 울부짖는 소리가 계속 들려왔고, 시냇가 근처에서는 이미 달리면서 다른 검둥이를 지나치기도 했다. 두 남자는, 꼼짝 않고 서 있는 남자와 달려가는 남자는, 한순간 서로 다른 두 세계의 경계에서 상대방을 마주 바라봤다. 그는 입을 꾹 다물고 주먹을 쥔 채로, 널찍한 콧구멍을 벌름거리면서, 칠흑 같은 어둠 속으로 달려갔다.

그는 어둠 속에서 계속 달렸다. 종종 이세티베하와 함께, 이세티베하의 암말 옆에서 여우나 보브캣의 흔적을 따라가며 사냥을 했었기에, 그는 이 고장을 잘 알고 있었다. 적어도 자신을 추적할 자들만큼은 잘 알고 있었다. 처음으로 추적자들을 목격한 것은 둘째 날 해가 지기 직전의 일이었다. 당시 그는 계곡 바닥을 따라 30마일을 달려온 후 길을 되짚어 돌아가는 중이었다. 그는 포포나무 덤불에 엎드린 채로 추적자들을 처음 맞닥뜨리게 되었다. 두 명이었고, 셔츠에 밀짚모자를 쓰고 있었으며, 깔끔하게 둘둘 만 바지를 겨드랑이에 끼고, 무기는 들고 있지 않았다. 중년에 배불뚝이인 데다 어차피 그리 빨리 움직이지도 못한 듯했다. 그가 엎드린 채 그들을 지켜보고 있는 장소까지 다시 돌아오려면 12시간은 족히 걸릴 것이었다. "그러니 자정까지는 쉴 수 있는 셈이군." 그는 말했다. 이제는 화덕에서 요리하는 냄새를 맡을 수 있을 정도로 농장에 가까이 있었고, 그는 자신이 30시간째 굶고 있으니 배고파야 마땅하다고 생각했다. "하지만 지금은 휴식이 더 중요해." 그는 혼잣말을 중얼거렸다. 그는 계속 그 말을 되뇌이며 포포나무 덤불 아래 누워 있기만 했는데, 휴식하려는 노력 때문에, 휴식의 필요성과 조바심 때문에, 그의 심장이 달릴 때만큼이나 쿵쿵거리며 울렸기 때문이었다. 휴식하는 법을 잊은 것만 같았다. 6시간으로는 휴식하기에도, 휴식하는 법을 다시 떠올리기에도 너무 부족한 것만 같았다.

어둠이 깔리자마자 그는 다시 이동하기 시작했다. 어차피 목적지 삼을 곳도 없으니 밤새 멈추지 않고 조용히 계속 움직일까 하는 생각도 해봤는데, 일단 움직이기 시작하니 전력으로 달리게 되었다. 헐떡이는 가슴을 내밀며, 목을 조르고 채찍질하는 어둠 속에서 콧구멍을 크게 벌렁거리며, 한 시간 정도 달리니 방향을 잃어버렸고, 그는 갑자기 제자리에 멈추었으며 이내 쿵쿵거리는 심장 소리와 북소리를 구분할 수 있게 되었다. 소리로 보니 2마일도 떨어져 있지 않았다. 그는 소리를 따라갔고, 이내 모기향 단지의 냄새와 알싸한 연기의 맛이 느껴졌다. 그가 사람들 근처에 서 있는데도 북소리는 멈추지 않았다. 그는 흘러가는 연기 속에서 헐떡이고 콧구멍을 규칙적으로 벌름거리며, 진흙투성이 얼굴에 붙은 눈알을 계속 굴리며 조용히 주변의 모든 것이 자기 허파에서 솟아나기라도 한 것처럼 사방을 노려봤고, 그에게 다가오는 사람은 우두머리뿐이었다.

"그대가 올 거라고 짐작하고 있었네." 우두머리가 말했다. "이제 떠나게."

"떠나라고요?"

"음식을 먹고 떠나게. 죽은 자는 살아 있는 자들과 어울려서는 안 되는 법. 그대도 그 사실을 알고 있을 터."

"그래요. 압니다." 둘은 서로를 마주 보지 않았다. 북소리는 멈추지 않고 계속 울렸다.

"식사를 할 텐가?" 우두머리가 말했다.

"배는 안 고픕니다. 오늘 오후에 토끼를 한 마리 잡아서, 숨어 있는 동안 먹어치웠거든요."

"그럼 구운 고기라도 좀 가져가게."

그는 나뭇잎에 싼 구운 고기를 받아들고 다시 계곡 밑바닥으로 내려갔다. 잠시 후 북소리도 멎었다. 그는 동틀 무렵까지 꾸준히 걸었다. "열두 시간의 여유가 있어." 그는 말했다. "더 있을지도 모르지. 저들도 밤에 숲길을 걸어야 했을 테니까." 그는 쭈그려 앉아서 고기를 해치우고 허벅지에 손을 문질러 닦았다. 그리고 그는 일어나서 무명천 바지를 벗고 진창 옆에 다시 쭈그려 앉아서 온몸에 진흙을 발랐다 — 얼굴에도, 팔에도, 몸에도, 다리에도 — 그리고 다시 쭈그려 앉았더니 무릎을 붙이고 고개를 떨구었다. 주변이 보일 만큼 충분히 날이 밝아지자, 그는 다시 늪지대로 들어가서 다시 쭈그려앉은 채 잠이 들었다. 꿈은 아예 꾸지도 않았다. 장소를 옮긴 것은 잘한 일이었는데, 해가 높이 뜬 대낮에 번득 깨어나 보니 인디언 두 명이 보였기 때문이다. 여전히 깔끔하게 둘둘 만 바지를 들고 있었다. 그들은 그가 누워 숨은 곳 반대편에서, 배가 불뚝 튀어나온 살집 좋고 부드러워 보이는 몸에, 밀짚모자와 셔츠 자락이 약간 우스꽝스러워 보이는 모습으로 서 있었다.

"이거 지치는데요." 한 인디언이 말했다.

"나도 집에서 그늘에 누워 있고 싶은 마음만 가득이야." 상대방이 말했다. "하지만 추장이 지금 땅에 묻히기만을 기다리고 있으니까."

"그렇죠." 둘은 구부정한 자세로 조용히 주변을 둘러보았고, 한 명은 셔츠 자락에 들러붙은 도꼬마리 열매를 떼어냈다. "빌어먹을 검둥이 자식." 그가 말했다.

"그렇지. 검둥이들은 언제나 우리한테 시련이자 보살펴줄 존재일 뿐이었다니까?"

이른 오후 즈음, 그 검둥이는 나무 꼭대기에서 농장을 내려다보고 있었다. 말과 개를 묶어놓은 나무 두 그루에 해먹이 묶여 있고, 그 위에 이세티베하의 시체가 있었다. 증기선을 둘러싼 앞마당에는 짐마차와 말과 노새가, 수레와 승용마가 가득했고, 여자와 어린아이와 늙은이로 구성된 밝은빛의 덩어리들이 고기 굽는 연기가 느릿하고 자욱하게 올라오는 긴 도랑 주변에 쭈그려 앉아 있었다. 남자와 큰 아이들은 모두 그를 쫓아 계곡 바닥으로 내려가서, 주일 양복은 조심스럽게 말아올리거나 나무 틈새에 끼워놓고서 흔적을 추적하고 있을 것이다. 그러나 추장의 집 문 근처, 증기선의 객실 어름에는 남자들이 한 무리 보였고, 그는 그쪽을 주시했다. 잠시 후 남자들이 사슴가죽과 감나무 막대로 만든 가마에 모케투베를 태운 채로 데리고 나왔다. 나뭇잎에 몸을 숨긴 채 높이 앉아 있던 검둥이는, 사냥감은, 아무 말 없이 자신의 피할 수 없는 파멸을, 모케투베의 얼굴만큼이나 굳은 표정으로 지켜보았다. "그렇군." 그는 중얼거렸다. "저놈도 가는 거야. 15년 동안 그 육신이 죽어 있던 남자마저도 출발하는 거야."

오후가 절반쯤 지났을 때 그는 인디언 한 명과 마주쳤다. 양쪽 모두 진창을 건너는 외나무다리 위에 서 있었다 — 검둥이는 수척하고 홀쭉하고 단단하고 피로를 모르며 필사적이었다. 인디언은 두툼하고 부드러운 살집에, 궁극적인 극도의 머뭇거림과 무기력함에 사로잡힌 듯했다. 인디언은 움직이지도, 소리를 내지도 않았다. 그저 통나무 위에 선 채로, 검둥이가 진창으로 뛰어들어 기슭으로 헤엄쳐 가서는 덤불을 뚫고 들어가는 모습을 지켜보고만 있을 뿐이었다.

해가 지기 직전에 그는 쓰러진 통나무 뒤편에 몸을 눕혔다. 개미들이 일렬로 통나무 위를 느릿느릿하게 행진하고 있었다. 그는 개미를 잡아서 천천히 먹었다. 마치 점심식사 자리에 초대받은 손님이 접시에서 소금 친 땅콩을 주워먹듯이, 일종의 무심함을 담아서. 개미도 짠맛이 조금 돌아서, 그 양에 걸맞지 않게 입안에 침이 고이게 만들었다. 그는 천천히 개미를 주워먹으며, 대열을 흐트리지 않고 아무것도 모른 채 꾸준히 올곧게 통나무를 올라 파멸로 향하는 개미들의 모습을 지켜보았다. 하루 종일 그 외에는 아무것도 먹지 못했다. 떡진 진흙 가면 속에서 눈자위가 불그레해진 눈이 이리저리 굴렀다. 해질녘이 되어 그가 개구리가 보인 곳을 향해 강둑을 기어가는데, 갑자기 늪살모사 한 마리가 묵직하고 둔중하게 그의 팔뚝을 공격하고 지나갔다. 어설픈 공격에 팔뚝에는 면도칼이 지나간 듯 베인 자국이 두 줄로 남았고, 뱀은 자신의 가속도와 분노를 이기지 못하고 반쯤 나뒹굴며, 그 투박한 공격과 발작하는 분노 덕분에 한순간 완전히 무력해졌다. "올레, 늙은 뱀이여." 검둥이는 말했다. 그는 뱀의 머리를 툭툭 치고는, 뱀이 다시 그의 팔뚝을 베고 지나가는 모습을, 묵직하고 어설프게 할퀴는 공격을 반복하는 모습을 지켜보았다. "내가 죽고 싶지 않은 모양이야." 그는 말했다. 그리고 뒤이어 같은 말을, "내가 죽고 싶지 않은 모양이야"라고, 더 나직하고 느릿하고 살짝 놀란 느낌으로 말했다. 마치 입 밖에 내기 전까지는 미처 모르고 있었던 것처럼, 아니면 자신의 욕망이 얼마나 깊고 방대한지를 깨닫지 못했던 것처럼.

V

모케투베는 실내화를 가져왔다. 움직이는 동안에는, 심지어 가마에 기대듯 누워 있으면서도 그리 오래 신고 있을 수 없었기 때문에, 실내화는 그의 무릎에 올린 네모난 새끼사슴 가죽 위에 놓여 있었다 — 갈라지고 부스러져서 이제는 조금 형체를 잃은 실내화가, 비늘무늬가 들어간 특허 받은 가죽 표면과 버클 없는 신발 혀와 선홍색 굽을 가진 신발이, 간신히 살아 있는 게 고작인 무기력하고 비만인 형체 위에 놓여 있었고, 사람들은 살해당한 자를 위한 임무에 나선 그 범죄와 범죄의 전리품을 흔들리는 들것에 얹은 채로 온종일 꾸준하게 늪지대와 가시덤불을 건넜다. 모케투베에게는 마치 불멸의 존재인 자신이 저주받은 영혼들에 의해, 생전에는 자신의 재난을 획책했고 죽어서는 아무것도 모르고 자신의 파멸을 이끌어내는 그런 영혼들에 의해 지옥으로 끌려가는 것처럼 느껴졌을 것이다.

사람들은 가마를 내려놓고 둘레에 원을 그리며 쭈그려앉아 잠시 휴식을 취했고, 모케투베는 그러는 와중에도 눈을 감고 꿈쩍도 않은 채, 피할 수 없는 미래를 생각하며 한순간 평온해진 얼굴로 가만히 앉아 있기만 했다. 그렇게 휴식을 취한 다음에야 그는 잠시 실내화를 신고 있을 수 있었다. 애송이가 실내화를 신겨주며, 그의 크고 부드럽고 통통 부은 발을 신발 안으로 억지로 밀어넣었다. 그의 얼굴에는 다시 비극적이고 수동적이며 세심한, 소화불량 환자들이 짓는 표정이 돌아왔다. 그리고 일행은 다시 출발했다. 그는 전혀 움직이지도, 아무런 소리도 내지 않고 리듬있게 흔들리는 가마 위에서 그저 무기력하기만 했다. 어딘가 거대한 무기력의 바다에서 끌어오는 것이든가, 어쩌면 용기나 배짱 같은 왕에 어울리는 덕목에서 연유한 것이었으리라. 잠시 시간이 흐르면 그들은 가마를 내려놓고 그를, 흡사 우상 같은 누렇고 땀방울이 송송히 영근 얼굴을 바라보곤 했다. 그러다 쓰리 배스킷이나 해드-투-파더스*가 이렇게 말하는 것이다. "신발 벗겨라. 경의는 충분히 표했다." 그러면 사람들은 그의 신발을 벗겼다. 모케투베의 얼굴은 변하지 않았지만, 그러고 나서야 숨 쉬는 걸 간신히 알아볼 수 있게 되곤 했다. 창백한 입술로 아-아-아 소리를 내며 공기가 들락거리는 것이다. 그러면 그들은 다시 자리에 쭈그려 앉고, 심부름꾼과 전령들이 다가오곤 했다.

"아직인가?"

---

* 다른 여러 작품에 등장하는 '샘 파더스'의 다른 이름이다.

"아직입니다. 동쪽으로 가고 있더군요. 해질 무렵이면 티파강 하구에 도착할 겁니다. 그러면 되돌아서겠지요. 내일쯤이면 잡을 수 있을지도 모릅니다."

"그랬으면 좋겠군. 너무 이르다고는 못 하겠어."

"빠른 편이죠. 오늘로 사흘째잖습니까."

"둠이 죽었을 때는 사흘째 날에 잡았어."

"그땐 늙은 놈이었잖습니까. 지금은 젊은 놈이에요."

"그렇지. 괜찮은 추격전이야. 내일 잡게 되면 내기에서 말 한 마리를 받게 되는데."

"따셨으면 좋겠군요."

"그래. 이 일 자체는 영 즐겁지 않으니까."

그날 농장의 식량이 다 떨어졌다. 손님들은 집으로 돌아갔다가 음식을 더 가지고 다음 날 돌아왔고, 그 정도면 일주일은 더 버틸 수 있을 듯했다. 그날 이세티베하는 악취를 풍기기 시작해서, 정오가 가까워져서 날이 더워지고 바람이 불기 시작하자 계곡을 따라 상류와 하류 양쪽으로 퍼져나갔다. 그러나 그들은 그 검둥이를 그날도, 다음 날까지도 잡지 못했다. 6일째가 되어서야 가마로 다가온 심부름꾼들이 새로운 소식을 전했다. 핏자국을 발견했다는 것이었다. "자해한 모양인데요."

"심한 부상은 아니었으면 좋겠군." 배스킷이 말했다. "섬기지도 못하는 놈을 이세티베하에게 딸려 보낼 수는 없으니까."

"이세티베하 본인이 직접 간호하고 보살펴야 되는 녀석이어도 곤란하죠." 베리가 말했다.

"그건 모르겠습니다." 심부름꾼이 말했다. "또 숨어들었어요.

늪지대로 다시 내려간 모양입니다. 사람을 남겨두고 왔습니다."

가마를 둘러멘 이들의 걸음이 빨라졌다. 검둥이가 기어들어간 늪지대까지는 한 시간 거리였다. 서두르고 흥분해 있었기 때문에, 그들은 모케투베가 여전히 실내화를 신은 상태라는 것을 잊고 있었다. 그들이 목적지에 당도했을 때 모케투베는 실신해 버렸다. 그들은 실내화를 벗기고 모케투베를 깨웠다.

어둠이 내려앉자 그들은 늪지대 근처에 둥글게 둘러앉았다. 쭈그려 앉은 그들의 머리 위로 각다귀와 모기의 구름이 드리웠다. 저녁의 금성이 서쪽 지평선 근처에서 타올랐고, 머리 위 천구의 별자리가 회전하기 시작했다. "시간을 주자고." 그들은 말했다. "내일은 그저 오늘의 다른 이름일 뿐이잖나."

"그래. 시간을 주자고." 그렇게 그들은 추적을 멈추고 늪가의 어둠 속에서 함께 하늘을 올려보았다. 잠시 후 늪지대의 소리가 멎었고, 이내 심부름꾼이 어둠을 뚫고 등장했다.

"놈이 포위를 뚫고 나가려 했습니다."

"하지만 자네들이 돌려세웠겠지?"

"돌아갔습니다. 우리가 셋뿐이라 잠깐 겁먹긴 했지만요. 놈이 어둠 속에서 기어오는 냄새가 났고, 그거 말고 다른 냄새도 났는데 뭔지는 모르겠습니다. 그래서 잠시 겁을 먹었던 건데, 놈이 그게 뭔지를 알려줬죠. 놈은 우리한테 그 자리에서 죽여 달라고, 그러면 어두워서 죽음의 얼굴을 보지 않아도 될 거라고 말했습니다. 하지만 우리가 냄새 맡은 것은 그게 아니었고, 놈은 그게 뭔지 말해줬습니다. 뱀이 자기를 공격했다더군요. 이틀 전에요. 팔이 퉁퉁 부어서 고약한 냄새가 났다더군요. 하지만 우리가 맡은 냄새는 그건 아니었는데, 붓기가 가라앉아서 팔이 어린애 팔 정도로 쪼그라들어 있었거든요. 우리한테 보여주더군요. 우리 모두가 그 팔을 만져보기까지 했습니다. 정말로 어린애 팔 같았어요. 놈은 팔을 잘라내게 손도끼를 달라고 하더군요. 하지만 내일도 오늘이니까요."

"그렇지. 내일도 오늘이다."

"그래서 잠시 겁을 먹고 있었습니다. 그러다가 놈은 늪지대로 돌아갔고요."

"잘됐군."

"그렇죠. 두려웠습니다. 제가 추장에게 말할까요?"

"내가 알아서 하겠네." 배스킷이 말했다. 그는 자리를 떴다. 심부름꾼은 쭈그려 앉아서 다시 검둥이 이야기를 했다. 배스킷이 돌아왔다. "추장은 잘됐다고 하신다. 네 자리로 돌아가라."

심부름꾼은 자세를 낮춘 채 자리를 떠났다. 나머지 사람들은 가마 주변에 쭈그려 앉았고, 번갈아가며 때때로 눈을 붙이기도 했다. 자정이 지나자 검둥이가 그들을 깨울 때가 있었다. 혼잣말을 지껄이고 소리를 지르기 시작하며, 날카롭고 갑작스러운 목소리가 어둠을 뚫고 들려오다가, 다시 정적으로 뒤덮였다. 동이 트기 시작했다. 흰색 두루미 한 마리가 느릿하게 날갯짓하며 연노랑빛 하늘을 가로질러 날아갔다. 배스킷은 깨어 있었다. "이제 출발하지." 그는 말했다. "오늘이 될 거다."

두 인디언이 시끄러운 소리를 내며 늪지대로 들어갔다. 그들은 검둥이가 있는 곳에 닿기 전에 멈추었는데, 그가 노래를 부르기 시작했기 때문이다. 벌거벗고 진흙을 칠한 채로, 통나무에 올라

붉은 잎사귀 **477**

앉아 노래하는 모습이 두 사람의 눈에 들어왔다. 그들은 조금 떨어진 곳에 쭈그려 앉아 노래가 끝날 때까지 기다렸다. 떠오르는 태양을 향해 얼굴을 들고, 자기네 말로 뭔가 노래를 부르고 있었다. 깨끗하고 풍부한 목소리에, 야생과 슬픔의 기색이 어려 있었다. "시간을 주자고." 인디언들은 이렇게 말하며 쭈그려 앉은 채 참을성 있게 기다렸다. 노래가 끝났고 그들은 다가갔다. 검둥이는 뒤를 돌아보더니 갈라진 진흙 가면 속에서 그들을 올려다보았다. 눈에는 핏발이 서 있었고, 뭉툭하고 네모난 이빨을 덮은 입술은 갈라져 있었다. 진흙 가면은 얼굴에 비해 헐거운 느낌이라, 마치 진흙을 바른 후 홀쭉해진 것처럼 보였다. 그는 왼팔을 가슴께에 붙이고 있었다. 팔꿈치 아래쪽은 검은 진흙에 뒤덮여 형체조차 알아볼 수가 없었다. 고약한 냄새가, 부패의 악취가 났다. 그들 중 하나가 팔을 툭 건드릴 때까지, 검둥이는 조용히 그들을 지켜보고만 있었다. "가자고." 인디언은 말했다. "아주 잘 도망쳤어. 부끄러워할 필요 없다고."

VI

더럽혀진 화창한 아침이 밝아오고 농장이 가까워지기 시작하자, 검둥이는 마치 말처럼 눈을 슬쩍 굴리기 시작했다. 요리하는 구덩이에서 피어오른 연기가 땅을 타고 낮게 깔리며 마당에서 쭈그려 앉아 기다리는 손님들 머리 위와 증기선 갑판으로, 반짝이며 뻣뻣하고 가혹한 온갖 사치품들 사이로 번져나갔다. 여인들과 아이들과 노인들 속으로. 계곡을 따라오며 심부름꾼을 하나 보냈고, 목적지가 다가오자 하나 더 보냈기 때문에, 이세티베하의 시체는 이미 개와 말과 함께 무덤이 기다리는 장소로 옮겨져 있었다. 그래도 그가 생전에 살았던 추장의 집 근처에는 그의 죽음의 냄새가 가득했다. 모케투베의 가마를 든 남자들이 경사를 오르기 시작할 즈음에는 손님들도 이미 무덤으로 이동하는 중이었다.

검둥이가 그중 가장 키가 컸고, 진흙 범벅인 높고 폭이 좁은 머리가 그들 모두 위로 불쑥 솟아 있었다. 거칠게 숨을 몰아쉬는 모양이, 마치 처절하게 억누르며 지낸 엿새간의 필사적인 노력이 단번에 그에게 덮쳐 온 것만 같았다. 천천히 걷고 있었는데도, 그의 드러낸 가슴은 거칠게 오르락내리락 하며 가슴 근처로 부목을 댄 왼팔에 부딪쳐댔다. 계속 주변을 이리저리 둘러보는 모습은 마치 아무것도 안 보이는 것처럼, 둘러봐도 시력이 따라잡지를 못하는 것처럼 보였다. 입은 살짝 벌어져서 안쪽의 크고 하얀 치아가 드러났다. 그는 헐떡이기 시작했다. 이미 움직이던 손님들도 잠시 걸음을 멈추고 머뭇거리며, 일부는 고기조각을 손에 든 채로 뒤를 돌아봤고, 검둥이는 격렬하고 경직되고 움직임을 멈추지 않는 눈으로 그 얼굴들을 훑었다.

"먼저 뭐 좀 먹겠나?" 배스킷이 말했다. 두 번 말한 다음에야 알아들었다.

"네." 검둥이가 말했다. "음식이 필요한 것 같아요. 먹고 싶습니다."

인파는 이미 가운데로 밀려들기 시작하는 중이었다. 바깥쪽으로 말이 전달되어 나갔다. "먼저 뭘 좀 먹일 거다."

그들은 증기선에 도착했다. "앉아라." 배스킷이 말했다. 검둥이는 갑판 가장자리에 걸터앉았다. 여전히 헐떡이고 있었고, 가슴팍은 격하게 오르내렸고, 머리와 허연 눈알은 쉬지 않고 주변을 훑었다. 마치 아무것도 볼 수 없는 이유가 시야의 상실 때문이 아니라 내면에서, 그 자신의 무력함에서 오는 것이라는 듯이. 사람들이 음식을 가져왔고 그걸 먹으려 시도하는 검둥이의 모습을 조용히 지켜보았다. 그는 음식을 입에 넣고 씹기 시작했으나, 이내 저작咀嚼 운동으로 반쯤 곤죽이 된 음식물이 한쪽 입꼬리에서 흘러내려 턱을 타고 가슴으로 흘러내렸고, 잠시 후 그는 씹기를 멈추고 그대로 앉아 있기만 했다. 벌거벗고 진흙에 뒤덮인 채로, 쟁반에 무릎을 박고, 씹은 음식물로 가득찬 입을 벌리고, 홉뜬 눈을 쉬지 않고 움직이며, 헐떡이고 또 헐떡이면서. 그들은 참을성 있고 비정하게 그를 지켜보며 기다렸다.

"가자." 배스킷이 마침내 말했다.

"물이에요." 검둥이가 말했다. "내가 원하는 건 물이에요."

우물은 경사를 따라 검둥이 구역 쪽으로 조금 내려간 곳에 있었다. 경사는 한낮의 그림자로 얼룩덜룩했다. 평화로운 때였다. 이세티베하가 자기 의자에서 눈을 붙이며 점심식사와 이어질 긴 오후의 낮잠을 기다리고 있을 때, 검둥이 몸종은 자유였다. 그럴 때면 부엌 문간에 앉아서 음식을 장만하는 여인들과 이야기를 나누곤 했다. 부엌 너머의 검둥이 구역을 가로지르는 흙길은 고요하고 평화로울 것이었다. 여인들은 길을 사이에 두고 이야기를 나누고, 점심을 준비하는 화덕의 연기는 먼지구덩이 속 흑요석 장난감처럼 보이는 꼬맹이들 사이로 퍼져나갈 것이었다.

"가자." 배스킷이 말했다.

검둥이는 그들 사이에서, 그 누구보다 큰 키로 기다렸다. 손님들은 이세티베하와 말과 개가 기다리는 곳으로 움직이고 있었다. 높고 움직임을 멈추지 않는 머리와, 헐떡이는 가슴으로, 검둥이는 걸음을 옮겼다. "가자." 배스킷이 말했다. "물을 원한다고 했지."

"네." 검둥이는 말했다. "네." 그는 헐떡이며 추장의 집을, 그리고 아래쪽 검둥이 구역을 돌아보았다. 오늘 검둥이 구역에는 화덕의 불도 없고, 문가에서 내다보는 얼굴도 없었으며, 먼지구덩이에서 뛰노는 꼬맹이들도 없었다. "여길 공격해서, 팔을 긁고 지나갔어요. 한 번, 두 번, 세 번이나요. 나는 '올레, 늙은 뱀이여'라고 말했고요."

"얼른 가자." 배스킷이 말했다. 검둥이는 여전히 걷는 동작을 취하는 중이었다. 무릎은 높이 들고, 머리도 높이 들고, 마치 수차 바퀴를 밟는 것처럼. 눈알에는 거칠고 절제된, 마치 말과 흡사한 빛이 깃들었다. "물을 원한다고 했지." 배스킷이 말했다. "여기 있다."

우물에는 표주박이 하나 있었다. 사람들은 표주박으로 물을 가득 떠서 검둥이에게 건네고는, 그가 물을 마시려 애쓰는 모습을 지켜보았다. 진흙 범벅인 얼굴에 대고 천천히 표주박을 기울이는 동안에도 그의 눈은 멈추지 않았다. 사람들은 꿀렁이는 목젖과 표주박 양옆으로, 그리고 턱과 가슴팍으로 흘러내리는 물줄기를 지켜봤다. 그러다 물줄기가 멈추었다. "가자." 배스킷이 말했다.

"잠깐만요." 검둥이가 말했다. 그는 표주박으로 다시 물을 떠서, 여전히 눈은 멈추지 않으며 다시 얼굴에 대고 기울였다. 사람들은 다시 그의 목젖이 꿀렁거리며 삼키지 못한 물이 무수한 물방울로 흩어지며 턱을 타고 흘러내려 진흙이 떡진 가슴에 물길을 만드는 모습을 지켜봤다. 그들은, 부족원과 손님과 혈족들은, 참을성 있게, 진중하게, 점잖게, 준엄하게 그를 기다렸다. 그러다 다시 물줄기가 멈추었으나, 그는 빈 표주박을 계속 더 높이 들어 올렸고, 그의 검은 목젖은 꿀렁거리며 좌절스럽고 허망하게 삼키는 동작을 흉내 냈다. 물 때문에 느슨해진 진흙 한 조각이 가슴팍에서 떨어지더니 진흙투성이 발치에서 부서졌고, 빈 표주박 안에서는 여전히 그의 숨소리가 울렸다. 아-아-아.

"가자." 검둥이의 손에서 표주박을 빼앗아 다시 우물가 벽에 걸면서, 배스킷이 말했다.

정의 하나
A Justice

I

할아버지가 세상을 떠날 때까지, 우리는 매주 토요일 오후마다 농장으로 나가곤 했다. 점심을 먹자마자 4인승 마차를 타고 집을 떠났는데, 나와 로스커스는 마부석에 앉고, 할아버지와 캐디와 제이슨은 뒤에 탔다. 카운티 최고의 말들이었기 때문에 빠르게 달리는 동안에도 할아버지와 로스커스는 대화를 나눌 수 있었다. 4인승 마차를 끌고 평지는 물론이고 몇몇 언덕을 올라갈 때마저도 충분히 속도를 낼 정도였다. 물론 여기는 미시시피 북부인지라 언덕 중 일부는 로스커스와 내가 할아버지의 담배 연기를 맡을 수 있을 정도였지만 말이다.*

농장은 4마일 떨어진 곳에 있었다. 숲속에는 길고 나지막한 집이 하나 있었는데, 페인트칠도 하지 않은 집이었지만 검둥이 구역에 사는 샘 파더스라는 영리한 목수가 상태 좋게 관리하고 있

---

* 위로 올라가는 담배 연기가 앞자리에 닿을 정도로 경사가 가파르다는 뜻.

었고, 그 뒤편에는 헛간과 훈연실이 있었으며, 더 뒤쪽으로는 마찬가지로 샘 파더스가 상태 좋게 관리하는 검둥이 구역이 이어졌다. 샘 파더스는 그 외에는 아무 일도 하지 않았고, 사람들은 그가 거의 백 살은 먹었으리라 말하곤 했다. 그는 검둥이와 함께 살았으며 사람들은 — 그러니까 백인들 말이다. 검둥이들은 그를 블루검*이라 칭했다 — 그를 검둥이라 칭했다. 그러나 그는 검둥이가 아니었다. 지금부터 내가 하려는 이야기가 바로 그것이다.

우리가 농장에 도착하면 관리인인 스톡스 씨는 캐디와 제이슨에게 검둥이 소년을 붙여서 계곡으로 낚시하러 보내곤 했는데, 캐디는 여자아이고 제이슨은 너무 어렸기 때문이었다. 그러나 나는 그들과 함께 가지 않았다. 나는 샘 파더스네 가게로 가서 그가 마차용 굴대나 마차바퀴를 만드는 모습을 지켜보곤 했고, 그럴 때마다 언제나 담배를 좀 가져갔다. 그러면 그는 일손을 멈추고는 파이프를 채우면서 — 계곡에서 퍼온 점토와 갈대줄기로 직접 만든 물건이었다 — 옛 시절의 이야기를 들려주곤 했다. 그는 깜둥이처럼 말했고 — 그러니까, 단어를 깜둥이처럼 발음했다는 이야기다. 깜둥이 같은 단어를 사용하지는 않았지만 — 머리카락도 깜둥이 머리카락이었다. 그러나 그의 피부색은 색소 옅은 깜둥이와도 달랐으며, 코와 입과 턱도 깜둥이의 코와 입과 턱은 아니었다. 그리고 몸 생김새도 늙은 깜둥이의 생김새와

---

* 분홍색이 아니라 푸른색의 잇몸을 가진 검둥이로, 주술적인 힘을 가진다고 믿었다. 『소리와 분노』에도 같은 언급이 등장하는데, 양쪽 모두 콤슨 가의 아이들이 언급한다는 점이 흥미롭다.

는 달랐다. 등은 꼿꼿했고 키가 크지는 않아도 체격은 다부졌으며, 언제나 고요한 얼굴은 마치 작업 중이거나 다른 사람이, 심지어 백인이 그에게 말을 걸 때에도, 또는 내게 말할 때에도, 어딘가 다른 곳에 있는 것처럼 느껴졌다. 언제나, 이를테면 홀로 지붕에 올라가 못질할 때마저도 항상 똑같은 모습이었다. 그는 종종 작업대에 반쯤 만든 물건을 놔둔 채로 작업을 끝내고 자리에 주저앉아 담배를 태우곤 했다. 그리고 그는 스톡스 씨나 심지어 할아버지가 찾아와도 바로 벌떡 일어나 작업을 재개하는 일도 없었다.

그래서 나는 그에게 담배를 건넸고, 그는 작업을 멈추고 자리에 앉아 파이프를 채우고 내게 말을 걸었다.

"저 깜둥이들." 그는 말했다. "저 깜둥이들은 나를 블루검 아저씨라고 부른다. 그리고 백인들은 나를 샘 파더스라고 부르지."

"그게 아저씨 이름 아니에요?" 나는 말했다.

"아니다. 옛 시절에는 아니었지. 아직 기억한다. 내가 너만큼 자라기 전까지 마주친 백인이라고는 한 사람뿐이었던 시절 말이다. 여름마다 농장을 방문하는 위스키 상인이었지. 내게 이름을 준 사람은 추장 본인이었다. 샘 파더스라는 이름을 붙인 건 아니었지만 말이다."

"추장?" 나는 말했다.

"농장과 검둥이들, 그리고 내 어머니도 소유한 사람이었다. 내가 자라기 전까지 알던 모든 땅이 그의 소유였지. 그는 촉토족 추장이었다. 그가 내 어머니를 너희 증조할아버지한테 팔았지. 추장은 내가 원하지 않는다면 가지 않아도 된다고 했다. 당시 나는 이미 전사였으니까. 그는 내게 '해드-투-파더스'라는 이름을 붙였다."

"해드-투-파더스?" 나는 말했다. "그건 이름이 아닌데요. 이름도 뭣도 아니라구요."

"한때는 내 이름이었다. 잘 들어라."

II

내가 말귀를 알아먹을 정도로 자랐을 때, 허먼 배스킷이 내게 이렇게 일러줬다. 둠이 뉴올리언스에서 돌아올 때 그 여인을 함께 데려왔다고. 흑인을 여섯 데려왔는데, 허먼 배스킷의 말로는 당시 농장에는 이미 흑인이 너무 많아서 쓸 곳을 찾기 힘들 정도였다고. 때론 여우나 보브캣이나 라쿤을 사냥할 때처럼 개를 풀어 흑인을 쫓기도 했다. 그런데 둠이 뉴올리언스에서 돌아오면서 여섯을 더 데려온 거다. 증기선에서 내기로 딴 거라서 데려올 수밖에 없었다면서. 허먼 배스킷의 말로는, 증기선에서 내린 둠은 흑인 여섯에다가 뭔가 살아 있는 것들이 들어 있는 상자 하나, 그리고 뉴올리언스 소금이 들어 있는 금시계 크기 정도의 금상자를 가져왔다고 한다. 그리고 허먼 배스킷은 둠이 산 것이 들어 있는 상자에서 강아지 하나를 꺼내더니, 금상자에 든 소금을 꺼내 빵덩어리 안에 넣어서 강아지한테 먹였고, 그러자 강아지가 죽었다는 이야기도 해 주었다.

둠은 그런 부류의 사람이었다고, 허먼 배스킷은 말했다. 허먼 배스킷은 그날 밤 증기선에서 내린 둠이 온통 금으로 번쩍이는 외투를 입고 있었고 금시계도 세 개나 가지고 있었지만, 그 눈빛만은 7년 전 부족을 떠날 당시와 조금도 달라지지 않았다고 말했다. 둠의 눈은 부족을 떠나기 전, 둠이라는 이름을 쓰기 전, 그리고 그와 허먼 배스킷과 내 아버지가 소년들이 그렇듯이 같은 돗짚자리에서 자면서 한밤중에 이런저런 이야기를 나누던 때와 조금도 변하지 않았다고 말했다.

당시 둠의 이름은 이케모투베였고, 추장이 될 핏줄은 아니었는데, 당시 추장은 둠의 외삼촌이었으며 따로 아들 하나와 남동생이 있기 때문이었다. 그러나 그때부터도, 너만큼이나 작았던 시절부터도, 추장은 종종 둠을 바라보며 이렇게 말했다고 한다. "오 여동생의 아들이여, 너는 고약한 눈을 가지고 있구나. 마치 고약한 말의 눈과도 같으니."

따라서 젊은이가 된 둠이 뉴올리언스로 가겠다고 말했을 때도 추장은 조금도 유감으로 여기지 않았다고, 허먼 배스킷은 말했다. 당시 추장은 늙어 가고 있었다. 예전에는 나이프 던지기와 말굽 걸기를 둘 다 즐겼지만, 그때는 나이프 던지기만 좋아했다. 따라서 그는 둠이 떠난 것을 조금도 유감으로 여기지 않았으나, 그래도 둠을 잊지는 않았다. 허먼 배스킷의 말로는 매해 여름 위스키 상인이 찾아올 때마다, 추장은 둠에 대해 질문을 던졌다고 한다. "지금은 데이비드 캘리코트라는 이름을 쓰고 있소." 추장은 이렇게 말하곤 했다. "하지만 진짜 이름은 이케모투베요. 혹시나 데이비드 캘리코트라는 작자가 큰 강*에 빠져 죽었거나, 뉴올리언스에서 백인들의 싸움**에 휘말려 살해당했다는 소식은 들은 적 없소?"

정의 하나 487

그러나 허먼 배스킷의 말로는 7년이 지나 둠이 돌아올 때까지 그의 소식을 들은 사람은 아무도 없었다고 한다. 그러다 어느 날 허먼 배스킷과 내 아버지는 큰 강가에서 만나자는 내용의 둠이 보낸 전갈을 받았다. 당시에는 증기선이 우리 강***으로는 올라오지 않게 되었기 때문이었다. 증기선은 우리 강까지 들어오기는 해도, 그 이상은 아무 데로도 올라가지 않았다. 허먼 배스킷은 둠이 떠나고 3년쯤 지나서 강물이 불었을 때, 증기선이 그대로 강둑으로 올라와 멎어버린 적이 있다고 말해 주었다.

그렇게 해서 둠은 두 번째 이름을, 둠이라는 이름에 앞선 이름을 얻었다. 허먼 배스킷은 예전에는 1년에 네 차례씩 증기선이 우리 강으로 올라왔으며, 부족 사람들은 강가로 나가 야영을 하면서 증기선이 지나가는 모습을 지켜보았고, 증기선을 어느 물길로 몰아야 할지를 알려준 백인의 이름이 데이비드 캘리코트였다고 말해 주었다. 둠은 허먼 배스킷과 내 아버지한테 뉴올리언스라고 갈 거라고 말하면서 이렇게 덧붙였다. "한 가지 더 말할게 있다. 지금 이 순간부터 내 이름은 이케모투베가 아니야. 난 이제 데이비드 캘리코트다. 그리고 나도 언젠가는 증기선을 소유하게 될 거다." 둠은 그런 남자였다고, 허먼 배스킷은 말했다.

그리하여 7년이 지나서 그는 전갈을 보냈고, 허먼 배스킷과 내 아버지는 짐마차를 끌고 둠을 맞이하러 큰 강으로 나갔고, 둠은

---

* 미시시피 강.

** 미영 전쟁의 1815년 뉴올리언스 전투.

*** 미시시피강의 지류 중 하나. 탤러해치 강으로 추정된다.

흑인 여섯을 데리고 증기선에서 내렸다. "증기선에서 내기로 딴 놈들이야." 둠은 말했다. "너랑 크로-포드가 (내 아버지의 이름은 크로피시[가재 개울]-포드였지만, 보통은 크로-포드라고 줄여 불렀다) 알아서 나눠 가져."

"난 필요 없는데." 내 아버지는 이렇게 말했다고 한다.

"그럼 허먼이 전부 가지면 되겠군." 둠이 말했다.

"나도 갖고 싶지 않아." 허먼 배스킷이 말했다.

"그렇군." 둠이 말했다. 그리고 허먼 배스킷은 아직 그의 이름이 데이비드 캘리코트냐고 물었는데, 둠은 대꾸하는 대신 백인의 말로 흑인 중 하나에게 뭐라 말을 건넸고, 흑인은 관솔불을 켜들었다. 그리고 두 사람은 둠이 상자에서 강아지를 꺼내고 빵조각에 작은 금상자에서 꺼낸 뉴올리언스 소금을 넣어 뭉치는 모습을 지켜보고 있었는데, 내 아버지가 문득 이렇게 말했다고 허먼 배스킷은 말했다.

"허먼하고 내가 여기 흑인들을 셋씩 나눠 가지라고 했지."

허먼 배스킷 말로는, 그가 흑인 중 하나가 여인이라는 사실을 알아차렸다고 한다.

"자네와 허먼 둘 다 원하지 않는다고 했을 텐데." 둠이 말했다.

"그 말을 할 때는 별 생각이 없었어." 아버지가 말했다. "여자가 있는 쪽의 셋을 받을게. 허먼은 나머지 셋을 가져도 돼."

"난 필요 없어." 허먼 배스킷은 말했다.

"그럼 넷 가져." 아버지가 말했다. "나는 여자하고 다른 하나를 가질 테니까."

"난 필요 없어." 허먼 배스킷은 말했다.

"그럼 여자만 가질게." 아버지가 말했다. "넌 나머지 다섯을 가져."

"난 필요 없어." 허먼 배스킷은 말했다.

"자네도 필요 없다지 않았나." 둠은 아버지에게 말했다. "자기 입으로 직접 말했을 텐데."

그러다 강아지가 죽었다고, 허먼 배스킷은 말했다. "자네 새 이름을 알려 주지 않았는데." 그는 둠에게 말했다.

"이제 내 이름은 둠이다." 둠은 말했다. "뉴올리언스에 사는 프랑스인 추장이 붙여준 거지. 프랑스어로는 뒤-옴이라고 말한다. 우리 말로는 둠이지."

"그게 무슨 뜻인데?" 허먼 배스킷이 말했다.

그는 둠이 한동안 자신을 지그시 바라봤다고 말했다. "추장이라는 뜻이다." 둠이 말했다.

허먼 배스킷은 그들이 그 말을 어떻게 받아들였는지를 말해주었다. 둠이 아직 사용하지 않은 다른 강아지들이 상자 속에서 바스락거리며 낑낑거리고, 관솔불 불빛이 흑인들의 눈알과 둠의 금빛 외투와 죽은 강아지 위에서 빛나는 가운데, 그들은 어둠 속에 서 있었다.

"자넨 추장이 될 수 없어." 허먼 배스킷이 말했다. "자넨 여동생 쪽의 혈족일 뿐이잖아. 게다가 추장한테는 남동생도 있고 아들도 있다고."

"그건 사실이지." 둠은 말했다. "하지만 내가 추장이 되면 크로-포드한테 이 흑인들을 주겠다. 허먼에게도 뭔가를 주겠다. 크로-포드한테 주는 흑인 하나마다 허먼한테는 말 한 필씩을 주지. 내가 추장이 된다면."

"크로-포드는 저 여자만 원하던데." 허먼 배스킷이 말했다.

"그래도 허먼에게는 말 여섯 필을 주겠다." 둠이 말했다. "물론 어쩌면 추장이 벌써 허먼에게 말 한 필쯤은 줬을지도 모르지만."

"아니야." 허먼 배스킷은 말했다. "내 영혼은 아직 방랑하는 중이다."

일행이 농장에 도착하기까지는 사흘이 걸렸다. 밤이 되면 그들은 길가에서 야영을 했다. 허먼 배스킷의 말로는, 아무 이야기도 나누지 않았다고 한다.

그들은 사흘째 되는 날 농장에 도착했다. 추장은 둠을 만나서 별로 기쁘지 않았다고 했다. 둠이 추장의 아들에게 줄 선물로 사탕을 사 왔는데도 말이다. 둠은 그의 모든 친족에게, 심지어 추장의 동생에게까지 줄 선물을 가져왔다. 추장의 동생은 계곡 근처 오두막에 홀로 살고 있었다. 그의 이름은 섬타임스-웨이크업이었다. 부족 사람들이 그에게 식량을 가져다주곤 했다. 허먼 배스킷은 그와 내 아버지가 둠과 함께 섬타임스-웨이크업을 방문하러 그의 오두막으로 찾아갔었다고 말했다. 밤중이었고, 둠은 허먼 배스킷에게 문을 닫으라고 일렀다. 그리고 둠은 아버지한테서 강아지를 받아들어 바닥에 내려놓은 다음, 빵에 뉴올리언스 소금을 넣고 뭉쳐서 섬타임스-웨이크업에게 그게 어떻게 작용하는지를 보여줬다. 허먼 배스킷의 말로는, 그들이 떠난 후 섬타임스-웨이크업은 나무막대를 태우고 담요로 머리를 덮었다고 한다.

그게 둠이 돌아온 첫날 밤에 있었던 일이었다. 허먼 배스킷은 다음 날부터 추장이 음식을 먹고 괴상하게 행동하다가, 의사가 도착해서 막대를 태우기도 전에 죽어버렸다고 말해 주었다. 버드나무를 지닌 자가 다음으로 추장이 될 추장의 아들을 데리러 가 보니, 그 또한 괴상하게 행동하다 죽었다는 사실을 알게 되었다.

"이제 섬타임스-웨이크업이 추장이 되어야겠군." 아버지는 말했다.

그래서 버드나무를 지닌 자는 섬타임스-웨이크업을 데려와서 추장으로 삼으려고 떠났다. 그는 머지않아 돌아왔다. "섬타임스-웨이크업은 추장이 되고 싶지 않다고 한다." 버드나무를 지닌 자가 말했다. "머리에 담요를 덮고 자기 오두막에 앉아 있다."

"그럼 이케모투베가 추장이 될 수밖에 없겠군." 아버지가 말했다.

그리하여 둠은 추장이 되었다. 그러나 허먼 배스킷의 말에 따르면, 아버지의 영혼은 불안에 시달렸다고 한다. 허먼 배스킷은 둠을 조금 더 두고 보자고 말했다. "나 또한 아직 방랑 중이다." 허먼 배스킷은 말했다.

"하지만 내게 이건 중요한 문제다." 아버지가 말했다.

그는 마침내 아버지가 둠을 찾아갔다고 말했다. 추장과 아들이 대지에 들어가기 전에, 연회와 내기 경마가 끝나기 전에. "무슨 여자?" 둠은 말했다.

"추장이 되면 준다고 했잖습니까." 아버지는 말했다. 허먼 배스킷의 말로는, 둠은 아버지를 보고 있었지만 아버지는 둠을 똑바로 보지 못했다고 한다.

"자네 나를 못 믿는 모양이군." 둠이 말했다. 허먼 배스킷은 아버지가 어떤 식으로 둠을 바라보지 못했는지를 말해 주었다. "내 생각에 자네는 여전히 그 강아지가 아픈 녀석이었다고 믿는 것 같은데." 둠이 말했다. "잘 생각해 보게."

허먼 배스킷은 아버지가 생각에 잠겼다고 말했다.

"그럼 이제는 어떻게 생각하나?"

그러나 허먼 배스킷은 아버지가 여전히 둠을 바라보지 못했다고 말했다. "건강한 강아지였다고 생각합니다." 아버지는 말했다.

III

마침내 연회와 경마가 끝나고 추장과 아들은 대지에 들어갔다. 그리고 둠은 이렇게 말했다. "내일 우리는 증기선을 가지러 갈 거다." 허먼 배스킷의 말로는, 둠은 추장이 된 이후로 계속 증기선과 추장의 집이 너무 작다는 이야기만 하고 있었다고 한다. 그래서 그날 저녁 둠은 이렇게 말했다. "내일 우리는 강가에 죽어 있는 증기선을 가지러 떠날 거다."

허먼 배스킷은 그 증기선이 12마일 떨어진 곳에 있으며, 물에 들어가도 헤엄치지 못하는 상태였다고 했다. 그렇게 다음 날 아침이 되어 보니, 농장에 남은 사람이라고는 둠과 흑인들뿐이었다. 그는 둠이 그날 내내 부족 사람들을 찾으려고 애썼다고 말해

주었다. 둠은 사냥개를 풀었고, 부족 사람들 일부가 계곡 바닥의 빈 통나무 속에 숨은 것을 찾아냈다. 그날 밤, 둠은 모든 남자를 추장의 집에서 자게 만들었다. 개들도 함께 추장의 집에 머물렀다.

허먼 배스킷은 둠과 아버지가 어둠 속에서 나누는 이야기를 엿들었다고 말해 주었다. "자네는 나를 못 믿는 모양이군." 둠이 말했다.

"믿습니다." 아버지가 말했다.

"충고하겠는데, 계속 그렇게 믿고 있게." 둠이 말했다.

"제 영혼에게도 그렇게 충고해 주셨으면 좋겠군요." 아버지가 말했다.

다음 날 아침 그들은 증기선으로 향했다. 여자와 흑인들은 걸어서 갔다. 남자들은 짐마차에 탔고, 둠이 개들을 끌고 뒤에서 따라갔다.

증기선은 모래둑에 올라온 채로 드러누워 있었다. 일행이 도착해 보니 배에는 백인 세 명이 있었다. "이제 집으로 가야겠군요." 아버지는 말했다.

그러나 둠은 백인들에게 말을 걸었다. "이 증기선이 당신네 소유인가?" 둠은 말했다.

"우리 소유는 아닌데." 백인들이 말했다. 허먼 배스킷의 말로는, 그 작자들은 총을 가지고 있기는 해도 증기선을 소유할 만한 사람들로는 보이지 않았다고 한다.

"놈들을 죽일까요?" 그는 둠에게 말했다. 그러나 그는 둠이 증기선 위의 남자들과 대화를 계속했다고 말해 주었다.

"이걸 받으려면 대가로 뭘 줘야겠소?" 둠이 말했다.

"이걸 받을 대가로 뭘 줄 수 있는데?" 백인들이 말했다.

"죽은 배잖소." 둠은 말했다. "별로 값어치가 나가지도 않을 텐데."

"흑인 열 명은 어떻겠나?" 백인들이 말했다.

"좋소." 둠은 말했다. "나하고 함께 큰 강에서 온 흑인들을 앞으로 내보내라." 남자 다섯과 여자 하나가 앞으로 나섰다. "흑인 네 명을 더 앞으로 내보내라." 네 명이 더 앞으로 나섰다. "너희들은 이제부터 저 백인들의 옥수수를 먹게 될 거다." 둠이 말했다. "그 옥수수가 너희들에게 자양분이 되어 주기를." 백인들은 떠났고, 흑인 열 명은 그들을 따라갔다. "자." 둠은 말했다. "이제 저 증기선이 일어서서 걷게 만들어라."

허먼 배스킷의 말로는, 그와 아버지는 다른 사람들과 함께 물로 들어가지 않았는데, 아버지가 한쪽에 가서 이야기 좀 하자고 말했기 때문이라 한다. 그들은 한쪽으로 빠졌다. 아버지는 할 말을 했지만, 허먼 배스킷은 백인들을 죽이는 게 옳지 못한 일이라고 생각한다 말했고, 그러자 아버지는 백인들의 뱃속에 돌멩이를 채워서 강에 가라앉히면 아무도 찾지 못할 거라고 했다. 그래서 허먼 배스킷은 그들 둘이서 백인 셋을 상대한 다음, 흑인 열을 이끌고 배 쪽으로 발길을 돌렸다고 한다. 증기선에 도착하기 직전에, 아버지는 흑인 남자들에게 이렇게 말했다. "추장한테 가라. 가서 증기선이 일어서서 걷게 만드는 일을 도와라. 나는 이 여자를 집으로 데려가겠다."

"그 여자는 내 아내요." 흑인 남자 하나가 말했다. "나는 그 여자와 함께 있고 싶소."

"너도 뱃속에 돌을 품은 채로 강바닥에 들어가 있고 싶나?" 아버지가 그 흑인 남자에게 말했다.

"그럼 당신이 강바닥에 들어가 있는 건 어떻소?" 흑인 남자는 아버지에게 말했다. "그쪽은 둘이지만 이쪽은 아홉이오."

허먼 배스킷은 아버지가 잠시 생각에 잠겼다고 말했다. 그러다 아버지는 말했다. "함께 증기선으로 가서 추장을 돕도록 하지."

그들은 증기선에 도착했다. 그러나 허먼 배스킷의 말로는, 둠은 농장으로 돌아갈 때가 될 때까지 흑인 열 명을 눈치채지 못했다고 한다. 허먼 배스킷은 둠이 흑인들을 보다가, 시선을 돌려 아버지를 바라봤다고 말했다. "그 백인들이 이 흑인들을 원하지 않았나보군." 둠은 말했다.

"그런 모양입니다." 아버지가 말했다.

"백인들은 떠났나 보지?" 둠이 말했다.

"그런 모양입니다." 아버지가 말했다.

허먼 배스킷의 말로는, 둠은 매일 밤 모든 남자를 추장의 집에서 자게 만들고, 개들도 함께 재우고서, 아침마다 짐마차에 태워 증기선으로 향했다고 한다. 짐마차에 전원이 탈 수는 없었기에 둘째 날 이후 여자들은 집에 남았다. 그러나 아버지 또한 집에 머물렀다는 것을, 둠은 사흘이 지난 다음에야 알아차렸다. 허먼 배스킷은 그 여자의 남편이 둠에게 일러바쳤을지도 모른다고 말했다. "크로-포드는 증기선을 들다 허리를 다쳤습니다." 허먼 배스킷은 자기가 둠에게 이렇게 말했다고 했다. "농장에 남아서 뜨거운 샘에 발을 담그고 앉아서, 등의 병을 대지로 돌려보내겠다고 하더군요."

"그거 좋은 생각이군." 둠은 말했다. "지금까지 사흘 동안 그러고 있던 것 아닌가? 지금쯤이면 병이 다리까지는 내려왔겠어."

그날 밤 농장에 돌아온 후에, 둠은 아버지를 불러들였다. 그는 아버지에게 병이 움직였는지를 물었다. 아버지는 병이란 아주 느리게 움직이는 법이라고 말했다. "자네 뜨거운 샘에 더 오래 앉아 있어야겠어." 둠이 말했다.

"저도 그렇게 생각합니다." 아버지가 말했다.

"그렇다면 밤에도 가서 뜨거운 샘에 앉아 있는 게 어떤가." 둠이 말했다.

"밤공기 때문에 더 나빠질 텐데요." 아버지가 말했다.

"불을 피워 놓는다면 이야기가 다르겠지." 둠이 말했다. "흑인 하나를 함께 보내서 불이 꺼지지 않게 살피도록 하겠네."

"어느 흑인을요?" 아버지가 말했다.

"내가 증기선에서 딴 여자의 남편 말이야." 둠이 말했다.

"등이 좀 나아진 것 같습니다." 아버지가 말했다.

"시도나 해 보자고." 둠이 말했다.

"등이 나아진 게 확실합니다." 아버지가 말했다.

"그래도 시도는 해 볼 수 있잖나." 둠이 말했다. 어둠이 깔리기 직전에, 둠은 부족 사람 넷을 보내서 아버지와 그 흑인 남자를 온천가에 두고 오도록 했다. 허먼 배스킷의 말로는 부족 사람들은 재빨리 돌아왔다고 한다. 그리고 그들이 추장의 집에 들어오기가 무섭게, 아버지도 따라 들어왔다고 한다.

"병이 갑자기 빠르게 움직이기 시작했습니다." 아버지는 말했다. "오늘 한낮부터 제 발에 도달했어요."

"아침까지는 완전히 사라질 것 같나?" 둠이 말했다.

"그럴 것 같습니다." 아버지가 말했다.

"확실히 하려면 아무래도 오늘 밤에는 뜨거운 샘에 들어앉아 있어야 할 것 같은데." 둠이 말했다.

"아침까지 완전히 사라질 것이 확실합니다." 아버지가 말했다.

IV

허먼 배스킷의 말로는 증기선을 강바닥에서 끌어냈을 때는 이미 여름이었다고 한다. 강바닥에서 끌어내는 데만 5개월이 걸렸는데, 나무를 잘라서 끌고 나올 길을 만들어야 했기 때문이었다. 그러나 그때부터는 통나무 굴대를 쓸 수 있어서 속도가 한결 빨라졌다고 한다. 그는 아버지가 어떻게 일을 도왔는지를 설명해주었다. 아버지는 증기선에 가까운 밧줄 중 한 군데에 다른 누구도 차지할 수 없는 자기 자리를 얻었다고, 허먼 배스킷은 말했다. 둠이 자기 의자를 가져다놓고 앉아 있는 갑판 앞자리의 바로 아래쪽이었다. 나뭇가지로 그늘을 만들어줄 소년과 날벌레를 쫓을 다른 가지를 든 또 하나의 소년, 그리고 개들까지도 갑판에 타고 있었지만 말이다.

허먼 배스킷의 말에 따르면, 여름이 되어 증기선이 아직도 움직이는 동안 그 여자의 남편이 다시 둠을 찾아왔다고 한다. "너를 위해 해줄 수 있는 건 전부 했다." 둠은 말했다. "직접 크로-포드를 찾아가서 스스로 문제를 해결하는 게 어떠냐?"

흑인 남자는 이미 그것도 해봤다고 말했다. 그는 아버지가 닭싸움으로 결판을 내자고, 아버지의 수탉과 흑인 남자의 수탉을 싸움 붙여서 승자가 여자를 가지고, 싸움을 거부하는 쪽은 자동으로 패배한 것으로 치자고 제안했다고 말했다. 흑인 남자는 아버지에게 자기한테는 수탉이 없다고 말했고, 그러자 아버지는 그럼 흑인 남자가 자동으로 진 것이고 여자는 아버지의 소유라고 말했다는 것이었다. "그러니 제가 뭘 어쩌겠습니까?" 흑인 남자는 말했다.

둠은 생각했다. 허먼 배스킷이 말하기를, 그러다 둠이 그를 불러서 아버지의 가장 좋은 수탉이 어떤 놈이냐고 물었고 허먼 배스킷은 아버지에게는 수탉이 하나뿐이라고 대답했다고 한다. "그 까만 놈?" 둠은 말했다. 허먼 배스킷은 바로 그놈이라고 대답했다고 한다. "아." 둠은 말했다. 허먼 배스킷의 말로는, 둠은 움직이는 증기선 갑판 베란다의 의자에 앉아서 밧줄을 끌고 증기선을 움직이는 부족 사람들과 흑인들을 내려다봤다고 한다. "가서 크로-포드에게 너한테도 수탉이 있다고 말해라." 둠은 흑인 남자에게 이렇게 말했다. "싸움터에 수탉이 있을 거라고만 말해라. 내일 아침으로 하자. 증기선을 세우고 휴식을 취하면서." 흑인 남자는 물러났다. 허먼 배스킷의 말로는 둠은 그를 보고 있었지만 자신은 둠을 보지 않고 있었다고 한다. 이 농장에서 아버지의 수탉보다 나은 수탉은 하나뿐이고, 그 수탉은 둠의 소유였기 때문이다. "그 강아지가 아프지는 않았던 것 같은데." 둠이 말했다. "자네 생각은 어떤가?"

허먼 배스킷은 자기가 둠을 돌아보지 않고 답했다고 말했다.

"저도 그렇게 생각합니다." 그는 말했다.

"나도 그렇게 조언하고 싶네." 둠이 말했다.

허먼 배스킷의 말에 따르면, 다음 날은 증기선을 세우고 휴식을 취하게 되었다고 한다. 마굿간에 구덩이가 마련되었다. 부족 사람들과 흑인들이 그곳에 모였다. 아버지는 자기 수탉을 구덩이에 넣었다. 다음으로 흑인 남자가 자기 수탉을 구덩이에 풀었다. 허먼 배스킷은 아버지가 흑인 남자의 수탉을 바라봤다고 했다.

"그 수탉은 이케모투베 거잖아." 아버지가 말했다.

"맞아." 부족 사람들은 아버지에게 말했다. "이케모투베가 우리 모두를 증인으로 삼아서 저 녀석한테 수탉을 줬어."

허먼 배스킷의 말로는, 아버지가 얼른 자기 수탉을 집어들었다고 한다. "이건 잘못됐어." 아버지는 말했다. "닭싸움으로 저놈이 자기 아내를 잃게 만들어서는 안 될 일이지."

"그럼 기권하는 건가?" 흑인 남자가 말했다.

"생각 좀 해 보자고." 아버지가 말했다. 그는 고심했다. 부족 사람들은 지켜봤다. 흑인 남자는 거부하면 어떻게 되는지 그가 말했던 것을 일깨워 주었다. 아버지는 그런 뜻으로 한 말은 아니었고 기권할 생각도 아니라고 말했다. 부족 사람들은 기권하면 몰수패가 될 거라고 말했다. 허먼 배스킷은 아버지가 다시 생각에 잠겼다고 말했다. 부족 사람들은 지켜봤다. "알았다." 아버지는 말했다. "하지만 이건 내가 억울한 거야."

수탉들의 싸움이 벌어졌다. 아버지의 수탉이 쓰러졌다. 아버지는 잽싸게 수탉을 주워들었다. 허먼 배스킷의 말로는, 얼른 주워들 수 있도록 자기 수탉이 쓰러지기만을 기다리고 있었던 듯하다고 했다. "잠깐." 그는 말했다. 그는 부족 사람들을 둘러봤다. "이제 분명 싸우기는 했지. 그건 사실이지 않나?" 부족 사람들은 그건 사실이라고 말했다. "그러면 이제 기권해도 몰수패는 아닌 거겠지."

허먼 배스킷은 아버지가 구덩이에서 나오기 시작했다고 했다.

"안 싸울 건가?" 흑인 남자가 말했다.

"이걸로는 아무것도 해결 안 될 것 같은데." 아버지가 말했다. "네놈은 어떻게 생각하나?"

허먼 배스킷은 흑인 남자가 아버지를 바라봤다고 말했다. 그러다가 그는 시선을 돌렸다. 그리고 쭈그려 앉았다. 허먼 배스킷의 말로는, 부족 사람들은 흑인 남자가 자기 양발 사이의 흙을 보는 모습을 지켜봤다고 한다. 그들은 흑인 남자가 흙 한 줌을 집어들고, 그의 손가락 사이로 흙이 새어나오는 모습을 지켜봤다. "이걸로 뭔가 해결될 거라고 생각하나?" 아버지는 말했다.

"아니." 흑인 남자는 말했다. 허먼 배스킷의 말로는 부족 사람들은 그의 말을 잘 알아듣지 못했다고 한다. 그러나 아버지는 알아들을 수 있었다.

"나도 그렇게 생각한다." 아버지가 말했다. "네놈 아내를 닭싸움 따위에 걸다니 옳지 못한 일이지."

허먼 배스킷은 흑인 남자가, 손가락 사이로 메마른 흙을 흘리며 고개를 들어 올려봤다고 했다. 흑인 남자의 눈이 어두운 구덩이 속에서 마치 여우 눈처럼 붉게 빛났다고 했다. "그럼 닭싸움을 다시 시작할 건가?" 흑인 남자가 말했다.

"그걸로 아무것도 해결되지 않는다는 거에는 동의하는 거지?" 아버지가 말했다.

"그래." 흑인 남자가 말했다.

아버지는 다시 수탉을 싸움터에 올렸다. 허먼 배스킷의 말로는, 아버지의 수탉은 괴상하게 행동할 겨를도 없이 바로 죽어버렸다고 한다. 흑인 남자의 수탉은 그 사체 위에 서서 홰를 치기 시작했지만, 흑인 남자는 그 수탉을 후려쳐서 쫓아내고 죽은 수탉 위로 뛰어올라, 수탉의 형체가 아예 뭉개질 때까지 짓밟았다고, 허먼 배스킷은 말했다.

그러다 가을이 되었고, 허먼 배스킷의 말로는 증기선은 농장에 도착해서 추장의 집 옆에 멈추고 다시 움직임을 그만두었다고 한다. 통나무 굴대로 증기선을 걷게 하느라 농장 모두가 두 달 동안 증기선을 충분히 구경한 데다, 이제는 추장의 집 옆에 세워놓으니 그 집도 둠을 만족시킬 만큼 충분히 커졌다고 했다. 그는 연회를 베풀었다. 연회는 일주일 동안 이어졌다. 허먼 배스킷의 말로는, 연회가 끝나자 흑인 남자가 세 번째로 둠을 찾아왔다고 한다. 허먼 배스킷의 말로는, 그 흑인 남자의 눈은 다시 여우처럼 붉어졌고, 방 안에 그의 숨소리가 울리는 것이 들리는 것만 같았다고 한다. "내 오두막으로 오십시오." 그는 둠에게 말했다. "보여드릴 것이 있습니다."

"때가 되었다고 생각하기는 했지." 둠은 말했다. 그는 방 안을 둘러보았지만, 허먼 배스킷은 둠에게 아버지가 방금 방에서 슬쩍 나갔다고 알렸다. "그도 따라오게 해라." 둠은 말했다. 일행이 흑인 남자의 오두막에 도착하자, 둠은 부족 사람 둘을 보내서 아버지를 데려오게 했다. 그리고 그들은 오두막으로 들어갔다. 흑인 남자가 둠에게 보여주고자 했던 것은 갓 태어난 아기였다.

"보십시오." 흑인 남자는 말했다. "당신은 추장입니다. 정의를 내려주셔야 합니다."

"이 아기가 뭐가 문제라는 건가?" 둠이 말했다.

"피부색을 보십시오." 흑인 남자가 말했다. 그는 오두막 안의 사람들을 둘러보기 시작했고, 허먼 배스킷은 그의 눈이 마치 여우처럼 붉은색에서 갈색으로 그리고 다시 붉은색으로 변했다고 말했다. 모두에게 흑인 남자의 숨소리가 들렸다고 말했다. "제게 정의를 내려주실 수 있습니까?" 흑인 남자는 말했다. "당신은 추장이잖습니까."

"이렇게 훌륭한 노란 피부의 아기가 태어났으니 자랑스러워해야 마땅하다." 둠이 말했다. 그는 갓난아기를 바라봤다. "어떤 정의로도 이 아이의 피부를 어둡게 만들 수는 없을 듯하군." 둠이 말했다. 그 또한 오두막 안을 둘러봤다. "앞으로 나와 서라, 크로-포드." 그가 말했다. "이건 갓난아기다. 구릿빛 독사가 아니라. 널 해치지 않을 거다." 그러나 허먼 배스킷의 말로는, 아버지는 앞으로 나와 서지 못했다고 한다. 흑인 남자가 숨을 쉴 때마다, 그의 눈은 붉은색에서 갈색으로 다시 붉은색으로 변했다. "그렇군." 둠이 말했다. "이건 옳은 일이 아니다. 남자라면 누구나 숲속 수사슴들로부터 자기 멜론밭을 지킬 울타리를 세울 권리가 있다. 하지만 우선 이 아기에게 이름부터 주도록 하자." 둠은 생각에 잠겼다. 허먼 배스킷의 말로는, 흑인 남자의 눈빛도 조금 잠잠해지고, 숨소리도 조금 잦아들었다고 한다. "우리는 이 아이를 해드-투-파더스라고 부를 것이다." 둠은 말했다.

V

샘 파더스는 다시 파이프에 불을 붙였다. 신중한 움직임으로, 엄지와 검지만 사용해서 대장간 화로에서 빨간 석탄 한 조각을 집어들어서. 그리고 그는 돌아와서 자리에 앉았다. 시간이 훌쩍 흘러갔다. 캐디와 제이슨도 이미 계곡에서 돌아왔고, 할아버지와 스톡스 씨가 마차 옆에서 대화를 나누는 모습도 보였다. 그리고 그 순간, 마치 내 눈길을 느끼기라도 한 것처럼, 할아버지는 이쪽을 돌아보며 내 이름을 불렀다.

"그래서 아저씨 아버지는 어떻게 했어요?" 나는 말했다.

"허먼 배스킷과 함께 울타리를 만들었다." 샘 파더스는 말했다. "허먼 배스킷의 말로는, 둠이 땅바닥에 기둥 두 개를 세우게 하고 그 위에 나뭇가지를 가져다 묶어놓았다고 한다. 그리고 깜둥이와 아버지를 불러왔다. 둠은 그때까지 울타리에 대해서는 말하지 않은 채였다. 허먼 배스킷의 말로는, 그와 아버지와 둠이 소년 시절 같은 돗짚자리에서 자던 때와 똑같았다고, 한밤중에 그들을 깨워서 함께 사냥을 나가거나, 그게 싫으면 맞서 주먹다짐을 하게 만들 때와 똑같았다고 한다. 그저 재미로, 허먼 배스킷과 아버지가 둠을 피해 숨어다닐 때까지 그랬던 거다."

"그들은 두 기둥에 나뭇가지를 묶었고 둠은 깜둥이에게 말했다. '이게 울타리다. 타넘을 수 있겠나?'"

"허먼 배스킷의 말로는, 깜둥이는 묘목에 손을 올리더니 새처럼 사뿐하게 넘어갔다고 한다."

"그러자 둠은 아버지에게 말했다. '울타리를 넘어 봐라.'"

"'이 울타리는 타 넘기에는 너무 높은데요.' 아버지는 말했다."

"'이 울타리를 넘어갈 수 있으면 너한테 그 여자를 주마.' 둠은 말했다."

"허먼 배스킷의 말로는, 아버지는 한동안 그 울타리를 지켜보고 있었다고 한다. '아래로 통과하게 해 주시죠.' 그는 말했다."

"'안 돼.' 둠이 말했다."

"허먼 배스킷의 말로는, 아버지는 땅에 주저앉기 시작했다고 한다. '추장님을 못 믿어서 그러는 건 아닙니다만.' 아버지는 말했다."

"'이만한 높이의 울타리를 만들 거다.' 둠이 말했다."

"'웬 울타리요?' 허먼 배스킷이 말했다."

"'이 흑인 남자의 오두막을 빙 두르는 울타리다.' 둠이 말했다."

"'내가 타 넘지 못할 정도의 울타리를 무슨 수로 만듭니까.' 아버지가 말했다."

"'허먼이 널 도울 거다.' 둠이 말했다."

"허먼 배스킷의 말로는, 둠이 한밤중에 그들을 깨워서 사냥하러 나가게 만들 때와 똑같았다고 한다. 다음 날 정오쯤에 둠과 사냥개들이 그와 아버지를 발견했고, 두 사람은 그날 오후부터 울타리를 만들기 시작했다. 그는 둠이 짐마차를 쓰게 해 주지 않았기 때문에, 그들이 계곡 바닥에서 여린 나무를 잘라다가 손으로 질질 끌어 가져왔어야 했다고 말해 주었다. 그래서 때론 기둥 하나를 세우는 데 사나흘이 걸릴 때도 있었다. '개의치 마라.' 둠은 말했다. '시간이야 넉넉하니까. 그리고 이렇게 운동하면 크로-포드도 밤에 푹 잘 수 있을 거다.'"

"그는 두 사람이 겨울 내내 그리고 다음 여름 내내, 위스키 상인이 부족을 찾아왔다가 떠날 때까지 울타리를 만들었다고 말했다. 그러다 마침내 울타리가 완성됐다. 그의 말에 따르면, 마지막 기둥을 세우는 날에 깜둥이가 오두막에서 나와서 기둥 꼭대기에 손을 짚고는 (널판 위를 뾰족하게 깎은 울타리라, 기둥은 지면에 수직으로 박혀 있었다) 새처럼 훌쩍 뛰어넘어 나왔다고 한다. '이거 울타리가 훌륭한데.' 검둥이는 말했다. '잠깐만.' 그는 말했다. '당신한테 보여줄 게 있어.' 허먼 배스킷의 말로는, 그가 다시 훌쩍 울타리를 뛰어넘어 오두막으로 들어갔다가 다시 나왔다고 한다. 그 손에는 갓난아기가 들려 있었고, 그는 갓난아기가 울타리 밖에서도 보이도록 훌쩍 들어올렸다고 한다. '이 아기 색깔에 대해서는 어떻게 생각하시나?' 그는 말했다."

할아버지가 다시 나를 불렀다. 이번에는 나도 자리에서 일어섰다. 해는 이미 복숭아 과수원 너머로 넘어가 있었다. 당시 나는 열두 살 아이였고, 내게 이 이야기는 별다른 의미도 없고 재미나 결말도 없는 것처럼 느껴졌다. 그러나 그때 내가 할아버지의 목소리에 복종한 이유는, 샘 파더스의 이야기에 질려서가 아니라 제대로 이해하지 못하는 것으로부터 일시적으로 도망치려 하는, 눈앞의 것에 매진하는 어린아이의 특성 때문이었다. 그리고 물론 할아버지에게 즉각적으로 복종하고자 하는 마음도 있었다. 할아버지의 성급함이나 훈계 때문이 아니라, 우리 모두가 할아버지가 훌륭한 사람이며 그의 삶이 훌륭한 (어쩌면 살짝 거창하기는 해도) 장면의 연속으로 이루어져 있다고 굳게 믿기 때문이었다.

이미 일행은 모두 마차에 올라 나를 기다리고 있었다. 내가 마차에 오르자, 마구간이 그리웠던 말들은 즉시 움직이기 시작했다. 캐디는 작은 나무조각 크기의 물고기 한 마리를 잡았고 허리께까지 젖어 있었다. 마차는 계속 나아갔고 벌써 말의 걸음도 빨라졌다. 스톡스 씨네 부엌을 지나칠 때에는 햄 굽는 냄새도 났다. 냄새는 대문까지 우리를 따라왔다. 집으로 이어지는 도로에 접어들었을 때는 이미 거의 해가 질 무렵이었다. 이제는 햄 냄새도 더는 나지 않았다. "샘하고 무슨 이야기를 그렇게 했던 게냐?" 할아버지가 말했다.

기묘하고 살짝 불길한 황혼에 사로잡힌 채로 마차는 계속 나아갔고, 나는 그 황혼 속에서 아직도 샘 파더스의 모습이 보이는 것만 같다고 생각했다. 나무토막에 걸터앉은, 확고하고 견고하며 온전한, 박물관의 보존액 속에 넣어 오래도록 바라보아야 하는 존재로서. 그게 전부였다. 당시 나는 겨우 열두 살이었고, 황혼을 헤쳐나가 그 너머로 나아가기까지는 아직 한참을 기다려야 했다. 그때가 되면 알게 되리라는 정도는 분명 알고 있었다. 그러나 그때가 되면 샘 파더스는 이미 죽었을 것이었다.

"딱히 아무것도요, 할아버지." 나는 말했다. "그냥 잡담 좀 했어요."

어떤 구애
A Courtship

 늙은 이세티베하가 여전히 추장이던 시절에, 이세티베하의 사촌인 이케모투베와 증기선이 움직일 곳을 알려주는 일을 하는 백인이 허먼 배스킷의 여동생에게 구애를 한 적이 있었으니, 그 옛시절의 사건은 이렇게 흘러갔다.
 그때쯤 모든 부족민*은 농장에 살고 있었다. 이세티베하와 잭슨 장군이 만나서 막대를 태우고 종이쪽에 서명을 한 후로, 숲속

---

* 포크너는 작품 속 미국 원주민을 일반적으로 '치카소족'으로 칭하나, 그의 '인디언'은 미시시피에 거주하는 치카소족, 촉토족, 나체스족의 풍습이나 행적을 보이는 혼합물 같은 존재다. 포크너 본인은 "치카소족과 촉토족을 가르는 선이 우리 집 근처에 있었다. 그 행태에서 별로 다른 점이 없는 이들이기 때문에, 나는 부족 하나를 편할 때마다 조금씩 움직였을 뿐이다"라고 말한 바 있다. 다만 이주를 거부한 미시시피 촉토족은 1850년경까지 대부분의 토지를 빼앗겼으므로, 포크너는 자신이 묘사하는 원주민의 습속 중 상당수를 직접 경험하지 못했을 것이다.

에는 눈에 보이지 않는 선이 하나 생겨났다.* 그 선은 꿀벌의 비행 궤적만큼이나 곧게 숲속을 날아갔고, 그 한쪽에는 이세티베하가 추장으로 있는 농장이, 반대쪽에는 잭슨 장군이 추장으로 있는 미합중국이 있었다. 따라서 한쪽에 뭔가 일이 터질 때마다 그 반대쪽의 일부는 행운을, 일부는 불운을 얻게 되었는데, 언제나 그랬듯이 그 여부는 백인이 무엇을 소유하느냐에 따라 결정되었다. 그러나 그 보이지도 않는 선을 넘어가 있다가 들키는 사람은, 백인들이 말하는 소위 사형에 준하는 범죄를 저지른 꼴이 되었다. 우리가 보기에는 어리석게만 여겨지는 일이었다. 한때는 백인이 하나 사라져서 일주일 동안이나 산발적으로 소란이 계속되었던 적이 있었는데, 다른 백인들조차 별로 달가워하지 않는 인간이었음에도 불구하고 그가 잡아먹혔다는 망상이 퍼졌기 때문이었다. 아무리 배고픈 사람일지라도 겨울철에도 언제나 먹거리를 찾을 수 있는 이 고장에서 겁쟁이나 도둑놈의 살점을 먹는 위험을 무릅쓸 리가 있겠는가. 이세티베하는 너무 늙어서 햇볕에 앉아 부족민들의 퇴행과 정치가들의 어리석음이나 탐욕을 비판하는 것 외에는 아무것도 할 수 없게 되었을 때, 이 땅을 가리켜 이렇게 말하곤 했다. 그가 들어본 모든 땅 중에서도, 이곳이야말로 대정령의 은총을 가장 많이 받고 사람의 손길이 가장 덜 미친 곳이라고. 그러나 이곳은 자유의 땅이므로, 백인들이 자기네 절반의 땅에서 어떤 어리석은 규칙을 세우든 우리하고는 별 상

---

* 미국 제7대 대통령인 앤드루 잭슨은 1814년에 포트잭슨 조약, 1820년에 촉토 조약을 맺었다.

관없는 일이었다.

 그러다 이케모투베와 데이비드 호건백이 허먼 배스킷의 여동생에게 눈독을 들였다. 결국 언젠가는 젊은이든 늙은이든, 청년이든 홀아비든, 심지어 아직 홀아비가 되지 않아서 한눈팔면 안 되는 이유를 자기 오두막에 여럿 가진 작자들마저도 그렇게 될 것이었기에. 그러나 남자의 자격을 갖추는 연령이나 젊음의 열기가 불러오는 불운에 대해 떠들어대는 이들조차도, 결국 이쪽 세상의 허먼 배스킷의 누이들을 눈여겨보기를 포기하고 쓰디쓴 마음으로 엄지를 잘근잘근 씹는 이들이지 않겠는가, 아이히. 그녀의 걷는 자태가 아름다웠으니 말이다. 사실 앉은 자태가 아름다웠다 말해야 할지도 모르겠는데, 그녀는 꼭 필요할 때가 아니면 아예 걷지 않는 사람이었기 때문이다.* 농장의 아침을 가장 먼저 깨우는 소리 중 하나는, 허먼 배스킷의 고모가 그녀에게 왜 일찍 일어나서 다른 소녀들과 함께 샘으로 물을 길러 가지 않았느냐고 캐묻는 고함이었는데, 허먼 배스킷이 직접 동생을 깨워서 보낼 때도 있었기 때문에 가끔은 안 들릴 때도 있었다. 그리고 오후에는 왜 다른 소녀와 여인들과 함께 시냇가로 가서 몸을 씻지 않느냐고 묻는 고함도 들렸는데, 그쪽 일도 그녀는 별로 자주 하는 법이 없었다. 사실 열일곱이나 열여덟이나 열아홉 살에 허먼 배스킷의 여동생 같은 외모를 가진 사람이라면 별로 씻을 필요도 없을 것이었다.

 그러던 어느 날, 이케모투베가 그녀에게 눈독을 들였다. 첫 2년

---

* 바이런의 유명한 시 'She walks in Beauty'를 코믹하게 인용한 대목.

을 제외하고는 평생 그녀를 알고 지낸 사이였으면서도 말이다. 그는 이세티베하의 여동생의 아들이었다. 미래의 어느 날 밤, 그는 데이비드 호건백과 함께 증기선에 올라타서 떠나 버렸다. 그러다 날이 지나가고 달이 지나가고 홍수가 세 번 일어났다 물러나고 늙은 이세티베하가 대지에 들어간 지 1년이 지나고 그의 아들 모케투베가 추장이 된 후에야 이케모투베는 돌아왔고, 이제 둠이라는 이름을 쓰며 슈발리에 쉐르-블롱드 드 비트리라는 백인 친구와 새 노예 여덟을 데려왔는데 우리에게는 양쪽 다 아무 쓸모도 없었고, 거기에 금실로 자수를 놓은 모자와 망토와 독한 소금이 든 작은 금세공 상자와 아직 살아 있는 강아지 네 마리를 담은 와인 담는 고리버들 광주리도 가져왔으며, 이틀 만에 모케투베의 어린 아들이 목숨을 잃었고 사흘 만에 둠이라는 이름을 쓰게 된 이케모투베 본인이 추장의 자리에 올랐다. 그러나 당시 그는 아직 둠이 아니었다. 그는 여전히 젊은이 중 하나로서, 가장 뛰어나며 가장 빠르고 격렬하게 말을 몰고 가장 오래 춤을 추고 가장 술을 많이 마시고 가장 사랑받는 젊은이인 이케모투베였고, 젊은 남자들과 젊은 여자들과 다른 생각을 해야 마땅한 더 나이 많은 여자들까지도 모두 그를 사랑했다. 그러던 어느 날, 갑작스레 그가 허먼 배스킷의 여동생에게 눈독을 들인 것이다. 첫 2년을 제외하고 평생 그녀를 알아온 사이였으면서도 말이다.

이케모투베가 그녀에게 눈독을 들인 후, 나의 아버지와 아울-바이-나이트와 실베스터네 존과 나머지 젊은이들은 전부 눈길을 돌렸다. 그가 젊은이들 중 최고였으며 그가 그저 이케모투베였던 시절에는 그들 모두가 그를 사랑했기 때문이다. 다른 젊은

이들은 기꺼이 이케모투베의 말고삐를 잡아주었고, 이케모투베는 허리까지 벗은 채로 경주할 때처럼 머리카락과 온몸에 곰 기름을 바르고(이번에는 곰 기름에 벌꿀을 섞기는 했지만,*) 경주할 때처럼 고삐용 밧줄 하나만 붙들고 안장도 얹지 않은 채로, 새 경주용 조랑말을 몰면서 허먼 배스킷의 여동생이 베란다에 앉아 옥수수나 콩을 까서 은제 와인 주전자에 담고 있는 앞을 지나갔는데, 그 주전자는 그녀의 고모가 시댁 육촌 친척에게서 물려받은 물건으로, 원래는 데이비드 콜버트**의 아내였던 그 육촌 친척의 대고모의 것이었고, 그러는 내내 로그-인-더-크릭은 (그 또한 젊은이 중 하나였지만, 누구도 그에게는 신경조차 쓰지 않았다. 내기 경마를 하지도 않고 닭싸움에도 끼어들지 않고 주사위 노름을 하지도 않는 데다, 억지로 춤추게 만들어도 느려빠져서 다른 춤꾼들의 앞길을 막을 뿐이고, 뿔잔에 담은 위스키를 대여섯 잔만 권해도 몸이 아파 드러누워 버리는, 자신에게도 다른 이들에게도 망신스러운 작자였기 때문이다) 베란다 기둥 하나에 기대어 앉아 하모니카를 불고 있었다. 다음에는 젊은이 하나가 경주용 조랑말을 끌고 가고, 이케모투베는 꽃무늬 조끼와 비둘기꼬리 코트와 비버가죽 모자로 차려입어 증기선 도박꾼***보다 멋들어지고 위스키 상인보다 부유해 보이는 차림새로 암

---

* 경주할 때 바람의 저항을 줄이는 용도로 몸에 발랐다. 벌꿀은 곰 기름에 달콤한 냄새를 더하려고 섞은 것이다.

** 콜버트는 실존하는 가문으로, 북미시시피에 정착하고 종종 유력한 치카소 족 가문과 통혼하곤 했다. 다만 '데이비드'라는 특정 개인은 포크너가 창작한 인물로 여겨진다.

말을 느긋하게 몰면서 다시 허먼 배스킷의 여동생이 콩을 까서 주전자에 던져넣고 로그-인-더-크릭은 기둥에 등을 기대고 앉아 하모니카를 불고 있는 베란다 앞을 지나쳐 갔다. 다음에는 다른 젊은이가 암말도 끌고 가고, 이케모투베는 훌륭하게 차려입은 그대로 허먼 배스킷네 집으로 걸어가서 베란다에 앉았고, 허먼 배스킷의 여동생은 여전히 콩을 까서 주전자에 던져넣고 로그-인-더-크릭은 바닥에 누워 하모니카를 불고 있었다. 다음으로 위스키 상인이 등장했고 이케모투베와 젊은이들은 로그-인-더-크릭을 숲속으로 초대해서 끌고 다니기 귀찮아질 때까지 술을 먹였다. 밖에서 제법 시간을 낭비하기는 했지만 로그-인-더-크릭은 평소처럼 일고여덟 잔 만에 속이 안 좋아지더니 잠들어버렸고, 이케모투베는 적어도 하루 이틀 정도는 하모니카 소리를 안 들어도 되리라 생각하며 허먼 배스킷네 베란다로 돌아갔다.

마침내 아울-앳-나이트가 제안을 하나 했다. "허먼 배스킷네 고모한테 선물을 보내자고." 그러나 이케모투베가 가진 것 중 허먼 배스킷네 고모가 가지지 못한 것이라고는 새 경주용 조랑말뿐이었다. 그래서 잠시 후 이케모투베는, "아무래도 내가 그 여자를 처음 생각보다 훨씬 고약하게 원하고 있는 것 같군"이라고 말하고는, 아울-앳-나이트를 보내 경주용 조랑말의 고삐 밧줄을

*** 미시시피 증기선의 전문 도박꾼들은 승객을 도박판으로 끌어들여 상당한 수익을 올렸으며, 패거리를 꾸려 사기도박판을 벌이는 경우도 흔했다. 조지 데볼처럼 널리 이름을 떨친 도박꾼도 등장했다. 이런 도박꾼 전통은 남북전쟁 이후 자취를 감추었다.

허먼 배스킷네 문 손잡이에 묶어 놓고 오라고 시켰다. 뒤이어 그는 허먼 배스킷의 고모가 허먼 배스킷의 여동생을 매번 깨워서 물을 길으러 샘터로 보내지조차 못한다는 사실을 떠올렸다. 게다가 그녀는 우리 구역 모든 치카소족의 추장인 옛 데이비드 콜버트의 아내의 종손녀와 시댁 쪽으로 육촌 친척이었으니, 이세티베하의 가족과 혈족 전체를 갓 솟아오른 버섯 정도로 여기고 있을 터였다.

"하지만 허먼 배스킷은 동생을 깨워서 샘터로 보낼 수 있다고들 하잖나." 내 아버지가 말했다. "그리고 그 친구가 그 데이비드 콜버트 노인의 아내나 그 아내의 조카딸이나 아니면 다른 누군가의 아내나 조카딸이나 고모가 다른 누구네 친척보다 낫다고 주장하는 꼴도 본 적이 없어. 허먼한테 그 말을 주자고."

"그것보다 나은 생각이 있다." 이케모투베가 말했다. 나체스와 내슈빌 사이의 땅에는 농장 쪽에도 미합중국 쪽에도 이케모투베의 조랑말에게 꼬랑지털을 보여줄 만한 말이라고는 한 필도 없었기 때문에 할 수 있는 생각이었다. "허먼을 위해 내기 경마를 열어서 그에게 영향력을 실어 주겠다." 그는 말했다. "뛰어가라." 그는 내 아버지에게 말했다. "아울-앳-나이트가 집에 도착하기 전에 따라잡아서 데려와라." 그래서 내 아버지는 제 시간 안에 조랑말을 다시 데려왔다. 그러나 허먼 배스킷의 고모가 부엌 창문이나 뭐 그런 곳에서 지켜보고 있었을 경우를 대비하여, 이케모투베는 아울-앳-나이트와 실베스터네 존을 집으로 보내자기 싸움닭이 든 상자를 가져오게 했다. 물론 허먼 배스킷의 고모가 농장에서 가장 훌륭한 싸움닭들을 소유하고 있어서 일요일 아침마다 상금을 쓸어가는 상황이라 별로 큰 기대는 하지 않았지만 말이다. 뒤이어 허먼 배스킷은 경주 참가를 사양했고, 따라서 내기 경마는 단순히 오락과 돈을 위한 것으로 남았다. 그러자 이케모투베는 돈은 자신에게 아무런 도움도 되지 않으며, 그 여자가 밤낮으로 자기 마음을 사로잡고 있으니 아무런 오락도 만끽할 수 없다고 말했다. 그러나 위스키 상인은 언제나 농장을 찾았고, 따라서 이케모투베는 적어도 하루 이틀 정도는 그 하모니카 소리를 피할 수 있었다.

그러다 데이비드 호건백도 허먼 배스킷의 여동생에게 눈독을 들였는데, 그 또한 증기선이 농장에 들르기 시작한 후로 매년 한 번씩은 그녀를 봐 왔던 사람이었다. 조금만 지나면 겨울도 끝날 것이고, 데이비드 호건백이 증기선을 댈 수 있는 수위를 기록하려고 부둣가에 남긴 표지를 향해 물이 차오를 것이었다. 그러다 강물이 표지에 닿을 것이고, 그리고 이틀만 지나면 농장에 증기선의 고함이 울릴 것이었다. 그러면 모든 부족민이 — 남자와 여자와 아이들과 개들이, 심지어 허먼 배스킷의 여동생까지 부둣가에 나가 서 있을 텐데, 그녀의 경우에는 이케모투베가 몸소 탈말을 끌고 올 것이기 때문이었다. 남는 사람은 로그-인-더-크릭뿐일 것이며, 그마저도 여전히 추운 날씨에도 집 안에 들어오지 못할 것인데, 허먼 배스킷의 고모가 매번 지나갈 때마다 그를 타고 넘어야 하리라는 이유로 그를 집에 들이지 않을 것이며, 그저 베란다에서 불씨가 든 낡은 냄비와 함께 담요 안에 쭈그려 앉아 있게 될 것이기 때문이었다. 여하튼 사람들은 부둣가로 나와서 나무 위편으로 움직이는 갑판 상층과 굴뚝을 바라보고 굴뚝이 연기 뿜는 소리를 듣고 고함이 들리지 않을 때조차도 물속에서 바쁘게 움직이는 증기선의 물장구를 보게 될 것이었다. 그러다 보면 데이비드 호건백의 깽깽이 소리가 들리기 시작할 것이고, 마침내 증기선이 시꺼먼 연기를 내뱉고 말발굽이 진흙을 튀기듯이 물을 튀기며 물장구치면서 강의 남은 구간을 경주용 말처럼 달려오는 모습이 보일 것이고, 증기선 선주인 스터든메어 선장은 한쪽 창문에서 담배를 질겅거리며 내다보고 데이비드 호건백은 다른 창문에서 깽깽이를 켜는 모습이 보일 것이며, 그들 사이로는 덩치가 스터든메어 선장의 절반을 간신히 넘으며 데이비드 호건백의 3분의 1도 되지 않는 타륜을 잡은 소년 노예의 머리도 보일 것이다. 그리고 낮에는 내내 거래가 계속될 것이었지만, 데이비드 호건백은 그쪽 일에는 거의 관여하지 않을 것이다. 그런 다음에는 밤새 춤판이 벌어질 것이었고, 데이비드 호건백은 그쪽에 가장 크게 관여하게 될 것이다. 그가 다른 젊은이 둘을 합쳐놓은 만큼 덩치가 크며, 춤이나 뜀박질에 적합한 신체라고 말하기는 힘들어도 그 두 배의 덩치에는 평범한 사람 둘 분량의 위스키가 들어갈 수 있으며, 두 배는 오래 춤출 수 있기에 젊은이들이 하나둘씩 떨어져 나가면 결국에는 그만 홀로 남게 되기 때문이었다. 그리고 내기 경마와 식사 시합이 있을 텐데, 데이비드 호건백은 말을 소유하지도 않았고 그를 태우고 빠르게 달릴 수 있는 말도 없기에 경주에는 참여하지 않았지만, 식사 시합에서는 매년 부족에서 고른 젊은이 둘을 상대로 돈을 걸고 시합에 나서는데도 승리는 언제나 데이비드 호건백이 차지했다. 그러다 그가 부둣가에 남긴 표지를 향해 수위가 내려가기 시작하면, 움직일 수 있을 만큼 물이 남은 동안에 증기선이 빠져나갈 시간이 찾아오는 것이었다.

그런데 증기선이 떠나지 않았다. 강의 수량이 줄어들기 시작했지만, 데이비드 호건백은 허먼 배스킷네 베란다를 찾아와서, 허먼 배스킷의 여동생이 그 은제 주전자에 뭔가 요리할 재료를 담아 섞고 이케모투베는 화려한 옷차림에 비버가죽 모자까지 쓴 채로 기둥 하나에 기대어 앉아 있고 로그-인-더-크릭은 바닥에 드러누워 양손으로 하모니카를 붙들고 입에 가져다 대고 있는 사이에서, 계속 깽깽이를 켰다. 이제는 하모니카를 실제로 연주하고 있는지조차 분간하기 힘들 지경이었다. 그렇게 계속 허먼 배스킷네 베란다에서 깽깽이를 켜다 보니 데이비드 호건백이 부둣가에 남긴 표지가 눈에 보이기 시작했고, 이케모투베는 아예 자기 집에서 흔들의자를 가져와서 베란다에 놓고는 데이비드 호건백이 증기선을 나체스까지 인도하러 떠날 때까지 자리를 지키기로 작정했다. 그날 오후 내내 부족 사람들은 부둣가에 서서 증기선의 노예들이 뱃속에 장작을 던져넣어 증기를 뿜게 만드는 모습을 지켜보았다. 그리고 그 밤의 대부분을, 데이비드 호건백이 평소보다 두 배의 술을 마시고 두 배는 오래 춤추는, 즉 이케모투베보다 네 배의 술을 마시고 네 배는 오래 춤추는 모습을 지켜보게 되었다. 그녀에게 눈독을 들인 이케모투베, 또는 그녀에게 눈독을 들인 다른 남자를 주시하는 이케모투베조차 그에게 대적할 도리가 없었다. 그날 부둣가에 나와서 증기선의 뱃속에 장작을 집어넣는 노예들을 지켜보던 부족의 나이 든 사람들은, 증기선이 물장구를 치지 않고 고함소리만 높이면서, 스터든메어 선장이 위층 난간에서 몸을 빼고 문 손잡이에 묶어 놓은 고함소리 밧줄을 당기는 모습을 지켜보게 되었다. 다음 날 스터든메어 선장은 몸소 베란다로 찾아와서 데이비드 호건백의 깽깽이 끄트머리를 붙들었다.

"네놈은 해고야." 그는 말했다.

"알았어요." 데이비드 호건백은 말했다. 스터든메어 선장은 다시 데이비드 호건백의 깽깽이 끄트머리를 붙들었다.

"네놈 봉급을 줄 돈을 찾으려면 함께 나체스까지 돌아가야 할 거다." 그는 말했다.

"술집에 돈 맡겨 놔요." 데이비드 호건백은 말했다. "내년 봄에는 다시 배를 끌고 내려갈 테니까."

그러다 밤이 되었다. 허먼 배스킷의 고모가 나와서 모두 밤새 거기 머물 생각이라면, 적어도 데이비드 호건백의 깽깽이 정도는 멈춰야 다른 사람들이 잘 수 있지 않겠느냐고 말했다. 잠시 후 그녀는 다시 나오더니 허먼 배스킷의 여동생에게 들어와서 잠자리로 가라고 말했다. 잠시 후 허먼 배스킷이 나오더니 이렇게 말했다. "이보게, 친구들. 정신 좀 차리라고." 잠시 후 허먼 배스킷의 고모가 나와서는 다음번에는 허먼 배스킷의 죽은 삼촌의 산탄총을 가지고 나오겠다고 말했다. 그리하여 이케모투베와 데이비드 호건백은 바닥에 누워 있는 로그-인-더-크릭을 놔두고 베란다 계단을 내려왔다. "잘 자라고." 데이비드 호건백이 말했다.

"내가 자네를 바래다주지." 이케모투베가 말했다. 그리하여 그들은 농장을 가로질러 증기선까지 걸어갔다. 어두운 데다 스터든메어 선장이 여전히 이세티베하의 뒤편 현관에 잠들어 있어 증기선의 뱃속에도 타오르는 불길은 없었다. 이케모투베가 말했다. "잘 자게."

"내가 널 바래다주겠어." 데이비드 호건백이 말했다. 그래서 그들은 농장을 가로질러 돌아와서 이케모투베의 집에 도착했다. 그러나 데이비드 호건백은 작별 인사를 할 시간조차 없었는데, 이케모투베가 자기 집에 도착하자마자 증기선으로 되돌아가기 시작했기 때문이다. 이내 그는 달리기 시작했는데, 데이비드 호건백이 여전히 빨리 달릴 만한 사람으로는 보이지 않았기 때문이다. 그러나 외모로만 따지자면 어차피 오래 춤출 사람으로도 보이지 않았기에, 이케모투베가 증기선에 도착해서 다시 뒤돌아 달리기 시작했을 때에는, 데이비드 호건백은 이미 조금밖에 뒤처져 있지 않았다. 이케모투베의 집에 도착해서 멈추었을 때도 그는 여전히 데이비드 호건백보다 조금 앞서 있을 뿐이었고, 숨이 가쁘기는 했으나 그리 심하게 가쁘지는 않은 상태로 문을 열어 데이비드 호건백을 집 안으로 초대했다.

"집이라 부르기에도 너무 누추하기는 하지만," 그는 말했다. "자네 집이라 여기고 들어오게." 그리하여 그날 밤, 둘은 이케모투베의 침대에서 함께 잠이 들었다. 그리고 다음 날 오후, 허먼 배스킷은 여전히 성공을 빌어주는 외에는 아무런 행동도 하지 않는 가운데, 이케모투베는 내 아버지와 실베스터네 존에게 자기 승마용 암말을 딸려보내 허먼 배스킷의 고모를 태워 오게 하고, 그와 허먼 배스킷은 내기 경마에 출전했다. 그리고 그는 지금껏 농장에 있었던 그 누구보다도 빠르게 말을 달렸다. 허먼 배스

어떤 구애 519

킷의 고모가 지켜보는 가운데 그는 다른 말들과 거리를 훌쩍 벌리며 승리하고는 마치 허먼 배스킷이 이겼다는 것처럼 그에게 모든 상금을 건넸으며, 그날 저녁에는 아울-앳-나이트를 보내 경주용 조랑말의 고삐 밧줄을 허먼 배스킷네 부엌 문 손잡이에 묶어놓고 오게 했다. 그러나 그날 밤, 허먼 배스킷의 고모는 그들에게 경고조차 하지 않았다. 아예 처음부터 허먼 배스킷의 죽은 숙부의 총을 들고 나왔고, 이케모투베는 거의 순식간에 그녀의 표적에 자기도 포함된다는 사실을 깨달았다. 그래서 그와 데이비드 호건백은 베란다에 누워 있는 로그-인-더-크릭을 남겨두고 그곳을 떠났으며, 이케모투베의 집과 증기선 사이를 처음 왕복할 때는 잠깐 내 아버지네 집에 들르기도 했는데, 내 아버지와 아울-앳-나이트가 허먼 배스킷의 고모가 경주용 조랑말을 숲속 깊은 곳으로 보내 버려서 아직도 찾지 못했다고 알리러 돌아왔을 때는, 이케모투베와 데이비드 호건백은 증기선의 데이비드 호건백의 침대에서 함께 잠들어 있었다.

그리고 다음 날 아침에는 위스키 상인이 찾아왔고, 그날 오후에는 이케모투베와 젊은이들이 로그-인-더-크릭을 숲속으로 초대했으며, 잠시 후 내 아버지와 실베스터네 존이 위스키 상인의 짐마차를 가지러 돌아왔고, 내 아버지와 실베스터네 존은 짐마차를 몰고 떠났으며 로그-인-더-크릭은 짐마차 뒤쪽 위스키 통 놓는 공간 위쪽 지붕에 엎어져 있었으며 이케모투베는 함께 지붕 위에 올라타서, 잭슨 장군이 이세티베하한테 선물한 낡은 외투를 입고 팔짱을 끼고 한쪽 발로는 로그-인-더-크릭의 등을 밟은 채로, 그렇게 짐마차를 천천히 몰아 데이비드 호건백이 깽깽이를 켜고 허먼 배스킷의 여동생은 뭔가 요리할 재료를 은제 와인 주전자에 담고 있는 베란다를 지나갔다. 그리고 그날 밤, 내 아버지와 아울-앳-나이트가 아직도 허먼 배스킷네 고모가 어디다 조랑말을 숨겼는지 찾아내지 못했다고 말하러 이케모투베를 찾아갔을 때, 이케모투베와 데이비드 호건백은 이케모투베의 집에 있었다. 다음 날 오후 이케모투베와 젊은이들은 데이비드 호건백을 숲속으로 초대했고, 한참이 흘러 그들이 숲속에서 나왔을 때는 데이비드 호건백이 짐마차를 몰고 있고 이케모투베를 비롯한 젊은이들의 다리가 위스키통 놓는 공간에서 삐져나와 밀짚처럼 덜렁거리고 있었으며 이세티베하의 장군 외투는 노새 중 하나의 목덜미에 소맷단으로 묶여 있었다. 그리고 그날 밤에는 누구도 경주용 조랑말을 찾으러 나가지 못했으며, 잠에서 깬 이케모투베는 처음에는 자기가 어디 있는지조차 파악하지 못했다. 게다가 다른 젊은이들을 밀어내고 위스키통 넣는 공간에서 빠져나오기 전부터 데이비드 호건백의 깽깽이 소리가 들리기 시작했는데, 그날 밤에는 허먼 배스킷의 고모도 허먼 배스킷도 그리고 마침내 허먼 배스킷의 죽은 삼촌의 총조차도 데이비드 호건백을 베란다에서 떠나거나 심지어 깽깽이 켜는 것을 멈추라고도 설득할 수 없었기 때문이다.

그리하여 다음 날 아침, 이케모투베와 데이비드 호건백은 숲속 조용한 공터에 쭈그려 앉았고, 여전히 말을 찾아다니고 있는 실베스터네 존과 아울-바이-나이트를 제외한 젊은이들은 주변에서 경비를 섰다. "우리가 그 여자를 놓고 싸울 수도 있겠지." 데이비드 호건백은 말했다.

"그 여자를 놓고 싸울 수도 있네." 이케모투베가 말했다. "그러나 백인과 부족민은 서로 싸우는 방식이 달라. 우리는 나이프를 사용해서 신속하게 치명상을 입히려 하지. 내가 지고 싶은 입장이라면 그것도 상관없네. 나는 기꺼이 치명상을 입을 테니까. 허나 내가 이기고자 한다면, 나는 자네에게 치명상을 입히고 싶지 않다네. 내가 진정으로 이기려면 자네가 그 광경을 목격해야 하니까. 나는 결혼식날에 자네가 있어 주기를 바란다네. 최소한 어디든 좋으니까, 담요에 싸인 채 숲속 제단에 올라가서 대지에 들어갈 때를 기다리게 되지는 않아 줬으면 한다네." 내 아버지의 말에 따르면, 이케모투베는 데이비드 호건백의 어깨에 손을 올리고 그에게 웃어 보였다고 한다. "그런 걸로 만족할 수 있었더라면 우리가 여기 쭈그려 앉아서 어떻게 할지 의논하고 있을 리가 있겠나. 자네도 그 점은 알리라 생각하네."

"알 것 같아." 데이비드 호건백이 말했다.

내 아버지의 말에 따르면, 그러자 이케모투베는 데이비드 호건백의 어깨에서 손을 뗐다고 한다. "그리고 위스키는 이미 시도해 봤지." 그가 말했다.

"시도했지." 데이비드 호건백이 말했다.

"나는 경주용 조랑말과 장군의 외투로도 실패했네." 이케모투베가 말했다. "사실 탁자 위에 덮어놓은 카드처럼 아껴 두고 있던 물건들인데 말이야."

"그 외투는 완전히 실패였다고는 못 하겠는데." 데이비드 호건백이 말했다. "그거 입은 모습이 꽤 멋졌거든."

"아이히." 이케모투베가 말했다. "멋지기야 노새도 꽤 멋졌지." 내 아버지의 말로는, 작대기로 바닥에 낙서를 하는 데이비드 호건백과 나란히 앉은 이케모투베의 입가에는, 더 이상 웃음이 떠올라 있지 않았다고 한다. "그러니까 이제 남은 건 하나뿐일세." 그가 말했다. "그리고 그 측면에서 나는 이미 출발 전부터 져 버린 셈이지."

 그래서 그날 내내 그들은 아무것도 먹지 않았다. 그리고 그날 밤 허먼 배스킷네 베란다에 누운 로그-인-더-크릭을 두고 떠난 두 사람은, 단순히 이케모투베의 집과 증기선 사이를 처음에는 걷다가 나중에는 뛰어 왕복하는 대신, 허먼 배스킷네 집을 떠나자마자 전력으로 달리기 시작했다. 두 사람이 자려고 누운 곳은 숲속 한가운데라 식사의 유혹뿐 아니라 기회조차도 없는 곳인데다, 식사 시합이 열릴 농장으로 돌아가려면 식전 운동 삼아 전력으로 뜀박질할 수도 있는 곳이었다. 그러다 아침이 되고 둘은 다시 달려서 내 아버지와 젊은이들이 말들 앞에 모여 기다리는 곳으로 돌아왔고, 그들은 이케모투베에게 허먼 배스킷네 고모가 대체 어디다 조랑말을 숨겼는지 도무지 알아낼 수가 없다고 보고한 다음 둘을 호위하여 농장에 있는 경주장으로 갔고, 부족 사람들은 탁자에 둘러서서 기다리고 있었는데, 이세티베하를 위해 허먼 배스킷네 베란다에서 이케모투베의 흔들의자를 가져오고 그 뒤에 심사관들이 앉을 긴 의자도 놓았다. 시작하기 전에 열 살 먹은 꼬맹이 하나가 경주장을 뛰어 돌아다니는 바람에 잠시 시작이 지연됐고, 둘은 잠시 숨을 돌릴 수 있었다. 뒤이어 이케모투베와 데이비드 호건백은 서로를 마주 보고 탁자 반대편에 앉았고, 아울-앳-나이트가 시작 신호를 보냈다.

우선 양쪽은 상대방이 양손으로 단지에서 떠낼 수 있는 만큼의 새 내장 스튜를 해치웠다. 다음으로는 자기 나이와 같은 개수의 칠면조 알을 먹었는데, 이케모투베는 스물두 개고 데이비드 호건백은 스물세 개였지만, 이케모투베는 이런 이득을 거부하고 자기도 스물세 개를 먹겠다고 주장했다. 그러자 데이비드 호건백은 자기가 이케모투베보다는 하나 더 먹어야 하니 스물네 개를 먹겠다고 말했고, 결국 이세티베하가 양쪽 모두에게 닥치고 얼른 진행하라 일렀으며, 아울-앳-나이트가 껍질을 헤아렸다. 다음 차례는 곰의 혓바닥과 발바닥과 지라였는데, 데이비드 호건백이 벌써 먹기 시작했는데도 이케모투베는 잠시 일어나서 자기 몫의 절반을 바라보고 있었다. 그리고 데이비드 호건백이 거의 다 먹어가고 자기도 반쯤 먹었을 때쯤 다시 손을 멈추고 그것들을 바라보았다. 하지만 별 문제는 없었다. 그의 얼굴에는 희미한 미소가 떠올라 있었는데, 젊은이들은 그가 전력질주의 막바지에 이르러 지금부터는 자신이 살아 있기 때문이 아니라 자신이 이케모투베이기 때문에 계속 달리고자 마음먹었을 때 본 적 있는 미소였다. 그리고 그는 계속 먹어댔고, 아울-앳-나이트는 뼈를 헤아렸으며, 여인들은 새끼돼지 통구이를 탁자에 놓았고 이케모투베와 데이비드 호건백은 돼지의 꼬리께로 이동해서 통구이를 가운데 놓고 서로를 마주했으며, 아울-앳-나이트는 시작 신호를 내리자마자 중단 신호를 내려야 했다. "물 좀 가져와." 이케모투베가 말했다. 그래서 내 아버지는 표주박을 건넸고 그는 한 모금 마시기까지 했다. 그러나 물은 목구멍 뒤편을 때리고 튕겨나온 것처럼 되돌아왔고, 이케모투베는 표주박을 내려놓고 고개를 숙인 다음 셔츠 옷자락을 들어 머리를 덮은 채 그대로 몸을 돌려 걸어 나왔으며, 부족 사람들은 그가 떠나도록 길을 비켜 주었다.

그날 오후, 둘은 숲속 조용한 공터로 가지조차 않았다. 그들은 이케모투베의 집에 서 있었으며, 내 아버지와 다른 젊은이들도 그 뒤편에 배경처럼 조용히 서 있었다. 내 아버지의 말로는, 이케모투베는 이제 웃지 않고 있었다고 한다. "어제 한 말이 맞았군." 그는 말했다. "자네한테 질 생각이었다면 차라리 나이프 싸움을 했어야 해. 자네도 알겠지." 그는 이렇게 말했고, 내 아버지의 말에 따르면 다시 미소를 짓기까지 했다고 한다. 길고 힘든 뜀박질 끝에 보이는, 그가 살아 있기 때문이 아니라 자신이 이케모투베이기 때문에 계속 달릴 거라고 젊은이들이 알아차리게 되는 그런 미소를 말이다. "―자네도 알겠지만, 내가 졌기는 해도 이대로 승복은 도저히 못 하겠어."

"시작도 전에 내가 이겨 버렸는데." 데이비드 호건백이 말했다. "우리 둘 다 그건 알잖아."

"그렇지." 이케모투베가 말했다. "하지만 제안한 사람은 나야."

"그럼 이젠 뭘 제안할 건데?" 데이비드 호건백이 말했다. 내 아버지의 말에 따르면, 사람들은 그 순간 이케모투베를 사랑했듯 데이비드 호건백 또한 사랑하게 되었다고 한다. 이케모투베가 웃음 띤 얼굴로 데이비드 호건백 앞에 서서 그의 가슴에 오른손을 올리는 바로 그 순간에 양쪽 모두를 사랑하고 있었으며, 그 이유는 그들이 그 시절의 남자였기 때문이라고.

"그럼 한 번만 더. 이걸로 끝이야." 이케모투베가 말했다. "동굴까지." 그리고 그와 데이비드 호건백은 옷을 벗었고 내 아버지와 다른 젊은이들은 그들의 몸과 머리카락에 박하를 섞은 곰 기름을 발랐는데, 이번에는 속도뿐 아니라 오래 가도록 할 필요도 있었기 때문이다. 동굴까지 거리는 일백삼십 마일이고, 데이비드 콜버트 노인의 고장 너머에 있었다 — 언덕 가운데 뚫린 검은 구멍인데 야생 짐승은 다가가다 그대로 발길을 돌리고, 개는 때려도 들어가지 않으려 하며, 모든 부족민의 남자아이들이 '불 앞을 떠나는 첫날 밤'에 그곳에 가서 드러누워 보내면서 남자가 될 용기가 있는지를 증명하는 곳이었는데, 부족 사람들은 아주 오래전부터 속삭임이나 갑작스러운 움직임으로 인한 공기의 흐름만으로도 천장의 일부가 내려앉을 수 있다는 사실을 알고 있었으며, 따라서 아주 크게 움직이거나 소리를 내거나 아니면 아예 아무것도 없어도 산이 통째로 동굴 안으로 무너져내릴 수 있다고 믿는 곳이었다. 뒤이어 이케모투베는 가방에서 권총 두 자루를 꺼내고 총알을 빼냈다가 재장전했다. "누구든 동굴에 먼저 도착하는 사람이 홀로 안으로 들어가서 권총을 쏘는 걸세." 그는 말했다. "그리고 무사히 나오면, 그 사람이 이긴 거지."

"만약 그 사람이 동굴에서 나오지 못하면?" 데이비드 호건백이 말했다.

"그럼 자네가 이기는 걸세." 이케모투베가 말했다.

"너일 수도 있지." 데이비드 호건백이 말했다.

내 아버지의 말에 따르면, 이케모투베는 다시 데이비드 호건백을 향해 미소를 지었다고 한다. "나일 수도 있지." 그는 말했다.

"하지만 어제 말했다고 생각하는데, 그런 상황은 내게는 승리라고 할 수 없을 걸세." 그리고 이케모투베는 다른 탄약과 마개와 총알을 꺼내 그와 데이비드 호건백이 가져갈 두 개의 작은 약주머니 안에 넣었는데, 먼저 동굴에 들어간 사람이 충분히 빨리 패배하지 못할 경우를 대비하기 위해서였고,* 두 사람은 셔츠와 신발 차림에 권총 하나씩과 목에 끈으로 매단 약주머니 하나씩만을 가진 채로, 이케모투베의 집에서 나와서 그대로 달리기 시작했다.

그때가 저녁이었다. 이윽고 밤이 찾아왔고, 데이비드 호건백은 길을 몰랐기 때문에 이케모투베가 계속 앞서 달리게 되었다. 그러나 이내 다시 해가 떠올랐고 이제 데이비드 호건백은 햇빛과 이케모투베가 알려주었던 지형지물에 의지해 달릴 수 있었는데, 함께 개울 옆에서 쉬면서 그가 빨리 달리고 싶다면 사용할 수 있으리라고 설명해 준 내용이었다. 그리하여 때론 데이비드 호건백이 앞서고 때론 이케모투베가 앞서 달렸으며, 그러다 다시 데이비드 호건백이 샘물이나 개울에 발을 담그고 쉬고 있는 이케모투베를 앞질러갈 때면 그는 데이비드 호건백에게 웃어 보이며 손을 흔들곤 했다. 그러다 그는 데이비드 호건백을 따라잡았고 이제 널찍한 평야가 펼쳐졌으며 두 사람은 한동안 나란히 평야를 달리게 되었는데, 그동안 이케모투베의 손은 데이비드 호건백의 어깨에 가볍게, 어깨 위가 아니라 뒤편에 살짝 얹혀 있었고,

---

* 동굴이 무너졌는데 즉사하지 않았을 경우를 대비한 자살용 예비 탄환이라는 뜻.

잠시 후 그는 데이비드 호건백을 향해 웃어 보이고는 다시 앞서 나갔다. 그러나 이내 석양이 찾아오고 다시 사방이 어두워지자 이케모투베는 걸음을 늦추다가 이윽고 완전히 멈춰서서 데이비드 호건백의 소리가 들리기를 기다렸고, 데이비드 호건백이 자기 소리를 들으리라는 것을 확신한 다음에야 다시 달리기 시작해서 그가 자기가 달리는 소리를 따라올 수 있도록 만들었다. 따라서 데이비드 호건백이 쓰러졌을 때도 이케모투베는 그 소리를 들을 수 있었고, 그는 돌아가서 어둠 속에서 데이비드 호건백을 찾아낸 다음 그를 뒤집어 눕히고는 어둠 속에서 물을 찾아서 자기 셔츠를 적셔 돌아와서 데이비드 호건백의 입에 대고 셔츠를 짜서 물을 떨어뜨려주었다. 그러다 해가 떴고 이케모투베는 잠에서 깨어나서 새끼 새 다섯 마리가 든 둥지를 찾아내 식사를 하고는 세 마리를 데이비드 호건백에게 가져다주었고, 그런 후에는 데이비드 호건백의 시야에 아슬아슬하게 보일 때까지만 걸어간 다음 그가 자리에서 일어날 때까지 그대로 앉아 기다렸다.

그리고 그는 그날도 데이비드 호건백에게 지형지물을 일러주었는데, 달리면서 어깨 너머로 데이비드 호건백에게 계속 말했던 것이었지만, 이제 데이비드 호건백은 다시 이케모투베를 따라잡지 않았으니 별 쓸모는 없는 일이었다. 아예 15보나 20보 안으로 가까워지지조차 않았는데, 딱 한 번은 따라잡힐 것처럼 보일 때가 있었다. 이케모투베가 쓰러졌기 때문이다. 다시 탁 트인 장소로 나온 후였기에 이케모투베는 한참을 그대로 누워서 데이비드 호건백이 다가오는 모습을 지켜봤다. 그러다 다시 해질녘이 되었고, 다시 어두워졌으며, 그는 데이비드 호건백이 다가오는 소리를 들으며 한참을 누워 있다가 결국 때가 되어 일어났고, 두 사람은 어둠 속에서 천천히, 데이비드 호건백이 적어도 백 보는 뒤떨어진 상태로 걸어가다가 다시 데이비드 호건백이 쓰러지는 소리가 들렸고 그 또한 그 자리에 누웠다. 그러다 다시 낮이 되고 그는 데이비드 호건백이 일어나서 천천히 자신에게 다가오는 모습을 보고는 일어나려 시도했으나 몸이 말을 듣지 않았고 순간 데이비드 호건백이 그를 따라잡을 것처럼 보였다. 그러나 그는 데이비드 호건백이 아직 네다섯 발짝 떨어져 있을 때 마침내 자리에서 일어났고 둘은 그대로 다시 데이비드 호건백이 쓰러질 때까지 걸어갔고, 이케모투베는 자기가 데이비드 호건백이 쓰러지는 모습을 지켜보고 있다고만 생각했는데 정신을 차려 보니 자신도 쓰러져 있었고, 그래도 그는 몸을 반쯤 일으켜 네 발로 10보나 15보쯤을 기어간 다음 다시 누웠다. 그리고 그의 눈앞에 동굴이 있는 언덕 위로 석양이 드리운 모습이 펼쳐졌다. 밤이 지나가고 해가 뜰 때까지도 언덕은 그대로 그 자리에 있었다.

따라서 동굴로 먼저 달려간 사람은 이케모투베였으며, 그 손에는 이미 권총이 들려 있었다. 그의 말에 따르면 자신은 입구에서 1초쯤 머뭇거렸을 텐데, 아마 태양을 다시 바라보거나 데이비드 호건백이 멈춘 장소를 확인하기 위해서였던 모양이었다. 그러나 데이비드 호건백은 여전히 달리고 있었으며 15보나 20보밖에 뒤처져 있지 않았는 데다, 게다가 그 빌어먹을 허먼 배스킷의 여동생 때문에 아무리 시간이 흘러도 태양빛이나 열기에도 지치지 않을 것처럼 보였다. 그래서 그는 동굴 안으로 뛰어들어온 다음 몸을 돌리다가 데이비드 호건백 또한 동굴로 뛰어들어오는 모습을 목격하고 소리쳤다. "물러서, 이 바보야!" 그러나 이케모투베가 천장을 향해 권총을 쏘는 동안에도 데이비드 호건백은 그대로 동굴로 달려들어왔다. 뒤이어 소음과 무너지는 소리가 들리며 어둠과 먼지가 찾아왔고, 이케모투베의 말로는 그때 그는 이렇게 생각했다고 한다. 아이히. 이제 무너지겠군. 그러나 천장이 머리 위로 떨어지는 일은 없었고, 그는 어둠 속에서도 데이비드 호건백이 앞으로 몸을 날려 팔과 무릎을 땅에 대고 버티고 있는 모습을 볼 수 있었다. 그리고 그는 어둠이 완전하지 않다는 것을 깨달았는데, 데이비드 호건백의 팔과 무릎이 만들어낸 터널 뒤편으로 햇살과 하늘과 빛이 보였기 때문이었다. 데이비드 호건백이 무너진 천장을 등에 이고 있는 것이었다. "얼른." 데이비드 호건백이 말했다. "내 다리 사이로 나가. 오래는 버티기가—"

"안 돼, 형제여." 이케모투베가 말했다. "얼른 나가야 하는 건 자네일세. 천장에 깔리기 전에 뒤로 기어 나가게."

"얼른." 데이비드 호건백은 이를 악문 채로 말했다. "얼른, 빌어먹을 자식아." 그래서 이케모투베는 그 말에 따랐고, 훗날까지 데이비드 호건백의 엉덩이와 다리가 일출 속에서 분홍색으로 물든 모습도, 데이비드 호건백의 등에 얹힌 채 천장 전체를 지탱하는 돌덩이 또한 일출 속에서 분홍색으로 물든 모습도 기억할 수 있었다. 그러나 어디서 굵직한 통나무를 찾았는지, 그리고 무슨 수로 그걸 혼자 들고 동굴로 들어가서 데이비드 호건백의 옆쪽 구멍에 찔러넣고 자기 등으로 돌덩이를 받쳐들어서 적어도 무게의 일부가 통나무에 실리게 했는지는 도무지 기억할 수가 없었다.

"됐네." 그가 말했다. "얼른 나와."

"안 돼." 데이비드 호건백이 말했다.

"서두르게, 형제." 이케모투베가 말했다. "이제 자네에게 실린 무게는 덜었어."

"그럼 내가 못 움직이는 거겠는데." 데이비드 호건백은 말했다. 그러나 이케모투베 또한 움직일 수 없었는데, 이제 그 또한 등과 다리로 무너진 지붕을 지탱하는 상황이었기 때문이다. 그래서 그는 한쪽 손을 뻗어 데이비드 호건백의 고깃덩이*를 잡고 뒤로 당겨 구멍에서 빼내어 땅바닥에 엎어지게 만들었다. 그러자 예전에는 일부만 통나무에 실려 있던 무너진 천장의 무게가 이제 통나무와 이케모투베에 전부 실리게 되었으며, 이케모투베의 말로는 그때야말로 이번에는 진짜로 '아이히'겠군, 하고 생각했다고 한다. 그러나 부러진 것은 그의 등이 아니라 통나무였고, 그는 그대로 퉁겨나와 마치 한 쌍의 나무토막처럼 데이비드 호건백의 옆에 엎어졌고, 데이비드 호건백의 입에서는 선혈이 뿜어져 나왔다.

그러나 이틀째 되는 날에는 데이비드 호건백이 피를 토하는 것도 멈추었고, 이케모투베가 농장 쪽으로 40마일도 채 달려오지 못한 지점에서 데이비드 호건백을 태울 말을 끌고 가던 내 아버지가 그와 만났다. 내 아버지는 즉시 이렇게 말했다. "전할 소식이 하나 있네."

"조랑말을 찾아낸 모양이군." 이케모투베는 말했다. "알았네. 가자고. 저 빌어먹을 머저리 같은 백인 녀석을 말에 태워야—"

---

* the meat. 고환을 뜻한다.

"아니, 그게 아닐세, 형제여." 내 아버지는 말했다. "자네에게 전할 소식이 하나 있네."

그러자 이케모투베는 즉시 이렇게 답했다. "알겠네."

그러나 스터든메어 선장은 이세티베하의 짐마차를 빌려 나체스로 돌아가면서, 증기선의 노예 수부들도 전부 데려가 버렸다. 그래서 내 아버지와 젊은이들이 증기선의 뱃속에 불을 피워 증기를 내뿜어서 움직일 수 있게 만들려 했고, 그러는 동안 데이비드 호건백은 윗층에 앉아서 고함용 밧줄을 이따금씩 당기면서 증기가 충분한지를 확인했고, 고함이 울릴 때마다 부족 사람들이 조금씩 부둣가로 모여들더니 결국에는 아마도 늙은 이세티베하를 제외한 농장의 모든 부족 사람들이 강둑에 서서 젊은이들이 증기선의 뱃속에 장작을 던져넣는 광경을 구경하게 되었다. 적어도 우리 농장에서는 한 번도 없었던 일이었다. 그러다 증기가 강해지며 증기선이 움직이기 시작했고 부족 사람들도 증기선을 따라 걸음을 옮기면서, 젊은이들을 잠시 바라보다가 뒤이어 이케모투베와 데이비드 호건백을 잠시 바라보며 증기선이 농장을 떠나는 모습을, 고작 일주일 전만 해도 이케모투베와 데이비드 호건백이 허먼 배스킷네 베란다에서 하루 종일 그리고 밤의 절반을 앉아서 보내다가 마침내 허먼 배스킷의 고모가 허먼 배스킷의 죽은 숙부의 총을 들고 나왔으며 로그-인-더-크릭은 바닥에 누워서 입가에 손을 모아 하모니카를 불고 로그-인-더-크릭의 아내는 데이비드 콜버트 노인의 아내의 종손녀의 시댁 쪽 육촌 친척의 와인 주전자에 껍질을 깐 옥수수나 완두콩을 던져넣고 있던 바로 그 농장을 떠나는 모습을 지켜보았다. 이후 이케모투베는 그대로 완전히 사라져서 아주 오래 떠나 있다가 둠이라는 이름이 되어 돌아왔고, 그때는 누구도 사랑하기를 원치 않았던 새로운 백인 친구와 누구도 쓸모를 찾지 못했던 여덟 명의 노예를 데려왔는데 우리가 이미 소유한 노예조차도 일거리를 찾아주려면 자리에서 일어나 어디든 가야 했기 때문이며, 거기에 금실로 수놓은 훌륭한 옷에 작은 금색 소금상자를 가져와서 그걸로 네 마리 강아지가 하나씩 차례로 죽음을 맞게 만들었으며, 그 후로 둠은 원하는 것이라면 아무런 방해도 없이 뭐든 차지할 수 있었다. 그러나 이때까지 그는 완전히 떠나지 않았다. 이때까지는 그저 이케모투베일 뿐이었고, 젊은이 중 하나일 뿐이었고, 사랑했고 그 사랑을 되돌려받지는 못했으나 다른 사람의 말에 귀 기울이고 진실을 받아들일 줄은 아는 이였으며, 그보다 앞서 지나간 젊은이들이나 이후 찾아올 젊은이들과 마찬가지로 그럼에도 여전히 이해하지 못하는 한 사람의 젊은이일 뿐이었기 때문이다.

"그 여자 때문이 아니야!" 이케모투베는 말했다. "그리고 이긴 게 로그-인-더-크릭이기 때문도 아니야. 어쩌면 나 때문일 수는 있겠지. 로그-인-더-크릭 같은 자식 때문에 눈물을 흘리고픈 마음이 드는 나 자신이 문제라고."

"그 여자 생각은 그만둬." 데이비드 호건백이 말했다.

"이젠 안 하네. 벌써 그쳤다고. 보이나?" 이케모투베는 이렇게 말했으나, 그의 얼굴에 내리쬐는 석양은 마치 창문을 통과하며 빛에서 빗방울로 변화한 것처럼 보였다. "우리 현인 중에서 이런 말을 한 사람이 있다네. 여인의 변덕은 나비와 같으니, 꽃에서 꽃으로 날아다니다 결국에는 말이 오줌을 싼 꽃에 머물게 될지도 모르니."

"우리 쪽 현인 중에는 솔로몬이라는 사람이 있었는데, 종종 그거하고 비슷한 이야기를 했다더군." 데이비드 호건백이 말했다. "어쩌면 말하는 이가 누구든, 모든 남자에게 통하는 지혜는 하나뿐인지도 모르겠어."

"아이히. 적어도 모든 남자가 하나뿐인 똑같은 실연을 겪는다는 건 분명하지." 이케모투베가 말했다. 그리고 그는 고함 밧줄을 당겼는데, 증기선이 로그-인-더-크릭과 그의 아내가 사는 집 앞을 지나가기 때문이었고, 이번에는 스터든메어 선장이 데이비드 호건백이 돌아와서 나체스로 가는 길을 안내해주리라 믿고 있던, 그러다 데이비드 호건백이 이케모투베를 멈추게 만들었던 첫날밤과 비슷한 소리가 났다. 이제는 증기선이 항상 물장구를 칠 수 없었기에 증기를 끌어모을 필요가 있었기 때문이다. 때론 기어가다시피 했고, 그럴 때마다 물장구친 페달이 올라오면 진흙이 묻어 있었으며, 때론 기어가지조차 못해서 데이비드 호건백이 마치 반항하는 말에게 고함을 질러 누가 타고 있는지를 알리듯이 고함 밧줄을 당겨야 했다. 그러다 증기선은 다시 기어가고 다시 물장구치기 시작했고, 결국에는 부족 사람들도 더 이상 따라올 수 없게 되었으며, 증기선은 마지막 굽이에서 다시 한 번 고함을 질렀고 이후로는 붉은 뱃속으로 장작을 던져넣는 젊은이들의 검은 그림자도, 농장에서 또는 한밤중에 소리 높여 지르는 고함도 더 이상 볼 수 없게 되었다. 옛 시절에는 일이 그렇게 흘러갔었다.*

---

* 이 작품이 1948년에 출판사에 받아들여진 후, 포크너는 대리인에게 서신을 보내 증기선 승조원의 이름을 '데이비드 캘리코트'에서 '데이비드 호건벡'으로 개명하며, 「곰」의 등장인물인 분 호건벡의 조부라는 관계를 설정한다. '데이비드 캘리코트'가 앞서 「정의 하나」에서 이케모투베가 백인의 땅에서 사용한 가명으로 소개되었다는 점 또한 특기할 만하다.

로!*
Lo!

 대통령은 장화만 빼고 완전히 옷을 차려입은 채로, 옷방 문 앞에 얼어붙은 듯 서 있었다. 아침 6시 30분이고 눈이 내리고 있었다. 그는 이미 한 시간째 창문 앞에 서서 눈 내리는 풍경을 지켜보고 있는 중이었다. 이제 그는 복도로 이어지는 문 바로 안쪽에서, 스타킹을 드러낸 채로 꼼짝 않고서, 마치 엿들으려는 것처럼 훌쩍한 몸을 슬쩍 수그린 채로, 웃음기라고는 전혀 없는 표정으로 서 있었는데, 그의 상황과 관점에서 웃음기라고는 3주쯤 전부터 완벽히 사라져 버렸기 때문이었다. 손에 힘없이 들린 채 옆으로 늘어져 있는 물건은 세련된 프랑스풍 손거울이었는데, 숙녀의 화장대 위에나 올라가 있어야 마땅한 물건이었다. 특히 2월의

---

* "Lo!"는 전형적인 '고결한 야만인'의 이미지를 고착시킨 알렉산더 포프의 『인간론*Essay on Man*』에서 아메리카 원주민을 서술하는 첫 대목으로, 그런 전형적인 모습을 이용하는 인물이 활약하는 작품 내용에 부합하는 제목이다.

이렇게 이른 시간에는 말이다.

그는 마침내 문고리에 손을 올리고 아주 조금씩 문을 열기 시작했다. 그의 손 아래에서 문은 아무 소리도 없이 찔끔찔끔 움직였고, 그는 극도의 정적 속에서 문틈에 눈을 가져다 대고 밖을 엿보았다. 푹신하고 화려한 복도의 양탄자 위에 뼈다귀가 하나 있었다. 조리된 뼈, 갈빗대였다. 여전히 살점 조각이 들러붙어 있고 인간의 치아가 남긴 반달 모양의 자국이 여러 겹으로 찍혀 있었다. 이제 문이 열리자 목소리도 그의 귀에 들리기 시작했다. 여전히 아무 소리도 내지 않으며, 무한한 주의를 기울여서, 그는 거울을 들어 천천히 밖으로 내밀었다. 한순간 자신의 모습이 거울에 비쳤고, 그는 잠시 멈칫하며 차가운 불신 어린 시선으로 자기 얼굴을 살폈다 — 영민하고 용감한 전사의 얼굴을, 인간과 그 행위를 예측하고 조종하는 일에 거의 실패하는 적이 없었던 전문가의 얼굴을, 지금은 어린아이의 당황과 무력감이 뒤덮고 있었다. 이내 그는 조금 더 먼 곳을 비추도록 거울을 기울여서, 마침내 반사된 복도의 광경을 눈에 담았다. 양탄자가 개울물이라도 되는 듯 그 양쪽에 서로를 마주하고 쭈그려 앉은 남자 둘이 보였다. 모르는 자들이었지만 바로 그 남자의 얼굴이 떠올랐는데, 그가 지난 3주 동안 낮에는 저 얼굴을 마주하고 밤에는 저 얼굴을 꿈에서 보아 왔기 때문이었다. 넓적하고 거무스레하고 조금 평평하며 조금 몽골인 같은 얼굴이었다. 비밀스럽고 점잖으며 불가해하고 진중한 얼굴이었다. 그는 계속 그 얼굴을 반복해 마주하다가 마침내 수를 헤아리거나 어림짐작하는 것조차 포기해 버렸다. 심지어 두 남자가 쭈그려 앉은 모습을 눈앞에서 보고 나직한 목소리를 듣고 있는 지금조차도, 그에게는 흐릿한 불면증과 긴장이 유발한 정신 나간 한순간 속에서, 단 한 사람만이 거울 속에서 정면으로 자신을 마주하고 있는 것처럼 느껴졌다.

그들은 비버가죽 모자를 쓰고 새 프록코트를 입고 있었다. 옷깃이나 조끼 따위의 사소한 세부 사항만 제외하면, 조금 이르기는 해도 오전 시간에 완벽하게 들어맞는 차림이라 할 수 있었다. 적어도 허리까지는 그랬다. 그러나 허리 아래로는, 모든 적절함과 예의랄 것들이 터무니없이 무시당한 상태였다. 얼핏 스쳐 지나가며 본 이들이라면 누구나 디킨스 시대 잉글랜드에서 고스란히 가져온 복장이라 말했을 터이지만, 몸에 딱 붙는 옅은 색 면제 속옷 바지의 끄트머리가 헤센식 군화*나 다른 어떤 부류의 신발도 아닌 거무스레한 맨발로 끝난다는 점만은 확연히 달랐다. 두 사람의 옆쪽 바닥에는 깔끔하게 둘둘 말아놓은 어두운색 옷감 꾸러미가 보였다. 그리고 그 꾸러미 옆에는 신발 앞굽과 뒷굽을 깔끔히 맞추어, 마치 복도 양편에서 보초를 서는 것처럼, 두 켤레의 새 부츠가 서로를 마주 보고 있었다. 쭈그리고 앉은 한쪽 남자의 곁에 놓인 화이트오크 고리바구니에서, 갑자기 싸움닭 한 마리가 뱀처럼 고개를 내밀더니, 둥글고 누렇고 성난 눈으로 거울 쪽의 희미한 반사광을 노려보았다. 그 모습에 흥겹고 정중하고 나직한 목소리가 들려오기 시작했다.

"저 수탉은 여기서는 자네한테 별 도움이 안 되는 모양인데."

---

* Hessian Boots. 18세기에 영국 육군 보조부대로 활동한 독일 용병들의 군화에서 유래했으며, 19세기 초 섭정기 잉글랜드에서 인기를 끌었다. 광낸 가죽과 화려한 술 장식이 특징이다.

"그건 사실이지. 그래도 혹시 모를 일이잖나? 게다가 이놈을 집에 있는 게으른 인디언들에게 맡겨두고 올 수는 없었다네. 깃털 하나 남지 않았을 게야. 자네도 알잖나. 하지만 귀찮은 건 사실이로군. 새장째로 밤낮없이 직접 들고 다녀야 한다니."

"내 의견을 말하자면, 이 상황 자체가 귀찮은 일이라네."

"자네 말대로야. 총이나 뭐 그런 것도 없이 밤새 여기 문밖에 쭈그려 앉아 있어야 한다니. 밤새 악당들이 침입하려 했다 생각해 보게. 우리가 뭘 할 수 있겠나? 물론 침입하고 싶은 작자가 있다면 말이지만. 나는 생각 없거든."

"누가 그러겠나. 우리가 경비병 짓을 한다 쳐도 무기가 없으니 명예직일 뿐이고."

"누구 명예? 자네? 나? 프랭크 웨델?"

"백인의 명예지. 자네는 백인을 이해 못 하고 있어. 백인들이란 어린아이와 같다네. 다음에 무슨 짓을 벌일지 모르기 때문에 항상 조심스레 다뤄야만 하지. 그러니 이 남자의 방 밖 추운 복도에 밤새 쭈그려 앉아 있는 것이 저들의 손님맞이 규칙이라 하면, 우리는 그저 따를 수밖에 없는 거라네. 게다가 바깥에서 눈에 파묻힌 빌어먹을 천막에 있느니 차라리 여기 있는 편이 낫지 않겠나?"

"자네 말대로야. 무슨 기후가 이런지. 무슨 나라가 이런지. 나라면 이런 동네는 줘도 안 가지겠어."

"물론 자네야 그렇겠지. 하지만 백인들이 하는 일이잖는가. 고상한 취향은 찾아볼 수도 없지. 그러니 우리가 이곳에 있는 한은, 이곳 사람들이 인디언의 습속이라 믿는 대로 행동하도록 노력해야 한다는 걸세. 우리 행동이 저들을 모욕하거나 겁을 주지는 않았는지를 확인하려면 결과를 직접 봐야 하거든. 언제나 백인이 하듯 말해야 하는 건 물론이고……"

 대통령은 손거울을 들여오고 조용히 다시 문을 닫았다. 다시 그는 방 한가운데에 소리도 미동도 없이 서서, 고개를 숙인 채, 당황했으나 불굴의 자세로 상황을 곱씹었다. 불굴의 자세를 견지한 것은 그가 위기를 맞이한 것이 이번이 처음도 아니었기 때문이다. 반면 당황한 것은 그가 트인 평원에서 적을 대면한 것이 아니라, 자신의 고고한 집무실에서 신의 약속이 아니라면 적어도 법적인 약속으로 아비라 칭해지는* 자들에게 포위당한 것이었기 때문이다. 겨울 동틀녘의 무쇠 같은 침묵 속에서, 그는 벽을 투시하여 이 장중한 관저의 깨어남을 함께 겪는 느낌이 들었다. 정체 모를 어딘지 기묘한 공포와 함께, 그는 자신이 남부에서 찾아온 손님 무리들과 — 문 바깥에 쭈그려 앉은 이들, 이 젊은 국가의 자부심을 눈에 보이는 실물로 신격화하여 옮긴 로툰다 홀의 더 커다란 석조 조각상들**처럼 보이는 이들과 — 새 비버가죽 모자와 프록코트와 면제 속바지 차림의 그 손님들과 한몸인 것만 같다는 생각에 사로잡혔다. 깔끔하게 둘둘 만 바지는 한쪽

---

* 영국령 시대에는 영국의 군주가, 훗날에는 많은 부족과 동맹 관계를 맺은 앤드루 잭슨이 'Great Father'라는 호칭으로 불리곤 했다. 특히 작품 속 대통령의 모델인 앤드루 잭슨은 'The Great White Father in Washington'이라 칭해지곤 했다.

** 미국 국회의사당 로툰다 홀의 조각상을 의미한다. 미국 원주민을 정복과 계도의 대상으로 묘사한 석조 조각상들은 대부분 1958년에 로툰다 홀에서 치워졌다.

겨드랑이에 끼고, 신은 적 없는 부츠는 반대쪽 손에 들고 있는 이들과. 유럽 외교관들의 금술과 검과 리본과 별, 그리고 경탄한 얼굴 아래에는 거무스레하고 영원하며 정중하고 고요한 모습을 숨긴 이들과.

대통령은 나직하게 말했다. "젠장, 젠장, 젠장." 그리고 그는 몸을 움직여 방을 가로질러서, 의자 옆에 놓은 부츠를 집으려고 잠깐 멈추었다가, 반대편 문으로 다가섰다. 이번에도 그는 잠시 머뭇거리다 지나치게 조용하고 조심스레 문을 열었다. 지난 3주 동안의 피치 못할 경험 때문에 그러한 것이었으나, 그 문 너머에는 침대에 평온하게 잠들어 있는 그의 아내 말고는 아무도 없었다. 그는 부츠를 든 채로 몸을 돌려 다시 방을 가로지르다, 도중에 화장대에 멈추어 신생 프랑스 공화국*이 그의 전임자 중 하나에게 선물한 장식품 세트 사이에 손거울을 내려놓은 다음 살금살금 대기실로 들어갔고, 그곳에는 긴 망토로 몸을 감싼 남자가 마찬가지로 스타킹 바람으로 앉아서 그를 올려다보고는 자리에서 일어섰다. "문제는 없나?" 대통령은 낮은 목소리로 물었다.

"네, 장군.**"

"좋아. 자네 혹시……" 남자는 평범한 긴 망토를 하나 더 꺼내서 내밀었다. "좋아, 좋아." 대통령은 말했다. 상대방 남자가 움직이기도 전에, 그는 망토를 펼쳐 몸에 둘렀다. "그럼 이제……" 이

---

*   프랑스 제1공화국을 뜻한다. 따라서 선물을 받은 전임자란 조지 워싱턴일 것이다.

** 여기서 상대방은 군 경력에서 얻은 직함으로 대통령을 칭하고 있다.

번에는 상대방도 그를 바라보기만 했다. 대통령은 얼굴이 가려지도록 모자를 깊이 눌러썼다. 두 사람은 부츠를 손에 든 채로, 그대로 살금살금 방을 떠났다.

뒤편 층계는 추웠다. 스타킹 속의 발가락이 천 속으로 오므라들었고, 김으로 변한 호흡이 머리 주위를 맴돌았다. 그들은 조용히 내려와서 계단 마지막 단에 앉아 부츠를 신었다.

밖에는 아직 눈이 내리고 있었다. 눈 색깔의 하늘과 눈 색깔의 대지를 배경으로는 보이지 않던 눈송이들이, 검은 구멍 같은 마구간 앞에서 갑작스럽고 조용하게 실체를 얻어 나타나는 것처럼 보였다. 덤불과 잡목은 하나같이 하얀 대지에 검은색 밧줄을 드리우고 얼어붙은 하얀 풍선처럼 보였다. 그런 풍선들 사이로, 일정한 간격을 두고 열두어 개의 천막 비슷한 모양새의 둔덕이 솟아올라 있고, 둔덕의 등성이에서 가느다란 연기가 바람 없는 눈발 사이로 피어오르는 모습이 흡사 눈발 그 자체가 고요하게 연소 중인 것처럼 보였다. 대통령은 침중한 얼굴로 그 모든 풍경을 한 번 훑어보았다. "따라오게." 그는 말했다. 남자는 고개를 낮추고 망토를 끌어올려 얼굴을 숨긴 채로 종종걸음으로 따라가서는 마구간으로 몸을 숨겼다. 종종걸음과 숨는다는 단어가 당과 국가에서 최고의 군인에게 적용되는 것만으로도 참으로 끔찍한 날이겠지만, 그 사람은 동시에 대통령이기도 하기에 둘의 숨결이 하나의 구름으로 얽히는 상황이었다. 그리고 적용되기에 끔찍하기로는 '도주'라는 단어 또한 마찬가지겠지만, 그들은 마구간으로 들어가자마자 나왔고 벌써 속보로 말을 몰고 있었으며, 그렇게 정원과 눈에 숨겨진 천막들을 지나쳐 정문을 통해 대로로 나갔으니, 그 대로*는 아직은 배아기에 지나지 않으나 훗날에는 4년마다 젊은 국가의 활기찬 사람들이 자랑스레 모여들어 피로해진 세계**의 경애와 질투와 경탄을 불러일으킬 곳이었다. 그러나 지금은, 그런 미래의 전조보다 한층 급박한 문제가 정문을 둘러싸고 있었다.

"조심하십시오." 남자가 고삐를 당기며 말했다. 그들은 고삐를 당기며 — 대통령은 망토를 끌어다 얼굴을 가리면서 — 반대편 일행이 들어오도록 한쪽으로 물러섰다. 작은 키에 건장한 체구, 눈에 대비되어 검게 보이는 거무스레한 피부에, 비버가죽 모자와 정복 외투를 걸치고, 탄탄한 다리에는 허벅지부터 발목까지 면제 속바지를 입고 있는 사람들이었다. 일행 사이의 말 세 필에는 사슴 사체 여섯 구가 묶여 있었다. 그들은 말에 탄 두 사람에게는 눈길조차 주지 않고 그대로 지나쳐 갔다.

"젠장, 젠장, 젠장." 대통령은 이렇게 말하고는, 목소리를 높였다. "괜찮은 사냥감을 찾았구려."

일행 중 하나가 잠깐 그에게 눈길을 주었다. 그는 정중하고 경쾌하게, 억양의 변화 없이, 말을 멈추지 않고 대답했다. "그저 그렇소."

말이 다시 움직이기 시작했다. "총은 안 보이던데요." 상대방 남자가 말했다.

"그렇지." 대통령이 침중하게 말했다. "이것도 조사해봐야겠

---

* 백악관에서 국회의사당으로 이어지는 펜실베이니아 대로를 뜻한다.
** 구대륙.

어. 총은 금지하라고 엄명을 내렸는데……" 그는 조바심치며 말했다. "젠장, 젠장. 저자들이 사냥을 나갈 때도 바지를 가지고 다니는지 혹시 알고 있나?"

 장관은 아침 식탁에 있었지만, 식사 중은 아니었다. 손도 대지 않은 음식에 둘러싸인 채, 실내복 차림에 면도도 하지 않은 채로 앉아 있을 뿐이었다. 빈 쟁반에 놓인 서류를 찬찬히 읽는 그의 표정 또한 괴로워 보였다. 벽난로 앞에는 두 남자가 있었다. 하나는 망토에 아직 녹지 않은 눈이 붙은 채 나무의자에 앉아 있는 기병이었고, 서 있는 다른 한쪽은 장관의 비서임이 분명해 보였다. 대통령과 그의 동행이 들어오자 기병은 벌떡 일어났다. "앉게, 앉아." 대통령이 말했다. 그는 망토를 벗으며 식탁으로 다가섰고, 비서가 앞으로 나와 망토를 받아 주었다. "우리한테 아침이나 좀 대접하게." 대통령이 말했다. "집으로 갈 엄두는 못 내겠으니." 그는 자리에 앉았고, 장관이 직접 시중을 들었다. "이번에는 또 뭔가?" 대통령이 말했다.

 "물어볼 필요나 있습니까?" 장관이 말했다. 그는 다시 서류를 집어들고 그 내용을 노려봤다. "이번에는 펜실베이니아에서 왔습니다." 그는 서류를 탁탁 치며 말했다. "메릴랜드에 뉴욕에 이제는 펜실베이니아군요. 아무래도 놈들을 막을 수 있는 것이라고는 포토맥강의 수온뿐인 듯합니다." 그는 거칠고 분노한 목소리로 말했다. "불평에 불평에 불평. 이건 게티스버그 근처의 어느 농부가 보낸 겁니다. 자기 검둥이 노예가 어두워진 후에 헛간에서 랜턴 불빛에 의지해 소젖을 짜고 있었는데, 바로 그때 ― 농부가 열이나 열둘이라고 적어놓은 것을 보면 검둥이는 분명 200명은 된다고 생각했을 겁니다 — 놈들이 중절모를 쓰고 나이프를 들고 허리 아래로는 발가벗은 채로 들이닥쳤다는 겁니다. 결과는, 랜턴을 걷어차는 바람에 헛간 하나와 건초더미와 암소 한 마리가 소실되었고, 건강한 노예 하나가 최대한 빨리 현장에서 달아나서 숲으로 도주하는 모습이 목격되었으며, 이제는 겁에 질리거나 야생동물에 의해 사망했을 것이 분명해 보인다는군요. 미합중국 정부에 요구하는 차변액은 다음과 같습니다. 헛간과 건초더미에 1백 달러, 암소에 15달러, 검둥이 노예에 200달러. 금화로 달라는군요."

"그런가?" 대통령은 빠르게 음식을 해치우며 말했다. "아무래도 그 검둥이와 암소는 헤센 병사*들의 유령**한테 끌려간 것 같은데."

"어쩌면 암소가 사슴이라고 생각했는지도 모르겠군요." 기병이 말했다.

"그래." 대통령이 말했다. "다른 하고 싶은 이야기가 산더미 같기는 한데……"

"지상의 것이든 지하의 것이든, 놈들이 가져가지 않을 것이 뭐가 있겠습니까?" 장관이 말했다. "포토맥강 북쪽의 해안 지대 전역이 비버가죽 모자와 프록코트와 면제 속바지를 입은 생물들에

---

* 미국 독립전쟁 당시 '헤센 병사', 즉 독일 용병들은 영국군 보조부대로 신대륙으로 건너왔다.
** 여기서는 워싱턴 어빙의 소설 「슬리피 할로우의 전설」에 등장하는 목 없는 유령을 의미할 것이다.

게 휩쓸리고 있습니다. 여인과 아이를 겁주고, 헛간에 불을 지르고 노예를 달아나게 만들고, 사슴을 죽이고……"

"그래." 대통령이 말했다. "나도 그 문제에 대해서는 할 말이 있네. 나오다가 놈들 일행을 하나 만났지. 사슴을 여섯이나 잡아왔더군. 놈들에게 총기를 허용하지 말라고 엄명을 내렸던 것 같은데 말이야."

이번에도 기병이 입을 열었다. "총은 안 씁니다."

"뭐야?" 대통령이 말했다. "하지만 내 눈으로 직접……"

"아뇨, 각하. 나이프를 씁니다. 사슴의 자취를 추적해서 몰래 다가간 다음 목을 그어버리지요."

"뭐야?" 대통령이 말했다.

"사실입니다, 각하. 제가 직접 사슴 하나를 살폈습니다. 단번에 목뼈를 그은 상처 말고는 탄흔 따위는 눈에 띄지도 않았습니다."

대통령은 다시 말했다. "젠장, 젠장, 젠장." 그러다 대통령의 어휘가 끝나고 군인의 욕설이 그 자리를 대신했으며, 다른 이들은 조심스레 고개를 돌리고 침중한 얼굴로 그 소리를 듣고만 있었다. 장관은 다른 서류 한 장을 꺼내들었다. "자네가 어떻게든 겉바지만이라도 입으라고 설득할 수 없겠나." 대통령이 말했다. "적어도 백악관 근처에서만이라도……"

장관은 화들짝 놀라 대꾸했다. 그의 머리카락이 분노한 쇳빛 유황앵무처럼 바짝 솟았다. "제가 말입니까, 각하? 제가 설득하라고요?"

"못할 건 뭔가? 놈들 모두가 자네 부서 담당 아니었나? 나는 그저 대통령일 뿐이야. 빌어먹을, 이제는 내 아내가 숙녀 손님을 맞이하는 것은 고사하고 침실을 떠날 엄두조차 내지 못하는 정도가 되었다네. 예를 하나 들자면, 프랑스 대사에게 대사 부인이 더 이상 내 아내를 방문하지 않는 이유를 어떻게 설명해야겠나. 백악관 정문 앞에서 반쯤 벌거벗은 치카소 인디언들이 바닥에 누워 잠들어 있거나 덜 익은 갈비뼈를 물어뜯고 있기 때문이라고 말해야겠나? 게다가 나 자신조차도 내 식탁에서 도망쳐서 아침을 구걸해야 하는 신세인데, 정부의 공식적인 대표자 중 하나는 느긋하게 식사나 하고 있으니……"

"……느긋하게 매일 아침 재무부에 똑같은 내용을 다시 설명해야 하지요." 장관은 분노를 담아 날카롭게 되쏘았다. "펜실베이니아나 뉴욕의 어느 독일인 농부가 또 농장과 가축이 손실되었다고 금화 300달러를 요구하는 이유를 말입니다. 국무부에는 수도를 포위한 자들이 지옥에서 기어나온 악마 그 자체가 아니라고 설명해야 하고, 전쟁부에는 신품 군용 천막 12벌의 상단에 푸주칼로 환기용 구멍을 뚫어야 하는 이유를 설명해야 하고……"

"나도 그쪽은 인지하고 있네." 대통령이 수그러진 목소리로 말했다. "잊어버렸을 뿐이야."

"하, 고매하신 각하께오서는 인지하셨다 이거지요." 장관은 격한 목소리로 말했다. "고매하신 각하께오서는 그걸 직접 본 다음에 잊어버리셨다고요. 저는 직접 보지도 못했고 감히 잊어버릴 엄두도 못 냅니다. 그런데 이제 고매하신 각하께오서는 제가 놈들이 겉바지를 입으라고 설득하지 못하는 이유가 뭔지가 궁금하시다고요."

"입기는 할 것 같지 않은가." 대통령이 짜증 섞인 투로 말했다. "다른 옷가지는 충분히 만족하면서 입는 것 같으니 말일세. 하긴 취향 문제가 아니긴 하지." 그는 다시 음식을 먹었다. 장관은 그를 보면서 뭐라 말하려 하다가, 그냥 입을 다물었다. 아무것도 모르는 대통령을 바라보는 그의 얼굴에 흥미롭고 내밀한 표정이 떠올랐다. 분노하여 치솟은 잿빛 머리카락도, 마치 바람이 빠지듯이 천천히 가라앉았다. 다시 입을 연 그는 무미건조하고 부드러운 투로 말했다. 이제는 나머지 세 사람이 흥미롭고 내밀한 표정으로 대통령을 지켜보고 있었다.

"그렇지요." 장관은 말했다. "취향 문제가 아닙니다. 물론 명예와 존경을 담아 선물한 복장이라면 당연히 입어 주는 것이, 굳이 예의까지 들먹이지 않아도 당연한 일이지만 말입니다. 그것도 뭐랄까, 한 집단의 수장이 선물한 거라면……"

"나도 그렇게 생각하네." 대통령은 순진하게 대답했다. 뒤이어 그는 씹던 것을 멈추고 날카롭게 "에?" 소리를 내면서 고개를 들었다. 세 명의 하급자는 조용히 고개를 돌렸으나, 장관은 계속 그 무미건조하고 은밀한 표정으로 대통령을 지켜보고 있었다. "자네 대체 무슨 소리를 하는 건가?" 대통령이 말했다. 물론 장관이 무슨 말을 하는지는, 세 명의 하급자와 마찬가지로 대통령 또한 잘 알고 있었다. 그의 손님이 예고도 없이 들이닥치고 이틀쯤 지나 최초의 충격이 약간이라도 가신 후, 대통령은 그들을 위한 새 복장을 칙령으로 발표했다. 그는 전쟁 직전에 총기와 탄환 제작자들을 소집하듯이 상인과 모자 장인들을 불러모으고는, 자기 주머니에서 비용을 지불했다. 손님의 숫자를, 적어도 남자만은 정확히 헤아리는 부수적인 소득도 있었고, 48시간 안에 그는 엉망이고 난잡한 손님들의 행렬을 적어도 겉보기로는 예절에 따르도록 만드는 일에 성공했다. 그리고 그로부터 두 번째 아침이 찾아오자, 그 손님은 — 반은 치카소족이고 반은 프랑스인이며 땅딸막하고 비만이고 가스코뉴 산적의 면상과 응석받이 환관의 태도를 가지고 목덜미와 손목에는 때묻은 레이스를 두른 남자는, 이제는 지난 3주 동안 대통령의 깨어 있는 시간과 꿈속을 내내 쫓아다니며 달아날 수 없다는 솔직담백한 절망을 선사한 남자는 — 대통령과 아내가 침대에 누워 있는 오전 5시에 그를 정식으로 방문했다. 함께 들어온 수행원 두 명은 꾸러미를 하나 들고 있었고, 그 뒤를 따라 대통령의 눈에는 적어도 백 명은 되어 보이는 남자와 여자와 아이들이 조용히 침실로 들어와 섰는데, 아무래도 대통령이 그걸 걸치는 모습을 보기 위해 온 모양이었다. 꾸러미의 정체가 옷이었기 때문이다 — 그 순간의 충격과 공포에서 아직 헤어나지 못했으면서도, 대통령은 대체 웨델(또는 비달)이 수도의 어디에서 저런 물건을 찾아냈는지 격한 궁금증에 사로잡혔다. 사방에 수놓아진 금실과 장식 단추와 견장과 제복 띠와 검이, 밝은 녹색의 옷감으로 간신히 한 덩이로 이어져 있는 물건이 답례품으로 그에게 전달된 것이었다. 장관은 바로 그 옷을 말한 것이었고, 대통령이 그를 노려보는 가운데 두 사람의 등 뒤에 있는 세 명의 남자는 꼼짝도 않고 엄숙하게 서서 벽난로 불길만을 바라보고 있었다. "농담은 실컷 해도 좋네." 대통령이 말했다. "대신 얼른 끝내게. 그 정도면 다 웃었나?"

"웃어요?" 장관이 말했다. "뭘 보고 웃는다는 겁니까?"

"좋아." 대통령이 말했다. 그는 자기 앞의 접시들을 치웠다. "그럼 업무를 시작할 수 있겠군. 자네가 참조해야 하는 다른 서류들이 있겠나?"

장관의 비서가 접근했다. "나머지 서류들을 가져다드릴까요, 각하?"

"서류?" 장관이 말했다. 다시 그의 머리털이 치솟기 시작했다. "내가 대체 왜 나머지 서류가 필요하겠나? 지난 3주 동안 밤낮으로 그놈의 서류만 생각하고 있었는데?"

"좋네, 좋아." 대통령이 말했다. "내가 또 잊어버린 것이 있을지도 모르니, 자네가 간략하게 상황을 정리해 주는 게 어떻겠나."

"그걸 잊으실 수 있으시다니, 고매하신 각하께오서는 참으로 운 좋으신 분이십니다." 장관이 말했다. 그는 실내복 주머니에서 철제 이음매가 달린 안경을 꺼냈다. 유황앵무처럼 머리털을 바짝 세우고 다시 대통령을 노려보는 용도 외에는 아무 쓸모도 없었지만. "이 남자, 웨델인지 비달인지 — 그 이름이 뭐든 간에 — 이 남자와 그 가족인지 부족인지 뭔지 모를 작자들은 — 현재 문제가 된 강의 서편에 위치하는 모든 미시시피주 토지를 소유하고 있다고 주장하고 있습니다. 아, 유증된 상황은 적법하더군요. 뉴올리언스에서 온 프랑스인 아버지가 제대로 처리해 놓은 모양입니다. — 그리고, 그의 마을인지 농장인지를 마주하는 여울이 근처 300마일 안에 있는 유일한 여울목이라고 하더군요."

"그건 나도 전부 알고 있네." 대통령이 성마르게 말했다. "당연하게도 강을 건널 다른 방법이 있었더라면 정말 좋았을 것이라고 애석하게 여기게 되는군. 하지만 그 외에는 어째서 그렇게 되는지……"

"그들도 몰랐습니다." 장관이 말했다. "그 백인 남자가 찾아오기 전까지는 말입니다."

"아." 대통령이 말했다. "그 남자 말이지, 살해된……"

장관은 손을 들어 대통령의 말을 끊었다. "잠깐요. 그자는 한 달 정도 그들과 함께 지냈습니다. 하루 종일 자리를 비워서 다들 사냥을 한다고 여겼지만, 아무래도 근처에 다른 여울목이 없는지 확인하러 돌아다녔던 모양입니다. 사냥감을 가지고 돌아온 일이 없었다니까요. 인디언들도 자기들 나름의 유쾌한 방식으로 그를 비웃었던 모양입니다."

"그래." 대통령이 말했다. "웨델 그 친구라면 그 꼴을 아주 재밌다고 생각했을 게야."

"……아니면 비달이거나요. 뭐라고 부르는 게 맞는지는 몰라도." 장관은 짜증 섞인 투로 덧붙였다. "그 작자도 자기 이름이 뭔지 모르고, 아예 신경도 안 쓰는 것 같더군요."

"계속하게." 대통령이 말했다. "그 여울목이 어떻게 됐나."

"그러죠. 한 달이 지난 어느 날, 백인 남자는 웨델의 땅 일부를 사겠다고 제안했습니다. 웨델인지, 비달인지, 젠장, 젠장……"

"그냥 웨델이라 부르게." 대통령이 말했다.

"……웨델의 땅을요. 많지도 않았습니다. 이 방 정도의 크기였고, 웨델인지 비—는 통상의 열 배의 가격을 요구했습니다. 토지 사용권이나 뭐 그런 걸 원하지도 않았다는 점은 의심할 여지가 없지요. 웨델이라면 그냥 그 땅을 남자에게 주거나 나이프 던지기 게임에 걸어버렸다 해도 이상한 일이 아니었을 겁니다. 그때까지는 누구도 여울목을 들락거릴 수 있는 유일한 통로가 그자가 원한 땅에 포함되어 있다는 생각은 떠올리지도 못했으니까요. 분명 거래는 며칠, 어쩌면 몇 주 동안 시간을 질질 끌었을 겁니다. 지루한 오후와 저녁 시간을 즐기며 보낼 일종의 놀이로서요. 구경꾼들은 둘러서서 그 행복한 광경을 보며 경쾌하고 즐겁게 웃음을 터트렸겠지요. 모두들 엄청나게 웃었을 테고, 특히 그자가 웨델의 가격을 수락했을 때는 더욱 그랬을 겁니다. 그리고 그 후에, 그 백인이 땡볕에 나가서 자기 땅에 울타리를 치는 모습을 보면서도 엄청 웃었을 겁니다. 분명 그때까지도 백인 남자가 여울목으로 가는 유일한 통로를 막아버렸다는 사실을 깨닫지 못했을 테니까요."

"그렇군." 대통령이 성마르게 말했다. "하지만 나는 아직도 뭐가 문제인지—"

장관은 다시 권위와 훈계를 담아 손을 들어 말을 막았다. "그들도 몰랐습니다. 첫 여행자가 찾아와서 여울목을 건널 때까지는요. 백인 남자는 거기다 통행료를 받는 관문을 만든 겁니다."

"오." 대통령이 말했다.

"그렇지요. 그늘에 앉아 있는 백인 남자를 바라보며 다들 감탄했을 겁니다. 기둥에다 동전을 넣을 사슴가죽 주머니를 매달고는, 관문에는 밧줄을 연결해서 방 한 칸 오두막 베란다의 앉은 자리를 떠나지 않고도 여닫을 수 있게 만들어 놨거든요. 그는 이내 재산을 모으기 시작했습니다. 그리고 그 재산 중에는 그 말도 있었지요."

"아." 대통령이 말했다. "이제 어떻게 된 건지 알겠군."

"그렇지요. 그때부터는 상황이 빠르게 흘러갔습니다. 백인의 말과 추장의 조카라는 자의 말이 경주를 벌였고, 판돈은 여울목과 관문 대 1천 에이커의 토지였지요. 조카의 말이 졌습니다. 그리고 그날 밤……"

"아." 대통령이 말했다. "알겠네. 그래서 그날 밤 그 백인 남자가 살해당했……"

"그냥 죽었다고 말해 두지요." 장관은 고지식하게 말했다. "대리인*의 보고서에 그렇게 적혀 있었으니 말입니다. 사적인 경로로는 백인이 앓은 질병이 두개골 분할인 듯하다고 덧붙이기는 했습니다. 그걸 판가름할 장소는 이쪽도 저쪽도 아니게 되었습니다만."

"그렇지." 대통령이 말했다. "저기 있는 백악관이 되었으니 말일세." 남자와 여자와 아이들과 검둥이 노예까지, 늦가을이 되어 치카소 대리인이 백인 남자의 죽음을 탐문하기 시작하자, 그들 모두가 느릿한 짐마차를 끌고 1,500마일의 여행길에 올랐다. 겨울의 늪지와 강들을 건너고, 길도 없는 대륙의 동쪽 등뼈를 횡단하면서도, 따분하고 비만인 폭군이자 족장은 1,500마일을 여행하는 내내 마차에 실린 채 꾸벅꾸벅 졸면서, 때묻은 레이스 소매 아래의 반지 낀 통통한 손을 옆에 앉은 조카의 손에 얹어서 권위

---

* 연방 정부에서 미시시피의 원주민 문제를 총괄하려고 파견한 대리인Federal Indian Agent을 뜻한다.

를 실어 주고 있었다. "대리인이 왜 그 작자를 막지 않은 건가?" 대통령이 물었다.

"막아요?" 장관이 울부짖었다. "그는 마지막에는 관문만 제거하도록 요구하고 사촌은 그 자리에서 자기네 인디언의 손으로 재판하도록 협상하는 데까지 갔습니다. 어차피 그 백인 남자가 누군지는 아무도 몰랐으니까요. 그런데 안 된다는 겁니다. 그 사촌이 직접 각하를 만나고 무죄 또는 유죄 평결을 받아야 한다고 했다더군요."

"그래도 대리인이 나머지 인디언들은 막을 수 있지 않았겠나? 그들이 떠나지 못하도록⋯⋯"

"막아요?" 장관이 다시 외쳤다. "잘 들으십시오. 대리인은 직접 그곳으로 들어가서 한동안 살았습니다. 웨델인지 비 — 젠장! 젠장!! 내가 어디까지 — 그래요. 웨델이 자기 집이 그의 집이라고 선언했기 때문입니다. 그리고 결국 그렇게 되었죠. 그만 남았으니까요. 매일 아침 보이는 얼굴이 어젯밤보다 적어졌지만, 알아차리지 못했으니까요. 각하라면 아셨을 것 같습니까? 지금이라면 아시겠습니까?"

"시도도 안 하겠네." 대통령이 말했다. "차라리 추수감사절을 전국적인 휴일로 선포하고 말지.* 그러니까 놈들이 밤에 몰래 빠져나갔다는 거로군."

---

* 추수감사절이 전국적 축일로 지정된 것은 에이브러햄 링컨 이후의 일이었다. 여기서 대통령은 신대륙의 추수감사절이 인근 원주민들이 메이플라워호 백인의 생존을 돕고서 함께 축하한 축제였다는 설화에 따라 백인 문화에 위협이 되는 요소로 간주하고 있다.

"그렇습니다. 웨델과 마차와 목초를 실은 짐마차 몇 대가 먼저 떠났지요. 대리인이 아침마다 남아 있는 사람의 수가 조금 줄어든 것 같다고 깨달은 것은 그로부터 한 달이 지난 후였습니다. 가족 단위로, 조부모와 부모와 아이들, 노예와 소지품과 개들까지, 전부 짐마차에 실어 놓고 있다가 야음을 틈타 출발한 겁니다. 당연히 그러고 싶지 않았겠습니까? 정부 지출로 휴가를 즐길 수 있게 되었는데, 스스로 거부할 이유가 있었겠습니까? 그저 한겨울에 전혀 모르는 고장을 가로질러 1,500마일만 이동하면, 친절한 '백인 아버지'의 집에서 새 비버가죽 모자와 브로드천 외투와 속바지를 입고 특권을 즐기며 몇 주나 몇 달을 보낼 수 있는데요?"

"그렇지." 대통령이 말했다. 그는 말을 이었다. "그리고 자네는 그 조카라는 작자에게 여기서 죄를 물을 생각이 없다고 명확하게 말했겠지?"

"그렇습니다. 그리고 원래 있던 곳으로 돌아가면, 대리인이 직접 그들이 적절하다고 생각하는 의식에 따라서 그 조카가 무죄라고 선포할 거라고도 했지요. 그랬더니 그 작자는 ― 어떤 식으로 말했더라?" 장관은 거의 즐거운 것처럼 경쾌하게, 자기가 따라 하는 사람을 거의 완벽하게 흉내 내며 말했다. "'우리가 원하는 것은 정의뿐이오. 그 어리석은 아이가 백인을 죽였다면, 우리도 그걸 알아야만 할 것이라 생각하오.'"

"젠장, 젠장, 젠장." 대통령은 말했다. "알겠네. 수사에 착수하면 되겠군. 그들을 이리로 불러다가 전부 끝내 버리자고."

"여기요?" 장관은 깜짝 놀라 반문했다. "저희 집에서 말입니까?"

"안 될 게 있나? 나는 3주 동안 놈들을 데리고 살았네. 자네도 한 시간쯤은 맡아줄 수 있잖나." 그는 동행인을 돌아보았다. "서두르게. 가서 우리가 자기네 조카의 재판 때문에 대기하고 있다고 전해."

그리하여 대통령과 장관은 정리를 끝낸 식탁 건너편에 앉아서, 자기가 들어온 열린 문들을 꽉 채우듯 서서, 친척 시골 젊은이를 도시의 밀랍인형관으로 데리고 들어오는 것처럼 조카의 손을 붙들고 있는 그 남자의 모습을 바라보았다. 두 사람은 전혀 움직이지 않으며 부드럽고 무미건조하고 불가해한 얼굴로 자신들을 바라보는 부드러운 배불뚝이 남자를 훑어보았다. 수도승처럼 긴 코에, 졸려 보이는 눈꺼풀, 50년 전에 유행에서 밀려나 사라진 우아하고 때묻은 레이스 옷깃 위로 보이는 카페오레 빛깔의 늘어진 턱살을. 입은 작고 두툼하고 선명하게 붉었다. 그러나 그 얼굴의 평온하고 나른한 환상 뒤편에는, 무미건조한 목소리와 거의 여성스럽게 나긋한 태도 뒤편에는, 다른 무언가가 꿈틀거리고 있었다. 제멋대로이며 교활하고 예측할 수 없고 폭압적인 무언가였다. 그의 뒤편에는 조용하고 진중하고 예의 바르며, 거무스레한 피부의 수행원들이, 비버가죽 모자와 브로드천 외투와 면직 속바지 차림으로, 저마다 깔끔하게 둘둘 말은 겉바지를 겨드랑이에 낀 채로 몰려 서 있었다.

그는 잠시 더 그 자리에 서서 면면을 둘러보다가, 이내 대통령을 발견했다. 그는 부드러운 비난이 담긴 목소리로 말했다. "여긴 그대의 집이 아니잖소."

"그렇네." 대통령이 말했다. "이곳은 나와 내 인디언 백성들 사이에서 정의를 주재하도록 몸소 임명한 추장이 사는 집일세. 그가 자네들에게 정의를 집행할 걸세."

추장은 살짝 고개를 숙였다. "우리가 바라는 것도 그것뿐이오."

"좋군." 대통령은 말했다. 그의 앞에 있는 식탁에는 잉크스탠드, 깃펜, 모래통, 그리고 리본과 금빛 인장이 찍힌 서류들이 눈에 잘 띄도록 놓여 있었지만, 상대방의 심각한 눈길이 그 모두를 눈여겨보고 있는지는 확신할 수 없었다. 젊고 늘씬한 조카는 자기 숙부의 두툼하고 레이스에 둘러싸인 손에 손목을 잡힌 채로 서서, 심각하고 경계하는 태도로 조용히 대통령을 지켜보고 있었다. 대통령은 깃펜을 잉크에 찍었다. "그 남자가 바로……"

"살인자가 맞느냐는 거요?" 숙부는 경쾌하게 말했다. "우리는 그걸 확인하려고 기나긴 겨울 여행을 무릅쓰고 여기까지 온 거요. 만약 이 녀석이 살인자라면, 그러니까 그 백인이 빨리 달리는 말에서 떨어져서 날카로운 돌에 머리를 찍은 것이 아니라면, 내 조카는 응당 처벌을 받아 마땅하오. 우리는 빌어먹을 체로키나 크릭 놈들처럼 백인을 죽이고 다니면 안 된다고 생각하니까." 완벽하게 읽을 수 없는 얼굴로, 완벽하게 예의를 지켜서, 그는 탁자 너머에서 가짜 서류를 가지고 어설프게 연기하는 두 고위층을 지켜보았다. 순간 대통령은 그의 졸린 눈을 정면으로 마주하고 얼른 고개를 숙였다. 그러나 장관은 머리털이 격하게 위로 솟으며 숙부를 노려보았다.

"그 여울목을 건너는 말 경주를 열었어야 하는 거 아닌가." 그는 말했다. "물이라면 백인 남자의 두개골에 그런 상처를 남기지 못했을 텐데."

황급히 고개를 든 대통령은 묵직하고 은밀한 얼굴이 어두운 눈빛으로 장관을 훑어보는 모습을 목격했다. 그러나 숙부는 거의 즉시 이렇게 말했다. "그랬을 수도 있겠지. 그러나 그 백인은 분명 내 조카가 자기 관문을 지나갈 때 동전 한 닢을 요구했을 거요." 그리고 그는 웃음을 터트렸다. 유쾌하게, 명랑하게, 정중하게. "내 조카가 그의 관문을 공짜로 통과하게 해 줬더라면 상황이 더 나아졌을지도 모르겠구려. 그러나 그런 일은 벌어지지 않았소."

"그렇지." 대통령은 거의 날카롭게 대꾸했고, 사람들은 다시 그를 돌아보았다. 그는 종이 위로 펜을 들어올렸다. "정확한 이름이 뭔가? 웨델인가, 비달인가?"

다시 경쾌하고 억양 없는 목소리가 대답했다. "웨델이나 비달이오. 백인 추장이 나를 뭐라 부르든 그게 무슨 상관이겠소? 우리는 인디언일 뿐이잖소. 과거에는 기억되고 미래에는 잊혀질 이들이라오."

대통령은 종이에 펜을 댔다. 펜이 계속 사각거리는 정적 속에서 다른 소리라고는 하나뿐이었다. 희미하고 꾸준하고 사소한 소리, 숙부와 조카 뒤편에 모여 서 있는, 거무스레하고 움직임 없는 이들에게서 나는 듯한 소리였다. 그는 방금 쓴 글에 모래를 뿌리고 종이를 접은 다음 자리에서 일어서서 잠시 그대로 있었고, 사람들은 조용히 그를 바라봤다 — 이보다 더한 상황에서도 부하를 훌륭하게 지휘했던 군인이었던 남자를. "자네 조카는 이 살인사건에서 무죄일세. 우리 사이에 정의를 집행하려고 내가 임명한 추장이 직접 말해 준 바에 따르면, 자네들은 집으로 돌아가고 두 번 다시 이런 짓은 하지 말아야 할 걸세. 다음번에는 불쾌할 거라고 하더군."

그의 목소리는 충격받은 정적 속으로 잦아들었다. 무거운 눈꺼풀이 떨리는 바로 그 순간에는, 뒤편에 늘어선 사람들 사이에서 들리던 열기와 면직물이 조용히 쓸리는 끊이지 않던 소리조차도, 바다의 희미하고 끊임없는 움직임 같던 바로 그 소리마저도, 순간 멎은 것만 같았다. 숙부인 남자는 믿을 수 없어 충격을 받은 어조로 말했다. "내 조카를 석방한다는 거요?"

"그는 자유일세." 대통령이 말했다. 숙부의 충격 받은 시선이 방 안을 배회했다.

"이렇게 순식간에? 그리고 이곳에서? 이 집 안에서? 내가 생각하기에는…… 하지만 의미는 없겠지." 사람들은 그를 바라봤다. 그는 다시 미끈하고 수수께끼 같고 공허한 표정을 지었다. "우리는 인디언일 뿐이니까. 바쁘신 백인들이 우리의 사소한 문제에 시간을 할애하기 힘든 것은 당연한 일이겠지. 어쩌면 이미 그대들에게 너무 폐를 끼친 것일지도 모르겠소."

"아니, 아닐세." 대통령은 황급히 말했다. "내게 있어 인디언과 백인은 똑같은 백성일 뿐이라네." 그러나 숙부의 시선은 다시 빠르게 방 안을 배회했다. 나란히 일어서 있는 대통령과 장관은 서로 상대방이 불안한 전조를 느끼고 있다는 사실을 알아차렸다. 잠시 후, 대통령이 입을 열었다. "그럼 이 회의가 어디서 열리리라 생각했나?"

숙부는 그를 바라봤다. "들으면 놀라실 거요. 내 무지 때문에, 나는 우리의 사소한 문제라도 그곳에서 결판이 날 거라고 생각을…… 아니, 상관없는 이야기요."

"어디 말인가?" 대통령이 말했다.

단조롭고 육중한 얼굴은 다시 잠시 대통령을 바라보았다. "웃으실 텐데. 어쨌든 그대에게 복종할 거요. 저 금빛 수리 아래에 있는 크고 하얀 회의장*에서 열리리라 생각했소."

"뭐라고?" 장관이 다시 깜짝 놀라며 소리쳤다. "그러니까 저……"

숙부는 시선을 돌렸다. "들으면 놀라실 거라고 말했잖소. 하지만 상관없는 이야기요. 어쨌든 우리는 기다려야 할 테니까."

"기다려야 한다고?" 대통령이 말했다. "뭐를 말인가?"

"이거 참으로 재미있지 않소." 숙부가 말했다. 그는 다시, 그 명랑하고 무심한 투로 웃음을 터트렸다. "내 부족 사람들이 더 도착할 예정이오. 그들을 기다려야 하지 않겠소. 그들도 직접 보고 듣기를 원할 테니까." 이번에는 아무도 소리 지르지 않았다. 심지어 장관까지도. 그저 평탄한 목소리가 이어지는 동안 그를 멍하니 바라볼 뿐이었다. "그들 중 일부가 도시를 잘못 찾은 것 같아서 말이오. 백인 추장의 수도 이름을 듣기는 했는데, 우리 고장에 같은 이름을 가진 도시가 있어서,** 우리 부족의 일부는 길을 묻다가 방향을 잘못 잡아 그쪽으로 가 버렸소. 불쌍하고 무지한 인

---

* 국회의사당.

** 미시시피준주의 수도이기도 했던 미시시피주 워싱턴 카운티를 말한다.

디언들 같으니." 그는 웃음을 터트렸고, 수수께끼 같고 졸린 얼굴 뒤편에서는 친애의 마음과 쾌활함을 품은 아량이 느껴졌다. "하지만 전령이 도착했소. 일주일 안에 도착할 예정이라오. 그런 후에 이 고집불통인 아이를 처벌하는 일을 마무리하면 될 거요." 그는 조카의 팔을 가볍게 흔들었다. 조카를 제외하고는 아무도 움직이지 않은 채, 눈도 깜빡이지 않고 침중하게 그 모습을 바라보는 대통령에게만 시선을 주고 있었다.

인디언들 사이의 흐릿한 쓸리는 소리를 제외하면, 상당히 오랫동안 아무런 소리도 들리지 않았다. 그러다 장관이 입을 열고, 마치 아이에게 하듯이 참을성 있게 말하기 시작했다. "이보게. 자네 조카는 자유일세. 이 문서에는 그가 백인을 죽이지 않았으며, 그가 그랬다고 고발하는 자는 나와 내 옆의 위대한 추장의 분노를 사리라고 적혀 있다네. 그러니까 이젠 즉시 집으로 돌아가도 돼. 자네 모두가 즉시 집으로 돌아가야겠지. 무덤가에서 후손이 떠나면 그 조상들은 결코 고요히 잠들 수 없으리라는 말도 있지 않은가?"

다시 침묵이 흘렀다. 그러다 대통령이 입을 열었다. "게다가, 금빛 수리 아래의 흰색 회의장은 지금 나보다 더 강한 추장들의 의회가 사용하고 있다네."

숙부가 손을 들었다. 때 묻은 레이스의 포말에 둘러싸인 집게손가락이 비난하며 항의하듯 흔들렸다. "아무리 무지한 인디언이라도 그 말을 믿을 리가 없잖소." 그는 말했다. 뒤이어 그는 아무런 어조의 변화 없이 말을 이었다. 장관은 나중에 대통령의 말을 듣고서야, 그때부터 숙부가 자신에게 말하기 시작했다는 사실을 깨달았다. "그리고 그 추장들도 일정 기간만 그 하얀 회의장을 사용하리라 생각하오만."

"그렇네." 장관이 말했다. "겨울의 마지막 눈이 꽃과 녹색 잔디 사이에서 녹아내릴 때까지만 거기 있을 걸세."

"좋군." 숙부가 말했다. "그러면 우리는 기다리겠소. 그러면 나머지 부족 사람들도 도착할 시간을 벌겠군."

그리하여 여전히 눈이 내리는 속에서 말에 탄 사람들이 빽빽하게 대로를 따라 행진하게 되었다. 맨 앞의 마차에는 대통령과 숙부와 조카가 타고 있었으며, 반지 낀 투실투실한 손은 조카의 무릎 위에 얹혀 있었고, 뒤따르는 두 번째 마차에는 장관과 그의 비서가 타고 있었으며, 그 뒤로는 2열로 나뉘어 선 병사들 사이에 거무스레하고 예의 바른 남자와 여자와 아이들이 팔짱을 끼고 걸으며 따르고 있었다. 그리하여 인류의 어리석음과 불의에 앞서는 위대한 운명이라는 고결한 꿈을 잉태하고 숙고하기 위한 장소인 의회 연단에는 대통령과 장관이 올랐고, 그 아래 운명을 움직이는 살아 있는 인간들 그리고 위엄 있게 주시하는 꿈꾸는 이들의 영혼이 뒤섞여 둘러싸는 그 자리에는 숙부와 조카가 섰으며, 그 뒤편으로는 거무스레한 친족과 친구와 지인들이 줄을 지어 끊임없이 몰려 들어오며, 계속해서 면직물과 살갖이 마찰하는 소리를 울렸다. 대통령은 장관 쪽으로 몸을 굽혔다.

"대포는 준비 끝났나?" 그는 속삭였다. "문간에서 내 팔이 보일 거라고 확신할 수 있나? 그리고 저 빌어먹을 대포들이 폭발하기라도 하면 어쩌나. 워싱턴이 콘월리스한테 쏜 후로는 한 번도 발포한 적이 없는 물건인데.* 설마 탄핵당하려나?"

"끝났습니다." 장관이 잇새로 속삭였다.

"그럼 신께 맡기는 수밖에. 책 이리 주게." 장관은 책을 그에게 넘겼다. 페트라르카의 소네트집이었는데, 지나치면서 탁자 위에서 집어온 물건이었다. "내가 법정 라틴어를 충분히 기억하고 있기만을 빌어 보세. 영어나 치카소어처럼 들리면 곤란하니까.**" 대통령이 말했다. 그는 책을 펼쳤고, 뒤이어 인류의 정복자이자 외교와 법률과 무력 분쟁의 승리자인 미합중국 대통령은 꼿꼿이 서서 거무스레하고 고요하고 자신에게 집중하고 있는 얼굴들을 내려다보았다. 그의 입이 열리며 사람들을 멈추고 주의를 기울이고 복종하게 만드는 목소리가 쏟아져나왔다. "치카소 국가의 추장인 프랜시스 웨델, 그리고 프랜시스 웨델의 조카이자 훗날 추장의 자리에 오를 자여, 내 말을 들으라." 그리고 그는 책을 읽기 시작했다. 풍부한 성량의 낭랑한 목소리가 거무스레한 얼굴들 위로 퍼져나가며, 심오하고 근엄한 음절들이 장중한 돔에 울려 퍼졌다. 그는 열 편의 소네트를 읽었다. 그리고 그는 한쪽 팔을 높이 든 채로 낭독을 마무리했다. 목소리가 심원하게 사그라들고 그는 팔을 내렸다. 잠시 후, 건물 바깥에서, 포성이 고르지 못하게 울리기 시작했다. 그제야 처음으로 거무스레한 행렬이 움직임을 보였다. 그들 사이에서 소리가, 수근거림이, 경탄의 소리가 들렸다. 대통령은 다시 입을 열었다. "프랜시스 웨델의 조

---

* 미국 독립전쟁 당시, 워싱턴은 1781년에 영국군 총사령관인 콘월리스에게 항복을 받아냈다.

** 페트라르카의 작품이 영어로 번역된 것은 1931년이 되어서였다. 다만 그의 작품은 라틴어가 아닌 중세 이탈리아어로 쓰였다.

카여, 그대는 자유로다. 그대의 집으로 돌아가라."

이제 숙부가 입을 열었다. 다시 그의 손가락이 레이스의 포말 속에서 까불거렸다. "부주의한 아이야." 그가 말했다. "네가 이 바쁘신 분들을 얼마나 귀찮게 했는지 잘 생각해 보아라." 그는 거의 활기차게 장관을 향해 몸을 돌렸다. 그의 목소리는 다시 무미건조하고, 즐겁고, 거의 명랑하게 들렸다. "그럼 이제, 그 저주받을 여울목의 사소한 문제가 있잖소……"

가을의 따사롭고 기분 좋은 햇살이 어깨로 쏟아져내리는 것을 느끼며, 대통령은 나직하게 말했다. "이걸로 끝일세." 그리고 비서가 떠나자 자기 책상 쪽으로 몸을 돌렸다. 편지를 집어 봉투를 뜯는 동안 그의 손과 편지 위로 내리쬐는 햇살은 저물어가는 한 해의 마무리가 훌륭하리라는 점을 짐작케 했다. 다가오는 추수, 그리고 이 땅 곳곳의 평화로운 굴뚝에서 고요하게 피어오르는 장작의 연기, 소리 없는 평화의 깃발을.

갑자기 대통령이 움찔했다. 그는 편지를 쥔 채로 벌떡 일어나서, 충격과 경악으로 가득한 눈으로 편지를 노려보았다. 편지 속의 무미건조한 단어들을 이해할 때마다, 소총 부대가 몰려들어 한 사람씩 그에게 발포하는 것처럼 느껴졌다.

경애와 우애를 받아 마땅한 분이여.
정말로 놀라운 일이 일어났소. 이번에도 내 성미 급한 조카가 — 자기 아비 쪽 종족에서 성미를 물려받은 것이 분명하오. 나는 전혀 가지고 있지 않은 자질이니 — 다시 그대와 나를 귀찮게

만들게 되었소. 이번에도 그 저주받을 여울목 문제요. 다른 백인이 우리 땅으로 왔고 우리는 그가 평화롭게 사냥하리라 생각했소. 숲과 그곳에 노니는 사슴은 신의 것이라 우리 모두의 소유이니 말이오. 그러나 그 역시 여울목을 소유하겠다는 생각에 사로잡혔고, 자기네 일족의 다른 시도에 대해 듣고서는 백인 특유의 끈질긴 탐구를 반복한 결과, 여울목의 반대쪽 또한 이쪽만큼이나 동전을 걷어들이기에 적합하다는 결론에 이르고 말았소. 그리하여 사태는 그 백인이 의도한 대로 흘러갔소. 그대는 내가 잘못 처신했다고 말할지도 모르겠소. 허나 — 이걸 굳이 설명해야 하려나? — 나는 소박한 사람이고 분명 언젠가는 노쇠할 것이며, 백인들이 계속 끼어들어 강을 건너는 여울목에서 동전을 거둬들이고자 하는 것 정도는 사소한 문제일 뿐이오. 내 위대한 백인 친구이자 추장이 죽음을 제외한 모든 적수의 얼굴 가죽을 벗겨버린 지금, 나는 낯익은 나무의 낯익은 그늘에서 평화롭게 노년기를 지내게 될 운명일 터인데, 돈이 내게 무슨 소용이 있겠소? 나는 그렇게 생각했소만, 그대가 내 편지를 마저 읽으면 운명이 그렇게 흘러가지 않았다는 사실을 깨닫게 될 것이오.

다시 그 성급하고 무모한 아이가 문제가 되었소. 아무래도 그 아이가 우리의 새 백인에게 강에서 수영 시합을 하자고 도전한 것 같소(아니면 백인이 도전한 것일 수도 있겠지. 진실을 밝혀내는 그대의 틀리지 않는 지혜에 판단을 맡길 생각이오). 그 저주받을 여울목과 몇 마일의 땅을 두고 말이오. (그대도 이건 재밌어하리라 생각하는데) 심지어 그 땅은 제멋대로인 내 조카의 소유도 아니었소. 그래서 시합이 벌어졌지만, 불운하게도 우리의 백인 남자는 죽은 후에야 강물에서 빠져나올 수 있었다오. 그리고 이제 그대의 대리인이 이곳에 도착해 있고, 그는 그런 수영 시합 자체가 벌어져서는 안 되는 것이 아니었는지 의심하는 듯하다오. 그러니 내게 남은 방도라고는 이 늙은 뼈를 힘써 달래어, 이 성급한 아이를 그대에게 데려가서 그대의 질책을 받도록 하는 것밖에 없을 듯하오. 우리가 도착할 시간은 아마……

대통령은 초인종으로 달려가서 끈을 격하게 잡아당겼다. 비서가 들어오자, 그는 비서의 어깨를 붙들고는 빙 돌려서 다시 문으로 내보내며 말했다. "전쟁부 장관을 불러오고, 이곳과 뉴올리언스 사이의 모든 지역 지도를 가져오게!" 그는 소리쳤다. "서두르게."

그리하여 다시 그가 우리 앞에 등장했다. 어느새 대통령 대신 등장한 군인이 전쟁부 장관과 함께 지도로 가득한 탁자 앞에 앉았다. 그들을 마주 보는 이들은 기병 연대의 장교들이었다. 비서는 대통령이 어깨 너머에서 넘겨보는 가운데 정신없이 글자를 휘갈기고 있었다. "큼지막하게 쓰게." 그가 말했다. "인디언이라도 못 읽고 지나갈 일 없게 말이야. '이 서류에 의하여, 프랜시스 웨델 및 그의 상속인과 후손들은 이 시점 이후로 영구적으로…… 다만 조건이 있으니—' 방금 그거 제대로 적었나? 좋아. '그 조건은 그 또는 그의 상속인과 후손들이 상술한 강의 동편으로 두 번 다시 건너오지 않는 것이며……' 그럼 이제 그 빌어먹을 대리인에게 보낼 걸 써야지." 그가 말했다. "다음 내용의 표지판을 만들어 여울목 양쪽 끝에 세워놓을 것. '미합중국은 남자든 여자든 아이든, 피부색이 검든 희든 노랗든 빨갛든, 이 여울목을 건너는 자에 대하여 아무런 책임도 지지 않으며, 이 여울목을 구매하거나 임대하거나 선물로 받는 백인은 법에 의거한 최고형에 처할 것이다.' 내가 그렇게 할 수 있으려나?"

"애석하지만 무리입니다, 각하." 장관이 말했다.

대통령은 잠시 생각하다 사뿐히 말했다. "그럼 '미합중국은'은 지우기로 하세." 장관은 그 말에 따랐다. 대통령은 두 장의 종이를 접어서 기병대 대령에게 건넸다. "출발하게." 그가 말했다. "자네들의 목표는, 놈들을 멈추게 하는 것이네."

"놈들이 정지하기를 거부하는 경우에는" 대령이 말했다. "발포해도 좋습니까?"

"그래." 대통령이 말했다. "놈들의 말과 노새와 황소를 전부 쏴 버리게. 걸어서 올 리는 절대 없으니까. 그럼 당장 출발하게." 장교들은 물러났다. 대통령은 다시 지도를 향해 돌아앉았다 — 여전히 군인인 채로. 열의 넘치고 행복한 모습이 마치 기병대와 함께 말을 달릴 것처럼, 또는 자기 머릿속에서는 벌써 그 이름난 교활한 판단력을 발휘하여 적의 급소를 선택하고 그곳에 먼저 당도하도록 기병대를 파견한 것처럼. "이쯤이 될 걸세." 그는 말했다. 그리고 손가락을 지도의 한 지점에 올렸다. "말을 한 필 끌어오게, 장군. 이곳에서 놈과 조우하여 뒤돌아서게 만들어 몰아내 버리겠네."

"알겠습니다, 장군." 장관은 말했다.

옮긴이 | 조호근

서울대학교 생명과학부를 졸업하고 과학서 및 SF, 판타지, 호러 장르 번역을 주로 해왔다. 옮긴 책으로 『나방의 눈보라』 『레이시즘』 『물리는 어떻게 진화했는가』 『아마겟돈』 『물리와 철학』 『장르라고 부르면 대답함』 『도매가로 기억을 팝니다』 『컴퓨터 커넥션』 『타임십』 『런던의 강들』 『몬터규 로즈 제임스』 『모나』 『레이 브래드버리』 『마이너리티 리포트』 등이 있다.

포크너 자선 단편집 ❶

초판 1쇄 발행 2025년 6월 15일

지은이 윌리엄 포크너
옮긴이 조호근

펴낸곳 서커스출판상회
주 소 경기도 파주시 광인사길 68 202-1호(문발동)
전화번호 031-946-1666
전자우편 rigolo@hanmail.net
출판등록 2015년 1월 2일(제2015-000002호)

ⓒ 서커스, 2025

ISBN 979-11-94598-04-6 04840
ISBN 979-11-94598-03-9 (세트)